I0561569

www.ingramcontent.com/pod-product-compliance
Lightning Source LLC
Chambersburg PA
CBHW032258020726

47495CB00001B/165

* 9 7 8 1 9 6 1 4 2 0 3 6 6 *

سديم الدماء والنجوم

لَيني تايلور

عدد الصفحات: 530

الطبعة الأولى باللغة العربية: 2025

الناشر: الخيّاط

---

هذا الكتاب عملٌ أدبي خيالي. الأسماء والشخصيات والأماكن والأحداث هي من وحي خيال المؤلف. أي تشابه مع وقائع أو أماكن أو أشخاص، سواء كانوا أحياءً أو أمواتاً، هو محض صدفة غير مقصودة

ISBN: 978-1-96142-036-6

KHAYAT®
PUBLISHING HOUSE

Washington, DC
United States
+1 7712221001
info@khayatpublishing.com
www.khayapublishing.com

ليني تايلور
LAINI TAYLOR

# سَديمُ الدّماء والنّجُوم

نقلها إلى العربية
أدهم مطر
عقبة زيدان

إلى جيم
...
بكل حب

كان يا ما كان
كان هناك ملاك وشيطان
يمسكان بعظمة الأمنيات بينهم

وعند انكسارها، انقسم العالم إلى نصفين.

# 1

## الفتاة على الجسر

براغ، أوائل مايو. بدت السماء رمادية اللون فوق أسطح المنازل الخرافية، وكان العالم كله يراقب. حتى إن الأقمار الصناعية كانت مكلفة بمراقبة جسر تشارلز في حال عودة الزوار. حدثت أشياء غريبة في هذه المدينة من قبل، لكن لم يحدث شيء بهذه الغرابة. على الأقل، ليس منذ وجود كاميرات فيديو توثق ذلك، وتستغل كل لحظة.

"أرجوك، أخبرني أنكَ تريد أن تتبوّل".

"ماذا؟ لا. لا، لا أريد. لا تسأليني حتى".

"أوه، هيا! كنتُ سأفعل ذلك بنفسي لو استطعت، لكنني لا أقدر... فأنا فتاة."

"أعرف. الحياة غير عادلة. لن أتبوّل على صديق كارو السابق من أجلكِ".

"ماذا؟ لم أكن حتى سأطلب منكَ ذلك".

أوضحت زوزانا بلهجتها الأكثر منطقية، "أريدك فقط أن تتبوّل في بالون حتى أتمكن من إسقاطه عليه".

"أوه". تظاهر ميك بالتفكير في ذلك لمدة ثانية ونصف تقريباً. قال: "لا". تنهدت زوزانا. قالت: "لا بأس. لكنك تعلم أنه يستحق ذلك".

كان الهدف يقف على بعد عشرة أقدام أمامهم مع طاقم إخباري دولي كامل لإجراء مقابلة. لم تكن مقابلته الأولى. ولم تكن حتى العاشرة له. فقدت زوزانا العدّ. وما جعل هذه المقابلة مزعجة بشكل خاص، هو أنه كان يجريها على الدرج الأمامي لمبنى كارو السكني، الذي قد حصل بالفعل على ما يكفي من الاهتمام من مختلف أجهزة الشرطة والأمن من دون أن يتم نشر العنوان في الأخبار للجميع.

كان كاز منهمكاً في بناء شهرته باعتباره الحبيب السابق للفتاة على الجسر، وهو اللقب الذي أُطلق على كارو بعد المواجهة العجيبة التي لفتت أنظار العالم إلى براغ.

"ملائكة"، همست المراسلة، وهي شابة جميلة بتلك الطريقة المألوفة لمراسلي التلفزيون الذين يبدون وكأنهم مزيج من عارضات الأزياء والقتلة المحترفين. "هل كنتَ تعرف شيئاً عنهم؟".

ضحك كاز، وكأن السؤال كان متوقعاً. ضحكت زوزانا بسخرية ولكن بصوت منخفض: "هل تقصدين أنّ هناك ملائكة حقاً؟ أو أن حبيبتي السابقة على خلاف معهم؟".

تمتمت زوزانا: "صديقة سابقة".

ضحكت المراسلة وقالت: "الاثنان معاً، على ما أعتقد".

اعترف كاز: "لا، لم أكن أعرف هذا ولا ذاك. لكن كانت هناك دائماً أسرار مع كارو".

"مثل ماذا؟".

"حسناً، لقد كانت كتومة جداً إلى درجة أنكِ لن تصدقي ذلك. أعني أنني لا أعرف حتى جنسيتها أو اسم عائلتها، إن كانت لديها عائلة أصلاً".

"وهذا لم يزعجكَ؟".

"لا، لقد كانت رائعة. فتاة جميلة وغامضة، كانت تحتفظ بسكين في حذائها، وتتحدث كل هذه اللغات، وترسم الوحوش دائماً في-".

صرخت زوزانا قائلة: "أخبرها كيف ألقت بك من النافذة!".

حاول كاز تجاهلها، لكن المراسلة التقطت كلمتها. قالت: "هل هذا صحيح؟ هل تسببتْ في إيذائكَ؟".

ضحك كاز ضحكة ساحرة، وقال: "حسناً، لم يكن هذا الشيء المفضل لديّ على الإطلاق. لكنني لم أتأذَّ. لقد كان خطئي على ما أعتقد. لقد أخفتُها. لم أقصد ذلك، لكنها كانت في نوع من الشجار، ومتوترة. كانت ملطخة بالدماء في كل جسدها، وحافية القدمين على الثلج".

"يا للهول! هل أخبرتكَ بما حدث؟".

صرخت زوزانا مرة أخرى: "لا! لأنها كانت مشغولة جداً بإلقائه من النافذة!".

"كان باباً في الواقع"، قال كاز، وهو يرمق زوزانا بنظرة. وأشار إلى الباب الزجاجي خلفه: "ذلك الباب".

"هذا الباب، هنا؟" كانت المراسلة مسرورة. مدت يدها ولمسته وكأنه كان يعني شيئاً ما - وكأن الزجاج البديل لباب تحطم ذات مرة بسبب جسد ممثل سيئ، أصبح رمزاً مهماً للعالم.

سألت زوزانا ميك: "أرجوكَ؟ إنه يقف تحت الشرفة مباشرةً". كانت لديها مفاتيح شقة كارو، والتي كانت في متناول يديها لإخراج دفاتر رسم

صديقتها من المبنى قبل أن يتمكن المحققون من وضع أيديهم عليها. طلبت منها كارو أن تعيش هنا في الشقة، لكن الآن، وبفضل كاز، بدا الأمر أشبه بالسيرك.

"انظر". أشارت زوزانا إلى الأعلى. "إنه سقوط مباشر على رأسه. وقد شربت كل ذلك الشاي".

"لا".

مالت المراسلة مقتربة من كاز، وقالت بنبرة تآمرية: "أين هي الآن؟". تمتمت زوزانا: "حقاً؟ وكأنه يعرف. وكأنه لم يخبر آخر خمسة وعشرين صحفياً، واحتفظ بهذه المعرفة السرية الممتازة لها فقط؟".

على الدرج، هز كاز كتفيه. قال: "لقد رأيناها جميعاً. لقد طارت بعيداً". هز رأسه وكأنه لا يصدق، ونظر مباشرة إلى الكاميرا. بدا مظهره أجمل بكثير مما يستحق. جعل كاز زوزانا تتمنى لو كان الجمال شيئاً يمكن إبطاله بسبب سوء السلوك. "لقد طارت بعيداً"، كرر ذلك وعيناه واسعتان ودهشته مصطنعة.

كان يجري هذه المقابلات وكأنها مسرحية: نفس العرض مراراً وتكراراً، مع بعض الارتجالات الطفيفة حسب الأسئلة. كان الأمر مملاً حقاً.

"هل لديك أي فكرة عن مكان تواجدها؟".

"لا. كانت دائماً تختفي، وتغيب لعدة أيام. لم تخبرني أبداً عن وجهتها، لكنها كانت دائماً تبدو مرهقة عند عودتها".

"هل تعتقد أنها ستعود هذه المرة؟".

"آمل ذلك". ألقى نظرة حانية أخرى إلى عدسة الكاميرا. تابع: "أفتقدها، أتعلمين؟".

تأوهت زوزانا وكأنها تتألم. قالت: "أوه، اجعله يصمت".

لكن كاز لم يصمت. التفت إلى المراسلة، وقال: "الشيء الوحيد الجيد هو أنني أستطيع استخدام هذا في عملي. الشوق والتساؤل. إنه يبرز أداءً أكثر ثراءً". بعبارة أخرى يكفي الحديث عن كارو، دعونا نتحدث عني.

انساقت المراسلة مع هذا الأمر. هتفت: "إذاً، أنتَ ممثل"، ولم تستطع زوزانا أن تتحمل أكثر من ذلك.

قالت لميك: "سأذهب إلى أعلى. يمكنك الاحتفاظ بشاي مثانتك. سأتدبر أمري".

قال ميك: "زوز، ماذا تفـ..."، لكنها كانت قد انطلقت بالفعل، فتبعها.

وعندما سقط، بعد ثلاث دقائق، بالون وردي من أعلى ليضرب مباشرة رأس كازيمير، كان مديناً لميك بالامتنان، لأنه لم يكن "شاي المثانة" الذي انفجر فوقه.

لقد كان عطراً، بحجم عدة زجاجات، ممزوجاً بصودا الخبز لتحويله إلى عجينة متماسكة. لقد تسبب في تجعّد شعره ولسع عينيه، وكانت النظرة التي ارتسمت على وجهه لا تقدر بثمن. عرفت زوزانا ذلك لأنه على الرغم من أن المقابلة لم تكن على الهواء مباشرة، إلا أن الشبكة قررت بثها.

مراراً وتكراراً.

لقد كان انتصاراً، لكنه كان أجوفَ، لأنها عندما حاولت الاتصال بهاتف كارو - للمرة الـ 86,400 تقريباً - تحوّل الاتصال مباشرة إلى البريد الصوتي، وعرفت زوزانا أن الهاتف قد انتهى.

كانت صديقتها المفضلة قد اختفت، ربما إلى عالم آخر، وحتى تكرار مشاهدة كاز وهو يلهث متوَّجاً بمعجون العطر وقطع من البالون الوردي، لم يكن بإمكانه تعويض ذلك.

لكن التبول كان سيعوّض حتماً.

# 2

## رماد وملائكة

السماء فوق أوزبكستان، في تلك الليلة.

كانت البوابة عبارة عن شقّ في الهواء. تسللت الرياح من خلالها في كلا الاتجاهين، وأصدرت هسهسة مثل الزفير من خلال الأسنان، وحيثما تغيرت الحواف كشفت عن سماء عالم آخر. راقب أكيفا تداخل النجوم على طول الشقّ مهيئاً نفسه للعبور من خلاله. من وراء ذلك، تلألأت نجوم إريتز مرئية - غير مرئية، مرئية - غير مرئية، وفعل الشيء نفسه. سيكون هناك حراس على الجانب الآخر، ولم يكن يعرف ما إذا كان سيكشف عن نفسه أم لا.

ماذا ينتظره في عالمه الخاص؟

إذا كان أخوه وأخته قد كشفا أمره كخائن، فإن الحراس سيقبضون عليه فور رؤيته - أو سيحاولون ذلك. لم يرغب أكيفا في تصديق أن هازايل وليراز قد تخليا عنه، لكن نظراتهما الأخيرة كانت حادة في ذاكرته: غضب ليراز من خيانته، واشمئزاز هازايل الهادئ.

لم يستطع المخاطرة بأن يتم القبض عليه. كانت تطارده نظرة أخيرة أخرى، أكثر حدة وحداثة من نظراتهما.

*إنها نظرة كارو.*

قبل يومين، كانت كارو قد تركته في المغرب وهي تلقي نظرة واحدة إلى الوراء، نظرة فظيعة إلى درجة أنه كاد يتمنى لو أنها قتلته بدلاً من ذلك. لم يكن حزنها أسوأ ما في الأمر. لقد كان أملها، أملها الذي في غير محله، أن ما أخبرها به لا يمكن أن يكون صحيحاً، بينما كان يعلم بوضوح اليأس المطلق أنه كذلك

لقد تم تدمير الكيميرا. عائلتها ماتت بسببه.

كان بؤس أكيفا شيئاً مؤلماً. كان ينهشه على شكل قضمات، يشعر في كل لحظة - في كل لحظة بتمزيق الأسنان له، ومضغ البؤس في الأمعاء، وكابوس اليقظة المستحيل الذي كان يوقظه من نومه. في هذه اللحظة كان من الممكن أن تكون كارو واقفة غارقة في رماد شعبها، وحيدة في خراب لوراميندي الأسود، أو أسوأ من ذلك، كان من الممكن أن تكون مع ذلك الشيء، رازغوت، الذي قادها إلى إريتز - وماذا سيحدث لها؟

كان يجب أن يتبعهم. لم تكن كارو تدرك أن العالم الذي تنتمي إليه لم يكن هو العالم الذي تعرفه. لن تجد هناك أي مساعدة أو عزاء، هناك فقط رماد وملائكة. كانت دوريات السيرافيم منتشرة بكثافة في الحقول الحرة السابقة، وكانت الكيميرا الوحيدة مُقيّدة بالسلاسل، تُدفع نحو الشمال تحت وطأة سياط العبيد. ستكون واضحة للعيان - من ذا الذي يمكن أن يفوت رؤيتها بشعرها الأزرق وكأنها تطير بلا أجنحة؟ كانت ستُقتل أو تُأسر. توجب على أكيفا أن يجدها قبل أي شخص آخر.

لقد ادعى رازغوت أنه يعرف بوابة، وبالنظر إلى ما كان عليه - أحد الساقطين - فمن المحتمل أنه كان يعرف بالفعل. حاول أكيفا تعقّب

الثنائي دون جدوى، ولم يكن لديه خيار سوى أن يتجه نحو البوابة التي اكتشفها بنفسه: تلك التي تقف أمامه الآن. وفي الوقت الذي أضاعه في الطيران فوق المحيطات والجبال، ربما يكون قد حدث شيء ما.

استقر أكيفا على خيار التمويه. كانت القشور سهلة، فالسحر ليس مجانياً؛ بل يأتي ثمنه من الألم، الذي كان جرحه القديم يمنحه بسخاء. لم يكن هناك ما يمنعه من استغلال ذلك وتحويله إلى مقدار السحر الذي يحتاجه ليختفي عن الأنظار. ثم عاد إلى وطنه.

كان التغيير في المنظر الطبيعي طفيفاً. الجبال هنا تشبه كثيراً تلك التي هناك، على الرغم من أن أضواء سمرقند كانت تتلألأ في الأفق البعيد في العالم البشري. لم تكن هناك مدينة، بل مجرد برج مراقبة على قمة جبل، وحارسان من السيرافيم يتنقلان ذهاباً وإياباً خلف الحاجز. وفي السماء كانت العلامة الحقيقية لإريتز: قمران، أحدهما ساطع والآخر شبحي، يكاد يكون غير موجود.

كانت نيتيد، الأخت الساطعة، إلهة الكيميرا في كل شيء تقريباً - باستثناء القتلة والعشاق السريين بالطبع. أولئك كانوا تحت رعاية إيلاي.

عندما لمح أكيفا إيلاي، شعر بشيء من التوتر. "أعرفك، أيتها الملائكة". قد تكون همست. أليس هو الذي قضى شهراً في معبدها، شرب من نبعها المقدس، بل وسالت دماؤه فيه عندما كاد الذئب الأبيض أن يقتله؟

"لقد تذوقت إلهة القتلة دمي" فكّر، متسائلاً إن كانت قد أحبته وتريد المزيد. "ساعديني على رؤية كارو بأمان، ويمكنك الحصول على كل قطرة."

طار أكيفا نحو الجنوب والغرب، يسحبه الخوف كما لو كان خطافاً، وازدادت سرعته مع شروق الشمس، حتى تحول الخوف إلى ذعر من أن يصل متأخراً. متأخراً و... ماذا؟ هل سيجدها ميتة؟ كان يستعيد لحظة إعدام

مادريغال: صوت رأسها وهو يسقط وقرونها تصطدم بالأرض عند توقفها عن التدحرج من منصة الإعدام. لم تكن مادريغال في ذهنه، بل كارو، نفس الروح في جسد مختلف، بلا قرنين يمنعان رأسها من التدحرج، فقط حرير شعرها الأزرق الغريب. وعلى الرغم من أن عينيها أصبحتا سوداوين وليستا بنيتين، فإنهما ستصبحان باهتتين بنفس الطريقة، وستحدقان بنفس نظرة الموت، وستغيب. مرة أخرى.

مرة أخرى وإلى الأبد، لأنه لم يكن هناك بريمستون الآن لإعادتها إلى الحياة. من الآن فصاعداً، كان الموت يعني الموت، إذا لم يصل إليها. إذا لم يجدها.

وأخيراً، كان أمامه المشهد المدمر: الخراب الذي كان يُعرف بلوراميندي، المدينة المحصنة للكيميرا. أبراج مقلوبة، حصون محطمة، عظام متفحمة، كل ذلك كان حقلاً متحركاً من الرماد. حتى القضبان الحديدية التي كانت تعلوها في السابق، تمزقت وكأنّ آلهة قد تلاعبت بها.

شعر أكيفا وكأن قلبه يختنق. حلّق فوق الأنقاض، يبحث عن لمحة من اللون الأزرق وسط شساعة الرمادي والأسود، الذي يمثل انتصاره الوحشي، لكن لم يكن هناك شيء. لم تكن كارو هناك.

بحثَ طوال اليوم وفي اليوم التالي، في لوراميندي وما وراءها، متسائلاً بغضب أين يمكن أن تكون، محاولاً عدم التفكير فيما قد حدث لها. لكن الاحتمالات كانت تزداد سوءاً مع مرور الساعات، وكانت مخاوفه تتحول إلى كوابيس مستلهمة من كل شيء مروع رآه أو فعله من قبل. كانت الصور تهاجمه. مرة تلو الأخرى، كان يضغط بكفيه على عينيه ليحجبها. ليست كارو. يجب أن تكون حية.

لم يكن بإمكان أكيفا أن يواجه فكرة العثور عليها بأي طريقة أخرى.

# 3

# سيدة صمت اللاسلكي

**من:** زوزانا <rabidfairy@shakestinyfist.net>

**الموضوع:** سيدة صمت اللاسلكي

**إلى:** كارو <bluekarou@hitherandthithergirl.com>

حسناً، يا سيدة صمت اللاسلكي، أعتقد أنك رحلتِ ولم تصلكِ رسائلي ذهبتِ إلى عالم آخر. لطالما عرفت أنكِ فتاة غريبة الأطوار، ولكنني لم أتوقع حدوث هذا الأمر. أين أنتِ وماذا تفعلين؟ أنت لا تعرفين كيف يقتلني هذا الأمر، كيف يبدو الأمر؟ مع من أنت؟ (أكيفا؟ أرجوك؟) والأهم، هل لديهم شوكولاتة هناك؟ أخمّن أنه ليس لديهم لاسلكي، أو أنه ليس من السهل العودة لزيارتهم، وأتمنى أن يكون الأمر كذلك، لأنني إذا اكتشفت أنك فتاة متسكعة ولم تأتي لزيارتي بعد، فقد أتصرف بشكل صارم. قد أجرب ذلك الشيء، كما تعلمين، ذلك الشيء الذي يفعله الناس عندما تبلل عيونهم وتصبح غبية - ماذا يسمى؟ البكاء؟

أو لا. قد ألكمك بدلاً من ذلك، وأثق بأنك لن تردي لي اللكمات بسبب صغر جسدي المحبب. سيكون الأمر أشبه بلكم طفل. (أو غرير).

على أي حال. كل شيء على ما يرام هنا. لقد عطّرت كاز وظهر هذا على التلفاز. أنا أنشر دفاتر الرسم باسمي وقد أجّرت شقتك لبعض القراصنة ذوي الرائحة الكريهة. لقد انضممتُ إلى طائفة ملائكية وأستمتع بحلقة صلاة يومية وأيضاً أمارس رياضة الجوجينغ لأستعيد لياقتي من أجل زي نهاية العالم، والذي أحمله معي بالطبع في جميع الأوقات تحسباً لأي طارئ

لنرَ، ماذا أيضاً؟ *تمتمة الشفاه*

ولأسباب واضحة، أصبحت الحشود أسوأ من أي وقت مضى. كراهيتي للبشر لا تعرف حدوداً. الكراهية تتصاعد مني مثل موجات الحرارة في الرسوم المتحركة. عرض الدمى جيد لكني بدأت أشعر بالملل، ناهيك عن أنني أرتدي أحذية الباليه وكأنه لا يوجد غد - وهو ما لا يوجد، إذا كانت طوائف الملائكة على حق.

(مرحى!).

ميك رائع. كنتُ منزعجة قليلاً، فهل تعلمين ماذا فعل ليبهجني؟ أخبرته كيف أنفقتُ كل تذاكر الكرنفال للفوز بكعكة ولم أنجح، واكتشفت لاحقاً أنه كان بإمكاني شراء واحدة وما زال لدي تذاكر للعب. فصنع لي كعكة خاصة! مع أرقام على الأرض، موسيقى، وست كعكات. فزت بها جميعاً، ثم ذهبنا إلى الحديقة وأطعمنا بعضنا بشوكات طويلة لساعات. كان أفضل يوم في حياتي... حتى عودتكِ.

أحبك، وأتمنى أن تكوني آمنة وسعيدة، وأينما كنتِ، آمل أن يصنع لكِ أحدهم (أكيفا!) الكعك أيضاً.

*قبلة/لكمة*

زوز

# 4

# لا مزيد من الأسرار

"حسناً. يبدو أن هذا يأتي كمفاجأة".

كان ذلك هازايل، وليراز إلى جانبه. كان أكيفا ينتظرهما، في ذلك الوقت المتأخر جداً، في مسرح التدريب خلف الثكنات في كيب أرماسين، حامية الكيميرا السابقة التي تم نشر فوجهم فيها في نهاية الحرب. كان يؤدي طقساً من طقوس الكاتا، لكنه أخفض سيوفه الآن وواجههما وانتظر ليرى ماذا سيفعلان.

لم يتعرض للتحدي عند عودته. فقد صافحه الحراس بتلك النظرات الرحبة المعبرة عن الاحترام - كان بالنسبة إليهم قاتل الوحوش، أمير اللقطاء، البطل، ولم يتغير ذلك - لذا يبدو أن هازايل وليراز لم يبلغا قائدهما عنه، أو ربما لم تصل تلك المعلومات بعد إلى صفوف الجنود. ربما من الأفضل له أن يكون أكثر حذراً من أن يظهر نفسه دون أن يعرف ما هو الاستقبال الذي ينتظره، لكنه كان في حالة من الضبابية. بعد ما وجده في كهوف كيرين.

"هل يجب أن تتأذى مشاعري لأنه لم يجدنا؟" سألت ليراز هازايل. كانت متكئة على الحائط وذراعاها معقودتان.

حدق هازايل في وجهها وقال: "مشاعركِ؟ أنتِ؟".

قالت: "لديّ بعض المشاعر. فقط ليست مشاعر غبية، مثل الندم". ووجهت نظرها نحو أكيفا. "أو الحب".

الحب.

الأشياء التي تحطّمت داخل أكيفا تشابكت ووقعت.

بعد فوات الأوان. كان قد فات الأوان.

هازايل سأل ليراز: "هل تقولين إنك لا تحبينني؟ لأنني أحبكِ. أعتقد" توقف متأملاً للحظة وتابع: "لا، لا تهتمي. هذا هو الخوف".

قالت ليراز: "لا أشعر بهذا أيضاً".

لم يكن أكيفا يعرف ما إذا كان ذلك صحيحاً؛ كان يشك في ذلك، لكن ربما كان شعور ليراز بالخوف أقل من معظم الناس، وأخفته بشكل أفضل. حتى عندما كانت طفلة بدت شرسة، وكانت أول من يدخل حلبة الملاكمة بغض النظر عن الخصم. كان يعرفها هي وهازايل منذ أن عرف نفسه. ولدا في نفس الشهر في حرملك الإمبراطور، وقد سلّموا ثلاثتهم معاً إلى المشوهين - فيلق جورام اللقيط الذي ولده جورام من نزواته الليلية - وتربوا ليكونوا أسلحة المملكة. وقد كانوا أسلحة مخلصة؛ فقاتل ثلاثتهن جنباً إلى جنب في معارك لا حصر لها، حتى تغيرت حياة أكيفا ولم تتغير حياتهما.

الآن، تغير كل شيء مرة أخرى. ماذا حدث، ومتى؟ لم تمضِ سوى أيام قليلة منذ المغرب وتلك النظرة إلى الوراء. لم يكن ذلك ممكناً. ماذا حدث؟

أصيب أكيفا بالدوار؛ وشعر أنه ملفوف بغطاء من الهواء. بدا أن الأصوات لم تكن تصل إليه تماماً - كان بإمكانه سماعها، ولكن من بعيد، وكان لديه إحساس غريب بأنه ليس حاضراً تماماً. مع الكاتا كان يحاول أن

يركز، ليحقق حالة السيريثار، حالة الهدوء التي تعمل فيها النجوم الإلهية من خلال المبارزة، لكنه كان تمريناً خاطئاً. لقد كان هادئاً، بشكل غير طبيعي.

نظر هازايل وليراز إلى أكيفا نظرات غير مألوفة، وتبادلا نظرة مختصرة مليئة بالتساؤلات.

لقد أرغم نفسه على الكلام. قال: "كنت سأخبركما بعودتي، لكنني كنت أعلم أنكما ستعرفان بالفعل".

"كنت أعرف". كان هازايل يعتذر بطريقة غير واضحة. كان يعرف كل ما يجري. بأسلوبه البسيط وابتسامته الخفيفة، كان يضفي جواً من الهدوء يجعله غير مهدد. كان الناس يتحدثون إليه؛ إنه جاسوس بالفطرة، ودود وغير أناني، مع دهاء عميق وغير معروف تماماً.

أما ليراز، فكانت ماكرة، لكنها تنضح بتهديد لا يمكن إنكاره. إنها تتمتع بجمال جليدي، ونظرة قاسية، وتجمع شعرها الأشقر في ضفائر مشدودة، تتكون من عشرة صفوف ضيقة، مما كان يبدو دائماً مؤلماً لأخويها. كان هازايل يحب أن يمازحها بأنها تستطيع استخدام ضفائرها كتضحية. يداها، اللتان تنقران بقلق على ذراعيها العلويتين، كانتا مغطاتين بوشوم تمثل علامات القتل، مما جعلها تبدو سوداء بالكامل من مسافة بعيدة. في إحدى الليالي، وعلى سبيل المزاح، صوَّت بعض أفراد الكتيبة على من يفضلون أن يكون أقل شخص يرغبون في أن يكون عدواً لهم، وفازت ليراز بالإجماع.

ها هما الآن، رفيقا أكيفا المقربان، عائلته. لكن ما تلك النظرة التي تبادلاها؟ من حالته الغريبة، بدا وكأن مصير جندي آخر يتأرجح على حافة الهاوية. ماذا كانا سيفعلان؟

لقد كذب عليهما، واحتفظ بالأسرار لسنوات، واختفى دون تفسير، ثم، على الجسر في براغ، اختار الوقوف ضدهما. لن ينسى أبداً رعب تلك اللحظة، وهو

واقف بينهما وبين كاروا، مضطراً للاختيار - على الرغم من أنه لم يكن اختياراً حقيقياً، بل مجرد وهم بالاختيار. لا يزال لا يفهم كيف يمكنهما أن يسامحاه

قل شيئاً، حثّ نفسه. لكن ماذا يمكنه أن يقول؟ لماذا عاد إلى هنا؟ لم يكن يعرف ماذا يفعل بعد. هؤلاء هما أهله، هذان الاثنان، حتى بعد كل ما حدث. قال: "لا أعرف ماذا أقول. كيف أجعلكما تفهمان-".

قاطعته ليراز: "لن أفهم أبداً ما فعلته". كان صوتها بارداً كطعنة خنجر، وفيه سمع أكيفا، أو تخيّل، ما لم تقله، لكنه كان قد سمعه من قبل.

عاشقة الوحش.

لقد ضربت على الوتر الحساس. "لا، لم تستطع، أليس كذلك؟". ربما كان يشعر بالعار من قبل بسبب حبه لمادريغال.

الآن أصبح العار فقط هو ما يخجله. كان حبها هو الشيء الوحيد النقي الذي فعله في حياته. سأل: "هل لأنك لا تشعرين بالحب؟ ليراز التي لا يمكن المساس بها. هذه ليست حتى الحياة. إنها فقط أن نكون ما يريد أن نكونه، جنوداً آليين ."بدا وجهها متشككاً ومليئاً بالغضب. قالت: "هل تريد أن تعلمني كيف أشعر يا أمير اللقطاء؟ شكراً لك، لكن لا. لقد رأيت كيف سار الأمر بالنسبة إليك".

شعر أكيفا بالغضب ينبثق منه؛ فقد كانت ذبذبة قصيرة من الحياة في القشرة المتبقية منه. كان صحيحاً ما قالته. انظر ماذا فعل الحب به. انحدر كتفاه، وكشطت سيوفه الأرض. وعندما انتزعت أخته فأساً من رف التدريب وهتفت "نيثيلام"، بالكاد استطاع أن يستجمع دهشته.

استل هازايل سيفه العظيم، ونظر نحو أكيفا نظرة كانت، كما كان صوته، اعتذارية غامضة. ثم هاجماه.

كانت نيثيلام نقيض سيريثار. كانت الفوضى عندما يضيع كل شيء. لقد كان الهيجان الغليظ في المعركة رغبة في القتل بدلاً من الموت. لقد كانت

بلا شكل، فظّة ووحشية، وهي الطريقة التي جاء بها أخو أكيفا وأخته الآن.

لقد انبرى سيفاه لصد الهجوم، وأينما كان، مذهولاً وشارداً، أصبح هنا الآن، هكذا تماماً، ولم يكن هناك شيء مكتوم في صراخ الفولاذ على الفولاذ. لقد تصارع مع هازايل وليراز آلاف المرات، لكن هذا كان مختلفاً. فمنذ التلامس الأول شعر بثقل ضرباتهما - بقوة كاملة ومن دون أي خطأ. بالتأكيد لم يكن هجوماً حقيقياً. أم كان كذلك؟

كان هازايل يستخدم سيفه العظيم بيديه، لذا على الرغم من أن ضرباته لم تكن بسرعة ورشاقة أكيفا، إلا أنها كانت تحمل قوة هائلة.

أما ليراز، التي كان سيفها ما زال في غمده على وركها، فلا يمكن أن تكون قد اختارت الفأس إلا من أجل المتعة البسيطة لوزنه. وعلى الرغم من أنها كانت رفيعة، وكانت تتنفس بصعوبة وهي تحركها، إلا أن النتيجة كانت ضبابية مميتة من الخشب بطول ستة أقدام، محاطاً بشفرات فأس مزدوجة، مع طرف رمح بطول نصف ذراع أكيفا.

على الفور، كان عليه أن ينطلق في الهواء لتفاديها، يدفع قدميه بعكس حافة الحصن، ويقذف نفسه إلى الخلف ليحصل على بعض المساحة، لكن هازايل كان هناك لاستقباله، وصدّ ضربة جعلت جسده كله يرتجف وأجبرته على العودة إلى الأرض. سقط في وضع القرفصاء واستقبله الفأس. انحرف جانباً بينما كانت تضرب الأرض، محطمةً الجزء الصلب من الأرض حيث كان يقف. كان عليه أن يدور ليصدّ سيف هازايل، وتمكن من ذلك هذه المرة، ملتفاً بينما صد الضربة حتى تنزلق الطاقة من على سيفه الخاص وتضيع في الهواء.

وهكذا استمرت المعركة. واستمرت.

استمر الزمن في الاضطراب في دوامة نيثيلام، وأصبح أكيفا كائناً بدائياً يعيش في قلب تلاطم السيوف.

توالت عليه الضربات، وكان يصدها ويتجنبها، لكن لم يكن لديه الوقت للردّ. كان شقيقه وشقيقته يضربانه بالتناوب، وكان هناك دائماً سلاح قادم، وعندما رأى فجوة- عندما كانت ثانية واحدة من الفجوة في الهجوم تعادل فتح باب إلى حنجرة هازايل أو أوتار ليراز- تركها تمرّ.

مهما فعلا، فلن يؤذيهما أبداً.

زأر هازايل، وأنزل ضربة ثقيلة كضربة ثور القنطور التي أصابت سيف أكيفا الأيمن وأطاحت به من قبضته. مزقت قوة الضربة صاعقة حمراء من الألم من إصابة كتفه القديمة، ووثب إلى الخلف، ولم يكن سريعاً بما يكفي للمراوغة حيث جاءت ليراز منخفضة بمطرقتها وسحبته من قدميه. هبط على ظهره وجناحاه مفتوحان. انزلق سيفه الثاني بعد الأول، وكانت ليراز فوقه، وسلاحها مرفوع لتوجيه الضربة القاضية.

توقفت لنصف ثانية، بدت كعمر كامل في خضم الفوضى الناتجة عن نيثيلام، وكانت كافية لأكيفا ليفكر بأنها ستفعلها حقاً، ثم إنها لن تفعل. ثم... شدت الفأس. استهلكت كل الهواء من رئتيها، وكانت قادمة ولا يمكن إيقافها- كان المقبض طويلاً جداً؛ لم تستطع إيقاف سقوطها حتى لو أرادت ذلك.

أغمض أكيفا عينيه.

سمعها، وشعر بها: زئير الهواء، وصوت الاصطدام المدوّي. شعر بالقوة، لكنه... لم يشعر بحدّة الطعنة. مرت اللحظة، ففتح عينيه. كان نصل الفأس مغروساً في الأرض بجانب خده، بينما كانت ليراز تبتعد بالفعل عنه.

استلقى هناك، ينظر إلى السماء المرصعة بالنجوم، يتنفس بعمق، ومع كل زفرة هواء تدخل وتخرج من صدره، تبلور في ذهنه ثقل الوعي بأنه لا يزال على قيد الحياة.

لم تكن تلك مجرد مفاجأة عابرة أو شعوراً بالامتنان لنجاته من ضربة فأس. صحيح أنّ هناك شيئاً من ذلك، لكن ما كان أكبر وأكثر عمقاً هو

الفهم- والعبء- أنه على عكس الكثيرين الذين فقدوا حياتهم بسببه، هو لا يزال حياً. ولم تكن الحياة بالنسبة إليه مجرد حالة افتراضية- لست ميتاً، لذا يجب أن أكون حياً- بل كانت وسيلة للحركة، وجهوداً متواصلة. طالما أنه لا يزال هنا، وهو الذي لا يستحق ذلك، سيستخدمها ويمتلكها، ويفعل كل ما في وسعه من أجلها، حتى لو لم يكن ذلك كافياً.

ورغم أن كاروا لن تعرف أبداً.

ظهر هازايل فوقه، وعرق يتصبب من جبينه. كان وجهه محمرّاً، لكن تعبيره ظلَّ هادئاً. قال: "أنتَ مرتاح في الأسفل، أليس كذلك؟".

"يمكنني النوم". أجاب أكيفا، وشعر بصحة كلماته.

"قد تتذكر أنّ لديك سريراً لذلك".

"هل ما زلتُ أملكُ سريراً؟ ."فأجابه هازايل: "من كان لقيطاً مرة واحدة، فهو دائماً لقيط"، وكانت هذه طريقة للقول بأنه لا سبيل إلى الخروج من مصير غير الشرعيين. فقد كان الإمبراطور يربيهم لغرض ما؛ فكانوا يخدمون حتى يموتوا. ومهما يكن من أمر، فإن ذلك لم يكن يعني أن على أخيه وأخته أن يسامحاه. نظر أكيفا إلى ليراز. تبع هازايل نظراته. قال: "جندي آلي؟ حقاً؟" هز رأسه، وأضاف، بطريقته في توجيه الإهانات دون حقد: "أحمق".

"لم أعنِ ذلك".

"أعرف". بهذه البساطة كان يعرف. لا تتصنع أبداً مع هازايل. "لو ظننتُ أنكَ فعلتَ لما وقفتَ هنا". كان مقبض الفأس مائلاً على جسد أكيفا. أمسك به هازايل وانتزعه من على الأرض ووضعه في وضع مستقيم.

جلس أكيفا. قال: "استمع. على الجسر...". لكنه لم يكن يعرف ماذا يقول. كيف تعتذر عن الخيانة بالضبط؟

لم يمهله هازايل. بصوته الكسول، قال: "على الجسر، كنتَ تحمي فتاة". هز كتفيه. "هل تريد أن تعرف شيئاً؟ من المريح أخيراً أن نفهم ما حدث لك".

كان يتحدث عما حدث قبل ثمانية عشر عاماً، عندما اختفى أكيفا لمدة شهر وعاد مختلفاً. "كنا نتحدث عن ذلك". أشار إلى ليراز. وهي ترتب الأسلحة على الرفّ، إما غير مهتمة بهما أو تتظاهر بعدم الاهتمام. "كنا نتساءل، لكننا توقفنا منذ فترة طويلة. كان هذا هو أنت الآن، ولا أستطيع أن أقول إنني أحببتك أكثر، لكنك أخي. أليس كذلك، لير؟".

لم تجب أختهما، ولكن عندما ألقى هازايل إليها الفأس، أمسكت بها.

مدّ هازايل يده إلى أكيفا. هل هذا كل شيء؟ تساءل أكيفا. كان متصلباً ومجروحاً، وعندما جذبه أخوه نحو قدميه، تمزق ألم آخر من كتفه، لكنه لا يزال يشعر بأنّ الأمر كان سهلاً جداً.

قال هازايل: "كان يجب عليك أن تخبرنا عنها منذ سنوات".

"كنت أريد ذلك".

"أعرف".

هز أكيفا رأسه؛ كان يمكنه أن يبتسم تقريباً، لو لم يكن هناك كل شيء آخر. قال: "أنت تعرف كل شيء، أليس كذلك؟".

"أنا أعرفك". لم يكن هازايل يبتسم أيضاً. "وأعرف أن شيئاً ما حدث مرة أخرى. هذه المرة، ستخبرنا".

"لا مزيد من الأسرار" جاءت هذه العبارة من ليراز، التي ما زالت تقف بعيدة، جادة وشرسة.

قال هازايل: "لم نتوقع عودتك. آخر مرة رأيناك فيها، كنت... ملتزماً".

إذا كان غامضاً، فإن ليراز كانت صريحة. سألت: "أين الفتاة؟".

لم يتكلم أكيفا بصوت عالٍ بعد. كان إخبارها سيجعل الأمر حقيقياً، وعلقت الكلمة في حلقه، لكنه أجبر على قولها.

قال: "ماتت. لقد ماتت".

## 5

# كلمة القمر الغريبة

**من:** زوزانا <rabidfairy@shakestinyfist.net>

**الموضوع:** مرحباً

**إلى:** كارو <bluekarou@hitherandthithergirl.com>

مرحباً. مرحباً، مرحباً، مرحباً، مرحباً، مرحباً.

*مرحباً؟*

اللعنة، لقد فعلتُها الآن.

لقد جعلت من مرحباً كلمة مجردة من معناها وغريبة. يبدو وكأنها رمز فضائي الآن، شيء قد يجده رائد فضاء منقوش على صخرة قمرية ويقول: كلمة قمرية غريبة! يجب أن أحضرها إلى الأرض كهدية لابني الأصم! والتي من شأنها - بالطبع - أن تفقس أسماك البيرانا الفضائية الطائرة وتقضي على البشرية في أقل من ثلاثة أيام، وبطريقة ما تنقذ رائد الفضاء فقط ليكون في اللقطة الأخيرة، يبكي على ركبتيه على أنقاض الحضارة ويصرخ للسماء، لقد كانت مجرد مرحبا!!!!!!!!!!!!!

أوه. هاه. لقد عادت الأمور إلى طبيعتها الآن. لا مزيد من الهلاك الفضائي.
يا رائد الفضاء، لقد منعتك للتو من تدمير الأرض.

على الرحب والسعة!

العبرة: لا تجلبي الهدايا من أماكن غريبة. (انسي الأمر، واجلبي
الهدايا!). أيضاً: راسليني لتؤكدي لي أنك ما زلتِ على قيد الحياة، وإلا
سأجعلك تتألمين.

سوز

# 6

## الوعاء

كان هناك مكان واحد غير لوراميندي، كما أخبر أكيفا هازايل وليراز، ظنَّ أنه قد يكون الملاذ الذي تهرب إليه كارو. لم يكن يتوقّع حقاً أن يجدها هناك؛ فقد أقنع نفسه بأنها عادت عبر البوابة إلى حياتها السابقة، حيث الفن والمقاهي والطاولات التي تشبه التوابيت، تاركةً هذا العالم المدمر خلفها. لكنه لم يستطع التخلص تماماً من إحساسه الغامض بأنّ شيئاً ما كان يدفعه نحو الشمال.

قال لها قبل أيام فقط، قبل لحظات من كسر عظمة الأمنيات بينهما: "أعتقد أنني سأجدكِ دائماً، مهما حاولتِ الاختباء".

لكن لم يكن يقصد...

ليس بهذه الطريقة.

في أعماق جبال أديلفاس، بين القمم المغطاة بالجليد التي شكلت لقرون حدوداً بين الإمبراطورية والأراضي الحرة، كانت تقبع كهوف الكيرين. هناك، في تلك الأعماق الجليدية، كانت الطفلة مادريغال تعيش.

وهناك، في أحد الأيام التي غمرتها أشعة الشمس المتلألئة كالماس، عادت لتجد قبيلتها مذبوحة وأرواحهم مختطفة على يد الملائكة، بينما كانت تلعب بالخارج. سقطت حزمة جلود الكائنات من يدها الصغيرة عند العتبة، وجرفتها الرياح إلى الداخل. بمرور الوقت، تحولت من حرير ناعم إلى غبار متناثر.

عند دخول أكيفا الكهوف الآن، وجد جلوداً متناثرة بلا أثر للمخلوقات التي سكنتها.

رغم مرور السنوات، بدا المكان كما كان: شبكة ممرات منحوتة في الصخر، تعزف الرياح خلالها ألحاناً أثيرية، كأن المكان كله آلة موسيقية تعزف للأرواح الراحلة. رغم رحيل القبيلة، بقيت آثارهم: سجاد منسوج، عباءات معلقة، وكراسٍ متناثرة في فوضى لحظاتهم الأخيرة.

في وسط الغرفة، وجد الوعاء. كان يشبه فانوساً فضياً مطروقاً، ورآه سابقاً في الحرب، حيث حمله جنود الكيميرا. كانت مادريغال تحمل واحداً عندما رآها لأول مرة في ساحة المعركة، دون أن يعرف حقيقته.

إنه إناء التقاط الأرواح، يحفظها ليبعثها من جديد. لم يكن عليه غبار، بل تحته فقط، مما يعني أن شخصاً ما وضعه هناك حديثاً، لكن أكيفا لم يستطع تخمين من أو لماذا.

على السلك الفضي، كان هناك مربع ورقي يحمل كلمة كيميرا، وفي هذه الظروف كانت قاسية، لأنها تعني "الأمل". لكنها لم تكن مجرد كلمة. كانت اسماً.

كان اسم كارو.

# 7

## أرجوكِ لا

من: زوزانا <rabidfairy@shakestinyfist.net>

الموضوع: أرجوكِ لا

إلى: كارو <bluekarou@hitherandthithergirl.com>

يا إلهي... أنتِ ميتة، أليس كذلك؟

# 8

# نهاية العواقب

وكان هذا هو جحيم أكيفا الجديد: أن يتغير كل شيء، ولا يتغير شيء.

ها هو ذا، عاد إلى إريتز، ليس ميتاً ولا مسجوناً، لا يزال جندياً من جنود غير الشرعيين وبطلاً من أبطال حرب كيميرا: الوحش اللعين المشهور. لقد كان من السخف أن يجد نفسه قد عاد إلى حياته القديمة، وكأنه نفس المخلوق الذي كانه قبل أن تمرَّ به فتاة ذات شعر أزرق في شارع ضيق في عالم آخر.

لم يكن كذلك. لم يكن يعرف أي مخلوق هو الآن. لقد اختفى الانتقام الذي كان يؤنسه طوال هذه السنوات، وحلت محله حفرة من الرماد واسعة مثل لوراميندي: الحزن والخزي، وذلك البؤس الذي ينخره، وفي أطرافه إحساس غامض بـ ... الضرورة. بالهدف.

لكن أي هدف؟

لم يفكر قط في هذه الأوقات. "السلام"، كان يتم الاحتفاء به في الإمبراطورية، لكن أكيفا لم يكن يفكر فيه إلا على أنه النهاية. فقد كانت

النهاية في ذهنه دائماً سقوط لوراميندي والانتقام من الوحوش الذين كانت هتافاتهم الوحشية مرافقة لموت مادريغال. أما ما سيأتي بعد ذلك، فقد كان بالكاد يفكر فيه. لقد افترض أنه كان سيموت مثل كثير من الجنود الآخرين، ولكنه الآن يرى أن الموت سيكون سهلاً جداً.

عِش في العالم الذي صنعته أنت، كان يقول لنفسه كل صباح وهو ينهض من فراشه. أنت لا تستحق الراحة.

كانت العواقب قبيحة. كل يوم كان مجبراً على أن يكون شاهداً على ذلك: قوافل العبيد التي كانت تتحرك، وهياكل المعابد المحترقة والمدمرة والمدنسة، والقرى الصغيرة المحطمة، والخانات التي كانت تتصاعد منها أعمدة الدخان دائماً من بعيد.

كان أكيفا قد أعدّ هذا الأمر، لكن إذا كان انتقامه الخاص قد استنفد منذ زمن طويل، فإنَّ انتقام الإمبراطور لم يكن كذلك. فقد سُحِقَت الأراضي الحرة - وهو إنجاز سهَّلته الحقيقة المثيرة للشفقة أن آلافاً لا حصر لها من الكيميرا فروا إلى لوراميندي طلباً للأمان، ليحترقوا أحياءً في لحظاتها الأخيرة - وكان توسع الإمبراطورية جارٍ على قدم وساق.

لم يكن الشمال المأهول بالسكان من أراضي الكيميرا سوى أعتاب قارة برية عظيمة، وعلى الرغم من أن القوة الرئيسية لجيوش جورام كانت قد عادت إلى الوطن، فقد استمرت الدوريات تتحرك كظل الموت في الجنوب أكثر فأكثر، تهدم القرى وتحرق الحقول، وتسبي العبيد، وتخلّف الجثث خلفها. ربما كان ذلك من عمل الإمبراطور، ولكن أكيفا جعل ذلك ممكناً، وكان يراقب بعينين كئيبتين، ويتساءل كم رأت كارو قبل أن تموت، وكم كان كرهها شديداً في النهاية.

وظنَّ أنها لو كانت على قيد الحياة لما استطاع أن ينظر في عينيها.

لو كانت على قيد الحياة.

وبقيت روحها، ولكن بسبب أكيفا تلاشى البعث من جديد. وفي إحدى لحظاته المظلمة، بدأت السخرية تضحكه ولم يستطع التوقف، وكانت الأصوات التي صدرت منه، قبل أن تتناقص في النهاية إلى تنهدات، بعيدة كل البعد عن الضحك حتى لكأنها كانت انقلاباً قسرياً للضحك - مثل روح تُسحب من الداخل لتكشف عن لحمها الخشن.

كان في كهوف كيرين عندما حدث ذلك، ولم يكن هناك من يسمعه. رجع ليستعيد الوعاء الذي خبأه هناك. لقد كانت رحلة يوم، وجلس مع الوعاء وحاول أن يصدق أنه كان كارو، ولكنه حين وضع يده على الفضة الباردة لم يشعر بشيء، وغمره شعور عميق بالعدم، حتى إنه سمح لنفسه بالأمل في أن روحها ليست روحها التي بداخله - لا يمكن أن تكون هي. كان سيشعر بها لو كانت هي؛ كان سيعرف. وهكذا قام برحلة العودة عبر البوابة إلى عالم البشر، حتى وصل إلى براغ، حيث أطل من نافذتها كما أطل من قبل، ورأى... شخصين نائمين متعانقين.

كان أمله مثل استنشاق هواء مثلج - كان مؤلماً - وبنفس الحدة والمفاجأة كانت غيرته. في لحظة كان ساخناً وبارداً في آنٍ واحد، وكانت يداه تنقبضان بشدة إلى درجة أنهما كانتا تحرقانه. سرى الأدرينالين في عروقه وتركه يرتجف، ولم تكن هي.

لم تكن هي، وفي لحظة خاطفة شعر بالراحة. أعقبتها خيبة أمل ساحقة واشمئزاز ذاتي لما كانت عليه ردة فعله.

انتظر حتى استيقظ صديقا كارو. كانا الموسيقي والفتاة الصغيرة ذات النظرة الشرسة التي قد تنافس قسوة ليراز. تابعهما طوال اليوم، يترقب في كل لحظة ظهور كارو، لكنها لم تظهر. لم تكن هنا. وفي لحظة طويلة، وقف صديقها بلا حراك، عينيه تتفحصان الحشود على الجسر، وعلى أسطح المباني، وحتى في السماء-كانت نظرة بحث عميقة، أكدت لأكيفا أنها غير

موجودة هنا أيضاً. لم تكن هناك أي شائعات أو همسات في إريتز تدل على وجودها؛ لا شيء سوى المبحرة التي تحمل تفسيراً مريعاً ووحيداً.

ولمدة شهر، ترك أكيفا حياته تقوده. قام بواجبه، حيث كان يجري دوريات في الركن الشمالي الغربي من الممتلكات الحرة السابقة بسواحلها البرية وجبالها المنخفضة المترامية الأطراف.

القلاع مرصعة بالمنحدرات والقمم.

كان معظمها، مثل هذا الحصن، محفوراً في طبقات عمودية في الصخور لحمايتها من الهجوم الجوي، لكن في النهاية لم يكن الأمر مهماً. فقد شهد رأس أرماسين واحدة من أعنف المعارك في الحرب - خسائر فادحة في الأرواح من كلا الجانبين - لكنه سقط. كان العبيد يعملون الآن في إعادة بناء أسوار الحامية، وكان أسيادهم الذين يستخدمون السياط لا يبتعدون أبداً عنهم، وكان أكيفا يجد نفسه يراقبهم وكل عضلة في جسده مشدودة كالأسلاك اللولبية.

هو من فعل هذا.

أحياناً كان يكافح لكتم الصرخات التي تعصف برأسه، محاولاً إخفاء يأسه أمام رفاقه. وأحياناً كان ينجح في تشتيت ذهنه: بالتدريبات، بالسحر السري، أو بالسعي خلف مغفرة هازايل وليراز. وكان يمكن أن يستمر هكذا لو لم تصل العواقب إلى الإمبراطورية.

في ليلة واحدة، اجتاح الإمبراطور غضب هائل، صرخاته المرعبة كادت تعيد العواصف إلى البحر، وأسقطت براعم السيكوركس قبل أن تتفتح في حدائق أستراي. في تلك الأراضي البرية، التي كانت تنهار تحت وطأة قوافل العبيد والمذابح، بدأ شخص ما في قتل الملائكة.

وأياً كان، فقد كان بارعاً... إلى حد مخيف.

# 9

# أسنان

*"مرحباً، زوز".*

"همم؟" كانت زوزانا على الأرض وأمامها مرآة موضوعة على كرسي، ترسم نقاطاً وردية على وجنتيها، ومضت لحظة قبل أن تتمكن من النظر إلى أعلى. وعندما فعلت ذلك، رأت ميك يراقبها بتلك التجعيدة الصغيرة التي كانت تظهر بين حاجبيه أحياناً. تجعيدة رائعة.

سألته: "ما الأمر؟".

عاد ميك بنظره إلى التلفاز أمامه. كانا في الشقة التي يتقاسمها مع اثنين من زملائه الموسيقيين؛ لم يكن هناك تلفاز في شقة كارو، حيث أصبحت زوزانا تقضي معظم وقتها هذه الأيام، خاصة بعدما بدأت ضجة وسائل الإعلام تتلاشى.

كانت العادة أن يقضيا لياليهما هناك.

بينما ميك يتناول رقائق الحبوب ويتابع الأخبار، كانت زوزانا تستعد

للعرض اليومي. على الرغم من أن عروض الدمى كانت تدرّ عليهما الكثير من المال، إلا أن زوزانا كانت تشعر بالضيق من الأمر برمته.

تكمن المشكلة في عروض الدمى المتحركة في أنك يجب أن تستمر في تقديمها مراراً وتكراراً، وهو ما يتطلب مزاجاً لم تكن تملكه. فهي تشعر بالملل بسهولة شديدة.

ولكن ليس من ميك.

كانت قد سألته مؤخراً: "ما خطبك؟ أنا تقريباً لا أحب الناس أبداً، حتى ولو قليلاً. لكنني لا أسأم أبداً من وجودي معك".

قال: "إنها قوتي الخارقة. القدرة الفائقة على التحمّل".

لكن الآن، عاد نظر ميك إلى الشاشة، وتجاعيد القلق تعمّقت على جبينه.

قال: "كارو كانت تجمع الأسنان، أليس كذلك؟".

"أمم، نعم". قالت زوزانا بصوت مشتت وهي تبحث عن رموشها الصناعية. "من أجل بريمستون".

"أي نوع من الأسنان؟".

"كل الأنواع. لماذا؟".

"هاه".

هاه؟ التفت ميك مرة أخرى إلى التلفزيون، وكانت زوزانا متيقظة للغاية فجأة. "لماذا؟" سألت مرة أخرى وهي تنهض من على الأرض.

قال ميك وهو يشير بجهاز التحكم عن بعد لرفع مستوى الصوت: "يجب أن تري هذا".

# 10

# خلايا النحل

"كانوا يعلمون أننا قادمون".

وقف ثمانية من السيرافيم في قرية مهجورة، آثار الرحيل المفاجئ ظاهرة في كل زاوية: الأبواب مواربة، الدخان يتصاعد من المداخن، وكيس قمح مرمي على الأرض بعد أن انزلق من ظهر عربة مسرعة. وبينما كانت بيثينا، إحدى الملائكة، تتجوّل بنظرها، لفت انتباهها مهد صغير بجانب السور. كان منحوتاً بدقة، مصقولاً بفعل الزمن، ويمكنها أن ترى البصمات التي تركتها الأجيال المتعاقبة وهي تهدهد الأطفال به. وكأنها تستطيع أن ترى المشاهد نفسها، الأم التي تقف هنا في لحظة ألم وقرار، تدرك أن المهد أثقل من أن تحمله معها وهي تهرب من منزلها.

قال أحد الجنود الآخرين: "بالطبع كانوا يعلمون بأننا قادمون لأخذهم جميعاً". قالها وكأنها حقيقة مطلقة، كأن كلماته كانت تستطيع أن تعكس ضوء الشمس.

رمقته بيثينا بنظرة مرهقة ومتعبة.

كيف يمكنه أن يحشد حماسة لهذا؟ الحرب شيء واحد، لكن هذا... كان هؤلاء الكيميرا مخلوقات بسيطة يزرعون الطعام ويأكلونه، ويهدهدون أطفالهم في حمالات ملساء، وربما لم يريقوا قطرة دم واحدة. لم يكونوا شيئاً مثل الجنود العائدين الذين قاتلتهم الملائكة طوال حياتهم - طوال تاريخهم - الوحوش الضارية المتوحشة التي كانت تقطعهم إلى نصفين بضربة واحدة، وترسلهم يترنحون بقوة عيونهم الشيطانية المحبرة، وتمزق حناجرهم بأسنانها.

كان هذا مختلفاً. لم تتغلغل الحرب إلى هنا أبداً؛ فقد أبقاها أسياد الحرب محصورة في أطراف الأرض. لم تكن نصف هذه القرى الزراعية المتناثرة تعرف كيف تشكلت الميليشيات، وعندما كان لديهم ميليشيات، كانت مقاومتهم مثيرة للشفقة.

انكسرت الكيميرا- لوراميندي علامة النهاية. كان أمير الحرب قد مات، والعائدون من الموت أيضاً. لم يعد هناك عائدون.

"ماذا لو تركناهم يهربون؟" قالت بيثينا وهي تنظر إلى الأرض الخضراء الجميلة، وتلالها الضبابية الناعمة كضربات الفرشاة.

ضحك العديد من رفاقها وكأنها قد أطلقت نكتة. تركتهم يعتقدون أنها فعلت ذلك، على الرغم من أن محاولتها في الابتسام لم تنجح. بدا وجهها خشبياً ودمها بطيئاً في عروقها. بالطبع لم يتمكنوا من تركهم يذهبون. كان مرسوم الإمبراطور أن يتم تطهير الأرض من الوحوش. خلايا النحل، كان يسمي قراهم. الغزاة.

نوع هزيل من خلايا النحل، فكرت. قرية بعد أخرى ولم ينكسر الفاتحون مرة واحدة. كان هذا العمل سهلاً للغاية.

قالت بوجه متخشب وقلب قاس: "إذاً لننتهِ من الأمر. لا يمكن أن

يكونوا قد ابتعدوا كثيراً".

كان من السهل تتبع أثر القرويين الهاربين؛ المواشي تركت فضلات طازجة على الطريق الجنوبي. بالطبع، كانوا يتوجهون نحو الهينترموست، ولكنهم لم يبتعدوا كثيراً.

على بعد ثلاثة أميال فقط، مر الطريق تحت قوس من قناة مائية قديمة، هيكل ضخم ثلاثي الطوابق منهار جزئياً، وكانت الحجارة المتساقطة تسد الممر. من السماء، كان الطريق يبدو خالياً، يلتف عبر وادٍ ضيق كأنه شق في نسيج الأرض الخضراء، تحيطه غابة كثيفة على الجانبين. لكن آثار الهاربين -من فضلات وأقدام- توقفت فجأة.

قال هالام، المليء بالحماس: "إنهم يختبئون تحت القناة." وسحب سيفه.

"انتظروا". شعرت بيثينا بالكلمة تتشكل على شفتيها، ونطقت بها.

نظر زملاؤها الجنود الثمانية إليها. وكانت قافلة العبيد تتحرك بخطى متثاقلة في البر، وكانوا متأخرين عنهم بيوم واحد.

ثمانية من جنود السيراف أكثر من كافين للقضاء على قرية كهذه. هزت رأسها. قالت: "لا شيء"، وأشارت لهم إلى الأسفل.

يبدو الأمر وكأنه فخ. كان هذا ما فكرت فيه، لكنه كان بمثابة عودة إلى الحرب، وقد انتهت الحرب.

نزل السيرافيم على جانبي الممر السفلي وحاصروا الوحوش في المنتصف. أمام احتمال وجود رماة - لم يكن هناك معادل أعظم من السهام - ظلوا قريبين من الحجر، بعيداً عن المدى. كان النهار ساطعاً، والظلال سوداء عميقة.

فكرت بيثينا أن عيون الكيميرا قد اعتادت على الظلام، فالضوء سيبهرها. فكرت في الأمر وأعطت إشارتها. قفزت بجناحيها الناريين وسيفها منخفض

وجاهز. توقعت رؤية الماشية، والقرويين المرتعدين، والصوت الذي أصبح مألوفاً: أنين الحيوانات المحاصرة.

رأت الماشية والقرويين المرتعدين. رسم لهم جناحاها صورة مروعة. كانت عيونهم تلمع كالزئبق ساطعة كالمخلوقات التي تعيش في الليل. لم يكونوا يئنون.

انطلقت ضحكة؛ بدا صوتها كصوت عود ثقاب: جاف، مظلم. كل شيء خاطئ. وعندما رأت الملاك بيثينا ما كان ينتظرها تحت القناة، عرفت أنها كانت مخطئة. لم تكن الحرب قد انتهت.

رغم أنها انتهت بالنسبة إليها وإلى رفاقها فجأة.

# 11

## السبب الذي لا يمكن فهمه

شبح، قال مذيع الأخبار.

في البداية، كانت الأدلة على التعدي على ممتلكات الغير ضئيلة للغاية، بحيث لا يمكن أخذها على محمل الجد، وبالطبع كانت هناك مسألة استحالة حدوث ذلك. لا يمكن لأحد أن يخترق الأمن عالي التقنية لنخبة متاحف العالم ولا يترك أي أثر. لم يكن هناك سوى وخزات من القلق على طول العمود الفقري لأمناء المتاحف، والشعور المخيف الذي لا يمكن مقاومته بأن شخصاً ما كان هناك.

ولكن لم يُسرق أي شيء. لم يكن هناك شيء مفقود.

هذا ما أمكنهم معرفته.

كان متحف فيلد في شيكاغو هو الذي التقط دليلاً على وجود الدخيل. في البداية، مجرد خيط خفيف على لقطات كاميرات المراقبة الخاصة بهم: خيط محير من الظل على حافة البصر، ثم للحظة واحدة - خطوة واحدة خاطئة انزلاقية جلبتها بوضوح إلى الإطار – إنها فتاة.

كان الشبح فتاة.

ووجهها غير ظاهر بوضوح، كان مائلاً بعيداً عن الكاميرا. فقط لمحة من عظمة وجنتها المرتفعة وعنقها الطويل. كان شعرها مخفياً تحت قبعة، وخطوة واحدة فقط جعلتها تختفي مرة أخرى، لكنها تركت أثراً لا يُمحى.

كانت حقيقية. كانت هناك- تحديداً في الجناح الأفريقي. ولهذا، بدأ المسؤولون بالتدقيق في كل تفصيل، بحثاً عن أي شيء غير مألوف. عندها اكتشفوا أن شيئاً ما قد سُرق.

ولم يكن الأمر مقتصراً على فيلد. عندما بدأت المتاحف الأخرى في البحث، اكتشفوا فقداناً مشابهاً، لم يلاحظه أحد من قبل. لقد كانت الفتاة دقيقة للغاية. لم تكن السرقات واضحة للعين المجردة. كان عليك أن تعرف بالضبط أين تبحث لتدرك ما سُرق.

لقد هاجمت ما لا يقل عن عشرة متاحف في ثلاث قارات. وسواء كان ذلك مستحيلاً أم لا، فإنها لم تترك حتى بصمة واحدة، أو أطلقت جرس إنذار واحد.

أما بالنسبة إلى ما سرقته... فسرعان ما طغت الكيفية على السبب الذي لا يمكن فهمه.

إلى أي حد ممكن؟

من شيكاغو إلى نيويورك، لندن إلى بكين، كانت تسرق شيئاً غريباً من داخل المجسمات، من أفواه الأسود المتجمدة، ومن فكوك الكلاب البرية، ومن ألسنة تنانين الكومودو وثعابين البايثون، ومن ذئاب القطب الشمالي المحنطة.

إنها الفتاة، الشبح... التي تسرق الأسنان.

# 12

## أشعر بالسعادة


**من:** كارو <bluekarou@hitherandthithergirl.com>

**الموضوع:** لم أمت بعد

**إلى:** زوزانا <rabidfairy@shakestinyfist.net>


لم أمت بعد ("لا أريد أن أركب العربة!")

أين أنا وماذا أفعل؟

قد تتساءلين.

فتاة غريبة الأطوار، كما تقولين؟

لا يمكنك تخيل ذلك. أنا كاهنة قلعة رملية. في أرض من الغبار وضوء
النجوم. حاولي ألا تقلقي. أنا أفتقدك أكثر مما يمكنني أن التعبير عنه.


محبتي لميك.

(ملاحظة: "أشعر بالسعادة... أشعر بالسعادة...").

# 13

## عدم التماثل

ضوء يتسلل من خلال الرموش.

تتظاهر كارو بالنوم، في حين أن أطراف أصابع أكيفا تلامس جفنيها برفق، تنزلق بلطف على منحنى خدها. تشعر بحرارة نظرته وكأنها ضوء دافئ يحيط بها. أن ينظر إليها أكيفا، يشبه الوقوف تحت الشمس.

يهمس بالقرب من أذنها: "أعلم أنكِ مستيقظة. هل تعتقدين أنني لا أستطيع أن أعرف؟".

تبقي عينيها مغمضتين ولكنها تبتسم وتقول: "ششش، أنا في حلم".

"إنه ليس حلماً. إنها حقيقة".

"كيف لك أن تعرف؟ أنت لست فيه حتى". تشعر بالمرح، والسعادة والصواب. يقول: "أنا فيه كله. إنه المكان الذي أعيش فيه الآن".

تتوقف عن الابتسام. للحظة لا تستطيع أن تتذكر من هي، أو أين. هل هي كارو؟ مادريغال؟

يهمس أكيفا: "افتحي عينيك". تعود أطراف أصابعه إلى جفنيها. "أريد أن أريكِ شيئاً".

تتذكر في الحال وتعرف ما يريدها أن تراه. "لا!". حاولت أن تستدير، لكنه تمكن منها. إنه يفتح عينيها. يضغط بأصابعه، لكن صوته لا يفقد شيئاً من نعومته.

"انظري"، إنه يقنعها. يضغط "انظري".

وهي تفعل.

\* \* \*

شهقت كارو. لقد كان واحداً من تلك الأحلام التي تغزو المسافة بين الثواني، وتثبت أن للنوم فيزياءه الخاصة - حيث يتقلص الزمن ويتضخم، وتنقضي الأعمار في لمح البصر، وتحترق المدن وتتحول إلى رماد بمجرد رفرفة من الرموش. جلست منتصبة، مستيقظة - أو هكذا كانت تظن - فانتفضت وأسقطت ضرس النمر الذي كانت تحمله. طارت يداها إلى عينيها. كانت لا تزال تشعر بضغط أصابع أكيفا عليها.

حلم، مجرد حلم. اللعنة كيف دخل؟ أحلام نسر متربصة، تحوم حولها، تنتظر فقط أن تغفو. خفضت يديها محاولة تهدئة الاندفاع العنيف لضربات قلبها. لم يكن هناك شيء لتخاف منه. لقد رأت الأسوأ بالفعل.

كان من السهل إبعاد الخوف. أما الغضب فكان شيئاً آخر. أن تتغلب عليها تلك الموجة من الصواب الكامل، بعد كل شيء... كانت كذبة قذرة. لم يكن هناك شيء صحيح حول أكيفا. كان هذا الشعور قد انزلق إليها من حياة أخرى، عندما كانت مادريغال الكيرينية، التي أحبت ملاكاً وماتت من أجله. لكنها لم تعد مادريغال بعد الآن، أو كيميرا.

أصبحت كارو. أصبحت بشرية.

نوعاً ما.

ولم يكن لديها وقت للأحلام.

على الطاولة أمامها، كانت هناك قلادة باهتة على ضوء زوج من الشموع. تتألف القلادة من أسنان بشرية وأنياب أيل متناوبة، وخرزات من العقيق، وأشرطة حديدية ذات ثمانية جوانب، وأنابيب طويلة من عظم الخفاش، مما جعلها تتدلى في عدم التناسق، وضرس نمر وحيد - كان رفيقه قد انزلق تحت الطاولة عندما أسقطته.

لم يكن عدم التماثل، عندما يتعلق الأمر بقلائد العائدين من الموت، أمراً جيداً. فقد كان كل عنصر - السن والخرزة والعظم - عنصراً حاسماً في الجسم الناتج، وأصغر عيب يمكن أن يكون معوّقاً.

دفعت كارو الكرسي خلفها، وركعت على ركبتيها تبحث في الظلام تحت الطاولة. بأصابعها لامست فضلات الفئران، قطع الخيوط المقطوعة، وشيئاً رطباً كانت تأمل أن يكون مجرد حبة عنب تدحرجت تحت الطاولة- دعيها تبقى غامضة، فكرت، وتركتها- لكن الناب، لم يكن هناك.

أين أنت أيها الناب؟

لم يكن لديها بديل. لقد حصلت عليه في براغ منذ أيام، وكان نصف مجموعة متطابقة. عذراً على الساق المفقودة، يا أمزالاغ. تخيلت نفسها تقول: فقدتُ سناً.

بدأت تضحك بصوت صاخب ومنهك. كان بإمكانها أن تتخيل كيف سيحدث ذلك. حسناً، ربما لن يتذمر أمزالاغ على الأرجح. كان جندي الكيميرا عديم الفكاهة قد بُعث من جديد في العديد من الأجساد إلى درجة أنها اعتقدت أنه سيتقبل الأمر بهدوء - من دون تذمر - ويتعلم كيف يتصرف

بدون ساقه. ومع ذلك، لم يكن جميع الجنود رزينين بشأن منحنى تعلمها. في الأسبوع الماضي عندما جعلت أجنحة الغريفون ميناس أصغر من أن تحمل وزنه، لم يكن متسامحاً.

قال بغضب: "لم يكن بريمستون ليرتكب خطأ سخيفاً كهذا".

حسناً، أرادت كارو أن ترد بكل الجدية والنضج الذي يمكنها حشدهما. لم يكن هذا علماً دقيقاً في البداية، خاصة عندما يتعلق الأمر بنسبة الجناح إلى الوزن. لو علمت كارو ما ستكون عليه عندما تكبر، ربما كانت اختارت دروساً أخرى. لقد كانت فنانة، وليست مهندسة.

أنا باعثة الحياة.

برزت الفكرة في رأسها، مسطحة وغريبة كالعادة.

زحفت تحت الطاولة. لا يمكن أن يكون الناب قد اختفى تماماً. ثم، شعرت بنسيم بارد يلامس أصابعها من خلال شقّ في الحجر. كانت هناك فتحة. لا بد أن الناب سقط عبر الأرضية. استندت إلى الوراء. ملأها سكون جليدي. كانت تعرف ما عليها فعله الآن. كان عليها أن تنزل إلى الطابق السفلي وتسأل ساكن الغرفة في الأسفل إن كان بإمكانها البحث عنه. كان هناك تردد عميق يثبتها على الأرض. أي شيء إلا ذلك.

أي شيء إلا هو.

هل هو هناك الآن؟

شعرت بوجوده، أحياناً كانت تتخيل أنها تستطيع أن تشعر به وهو يشع من خلال الأرضية. ربما يكون نائماً الآن- كان منتصف الليل. لا شيء سيجعلها تذهب إليه في منتصف الليل. يمكن للقلادة أن تنتظر حتى الصباح.

على الأقل كانت تلك هي الخطة.

ثم جاء الطرق على الباب.

عرفت على الفور من الطارق. لم يكن لديه أي تردد في المجيء إليها في الليل.

لقد كانت طرقته ناعمة، وكانت النعومة تزعجها أكثر من أي شيء آخر، فقد كان يشعر بالحميمية والسرية. لم تكن تريد أي أسرار معه.

كارو؟ كان صوته رقيقاً، كل عضلة في جسدها تصلبت. كانت تعرف أكثر من أي شخص آخر أن هذه الرقة كانت خدعة. لن تجيب. الباب كان موصداً. عله يعتقد أنها نائمة.

قال: "لديّ نابك. لقد سقط للتو على رأسي".

حسناً، اللعنة. لم تستطع أن تتظاهر بالنوم إذا كانت قد أسقطت ناباً على رأسه. ولم تكن تريده أن يعتقد أنها كانت تختبئ منه أيضاً.

اللعنة، لماذا لا يزال يؤثر عليها بهذه الطريقة؟ واتجهت كارو إلى الباب بصرامة واستقامة، وكانت ضفيرتها تتأرجح في قوس أزرق خلفها، ثم وصلت إلى الباب، وسحبت العارضة القديمة - التي كانت في المقام الأول دفاعاً عنه - وفتحته. ومدت يدها لتناول الناب.

كل ما كان عليه فعله هو أن يسقطه على كفها ويبتعد، لكنها كانت تعرف - بالطبع كانت تعرف - أن الأمر لن يكون بهذه البساطة.

مع الذئب الأبيض، لن يكون الأمر كذلك.

# 14

## هذا خراب الملائكة

الذئب الأبيض.

الابن البكر لأمير الحرب، بطل القبائل المتحدة وقائد جيوش الكيميرا.

ما تبقى منهم.

ثياغو.

كان يقف في الممر، أنيقاً وجذاباً في قميصه الأبيض الناصع الذي لا يحمل أي تجعيدة، شعره الأبيض الحريري مربوط بعناية إلى الخلف بخيط جلدي. بياض شعره لم يكن انعكاساً لعمر جسده، بل لشيء آخر. روحه كانت عجوزاً، مئات السنين من الحروب التي لا تنتهي والموت المتكرر، مرات لا تُحصى، الكثير منها كان موته هو. لكن جسده كان في أوج قوته، مصمماً بأقصى إتقان من قبل بريمستون ليكون مثالياً.

لقد كان بشرياً في مظهره، وقد صُنع حسب مواصفاته الخاصة: بشري في الظاهر ولكنه وحش في التفاصيل. كانت ابتسامته البشرية الجسدية

تكشف عن أنيابه الحادة، وكانت يداه القويتان تنتهيان بمخالب سوداء، وكانت ساقاه تتحولان عند منتصف الفخذ إلى رجلي ذئب. لقد كان وسيماً للغاية - كان وسيماً جداً - بطريقة ما كان قاسياً وراقياً في آن واحد، مع مسحة من الوحشية التي تجعل كارو تشعر بخطر محدق كلما كان بالقرب منها ولا عجب في ذلك، بالنظر إلى تاريخهما.

كان يمتلك ندوباً جديدة لم تكن موجودة عندما عرفته لأول مرة، حين كانت مادريغال. خطٌ من الندوب شق حاجبه وامتد نحو شعره؛ آخر قطع حافة فكه وانحدر على عنقه، يجذب العين نحو عضلات كتفيه القوية والمتناسقة.

لم يكن قد خرج سالماً من آخر معارك الحرب الطاحنة الأخيرة، لكنه خرج منها حياً، بل وأكثر جمالاً بسبب الندوب التي جعلته يبدو أكثر واقعية. في مدخل بيت كارو الآن، كان حقيقياً جداً، وقريباً جداً، وأنيقاً جداً، وموجوداً أيضاً. لطالما كان الذئب الأبيض أكبر من الحياة.

"ألا تستطيعين النوم؟"، سأل بصوت منخفض وهادئ، بينما كان يمسك بالناب في يده المفتوحة، لكنه لم يقدمه لها.

أجابت كارو بسخرية: "النوم؟ يا له من مفهوم لطيف. هل الناس ما زالوا يفعلون ذلك؟".

قال: "إنهم يفعلون ذلك، إن استطاعوا". كانت هناك شفقة في نظرته - شفقة! - حيث أضاف بهدوء: "أنا أيضاً أعاني منها، كما تعلمين".

لم يكن لدى كارو أي فكرة عما كان يتحدث عنه، لكنها استشاطت غضباً من نعومته.

قال: "الكوابيس".

أوه. تلك الكوابيس. كذبت: "ليس لدي كوابيس".

لم ينخدع ثياغو. "عليك أن تعتني بنفسك يا كارو. أو" - ونظر خلفها إلى غرفتها - "دعي الآخرين يعتنون بكِ".

حاولت أن تملأ مدخل بيتها حتى لا تفسر أي مساحة صغيرة على أنها دعوة للدخول. قالت: "لا بأس. أنا بخير".

لقد تقدم إلى الأمام على أي حال، بحيث كان عليها إما أن تتراجع أو أن تتسامح مع قربه. وقفت في مكانها. كان حليق الذقن وتفوح منه رائحة المسك. لم تعرف كارو كيف استطاع أن يكون نظيفاً دائماً في هذا القصر المبني من التراب.

كانت تعرف. لم يكن هناك كيميرا لا ينحني بسرور لتلبية احتياجات الذئب الأبيض. حتى إنها كانت تشكّ في أن خادمته تين كانت تمشط له شعره. بالكاد كان عليه أن ينطق بما يريده؛ فقد كان ذلك متوقعاً، وقد تم بالفعل.

والآن، كان يريد دخول غرفتها. أي شخص آخر كان سيتراجع عند أول إشارة منه، لكن كارو لم تفعل. رغم أن قلبها كان ينبض كقلب طائر صغير مذعور لقربه منها.

لم يضغط ثياغو عليها. توقف مؤقتاً وتأملها. كانت كارو تعرف كيف تبدو: شاحبة ومتجهمة ونحيفة متضائلة. كانت عظام ترقوتها بارزة أكثر من اللازم، وكانت ضفيرتها متناثرة، وعيناها السوداوان تلمعان من الضجر، وكان ثياغو يحدق فيهما.

كرر ذلك متشككاً: "هل هذا جيد؟ حتى هنا؟". قام بلمس عضلات ذراعيها بأصابعه فتجاهلت هي ذلك، وتمنت لو كانت ترتدي أكماماً. لم تكن تحب أن يرى أحد كدماتها، ولا هو على الأقل؛ فقد جعلها ذلك تشعر بالضعف قالت: "أنا بخير".

"ستطلبين المساعدة، أليس كذلك، إذا كنت بحاجة إليها؟ على أقل تقدير، يجب أن يكون لديك مساعد".

"لا أحتاج إلى-".

قال: "طلب المساعدة ليس ضعفاً" توقف مؤقتاً، ثم أضاف: "حتى بريمستون كان بحاجة إلى المساعدة".

كان بإمكانه أيضاً أن يمدّ يده إلى صدرها ويستولي على قلبها.

بريمستون نعم، لقد حصل على مساعدة، بما في ذلك، ظاهرياً، هي نفسها. ومع ذلك، أين كانت بينما كان يتم تعذيبه وذبحه وحرقه؟ ماذا كانت تفعل بينما كان قاتلاه من الملائكة يحرسان بقاياه المحترقة ويضمنان زواله؟

إيسّا، ياسري، تويغا، وكل روح في لوراميندي. أين كانت عندما تبعثرت أرواحهم كطائرات ورقية مقطوعة خيوطها؟

"لقد ماتوا يا كارو. فات الأوان. مات الجميع".

كانت تلك هي الكلمات التي دمرت سعادة كارو قبل شهر في مراكش. قبل ذلك بدقائق، كانت هي وأكيفا قد أمسكا بعظمة الأمنيات بينهما وكسراها، وعادت إليها حياتها كمدريغال - كل الذكريات التي أخذها بريمستون لحفظها - بسرعة. كانت تشعر بحرارة الكتلة التي وضعت رأسها عليها بينما كان الجلاد يرفع نصله، وكانت تسمع صرخة أكيفا - شيء انتزع من روحه - وكأن صداها كان محبوساً في عظمة الأمنيات أيضاً.

قبل ثمانية عشر عاماً، كانت قد ماتت. وكان بريمستون قد أعادها إلى الحياة في الخفاء، وعاشت هذه الحياة البشرية دون أن تعرف الحياة التي قبلها. ولكن في مراكش عاد إليها كل شيء، واستيقظت - وقد انضمت إلى

حياتها التي كانت جارية بالفعل - لتجد نفسها وقد انكسرت عظمة الترقوة في يدها وأكيفا أمامها كأعجوبة.

كان هذا هو الشيء الأكثر إثارة للدهشة - أنهما وجدا بعضهما البعض، حتى عبر العوالم والأزمان. وللحظة نقية ومشرقة، عرفت كارو الفرح.

ذلك الفرح الذي ختمه عكيفا بتلك الكلمات، التي قالها في خجل عميق، وحزن شديد.

"لقد ماتوا جميعاً".

لم تصدق ذلك. لم يكن عقلها ببساطة ليقترب من هذا الاحتمال.

عندما تبعت الملاك المشوّه، رازغوت، من سماء الأرض إلى سماء إريتز، تشبثت بآخر بقايا الأمل؛ أمل أن ما قاله أكيفا لم يكن سوى كابوس لن يتحقق- لا يمكن أن يكون صحيحاً-. لكن ما إن وصلت إلى المدينة... حتى وجدت الفراغ. لم يكن هناك مدينة. لم تستطع استيعاب الخراب الذي أمامها. لقد عاشت هناك يوماً، وكانت مليون روح من الكيميرا تعيش هناك أيضاً. والآن؟

رازغوت، ذلك الكائن الكريه، ضحك وهو ينظر إلى الدمار؛ وكان ذلك آخر شيء تتذكره عنه. منذ تلك اللحظة، كانت في دوامة، غير قادرة على تذكر كيف افترقا، أو أين ذهبت بعد ذلك.

كل ما كانت تعرفه في تلك اللحظة هو خراب لوراميندي. فوق ذلك المشهد الأسود القاتم خيم شيء لم تشعر به كارو من قبل: فراغ عميق إلى درجة أن الجو نفسه كان يبدو رقيقاً، كان يبدو مكشوطاً، مثل جلد حيوان تم تمديده على رف وتقطيعه حتى ينظف.

ما كانت تشعر به لم يكن سوى الغياب الكامل للأرواح.

"فات الأوان".

لم تكن تدري كم من الوقت مضى وهي تتجول بين الأنقاض. كانت في حالة من الصدمة. ذكرياتها كانت تتداخل، تتشابك.

حياتها كمادريغال بدأت تمتزج مع حياتها الحالية ككارو، وكل لحظة كانت مشحونة بالموت، بالفقدان. وفي أعماق هذا الحزن المذهل، كانت الحقيقة تلسعها: هي من ساعدت على هذا الخراب. هي من أحبت العدو. هي من أنقذته.

وهو من تسبب في كل هذا.

يا لها من مرارة، مرارة أن يكون الخراب من صنع الملائكة.

وعندما اخترق الصوت الصمت الرهيب من حولها، استدارت بغريزة محاربة. سكاكينها الهلالية قفزت إلى يديها، جاهزة لجعل الملائكة يدفعون ثمناً باهظاً. لو كان أكيفا من وقف أمامها في تلك الأنقاض، لم تكن لتمنحه فرصة ثانية للحياة. لكنه لم يكن أكيفا، ولم يكن أي ملاك آخر.

كان ثياغو.

قال بدهشة: "أنتِ... هل هذه حقاً أنتِ؟".

لم تستطع كارو أن تتفوه بكلمة. نظر إليها الذئب الأبيض من أعلى رأسها إلى أخمص قدميها، وشعرت بالاشمئزاز يتسلل إليها. ذكرياتها كانت تلتهب في داخلها، وغليان الكراهية صعد من أعماق روحها المنكسرة. وسط صدمتها، كانت تشعر بغضب عارم- غضب على الكون لظلمه المستمر، وغضب عليه... لأنه كان الناجي الوحيد.

من بين جميع الأرواح التي كان يمكن لها النجاة من المذبحة، كان قاتلها هو من نجا.

# 15

# مكسور

كان يجب أن تدرك تلك الليلة، في حياة أخرى وجسد آخر، أنها ملاحقة، لكن الفرحة العارمة طمست حذرها.

كانت مادريغال من قبيلة الكيرين، وكانت عاشقة. أسيرة حلم جسور وغامض. لليالٍ متتالية، كانت تطير تحت جنح الظلام إلى معبد إيلاي حيث ينتظرها أكيفا، مضطرباً بنار حبٍ جديد، مشتعلاً مثلها بتوقٍ لإعادة تشكيل العالم. كانت لحظة الوصول دائماً هي الأحب إلى قلبها؛ تلك اللحظة التي تلتقط فيها أول نظرة لوجهه المرفوع نحوها، وهي تهبط بين أغصان أشجار الريكويم.

كان يضيء برؤيتها كما تضيء عيناها به، فتجتاحها سعادة غامرة وهي ترى دهشته وفرحه الواضحين. كان يمد ذراعيه نحوها، يداه تتسللان على ساقيها وهي تنزل، ثم تلتفان حول وركيها، يسحبها نحوه قبل أن تلمس قدماها الأرض، لتلتقي شفاههما في قبلة مشبوبة.

ضحكت وهي تلامس شفتيه، جناحاها ما زالا مفتوحين خلفها مثل مروحتين سوداويين ضخمتين، وهو يستلقي على الطحالب، تحتها تماماً. كانت اللحظة مفعمة بالدهشة والجوع، ومارسا الحب وسط بستان الإيفانجلين، على أنغام سيمفونية الليل التي عزفتها المخلوقات حولهما.

وعلى مرأى من أولئك الذين تبعوا مادريغال من المدينة.

لاحقاً، كانت ترتجف لمجرد التفكير في أنهم كانوا يشاهدون. لقد انتظروا في الظلال، لم يكتفوا بالخيانة التي تمثلت في قبلاتهما، بل أرادوا رؤية المزيد من الجرائم الفاضحة. شاهدوا كل شيء. واستمعوا لما تبعه من أحاديث.

وماذا كان جزاؤهم؟

تحرك العاشقان ببطء إلى داخل المعبد الصغير، حيث شربا من النبع المقدس، وأكلا الخبز والفاكهة التي أحضرتها مادريغال. بعدها عملا على السحر. كان أكيفا يعلمها سحر الاختفاء، ذلك السحر الذي كان بمثابة عباءة تخفيها للحظات، لكنه تطلب منها ألماً أكبر مما يمكنها احتماله. في المعبد، كانت تلمع وتختفي، تارة تظهر، وتارة تختفي.

تساءلت مبتسمة: "ماذا سأفعل من أجل الألم؟".

"لا شيء. لا ألم لك. متعة فقط". قام بمداعبتها، فدفعته مبتسمة.

"لن تساعدني المتعة على البقاء غير مرئية لفترة طويلة بما يكفي".

كانا يعرفان أن الاختباء لن يدوم، وسيحتاجان في نهاية المطاف إلى التحرك بين أراضي الكيميرا والسيرافيم من دون أن يُكتشفا.

كانا على وشك البدء في انتقاء من سينضمّ إلى قضيتهما. تلك اللحظة كانت حرجة، من سيكشفان له خططهما، ومن سيكون من الأوفياء، يتحدثان عنهم واحداً تلو الآخر.

تحدثا أيضاً عمن يجب أن يُقتل.

قال أكيفا: "الذئب، طالما هو حي، فلا أمل في السلام".

صمتت مادريغال. ثياغو، يموت؟ كانت تعلم أن أكيفا على حق، فثياغو لن يقبل بأقل من فناء كامل للعدو. لكنها كانت محتارة، رغم عدم حبها الشخصي له، إلا أن فكرة قتله أرهقتها. لعبت بالعظمة التي كانت تتدلى حول عنقها، مستغرقة في أفكارها. ثياغو كان رمز الجيش، البطل الموحد لشعبها. كل الكيميرا يتبعونه من دون تردد. قالت: "إنها مشكلة".

قال أكيفا: "أنت تعرفين ذلك كما أعرفه. جُورام أيضاً".

وإذا كان ذلك ممكناً، فقد كان الإمبراطور أكثر دموية من ثياغو. وصادف أيضاً أنه والد أكيفا. سألت مادريغال: "هل... هل تعتقد أنك تستطيع فعل ذلك؟".

قال بنبرة مريرة: "أقتله؟ ما أنا سوى قاتل؟ أنا الوحش الذي خلقه".

قالت له: "أنت لست وحشاً"، وجذبته إليها وهي تمسح على جبينه الذي كان ساخناً دائماً، وتقبّل خطوط الحبر على مفاصل أصابعه وكأنها تستطيع أن تغفر له الحياة التي تمثلها. تركا الحديث عن القتل جانباً وتمنيا في صمت أن يحصلا على العالم الذي يريدانه من دون أن يضطرا للقتل في سبيله.

أو، كما اتضح بدلاً من ذلك، الموت من أجله.

في الخارج، اتخذ ثياغو قراره. لقد سمع ما يكفي، وأشعل النار في المعبد حتى قبل أن يشتمّا رائحة الدخان أو يلمحا ألسنة اللهب، اهتزت مادريغال وأكيفا على وقع صرخات مخلوقات الإيفانجلين. لم يكن يظنا يوماً أن تلك الكائنات يمكن أن تصرخ. قفزا مبتعدين عن بعضهما، ودارا حول نفسيهما بحثاً عن أسلحة لم تكن في متناول أيديهما. لقد تركاها هناك، على

الطحالب في الخارج، جنباً إلى جنب مع ملابسهما التي كانا قد خلعاها.

أول ما نطق به ثياغو كان بلغة تفيض بالاحتقار: "كم كنتما مهملين".

كان يقف على رأس فرقته، متقدّماً صف الجنود، يحمل في يديه خناجر مادريغال الهلالية، تتأرجح بين أصابعه بتحدٍّ. خلفه، كان أحد أتباعه من الذئاب يمسك بسيوف أكيفا، يضربها ببعضها مستهزئاً، ليشعل نار المعركة في اللحظة التالية.

مرت لحظة واحدة من السكون، ثم انفجر كل شيء بالفوضى.

رفع أكيفا ذراعيه مستدعياً قوته السحرية. لم تعرف مادريغال ما الذي كان ينوي فعله، فقد كان ثياغو جاهزاً، وظهر أمامهما أربعة جنود من الموتى الأحياء، رافعين أيديهم نحوه، ووجوههم تتأهب لإطلاق سحر الموت.

اجتاح أكيفا شعور بالغثيان، فتعثّر وسقط على ركبتيه، وسرعان ما انقضوا عليه بأعقاب سيوفهم، وأيديهم المغطاة بالقفازات الثقيلة، وأقدامهم العسكرية، وضربات ذيل زاحف ملفوف بالسلاسل.

حاولت مادريغال أن تركض نحوه، لكنها وجدت نفسها في قبضة ثياغو، الذي ضربها في بطنها بقوة أسقطتها على الأرض. ارتفع جسدها للحظة عالقاً ما بين السماء والأرض، فاقدة التوازن، قبل أن ترتطم بالأرض بقوة، وصوت اصطدام عظامها كان كافياً ليحرك الدموع في عينيها. شعرت بالدم يرتفع في حلقها، يملأ فمها وأنفها.

كانت تتلوى على الأرض، تختنق بالألم، وبدون ملابس تغطيها، كانت تشعر بالعجز التام. فوقها: تصاعد الدخان وألسنة اللهب، والتفتت لترى ثياغو يحدق فيها وشفتاه مزمومتان ويزمجر.

"شيء كريه"، هدر بنبرة من الاشمئزاز العميق. "خائنة". ثم تلفَّظَ بأبشع شيء على الإطلاق: "عاشقة الملائكة".

رأت القتل في عينيه، وظنت أنها ستموت هناك على الطحالب. في مكان ما عميق، كان ثياغو مكسوراً. كان يُطلق عليه أحياناً اسم الهائج بسبب نوبات القتل الوحشية التي كان يقوم بها في المعارك، وكانت علامته المميزة هي تمزيق الحناجر بأسنانه. كان إغضابه أمراً خطيراً جداً، وقد جفلت مادريغال من ضربة لم تأت أبداً.

أشاح ثياغو بوجهه بعيداً عنها.

ربما أرادها أن تضطر إلى المشاهدة. وربما كان ذلك مجرد غريزة أساسية - غريزة ألفا لتدمير المتحدي. لتدمير أكيفا.

كان هناك الكثير من الدماء.

كانت الذكريات قاسية، ممزوجة بالدخان الخانق وصراخ طيول الإيفانجيلين وهي تشوى حية، وعلى الرغم من أنها لم تكن ذكرى كارو الحقيقية بل ذكرى مادريغال، إلا أنها كانت ذكراها هي التي تنبع من أعماق نفسها. لقد كانت هي كل شيء، وتذكرت كل شيء: أكيفا على الأرض، ودمه يجري في التيار المقدس، وثياغو بعينين جامحتين ولكنهما هادئتان بشكل مخيف وصامتتان تماماً، وهو ينهال على جسد الملاك بضربة تلو الأخرى، ووجهه وشعره الأبيض يلمع برذاذ الدم.

كان سيقتل أكيفا حينها، ولكن أحد أتباعه الأكثر اتزاناً تدخَّل وسحبه، وهكذا لم ينته الأمر عند هذا الحد. سمعت مادريغال صرخات عشيقها الرهيبة التي ظل صداها يتردد لأيام بعد ذلك وهو يعذَّب في سجن لوراميندي، حيث كانت تنتظر إعدامها.

كان ذلك هو ثياغو الذي رأته كارو - القاتل، الجلاد، المتوحش - عندما ظهر أمامها بعد عمر كامل في أطلال لوراميندي.

لكن... بدا كل شيء مختلفاً الآن، أليس كذلك؟

كيف يمكنها، بعد كل شيء، في ضوء ما حدث، أن تجادل بأنه كان مخطئاً؟

كان يجب أن يموت أكيفا في ذلك اليوم، وكان يجب أن تموت هي أيضاً. خيانتهما وحبهما وخططهما كانت خيانة عظمى، وأسوأ ما في الأمر، كانت حماقتها في إنقاذ حياة الملاك مرتين، ليعيش ويصبح ما هو عليه الآن.

كان يطلقون عليه لقب أمير الأوغاد. تأكد ثياغو من أنها سمعت جميع الألقاب- أمير الأوغاد، قاتل الوحوش، ملاك الفناء- وخلف كل لقب كان يتربص الاتهام: بسببكِ، بسببكِ.

لولاها لكانت الكيميرا لا تزال على قيد الحياة. لكان لوراميندي لا تزال قائمة. وكان بريمستون سيظل يصنع عقود الأسنان، وكانت إيسا، إيسا الحلوة، ستظل تلهث وراء صحته وتلف الحيات حول أعناق البشر في غرفة انتظار المتجر. وكان أطفال المدينة سيظلون يلعبون في سيربنتاين بكل أشكالهم المتعددة، وكانوا سيكبرون ليصبحوا جنوداً كما كبرت، ويتوارثون جسداً بعد جسد مع استمرار الحرب. وهكذا.

إلى الأبد.

عندما تنظر كارو إلى الوراء الآن، لا تكاد تصدق سذاجتها التي جعلتها تعتقد أن العالم يمكن أن يكون مختلفاً، وأنها يمكن أن تكون هي من يجعل العالم كذلك.

# 16

## الوَرَثة

وقفت كارو في مدخل غرفتها، تمد يدها نحوه وهي تقول بصرامة: "ثياغو، أعطني السنّ".

اقترب منها حتى شعرت بأنفاسه تكاد تلامس أطراف أصابعها، واضطرت أن تسحب يدها سريعاً. قلبها خفق بعنف. كان قريباً جداً، قريباً إلى درجة جعلتها تتمنى أن تتحرك، أن تبتعد عنه، لكن ذلك سيعطيه الفرصة لدخول الغرفة، وهذا ما لا تستطيع السماح به. منذ انضمت إليه، تجنبت بكل حرص أن تبقى وحدها معه. قربه منها كان يجعلها تشعر بالصغر، بالضعف الشديد... وكأنها مجرد إنسانة عادية.

بحركة مسرحية تشبه السحر، فتح يده ببطء، مظهراً السن الذي كان يمسكه، وكأنه يتحداها أن تأخذه. ماذا سيحدث لو مدّت يدها؟ هل سيمسك بيدها؟

ترددت بحذر.

سألها ثياغو: "هل هي لأمزالاغ؟".

فأومأت برأسها. كان قد طلب منها جسداً جديداً لأمزالاغ، وهذا ما كان يحصل عليه. قالت لنفسها، ألستُ أنا المساعدة الصغيرة المطيعة.

"حسناً. لقد أحضرته"، ورفع يده الأخرى، التي كانت تحمل مبخرة.

انقلبت معدة كارو. لذا فقد تم ذلك بالفعل. لم تكن تعرف لماذا أزعجها هذا الجزء من العملية إلى هذا الحد؛ افترضت أن السبب هو صورة مخلوقين يذهبان إلى الحفرة ويعود واحد فقط. لم تكن قد رأت الحفرة، وكانت تتمنى ألا تراها أبداً، ولكنها في بعض الأيام كانت تشم رائحتها: رائحة التعفن التي كانت تضفي واقعية على ما كان بعيداً في العادة. الأجساد الجديدة التي صنعتها نظيفة وبسيطة؛ الأجساد الجديدة التي صنعتها نظيفة مثل ملابس ثياغو. كانت الجثث الأخرى هي التي تزعجها - الجثث المهملة.

لكن، كما في كل شيء آخر، كانت وحيدة في هذا الشعور. ثياغو كان غير مبالٍ تماماً، يؤرجح المبخرة وكأنه لم يقتل لتوه رفيقاً، ويدفع بجسده إلى حفرة مليئة بالجثث المتعفنة. على أي حال، كان الرفيق قد وافق على ذلك؛ كل شيء من أجل القضية. الجثث القديمة لم تعد تخدم الغرض، وكان دورها أن تستبدلها، واحدة تلو الأخرى.

نظر إليها الذئب نظرة باردة حادة، تلك النظرة التي جعلتها ترغب في التراجع خطوة إلى الوراء. "لقد بدأنا يا كارو. هذا ما كنا نعمل من أجله طوال هذه الفترة".

أومأت برأسها، وأحست بقشعريرة تسري في عظامها. تمرد. انتقام. سألته بصوت خافت: "هل وصلتنا أي أخبار؟".

"لا، لكن ما زال الوقت مبكراً".

قبل بضعة أيام، أرسل ثياغو خمس فرق من الجنود، كل منها مكوّن من ستة أفراد. لم تكن كارو تعلم بالضبط ما هي مهام الفرق. سألت، لكنها

لم تعارض حينما قال لها بصوت متهدج: "لا تقلقي بشأن ذلك، يا كارو. ركّزي على بعث الأرواح".

ألم يكن هذا ما فعله برِيمستون؟ ترك الحرب لأمير الحرب، وها هي تترك التمرد للذئب.

ألقى ثياغو السن في الهواء وأمسكه بخفة: "أعترف، كنت قلقاً وسعيداً أن أجد سبباً لأصعد إليكِ. ألا تسمحين لي بمساعدتكِ، كارو؟".

"لست بحاجة إلى مساعدة".

"لكن هذا سيساعدني، ليكون لدي ما أفعله".

تقدم نحوها حتى اضطرت إلى التنحي أو المخاطرة بعناق، ثم تجاوزها إلى حجرتها، التي بدت أصغر بوجوده فيها.

كانت الغرفة جميلة يوماً ما، بسقفها المزين بالفسيفساء، وجدرانها الحريرية الباهتة، ونافذتيها الكبيرتين المطلّتين على الليل. لم تكن واسعة، لكنها منحت كارو شعوراً بالأمان بسبب قضيبها الحديدي، رغم أن وجود ثياغو الآن جعل ذلك الشعور عديم الفائدة.

قالت وهي عند الباب: "أفضّل العمل وحدي".

لكنه تجاهلها ووضع ناب النمر فوق الطاولة بنقرة واضحة، ثم نظر إليها قائلاً: "لكنكِ لستِ وحدكِ. نحن في هذا معاً". في صوته إصرار، وعلى وجهه صدق مؤلم.

"نحن الورثة يا كارو. ما كان عليه والدي وبرِيمستون، نحن الآن كذلك لمن تبقى من شعبنا".

كان ثقل الميراث هائلاً، والمقاومة مستحيلة من دونها. عندما انضمت إليهم، لم يكن عددهم يتجاوز الستين: ناجون جرحى من معركة كيب أرماسِن، جنود ومدنيون يمتلكون مهارات مفيدة.

عدد قليل، لكنهم امتلكوا شيئاً قيّماً: المباخر... والأرواح.

أفضل تخمين لها؟ مئات الجنود القتلى ينتظرون في الأوعية الفضية، وكان عليها إعادتهم إلى القتال.

قال ثياغو: "نحن في هذا معاً". نظرت إليه، لكنها لم تثُر كما اعتادت. ربما كانت مرهقة، أو ربما كان عليها مواجهة قدرها.

عبر الغرفة، وجد حقيبتها. جلداً منقوشاً بلون الزعفران، أشبه بصندوق مستحضرات تجميل، لكنه لم يكن كذلك. أفرغ محتوياتها: أدوات بسيطة لكنها قادرة على صنع الكثير من الألم، مثل أدوات برِيمستون. صنعتها في مراكش لدى حداد خمّن الغرض منها وابتسم ابتسامة جعلتها تشعر بالقذارة

قال الذئب: "سأقدم العُشر". شعرت براحة غريبة.

"حقاً؟".

"بالطبع. كنت سأفعل ذلك لو سمحتِ لي بالدخول. هل تعتقدين أنني أحب أن تعاني وحدكِ هنا؟".

بدأ في خلع قميصه، مبتسماً بتعب يعكس تعبها. "تعالي، لننهي الأمر". استسلمت كارو. دفعت الباب بقدمها وأغلقته، ثم اتجهت نحوه.

# 17

## عُشر الألم

يحمل الألم في طياته ألفة. كل من واسى أحد المتألمين يعرف ذلك - الحنان العاجز، العناق والهمهمات والتأرجح البطيء معاً، حيث يصبح الاثنان واحداً ضد العدو، الألم.

كارو لم تواسِ ثياغو. لم تلمسه أكثر مما اضطرت إليه بينما كان الألم يغزو جسده. ولكنها كانت وحدها معه في ضوء الشموع، وكان نصف عار ومستسلماً، ووجهه الوسيم قاتماً من شدة التحمل، وبينما كانت تشعر بالتأكيد بما كانت تتوقعه - متعة قاتمة لرد قدر ضئيل من الألم الذي سببه لها ذات يوم - لم يكن هذا كل ما شعرت به.

كان هناك امتنان أيضاً. كان هناك جسد جديد ملقى على الأرض خلفهما، جسد جديد تم استحضاره حديثاً من الأسنان والألم، وعلى سبيل التغيير، لم يكن الألم ألمها هي. قالت على مضض: "شكراً".

أجابها ثياغو: "من دواعي سروري".

"آمل ألا يكون كذلك. سيكون ذلك مقززاً". ضحك ضحكة متعبة. قال: "المتعة ليست في الألم. بل في تجنيبك الألم".

"يا للنبالة". كانت كارو تزيل المشابك وكانت ذراعه ثقيلة في يدها، وكانت عضلاته كثيفة جداً إلى درجة أنها واجهت صعوبة في تركيب المشابك، وكانت تواجه مشكلة مرة أخرى في نزعها. انكمشت بينما كانت تشدّ عضلاته الثلاثية وتشوه شكلها، تاركةً ندبة غاضبة. تقلص وجهه، وانزلق الاعتذار تلقائياً من شفتيها. قالت: "آسفة"، وأرادت أن ترد العضلة إلى مكانها. لقد قطع رأسكِ، ذكّرت نفسها. "في الواقع، لست آسفة. لقد استحققتَ ذلك".

"أعتقد أنني استحققتُ ذلك". وافق، وهو يدلك ذراعه. ومع ابتسامة خفيفة، أضاف: "الآن نحن متعادلان".

انفجرت كارو بضحكة صغيرة، شبه خالية من البهجة. قالت: "أنت تتمنى ذلك".

"أتمنى ذلك، يا كارو. كارو".

ماتت الضحكة سريعاً؛ فقد نطق ثياغو باسمها كثيراً. كان الأمر وكأنه يستدعيه. بدأت تبتعد، ويدها ممتلئة بالمشابك، لكن صوته أوقفها: "لقد راودتني تلك الفكرة بأنني لو استطعتُ أن أقدم العُشر لكِ لأمكنني... أن أكفِّر... عما فعلته بكِ".

حدّقت كارو في وجهه. الذئب، يكفّر؟

نظر إلى أسفل. قال: "أعلم أنه لا يوجد تكفير عن ذلك".

حدثت كارو نفسها: يمكنني التفكير في طريقة. قالت: "أنا... أنا مندهشة من أنك تعتقد أن لديك أي شيء للتكفير عنه".

قال بصوت منخفض: "حسناً. ليس عن كل شيء. لم تتركي لي خياراً، يا كارو، أنت تعرفين ذلك، لكنني ربما كنت سأتصرف بطريقة مختلفة، وأعلم

ذلك. الفناء... أمر لا يُطاق". نظر إليها، متوسلاً، وتابع: "لم أكن نفسي، يا كارو. كنت أحبكِ. ورؤيتك مع... معه، بهذه الطريقة. لقد جننتُ قليلاً".

شعرت كارو بالخجل يتسلل إلى وجهها وكأنها عُرّيت من كل شيء مرةً أخرى. ومع ذلك، كانت تحاول جاهدة الحفاظ على هدوئها؛ إذ إن هذا اللحم البشري لم يُعرض على ثياغو كما فعل جسدها الطبيعي من قبل. لكن نظراته إليها أشارت إلى أنه لم ينسَ شيئاً من تلك الليلة في بستان القداس.

تعثرت في ترتيب المشابك، وهي تعيدها إلى علبتها.

"هناك شيء كنت أرغب في إخباركِ به، لكنني لم أظن أنك ستكونين جاهزة لسماعه". انخفض صوته فجأة، مما أثار قلقها. بدا وكأنه ينوي الاعتراف بشيء مهم.

"يجب أن أنهي-". حاولت أن تعترض، لكن ثياغو قاطعها.

"إنه يتعلق ببريمستون".

أصاب ذكر بريمستون كارو كما يفعل دائماً: كالأيادي التي تشد على حلقها، محاطة بشعور خنقٍ يملأ قلبها بالألم.

واعترف ثياغو قائلاً: "كانت هناك خلافات بيني وبينه. هذا ليس سراً. ولكن عندما اكتشفتُ أنه أنقذكِ، وأن روحك لم تضع... ربما تظنين أنني كنت غاضباً لأنه تحداني، لكن لا شيء يمكن أن يكون أبعد من الحقيقة... والآن صدقيني عندما أقول إنني أستيقظ كل يوم وأنا ممتلئ بالامتنان لرحمته". توقف قليلاً، ثم تابع: "في كل مرة أنظر إليك، أباركه".

انظروا من أصبح من محبي الرحمة، فكرت كارو. قالت: "نعم، حسناً. لقد كان من حسن حظك أن يصادف وجود عودة احتياطية إلى الحياة".

"لن أكذب. عندما رأيتك بين الأنقاض، كدت أن أجثو على ركبتي.

لكن الحظ كلمة صغيرة جداً يا كارو. لقد كان خلاصاً. كنت أصلي لنيتيد من أجل الأمل، وعندما فتحت عيني ورأيتك هناك - أنت - مثل هلوسة جميلة، ظننت أنها استجابت لي، وأعادت لي الشخص الوحيد الذي دربه بريمستون".

لم تكن كارو لتقول إن بريمستون قد دربها؛ إذ كان ذلك يعني أنه كان ينوي أن تخلفه، وكانت تعلم أنه كان سيفضل تحمل عبئه بمفرده إلى الأبد بدلاً من تمريره لها.

بريمستون، بريمستون. معظم الوقت كانت تتقبل أنه قد رحل- كانت تعرف أنه كذلك- لكن كانت هناك لحظات تعود فيها يقيناً، من العدم: أن روحه في حالة سكون، مخبأة، تنتظر أن تجدها.

كانت تلك اللحظات نقاط أمل مضيئة، لكنها كانت قصيرة يليها شعور سحق بالذنب، عندما تعترف لنفسها بمدى رغبتها في إعادة هذا العبء إلى بريمستون. إنها أنانية.

في أعماق قلبها، كانت سعيدة لأنه تحرر من هذا العبء، واستراح أخيراً. دع شخصاً آخر يتحمل هذا العبء. لقد كان دورها - ومن يستحق ذلك أكثر منها؟ القبح والبؤس، ورائحة الحفرة النتنة التي تحملها الرياح، والعزلة والتعب، والألم. وإذا كان بريمستون لم يدربها بالضبط، فقد علمها ما يكفي لتدبر أمرها، ولو بشكل بسيط. لقد كانت تتحسن، أسرع - أرق وأهدأ - وبدون مساعدة من الآلهة أو الأقمار أو أي شيء آخر، شكراً جزيلاً لك. قالت لثياغو، مع نبرة خشنة في صوتها: "لم يكن لنيتيد أي علاقة بذلك".

قال: "ربما لا. لا يهم. أنا فقط أحاول أن أشكركِ". كان هناك رثاء مرتجف في عينيه الزرقاوين الجليديتين. صدمت كارو بشدة حميمية

اللحظة - وحدتهما في الضوء الخافت، وبشرته العارية - وعاد إليها اشمئزازها من جديد بشكل مقرف كالصفراء.

"على الرحب والسعة". قالت وهي ترمي قميصه نحوه. "عليك أن ترتدي ملابسك، أليس كذلك؟".

التفتت بعيداً، محاولةً إخفاء انزعاجها. الصوت الوحيد الذي سمعته كان رنين سلسلة المبخرة عندما علقتها فوق جسد أمزالاغ الجديد. كان ضخماً وساكناً، مزيجاً من الغزال والنمر مع جسد إنسان، لكنه أكبر بكثير بسبب الحديد المستخلص من قفص لوراميندي. رأسه كان رأس نمر، وأنيابه بطول سكاكين، لكن الأجنحة كانت الأهم.

كانت الأجنحة سبب حاجتهم لأجساد جديدة، وكان ذلك خطأ كارو. هي من اقترحت المجيء إلى هنا. نظرت إلى القمر المؤطر في النافذة. هل كانت مجنونة؟ غبية؟ ربما.

التنقل الدائم في إريتز، الاختباء في الخرائب، مراقبة السماء خوفاً من السيرافيم... كانت ستفقد عقلها لو استمرت هكذا. لم تفكر في كل تداعيات خطوتها، وأهمها الحفرة.

كان الجنود بحاجة إلى دخول البوابة في السماء، لذا احتاجوا أجنحة. خلال الرحلة، حمل من يستطيع الطيران من لا يستطيع، وأولئك الذين لم يُحملوا تم قتلهم ونقلهم على دفعات. يوم لن تنساه كارو. أما الآن، فالذين بلا أجنحة يحرسون حتى تتمكن من إعادة تشكيلهم للمشاركة في الغزوات

نظرت إلى الجسد على الأرض. جسد أمزالاغ السابق، آخر ما صنعه له بريمستون، أصبح الآن مجرد بزة قديمة. للحظة، رأته كما تراه فريسته: وحشاً يغطي السماء بأجنحته. ارتعشت يداها. ماذا فعلت؟ ماذا أحضرت إلى العالم البشري؟

لكنها هدأت. كانت تسلح الجنود، هذا ما تفعله. إذا لم تفعل، فمن سيجعل السيرافيم يدفعون الثمن؟ المكان معزول، واحتمالية مواجهة البشر ضئيلة. أما ذلك الصوت في رأسها الذي يهمس "هذا ليس كافياً" فقد اعتادت على تجاهله.

تنفست بعمق. بقي توجيه روح أمزالاغ إلى جلده الجديد، وهو أمر بسيط مع البخور. مدت يدها نحو مخروط والتفتت إلى ثياغو، الذي كان قد ارتدى قميصه مجدداً. بدا متعباً لكنه كان يبتسم.

سألها: "هل أنتِ مستعدة؟".

أومأت وأشعلت البخور.

"فتاة جيدة".

تصلبت أوصالها عند سماع كلماته ونبرة الحنان. هل أنا كذلك؟ تساءلت وهي تجثو لإيقاظ الميت.

# 18

## نهضنا

وهـي تقترب مـن القرية الصامتة لم تُعر قافلة العبيد اهتماماً للسماء الملطخة ببقع الدم. كان من الممكن أن يكون غياب طيور الجيف أمراً شاذاً؛ ففـي هـذا العمـل كانت طيور الجيف أمراً مفروغاً منه. لكن عادةً ما كانت الجيف من نوع الوحوش.بدا الأمر مختلفاً الآن.

كان الموتى معلقين على القناة: ثمانية سيرافيم بأجنحتهم المفتوحة على مصراعيها. من بعيد، كانوا يبدون مبتسمين. عن قرب، كانت البشاعة تصدم حتى النخاسين. كانت وجوههم...

"ما الذي فعل هذا؟" قالها أحدهم مختنقاً رغم أن الإجابة كانت واضحة أمامهم. بأحرف عريضة مكتوبة بالدم على أحد أحجار القناة.

كُتب عليها: من الرماد نهضنا. فزعوا وأرسلوا رسلاً إلى أستراي. ولما كانوا في حالة دفاع سيئة، لم يتأخروا في ترك جنودهم بل أسرعوا في سيرهم يسوقون الكيميرا بالسياط. وكان تغير ملحوظ قد طرأ على الأسرى عند رؤية القتلى، تغير ملحوظ - بريق وحماس شديد متقد.

لم تكن خربشات الدم هي الرسالة الوحيدة؛ فالابتسامات كانت رسالة أيضاً. فقد تم شق زوايا أفواه الملائكة الموتى بعناية، وتوسيعها إلى ابتسامات مرعبة. كان النخاسون يعرفون تماماً ما يعنيه ذلك، وكذلك الأسرى، فتجلّت في عيونهم نظرات حادة- بعضها ينمّ عن الخوف، وبعضها الآخر يعكس الترقب.

حلّ الليل، ونصبت القافلة معسكرها، ووضعت الحراس. كانت الظلمة تعجّ بأصوات خافتة: خرير، وانكسار. كانت أيدي الحراس مشدودة على قبضاتهم، وقلوبهم تتسارع، وعيونهم تتجول في كل الاتجاهات. ثم بدأت الأغاني تتصاعد من حناجر العبيد.

لم يحدث ذلك في أي ليلة سابقة. كانت آذان النخاسين معتادة على أنين الأسرى، وليس على الأغاني، ولم تعجبهم تلك النغمات. كانت أصوات الوحوش جافة مثل الجروح، قوية وغريزية وغير خائفة. وعندما حاول السيرافيم إسكاتهم، خرج ذيل من بين الحشد وضرب أحد الحراس وأسقطه أرضاً. ثم، بين قفزة من لهب النار في المعسكر والأخرى، جاؤوا. كوابيس. منقذون. جاؤوا من فوق، واعتقد النخاسون في البداية أن التعزيزات قد وصلت، لكنهم لم يكونوا سيرافيم. أجنحة وصراخ، وقرون شائكة، وقرون مسننة، وقرون قرون، وذيول متدلية، وأكتاف أظلاف حانية. شعيرات ومخالب. سيوف وأسنان. لم ينجُ أي ملاك.

انصهر العبيد المحررون بعيداً في المناظر الطبيعية، وهم يجرّون سيوفاً وفؤوساً - ونعم، سياط آسريهم. سيكون إخضاعهم أقل سهولة في المستقبل. وساد الصمت. هنا أيضاً، كانت هناك رسالة مكتوبة بدماء المذبحة - نفس الكلمات التي ستجدها في العديد من هذه المشاهد في الأيام القادمة. وتقول الرسالة: لقد نهضنا. لقد حان دوركم لتموتوا.

# 19

# الجنة

في زمنٍ بعيد، وقع ملاك وشيطان في حبّ بعضهما، وتجرآ على تخيل عالم جديد- عالم يخلو من المجازر، والحناجر الممزقة، ومواقد النار التي تُشعل لجثث القتلى. عالم بلا عائدين من الموت، أو جيوش غير شرعية، أو أطفال يُنتزعون من أحضان أمهاتهم ليأخذوا دورهم في القتل والموت.

ذات يوم، كان العاشقان يتعانقان في معبد القمر السري، يحلمان بعالمٍ يشبه صندوق مجوهراتٍ فارغ- جنة تنتظرهم لاكتشافها وملئها بسعادتهم

*** 

لم يكن هذا هو ذلك العالم.

# 20

# بلد الأشباح

تقدم أكيفا، وهازايل، وليراز وسط جثث الملائكة القتلى. لم ينطقوا بكلمة، بل اكتفوا بالنظر، وصمتهم كان مشحوناً بالغضب. كانت تلك الجثث ممزقة وكأنها فئرانٌ تحت أنياب القطط. لم يستطع أكيفا أن يتذكر ما إذا كان يعرف أيّاً منهم، فقد غطت بقع الدم كل شيء، ولكن بعض الوجوه كانت لا تزال تحتفظ بما يكفي من اللحم لتظهر آثار التشويه.

لم يُشاهد هذه الابتسامات القبيحة منذ أجيال، لكن كل من السيرافيم والكيميرا كان لديهم ذكريات راسخة عنها. كان هذا توقيع أمير الحرب.

كان هذا ما فعله بأسياده من السيراف عندما نهض من عبوديته قبل ألف عام وغيّر مجرى التاريخ. كان رمزاً قوياً لا لبس فيه للتمرد.

"تناغم مع الوحوش". همست ليراز، وشعر أكيفا بالتوتر. كان من الصعب عليه أن يرد على كلماتها، ماذا يمكن أن يقول؟ أن هؤلاء الجنود أنفسهم كانوا قد تركوا خلفهم سلسلة من القرى المحترقة، وأنهم لم يكونوا

يوماً أبرياء في نظر أحد؟ كان ذلك ليبدو وكأنه يبرر ما حدث لهم. لم يفعل، لكنه لم يشعر بالغضب أيضاً، بل شعر بحزن شديد. كان هؤلاء الجنود قد فعلوا ما فعلوه، وتعرضوا لما تعرضوا له في المقابل.

هكذا كان الأمر.

في دوامة الذبح، كان الانتقام يولد الانتقام، إلى الأبد. لكن لم يكن الوقت مناسباً للتفلسف، ليس في ظل وجود طيور الجثث تحوم فوق رؤوسهم وتطلب منهم أن يرحلوا ويتركوهم في ولئمهم. احتفظ بأفكاره لنفسه.

بدأت الشمس تشرق. إنها تلمس سيقان الذرة ببريق خرافي، حيث كانت الشباشيل تتطاير كالأجنحة في النسيم. الأخضر-الذهبي، الذهبي-الأخضر، لم تكن ناضجة بعد، ولن تنضج أبداً. بدأ الجنود يشعلون النار عند حافة الحقل، وكانت النيران ستنتشر بسرعة في هذا الجو الحار. قبل أن تشرق الشمس بالكامل، كانت الذرة ستشتعل، وكذلك جثث القتلى. النار تلتهم الموتى. ولم تكن هناك جنازات للجنود.

جاءت صرخة من الأعلى: "أنتم هناك! ماذا تفعلون؟".

رفع أكيفا رأسه إلى الأعلى، أضاءت أشعة الشمس المبكرة عينيه الكهرمانيتين. عندما رأى السيرافيم من هو ذا الذي في السماء، امتقع وجهه. "سامحني، يا سيدي. لم أكن على علم بوجودك هنا".

انطلق أكيفا في الهواء لملاقاته، وتبعته أخته وأخوه. قال: "لقد جئنا مع التعزيزات من كيب أرماسين".

كانت كيب أرماسين أكبر قاعدة في الأراضي الحرة السابقة، وقد أرسلت جنوداً لتعزيز القوة الجنوبية الصغيرة رداً على هذه الهجمات.

بدا قائد الدورية الشاب، واسمه نوعام، مذهولاً بعض الشيء عندما وجد نفسه وجهاً لوجه مع هالك الوحوش.

قال: "من الجيد أن تكون معنا يا سيدي".

للمرة الثانية: سيدي. أصدرت ليراز صوتاً من حنجرتها. لم يكن أكيفا سيداً. على الرغم من أن شهرته منحته بعض الاحترام، إلا أنه كان من الطبقة المهمشة، وراتبه كما كان دائماً، منخفضاً. سأل: "ماذا تعلمتم؟".

كانت عينا الجندي واسعتين. "كانت المعركة تحت القناة". كانت القناة تمتد خلفهم، كقوس عظيم وقديم، حيث تنمو الأشجار بما يكفي من الشقوق في حجارتها لتشكل غابة هوائية. كان أكيفا يعرف أنها بُنيت من قبل السيرافيم في الأيام الأولى من التوسع الأول للإمبراطورية، منذ قرون عديدة، عندما جاء الملائكة إلى هذه الأرض البرية التي تسكنها قبائل الوحوش البدائية، وقاموا بإخضاعها.

إخضاعها. يا لها من كلمة لطيفة لصناعة العبيد وسحق الأرواح التي جعلت الكيميرا تحت قبضة الإمبراطورية. دمر أمير الحرب تلك القبضة، لكنها عادت، والآن أصبح أكيفا جزءاً منها.

أضاف نوعام: "كان هناك كمين. قتلوا في الممر السفلي، وعُلّقوا هناك". أشار إلى الرسالة الحمراء المكتوبة على القناة العلوية.

نهضنا. نهضنا.

حدق أكيفا في الكلمات. من هم؟

قالت ليراز: "هل يمكن أن يكون القرويون قد فعلوا هذا؟".

ألقى نوعام نظرة على الموتى. وقال ببساطة: "إنها قرية كابرين"، وهو ما فهمه أكيفا على أنه يعني أن الوحوش التي تشبه الأغنام الهادئة لا يمكن أن ترتكب مثل هذا الفعل، ناهيك عن مصارعة الجثث في أعلى القناة.

سأل: "هل هناك جثث للعدو؟".

"لا، يا سيدي. فقط جثثنا، ولا دم على أسلحتهم".

إذاً لم يتمكنوا من توجيه ضربة واحدة للدفاع عن النفس؟ وهؤلاء كانوا جنوداً متمرسين نجوا من الحرب نفسها.

قال نوعام: "وهناك في الأسفل، يا سيدي"، وأشار إلى خط الطريق الذي يمتد جنوباً عبر التلال. "تعرضت قافلة العبيد للهجوم أيضاً".

نظر أكيفا. كان المنظر رعوياً: وديان ناعمة وتلال تظلل بعضها وراء بعض كظلال الظلال، وكلها هادئة كهدوء العصافير. وهناك، فوق الأفق مباشرة، كانت هناك إيلاي. شبح قمر اختفى مع الفجر. لقد رأيت ما حدث هنا، ربما سخرت، وضحكتْ.

نظر أكيفا. كان المشهد ريفياً: نعومة الأودية، والتلال التي تتظلل الواحدة تلو الأخرى كظلال الظلال، وكل ذلك كان هادئاً كزقزوق الطيور. وهناك، تلوح على الأفق، كانت إيلاي. قمر شبح يكاد يكون قد اختفى مع شروق الفجر. "لقد رأيت ما حدث هنا". ربما كانت قد سخرَت. "وضحكت".

سأل أكيفا نوعام: "العبيد؟".

"ذهبوا، يا سيدي. إلى الغابة. وقد تم... إطعام النخاسين السلاسل".

كرر هازايل: "إطعام السلاسل؟".

أومأ نوعام برأسه. قال: "قيود العبيد".

راقب أكيفا أخاه وأخته بحثاً عن رد فعل، لكنهما لم يظهرا أي شيء. ماذا ستفعلان، تمنى لو يستطيع أن يسألهما، عما إذا وضع شخص ما شعبنا في السلاسل؟

كان العبيد يُعتبرون شراً لا بد منه في شؤون الإمبراطورية، وأكيفا لم يكن يشاركهم هذا الاعتقاد، ولم يحزن على فقدان النخاسين. لكن الجنود مسألة أخرى، وكان هناك ثمانية آخرون. كان عدد القتلى حاداً ومتزايداً.

خمس هجمات في المجموع. في ليلة واحدة غاضبة، في دنكراك، ستارة الروح، والهامسون، وإكزيمي مورس، وهنا، في تلال مارازيل، فوجئت دوريات "تطهير" من السيراف على حين غرة، وقُتلت وشُوهت، وتركت كرسائل مروعة للإمبراطورية. قال لنفسه بأن الأمر الأسوأ من الحرب،

هو أن تفقد حياتك بينما يكون قومك البعيدون يرقصون مهللين رافعين كؤوسهم للسلام.

السلام، بالفعل.

نظر أكيفا إلى الأسفل. كانت ألسنة اللهب في منتصف الطريق عبر الحقل الآن، وقد ابتلعت النيران بالفعل الجنود الأوائل. تناثرت شرارات في الحرارة المتصاعدة، وهبطت بتكاسل تقريباً لتلتقط الدخان المتصاعد من الحشائش التي كانت تتطاير في السحب أمام اللهب.

سأل نوعام، وهو يلفت انتباه أكيفا: "سيدي؟ هل يمكنك أن تخبرني ما الذي فعل هذا؟".

العائدون من الموت، فكر أكيفا في الحال. لقد شهد العديد من ساحات المعارك المليئة بالجثث، وعرف أن مثل هذه الفظائع لا يمكن أن تسببها إلا كيميرا ضخمة وبشعة، لكن العائدين من الموت لم يعودوا موجودين. أجاب: "ربما بعض الناجين من الحرب".

قال نوعام متردداً: "هناك حديث عن أن الوحشين المسنين ليسا ميتين حقاً ."كان يقصد أمير الحرب وبريمستون. اجتاحت ذكريات لحظاتهما الأخيرة عقل أكيفا. قال: "صدقني. إنهما ميتان وأكثر من ميتين".

وماذا كان سيقول هذا الجندي الشاب ذو العينين الواسعتين لو علم كم كان يتمنى هذا البطل الوحش اللعين لو لم يكن كذلك؟

وماذا سيفكر هذا الجندي الشاب، ذو العيون الواسعة، إذا علم كم كان البطل قاتل الوحوش يتمنى أن يكونا على قيد الحياة؟

"لكن الرسالة. لقد نهضنا. ماذا يمكن أن تعني سوى العودة من الموت؟".

"إنها صرخة تمرد. هذا كل شيء". لقد رحل أمير الحرب وبريمستون إلى ما هو أبعد من أن يتم استرجاعهما. أكيفا كان قد شهد موتهما.

لكن... لقد شهد أيضاً موت مادريغال.

انزلقت شظية من الشك تحت يقينه. هل كان ذلك ممكناً؟ قفز نبض أكيفا بشكل مفاجئ عندما تذكر الوعاء الذي وجده، مع رسالة صغيرة مكتوبة بخط عريض: "كارو". إذا كان هناك بعث آخر، قد لا تكون الكلمة تمثل إهانة فظيعة كما كان يعتقد. لا. لم يستطع أن يسمح لنفسه بالأمل. "لم يكن هناك سوى بريمستون". قال بصوت أكثر قسوة مما كان ينوي.

كانت ليراز تراقبه، وعيناها ضيقتان قليلاً. هل كانت تعرف ما يفكر فيه؟ كانت تعرف عن الوعاء، بالطبع. كانت قد قالت "لا مزيد من الأسرار". ولم نكن هناك أسرار. هل يمكن اعتبار الأمل القصير سراً؟ إذا كان الأمر كذلك، فقد شعر أنه يحق له الاحتفاظ به.

أومأ نوعام برأسه موافقاً على كلامه. وبنبرة خفيفة، وكأنه كان يكرر حماقة لم يكن يصدقها هو نفسه. "البعض يقول إنها الأشباح". لكن عينيه كانتا تخفيان خوفاً حقيقياً، ولم يستطع أكيفا أن يلومه. كانت كلمات بريمستون الأخيرة تصيبه بالقشعريرة أيضاً.

تذكر كيف تردد صوت جورام في أغورا لوراميندي، في الصمت بعد سحق كل مقاومة. كان أمير الحرب وبريمستون على ركبهما؛ وقد تم الإبقاء عليهما أحياء ليشهدا موت الآخرين كلهم.

الآخرون كلهم.

"لقد حكمت عليهم بالهلاك"، همس جورام في أذن أمير الحرب. "ما كنتم ستنتصرون أبداً. أنتم حيوانات. هل ظننتم حقاً أنكم ستحكمون العالم؟".

"لم يكن هذا حلمنا". قال أمير الحرب بوقار هادئ.

"حلم؟ أعفني من أحلامك الوحشية. هل تعرف ما هو حلمي؟". سأل جورام، وكأنه هناك من لا يعرف أنه كان يسعى للسيطرة على كل إريتز.

كان قرنا الأيل الخاصان بأمير الحرب مكسورين وممزقين. لقد تعرض للضرب، وبدا أن رفع رأسه يكلفه جهداً كبيراً. وإلى جانبه، لم يكن بريمستون قادراً حتى على ذلك. فقد كان منحنياً إلى الأمام، وكان ثقله مرتكزاً على إحدى يديه الممدودتين، بينما كانت يده الأخرى ملفوفة على وسطه حيث كان ينزف من جرح غائر، وكان كتفاه العظيمان يتمايلان وهو يحاول التقاط أنفاسه. لم يكن لعيش طويلاً، لكنه تمكن من رفع رأسه والإجابة.

ذاك الصوت. كانت هذه هي المرة الوحيدة التي سمع فيها أكيفا صوته، ونبرته- الإحساس بها- لن تغادره أبداً. عميق مثل خفقات جناحي صائد العواصف، بدا كأنه استقر في قاعدة جمجمته ويعيش هناك.

"الأرواح الميتة تحلم فقط بالموت". قال العائد من الموت للإمبراطور. "أحلام صغيرة لرجال صغار. الحياة هي التي تتوسع لتملأ العوالم.

الحياة هي سيدك، أو هو الموت. انظر إليك. أنت سيد الرماد، سيد الفحم. أنت متسخ بنصركَ. استمتع به يا جورام، لأنك لن تعرف نصراً آخر. أنت سيد بلد الأشباح، وهذا كل ما ستكون عليه أبداً".

بدت وكأنها لعنة، كما اعتقد أكيفا، وقد أثارت هياج جورام. "سيكون بلداً من الأشباح، أعدك بذلك، بلداً من الجثث.

لن يزحف أي وحش إلا وهو يجر أثقالاً من الأغلال وقد أثقله السوط حتى لا يتمكن من رفع رأسه!."

كان الغضب هو الحالة الطبيعية للإمبراطور. السيرافيم كائنات نارية، لكن قيل إن جورام كان يتقد حرارة، كقلب نجم. لقد منحه ذلك شهية هائلة- مثل جحيم يتغذى عليه- وعندما ينفجر غضباً يكون رهيباً، خارج نطاق العقل أو السيطرة.

قتَلَ جورام بريمستون على الفور. ضربة واحدة؛ بالتأكيد كان ينوي قطع رأسه، لكن عنق بريمستون كان غليظاً ففشل، وبينما كان بريمستون ينهار

في سيل من الدماء، انتزع جورام سيفه ورفعه في محاولة أخرى. وبصوتٍ عالٍ من الغضب،

أنزل أمير الحرب، المخلوق القديم، ذلك الرف من القرون المكسورة وأطلق نفسه على الإمبراطور. واحتاج الأمر إلى أن يقفز جنديان ليطرحاه أرضاً، ولكن ليس قبل أن يطعن جورام برمح مسنن من أحد قرونه المسنونة ويسقطه أرضاً، ولم يقتله ولم يجرحه حتى جرحاً خطيراً، ولكنه سرق كرامته في يوم انتصاره. ومنذ ذلك الحين، كان جورام يفي بالوعد الذي قطعه: بلد الأشباح، حقاً.

قال أكيفا لنوعام: "لو كان بإمكان الأشباح أن تستأنف القتل من حيث توقف الأحياء، لكنا قد قضينا على بعضنا البعض منذ زمن طويل".

مرة أخرى، أومأ نوعام برأسه، موافقاً على كلامه على أنه حكمة. "سيدي؟ هل هناك أوامر جديدة؟".

أخيراً لم تستطع ليراز أن تتحمل الأمر أكثر. قالت: "لا تحتاج إلى مناداته سيدي. أنت تعرف ما نحن". لقطاء. سفلة. لا شيء.

قال نوعام متلعثماً: "أنا... لكنه-".

قال أكيفا: "لا عليك. لا، لا توجد أوامر جديدة. ما هي الأوامر الدائمة؟".

كانوا قد وصلوا للتو؛ لم يكن يعرف. "هل سنتعقب المتمردين؟".

لكن نوعام هز رأسه. "لا يوجد شيء لتتعقبه. لقد اختفوا فقط. نحن... نحن نرد عليهم".

"نردّ عليهم؟".

"الرسائل، الابتسامات. الإمبراطور..." ابتلع ريقه بصوت مسموع؛ كان يتوخى الحذر، وكان يزن كلماته من أجل مصلحة أكيفا، لكنها كانت تفتقر إلى الإقناع. "يمكن للإمبراطور أن يرسل رسالة أيضاً".

ظل أكيفا صامتاً، يستوعب ذلك. في كيب أرمستين، كان محظوظاً:

في الشمال، لم يكن هناك من تبقى ليُقتل. هنا، كانت القصة مختلفة. القرى الهاربة، العبيد المحررون، الكيميرا التي تحاول التوجه إلى "الهينترموست". حيث يعتقدون أنهم قد يجدون ملجأً، طريقاً عبر الجبال إلى حياة جديدة. والآن كان من المفترض أن يقوم بمطاردتهم؟ ويخرج منهم رسالة؟

قاتل الوحوش. يجب أن يكون جيداً في ذلك.

سيطر على أكيفا مزيج من اليأس والتعب والعجز. لم يكن يريد أي جزء من رسالة جورام.

وتصاعد دخان الجثث من الحقل، ورفرفت الملائكة بأجنحتها وتراجعت لتستقر فوق القناة. ولاحظ نوعام الدماء والريش المكسور حيث كان الجنود مشنوقين، فاخترق الانفعال صلابته العسكرية. "ما سبب كل هذا؟" سأل بجنون - نحو السماء، نحو لا أحد. "لا أستطيع أن أتذكر. أنا... أنا لا أعتقد أنني كنت أعرف". لقد ثبت بصره فجأة على أكيفا. قال: "سيدي"، ونسي توبيخ ليراز. "متى سينتهي الأمر؟".

لن ينتهي، فكر أكيفا. نظر في عيني هذا الجندي الشاب وعرف أنه قريباً، سيختفي ما بداخله مما يجعله يسأل لماذا سيموت بالضرورة - سـتُنتزع روحه ليحل محلها وحش. الجيوش تحتاج إلى الوحوش، كما قال له الأحدب العجوز في المغرب، للقيام بأعمالها الرهيبة. من كان يعرف ذلك أفضل من أكيفا؟ نظر إلى هازايل، إلى ليراز. هل فات الأوان بالنسبة إليهما؟ بالنسبة إليه؟

يائساً ومتعباً وعاجزاً ومحاصراً برائحة لحم الرفاق المحترقين، فعل شيئاً لم يفعله منذ زمن طويل، ليس منذ أن انتزع مادريغال من بين ذراعيه في معبد إيلاي.

تخيل مستقبلين لإريتز: أحدهما كما يريده جورام، والآخر كما يمكن أن يكون.

نوع مختلف من الحياة.

# 21

# خائف بما فيه الكفاية

استيقظت سفيفا على دوي الرعد، وارتعشت وهي تترنح في غفلة من أمرها كمن نام أثناء المراقبة. وتحولت كل ذرة من عقلها وجسدها من الحلم إلى الفزع في لحظة انكسار غصن، وكانت مستيقظة تنظر وتستمع.

كانت ترمش. وقد انبلج الفجر. ومن خلال حواف الأشجار، كانت السماء ناعمة وشاحبة. كم من الوقت مضى وهي نائمة؟ وصوت الغصن المكسور - هل سمعته أم حلمت به؟

جلست ساكنة تستمع. كان كل شيء هادئاً. بعد بضع دقائق، استرخت. كانت في أمان. كانت سارازال لا تزال نائمة؛ لم تكن بحاجة إلى أن تعرف أن سفيفا قد نامت؛ فقد وبختها بما فيه الكفاية. بتنهيدة، كشفت سفيفا عن ساقيها الأماميتين من تحتها. كانتا نحيفتين كساقي الظبي، وكان فروهما لا يزال مرقطاً بشكل خفيف؛ كانت أصغر الفتاتين سناً. كانت هي التي اعتادت على الإفلات من المسؤولية، ولم تكن تقوم بواجبها.

لكن كان ذلك قبل الآن.

عندما تعودان إلى المنزل، ستكون مثالية. لا مزيد من أيام الأحلام، أو الاختباء من نداء أمهما. أمهما. كم هي قلقة الآن، والقبيلة كلها؛ هل كانوا يعلمون أن النخاسين هم من اختطفوهما؟ لقد خرجتا للركض، هما الاثنتان، وهما في حاجة إلى تغلغل الريح في شعرهما بعد يوم من العمل على نولهما. لقد كانت سفيفا، الأسرع، هي التي جعلتهما تركضان، بعيداً جداً، بعيداً جداً. لم تترك لأختها أي خيار سوى مطاردتها. لم تستطع تركها، فالأخوات الأكبر سناً لا يفعلن أشياء كهذه. كان هذا خطأ سفيفا.

هل كانت القبيلة تعتقد أنهما ميتتان؟ لقد أشعرها بالغثيان تخيل حزنهم. نحن بخير، فكرت في ذلك؛ فكرت في ذلك بشدة، راغبة في أن تبعث الرسالة عبر الأرض وتصل إلى عقل أمها. الأمهات يمكنهن الشعور بالأشياء، أليس كذلك؟

نحن بخير يا أمي نحن أحرار لقد تحررنا.

لم تستطع الانتظار لتروي كيف كان الأمر، فالعائدون من الموت يأتون من السماء مثل الانتقام المتجسد. ويا له من تجسّد. ضخم جداً، فظيع جداً. حسناً، واحد منهم لم يكن فظيعاً: واحد طويل القامة بقرنين طويلين مسنونين أخذ سكيناً من ملاك ميت ووضعها في يدها؛ لقد كان وسيماً.

أوه، من كان لديه مثل هذه القصة ليرويها؟ كانت ترويها بسرعة، قبل أن تتمكن سارازال من التدخل. لقد كانت أفضل في الحكايات على أي حال؛ كانت تتذكر التفاصيل الجيدة، مثل كيف وقف العبيد جميعاً معاً يغنون. كانوا من قبائل مختلفة، لكن كل واحد منهم كان يعرف كلمات أغنية أمير الحرب. فكرت سفيفا أن أصواتهم المختلطة كانت تشبه صوت العالم نفسه: الأرض والهواء، وورق الشجر والجدول، والأسنان والمخالب أيضاً. والزمجرة، والصراخ. كان بعض العبيد الآخرين قد أخافها بقدر ما أخافها

النخاسون، لكنهم ذهبوا جميعاً في طرق منفصلة بمجرد أن فكوا أغلالهم. كان معظمهم قد اتجهوا جنوباً حاملين السياط والسيوف ذاهبين لتحذير أي شخص يجدونه. كانت سفيفا نفسها ممسكة بسكينها - كان أكبر من أن تمسكه يدها الصغيرة بشكل صحيح - لكنهم كانوا يتجهون شمالاً وغرباً أما سفيفا، فقد كانت لا تزال تشد قبضتها على السكين - كان كبيراً جداً على يدها الصغيرة- لكنهما كانتا تتجهان شمالاً وغرباً.

الوطن. نحن عائدتان.

على الأقل، عندما كانت سارازال تتحسن.

كانت سفيفا تعض خدها من الداخل، قلقة على ساق أختها المصابة- كانت تستطيع شم رائحة الجرح رغم الأعشاب الطبية التي تغطيه- عندما سمعت صوت كسر آخر. شعرت بقشعريرة باردة تسري في جسدها، وحدقت في عمق الغابة، حيث لا تزال ظلال الليل عالقة بين الأشجار الكثيفة.

قالت لنفسها إنه ربما كان مجرد حيوان صغير، أو طائر على شجرة.

أليس كذلك؟

كان قلبها يخفق بقوة، وتمنت لو أن سارازال تستيقظ. صحيح أن الأخوات الأكبر قد يكنّ مزعجات أحياناً، لكنهن مصدر للطمأنينة عندما تجد نفسك هاربة في غابة غريبة، فريسة للأصوات المجهولة والظلال المتحركة، وتحتاج إلى شخص يقول لك إن كل شيء سيكون بخير.

بصمت، وقفت سفيفا ببطء. ساقاها الأماميتان الطويلتان ممدودتان أمامها، وجذعها النحيل يرتفع بخفة. قبيلة الداما كانت أصغر القبائل السنتورية، رشيقة وسريعة. آه، سرعتهم؛ كانوا الأسرع بين الكيميرا. وبما أن سفيفا كانت الأسرع بين الداما، فقد كانت تتباهى بأنها أسرع مخلوق في العالم كله. كانت سارازال تقول لها دائماً ليس بالضرورة. ولكن سواء كان ذلك صحيحاً أم لا، كانت سفيفا تحب الركض، وتشتاق إليه.

كان من الممكن أن تكونا قد قطعتا نصف الطريق إلى المنزل، إلى غابات إيزرين المترامية الأطراف والسهول الطحلبية العالية في أرانزو؛ حيث كانت الداما تتجول بحرية وبجموح.

ربما كانتا قد قطعتا نصف الطريق الآن، لولا ساق سارازال.

لم تتحرك سارازال بعد. كانت مستلقية على الأوراق الناعمة التي تشبه الفراء، وعيناها مغمضتان ووجهها هادئ ومسترخٍ، وبقدر ما كانت سفيفا تتمنى أن تستيقظ، لم تستطع أن تجبر نفسها على إيقاظها. لعدة أيام، كانت سارازال تجد صعوبة في النوم بسبب الألم.

كل ذلك بسبب القيد. والآن بعد أن انتهت محنتهما، كان هذا هو ما ركزت عليه سفيفا.

كان من المثير للاهتمام الطريقة التي يمكن أن تنمو بها كراهية صغيرة داخل كراهية كبيرة وتسيطر عليها. وعندما فكرت الآن في النخاسين- رغم موتهم، إلا أنها ستكرههم إلى الأبد- كان قيد سارازال هو أكثر ما يثير غضبها، جعل صدرها ووجهها يشعران بالضيق من الغضب المكبوت.

نظراً لأن الكيميرا كانت متعددة الأشكال والأحجام، فقد كان النخاسون يحملون جميع أنواع الأغلال ويستخدمون كل ما يناسبها من الأربطة الحديدية والسلاسل الفولاذية بجميع أحجامها على الأرجل والخصر والرقاب. لكن لم يكن هناك أذرع أبداً. لقد كان راث، وهو عبد آخر - صبي داشناغي مخيف له أنياب بيضاء طويلة جعلت سفيفا تنكمش مثل زهرة ذابلة - هو من أخبرهم بالسبب.

قال: "يمكنك قطع الذراع والفرار. الذراع شيء يمكنك الاستغناء عنه". أوه. "لم أستطع"، أجابت سفيفا بشيء من الفخر. متوحشون، تذكرت أنها كانت تفكر، وكأن افتقارها إلى المشاعر النبيلة هو ما جعل داشناغ غير مبالٍ بأطرافهما.

"هذا لأنك لا تعرفين ما ينتظرك".

"وهل تعرف أنت؟". قالت بحدة، وكان عليها ألا تفعل. كان بإمكان راث أن يأكل وجهها بقضمة واحدة، لكنها لم تستطع منع نفسها. هل كان يحاول إخافتها؟ وكأنها لم تكن خائفة بما فيه الكفاية.

فكرت أنها ربما لم تكن خائفة بما فيه الكفاية. لكنها كانت كذلك الآن. كانت رائحة العدوى الكريهة تنبعث من أختها، وكانت تعلم أنها عندما تمد يدها لتلمسها سترتفع حرارتها بسبب الحمى. لم تنجح الأعشاب.

كانت سفيفا قد جمعتها بنفسها-حتى إنها وجدت عشبة الحمى. أو هكذا ظنت. كانت شبه متأكدة. لكنها كانت ترى الجرح، وساق سارازال التي كانت مستلقية على وسادة من السرخس، ولم يكن يبدو أن حالتها تتحسن. كانت تلمس بعناية آثار الجروح على جسدها، وتشعر بالحظ السيئ الذي لا تستحقه

كان النخّاسون قد ربطوا خصر سفيفا النحيل بقيد حديدي ربما كان مخصصاً لساقي ثور عملاق من ثيران القنطور، لكنهم عندما وصلوا إلى سارازال - وكانت هي الأخيرة؛ كان ذلك من سوء حظها، حظاً سيئاً - لم يجدوا شيئاً يناسبها، واكتفوا بقطعة من الحديد مشدودة على ساقها الأمامية اليسرى. قطع المعدن جلدها وتورم الجرح، ثم أحدث القيد المؤقت ضرره الحقيقي، حيث كان يشق الجرح أكثر ويتورم، ويغرس في العمق مع كل خطوة.

كان عرج سارازال قد ازداد سوءاً إلى درجة أن النخاسين كانوا سيتركونها لو لم يأتِ العائدون من الموت. قال راث إنهم كانوا سيتخلون عنها عاجلاً لكن الداما كانت ذات قيمة لديهم، ولم تكن سفيفا بحاجة إليه ليخبرها أنهم لو تركوا سارازال أو أياً منهم لما كانت هي ستبقى على قيد الحياة.

لكن العائدين من الموت جاؤوا - من حيث لا يعلم إلا الأقمار - على أجنحة لم ترَ مثلها من قبل، أكثر رعباً من أي شيء خارج من كابوس - وفي

الوقت المناسب تماماً. كانت سارازال بالكاد تستطيع المشي الآن، ولم تكونا قد ابتعدتا كثيراً، وكانت سفيفا أضعف من أن تساعدها كثيراً.

تنهدت. لا مزيد من الأصوات القادمة من الظلال، كان ذلك جيداً، لكن الظلال كانت تتلاشى. لقد حل النهار. لقد حان الوقت لإيقاظ سارازال.

على مضض، لمست سفيفا كتفها. كان جلدها ساخناً، وعندما فتحت عينيها لم تكن عيناها مفتوحتين – كانت تحملان لمعاناً غريباً ومرضاً.

شعرت سفيفا بالذنب في معدتها مثل شيء حي. وأرادت أن تسحب رأس أختها إلى حضنها، وأن تمشط شعرها المتشابك الذي يشبه عيدان القرفة، وأن تغني لها، ليس أغنية أمير الحرب بل شيئاً حلواً لا يموت فيه أحد. لكن كل ما فعلته هو الهمهمة: "إنه الصباح يا سارا، حان وقت الاستيقاظ". أصدرت سارازال أنيناً: "لا أستطيع."

"تستطيعين". حاولت سفيفا أن تبدو مبهجة، ولكن كان هناك ذعر خفي يتصاعد داخلها. كانت سارازال لا تزال مريضة حقاً. ماذا لو... لا. كتمت سفيفا الفكرة بعنف. لا يمكن أن يحدث ذلك. "بالطبع يمكنكِ. أمي ستكون في انتظارنا."

لكن سارازال لم تفعل سوى الأنين مرة أخرى، وحاولت أن تتكور أكثر في الأوراق، ولم تكن سفيفا تعرف ماذا تفعل. كانت شقيقتها دائماً هي من تدير الأمور وتخطط وتقنع. ربما يجب أن تتركها تنام قليلاً، فكرت، لتعمل عشبة الحمى.

ماذا لو كانت عشبة الحمى هي السبب؟ ماذا لو لم تكن؟ ماذا لو كان ضررها أكثر من نفعها؟

هذا ما كان يقلق سفيفا عندما جاء الصوت من خلفها. لم يكن هناك صوت أغصان تتكسر كتحذير - كان هناك فقط، قريباً في أذنها، يطعنها برعشات باردة من الخوف في كل مكان. "عليكما المغادرة".

استدارت سفيفا وهي تلوح بسكينها الكبير جداً، وكان هناك راث. الفتى الداشناغ بأنيابه البيضاء الطويلة، كان نصفه في الظل ونصفه الآخر في النور، ورغم كل ذلك كان لا يزال فتى، ضخماً جداً.

كانت شهقة سفيفا طويلة وغير مستقرة، شهقة رعب عميقة. رمقها راث بنظرة طويلة، ولم تستطع سفيفا قراءة أي تعبير على وجهه المتوحش. كان لديه رأس نمر وعينان كعيني القطط تلتقطان الضوء وتكتسيان بالفضة. لقد كان صياداً ومطارداً وآكلاً للحم. كان بإمكانها أن تهرب منه بسهولة، وهي تعرف ذلك... إلا أنها لم تستطع، لأنها لو قررت الهروب، فهذا يعني أنها تركت سارازال وراءها.

صرخت: "ماذا تفعل هنا؟ هل كنت تتعقبنا؟".

جاء صوت راث من عمق حنجرته. قال: "كنت أبحث عن العائدين من الموت. لكنهم رحلوا، وما كنت لأعتمد عليهم في إنقاذك مرتين".

هل كان ذلك تهديداً؟ قالت وهي تقف أمام سارازال: "دعنا وشأننا".

قال راث وقد نفد صبره: "ليس مني. لو لو نظرتِ للسماء، لعرفتِ".

"ماذا؟" دق قلب سفيفا. "ماذا تعني؟".

"الملائكة قادمون. جنود، وليسوا نخاسين. إذا كنت تريدين أن تعيشي، فقد حان الوقت للرحيل".

الملائكة. اشتعلت كراهية سفيفا. قالت: "نحن مختبئون هنا". كان الغطاء الورقي أخضر غير مكسور من الأعلى، على امتداد فراسخ كثيرة. كانتا فتاتين من الداما مثل حبتين من البلوط. "لن يرونا أبداً".

قال راث: "لا يحتاجون إلى رؤيتك لقتلك. انظري بنفسك". وأشار إلى فتحة في الأحراش كانت سفيفا تعرف أنها تفسح الطريق إلى مرتفع صغير وحافة تطل على منظر يشرف على التلال. نظرت إلى سارازال، التي كانت نائمة مرة أخرى، وكانت شفتاها تتحركان وجفونها ترفرف بأحلام غير سعيدة.

أصدر راث صوتاً آخر نافد الصبر، فذهبت سفيفا. تحركت جانباً وحوافرها المشقوقة تتراقص بقلق، وعندما تجاوزته اندفعت مسرعة وقفزت إلى أعلى المرتفع.

ورأت الدخان.

وعبر الوادي، وبينهما وبين طريق عودتهما إلى البيت، تصاعدت من الغابة على فترات متباعدة أعمدة من الدخان الأسود الداكن. كانت أعمدة من النار يمكن تمييزها في الأسفل، وفوقها تتلألأ في الهواء كسراب حراري: السيرافيم.

كانوا سيحرقونها. سيحرقون هذه الأرض. سيحرقون العالم.

عادت مذهولة إلى راث. سألها: "هل رأيت؟".

"نعم"، بصقت غاضبة. غاضبة منه، وكأنها كانت غلطته. كان الغضب أفضل من الذعر الذي كان ينبض داخلها. انحنت لتساعد أختها في الوقوف على قدميها، لكن سارازال قاومت.

"لا"، قالت وصوتها خافت كصوت طفل. "لا أستطيع، لا أستطيع".

لم يسبق لسفيفا أن رأت أختها هكذا. حاولت أن تسحبها في وضع مستقيم. قالت: "هيا، يا سارازال. يمكنك. عليك ذلك".

لكن سارازال هزت رأسها. "سفي، أرجوك". كانت تعابير وجهها ممزقة، عيناها مضغوطتان بإحكام. "هذا مؤلم". كانت هذه هي المرة الأولى التي تعترف فيها بالألم، وصوتها كان همسة من أعماق مؤلمة. قالت: "اذهبي. تعلمين أنني لا أستطيع. لن ألومك. لا أحد سيلومك. سفي، سفي، ربما أنت الأسرع في العالم". حاولت أن تبتسم. كان سفي هو اسمها الطفولي، وعندما سمعته شعرت بألمها كشظية في قلبها. صاحت سارازال: "لذا اركضي!".

وهزتها سفيفا. "سأستلقي وأموت معك، هل تسمعينني؟ هل هذا ما تريدين؟ ستكون أمي غاضبة جداً منك!" بدا صوتها حاداً وقاسياً. كان عليها فقط أن تجعل أختها تتحرك. "ولا تحاولي حتى أن تقولي إنك ستتركينني. أعلم أنك لن تفعلي، ولن أفعل ذلك أيضاً!".

وحاولت سارازال بالفعل النهوض، لكنها صرخت بمجرد أن وضعت ثقلها على ساقها المتورمة، وسقطت مرة أخرى. وهمست قائلة: "لا أستطيع". كانت عيناها المحمومتان واسعتين من الرعب.

ثم قفز راث.

كانت سفيفا قد نسيته تقريباً. لم ترَ بداية القفزة، بل نهايتها فقط، عندما هبط على الأشجار أمامهما، وكان خفيفاً بشكل مستحيل مقارنة بضخامته، ورفع سارازال إلى أعلى، وقد علقت إحدى ذراعيه الكبيرتين تحت بطنها الأيل الأنيق، وجذعها البشري مشدوداً إلى كتفه. لهثت سارازال متصلبة من الألم والخوف، ولم يقل راث شيئاً.

قفزة أخرى وكان يتحرك ثانية، مبتعداً عن النار القادمة ووميض الملائكة من دون حتى إلقاء نظرة إلى الوراء نحو سفيفا.

بعد لحظة من الدهشة، تبعته.

# 22

# شبح الأسنان

"ولكن لماذا الأسنان؟" تساءل ميك موجهاً حديثه إلى زوزانا. "لا أستوعب الأمر".

توقفت زوزانا التي كانت تسير على الرصيف أمامه، ثم توقفت في مكانها واستدارت لتواجهه. كان يسحب دميتها العملاقة على عربته ذات العجلات واضطر للتوقف كي يتجنب دهسها. كانت تقف هناك ضئيلة الحجم، وارتسم على وجهها خليط من العبوس والامتعاض. قالت: "لا أعرف السبب. ليس هذا هو المهم. المهم أنها كانت هنا. في براغ".

وتركت ما تبقى من دون أن تفصح عنه، وغلب التجهم على ملامحها، حتى بدت للحظة مكشوفة وبلا حراسة. كانت كارو - "شبح الأسنان"، كما كانوا يطلقون عليها، ولم يخطر ببالهم أنها و"الفتاة على الجسر" كانتا نفس الشخص- تبدو في مرحلة ما من سلسلة جرائمها قد ضربت المتحف الوطني. كانت الأخبار المحلية قد أظهرت أمين المتحف وهو يسلط ضوء القلم على فكي نمر سيبيري أكله العث قليلاً.

قال الرجل مدافعاً: "كما ترون، لم تأخذ الأنياب - فقط الأضراس. لهذا السبب لم نلاحظ ذلك. ليس لدينا سبب للنظر داخل أفواه العينات".

من الواضح أن الشبح كان كارو. حتى لو لم تكن اللقطات القصيرة المصورة كافية للتعرف عليها بشكل قاطع، فقد كان لدى زوزانا مصدر لم تكن تملكه قوات الشرطة المختلفة في العالم: كراسات رسم صديقتها. كانت مكدسة في زاوية من غرفة ميك، تسعون دفتراً. منذ أن كانت كارو كبيرة بما فيه الكفاية لتمسك بقلم رصاص، كانت ترسم قصة الوحوش والأبواب السحرية والأسنان. دائماً الأسنان.

كان سؤال ميك سؤالاً جيداً: لماذا؟ حسناً، لم يكن لدى زوزانا أي فكرة. لكن في الوقت الحالي، لم يكن هذا هو شغلها الشاغل.

"كيف لها أن تكون هنا ولا تأتي لرؤيتنا؟". كان أحد حاجبيها مرفوعاً، بغضب، وسيطر العبوس على ملامحها. في حذائها ذي الكعب العالي وتنورتها القصيرة العتيقة، ووجهها المرفوع والشرس، بمكياج الدمية مع الخدين المنقطين باللون الوردي والرموش الرقيقة التي ترفرف، بدت بكل بساطة "الجنية المسعورة" كما أطلقت عليها كارو.

مدّ ميك يده ليضم كتفيها. "لا نعرف ما الذي يحدث معها. ربما كانت في عجلة من أمرها. أو ربما كانت ملاحقة. أعني، قد يكون أي شيء، أليس كذلك؟".

قالت زوزانا: "هذا أكثر ما يزعجني. يمكن أن يكون أي شيء، وأنا لا أعرف شيئاً. أنا صديقتها المقربة. لماذا لا تخبرني بما تفعله؟".

قال ميك بصوت ناعم: "لا أعرف يا زوز. قالت إنها تشعر بالسعادة. هذا جيد، أليس كذلك؟".

كانا يقفان على حافة جسر تشارلز في طريقهما إلى موقعهما من أجل المشاركة في عروض اليوم. كانا قد بدآ متأخرين هذا الصباح، وكان الجسر

الذي يعود إلى القرون الوسطى يمتلئ بسرعة بالفنانين والموسيقيين، ناهيك عن عدد لا بأس به من غريبي الأطوار في العالم. شاهد ميك بقلق فرقة جاز مكونة من رجال مسنين وهم يحملون حقائب آلات موسيقية مهترئة.

كانت زوزانا غافلة. قالت: "آه! لا تجعلني أبدأ الحديث عن تلك الرسالة الإلكترونية. أريد أن أعاتبها قليلاً. هل كان لغزاً؟ إشارات إلى مونتي بايثون؟ قلاع رملية؟ ماذا بحق الجحيم؟ وهي لم تذكر حتى أكيفا. ماذا يعني ذلك؟".

اعترف ميك: "هذا لا يبشر بالخير".

"أنا أعلم. أعني، هل هما معاً؟ كانت لتذكره، أليس كذلك؟".

"حسناً، نعم. مثلما تكتبين لها كل شيء عني، وتخبريها بكل الأشياء المضحكة التي أقولها، وكيف أنني أصبح أكثر وسامة وذكاءً كل يوم. وتستخدمين الوجوه الضاحكة-".

سخرت زوزانا: "بالطبع. وأنا أوقع كل شيء باسم السيدة ميكولاس فافرا، مع قلب على حرف i".

قال ميك: "هاه. يعجبني وقع ذلك".

لكمت كتفه. قالت: "من فضلك إذا طلبت مني الزواج، لا تظن أنني سأعتبر نفسي كإضافة لك، مثل سيدة عجوز توقع على شيك الإيجار بخط متقن باسم السيدة. باسم الزوج-".

"لكنك ستقولين نعم، هل هذا ما تقولينه؟". لمعت عينا ميك الزرقاوان "ماذا؟".

"بدا ذلك وكأن الإشكال الوحيد هو كيفية تسميتكِ لنفسك، وليس ما إذا كنتِ ستقولين نعم أم لا".

احمرت زوزانا خجلاً. "لم أقل ذلك".

"إذاً أنتِ لن تتزوجيني؟".

"سؤال سخيف. أنا في الثامنة عشرة!".

قال بعبوس: "أوه، هل هو أمر يتعلق بالعمر؟ أنت لا تعنين الأمور الجامحة، أليس كذلك؟ لن نضطر إلى أخذ استراحة غبية حتى يتسنى لكِ تجربة أمور أخرى-".

وضعت زوزانا يدها على فمه. قالت: "هذا مقرف. لا تقل ذلك حتى".

قبّل ميك كفها. "حسناً".

دارت على كعبها ومضت في طريقها. شدّ ميك الدمية الضخمة ليجعلها تتدحرج مرة أخرى، وتبعها. ناداها من الخلف: "إذاً. بدافع الفضول فقط، كما تعلمين، من باب المحادثة البحتة وكل شيء، في أي سن ستفكرين في عروض الزواج؟".

أجابته زوزانا بقلق: "هل تعتقد أن الأمر سيكون بهذه السهولة؟ لا يمكن. ستكون هناك مهام، كما في القصص الخرافية".

"ذلك يبدو خطيراً".

"جداً. لذا، فكر جيداً".

قال ميك: "لا داعي للتفكير. أنت تستحقين ذلك".

وامتلأ وجه زوزانا بالسرور.

تمكنا من العثور على مكان غير مشغول على طرف جسر المدينة القديمة، حيث أوقفا الدمية. كانت تقف هناك في معطفها الأسود كحارس جسر مريب، تشكل تبايناً داكناً مع مجموعة الأشخاص الذين يرتدون الثياب البيضاء على الجانب الآخر. كانوا يتسكعون، يشعلون شموعهم ويهتفون- على الأقل حتى تقوم الشرطة بتمشيط المنطقة، مما سيتسبب في تفرقهم مؤقتاً. كان إيمانهم الثابت بعودة الملائكة إلى موقع رؤيتهم الأكثر دراماتيكية لا يتزعزع.

أنتم لا تعرفون شيئاً.

فكرت زوزانا بامتعاض، لكنها شعرت بأن إحساسها بالتفوق بدأ يتآكل. لقد التقت بأحد الملائكة، وماذا في ذلك؟ كانت الآن بنفس درجة جهل الجميع.

كارو، كارو. ماذا يمكن أن يعني أنها كانت هنا ولم تلتفت حتى لتقول مرحباً وتلك الرسالة الإلكترونية! نعم، كانت سخيفة، غامضة إلى درجة أنها جعلت رأس زوزانا يدور، لكن... كان هناك شيء غير طبيعي بشأنها.

فجأة، اجتاحت زوزانا ومضة من الذاكرة.

أشعر بالسعادة... أشعر بالسعادة...

لم تشعر كارو بالسعادة. شعرت زوزانا بالقلق فجأة. التقطت هاتفها لتتأكد من أنها كانت على حق. كان من السهل العثور على المقطع على الإنترنت؛ لقد كان كلاسيكياً. "لا تريد الركوب على العربة!" كان هذا هو الدليل. مونتي بايثون والكأس المقدسة: لقد مرت هي وكارو بمرحلة عندما كانتا في الخامسة عشرة، لا بد أنهما شاهدتاه عشرين مرة. وكان هناك، في نهاية مشهد "أخرجوا موتاكم".

"أشعر بالسعادة... أشعر بالسعادة...".

نغمة يائسة. كان هذا ما قاله الرجل العجوز ليقنعهم أنه بخير قبل أن يضربوه على رأسه ويلقوا بجثته على عربة الطاعون. يا للمسيح دع الأمر لكارو للتواصل مع الكأس المقدسة. هل كانت تحاول أن تقول إنها كانت في خطر؟ لكن ماذا يمكن أن تفعل زوزانا حيال ذلك؟ كان قلبها ينبض بسرعة الآن. نادته، بينما كان يضبط كمانه: "ميك. ميك!".

كاهنة قلعة رملية؟ في أرض من الغبار وضوء النجوم؟

هل كان ذلك دليلاً أيضاً؟

هل أرادت كارو أن يتم العثور عليها؟

# 23

# كاهنة القلعة الرملية

كانت القصبة عبارة عن قلعة شُيّدت من الطين، واحدة من بين مئات القلاع التي ترصّع هذه المناطق الجنوبية من المغرب، حيث كانت تُخبز تحت أشعة الشمس لقرونٍ. في زمنٍ ما، كانت هذه القلاع معاقل للمحاربين وجميع حاشيتهم، كانت قلاعاً بدائية فخمة وحمراء شامخة، ذات أسواء تشبه أنياب الأفاعي المعقوفة، ونقوش بربرية غامضة محفورة على جدرانها العالية المصقولة.

في العديد من القصبات، كانت هناك مجموعات صغيرة من أحفاد المحاربين لا تزال تعتاش، بينما كان الزمن يعمل على تخريبها. لكن هذا المكان، عندما وجدته كارو، كان قد تُرك للقالق والعقارب.

قبل بضعة أسابيع، عندما عادت كارو إلى هذا العالم لتجمع الأسنان، بدت مترددة في العودة إلى إريتز. لم يكن ترددها ناجماً عن شكوك حول قرار العودة، بل كان يعود إلى صعوبة الرحلة ذاتها. العودة إلى ذلك المكان كانت مرهقة؛ إلى عالم تنبعث منه رائحة الموت وخاصة نفق المناجم،

حيث تصطخب الأصداء وصيحات الخفافيش المخيفة التي ترفرف، والتراب، والظلام، وجذور الدرنات الشاحبة التي تنبض كالعروق، وليست هناك خصوصية، و"الرفاق" الفظين، والعيون عليها دائماً، و... لا أبواب. وكان أسوأ ما في الأمر، هو عدم قدرتها على إغلاق الباب والشعور بالأمان أبداً، خاصة أثناء عملها- لأنها في السحر كانت تذهب إلى مكان داخل نفسها وتكون ضعيفة تماماً. وقد نسيت أمر النوم، وكان عليها أن تجد بديلاً.

لم يكن إخفاء جيش متزايد من الكيميرا في عالم البشر أمراً هيناً. فقد كانوا بحاجة إلى مكان كبير ومعزول وضمن نطاق بوابة أطلس التي أرشدها إليها رازغوت حتى يتمكنوا من الذهاب والإياب بين العوالم. كانت الكهرباء والمياه الجارية لطيفة أيضاً، لكنها لم تتوقع أن تجد مكاناً يناسب حتى الاحتياجات الضرورية.

كانت القصبة المكان المثالي، تماماً.

لقد بدت للعالم كله كما وصفتها كارو في رسالتها الإلكترونية الوحيدة المقتضبة إلى زوزانا: مثل قلعة رملية، قلعة رملية كبيرة جداً. لقد كانت ضخمة: مدينة بأكملها، حقاً - حارات وساحات وأحياء وخانات وقافلة وصومعة وقصر - كل ذلك كان صدى فارغاً. كان صانعوها يحلمون بمقياس أسطوري، وكان الوقوف في ساحتها المبنية من الحجر، والجدران الطينية والسقوف البارزة التي تبرز من فوقها، يشعرك بأنك قد تقلصت إلى حجم طائر مغرد.

كانت رائعة: مزخرفة بشِباك النوافذ الحديدية المزخرفة والخشب المنحوت والفسيفساء المرصعة بالجواهر والأقواس المغاربية الشاهقة وبلاط السقف الأخضر الزمردي، وأعمال الجص الأبيض التي قام بها حرفيون ماتوا منذ زمن طويل.

وكانت تنهار وتتحول إلى خراب. وفي بعض الأحياء كانت السقوف قد

سقطت بالكامل، وتحولت العديد من الأبراج إلى زاوية واحدة قائمة مع ذوبان الباقي. كانت السلالم لا تؤدي إلى أي مكان؛ والأبواب مفتوحة على أسقف بارتفاع أربعة طوابق؛ وبدت الأقواس الشاهقة وكأنها مهددة بالانهيار، وقد تمزقت بفعل الشقوق.

فوقها وخلفها، كانت المنحدرات تتجه شمالاً، حيث بدت أسنان جبال الأطلس تقضم السماء. أمامها وأسفلها، تدحرجت الأرض على منحدر من الحصى والشجيرات نحو الصحراء البعيدة. كان مشهداً كئيباً، ساكناً إلى الحد الذي بدا معه أن ارتعاش ذيل عقرب على بعد أميال من شأنه أن يلفت الأنظار

كل هذا كانت كارو تستطيع رؤيته من غرفتها في أعلى نقطة في القصر. هناك ساحة واسعة مسورة في الأسفل. وقف العديد من الكيميرا في الرواق المقنطر المواجه للبوابة الرئيسية، وصمتوا عندما ظهرت أمامهم. كانت قد خرجت من نافذتها - كانت الممرات في حالة يرثى لها وكان المشي خطيراً فوقها: لماذا تمشي بينما تستطيع أن تطير - وكان طيرانها الصامت، من دون تحريك جناحيها، يزعجهم دائماً. وكانوا يحدقون إليها الآن بعيون ملونة كعيون الطيور الجارحة والثيران والسحالي، ولا يلقون عليها التحية عند مرورها.

كانت حرارة النهار قوية كاليد الضاغطة على رأسها، ومع ذلك فقد ارتدت سترة بأكمام لتغطي ذراعيها المكدومتين، ووضعت حزام السكاكين فوقها. كانت نصالها الهلالية معلقة على وركها، وهو ما كان بمثابة طمأنينة تمنت لو أنها لم تكن بحاجة إليها. كان جميع أفراد الكيميرا مسلحين في جميع الأوقات، لذا لم تبرز، ولم يكن على "رفاقها" أن يعرفوا أنها تخاف منهم

وما إن دخلت القاعة الكبرى حتى همس أحدهم قائلاً: "خائنة".

لقد جاءت من خلف ظهرها، هسهسة لا يمكن تحديد مكانها. لقد اخترقتها، على الرغم من أنها لم تعطِ أي إشارة خارجية، واستمرت في سيرها

وسمعت ثقوباً مفتوحة في المحادثات. ربما جاءت الكلمة من هفيثا، الذي كان يأكل، أو من ليسيث أو نيسك اللذين كانا على المائدة. لكن كارو كانت تراهن على أنها تين، لا لسبب أفضل من أن تين، وهي أنثى ذات ملامح ذئبية والعضو الوحيد الباقي على قيد الحياة من حاشية ثياغو، كانت أكثر وداً معها من معظمهم. وهو ما جعلها بالطبع مشتبهاً بها تماماً.

أنا أحب حياتي، فكرت كارو.

ومع ذلك، بدت تين هي الذئبة البريئة تماماً بينما كانت تحيي كارو وتقدم لها طبقاً. قالت: "كنت سأحضره لك للتو".

وجهت كارو إليها نظرة متشككة وإلى الطبق أيضاً.

لم يفت تين ذلك، وقالت: "هل تعتقدين أنني سأسممك؟ حسناً، هل سأندم في المرة القادمة عندما أموت؟". ضحكت، بصوت أجش من فكيها الذئبيين. شرحت: "ثياغو طلب مني ذلك. إنه يجتمع مع قادته وإلا فأنا متأكدة من أنه كان سيفعل ذلك بنفسه".

تناولت كارو طبق الكُسكُس والخضروات. كانت تلك فائدة أخرى لوجودها هنا: كان من الصعب الحصول على الطعام في إريتز؛ فقد كانوا يقتاتون بشكل أساسي على الجيس المسلوق، الذي كان له ملمس طين وليس أكثر من ذلك بكثير.

هنا، كانت توجد شاحنة متهالكة تخدم كارو في رحلاتها المتكررة لشراء أكياس الحبوب والتمر والخضروات من أقرب البلدات، وخلف القاعة الكبرى، كانت هناك سلالة من الدجاج الهزيل تسكن الآن فناءً صغيراً.

قالت كارو: "شكراً".

كان ثياغو قد أحضر لها العشاء عدة ليالٍ حتى لا ينقطع عملها، وكان عليها أن تعترف بأن ذلك كان أسهل من التواصل المشكوك فيه من قبل رفاقها - وعلى رأسهم الذئب الذي كان قد دفع العُشر.

كانت ذراعاه مكدومتين مثل ذراعيها الآن، مغطاتين ببقع وأزهار من الأصفر الشاحب إلى الأرجواني الداكن، متداخلة ومتغيرة باستمرار.

"شكل فني بحد ذاته"، هكذا وصفها، وأثنى عليها بأغرب مجاملة – وأكثرها رداءة- في حياتها: "أنت تصنعين كدمات جميلة".

غير أنه لم يأتِ هذا المساء، وعندما أدركت كارو أنها كانت تنتظره - تنتظر الذئب - انتصبت على قدميها وخرجت من النافذة مباشرة.

سمحت لتين بأن ترشدها إلى الطاولة. لم تكن القاعة مزدحمة في هذه الساعة. وبنظرة سريعة أدركت أن نصف الجنود هنا كانوا من صنع يديها. كان من السهل معرفة ذلك: الأجنحة والحجم الكبير. كان هناك أمزالاغ: من صُنعها؛ وأورا: ليست من صُنعها. نيسك وليسيث، كلاهما من صُنعها؛ هفيثا وباست: لا. ليس بعد، على أي حال. لكن كان هناك سبب لنطق كلمة خائنة التي هُمس بها من وراء ظهر كارو: كانوا جميعاً يعلمون أنه في الأيام والأسابيع، وربما الساعات القادمة، ستنتقل أرواحهم بين يديها. حتى إن أحدهم قد يسير إلى الحفرة مع ثياغو الليلة؛ من كان يعلم؟ ما كانوا يعرفونه هو أنهم سيموتون؛ لقد اعتادوا على ذلك.

لكنهم لم يعتادوا على الوثوق بخائنة في عملية بعثهم.

"رحيق؟" قالت تين مازحة. أومأت إلى البرميل الكبير المملوء بماء النهر، وغرفت لكارو كوباً. بعد أن استقرتا في مكانيهما، قالت: "لقد رأيت رازور في وقت سابق".

"أوه؟" شعرت كارو بالقلق على الفور. كان رازور كاهناً من عظام الهيث الذي أحضرته في ذلك الصباح من مخبأ المباخر.

لقد كان إحياءً مخادعاً، وهو أحد طلبات ثياغو الخاصة. أومأت تين برأسها. قالت: "لقد كان في حيرة من أمر رأسه".

"سوف يعتاد على ذلك".

"لكنه رأس أسد يا كارو؟ على هيث؟".

وكأن كارو لم تكن تعرف نوع رؤوس هيث. لقد كانت مرعبة إلى حد ما، في الواقع، بعينين مركبتين كبيرتين وفكين قشريين مقصوصين يشبهان مخالب السلطعون. كيف تعامل بريمستون مع ذلك؟ لم يكن لدى كارو أي أسنان حشرات في مخزونها، ولم تكن تعرف أن لديه أي أسنان حشرات أيضاً. "طلبه ثياغو. كان الأسد أفضل ما يمكنني فعله في وقت قصير". وقالت لنفسها: أفضل مما يستحق. كان رازور غريباً بالنسبة إليها، لكنها كانت تشعر بشخصية مظلمة أثناء عملها. كانت كل روح تترك أثراً فريداً في ذهنها، وكان أثره... لزجاً. لم تكن تعرف لماذا جعله ثياغو أولوية بالنسبة إليها، ولم تسأل، كما لم تسأل عن الآخرين. قامت هي بعملها وقام الذئب بعمله.

قالت تين موافقة: "حسناً، أعتقد أنه أجمل بكثير الآن".

قالت كارو: "صحيح؟ أتوقع شكره في أي يوم".

قالت تين: "نعم، حسناً، لا تغمدي مخالبكِ". لقد كان تعبيراً كيميرياً، يعادل تقريباً لا تكتمي أنفاسك، على الرغم من أنه كان أكثر تهديداً، مع ما ينطوي عليه من ضرورة الدفاع عن النفس. نصيحة جيدة، فكرت كارو.

كان فمها ممتلئاً بالطعام عندما اقترحت تين: "اقترح ثياغو أن أساعدكِ". شعرت كارو بالكسكسي وكأنه عجينة على لسانها. لم تستطع الإجابة، وكافحت من أجل البلع.

قالت تين: "حسناً. إنها مهمة هائلة بالنسبة إلى شخص واحد، أليس كذلك؟".

ابتلعت كارو أخيراً العجينة. قالت لنفسها إن بريمستون كان شخصاً واحداً، لكنها لم تنطق بذلك. كانت تعلم أنها لم تكن جيدة في تلك المقارنة. إلى جانب ذلك، لم يكن بريمستون بمفرده، أليس كذلك؟

أضافت تين: "سأكون مساعدتكِ. مثل امرأة الناجا، ماذا كان اسمها؟" عند ذكر إيسا، تجمدت كارو، لكن تين لم تلاحظ ذلك ولم تنتظر رداً. "يمكنني أن أعتني بالأمور البسيطة لأترك لك المجال للتركيز على ما يمكنك القيام به بشكل أفضل".

قالت كارو بحدة: "لا. أنتِ لستِ إيسا. بلغي ثياغو شكري، ولكن-".

"أوه. أعتقد أنه كان يقصد أن تقبلي".

حسناً، بالطبع كان ثياغو يقصد أن تقبل؛ كان يقصد أن يقبل الجميع إرادته وينفذوها على الفور. وكانت بحاجة إلى المساعدة. ولكن؟ تين؟ لم تستطع كارو تحمل فكرة أن تكون أنثى الذئب، التي كانت دائماً تراقبها، بجانبها في الواقع، كان هناك شيء وحشي في تين، وفي معظم الرفاق، في الواقع، كان من الصعب على كارو أن تتصالح مع ذكرياتها عن نوع الكيميرا الخاص بها - هل كانوا دائماً هكذا ولم تستطع رؤية ذلك؟ كانت هناك، على سبيل المثال، مسألة شجرة الأرز الحلوة، بعد فترة وجيزة من انضمامها إليهم. لم يعد هناك شيء حلو فيها، كانت الشجرة محترقة مثل كل شيء آخر حول لوراميندي، ضخمة وهيكلية مثل يد عظمية ضخمة تنشب مخالبها في الأرض. كانت هناك كرات متفحمة تتمايل في أغصانها، ولم تفهم كارو ما هي إلا بعد أن سمعت بعض الجنود يتحدثون عن استخدام "ثمرة الأرز" في التدريب على الرماية.

حتى إنها لم تفكر – غبية، غبية – قبل أن تقول: "أوه، هذه فاكهة؟ إنها كبيرة".

الطريقة التي نظروا بها إليها. لم تستطع أن تتذكرها دون أن تشعر بالخجل. كانت تين هي من قالت: "إنها رؤوس".

شحب لون كارو. "هل تطلقون النار على الرؤوس؟" كل ما استطاعت التفكير فيه هو: لكنها رؤوسنا.

لا بد أنهم كانوا من الكيميرا، وسألتها تين: "ماذا سنفعل بها غير ذلك؟".

ومرت لحظة من الذهول قبل أن تقول كارو: "يمكننا دفنها".

فأجابتها تين بحماسة شديدة: "أفضّل أن ننتقم لها".

ما قالته كان شيئاً مخيفاً، وقد انتاب كارو شعور بالقشعريرة - وشرارة صغيرة من الإعجاب، كان عليها أن تعترف بذلك - ولكن ذلك ظل يعاودها فيما بعد، ولم يدم إعجابها. لمَ لا يكون كلا الأمرين؟ دفن الموتى والانتقام لهم. كان من الهمجية ترك الجثث ملقاة على الأرض، وكانت تعلم أن هذا لم يكن مجرد شعورها الإنساني.

لقد شهدت تصادماً غريباً في ردود الأفعال هذه الأيام. ردود أفعال كارو كانت الأبرز والأكثر إلحاحاً، لكن ردود أفعال مادريغال كانت أيضاً: ذاتاها، تلتقيان معاً بنوع غريب من الاهتزاز. لم يكن هناك تنافر، بالضبط.

كانت كارو مادريغال، لكن ردود أفعالها كانت متأثرة بحياتها البشرية وكل وسائل الرفاهية التي يوفرها السلام، والأشياء التي قد تكون شائعة لمادريغال ما زالت قادرة على زعزعتها في البداية. رؤوس محترقة متدلية من شجرة أرز حلوة؟ إذا لم تكن مادريغال قد رأت ذلك بالضبط، فقد شهدت ما يكفي من الرعب الذي لم تكن له القدرة على صدمها.

ولكن في حياة مادريغال كان الكيميرا يدفنون موتاهم، إذا استطاعوا ذلك. لم يكن ذلك ممكناً دائماً، ففي مرات لا تحصى كانوا يجمعون الأرواح ويتركون الجثث في ساحة المعركة، لكن ذلك كان من باب الضرورة. أما هذا فقد كان... وحشياً. أن يتدربوا على التصويب على الموتى؟ لم تكن نفس كارو البشرية وحدها التي ارتعبت من ذلك. كيف كانت السنوات الثماني عشرة الماضية التي تخلت فيها الكيميرا عن سمة أساسية من سمات الحضارة مثل الدفن؟

الآن، انحنت تين إلى الأمام، وقالت لكارو، "ثياغو يحتاج إلى المزيد من الجنود، وبسرعة. الأمر حاسم".

"سوف يؤدي ذلك إلى إبطاء الأمور أكثر إذا حاولتُ تعليمك ما يجب فعله".

"بالتأكيد هناك شيء ما".

بالتأكيد كان هناك العديد من الأشياء. كانت تستطيع أن تصنع البخور وتشكله، وتنظف الأسنان، وتدفع العُشر. لكن شيئاً ما في كارو كان ينقبض عند التفكير في ذلك. لسنوات، كانت تين مرتبطة بالذئب الأبيض- حارسته الشخصية، أحد أفراد القطيع الذي كان يتحرك دائماً في ظله، في المعركة وخارجها.

كانت في بستان القداس.

قالت كارو: "سيكون الحدّاد أكثر فائدة لربط الأسنان بالفضة".

"آيجير مشغول. مشغول بصناعة الأسلحة". كانت نبرة تين توحي بأن ربط الأسنان كان أقل من مقام الحداد.

"وماذا أصنع أنا، المجوهرات؟" ردت كارو بنفس النبرة. قابلت عيني تين، اللتن كانتا بنيتين ذهبيتين مثل عيني الذئب الحقيقي، على عكس الأزرق الباهت لعيني ثياغو، وهو لون لم يسبق له مثيل عند الحيوان. كان ينبغي أن يُطلق عليه اسم الهاسكي السيبيري الأبيض، فكرت كارو بسخرية.

"آيجير لا يمكن الاستغناء عنه", كان صوت تين متوتراً.

"أنا مندهشة من أن ثياغو يستطيع أن يستغني عنكِ". من الذي سيمشط له شعره؟

"إنه يعتبر هذا مهماً جداً".

كانت كلمات تين قاسية ومقتضبة الآن، وبدأت كارو تدرك أنها قد لا تفوز في هذه المسألة، وأن حججها ضد مساعدة تين ليست قوية. كان واضحاً أنها ليست بريمستون، هذا مؤكد.

كان الذئب يحاول شن تمرد، ولا يزال هناك عشرات الجنود الذين لا يطيرون ينتظرون المشي إلى الحفرة، ناهيك عن الانهيار الكبير للمباخر في غرفتها الذي بدأ بالكاد يتلاشى.

ولم تعد الدوريات بعد من الموجة الأولى للتمرد.

إذا حدث لهم أي شيء... فإن مجرد التفكير في ذلك جعل كارو ترغب في الانهيار والبكاء. من بين هؤلاء الجنود الثلاثين، كان نصفهم حديثي الولادة - أجساد من لحم ودم تم الحصول عليها بشق الأنفس، وكان ذراعاها لا يزالان مليئين بالكدمات.

ومن بين البقية، كان هناك زيري، وهو الكيميرا الوحيد في المجموعة الذي كانت كارو متأكدة إلى حد معقول أنه لم يهتف لإعدامها.

زيري.

وكما قال ثياغو، كان الوقت لا يزال مبكراً. تنهدت كارو وفركت صدغيها، ففهمت تين إشارتها وأظهرت ابتسامة تشبه ابتسامة الذئب.

قالت تين: "جيد. سنبدأ بعد العشاء".

ماذا؟ لا. كانت كارو تحاول أن تقرر ما إذا كانت ستعيد فتح النقاش عندما لمحت، من زاوية عينيها، شخصاً ضخماً يدخل الغرفة ويتوقف فجأة. عرفت ذلك الشكل على الفور، فقد صنعته للتو.

كان رازور.

# 24

## عاشقة الملاك

توقفت كل الأحاديث في القاعة. تأرجحت جميع الرؤوس للنظر إلى رازور، الذي وقف على العتبة، يحدق مباشرة في كارو.

تقلصت معدتها. كان هذا هو الجزء الأسوأ، دائماً. كان هناك أمثال أمزالاغ الذين ساروا إلى الحفرة واستيقظوا وهم يعلمون أين كانوا، ومع من، وكل ما حدث في إريتز. ثم كانت هناك الأرواح من المباخر: الجنود الذين ماتوا في كاب أرماسين ولم يعرفوا حتى أن لوراميندي قد سقطت، ناهيك عن أنهم كانوا في عالم آخر.

وبدون استثناء، رمشوا بأعينهم في وجه كارو دون أن يتعرفوا عليها. كيف يمكنهم ذلك؟ فتاة ذات شعر أزرق بدون جناحين أو قرنين؟ لقد كانت غريبة.

وبالطبع، لم تسمع أبداً ما قيل لاحقاً، عندما تم إخبارهم بالحقيقة. كانت تحب أن تتخيل شخصاً يتحدث نيابة عنها- إنها واحدة منا؛ هي من أعادنا إلى

الحياة؛ جلبتنا إلى هنا، وانظروا: الطعام! - لكن كان من المحتمل أكثر أن يكون شيئاً من قبيل: ليس لدينا خيار؛ نحن بحاجة إليها. أو حتى، في لحظاتها الأكثر ظلمة: بقدر ما نرغب جميعاً، لا يمكننا قتلها، الآن.

على الرغم من أنه، بالنظر إلى الأشياء، لم يقم أحد بإبلاغ رازور بتلك الرسالة.

زمجر: "أنتِ".

قفز.

بسرعة - أسرع من تين، التي تعثرت - كانت كارو واقفة على قدميها ومبتعدة عن الطاولة. سقط رازور عليها في المكان الذي كانت تجلس فيه. وانهارت الطاولة تحت ثقله مع صوت تصدع قوي، وانطلق طرفاها في الهواء بينما كانت تنهار على شكل حرف V تحته. انقلب برميل الماء وانسكب وارتطم بالأرض مع صخب الجرس واندفعت الأجساد في الحركة، وكان الجميع في حالة ضبابية ما عدا الهيث الذي كان متزناً ومركزاً، وخبيثاً.

"عاشقة الملاك" بصق والخجل يوقد كارو كالشعلة.

لقد كان مصطلحاً ينمّ عن انحطاط تام؛ ففي كل لغات كارو البشرية، لم تكن هناك إهانة مشحونة بالاشمئزاز والازدراء إلى هذا الحد، ولم تكن هناك كلمة واحدة تلقي بمثل هذه القذارة. لقد كانت بهذا السوء حتى عندما كانت تعبيراً مجازياً، كانت إهانة.

لكن، أمامها، لم يكن الأمر مجازياً.

بنقرة من ذيله، اندفع رازور إلى الأمام. هكذا بدت الحركة. كان جسده من الزواحف - تنين كومودو وكوبرا - وحتى مع ضخامته، كان يتحرك مثل الريح فوق العشب.

لقد فعلت كارو ذلك. لقد منحته تلك الرشاقة والسرعة. ملاحظة إلى النفس، فكرت، وقفزت بشكل واضح. كانت رشيقة أيضاً وسريعة. تراقصت

إلى الوراء. كانت سكاكينها الهلالية في يديها. لم تكن واعية لسحبها. أمامها، كان وجه الأسد الجميل جداً في حالة مستقرة على الأرض قد أصبح مشوهاً بكراهية رازور. لقد فتح فكيه، وكان الصوت الذي خرج منهما مبحوحاً ومريراً وزئيراً مزعجاً.

"هل تعرفين ما فقدته بسببكِ؟".

لم تكن تعرف، ولم تكن تريد أن تعرف. بسببكِ، بسببكِ. أرادت أن تغطي أذنيها، لكن يديها كانتا مشغولتين بإمساك السكاكين. "أنا آسفة". قالت، وقد بدا صوتها ضئيلاً جداً مقارنة بصوته، وغير مقنع حتى لأذنيها.

كانت تين هناك، تقول له شيئاً خافتاً وعاجلاً؛ ولم يكن له أي تأثير. اندفع رازور نحوها. وتجاوز باست، التي لم تتحرك للتدخل. صحيح أنها كانت بنصف حجمه، لكن أمزالاغ كان بإمكانه إيقافه بسهولة، وبدا غير واثق من نفسه، وهو ينقّل بصره بين الاثنين. تراقصت كارو بعيداً مرة أخرى. أما الآخرون فوقفوا في أماكنهم، وفي صدرها قفزت شرارة من الغضب واشتعلت. أغبياء، جاحدون، فكرت. مما أثار في نفسها روحاً من الفكاهة غير المتوقعة. فقد اعتادت هي وزوزانا أن تنعتا كل الأشياء بالأغبياء - الأطفال والحمام والعجائز المسنات اللاتي يعبسن عند النظر إلى شعر كارو - ولم يتوقف الأمر عن كونه مضحكاً. أغبياء، أرذال، أوباش. والآن، في مواجهة هذا الشيء الأسد التنين اللزج، شعرت كارو بأن وجهها قد تجعد بأكثر التعبيرات غرابة: ابتسامة.

كانت ابتسامة حادة مثل سكاكينها الهلالية. ومع حركة رازور التالية، ثبتت في مكانها وأمسكت بسكاكينها. صرّت على أسنانها، وسحبت إحدى حوافها المنحنية بقوة على الأخرى في صرخة فولاذية جذبت انتباهه للحظة - وقفة طويلة بما يكفي لكي تفكر كارو: ماذا الآن؟ هل يجب أن أقتله؟ هل يمكنني ذلك؟

نعم.

ثم: ومضة من البياض وانتهى الأمر. كان ثياغو بينهما، ظهره لكارو وهو يأمر رازور بأن يتوقف، ولم يكن عليها قتل أحد. أطاع الهيث، وكان ذيله الهائج يقلب الكراسي مع كل خطوة.

فاعترضه كل من ليسيث ونيسك، ووقفت كارو هناك متأهبة وهي تلهث، والسكاكين في يديها والدماء تتدفق في ذراعيها صعوداً ونزولاً، وللحظة شعرت بأنها عادت مثل مادريغال مرة أخرى - ليس الخائنة بل الجندية فقط للحظة.

"خذيها إلى غرفتها".

قال ثياغو لتين، وكأن كارو مريضة عقلية هاربة أو شيء من هذا القبيل. اختفت ابتسامتها. "لم أنتهِ من تناول طعامي". قالت.

"يبدو أنكِ انتهيتِ". نظر بحسرة إلى الطاولة المكسورة والطعام المسكوب. "سأحضر لك شيئاً ما. لا يجب عليك تحمل هذا". كان صوته رقيقاً ولطيفاً، وعندما اقترب ليسأل بهدوء "هل أنت بخير؟" أرادت كارو أن تخدش وجهه نوعاً ما.

"أنا بخير. ماذا تظنني؟".

"أعتقد أنكِ أثمن ما نملك. وأعتقد أن عليك أن تسمحي لي بحمايتكِ". مد يده إلى ذراعها، فأبعدتها عنه، فرفع يديه في إشارة استسلام.

قالت: "يمكنني حماية نفسي"، محاولةً استعادة ذبذبات القوة القصيرة التي تملّكتها. قالت لنفسها: أنا مادريغال، لكنها في مواجهة الذئب الأبيض، كل ما استطاعت التفكير فيه هو أن مادريغال كانت ضحية، ولم تستطع التمسك بإحساس القوة. قالت: "بغض النظر عما تعتقده، فأنا لست عاجزة". لكنها بدت وكأنها كانت تحاول إقناع نفسها

بقدر ما كانت تحاول إقناعه هو، ومن دون أن تفكر في ذلك، لفّت ذراعيها حول وسطها في لفتة طفولية لحماية نفسها. قامت بفكهما على الفور، لكن ذلك جعلها تبدو متوترة.

كان صوت ثياغو ناعماً. "لم أقل أبداً إنك عاجزة. لكن يا كارو، إذا حدث لك أي شيء سينتهي أمرنا. أريدك بأمان. الأمر بهذه البساطة".

أمان. ليس من العدو، بل من نوعها- الذين أغدقت عليهم كل رعايتها وصحتها وألمها، ليلة تلو أخرى. ضحكت كارو بمرارة.

قال ثياغو: "يحتاجون وقتاً. هذا كل ما في الأمر. سيبدؤون في الوثوق بكِ. كما أثق أنا بكِ".

سألت: "هل تثق بي؟".

"بالطبع أثق بكِ، يا كارو. كارو". بدا حزيناً. "ظننت أننا نتجاوز كل ذلك. لا مجال للضغائن الصغيرة في هذه الأوقات. نحتاج إلى كل تركيزنا، وكل طاقتنا على القضية".

كان من الممكن أن تجادل كارو في أن إعدامها لم يكن ضغينة صغيرة، لكنها لم تفعل، لأنها كانت تعلم أنه كان على حق. لقد كانوا بحاجة إلى تركيز كل طاقتهم على القضية، وكانت تكره أنه كان عليه أن يذكرها بذلك وكأنها تتصرف مثل تلميذة مدرسة، والأكثر من ذلك، كانت تكره الشعور المهزوز الذي كان يصيبها الآن بعد أن بدأ الأدرينالين يتلاشى. وبقدر ما كانت مستاءة من اقتيادها إلى غرفتها بأمر من ثياغو، فقد كانت غرفتها هي التي تريدها، هي وحدتها وأمانها، لذا أعادت السكاكين الهلالية إلى أغمادها وحاولت أن تتصرف وكأنها فكرتها الخاصة، واستدارت وذهبت.

رفعت رأسها عالياً، لكنها كانت تعلم، في كل خطوة من خطواتها، أنها لم تكن تخدع أحداً.

# 25

# طابور الأعداء يبدأ من هنا

اصطحبت تين كارو إلى غرفتها، ولا بد أنها اعتبرت هدوء كارو علامة رضا، لأنها كانت تثرثر وتقدم ملاحظات غير مرغوب فيها حول حالات البعث الأخيرة، ولكنها فوجئت تماماً عندما وصلت إلى أعلى الدرج، عندما أغلقت كارو الباب في وجهها وأحكمت إغلاق المزلاج.

لحظة من الصمت المذهول، تلتها أصوات طرقات مستمرة. "كارو! من المفترض أن أساعدكِ. دعيني أدخل. كارو".

"أحبك أيها المزلاج". همست كارو وهي تداعب مزلاج الباب.

ارتفع صوت تين بثبات، معاتباً، هادراً. فكت كارو حزام سكاكينها، وتجاهلتها. كان على طاولتها عقد نصف معلق، لكنها لم ترغب في التقاطه، ولم تكن تريد رفقة - أو مجالسة أطفال. أرادت قلم رصاص وصفحة، لتجسيد النظرة الدقيقة على وجه رازور عندما جاء إليها، حرف V للطاولة المكسورة وطمس الشخصيات المحيطة الذين لم يفعلوا شيئاً لمساعدتها.

كان الرسم دائماً هو الطريقة التي تعالج بها الأشياء. بمجرد أن تكون على الورق تصبح ملكاً لها، ويمكنها أن تقرر القوة التي ستتمتع بها عليها.

تناولت دفتر الرسم الخاص بها وفتحته. لفتت انتباهها في الهامش بقايا صفحة ممزقة، فتذكرت، وكأنها تنظر إليها بوضوح، الرسم الذي كان هناك لأكيفا، حيث كان نائماً في شقتها. بالطبع، لقد دمرت ذلك الرسم. لقد دمرت كل الرسوم.

يا ليت بإمكانها فعل الشيء نفسه مع ذكرياتها.

عاشقة الملاك.

حتى مجرد التفكير في الكلمة يجلب العار. كيف أمكنها أن تفعل ذلك: أحبت أكيفا - أو بالأحرى اعتقدت أنها فعلت ذلك؟ لأنه الآن، وبغض النظر عما كان بينهما فقد اتشح ذلك بغطاء من القذارة – عاشقة- الملاك - ولم يكن يشبه الحب في شيء. شهوة، ربما. شباب، تمرد، تدمير للذات، انحراف. هي بالكاد عرفته؛ كيف لها أن تظن أنه كان حباً؟ لكن مهما كان، هل يمكن أن يُغفر؟

كم عدد الكيميرا التي سيتعين على كارو أن تعيدهم إلى الحياة قبل أن يقبلوها؟

جميعهم. هذا هو العدد. كل من مات بسببها. مئات الآلاف. بل أكثر. وهو أمر مستحيل بالطبع. لقد تلاشت تلك الأرواح، بما في ذلك أعز الناس عليها. لقد ضاعوا. هل كان هذا كل شيء، إذاً؟ ألن يكون هناك مجال للخلاص؟

كانت هذه هي حياتها، وكابوسها أيضاً، وأحياناً كانت الطريقة الوحيدة التي يمكنها أن تتحملها، هي أن تقول لنفسها إنها ستنتهي. إذا كان كابوساً، فسوف تستيقظ وستجد بريمستون على قيد الحياة؛ سيكون الجميع على قيد الحياة. وإن لم يكن كابوساً؟

حسناً، سينتهي الأمر بإحدى الطرق العديدة التي تنتهي بها الحياة. عاجلاً أو آجلاً.

رسمت، وأمسكت برازور بقوة ووحشية.

هل تريدين حقاً أن تعرفي ما الذي أنوي فعله يا زوزانا؟ ها هو الأمر. أنا محاصرة في قلعة رملية مع الوحوش الميتة، مجبرة على إحيائهم واحداً تلو الآخر، بينما أحاول تجنب أن يتم التهامي.

بدا الأمر وكأنه عرض لبرنامج مسابقات ياباني، ولم تستطع كارو أن تمنع نفسها من الضحك مرة أخرى، وإن كان ذلك لثانية واحدة فقط، لأن تين سمعت من الجانب الآخر من الباب وأطلقت زمجرة ناعمة. عظيم. ربما ظنت الذئبة أنها كانت تضحك عليها.

طابور العدو يتشكل هنا، كتبت كارو أسفل رسمها.

أوه، يا زوز.

ألقت نظرة على علب الأسنان ولعنتها على امتلائها. لقد كانت فعّالة للغاية في رحلة جمعها للأشياء؛ سيمر بعض الوقت قبل أن تتمكن من التذرع بضرورة الخروج مرة أخرى. وكلما أسرعت في العمل، كان الوقت أسرع، وعندما يحين الوقت ستفعل أكثر من إرسال بريد إلكتروني إلى زوزانا. كانت ستبحث عنها. كانت ستجلس لتناول الشاي والغولاش معها ومع ميك في بويزون كيتشن وتخبرهما بكل شيء، ثم تستمتع بغضبهما نيابة عنها.

كانا سيتفقان معها على أن كهنة عظام الهيث الناكري الجميل لا يستحقون رؤوس أسود ملكية، ولكن ربما رؤوس الهامستر في المرة القادمة، أو ربما رؤوس الكلاب البكينية[1].

---

1. الكلب البكيني: هو سلالة من الكلاب الصغيرة، نشأت في الصين. كانت هذه السلالة مفضلة لدى أفراد العائلة المالكة في البلاط الإمبراطوري الصيني

أو أفضل من ذلك، تخيلت زوزانا وهي تتحدث بلهجتها الحادة، ليذهبوا جميعاً إلى الجحيم.

أنا لا أفعل ذلك من أجلهم، سيكون رد كارو. لقد كانت فكرة مدروسة، فكرة تشبثْتُ بها. إنها من أجل بريمستون. ومن أجل كل الكيميرا التي لم تتمكن الملائكة من قتلها بعد. كان عليها فقط أن تتذكر لوراميندي لتشعر باليأس من واجبها. لم يكن هناك من يقوم بهذا العمل سواها.

جاء نداء الحارس من مكان ما في الخارج، وهو عبارة عن صافرة واحدة قصيرة عالية. فقفزت كارو إلى النافذة بخطى سريعة. كانت هناك دورية عائدة، أول دورية من أصل خمس. انحنت دون أن تطرف عينيها، وانحنت من نافذتها وتفحصت السماء. هناك: من اتجاه الجبال حيث كانت البوابة معلقة عالياً وغير مرئية في الهواء الرقيق. كانوا لا يزالون بعيدين للغاية بحيث لم تستطع أن تتبين ظلالهم وتعرف أي فريق كان، لكنها استطاعت أن ترى أنهم ستة. كان ذلك سبباً للسرور؛ فقد كان هناك فريق واحد على الأقل سالماً.

اقترب أكثر وأكثر، ثم رأته: طويل القامة ومنتصب، قرناه مثل زوج من الحراب.

زيري. انحلت عقدة في صدرها لم تكن تعلم بوجودها. كان زيري بخير. استطاعت أن تتبين الآخرين الآن، وسرعان ما كانوا يحومون فوق القصبة وينزلون إلى الفناء، نصفهم بأجنحة من صنعها، لم يكن اثنان متشابهين في الحجم أو الشكل، ولكنهما متشابهان في التهديد: مسلحون بهدف القتل، وجلودهم سوداء مغطاة بالدماء والرماد. كانت سعيدة برؤية باليروس أيضاً، لكن ارتياحها كان في الحقيقة من أجل زيري.

زيري كان من قبيلة كيرين؛ كان من الأقرباء.

عندما نظرت إليه كارو، نمت ذكرياتها المادريغية، وتذكرت رجال قبيلتها الذين لم ترهم منذ زمن بعيد. كان عمرها سبع سنوات فقط عندما تيتمت على يد الملائكة. كانت بعيدة عن الوطن في ذلك اليوم، طفلة حرة في عالم متوحش، وعادت بذاكرتها إلى ما بعد غارة العبيد ونهاية الحياة كما عرفتها. الموت والصمت، والدم والغياب، وفي أعماق الكهوف متجمعين معاً: حفنة من الشيوخ الذين تمكنوا من إنقاذ أصغر الأطفال.

كان زيري واحداً من هؤلاء الأطفال، صغيراً وجديداً وعيناه لا تزالان مغمضتين. احتفظت كارو ببعض الذكريات الصغيرة عنه في لوراميندي فيما بعد: كان يتبعها خجلاً - كانت أختها بالتبني شيرو تضايقها بأنه معجب بها. كانت تدعوه "ظلك الكيريني الصغير".

قال مادريغال: "إنه ليس إعجاباً. إنها قرابة. إنه شوق إلى ما لم يحظ به قط".

كانت تشعر بشعور عميق تجاهه، فهو يتيم مثلها ولكن دون ذكريات عن وطنهما أو أهلهما ليتمسكا بها. كان هناك بعض الكيرين الكبار الباقين وبعض الأيتام الآخرين في مثل سنه، لكن مادريغال كانت الكيرين الوحيدة التي رآها في ريعان شبابها.

من المضحك أن الأدوار انقلبت الآن، وأصبحت هي التي تنظر إليه وترى ما فقدته. كان قد كبر الآن، وكان طويل القامة حتى قبل أن ينمو قرنا الظبي التي أضافت عدة أقدام أخرى.

كانت ساقاه بشريتين مستدقتين كساقي الظباء، كما كانت ساقاها ذات يوم، وإلى جانب جناحيه الكبيرين مثل جناحي الخفاش، منحته نفس المشية المرحة التي كان كل الكيرين يمتلكونها - خفيف كأن الأرض تحت قدميه كانت عرضية وقد يرتفع في أي لحظة في الهواء ويعلو فوقها بفراسخ

إلا أنه لم تكن هناك خفة في جسده الآن. كانت خطواته ثقيلة ووجهه متجهم، وبينما كانت الدورية تتجمع في تشكيلها في انتظار قائدها، كان هو الوحيد الذي ألقى نظرة على نافذة كارو.

رفعت نصف يدها إليه وذراعها المكدومة تصرخ من هذه اللفتة البسيطة التي لم يرد عليها. أخفض رأسه مرة أخرى وكأنها لم تكن موجودة.

صُعقت، تركت كارو يدها تسقط.

من أين أتوا؟ ماذا رأوا؟ ماذا فعلوا؟

انزلي إلى الأسفل واكتشفي، جاءها همس من مؤخرة عقلها، لكنها لم تلتفت إليه. فمهما كان ما يحدث في مشهد الرماد المتساقط وعالم الحرب الملطخ بالدماء حيث ذهبت مخلوقاتها لممارسة العنف، لم يكن ذلك من شأنها.

لقد استحضرت الجثث؛ هذا كل شيء.

ماذا يمكنها أن تفعل أكثر من ذلك؟

# 26

## أذى جسيم

كان الذئب في النافذة، أسفل نافذة كارو مباشرةً. وبمجرد أن رفع زيري عينيه لينظر إليها، رأى بياضاً فطأطأ رأسه مرة أخرى. كان الوقت بالكاد كافياً لتسجيل نظرة نصف الأمل على وجهها وهي ترفع يدها إليه مترددة. وحيدة.

ثم أدار ظهره لها.

كان الذئب قد أخبره أنه لا ينبغي له أن يتواصل معها. كان قد أخبرهم جميعاً، ولكن زيري كان يعتقد أن تلك العينين الشاحبتين كانتا تتطلعان إليه عندما قال له ذلك، وأنه كان أكثر من راقبه ثياغو عن كثب.

هل لأنه كان من قبيلة كيرين؟ هل كان يعتقد أن هذه الحقيقة وحدها ستربط بينهما، أم إنه كان يتذكر زيري عندما كان طفلاً؟ في حفلة أمير الحرب؟

أثناء الإعدام.

لقد حاول إنقاذها. كان الأمر سيبدو مضحكاً لو لم يكن مثيراً للشفقة- كيف جثم في مساحة الزحف تحت مدرجات المسابقة، مستجمعاً شجاعته، ممسكاً بسيوفه التدريبية الخالية مَن الحواف وكأنها قد تنقذها. كانت المدرجات قد نُصبت في الأغورا كي يتمكن القوم من مشاهدتها وهي تموت بشكل أفضل؛ كان مشهداً رائعاً. كانت مادريغال، في ثباتها واستقامتها وجمالها، قد جعلت الجماهير المتخشبة تبدو كالحيوانات، وكان هو، وهو صبي نحيل في الثانية عشرة، قد ظن أن بإمكانه أن يقتحم المنصة و... ماذا؟ يكسر وتدها، وأغلالها؟ كانت المدينة نفسها قفصاً؛ لم يكن لديها مكان تذهب إليه.

لم يكن الأمر مهماً. لقد تم طرحه بمقبض سيف الجندي قبل أن تلمس قدماه المنصة. لم ترى مادريغال حتى بطولاته الحمقاء. لم تفارق عيناها حبيبها قط.

كانت تلك حياة أخرى. لم يكن زيري قد فهم خيانتها آنذاك، أو إلى أين يمكن أن تؤدي. إلى أين قادت. لكنه لم يعد صبياً صغيراً مولعاً بالحب بعد الآن، ولم تكن كارو تعني له شيئاً. فلماذا انجذبت عيناه إلى نافذتها؟ إليها، في المناسبات النادرة التي نزلت فيها؟

هل كانت شفقة؟ كان كل ما تطلبه الأمر نظرة واحدة لمعرفة كم كانت وحيدة. في الأيام الأولى، في إريتز، كانت شاحبة، مرتجفة، صامتة - من الواضح أنها كانت في حالة صدمة.

كان من الصعب حينها عدم الذهاب إليها أو التحدث إليها ولو بكلمة واحدة. لا بد أنها رأت ذلك - كيف أن شيئاً ما فيه قفز ليجيب على حزنها ووحدتها، والآن كانت تبحث عنه بنظرة نصف الأمل كلما رأته، وكأنه كان صديقاً.

وأعرض عنها. كان ثياغو واضحاً: كان المتمردون بحاجة إليها ولكن لا يمكن أن يرتكبوا خطأ الثقة بها. لقد كانت خائنة ويجب التعامل معها بحذر – وعن طريقه.

وها هو الآن ينزل لتحية الدورية.

"من الجيد مقابلتك". قال ثياغو، متقدماً مثل سيد القصر، سيد الخرائب، بالأحرى، لكن إن كانت هذه القلعة الطينية بمثابة هزيمة للذئب الأبيض العظيم، فقد امتلكها كما امتلك كل شيء آخر من قبل: كحق له ليفعل بها ما يشاء حتى يستولي على الشيء التالي والأفضل. ادعى أنه سيحصل على العرش في أستراي، والسيرافيم كعبيد، وبالرغم من أن هذا الادعاء بدا سخيفاً في ظل ظروفهم، فإن زيري لم يكن يستهين أبداً بقوة الذئب.

كان ثياغو زعيم الجنود. كانت قواته تعبده وتفعل أي شيء من أجله. لقد كان يأكل ويشرب ويتنفس في المعارك، ولم يكن في بيته أكثر من خيمة الحملة المليئة بالخرائط، يتناقش مع قادته في الخطط أو، الأفضل من ذلك، يقذف بنفسه على الملائكة مكشّراً عن أسنانه وملطخاً بالدماء.

"متهور"، استشاط أمير الحرب غضباً ذات مرة عندما قُتل ابنه وعاد بجسد جديد. "لا يجب أن يموت الجنرال في الجبهة!". لكن ثياغو لم يكن أبداً ممن يتراجعون في أمان ويرسلون الآخرين إلى الموت. لقد قاد، وعرف زيري عن كثب كيف كانت شجاعته تنتشر كالنار في الهشيم في المعركة. وهذا ما جعله عظيماً.

أما الآن، ومع ذلك، ومع تشبث الكيميرا بآخر وجودهم المتهالك، بدا أن كلمات والده قد وصلت إليه. فعندما خرجت الدوريات إلى إريتز كان قد تخلف عن الخروج، بتردد واضح، بل وبسوء خلق، مما جعل زيري يتذكر

رجال الحرس الذين كانوا يتخلفون عن الخدمة في أوقات المهرجانات. كان أمراً ثقيلاً، أن يتخلف. لقد كان يسير بخطى حثيثة، ذئباً - لا يهدأ، جائعاً، حسوداً، وقد عاد حياً الآن عند عودة جنوده.

أمسك بذراع كل واحد منهم قبل أن يتوقف أمام باليروس.

قال بابتسامة متجهمة تشير إلى أنه لا يشك في ذلك: "آمل أن تكونوا قد تسببتم في أذى جسيم".

أذى جسيم.

لقد كان تلطخهم بالدماء وتناثرها على الأرض دليلاً على ذلك. لقد جفت الدماء وتحولت إلى لون بني غامق، ثم تحولت إلى اللون الأسود حيث تجمعت في طيات القفازات وكعوب الأحذية والحوافر. لقد كانت كل حافة وزاوية من شفرات سيوف زيري الهلالية ملطخة بالدماء؛ لقد كان يتوق إلى تنظيفها. تشويه الموتى.

ربما كان ذلك شيئاً يدعو إلى الفخر، تلك الابتسامات المقطوعة التي كانت رسالة أمير الحرب منذ زمن بعيد. لم يكن زيري يعرف سوى أنه يشعر بالسوء، ويريد الذهاب إلى النهر والاستحمام. حتى قرناه كانا ملطخين بالدماء حيث طعنا ملاكاً طار نحوه بينما كان يتصارع مع آخر. لقد ألحقت الدورية أذى جسيماً بالفعل.

كما حمى مزارعي الكابرين من غارات العدو، وحرر قافلة من العبيد وسلّحهم وأرسلهم على نطاق واسع لنشر ما هو قادم. لكن ثياغو لم يسأل عن ذلك. ولعله نسي أن هناك في العالم أقواماً لم يكونوا جنوداً - من الأعداء أو من بني جلدته - ولم يبق من قضية إلا القتل.

قال بشغف: "أخبرني. أريد أن أعرف نظرات وجوههم. أريد أن أسمع كيف كانوا يصرخون".

# 27

# القلب العظيم الجامح

في وقت ما حوالي منتصف النهار، قاد الفتى الداشناغي، راث، الذي كان لا يزال يحمل سارازال، سفيفا إلى أسفل منحدر حراجي شديد الانحدار إلى وادٍ. كان المنحدر ضيقاً بما فيه الكفاية بحيث كانت مظلة الغابة غير منقطعة من فوقه، وظنت سفيفا أن أغصان الأشجار الشاحبة التي تتقوس إلى أعلى لتلتقي في الوسط، تبدو كأذرع عذارى متلاصقة في حالة رقص. كانت أشعة الشمس تمتد من خلالها، تارة في رماح ساطعة وتارة أخرى في رماح مرقطة، خضراء وذهبية ومتغيرة باستمرار. كانت الكائنات الصغيرة المجنحة تنجرف وتهمهم من الأعماق إلى أعالي هذا الوادي الصغير الذي كان عالمهم كله، وفي الأسفل كان يمكن سماع صوت جدول ماء، نشيطاً كنغمات موسيقية.

كل هذا سيحترق، فكرت سفيفا وهي تقفز فوق منحدر الكروم وتنحرف جانباً إلى أسفل المنحدر خلف راث.

كانت الحرائق لا تزال خلفهم، ومع الرياح القادمة من الجنوب التي تحمل الدخان بعيداً، لم يتمكنوا حتى من شم رائحته، لكنهم وصلوا عدة مرات إلى التلال ولمحوا السماء وهي تموج بالسواد خلفهم.

كيف استطاعت الملائكة فعل ذلك؟ هل كان من الضروري حقاً أن يصطادوا أو يقتلوا بعض الكيميرا إلى درجة أن يدمروا الأرض كلها؟ لماذا أرادوا الأرض فقط؟ لتخريبها؟

لماذا لا يتركوننا وشأننا؟ أرادت أن تصرخ، لكنها لم تفعل. كانت تعرف أنها فكرة طفولية، وأن حروب العالم وكراهيته أكبر من أن تفهمها، وأنها ليست أكثر أهمية في مخطط الأشياء من هذه الفراشات واليعاسيب التي تنجرف في أعمدة الضوء.

أنا مهمة، رغم ذلك، أكدت لنفسها. وكانت سارازال كذلك، وكذلك العث واليعاسيب، والزنابق، وأزهار النجوم الصغيرة والمثالية، وحتى الأشباح الصغيرة التي تعض، والتي كانت، في النهاية، تحاول فقط أن تعيش. وكان راث مهماً أيضاً، حتى لو كانت رائحة أنفاسه تشبه رائحة وجبات الدم والعظام المقضومة طوال حياته.

كان يساعدهما. عندما أمسك بسارازال لم تصدق سفيفا أنه كان ينوي سحبها بعيداً وجعلها وجبة طعام، ولكن كان من الصعب ألا تخاف عندما كانت نبضات قلبها تتقافز جانباً لمجرد رؤيته. الداشناغ يأكلون اللحم. لقد كان هذا هم عليه، كما كان البشر هم البشر، ولكن هذا لا يعني أنها كانت تحبهم. أو تحبه هو.

"نحن لا نأكل الداما"، قالها دون أن ينظر إليها، بعد أن لحقت به - وكان ذلك سهلاً، فقد كانت أسرع منه بكثير، وكان هو مثقلاً بحمل سارازال. "أو أي وحوش أخرى أرفع منهم. وأنا متأكد من أنك تعرفين ذلك".

كانت سفيفا تعلم أن هذا ما يفترض أن يكون عليه الحال، لكن كان

من الصعب تصديق ذلك. "ولا حتى إذا كنت جائعاً حقاً؟" كانت قد سألت، متشككة وبطريقة غريبة تريد أن تصدق أسوأ ما فيه.

أجاب: "أنا جائع جداً الآن، ومع ذلك، ما زلتِ على قيد الحياة". كانت تلك إجابته البسيطة. استمر في السير، وكان من الصعب على سفيفا أن تبقى خائفة، لأن سارازال كانت نائمة على كتفه، وراث كان يقف مستقيماً، يحميها ويحملها بحذر، بينما كان بإمكانه أن يلقي بها ويهرول بسرعة الداشناغ المعتادة، لكنه لم يفعل.

كان قد قادهما إلى هنا، والآن بعد أن أصبحوا في أسفل الوادي، استطاعت سفيفا أن تسمع وتشم ما سمعه وشمه على بعد عدة أميال بحواسه المفترسة الحادة: الكابرين.

كابرين؟ ألهذا السبب قطع الطريق شرقاً، ليلحق بأثر هؤلاء الرعاة البطيئين المتمايلين الذين كانت لا تزال مواشيهم كلها معهم كما يتضح من الرائحة؟

وتوقف راث في أسفل المنحدر، وعندما أصبحت سفيفا بمحاذاته قال: "من القرية، على ما أعتقد، تلك التي بجانب القناة. أنت تتذكرينها".

وكأنه كان بإمكانها أن تنسى المكان الذي كان فيه جنود السيراف مع ابتسامات أمراء الحرب الحمراء. لن تنساه أبداً ما عاشت، الرعب الممزوج بأمل الخلاص. كانت القرية فارغة، وكانت تفترض أن سكانها قد ماتوا، وكانت سعيدة الآن لمعرفتها أنهم لم يموتوا، لكنها لم تكن تعرف لماذا كان راث يتبعهم.

قالت: "الكابرين بطيئون".

أجابها راث: "إذاً سيحتاجون إلى المساعدة"، وشعرت سفيفا بالخجل. كانت تفكر فقط في هروبهم. وأضاف راث وهو ينظر إلى أسفل إلى سارازال التي كانت مستندة إلى صدره وعيناها لا تزالان مغمضتين وساقها الجريحة

ملتفة بحذر في ثنية ذراعه: "ربما يكون لديهم معالج أيضاً". كان منظراً متناقضاً، حيوان مفترس يحتضن فريسته، إلى درجة أن سفيفا لم تستطع أن ترمش إلا وهي تشعر بأنها قد اصطدمت بالقاع الصخري لأعماقها الضحلة هل كانت تعرف أي شيء على الإطلاق؟

* * *

كانت هذه الأرض شاسعة. وبدا لأكيفا وكأن بإمكانه الارتفاع أكثر فأكثر في الهواء وستظل تتسع في كل اتجاه، بلا نهاية وخضراء إلى الأبد.

كان يعلم أن الأمر لم يكن كذلك. ففي الشرق ارتفعت الأرض وانخفضت من التلال لتصبح صحراء عالية لأيام وأيام وأسابيع من الطين الأحمر والنباتات الشائكة، حيث كانت الخنافس السامة بحجم الدروع تحفر في الأسفل وتتربص لشهور وسنوات مرور فريسة في متناول اليد. وقد ترددت شائعات تقول إن بعض البدو الرحل يعيشون حول جزر السماء، مثل ابن آوى، لكن دوريات السيراف التي ذهبت في هذا الطريق، إما لم تبلغ عن أي علامات للحياة أو اختفت في الأعماق ولم تعد للإبلاغ على الإطلاق.

وإلى الغرب تقع كوست رانج، وما وراء ذلك يقع سيكريت كوست، موطن القرى المنخفضة والقوم الذين يستطيعون العيش في الماء أو خارجه، والذين يتسللون بسرعة إلى خارجها عند رؤية العدو، وينسحبون إلى ملاجئ المياه العميقة حتى يزول الخطر.

وإلى الجنوب: سلسلة جبال هينترموست الهائلة، وهي أعلى جبال إريتز وأوسعها بثلاثة أضعاف أي سلسلة جبال أخرى في العالم. لقد صنعوا حائطاً ملحمياً من الأسوار الرمادية والجروف الطبيعية، والوديان التي تتخللها الأنهار التي تشق قلب الصخر وتخرج منه مرة أخرى، والمنحدرات

التي تتلألأ بالشلالات التي تتدفق بالآلاف. وقيل إن هناك ممرات - وديان وأنفاق متعرّجة - تؤدي إلى أراضٍ خضراء على الجانب البعيد، لا يمكن عبورها إلا بإرشاد القبائل الأصلية التي تسكن في الظلام في الغالب. وفي أعلى الروافد، بدت التكوينات الجليدية كمدن بلورية من بعيد، لكنها بدت كمتاهات رياح مقفرة عن قرب، لا يمكن عبورها إلا من قبل صائدي العواصف الذين يعششون هناك، ويجلسون هناك ويضعون بيضهم الضخم ويركبون العواصف التي من شأنها أن تحطم أي شيء آخر حتى الموت في نصف نبضة جناح.

كانت هذه هي الحدود الطبيعية للقارة الجنوبية التي سعى السيرافيم منذ أمد بعيد إلى ترويضها، وكانت الأرض الخضراء التي تقع تحت أكيفا الآن هي قلبها البري العظيم، وهي أكبر من أن تحتملها حتى ولو أرسل كل جندي في مجموعة جيوش الإمبراطورية ليحاول ذلك. ك

ان بإمكانهم - وسيفعلون - أن يحرقوا القرى والحقول، لكن الكيميرا هنا كانوا بدواً أكثر من المزارعين، كانوا بدواً رُحّلاً ومراوغين، ولم يكن بإمكان السيرافيم أن يحرقوها كلها، حتى لو حاولوا، وهو ما لم يكونوا - على عكس أعمدة الدخان الأسود هذه - يفعلونه.

لم تكن الحرائق إلا لمحاصرة الهاربين جنوباً وشرقاً، إلى حيث تقل الغابات وتتدفق الجداول لتنضم إلى نهر كير العظيم، وقد يتمكنون من طردهم. وإذا نجحوا في ذلك؟

وأمِلَ أكيفا ألا يفعلوا ذلك. في الحقيقة لقد فعل أكثر من مجرد الأمل: لقد وضع كل مهاراته كمتتبع في العمل على تعقبهم. حيثما استدل على وجود الكيميرا - حيثما كان هناك تجعد في الغابة يشير إلى جدول على سبيل المثال - بذل جهوداً لقيادة الفريق في طريق مختلف، ولأنه كان

قاتل الوحوش، فلم يشكك أحد في ذلك. ربما باستثناء هازايل، بعينيه فقط لم تكن ليراز معهم، فقد كان فريقهم مكوناً من اثني عشر شخصاً، وتم تعيينها في فريق آخر. لم يستطع أكيفا أن يمنع نفسه من التساؤل، على مدار اليوم، عن مدى الحماسة التي كانت أخته تنفذ بها الأوامر.

"إذاً ما رأيك حقاً؟" سأله هازايل فجأة. كان الوقت يقترب من المساء، ولم يكونوا قد عثروا بعد على أي عبيد أو قرويين.

"حول ماذا؟".

"حول من يقف وراء هذه الهجمات".

ماذا كان يعتقد؟ لم يكن يعلم. كان أكيفا طوال اليوم في حالة حرب مع الأمل - محاولاً ألا يسمح لنفسه بالأمل، جزئياً لأنه كان شعوراً خاطئاً جداً أن يسلب منه موقع المجزرة، وجزئياً بسبب الخوف البسيط من أن يكون ذلك غير مثمر. هل كان هناك بعث آخر؟ أم إنه لم يكن هناك؟

"ليست الأشباح، على أي حال"، أجاب إجابة آمنة.

"لا، على الأرجح ليست الأشباح"، وافق هازايل على ذلك. "لكن الأمر مثير للفضول. لا دماء على شفرات جنودنا، ولا آثار تقودنا بعيداً سوى آثار القوم الذين يهربون، وخمس هجمات في ليلة واحدة - إذاً كم عدد المهاجمين في المجموع؟.

لا بد أن يكونوا أقوياء ليفعلوا ما فعلوه، وربما كانوا مجنحين ليأتوا ويختفوا دون آثار وأعتقد أنهم كانوا يحملون الهامسا، وإلا فلا بد أن جنودنا قد تلقوا بعض الضربات. كان هذا مجرد البداية".

كان تقييماً مدروساً، فقد فكر أكيفا في كل هذه الأمور بنفسه. نظر إليه هازايل نظرة طويلة. تابع: "ما الذي نتعامل معه هنا يا أكيفا؟".

اضطر أخيراً لقولها. "العائدون من الموت. يجب أن يكون كذلك".

"بعث آخر؟".

تردّد أكيفا. "ربما". هل فهم هازايل ما الذي يعنيه وجود بعث آخر؟ هل كان بإمكانه تخمين أمله - أن كارو قد تعيش مرة أخرى؟ وأي تعاطف يمكن أن يعقده مع آماله؟ لنفترض أن غفرانه كان متوقفاً على موت كارو، وكأن جنون أكيفا قد يكون من الماضي، شيئاً يمكن تجاوزه حتى يتسنى لهما الاستمرار كالمعتاد.

لا يمكن أن يكون هناك "كالمعتاد" بالنسبة إلى أكيفا. ماذا يمكن أن يكون هناك؟

نادته قائدة الدورية قائلة: "هناك!" مما أخرجه من تأملاته. كانت كالا ملازماً في الفيلق الثاني، وهو أكبر قوات الإمبراطورية إلى حد بعيد، ويطلق عليه أحياناً اسم الجيش العام. كانت تشير إلى الأسفل في أخدود حيث لا تلتقي أطراف الأشجار مع بعضها البعض تماماً، وحيث كانت ومضة حركة واحدة تولد أخرى، ثم أخرى، ثم اندفاع الأجساد، بينما كان أكيفا يراقب. حركة القطيع.

الكابرين. لقد تقلصت أمعاؤه، وكان أول دافع له هو الغضب: يا لهم من حمقى، مع وجود كل هذه الأرض البرية العظيمة، ها هم يسمحون بأن يظهروا أنفسهم.

لقد فات الأوان لتحويل الانتباه عنهم؛ لم يكن هناك ما يمكنه فعله سوى أن يتبعهم بينما كانت كالا تقود الفريق نحو الأشجار.

كانت متيقظة للكمين، وأشارت إلى أكيفا وهازايل أن يجتاحا الجانب البعيد من الأخدود، وهو ما فعلاه وحدقا بقوة في المساحة المكسورة بين قمم الأشجار، على أمل الحصول على رؤية واضحة، وهو ما لم يحصلا عليه - فقط لمحات من الصوف والحركة المتثاقلة.

حمل أكيفا سيوفه بمرارة. كان تدريبه واضحاً جداً. أن تحمل سلاحاً فتصبح أداة ذات غرض صريح كالسلاح نفسه: أن تجد الشرايين وتفتحها، والأطراف فتقطعها؛ أن تأخذ ما هو حي فتسلمه إلى الموت.

لم يكن هناك سبب آخر لحمل السلاح، ولم يكن هناك سبب آخر لذلك. لم يعد يريد أن يكون ذلك السلاح بعد الآن. يمكنه أن يهرب، يمكنه أن يختفي الآن. لم يكن عليه أن يكون طرفاً في هذا. لكن لم يكن كافياً أن يتوقف عن قتل الكيميرا. لقد حلم بما هو أكبر من ذلك بكثير ذات مرة.

وكانت الأشجار همسة خضراء حين كان يهبط هو وهازايل مع الآخرين، وكان الصوت الذي ملأ رأسه صوتاً لم يسمعه إلا مرة واحدة. إنها الحياة التي تتسع لتملأ العوالم. الحياة هي سيدك أو الموت هو سيدك.

عندما نطق بريمستون بتلك الكلمات، لم تكن تعني شيئاً لأكيفا. الآن فهمها. لكن كيف يمكن لجندي أن يغير أسياده؟

كيف يمكن للمرء أن يأمل في منع إراقة الدماء والسيوف تمسك بكلتا يديه؟

# 28

## أسوأ أنواع الصمت

تعددت أنواع الصمت، فكرت سفيفا، وهي تضغط وجهها في كتف راث، وتحاول ألا تتنفس. كان هذا أسوأ أنواع الصمت، صمت يمكن أن يفضي إلى الموت بمجرد أن يُصدر أي صوت. ورغم أنها لم تختبر هذا النوع من الصمت من قبل، فإنها فهمت بغريزتها أن توتره يزداد كلما زادت الأرواح التي تشاركه. قد يثق المرء في قدرته على الصمت، ولكن ماذا عن ثلاثين غريباً؟

ومعهم أطفال؟

وكانوا متجمعين تحت جرف من الأرض نحته الجدول في مواسم الفيضان؛ وكان الماء يمر أمامهم، وتلمس حوافرهم - وكفوف راث الضخمة ذات المخالب - وقد يغطي خرير الماء على الأقل بعض الأصوات الصغيرة - أنين أو شهيق. ولاحظت سفيفا أنها لم تسمع منها أي شيء من هذا. كانت عيناها مغمضتين، ولولا حرارة راث من جهة ونور من جهة أخرى لكانت

وحيدة. كانت الأم الكابرينية تضم طفلها الرضيع إليها، وظلت سفيفا تتوقع أن تبكي ليل، لكنها لم تفعل. كانت تعتقد أن هذا الصمت كان لافتاً للنظر: شيء مثالي، لامع، وهش، مثل الزجاج، إذا تحطم، فلن يعود إلى شكله مرة أخرى إذا بكت ليل، أو إذا فقدت أحد حوافرها وانزلقت على الضفة، أو إذا ارتفع أي صوت فوق هدير الجدول الهادئ، فسيموتون جميعاً.

وإذا كان الجزء الطفولي الخائف في أعماقها يريد أن يلوم راث على وجودهم هنا أصلاً، فإنها لم تستطع. ليس لعدم المحاولة. كان من الجيد أن يكون هناك من تلومه، لكن المشكلة مع سفيفا واللوم أنها لو استمرت في تعقبه إلى الوراء، لم يكن هناك سواها، وهي تسرع في الوادي أمام سارازال، والريح في شعرها ولا تستجيب لنداء أختها بالعودة. لم يكن هذا خطأ راث، والأكثر من ذلك أنها وأختها ربما كانتا في عداد الموتى بالفعل لولاه. والكابرين، حسناً، كانوا سيموتون الآن. في هذه اللحظة بالذات.

يا له من شيء غريب وفظيع أن تعرفه.

ولو لم يشم راث رائحة الكابرين ويلحق بهم وينضم إليهم، لما كان هذا الصمت المشحون موجوداً على الإطلاق، ولكان هذا الهواء نفسه مخترقاً بثغاء الماعز، ولكانت ليل تبكي، تلك المخلوقة الصغيرة العذبة، ويبكي الآخرون أيضاً بدلاً من الحملان.

*  *  *

"حملان!" قال هازايل ضاحكاً - بسبب الارتياح كما بدا لأكيفا - ورأى أنه لا توجد في الأخدود إلا الحملان: مواشٍ شعثاء ذات قرون متعرجة، ولا توجد خراف كابرين ولا كيميرا على الإطلاق.

"أنت وأنت" أشارت كالا إلى جنديين. "اقتلاهم. أما بقيتكم...". استدارت في نصف دائرة، مستعرضةً فريقها، وهي تطفو في الهواء، وجناحاها

يتسعان بما يكفي ليلامسا الأشجار المائلة على حواف الأخدود وتلقي الشرر. "فلتعثروا على أصحاب هذه الأغنام".

سمعت سفيفا ثغاء الحملان، وضغطت بوجهها بقوة على كتف راث. وكان راث قد أقنع قوم الحملان بأن يطردوا قطيعهم ويتراجعوا على طول مجرى الجدول ويتسلقوا من ذلك الوادي إلى واد آخر - هذا الوادي - ويحتموا فيه. لقد كانوا كثيرين جداً، جميعهم معاً، وكانت الحملان صاخبة جداً ومضطربة جداً بحيث لا يمكن الاعتماد عليها في حياتهم؛ لقد قال إنهم سيكتشفون، وكان محقاً.

والآن، كانت الحملان تحتضر.

أمسكت سفيفا بيد شقيقتها التي كانت تعرج. كانت صرخات الحملان رهيبة حتى من مسافة بعيدة، لكنها لم تدم طويلاً، وعندما ابتعدت أخيراً تخيلت أنها تشعر بالملائكة وهي تحوّم في السماء فوقها. الملائكة، يصطادون، يصطادونهم. أمسكت بمقبض سكينها المسروق وجعلها ذلك تشعر بضآلة حجمها أكثر فأكثر، فقد كانت مصنوعة من قبضة ملاك كبير غاشم. ربما كانت لتطعن به أحدهم. كيف سيكون شعورها؟ أوه، كان كرهها متقداً؛ كانت تتمنى تقريباً أن تسنح لها الفرصة. لطالما كرهت الملائكة بالطبع، ولكن بطريقة مبهمة وبعيدة. لقد كانوا وحوشاً من حكايات ما قبل النوم. لم يسبق لها حتى أن رأت واحداً منهم قبل أن يتم أسرها. لعدة قرون كانت هذه الأرض آمنة - جيوش أمير الحرب حافظت على ذلك. يا لسوء حظها إذاً، أن تعيش في زمن الأمان المتزعزع! والآن، فجأة، أصبح السيرافيم حقيقيين: رائعين، لامعين، جميلين بطريقة تجعل الجمال يبدو بشعاً

ثم كان هناك راث الرهيب على نحو جعل الرهيب... جميلاً، إن لم يكن جميلاً فملكياً على الأقل، فخوراً. كم كان غريباً أن تشعر بالراحة في ضخامة آكل اللحم إلى جانبها، لكنها فعلت. ومرة أخرى، شعرت سفيفا بنفسها؛ فمنذ

أن أُخذت جارية انفتح عالمها. لقد رأت السيرافيم والعائدين؛ ورأت الموت وشمّت رائحته، واليوم، اليوم فقط، تعلمت من القوم أكثر مما تعلمته طوال سنواتها الأربع عشرة كلها. أولاً راث، ثم الكابرين: قوم الغنم الذين كانت تسميهم وحوشاً قطيعية، وكانت قد تركتهم لمصيرهم. وكانت نور قد صنعت لسارازال كمادات وسقتها بعض التوابل في الماء، أملاً في أن تخفف من الحمى التي أصابتها. وكانا قد تقاسما طعامهما، وكانت ليل، التي تفوح منها رائحة العشب، قد اعتلت ظهر سفيفا لبعض الوقت، وكانت ذراعاها الصغيرتان تلتفان حول خصر سفيفا حيث كان يوجد قبل أيام قليلة قيد أسود ضخم.

كانت عينا سفيفا مغمضتين. كان وجهها على كتف راث ووركها يضغط على كتف نور بقوة، وكان الصمت يلفهما معاً. كان أسوأ نوع من الصمت، لكنه كان نوعاً جيداً من القرب. لم يكن هؤلاء قومها، لكنهم... أصبحوا كذلك، وربما كان ذلك يعني أن أي شخص يمكن أن يكون من قومها، وكان ذلك نوعاً من التفكير الجميل في ظل انهيار العالم. تساءلت سفيفا عما إذا كانت ستعود إلى أمها وأبيها في أي وقت مضى حتى تتمكن من إخبارهما بذلك.

وحاولت أن تصلي، ولكنها لم تكن تصلي إلا في الليل، وبدا لها أن الأقمار كانت حامية ضعيفة عندما اختارت الملائكة أن تصطاد في النهار.

في النهاية، لم تكن ليل هي التي تخلت عنهم، بل سارازال.

أفاقت من غفوتها، وفجأة تشبثت يدها المرتعشة بيد سفيفا وسحبتها من يدها. كانت الحمى قد خفت؛ وكانت توابل نور وكماداتها قد نجحت، وعندما فتحت سارازال عينيها الكبيرتين، كانتا أكثر وضوحاً بكثير مما تذكرته سفيفا آخر مرة. فقط... كانتا ترفرفان مفتوحتين لترى وجه راث المخيف على بعد بوصات من وجهها. وفتحت سارازال فمها وصرخت.

## 29

# سيظل الشياطين هناك في الصباح

قالت زوزانا: "استمع إلى هذا. رؤية شيطانة في جنوب إيطاليا-".

"شعرها أزرق؟" سأل ميك. خرجت الكلمة خافتة. كان يضع وسادة على وجهه ويحاول النوم. "شعرها وردي، في الواقع. أعتقد أن جحافل الشياطين تجرب خيارات ألوانها". كانت جالسة في السرير تقرأ من حاسوبها المحمول. "لذا، تسلقت جانب هذه الكاتدرائية وهمست، وعندها تمكن الشاهد من التأكد، من مسافة حوالي مائة قدم، أن لسانها كان مشقوقاً".

"عيناه ثاقبتان".

"نعم". نفخت خديها وعادت إلى شاشة بحث غوغل. "يا لهم من مجموعة من الحمقى".

أطل ميك من تحت الوسادة. قال: "الجو مشرق في الخارج. تعالي إلى مخبئي".

"مخبأ. يا له من مخبأ فاخر لديك يا سيد".

"إنه بالحجم المناسب تماماً لرأسي".

قالت زوزانا بلامبالاة: "آه-هاه. هذا خبر من الأمس، بيكرسفيلد، كاليفورنيا. شعر أزرق، معطف رائع، تحليق! مرحى! لقد وجدنا كارو. ما تفعله في مطاردتها تلاميذ المدارس في بيكرسفيلد بكاليفورنيا غير واضح". أطلقت ضحكة ساخرة وعادت إلى شاشة غوغل.

يبدو أن العالم قد اجتاحته الشياطين ذات الشعر الأزرق. نفس لوحات الرسائل التي كانت تنقل أخبار الملائكة كانت تواكب وضع الشياطين أيضاً، وفي مصادفة غريبة - منذ المواجهة التي تم بثها على نطاق واسع على جسر تشارلز، كانت الشياطين تميل إلى أن يكون شعرها أزرق اللون، ومعاطفها سوداء اللون وتظهر على راحتي أيديها وشوم العينين.

كانت كارو هي رمز نهاية العالم، وهو ما صادف أن زوزانا كانت تعتقد أنه كان علامة رائعة جداً من سوء السمعة. حتى إنها ظهرت على غلاف مجلة تايم بعنوان "هل هذا ما يبدو عليه الشيطان؟".

كانت هناك تلك الصورة الرائعة التي التقطها أحدهم في ذلك اليوم وهي تواجه الملائكة، شعرها جامح وهامتها ممدودة أمامها، وعلى وجهها نظرة تركيز شرسة مع لمحة من البهجة الجامحة. تذكرت زوزانا البهجة الجامحة. كان الأمر مخيفاً بعض الشيء. حاولت التايم إجراء مقابلة معها من أجل المقال، والغريب أنها فشلت في نشر ردها المليء بالشتائم. كاز، بالطبع، لم يخيب ظنهم.

حاول ميك مرة أخرى: "تعالي ونامي. ستبقى الشياطين موجودة في الصباح".

قالت زوزانا: "خلال دقيقة"، لكنها لم تكن دقيقة. وبعد ساعة كانت قد أعدت كوباً من الشاي وانتقلت إلى الكرسي بذراعين بجانب السرير. لم تكن لوحات الرسائل تصل بها إلى أي مكان؛ كان ذلك هو المكان الذي يذهب

إليه المجانين للعب. ضيقت نطاق بحثها. كانت قد تتبعت بالفعل عنوان بروتوكول الإنترنت الخاص ببريد كارو الإلكتروني الوحيد إلى المغرب، ولم يكن ذلك مفاجئاً. آخر ما سمعته من صديقتها أنها كانت في المغرب. لكن هذه لم تكن مراكش، بل كانت في مدينة تدعى ورزازات - تُنطق ورزا - زات - في منطقة من واحات النخيل والإبل والقصبات على أطراف الصحراء الكبرى.

سديم وضوء النجوم؟ نعم. يمكن للمرء أن يتخيل.

كاهنة قلعة رملية؟ كانت القصبات تشبه القلاع الرملية بشكل غير عادي. من المؤسف أنه كان هناك ما يقرب من خمسين مليوناً منها مبعثرة على مئات الأميال. ومع ذلك، كانت زوزانا متحمسة. كان يجب أن يكون هذا صحيحاً. لقد علقت تلك الأغنية الغبية "روك ذا كاسباه" في رأسها ودندنت بها بينما كانت تشرب الشاي وتتصفح عشرات المواقع التي ظهرت في الغالب على أنها فنادق قصبات "تجربة البدو الأصيلة"، وكلها تحتوي على أحواض سباحة متلألئة لم تبدُ لها بدوية بشكل رهيب.

ثم صادفت مدونة سفر كتبها رجل فرنسي عن رحلته في جبال الأطلس. لم يكن قد مضى عليها سوى يومين، وكانت في معظمها مجرد صور للمناظر الطبيعية وظلال الإبل وأطفال مغبرين يبيعون الحلي على جانب الطريق، ولكن كانت هناك لقطة واحدة جعلت زوزانا تضع فنجان الشاي جانباً وتجلس. قامت بتكبير الصورة وانحنت نحوها. كانت الصورة لسماء ليلية مع نصف فطيرة قمر مثالية، و- غير واضحة بما فيه الكفاية بحيث لم تكن لتلاحظها لو لم تكن تنظر - أشكال. ستة منهم، بأجنحة، كانوا مرئيين في الغالب من خلال حجبهم للنجوم. كان من الصعب تحديد الحجم في صورة السماء، كان العنوان الفرعي هو ما جعلها تلاحظها.

لا تخبر مطاردي الملائكة، ولكن لديهم بعض الطيور الليلية الكبيرة هنا

# 30

## قاضي الوحوش الضعيف

ذهبت كارو إلى النهر للاستحمام - وكانت تشعر برضا سخيف تقريباً بشأن غسل شعرها بالشامبو، وأكثر من ذلك بشأن الدقائق الخمس عشرة التي استغرقتها لتجفيفه على صخرة ساخنة - وعندما عادت إلى القلعة، كانت العارضة مفقودة من بابها.

سألت تين: "أين هي؟".

"كيف لي أن أعرف؟ لقد كنتُ برفقتكِ".

نعم، لقد كانت برفقتها، ولم يكن يهمها أن كارو لم تكن ترغب في وجودها. لم يكن من الآمن لها أن تخرج وحدها، كما قال ثياغو، حتى إلى المياه الضحلة للنهر الذي كان يتدفق من الجبال ويمر أسفل القصبة على مرأى من برج الحراسة - مع بعض الصخور الكبيرة التي كانت تقدر أنها تخفي عريها عن العيون الحارسة. كان الكيميرا مفتونين بإنسانيتها كما كانت إيسا وياسري مفتونتين بإنسانيتها على الدوام، ولكنهم كانوا أقل لطفاً في ذلك

"يا لكِ من مخلوق عادي غريب"، قالت تين اليوم وهي تنقل بصرها إلى أعلى وأسفل، وتنظر إلى كارو التي لا ذيل لها ولا مخالب ولا حوافر، ولا شيء آخر غير ذلك.

"شكراً". قالت كاروا وهي تغمر نفسها في مياه النهر، "أنا أحاول".

كانت لديها رغبة عابرة في ترك التيار يحملها بعيداً تحت الماء، فقط في اتجاه مجرى النهر حيث يمكنها أن تتحرر من وجود الذئب لمدة نصف ساعة؟ لقد كانت تين هي الشخص الثابت على مدى الأيام العديدة الماضية: مساعدتها ومرافقتها ومراقبتها وظلها.

"ماذا ستفعل عندما يتعيّن عليّ الخروج من أجل جمع الأسنان؟" كانت كارو قد سألت ثياغو في ذلك الصباح. "هل سترسلها معي؟".

"تين؟ لا، ليس تين"، كان قد أجاب بطريقة جعلت كارو تفهم قصده على الفور.

"ماذا، أنتَ؟ هل ستأتي معي؟".

"أعترف أنني أشعر بالفضول لرؤية هذا العالم. يجب أن يكون هناك أكثر من هذه الصحراء. يمكنك أن تريني".

كان جاداً. انقبضت معدة كارو. كانت تمزح بشأن تين، لكن هو؟ "لا يمكنكَ. أنتِ لستَ بشريّاً. سيتم التعرف عليك. وأنت لا تستطيع الطيران". وأنت حقير، وأنا لا أريدك.

"سنفكر في شيء ما".

هل سنفعل، فكرت كارو وهي تتخيل ثياغو في بويزون تشيكن وقدماه الذئبيتان تستندان على تابوت، وهو يغرف الغولاش ويضعه في فمه القاسي. وتساءلت عما إذا كانت زوزانا ستنخدع بوسامته كما فعلت مع جمال أكيفا، وفكرت على الفور: لا. كانت زوز ستكتشف حقيقته. لكن هناك عيب في ذلك. لم تكن زوزانا قد تكتشف أكيفا، أليس كذلك؟ ولا هي أيضاً.

يبدو أن كارو كانت ضعيفة في تقييم الوحوش، وهو ما يعد مؤسفاً للغاية في وضعها الحالي.

تساءلت: "من أخذها؟". كانت نبضات قلبها غير منتظمة، وكانت تأتي على دفعات متقطعة صغيرة.

"ما الذي تتحدثين عنه؟ إنها مجرد قطعة خشب".

"إنها فقط سلامتي".

أكان هذا ثمن تنظيف شعرها؟ كيف لها أن تنام الآن بينما يستطيع أي أحد اقتحام غرفتها؟ كانت نومها متقطعاً بما يكفي كما هو. ثم خطرت لها فكرة كطعنة إبرة، لقد نامت بسلام حين كان أكيفا قريباً منها، في تلك الليلة في شقتها ببراغ. ما الذي كان معطلاً في حواسها ليجعلها تشعر بالأمان معه؟ "هذه كانت فكرتك، أليس كذلك؟ لأنني حبستك خارج الغرفة في ذلك اليوم؟". حتى الدعامات التي تثبت العارضة اقتلعت، فلم يعد بإمكانها العثور على عارضة أخرى لتضعها في مكانها. "هل تريدين أن يتسلل أحدهم ليقتلني وأنا نائمة؟".

قالت تين: "اهدئي، يا كارو. لا أحد يريد قتلك-".

"حقاً؟ لا أحد يريد قتلي، أم لا أحد سوف يقتلني؟".

هل كانت تتوقع أن تُجمّل تين الحقائق؟

هل توقعت من تين أن تلطف الأمر؟ "لا بأس. لا أحد سوف يقتلك" قالت الذئبة. "أنت تحت حماية الذئب الأبيض. هذا أفضل من أي عارضة خشبية. والآن، دعينا نعد إلى العمل، يجب إنهاء إيميليون، وهفيثا ستذهب إلى الحفرة الليلة".

وكان هذا كل ما في الأمر؟ هل كان من المفترض أن تسير بخنوع إلى غرفتها وتعود إلى العمل على قائمة أمنيات إحياء الذئب؟ يا للجحيم. استدارت كارو عائدة نحو السلالم، لكن تين وقفت في طريقها، فعبرت

الغرفة إلى حيث النافذة مفتوحة. فكرت أنه إذا أراد ثياغو أن يراقبها، فمن الأفضل له أن يعيّن ظلاً يستطيع الطيران.

أدركت تين ما كانت كارو على وشك القيام به وقالت: "كارو..." بمجرد أن حلقت في الهواء لفترة كافية لتلقي بنظرة تحدٍ في اتجاه تين، وتركت نفسها تسقط بسرعة. أزيز هائل في الهواء، وسحبت نفسها في الثانية الأخيرة لتهبط في وضعية القرفصاء على بعد أربعة طوابق إلى الأسفل.

أوه. انسحبت إلى أعلى قليلاً. كان باطنا قدميها يؤلمانها، لكن من المؤكد أن الأمر بدا دراماتيكياً. كان رأس تين خارج النافذة، وقاومت كارو الرغبة في الإشارة إليها بالمقلوب - النسخة البريطانية V، التي كانت أروع بكثير من النسخة الأمريكية ذات الرأس الواحد - لكنها كانت سخيفة في كلتا الحالتين. قالت لنفسها لا تكوني مثل البشر، وذهبت تبحث عن الذئب.

ربما يكون في بيت الحراسة، المبنى شبه المهدّم الذي يعقد فيه اجتماعاته مع القادة، يرسم الخرائط على التراب ويمحوها، يمشي بتوتر، يصرخ، ويخطط. بدأت كارو السير في ذلك الاتجاه، ومرت بهفيثا الذي أومأ إليها بسرعة دون أن يبطئ خطواته. فكرت كارو بشفقة: ربما سأراك لاحقاً. لم يكن هفيثا لطيفاً معها، لكنه لم يكن سيئاً أيضاً - لم يكن شيئاً في الواقع - ولم يكن من السهل أن يتجول وهو يعلم أن موعد قطع عنقه محدد بعد بضع ساعات. يا له من إهدار لإبداع بريمستون.

هذا ليس قراري.

مرت كارو بملابس معلقة على جدار لتجف تحت الشمس، وخطر لها أن هذا المكان يبدو مأهولاً بالفعل - بفضل جهودها. تسعة جنود آخرين في الأيام القليلة الماضية - بدأت وتيرة عملها تتحسن بمساعدة تين، لكن ذراعيها كانا في حالة يرثى لها - وبدا أن الحياة تنبض في كل زاوية. كان صوت مطرقة آيجير يُسمع، والدخان يتصاعد من مكان الحدادة، ورائحة

الكسكسي المغلي تكاد تكون معدومة، بينما رائحة الجدار الذي أصبح مكان التبول المعتاد للجنود كانت غير مرغوب فيها - بإمكانهم الطيران.

لقد منحتكم أجنحة، فاستخدموها للتبول في مكان أبعد، شكراً!

دوى صوت جدال وضحكة صاخبة، ومن الساحة: صوت اصطكاك السيوف الجديدة بين أيدي الجنود المعاد إحياؤهم الذين يختبرون أجسادهم، بأجنحتهم وكل ما لديهم. توقفت كارو تحت قوس للمراقبة، ورأت زيري على الفور. كان يقف بجانب إكساندر، أضخم مخلوقاتها حتى الآن، وكان يبدو كالقزم بجانبه.

إكساندر كان دوماً كبير الحجم - ينتمي إلى قبيلة أكو، إحدى القبائل الكبرى والركيزة الأساسية في الجيش - لكنه الآن أصبح بارتفاع الدب الرمادي، ربما عشرة أقدام، مكتنزاً وبأنياب حسب تعليمات ثياغو. كان جناحاه ضخمين، تقريباً بحجم جناحي صائد العواصف، والعضلات التي تحمله جعلت ظهره المنحني هائلاً. كان جسمه غير متقن الصنع، وشعرت كارو بالأسف لذلك. وقد فاجأها اتصالها القصير بروحه وروعتها.

كانت الانطباعات عن الأرواح حسية: صوت أو لون، ومضات من الصور أو شعور، وروح إكساندر كانت تنبض بروح المرج. ضوء مرقش وزهور جديدة وصمت - عكس الجسد الوحشي الضخم الذي بدا أنه الآن، بمساعدة زيري، يتقن التحكم به.

حلّق زيري في السماء برشاقة وصمت، وأشار إلى إكساندر ليتبعه، فتبعه دون رشاقة ولا صمت. ضربات جناحيه أحدثت اضطراباً في الهواء وأثارت سحابات من الغبار وصلت إلى كارو عبر الساحة. في الهواء، بدأ الاثنان في التدريب على وضعيات القتال، ووجدت كارو نفسها تركز ليس على إكساندر بل على زيري، حيث نسيت غضبها ومهمتها، وانجذبت بذاكرتها سنوات إلى الوراء عند رؤية كيرين يحلق في السماء.

كان الأمر في كل مرة، يشبه السقوط إلى الوراء في شخصية مادريغال. لم تشعر كارو بأنها أكثر كيميرية مما شعرت به في اللحظة الأولى لرؤيتها زيري - ولم تشعر بأنها أكثر بشرية مما شعرت به في اللحظة التالية، عندما أدركت ما هي الآن. لم يكن الأمر مخيباً للآمال. كانت كما هي.

كان هناك شيء من الحيرة، رجفة وجيزة بين ذاتين ستظلان منفصلتين دائماً، كصفاري بيض داخل قشرة واحدة. "يمكنك أن تكوني كيرين مجدداً، كما تعلمين". قالت لها تين عند النهر.

"ماذا؟" قالت كارو، وهي تغسل شعرها، ظنت أنها قد سمعت خطأ.

"يمكنك أن تكوني كيميرا. ربما يسهّل ذلك على الآخرين قبولك". مرة أخرى، ألقت تين على كارو تلك النظرة الفاحصة من أعلى إلى أسفل، ونفخت بامتعاض لكونها بشرية. "بإمكاني مساعدتك".

"مساعدتي؟" لا بد أنها تمزح. "ماذا، تعنين قتلي؟ شكراً جزيلاً!".

لكن تين لم تكن تمزح. "أوه، لا. ثياغو سيفعل ذلك، بالطبع. لكنني سأقوم بإحيائك. كل ما تحتاجينه هو أن تُعلّميني كيف".

أوه، أهذا كل شيء؟ "أعلمك ماذا" قالت كارو بابتسامة ساخرة. "لنجرب ذلك بكِ. لدي العديد من الأفكار لجسدك التالي". لم يعجب تين الأمر، ولكن كارو لم تهتم كثيراً بما يعجب تين. كانت لا تزال منزعجة. هل كان هذا شيئاً ناقشته تين وثياغو؟ ربما كان من الأسهل الاندماج إذا بدت كيميرا، لكن لم يكن منطقياً التفكير في ذلك الآن. كارو بحاجة إلى أن تكون بشرية لتحصل على طعام للمتمردين، وكذلك الأقمشة للملابس، والمواد لحدادة آيجير، ناهيك عن الأسنان. ولكن هل سيتوقعون منها ذلك في النهاية؟

حسناً، دعهم يتوقعون ما يريدون. نظرت كارو إلى الهامسات على كفيها، كأنها توقيعٌ شخصي.

لقد صنع بريمستون هذا الجسد لها، وهي عازمة على الحفاظ عليه. أعادتها أصوات الضحك إلى الواقع. كان زيري وإكساندر يتدربان في الهواء، حيث فقد إكساندر توازنه وبدأ ينحدر نحو الأرض. حاول استعادة توازنه بجناحيه الضخمين، لكنه انتهى بالاصطدام بالمتراس المتداعي على حافة الساحة، مما أدى إلى انهيار كمية من التراب وجعله يعلق بيد واحدة من الجدار، وهو يضحك. زيري كان يضحك أيضاً، والآخرون من حوله، والضحك كان غريباً وخفيفاً. أدركت كارو أنها تتجسس؛ لم يضحكوا أبداً في وجودها، وسيتوقفون عن الضحك فور رؤيتها. تراجعت بخفة، مفضلة عدم قطع لحظتهم.

انطلق زيري في الهواء وضرب يد إكساندر بسيفه، مما جعله يفلت قبضته ويسقط على الأرض وهو يزأر. ارتطم بالأرض بقوة وحاول ضرب زيري، الذي كان يسخر منه من فوق، ضاحكاً وهو يقترب بما يكفي ليضرب إكساندر على خوذته قبل أن ينسحب بعيداً. اجتمع الآخرون حولهما، يهتفون ويضحكون - بروح مرحة - وعندما قفز إكساندر في الهواء لمطاردة زيري، صرخوا بحماسة.

عادت جميع الدوريات الخمس من إريتز، دون أن تخسر أحداً، وبجروح طفيفة للغاية. كان ثياغو في مزاج رائع، والجو في القصر كان مشبعاً بشعور النصر، رغم أن كارو لم تكن تعرف تفاصيل هذا النصر أو ماذا كانت مهمتهم بالضبط. إحدى زوجات الفلاحين اللاتي يعددن الطعام، صنعت لثياغو راية جديدة لتحل محل تلك التي احترقت مع لوراميندي؛ كانت أقل فخامة، مصنوعة من قماش متين بدلاً من الحرير، لكنها حملت صورة الذئب الأبيض وكلمتي النصر والانتقام. والآن، على ما يبدو، هذا كل ما لديهم.

في سرها، كانت كارو تفضل شعار أمير الحرب: قرون تنبت منها أوراق للدلالة على النمو الجديد، لكنها لم تكن محصنة ضد الرغبة في

الانتقام- فقد كان ذلك الشعار ضخماً وقبيحاً في داخلها: قرع طبول بدائية، وانكشاف الأسنان- وكان عليها أن تعترف بأن شعار ثياغو كان أفضل صرخة لتحفيز التمرد.

كانت الراية تتدلى من الشرفة في مقدمة الساحة، وكأنها تعلن عن عظمة الذئب. أين رايتي؟ فكرت كارو، مع نوبة من الفكاهة الداخلية. لمَ لا؟ لقد قال لها ثياغو نحن في هذا معاً. فماذا كان سيفعل هو إذا صنعت رايتها الخاصة بها لتعلقها بجانب رايته؟ وماذا ستحتوي؟ سلسلة من الأسنان؟ كماشة؟ لا، بل ملزمة، ويمكن أن يكون شعارها مؤلماً.

ابتسمت لنفسها. كان الأمر مضحكا، قالت لنفسها، لكن ابتسامتها تحولت إلى حزن، لأنها لم تجد من تشاركه. في الساحة، كان الجنود لا يزالون يضحكون، وكانت هي في الظل، ولم تكن جزءاً من ذلك.

كان إكساندر يتحرك براحة أكبر الآن، واستغرق الأمر لحظة لتفهم السبب- لأنه لم يكن يبذل جهداً كبيراً. كان يتحرك كما تتحرك الأجسام المفترض بها أن تتحرك، بلا تفكير. شعرت بفخر لرؤية القوة الدبية له تتحول إلى حركة سلسة. سخرية زيري قد أثارته ليتجاوز شعوره بالوعي الذاتي- وهو ما خمّنت كارو أنه كان هدف زيري- ودفع زيري الثمن الآن حيث أمسكه إكساندر من عنقه وتظاهر بخنقه قبل أن يرميه من الهواء. سقط زيري على الأرض وهو يتدحرج، ثم انزلق على حوافره المشقوقة ليتوقف على بعد خطوات من باليروس، الكائن البغليّ الكبير الذي كان قائد دوريته. هز باليروس رأسه، وكتفاه يهتزان من الضحك، ووضع ذراعه حول كتف زيري، وسار معه لمراقبة إكساندر وهو يحلق.

شعرت كارو بكتلة في حنجرتها. كم كانوا جميعاً طبيعيين مع بعضهم البعض، وسريعين في الضحك. في الماضي، كانت جزءاً من تقارب جنودهم، تشاركهم الثكنات ومعسكرات القتال، والوجبات والأغاني. كانت قد أنقذت

الأرواح وجمعت الأرواح؛ كانت واحدة منهم. لكنها اتخذت خياراتها، والآن عليها أن تعيش معها.

عندما توقفت الضحكات فجأة، شعرت كارو بالذعر، معتقدة أن الجنود قد رأوها تتجسس، لكنهم لم ينظروا في اتجاهها. بعد لحظة، ظهر ثياغو في الأفق. وتذكرت كارو أنها كانت ستطالب باستعادة عارضتها، لكنها الآن فقدت شجاعتها الغاضبة. لم يكن بسببه هو فقط، على الرغم من أن الذئب بالتأكيد كان له تأثير على شجاعتها، بل كان بسبب من معه.

الظلان الحيّان.

كانا جميلين بطريقتهما، وسلسين في خطواتهما. تانغريس وباشيس كانا متطابقين: مخلوقان كالنمور ذات لون أسود داكن، عظامهما دقيقة وملمسهما ناعم، برؤوس نسائية وأجنحة من ريش البوم الداكنة التي كانت ساكنة تماماً أثناء الطيران. لم يكونا كبيرين أو مروعين، لكن ثياغو كان يعاملهما بتقدير لم يُظهِرْه لأي من الجنود الآخرين، وليس من العجب. لم يكن أحد آخر يستطيع القيام بما يفعلانه. أصبحت يدا كارو مبللتين بالعرق. هل كان يرسلهما في مهمة؟

نعم، كان يفعل.

لم يكن أمامها هذه المرة سوى مواجهة الواقع، وعدم التظاهر بجهلها بشأن طبيعة المهمة أو ادعاء عدم فهمها. كان الظلان الحيان أسطورة، وكانا... مميزين... وبالتالي كان من المؤكد أن مهمتهما ستكون أيضاً استثنائية.

طارا بعيداً، تاركين وراءهما صمتاً مهيباً. لم يُقل لهما أحد وداعاً، ولم يُتمنَّ لهما حظاً سعيداً. لم يكن هناك حاجة للحظ. في مكان ما في إريتز، كان بعض الملائكة في أمس الحاجة إلى الحظ، لكنهم لن يحصلوا عليه. كانوا، بلا شك، قد وصلوا إلى نهايتهم المحتومة.

# 31

# حصيلة

كان بإمكان أكيفا أن يستغني عن النار في تلك الليلة في المخيم. كان لديه ما يكفي من النار ليوم واحد: كانت السماء لا تزال مليئة بالدخان المتصاعد من الحرائق التي أشعلوها لقطع الطريق على الكيميرا الهاربة من الغابة الآمنة. عندما نظر إلى الأعلى، لم يستطع رؤية نجمة واحدة. لكن النار كانت ثابتة في المعسكر ونقطة محورية. كان الجنود يتجمعون حولها لتنظيف نصالهم وتناول الطعام والشراب، وعلى الرغم من أنه لم يكن لديه شهية للطعام، إلا أنه كان يشعر بالعطش. كان يشرب للمرة الثالثة، غارقاً في أفكار مظلمة كظلمة السماء، عندما لفت انتباهه صوت.

"ما الذي تفعله؟".

كان السؤال يحمل نبرة صارمة من ليراز. رفع أكيفا رأسه نحو الصوت، ليجد أخته واقفة على الجانب الآخر من النار، التي تضيء وجهها.

"كيف يبدو هذا؟" صدر هذا الكلام عن جندي في الفيلق الثاني لم يكن يعرفه أكيفا. كان جالساً مع اثنين آخرين، وعندما رأى أكيفا ما يحملونه - ما كانوا على وشك القيام به - انقبض صدره.

كانت أدوات الوشم بسيطة؛ سكين وقلم حبر، وهذا كل ما يحتاجه الجنود لتسجيل القتلى على أجسادهم.

"يبدو أنك على وشك إضافة علامة جديدة إلى قائمتك". قالت ليراز بحدة، "لكن هذا مستحيل، أليس كذلك؟ لأن أي جندي يحترم نفسه لن يسجل أحداث اليوم على يديه".

اليوم. اليوم. ماذا فعلت دورية ليراز؟ أكيفا لم يكن يعلم. عندما وجدها هو وهازايل بعد يومهما القاتم، كانت نظرتها تتحداه بأن يسألها، لكنه لم يرد أن يعرف. بعض الجنود في مجموعتها تعرضوا لإصابات طفيفة - جلدات بالسياط وعضات، لكنها كانت كافية لتوضح ما حدث. أكيفا أيضاً لم يكشف عما فعله في ذلك الوادي إلى الجنوب والشرق، هو وهازايل لم يتحدثا عن الأمر، ولم يتبادلا سوى نظرات عابرة تعترف ضمنياً بما حدث.

العلامات تُسجل فقط لقتلى المعارك، للجنود الذين سقطوا في القتال، وليس لأولئك الذين يفرون.

"كانوا مسلحين" قال الجندي بلا مبالاة، وهو يهز كتفيه.

سألت ليراز: "أوه، هل هذا كل ما يلزم في الجيش العادي؟ تمنح عبداً سكيناً فيصبح خصماً يستحق المواجهة؟"، وأشارت إلى يديه، حيث كانت العلامات السوداء تملأ أصابعه. "كم واحداً من هؤلاء قاتل حقاً؟ أي منهم؟".

وقف الجندي فجأة، وكان أطول منها بقدم، لكن إن كان يظن أن هذا يمنحه ميزة، فسوف يكتشف خطأه قريباً. أكيفا نهض أيضاً - ليس لأنه شعر بأن ليراز بحاجة إلى مساعدته، بل لأنه مندهش من طبيعة غضبها.

قال الجندي وهو يقف فوقها.: "لقد استحققتُ علاماتي".

ليراز لم تتراجع. وبنبرة غاضبة واحتقار شديد، قالت: "ليس اليوم".

"ومن أنت لتقرري ذلك؟".

مطت شفتيها فوق أسنانها المشدودة في ابتسامة شرسة. قالت:

"اسأل من حولك".

ربما كانت الابتسامة، أو شيء في عينيها، هو ما جعل الجندي يتراجع قليلاً عن كبريائه المتعجرف. قال: "هل تعتقدين أن هذا سيخيفني؟".

تدخل هازايل وقال: "أجل، لقد أصابتني القشعريرة. سأكون سعيداً بسرد القصص لك، إذا كنت مهتماً. لقد عرفتها طوال حياتي".

قال أحد الجنود الآخرين: "أنت محظوظ"، مما أثار ضحكات خافتة بينهم. ردّ هازايل بجدية: "أعرف ذلك تماماً. من الجيد أن يكون هناك من ينقذك. كم مرة أنقذتك، لير؟ أربع مرات؟".

لم ترد ليراز، فتقدم أكيفا نحوهم، وقال: "تصنعين أصدقاء جدداً، يا لير؟".

"في كل مكان أذهب إليه".

أومأ أكيفا برأسه نحو الجنود الآخرين وقال: "تعلمون أنها على حق. أنتم تشوهون سمعتكم بفخركم بما فعلتم اليوم".

"كنا نتبع الأوامر فقط". قال الجندي، وقد بدا القلق واضحاً على وجهه مع وجود أكيفا.

"وهل طُلب منكم الاستمتاع بذلك؟".

سحب أحد الجنود الآخرين صديقه من ذراعه قائلاً: "لنذهب". وبدآ بالانسحاب بينما همسا بكلمات منخفضة عن "الأبناء غير الشرعيين".

صاحت ليراز خلفهما: "إذا رأيت حبراً جديداً على أي منكما غداً، سأقوم بقطع أصابعه". ضحك الجندي بذهول ونظر إلى الخلف.

قالت ليراز: "جرباني".

قال هازايل: "لا تجرباها. أرجوكما؟ أعتقد أنها ستستمتع كثيراً بجمع الأصابع".

عندما ابتعدا، جلست ليراز وألقت على أكيفا نظرة جانبية. "لا أحتاج إلى

"قاتل الوحوش" لتسوية خلافاتي".

شعر هازايل بالإهانة. "وماذا عني؟ أنا متأكد أنهم كانوا يخافون مني".

"نعم، لأن لا شيء يزرع الخوف مثل التفاخر بعدد المرات التي أنقذت فيها أختكَ حياتك".

قال: "حسناً، لقد نسيتُ عدد المرات التي أنقذتُ فيها حياتكِ. أعتقد أننا متعادلان حالياً؟".

قاطعهما أكيفا: "لم أكن أقوم بحل أي شيء. أنا فقط أتفق معكما". تردد لحظة، وتابع: "ليراز، ماذا حدث اليوم؟".

"ماذا تعتقد؟" كانت إجابتها الوحيدة. ما كان يعتقده أكيفا هو أنهم قد صادفوا بعضاً من العبيد الهاربين من القافلة، ووفقاً لما قاله الجندي، نفذوا أوامرهم. من خلال الطريقة التي كانت تحدق بها ليراز في النار، استنتج أنها لم تستمتع بما حدث، وكان لا يتوقع منها ذلك. قد تفتخر بمعركة خاضتها ببراعة، لكنها لن تفرح بمجزرة. السؤال هو، إلى أي مدى كانت ملتزمة باتباع الأوامر؟ وهل قد تفاجئه كما فعل هازايل؟

نظر أكيفا الآن إلى أخيه، فوجد هازايل ينظره بدوره. تبادلا النظرات من فوق رأس شقيقتهما، وكانت هذه أول إشارة ضمنية لما فعلاه ذلك اليوم في الوادي.

أو، بشكل أدق، لما لم يفعلاه.

عندما سمع أكيفا الصرخة- قصيرة، مكتومة، ولكن لا لبس فيها- كان هازايل أقرب إلى مصدرها منه. لم يكن الفارق سوى بضع خفقات من جناحيه، لكن هازايل هو من استجاب أولاً، فطوى جناحيه فجأة وانقض إلى أسفل ليهبط في قاع الوادي الصخري، متخذاً وضعية استعداد في حال تطلب الأمر أن ينطلق إلى السماء مرة أخرى. في اللحظة التالية، كان أكيفا بجانبه، ورأى ما رآه هازايل: كتلة مرتعشة من قوم الأغنام مكدسة

فـي تجويف الوادي بذعر.

قبيلـة الكابريـن هـي مـن ألطـف قبائـل الكيميـرا، وأفرادها غير مؤهلين للقتـال إلى درجـة أنهم معفيـون مـن الانضمـام إلى الجيش. فـي الواقـع فإن العديد مـن قبائـل الكيميـرا كانـوا غيـر مناسـبين ليكونـوا جنـوداً: إمـا كانـوا صغـاراً جـداً، أو غيـر مؤهليـن لحمـل الأسـلحة، أو مائييـن، أو خجوليـن، أو كبـاراً بالحجـم لكنهـم بطيئـون. الأسـباب كثيـرة بقـدر عـدد القبائـل، وهـذا مـا جعـل بريمسـتون مضطـراً للقيام بمـا فعلـه طيلة الوقـت: فالكثيـر مـن قومـه ببسـاطة لـم يكونـوا مهيئيـن للقتـال على الإطلاق، وبالتأكيد لـم يكونـوا مهيئين لمواجهة السيرافيم.

وكانـت القـوة الرئيسـة لجيش الكيميـرا تنتمـي دائمـاً إلى بضـع عشـرة قبيلـة مـن أشـد القبائـل شراسـة، وقـد فوجـئ أكيفـا بأنـه تعـرف علـى واحـد منهـم فـي وسـط هـذا التجمـع. إنـه داشـناغ صغيـر، بيـن الكابريـن. كان صغيـراً لـم يكبـر بعد، ولكـن حتـى الداشـناغ الصغـار شـيء وحشـي، علـى الرغـم مـن أن هـذا كان يحمـل فتـاة غـزال نحيلـة بيـن ذراعيـه الغليظتيـن - وكانـت يدهـا قـد أطبقـت علـى فمهـا، وكانـت هـي التـي صرخـت، وبـدت عيناهـا الغزاليتـان الشـفافتان ضخمتيـن بشـكل مسـتحيل فـي وجههـا الصغيـر الجميـل. وكانـت فتـاة غـزال أخرى منكمشـة مذعورة إلى جانب الفتى، وعلى الرغم من أن أكيفـا لـم يستطع أن يعرف على وجـه الدقـة مـا الـذي جمـع هـؤلاء القـوم فـي هـذه اللحظـة، إلا أن اللوحـة كانـت بسـيطة، وقـد رسـمت فـي صـورة مصغـرة مـا فعلتـه الملائكـة باريتز: من خلال الرعب، اتحدوا ضدها.

كل هـذا فـي لحظـة، وكان الفتـى الداشـناغ ينحـي الفتـاة القنطـور جانبـاً، برفـق، وكان الخـوف فـي عينيـه، ولكنـه كان يدافـع عـن هـؤلاء القـوم. وكانـت سيوف أكيفا بين يديه، ولكنه لم يكن يريد استخدامها.

هذا ليس ما يجب أن نكون عليه، قال لنفسه. ثم شرع يقول: "هاز-".

توجه هازايل إليه بنظرة مندهشة، وعيناه تتجعدان في تساؤل. قال مقاطعاً أكيفا: "هذا غريب. كنت أعتقد أنني سمعت شيئاً هنا".

استغرق الأمر لحظة من أكيفا حتى يستوعب، ثم اجتاحه شعور بالارتياح- والإغاثة، والامتنان-. "أنا أيضاً". قال بحذر، آملاً أن يكون قد فهم أخاه بشكل صحيح. صبي الداشناغ كان يراقبهما بتركيز وكل عضلة في جسده متأهبة. جميع الكابرين وفتاتان من نوع داما كانوا يحدقون دون أن يرمش أحدهم. بدأ طفل صغير في التذمر- طفل- وكانت والدته تشده إليها بقوة. قال أكيفا: "لا بد أنه كان صوت طائر".

وافقه هازايل: "طائر". ثم... توجه بعيداً عن الفارين. خطا بضع خطوات متتالية في مجرى الوادي، بخفة، حتى بدت حركاته فكاهية بعض الشيء، ثم انحنى ليلتقط زهرة نمت على حافة الماء، وأدخلها في شق في درعه. كانت لا تزال هناك.أخرجها الآن، وقدّمها إلى ليراز. شد أكيفا عضلاته، متسائلاً عما إذا كان هازايل سيقول لها إنهما قد أنقذا قرية كاملة من الكيميرا اليوم، وحتى داشناغ صغير، على الرغم من كونه صبياً، من المؤكد أنه سيصبح جندياً. ماذا ستفكر في ذلك؟ لكن هازايل قال ببساطة: "أحضرت لك هدية". أخذت ليراز الزهرة، نظرت إليها، ثم إلى هازايل، دون أي تغيير في تعابير وجهها. ثم تناولتها. مضغت الزهرة وابتلعتها.

قال هازايل: "همم، استجابة غير معتادة".

"أوَه، هل تقدم الزهور عادةً؟".

رد هازايل: "نعم، أعتقد أنني أفعل. يبدو أنني أستمتع بالحياة على الرغم من القيود الكثيرة التي نرزح تحتها، كجنود، وأيضاً كغير شرعيين. وأضاف بمرح: "أتمنى أن تكون الزهرة غير سامة".

هزت ليراز كتفيها وقالت: "هناك طرق أسوأ للموت".

# 32

## حكم الموت عليهم جميعاً

"ها أنتِ هنا". قالت تين بإحباط واضح وهي تلحق بكارو في مكانها الذي كانت تتجسس منه.

"ها أنا هنا". ردت كارو وهي تراقب الذئبة الأنثى. "إلى أين يذهبون؟".

"من تقصدين؟"

"السفينكس. إلى أين أرسلهما؟ وما هو هدفهما؟".

"لا أعلم، يا كارو. إلى إريتز، للقيام بما يفعلانه عادة. هل يمكننا العودة إلى العمل الآن؟".

عادت كارو لتنظر إلى الساحة. كان الجنود متجمعين حول ثياغو، يحدقون في السماء حيث اختفى الظلان الحيان. قولي، تقدمي، كانت تدفعها نيتها. اذهبي واسألي. لكنها لم تجد في نفسها القوة لتجاوز نظراتهم الثابتة، أو لتبادر بالكلام وتخترق صمتهم المترقب.

عندما وضعت تين يدها على ذراعها وقالت: "تعالي. إميليون، ثم هفيثا. لدينا جيش لنبنيه".

شعرت كارو بشيء من الارتياح. جبانة.

وثم سمحت لنفسها أن تُقاد.

*  *  *

بعد يومين من عناية نور، استطاعت سارازال أن تتحمل وزنها على ساقها مجدداً، رغم أن راث كان لا يزال يحملها في معظم الأحيان -الآن في حمالة صمموها لتوضع على ظهره- وشعرت سفيفا بأن عبء حياة أختها قد انزاح عن كتفيها. سارازال ستكون بخير، وسيجدون قبيلتهم مرة أخرى، لكن... ليس الآن. كان من الصعب عليهم أن يسيروا في الاتجاه الخطأ، ولكن كان من الخطر الكبير التوجه شمالاً. هناك الكثير من السيرافيم بينهم وبين الوطن.

...

نحن بخير، يا أمي. نحن على قيد الحياة. كانت سفيفا ترسل أفكارها عبر الأرض، متخيلة أنها عواصف تحمل رسائل يمكن لأمها أن تفردها وتقرأها. كادت تقنع نفسها بذلك؛ كان من الصعب جداً أن تعترف بالحقيقة: أن شعبهم لا بد وأنهم يظن أنهم فقدوا. الملائكة أبقتنا أحياء، فكرت في أمها، وما زالت تترنح من معجزة ذلك. شعرت أن حياتها جديدة: ضائعة وموجودة، أخف وزناً وأثقل في الوقت نفسه.

فكرت وهي تتحدث إلى أمها: إذا صادفتِ ملاكاً بعينين كالنار، وآخر يحمل زنبقة مستنقع في درعه، فلا تقتليهما.

تحرك القطيع جنوباً باتجاه الجبال، مع شائعات عن ملاذ آمن. التقوا آخرين في الطريق وحثوهم على التحرك. انضم إليهم زوج من الهارتكيند، لكنهم كانوا حذرين من أن تكبر قافلتهم. لم يكن من الآمن السفر في مجموعات كبيرة. حسناً، لا شيء كان آمناً، ولكنهم فعلوا ما استطاعوا. ما

لم يكن لديهم غطاء كثيف من الأشجار، كانوا يتحركون ليلاً فقط، حين يكون من السهل رصد السيرافيم، بأجنحتهم النارية التي تضيء الظلام.

ركبت ليل على ظهر سفيفا، وبدا أكثر الأشياء طبيعية الآن أن ترفعها هناك كلما بدأوا في التحرك، وتتخذ مكانها خلف راث حيث يمكنها أن تراقب سارازال جيداً.

"لا أستطيع الانتظار حتى أركض مجدداً". قالت أختها بصوت منخفض ذات صباح بينما كانوا يصعدون تلة ببطء على إيقاع شعب الكابرين.

"أعلم". قالت سفيفا. وعند قمة التلة، حصلوا على أول لمحة عن منطقة الهينترموست: تتلاشى مع المسافة وتبدو ضخمة بشكل لا يُصدق، وقممها الثلجية تمتزج بالغيوم كأنها بلد أبيض في السماء. "لكن من الجيد أن نكون على قيد الحياة".

\* \* \*

كانت دوريات السيراف تواجه صيداً ضعيفاً. كانت الأرض كبيرة جداً ووحشية، وسكانها قليلون ويزدادون ندرة.

قالت كالا ذات صباح عندما وصلوا إلى قرية مهجورة أخرى: "هناك من يحذرهم". القرى نادرة؛ والأكثر شيوعاً هي المزارع البسيطة حيث تعيش العائلات الصغيرة من زراعة الأرض، ولكن حتى هذه كانت مهجورة.

في المساء، حول النار، استمر الجنود في تنظيف سيوفهم، بدافع العادة أكثر من الحاجة. البلد يبدو فارغاً أمامهم؛ بالكاد سفكوا الدماء في الأيام الماضية.

انتشرت همسات عن الأشباح، وبعضهم ألقى اللوم على العبيد، رغم أنهم جميعاً أدركوا مدى صعوبة تحذير تلك الكائنات المحررة القليلة لهذه الأرض الشاسعة كلها من الطاعون القادم.

الاستنتاج المنطقي الوحيد، رغم غياب الأدلة، أن المتمردين هم من يفعل ذلك.

"لماذا لا يظهرون أنفسهم؟" صرخ جندي من الفيلق الثاني. "جبناء!". تساءل أكيفا عن الأمر نفسه. أين هم المتمردون؟ وهو يعلم أن الأمر لا يتعلق بهم في تحذير الناس.

لقد تولى هذه المهمة بنفسه.

وفي الليل، بينما كان المخيم نائماً، كان يتدثر بالسحر ويتسلل من خيمته. وأينما كانت ستقودهم عمليات الاجتياح في اليوم التالي، كان يمضي قدماً، وعندما يجد قرية أو مزرعة أو مخيم رُحَّل، كان يُظهر نفسه فيخيف القوم ويأمل أن يكون لديهم الحس السليم ليظلوا بعيدين.

كان هذا شيئاً ما. لم يكن ذلك كافياً، ولم يكن إرهاقه مستداماً، لكنه لم يكن يعرف ماذا يفعل غير ذلك. ماذا يمكن للجندي أن يفعل عندما تكون الرحمة خيانة، وهو وحده فيها؟ ربما بإمكانه أن يمنح بعضاً من هؤلاء القوم الجنوبيين بعض الوقت للوصول إلى أقصى الجنوب. كان يجب أن يكون الأمر كذلك.

ولكنه لم يكن كذلك.

لأنه بين عشية وضحاها، وعلى أجنحة مظلمة صامتة، وبينما كان أكيفا يكافح لإنقاذ العدو عائلة واحدة في كل مرة، كان المتمردون يرسلون للإمبراطورية رسالة من هذا القبيل بحيث أن رد جورام لا بد أن ينسف أي أمل لديه في وقف القتل.

قال بريمستون: "إما أن تكون الحياة سيدك، أو الموت". لكن في هذه الأيام الدموية، لم يعد هناك مجال للاختيار.

حكم الموت عليهم جميعاً.

في يوم من الأيام
كانت السماء تعرف ثقل جيوش الملائكة وهي
تتحرك

وكانت الرياح تهب جهنمية مع هبوب أجنحتها

## 33

## الظلال الحية

في حامية السيرافيم في ثيسالين- ليس على شاطئ بعيد أو في مكان
مهجور من البراري التي تعج بالوحوش، بل متشبثة بمنحدرات ساحل ميرا
المنحني في قلب الإمبراطورية نفسها- وقف أحد الحراس في برجه يراقب
شروق الشمس على البحر، بينما رفاقه ظلوا هادئين.

لم يظهر أي حراك من الجنود المئة الذين تدربوا على الاستيقاظ مع بزوغ
أول ضوء، ولا سماع صوت على الإطلاق. الثكنات غارقة في هدوء الفجر،
وصمتها سريالي ومخيف. الصمت يناسب الليل، وكان يجب أن يملأ المكان
صخب ودخان الطبخ وصوت السيوف المبكر في ساحة التدريب.

كان يعلم أنه كان يجب أن يكون قد تم إعفاؤه من الخدمة الآن، لكنه
لم يستطع أن يجبر نفسه على ترك منصبه. أبقاه الرعب في مكانه. لا شيء
يتحرك سوى البحر والشمس. كان الأمر وكأن كل الكائنات الحية في العالم
قد تجمدت إلا هو. وعندما دارت أول دفقة من الدم حوله، تحرر أخيراً من

جموده، وقفز من برجه وهبط ليكتشف سريراً بعد آخر من الرفاق النائمين الذين لن يستيقظوا أبداً.

فتحت مئة حنجرة بأناقة تشبه الحروف المكتوبة. مئة ابتسامة حمراء، وعلى الجدار، وباللون الأحمر أيضاً، رسالة جديدة: يجب أن يموت الملائكة.

ترددت تلك العبارة كصدى لكلمات الإمبراطور الشهيرة، التي دوت طويلاً من قمة برج الفتح، وحفرت في صميم وعي كل سيرافيم، سواء كانوا مواطنين أو جنوداً: يجب أن تموت الوحوش.

كان على ذلك الجندي أن يفرّ. كان يجب أن يعرف أنه سيُعدم بسبب فشله؛ الخيانة غير قابلة للغفران، حتى وإن كان ما أفاده صحيحاً، وهو في حالة من الهلع والهذيان عندما وصل إلى المدينة، شمالاً على طول الساحل. كانت ثيسالين الميناء الرئيسي للعبيد في الإمبراطورية، على بعد نصف يوم فقط من العاصمة براً - ساعة على الأكثر جواً- وكانت مدججة بالسلاح ومحصنة. وكان جنود من فوجه يتناوبون على دوريات على حواجز البحر، وكان يخشى أن يجدهم موتى أيضاً، فصرخ: "شكراً للنجوم الإلهية! يجب أن تضاعفوا عدد الحراسات ثلاث مرات. إنهم على قيد الحياة. لقد عادوا ونحن جميعاً هالكون!".

تم استدعاء القائد، وعندما وصل، زالت صدمة الجندي. أول ما قاله كان: "لم أغفُ أبداً، يا سيدي، أقسم بذلك".

"من قال إنك غفوت؟ ماذا حدث، أيها جندي؟ أنت مغطى بالدم".

"يجب أن تصدقني. لم أغمض عيني أبداً في موقعي. إنهم على قيد الحياة. كنت سأرى أي شيء طبيعي-".

"تحدث بمنطق. من قُتل؟ من على قيد الحياة؟".

"نحن هالكون، يا سيدي. لم أغمض عيني أبداً! إنها الظلال الحية. لا بد أن تكون كذلك. لقد عادوا".

# 34

# الاحتفال

تُجيد كارو الكثير من الأمور، لكن القيادة لم تكن واحدة منها. لم تبلغ بعد السن القانونية للحصول على رخصة قيادة، وهو أمر بدا لها مضحكاً الآن.

لم تكن تعرف عن المغرب، ولكن في أوروبا يتعين أن تكون في الثامنة عشرة، وهو ما لن تصل إليه إلا بعد شهر آخر- واذا لم تُحتسب حياتاها معاً.

كان ينبغي عليها طلب الاعتراف بذلك، فكرت وهي تقفز وتنزلق خارج الطريق في الشاحنة الزرقاء القديمة التي تستخدمها لجلب الإمدادات إلى القلعة.

لقد تسبب اصطدام كبير في رفع الشاحنة على إطارين، حيث ظلت معلقة لوقت طويل قبل أن ترتطم مرة أخرى وتؤدي إلى ارتداد كارو مسافة قدم واحدة على الأقل عن مقعد السائق. أووف. "آسفة!" قالت بلطف، وبصدق. كانت تين في الخلف، مخفية عن الأنظار.

استهدفت كارو مطباً آخر.

"لو لم أرغب في التواجد هنا، لَكنتُ قد رحلت بالفعل". قالت كارو لثياغو قبل أن تنطلق، وهي تجر الذئبة خلفها رغم اعتراضاتها: "لا أحتاج إلى حارسة سجن".

أجاب ثياغو: "إنها ليست حارسة، كارو. كارو". ظلت نظرة عينيه شديدة ومقلقة كما هي. "لا أستطيع أن أراك تذهبين بمفردك. هل تسخرين مني؟ إذا حدث لك أي مكروه، سأكون ضائعاً". لم يذكر سنكون ضائعين، بل سأكون.

هذا مقزز.

قد تكون الأمور أسوأ بالطبع. من الممكن أن يأتي ثياغو بنفسه، وقد خافت في لحظة من حدوث ذلك. لكن مع اقتراب عودة الظلال الحية من مهمتها، قرر أن ينتظر في القصبة.

قال لها: "اجلبي شيئاً للاحتفال، إذا استطعتِ".

انتصب الشعر على مؤخرة رقبتها عند ذلك. "بماذا نحتفل؟".

أجاب ثياغو بالإشارة فقط إلى الراية وابتسم. النصر والانتقام.

حسناً.

لذلك، تساءلت كارو، ماذا يجلب المرء للاحتفال بالنصر والانتقام؟ مشروبات كحولية؟ من الصعب العثور عليها في المغرب، ولعلها من الأفضل ألا تكون متاحة. الكحول ليس ما تحتاجه لتقديمه للجنود.

حسناً، ربما ليس آخر شيء.

عندما وصلت إلى أغدز، بشارعها الرئيسي الطويل والمغبر الذي يذكرها بالغرب الأمريكي أكثر من قصص ألف ليلة وليلة. تجنبت المتجر في الطرف الشمالي، ذلك الذي تذكرت أنه يعرض بنادق في واجهته. لم ترغب في المخاطرة برؤية تين لها من مكان اختبائها وسؤالها عن ماهية تلك البنادق.

هل سيكون ذلك لفتة لطيفة للاحتفال؟ لا شك في ذلك.

في ذهنها، كان موضوع الأسلحة دائماً يشغل مساحة كبيرة. عند التفكير فيها، وضعت يدها على معدتها، حيث تذكرت ثلاث ندوب لامعة تشهد على الرصاصات التي مزقت جسدها ذات مرة، في قبو سفينة في سانت بطرسبرغ، حيث نزفت الفتيات والنساء من أفواههن الخالية من الأسنان، وصرخن، وهربن.

كارو كانت تكره الأسلحة، لكنها تدرك تأثيرها المحتمل بالنسبة إلى التمرد. فكرت عشرات المرات في إخبار ثياغو عن تكنولوجيا قتل البشر، ومرات عديدة منعت نفسها. كانت لديها أسباب عديدة، بدءاً من مشاعرها الشخصية إلى الأشخاص الذين سيتعين عليها التعامل معهم لشراء الأسلحة- أليس الوضع سيئاً بما فيه الكفاية دون الحاجة إلى إضافة تجار الأسلحة إلى المعادلة؟ لكنها كانت تستطيع التعامل مع ذلك لو لم يكن هناك سبب أكبر، السبب الذي تعود إليه دائماً.

بريمستون لم يُدخل الأسلحة إلى إريتز.

يمكنها فقط أن تخمن السبب، لكن تخمينها بسيط: لأنه كان سيبدأ سباق تسلح، ويسرع من وتيرة القتل إلى ما لا يُحمد عقباه، وهذا آخر ما كان يريده. أخبرها- عندما كانت مادريغال- في اللحظات الأخيرة قبل إعدامها، أنه على مدى هذه القرون كان يحاول فقط إيقاف المد، للحفاظ على حياة شعبه حتى يتم العثور على طريق آخر، طريق أكثر صدقاً. طريق إلى الحياة والسلام.

الحياة والسلام. النصر والانتقام.

ولن يلتقي التوأمان أبداً.

في البلدة، اشترت كارو المشمش والبصل والكوسا بكمية كبيرة. ارتدت حجاباً قطنياً فوق شعرها الأزرق، وبنطلون جينز مع جلابية ذات أكمام طويلة

لتتماشى مع الناس المحيطين بها. لم يكونوا يظنون أنها مغربية، ولكن بعينيها السوداوين وعربيّتها الفصيحة، لم يكن بالإمكان اعتبارها أيضاً غربية. حرصت على إخفاء هامساتها، وشراء القماش والجلد، والشاي والعسل. اللوز والزيتون والتمر المجفف. علف للدجاج وأقراص من الخبز المسطح. قطع حمراء من اللحم المخلوط- ليس الكثير، لأن ذلك لن يدوم. الكُسْكُس، كمية ضخمة- أكياس ضخمة بالكاد استطاعت رفعها لكنها كانت مضطرة لرفض المساعدة لأن الوحش ذا الرأس الذئب مخبأ في مؤخرة شاحنتها. شكراً، يا تين.

أخبرت امرأة فضولية أنها تعمل لدى إحدى الشركات السياحية. كان الرد "سياح جائعون". بالفعل. خطر ببال كارو أنها اشترت كمية من الطعام تكفي لجيش صغير، ولم تستطع حتى أن تضحك على ذلك.

استمرت في التفكير في السفينكس وما يمكن أن يفعلوه.

وهذا تقريباً قضى على إرادتها في إعداد أي احتفال للجنود. ألقت زجاجة ماء إلى تين وأغلقت مؤخرة الشاحنة. لكن عند مغادرتها المدينة، لمحت متجراً جعلها تعيد التفكير. الطبول. الطبول البربرية القبلية. أحياناً خلال الحملات كان هناك ضرب للطبول في المخيم. وأيضاً الغناء. لم يكن هناك غناء في القصبة، ولكنها تذكرت زيري وإكساندر يلعبان في الفناء، ويضحكان، ولم تكن هي جزءاً من هذا، فاشترت عشرة طبول، وقادت مسافة طويلة في طريق العودة مع انزلاق النهار إلى الظلام.

كانت تشرف على تفريغ الحمولة عندما عادت الظلان الحيان.

***

قالت ليراز: "كنت أظن أن الظلان الحيان هما الظلان الميتان".

وصلت الأخبار من ثيسالين، وكان أكيفا في حالة من الذهول. الرعب،

عدد القتلى، الضربة الجريئة، أو بالأحرى الضربة الحمقاء. الهجوم على مقربة من أستريا كان بمثابة اختراق للقدسية المتصورة للإمبراطورية نفسها. هل كان هؤلاء المتمردون يدركون ما بدؤوه؟

تنهد هازايل، زافرا نفساً طويلاً ومرهقاً. "هل هو مجرد شعور لدي، أم إنكِ لاحظتِ أن الكيميرا يفضلون ألا يموتوا؟".

أجابت ليراز: "إذاً، لدينا على الأقل هذا الأمر المشترك".

قال أكيفا: "لدينا أكثر من ذلك بكثير".

توجهت ليراز بنظرها إليه. "أنت أكثر من غيرك". قالت، واعتقد هو أنه تعبير عن "الانسجام" مع الوحوش، لكن صوتها انخفض وقالت: "الانزلاق نحو الخفاء، على سبيل المثال؟". فشعر أكيفا بالبرودة.

هل كانت تعرف ما الذي كان يفعله في الليالي الماضية، أم إنها كانت تقصد سحره بشكل عام؟ كانت نظراتها متراخية، وبدا أن هناك تركيزاً شديداً في نظراتها، ولكنها عندما تابعت، لم يكن ذلك إلا لتقول: "لو علم أبي أنك تستطيع أن تفعل ذلك..." ثم تبتعد وهي تصفر. "كان يمكن أن يكون له ظله الحي الخاص".

نظر أكيفا حوله. لم يحب أن يتحدث عن سحره وأسراره في المعسكر. حتى إطلاق لقب "الأب" على الإمبراطور كان يعاقب عليه، أولاً لأن استخدام ألقابه كان قانوناً، وثانياً لأن غير الشرعيين ليس لديهم حق في الأبوة. كانوا أسلحة، والأسلحة ليس لها آباء، أو أمهات أيضاً، وإذا كان يمكن للسيف أن يدعي صانعه، فهو الصائغ، لا الشريان المعدني الذي جاء منه المعدن. بالطبع، ذلك لم يمنع جورام من التفاخر بعدد "الأسلحة" التي جاءت من "شريانه المعدني" الخاص. كان الأمناء يحتفظون بقوائم.

كان هناك أكثر من ثلاثة آلاف جندي غير شرعي ولدوا في الحرملك. من بينهم، لم يتبقّ سوى ثلاثمئة تقريباً، وكان الكثير منهم قد ماتوا مؤخراً.

رأى أكيفا أنه لم يكن هناك أحد على مرمى البصر. وذكّر ليراز قائلاً: "يمكنكِ فعل ذلك أيضاً". كان قد علّم أخاه وأخته السحر كي يتمكنا من المرور في عالم البشر، مما ساعده على حرق بصمات اليد السوداء على أبواب بريمستون. لقد تمكنا من ذلك، وإن لم يكن ذلك بسهولة، ولم يدم طويلاً.

أصدرت ليراز صوتاً من الاشمئزاز. "أظن أنني لست كذلك. أفضل أن يعرف ضحاياي من قتلهم".

"حتى يتمكنوا من أن يحلموا بوجهكِ الجميل طوال رقدتهم الأبدية".

أجابت ليراز: "إنها نعمة أن تموت على يد شخص جميل".

علق هازايل: "إذاً، ليس على يد جايل".

جايل. نظر أكيفا إلى السماء. كان الاسم تذكيراً حاداً.

"لا. يا إله النجوم". ارتجفت ليراز. "لا توجد نعمة من شأنها أن تساعد ضحاياه. هل تعلم، هناك سببان يجعلانني سعيدة في أن أكون غير شرعية، وكلاهما يتعلق بجايل".

"أي سببين؟" لم يستطع أكيفا أن يتخيل لماذا يسعد أي شخص، وخاصة أخته، أن يكون ابناً غير شرعي للإمبراطور.

غير الشرعيين كانوا من بين أكثر قوات الإمبراطورية فعالية وأقلها تقديراً. لم يُسمح لهم بقيادة الوحدات، بل كانوا مجرد وقود للرتب، يُعهد إليهم بالأعمال القذرة في الفيلق الثاني. لم تكن لديهم معاشات، وكان يُتوقع منهم أن يخدموا حتى وفاتهم، ولم يُسمح لهم بالزواج، أو إنجاب الأطفال، أو امتلاك الأراضي، أو حتى العيش في مكان آخر غير ثكناتهم.

الأمر كان أشبه بالعبودية.

لم يُمنحوا حتى دفناً، بل حرقوا في أوعية مشتركة، ولأن أسمائهم كانت مُستعارة أكثر منها ملكاً، لم يُعتبر نحتها على الحجر أو اللوح ذا قيمة.

السجل الوحيد لحياة غير الشرعي هو اسمه المحذوف من قائمة الأمناء ليُعطى لأحد الأطفال الجدد، الذين يُقتلعون سريعاً من أحضان أمهاتهم. عش مغموراً، واقتل من تؤمر بقتله، ومت من دون أن تُغنى لك أغنية. كان يمكن أن تكون هذه هي عقيدة غير الشرعيين، لكنها لم تكن كذلك. كان الدم هو القوة.

قالت ليراز وهي تعد السبب الأول على أصابعها: "كوني غير شرعية، فلن أخدم أبداً تحت قيادة جايل".

"سبب وجيه"، وافق أكيفا. كان جايل، أخو الإمبراطور الأصغر، قائد الفيلق الأعلى في الإمبراطورية، ومصدراً دائماً للمرارة بالنسبة إلى غير الشرعيين. أي غير شرعي يمكنه أن يتفوق على أي جندي من جيش دومينيون في التدريب أو القتال، إذا لزم الأمر، لكن جيش دومينيون اعتُبر في قمة السلطة بكل الطرق.

كانوا يرتدون ملابس فاخرة ويتلقون إمدادات من خزانة عائلات الإمبراطورية -التي ملأت صفوفهم بالأبناء والبنات من الدرجة الثانية والثالثة- وتم تكريمهم بكثرة عند انتهاء الحرب، مُنحوا القلاع والأراضي خلال تقسيم الممتلكات الحرة.

تجرأت أخت غير شقيقة مسنّة تدعى ميليل وسألت جورام إذا كان غير الشرعيين سيحصلون على حقوقهم، وكان رد والدهم، بطريقته الماكرة التي حولت حتى الرفض إلى تفخيم فحولته: "لا توجد قلاع كافية في إريتز لجميع غير الشرعيين الذين أنجبتهم".

ومع ذلك، فبالرغم من كل المزايا التي تمتع بها الدومينيون، إلا أنهم كانوا يخدمون لإرضاء جايل، وكان إرضاء جايل بكل المقاييس أمراً شنيعاً.

قال هازايل: "ماذا أيضاً؟".

رفعت ليراز إصبعاً آخر. "ثانياً، كوني غير شرعية، لن أكون أبداً تحت جايل".

لم يستطع أكيفا إلا أن يحدق فيها مذهولاً. كانت هذه هي المرة الأولى التي يسمع فيها أخته تشير إلى حياتها الجنسية، حتى بهذه الطريقة غير المباشرة. كانت ترتدي شراستها مثل الدرع، وكان درعاً لاجنسياً بحتاً. كانت ليراز محصنة وغير قابلة للمس. كانت صورتها... تحت جايل... صورة يجب رفضها على الفور، وبشدة.

بدا هازايل مذهولاً أيضاً. وقال وهو يبدو ضعيفاً بسبب الاشمئزاز: "آمل ألا يحدث هذا".

دوّرت ليراز عينيها. "انظرا إلى نفسيكما. أنتما تعرفان سمعة عمنا. أقول فقط إنني بأمان لأنني من الدم، وشكراً للنجوم الإلهية على ذلك إن لم يكن هناك شيء آخر".

قال هازايل بغضب: "تباً للنجوم الإلهية. أنتِ بأمان لأنك ستقطعينه بيديك العاريتين إذا حاول لمسِكِ. كنت سأفعل ذلك، لكنني أعلم أنه بحلول الوقت الذي يصل فيه أي شخص آخر إلى هناك، سيكون عمنا قد تمزق من الداخل إلى الخارج، وأصبح أقل قبحاً بفضل ذلك".

"نعم، أعتقد ذلك". بدت ليراز متعبة، نظرت إليه. "وماذا عن الفتيات الأخريات؟ هل تعتقد أنهن لا يرغبن في جره من الداخل إلى الخارج أيضاً؟ وماذا بعد؟ المشنقة؟ الأمر يتعلق بالحياة، أليس كذلك، وما إذا كان الأمر يستحق الاستمرار فيه، مهما حدث. إذاً... هل هو كذلك؟" نظرت إلى أكيفا. هل كانت تسأله؟

"ماذا؟". "هل تستحق الحياة الاستمرار فيها مهما حدث؟".

هل كانت تتحدث عن العيش محطمة، عن التعايش مع الخسارة؟ هل كانت تعدّ خسارته خسارة حقيقية، وهل كانت تريد أن تعرف حقاً، أم إن هناك شبهة في هذا في مكان ما؟

شعر أكيفا أحياناً بأنه لا يعرف أخته على الإطلاق.

"نعم"، قالها بحذر وهو يفكر في المبخرة وكارو. "طالما أنت على قيد الحياة، هناك دائماً فرصة لأن تتحسن الأمور".

قالت ليراز: "أو لأن تصبح أسوأ".

أقر بذلك: "نعم. عادة ما تصبح أسوأ".

تدخل هازايل قائلاً: "أختي، شعاع الشمس، وأخي الضوء. يجب عليكما أن تجمعا الصفوف. ستجعلوننا جميعاً نقتل أنفسنا بحلول الصباح".

الصباح. كانوا جميعاً يعرفون ما سيحدث في الصباح.

نهضت ليراز عن مقعدها. قالت: "سأذهب لأنام عندما أستطيع، ويجب عليكما أيضاً أن تناما. عندما يصلون، أعتقد أنه سيكون هناك قسط قليل من الراحة لأي شخص".

ابتعدت. تبعها هازايل. سأل أكيفا: "هل أنت قادم؟".

"خلال دقيقة".

أو ربما لا. نظر أكيفا إلى السماء. كانت لا تزال مظلمة بقدر ما يستطيع أن يرى، لكنه تخيل أنه يشعر بتغير في الهواء: جاذبية من تيار العديد من الأجنحة. كان ذلك وهماً، أو نبوءة، أو مجرد خوف.

كانت لديه مسافة طويلة ليقطعها الليلة، وأراضٍ ليغطيها، وكيميرا لئنقذهم. لا راحة له.

الدومينيون قادمون.

# 35

## أدوار تُلعب

مد السفينكس أقدامهم القططية الرقيقة للهبوط، وكانت ذرات صغيرة من الغبار تتطاير من حولهم. وكان بقية أفراد الكيميرا المضيفين يخرجون من الأبواب والنوافذ ليتجمعوا في الساحة ويستمعوا إلى تقريرهم، وكان هناك ثياغو يخرج من حجرة الحراسة. كان ذهن كارو مشغولاً بالتساؤل. ماذا فعلوا؟ ليس فقط السفينكس، بل كل الدوريات. وبشعور من اللاواقعية وجدت قدميها تحملانها نحو الآخرين.

"كارو". نادتها تين من خلفها، لكنها مضت قدماً.

رآها ثياغو وتوقف، متابعاً خطواتها. تابع الجنود والسفينكس نظرهم، جميعهم بنظرات خالية من التعبير، لكن ثياغو ابتسم وقال: "كارو، هل سارت الأمور كما ينبغي في البلدة؟".

"أوه، نعم. كل شيء على ما يرام". كانت يداها مبللتين بالعرق. "لا داعي للتوقف. كنت فقط أنوي الاستماع".

مال الذئب برأسه قليلاً، متظاهراً بالاستفهام. "الاستماع؟".

"إلى التقرير". شعرت كارو بأنها تنكمش وتتعثر. "أريد فقط أن أعرف ماذا نفعل".

لم تكن تعرف ما الذي كانت تتوقع أن يقوله ثياغو، ولكن ليس هذا: "هل هناك شخص ما على وجه الخصوص أنت قلقة بشأنه؟".

أصبح وجه كارو ساخناً. هذه تلميحات خبيثة. "لا"، قالت وهي تشعر بالإهانة. كانت مرتبكة أيضاً، وأدركت أن أي شيء تقوله الآن سيظهر على أنه قلق على السيرافيم، على أكيفا.

"إذاً، لا داعي للقلق". ابتسم الذئب مرة أخرى. "لديك ما يكفي لتفكري فيه. لقد ضيعتِ اليوم بأسره، وأحتاج إلى تجهيز فريق آخر بحلول الغد. هل تظنين أنك قادرة على القيام بذلك؟".

"بالطبع" أجابت تين نيابةً عنها، وسحبتها من ذراعها كما فعلت في اليوم السابق. "سنذهب حالاً".

"جيد"، قال ثياغو. "شكراً". وانتظر حتى غادرتا قبل أن يستأنف حديثه. شعرت كارو وكأنها انتزعت من غفوة ما. لم يكن الأمر أن ثياغو لا يريدها مشغولة بالتفاصيل، بل ببساطة لم يكن يريدها أن تعرف ما الذي يفعله. بينما كانت تين تسحبها بعيداً، تبادلت نظرة سريعة مع زيري. بدا شديد الحذر. تعليق ثياغو... هل كانوا جميعاً يظنون أنها ما زالت تحب أكيفا؟ ولم يعرفوا حتى عن مراكش وبراغ، أو أنها التقت به مجدداً مؤخراً. التقت به و... لا. لا شيء. لقد تركته خلفها. هذا هو الأهم. هذه المرة، اتخذت القرار الصحيح. عندما خرجتا من الساحة، سحبت كارو ذراعها من قبضة تين، متجمدة من الألم بينما كانت تخدش كدماتها.

قالت: "ماذا بحق الجحيم؟ أعتقد أن لي الحق في معرفة ما الذي تدفعه آلامي".

"لا تكوني طفلة. لكل منا أدوار ليلعبها".

"أوه، ودورك هو ماذا، مربية؟ آسفة، أعني خائنة - مربية؟".

أضاءت عينا تين بالتحدي. "إذا طلب ثياغو ذلك، نعم".

"وسوف تفعلين أي شيء يطلبه".

للحظةً فقط، نظرت تين إليها وكأنها كانت غير عاقلة. "بالطبع". كان جوابها. "وكذلك أنتِ. خاصةً أنتِ. من أجل خير شعبنا، وذاكرة كل ما فقدناه، والدَّين الكبير الذي تدينين به".

كانت استجابة كارو بالخجل فورية، لكنها تبعتها هذه المرة موجة من الغضب. لن يسمحوا لها أبداً بأن تنسى ما فعلته. كانت هنا طوعاً، بينما هي، على عكسهم، كان لديها خيار. كانت لديها حياة أخرى، والآن كانت تريد حقاً العودة إليها، العودة إلى براغ وأصدقائها وفنها وشايها، والقلق بشأن شيء أقل خطورة من الفراشات في بطنها- بابيلو ستوماخوس. تذكرت بمرارة. كم بدت تلك الحياة الآن بسيطة وصغيرة، كشيء يمكن وضعه داخل كرة ثلج

لن تذهب. كانت تين محقة: إنها مدينة لهم. لكنها كانت مريضة تماماً من الحالة التي أصبحت عليها. ظنت أن بريمستون بالكاد سيتعرف على هذه الكائنة المطيعة؛ فهي لم تتبع أوامره بهذا القدر من الذل من قبل.

عندما صعدت الدرج إلى غرفتها، التقطت القلادة التي بدأت في صناعتها في وقت سابق، بينما كانت تين قد فقدت صبرها، وبدأت تفرغ محتويات حقيبتها على الطاولة. تناثرت المشابك النحاسية في كل الاتجاهات. التقطت كارو واحداً منها لكنها لم تضعه على الفور. لم تكن في حالة تؤهلها لإعداد جسد الآن.

ما الأمر الذي لم يُسمح لها بمعرفته؟

"هل تودين أن أساهم؟" سألت تين. رفعت كارو عينيها نحوها. لم تكن تين تفتح قلبها عادةً، وتفاجأت كارو بقولها، "لا، شكراً". فقط عندما سمعت

جوابها أدركت أنها على وشك أن تفعل شيئاً.

ماذا سأفعل؟

أوه. تلاعبت بالمشبك وهي تلوي الدبوس بإحكام أكثر فأكثر. هل تذكرت حتى كيف؟ كان ذلك منذ وقت طويل.

ماذا سأفعل من أجل الألم؟

لا شيء. لا ألم لك. فقط متعة.

ما زالت تتلاعب بالمشبك، قالت لتين: "لا أظنك تعرفين قصة ذي اللحية الزرقاء".

"ذو اللحية الزرقاء؟" نظرت تين إلى شعر كارو. "هل هو أحد أقاربك؟".

ابتسمت كارو ابتسامة ساخرة، وقالت: "ليس لدي أقارب، ألا تذكرين؟".

"لا أحد لديه أقارب بعد الآن". قالت تين ببساطة، وأدركت كارو أن ذلك صحيح. لقد فُقد الجميع هنا... الجميع. كانوا شعباً لا يملك شيئاً آخر ليخسره.

"حسناً" قالت، وهي تثبت المشبك فوق شبكة اللحم والعضلات التي تربط بين إبهامها وكفها. كان مكاناً حساساً. "كان ذو اللحية الزرقاء هو هذا اللورد، وعندما أحضر عروسه الجديدة إلى قلعته، أعطاها مفاتيح كل الأبواب وقال لها إن بإمكانها الذهاب إلى أي مكان تريده باستثناء هذا الباب الصغير في القبو. وإلى هناك لا يجب أن تذهب أبداً". شَدَّتْ البرغي، وبدأ ألمها يتفتح مثل الزهرة.

قالت تين: "وأظن أن هذا كان أول مكان ذهبت إليه".

"في اللحظة التي أدار فيها ظهره".

كانت تين قد استدارت للتو لتصل إلى إبريق الشاي. ومع كلمات كارو، استدارت مرة أخرى وشتمت. عرفت كارو من رد فعلها أنها نجحت؛ لقد تذكرت قدرة أكيفا على التمويه. من الغريب أن الألم يبدو مسألة كبيرة في

ذلك الوقت. لم يعد كذلك الآن. كان ينبض على إيقاع قلبها وشعرت وكأنه طبيعي تقريباً.

لم يخطر ببال تين أن كارو ربما لم تتحرك من مكانها. كانت تظن أنها خرجت من النافذة مرة أخرى، وعندما عادت إلى حالة الوعي، اندفعت نحو النافذة، وخرجت كارو من الباب. بشكل ساخر، ومن المفارقات أن غياب العارضة سهّل عليها الهروب. وهي تحافظ على التمويه، نزلت بسرعة إلى الدرج وخرجت إلى الساحة لتسمع ما تستطيع قبل أن تندفع تين إلى الأسفل لتخبر عن اختفائها.

لم يكن هناك الكثير.

لم يكن ظلها هو الذي كشفها. لم يُخفِ التمويه الظلال، لذا بقيت في الظل ولم تصدر أي صوت. كانت متأكدة من ذلك. لم تكن حتى تلمس الأرض. ومع ذلك، كانت قد بقيت في الساحة بضع دقائق فقط، فقط بما يكفي لتتعلم الطبيعة المثيرة للاشمئزاز لـ "رسالة" التي كان الثوار يرسلونها إلى السيرافيم، و... رد الإمبراطور-يا إلهي، السماء مظلمة ومضيئة بنجوم الدومينيون، عرض لا يرحم للقوة، ميئوس منها، ميئوس منها- قبل أن يقطع ثياغو حديثه فجأة، ويتحرك على باطني قدميه الذئبيتين، ويرفع رأسه قليلاً، وخياشيمه تنفتح برقة، ويشمّ الهواء.

نظر إليها، وقد تجمدت في مكانها. كانت ساكنة بالفعل، وهي على بعد ياردات، لكنها توقفت عن التنفس وراحت تراقب تلك العينين عديمتي اللون بفزع. لم تستطيعا تحديدهما تماماً، لكنهما ضاقتا.

شمّ مرة أخرى. لم يستطع أن يراها، كانت تعرف ذلك، وكذلك بقية الرفقة الذين تبعوا نظراته. ما زالوا - أغبياء، أغبياء - كانوا يعرفون أنها كانت قريبة كما عرف ثياغو.

كانوا كائنات. يمكنهم أن يشموها.

# 36

# الشعور بالابتسام

أزالت كارو المشبك عند النهر، وتركت سحرها، وشاهدت نفسها تعود إلى الظهور بوضوح مرة أخرى. كانت يدها زرقاء حيث أثر المشبك. إنها كدمة. هل كانت هناك أشياء أكثر إهانة من الكدمة؟

هل كان ثياغو سيكتشف السحر؟ كان ذلك تصرفاً غير حكيم منها. إذا اشتبه في قدرتها على فعل ذلك، فلن يرفع هو وجاسوسته عيونهما عنها مرة أخرى. ناهيك عن أنه إذا اكتشف أنها تستطيع القيام بذلك، سيود معرفة كيفية تحقيقه. كان سيرغب في أن يعرف كل جنوده كيفية تنفيذ ذلك، وألا ينبغي على كارو أن ترغب في ذلك أيضاً إذا كان بإمكانها مساعدتهم؟ مساعدتهم على قتل المزيد من الملائكة وهم نائمون؟

كان هذا ما فعله تانغريس وباشيس. لم يكن أحد يعرف بالضبط كيف؛ فقد كانت لديهما طريقة لسحب الظلال من حولهما ليختبئا بين الأعداء دون أن يراهما أحد، لكن السحر وحده لا يمكن أن يفسر عمليات القتل

الجماعي التي كانت تتم في صمت تام. من الذي نام بعمق إلى درجة أنه لم يستيقظ ليشهق عند قطع رقبته؟ ومع ذلك فقد نام هؤلاء الضحايا بينما كانوا يموتون وتقطع حناجرهم وتُفقد كل الأنفاس من الغرفة حتى لا يبقى سوى أنفاس القتلة.

لم تعرف كارو لماذا كان ذلك يزعجها كثيراً. كان الأمر خالياً من الألم. وكم من الكيميرا قتل هؤلاء الجنود، وبالتأكيد دون رحمة. الرحمة؟ يا لها من فكرة مروعة.

جلست كارو تتجادل مع نفسها، تتمنى بشدة لو كان هناك شخص يمكنها التحدث إليه. كانت هناك صراعات داخلها لم تستطع حلها. هذه الوحشية التي أصبحت جزءاً منها، كانت تتظاهر بأنها مجرد حلم سيئ في محاولة لتجاوز أيامها، لأنها ببساطة لم تستطع التكيف معها.

مع الحرب.

لم تهيئها حياتها ككارو لهذا الأمر بأي حال من الأحوال. كانت الحرب شيئاً من الأخبار، وهي لم تكن تشاهد الأخبار حتى، فقد كانت فظيعة للغاية. وإذا كانت قد اعتقدت أن مادريغال يمكن أن تساعدها، وكأن نفسها العميقة قد تمكنها من تقبل هذا الواقع القبيح، فقد كانت مخطئة في ذلك أيضاً. لماذا فعلت مادريغال ما فعلته، متآمرة مع أكيفا من أجل السلام؟ لأنها لم تكن تتحمّل الحرب حتى عندما كانت الحرب حياتها. لطالما كانت حالمة.

وماذا يحدث في إريتز... لقد جعل المتمردون الأمور أسوأ، أسوأ بكثير. لقد أسقطوا عرين الدبابير. الابتسامات المقطوعة، الحناجر المقطوعة، الكتابات الدموية. ماذا كان يظن ثياغو عندما استهزأ بالإمبراطورية هكذا؟ وكان رد الإمبراطور سريعاً وهائلاً. بالنسبة إلى الكيميرا، ستكون كارثية. القوة الكاملة لدومينيون، أُرسلت لسحق المدنيين؟

ماذا كان يظن ثياغو أنه سيحدث؟ ماذا كانت تظن هي؟

لم تكن تفكر؛ لم تكن تريد أن تعرف، والآن انظروا.

أشعر بالسعادة... أشعر بالسعادة...

خلعت كارو حذاءها ووضعت قدميها في الماء البارد. وعند عودتها إلى القصبة سيبحثون عنها وسيجدونها بسهولة. انتظرت على مرأى من الجميع، وفي لحظة سمعت صوت أجنحة، ثم سقط ظل فوقها. كان ذا قرنين، وللحظة واحدة كان الظل يتماشى مع ظلها فبدا لها أنهما قرناها.

زيري.

كان زيري هو من قام بعملية القطع أثناء دوريته. كانت شفراته المنحنية- تماماً مثل شفراتها الخاصة- مناسبة لذلك؛ لم يكن عليه سوى شد زوايا فم الجثة بلمسة سريعة من معصمه، وانتهى الأمر: الابتسامة المنجزة. وهذا هو ما أصبح عليه ظل كيرين الصغير. استدارت لتنظر إليه. كانت الشمس خلفه؛ كان عليها أن تظلل عينيها. الآن بعد أن وجدها، بدا أنه لا يعرف ماذا يفعل. شاهد نظراته تتنقل على ذراعيها - الكدمات والوشوم المتداخلة- قبل أن يعود بنظره إلى وجهها. "هل أنتِ... بخير؟" سأل، متردداً.

كانت هذه هي الكلمات الأولى التي تحدث بها إليها. لو كانت الكلمات قد جاءت في وقت سابق، لكانت ستبدو سعيدة جداً. منذ أيامها الأولى الخائفة مع المتمردين، كانت تأمل أن يكون صديقاً، حليفاً؛ كانت تعتقد أنها تتعرف على شيء فيه- الرحمة؟ لطفه من أيام صباه؟ حتى الآن، كانت ترى فيه ذلك الولد، بعينيه البنيتين المستديرتين، جاذبيته وخجله. لكنه ابتعد عنها طوال هذه الأسابيع، والآن عندما اختار أخيراً أن يتحدث إليها، لم يعد ذلك يعني شيئاً.

"تبدين..." تلعثم، مرتبكاً. "لا تبدين على ما يرام".

"أوه؟" كان بإمكان كارو أن تضحك. "تخيل ذلك". وقفت، نفضت بنطلونها، والتقطت حذاءها. نظرت إلى زيري. لقد أصبح طويلاً جداً، إلى درجة

أنها اضطرت أن ترفع رأسها. على أحد قرنيه أثر لقطع، عدة حواف مشذبة، وكان من الواضح أن القرن قد أنقذ رأسه من ضربة قاتلة. كان محظوظاً. لقد سمعت الكيميرا الآخرين يقولون ذلك. زيري المحظوظ.

قالت له كارو: "لا داعي للقلق بشأني. في المرة القادمة التي أشعر فيها بالرغبة في الابتسام، أعتقد أنني أعرف من أسأل".

ارتعش وكأنه قد تلقى ضربة على وجهه، وتجاوزته، صاعدة إلى الضفة المغبرة للنهر واتجهت نحو القصبة. لم تطر، بل سارت. لم تكن في عجلة من أمرها للعودة.

* * *

كان وجه شقيق الإمبراطور مقطوعاً إلى نصفين. ندبة ضخمة تمتد من قمة رأسه حتى منتصف وجهه، ملتوية تحت ذقنه ومتوقفة، للأسف، على مسافة قصيرة من حنجرته. لم تكن الندبة مجرد خط رفيع، بل كانت علامة متجعدة، بارزة، تغطي ما تبقى من أنفه وتفصل شفتيه لتكشف عن أسنان مكسورة. لم يعرف أحد كيف أصابته، فقد ادعى أنها ندبة معركة، ولكن الهمسات تناقض روايته -وتنوعها- كان يجعل من المستحيل تحديد ما إذا كان أي منها صحيحاً. حتى هازايل، بمهارته في اكتشاف الأمور، لم يكن لديه أي فكرة.

بغض النظر عن السبب، جعلت الندبة من الصعب تحمل سماع جايل وهو يأكل، حيث كانت الأصوات تشبه إلى حد بعيد كلباً يلعق قوائمه.

حافظ أكيفا على تعبير وجهه خالياً من المشاعر، كما هو الحال دائماً، على الرغم من أنه بدا حقاً كعمل فذ. لا أحد يمكنه إغراء تجعيد الشفاه مثل قائد الدومينيون.

قال جايل بلامبالاة بعد أن ابتلع نصف طائر مدخن بارد مع رشفة من الجعة، دون أن يهتم بمسح قطرات الطعام التي تساقطت من فمه المشوه: "فكر في الأمر كأنه حفلة صيد. حفلة صيد كبيرة جداً. هل تصطاد؟" استفسر من أكيفا.

"لا".

"بالطبع لا. الجنود لا يملكون رفاهية الرياضة، حتى يصبح العدو هو الهدف. أعتقد أنك ستستمتع بذلك".

غير محتمل، فكر أكيفا.

كان الثقل الكامل للدومينيون على أهبة الاستعداد للانقضاض على القوم الفارين من القارة الجنوبية، حيث كان عدة آلاف من الجنود يستعدون الآن لقطع طريق هروبهم إلى أقصى المناطق ثم التقدم شمالاً، وقتل كل شيء حي في طريقهم.

قال جايل: "قلت إن الانسحاب بقواتنا الرئيسية كان مبكراً جداً. لكن أخي لم يعتقد أن الجنوب يشكل تهديداً".

"لم يكن كذلك" قال أورميرود، قائد الفيلق الثاني، الذي كان، حتى الآن، يشرف على هذه الحملة وكان، كما ظن أكيفا، غير سعيد بسبب تغييره. كانوا جالسين على طاولة في خيمته - وليس في مكان أكيفا المعتاد. بعيداً عن ذلك. اللقطاء لا يجلسون على الطاولة العليا أو يتناولون الطعام مع رؤسائهم. كان هنا، رغم دهشته وليس سروره، بناءً على طلب جايل.

"أمير اللقطاء". صرخ القائد عند رؤية أكيفا لدى وصوله. كان أكيفا قد عمل معه في الماضي، وحتى عندما كانت مصالحهما متطابقة -مثل تدمير لوراميندي- كان يكرهه، وكان يدرك أن الشعور كان متبادلاً. ومع ذلك: "يا له من شرف". قال جايل في ذلك الصباح. "لم أكن أظن أنني

سأجدك هنا. يجب عليك أن تنضم إلينا لتناول الإفطار. أنا متأكد بأن لديك آراء حول وضعنا".

أوه، كان لدى أكيفا، ولكن ليس من نوع يمكنه مشاركته على هذه الطاولة "لم يكن الجنوب تهديداً من قبل، وليس الآن". تابع أورميرود، وأعجب أكيفا بصراحته.

وقد يصل الأمر إلى حد الموافقة على هذا الرأي. "إن من يهاجم السيرافيم، ليس هؤلاء الناس العاديون".

"نعم، حسناً. المتمردون يختبئون في مكان ما، أليس كذلك؟" تنهد جايل. "المتمردون. أخي مستاء. إنه يريد فقط أن يخطط لحربه الجديدة. هل ما يطلبه كثير؟ وها هو الرجل العجوز يعود من بين الأموات". ضحك على نكتته، لكن أكيفا لم يضحك.

حرب جديدة؟ بهذه السرعة؟ لن يسأل. الفضول ضعف، وجورام وجايل يستمتعان بإثارة الفضول وتركه يتفاقم دون مكافأة.

أورميرود، على ما يبدو، لم يتعلم هذا الدرس. "أي حرب جديدة؟".

حافظ جايل على عينيه مركّزتين على أكيفا، وكانت نظراته مباشرة، ممتعة، وشخصية. "إنها مفاجأة". قال وهو يبتسم -إن كان يمكنك تسميتها ابتسامة، بالنظر إلى الطريقة التي امتد بها فمه، مظهرة شفتيه المشوهتين.

كانت هناك ابتسامة يمكن للكيميرا تحسينها، فكر أكيفا. ولكن إذا كان جايل يحاول استفزازه، فسيتعين عليه أن يكون أفضل من هذا. لم تكن هناك مفاجأة. من يمكن أن يكون هدف جورام التالي إلا السيرافيم المتمردين الذين أثاروا غضبه لسنوات؟ الستيليانيون.

بالنسبة إلى أكيفا، كان قوم أمه أشباحاً أكثر من هؤلاء المتمردين الذين ظهروا من العدم. لم يمنح جايل أي رضا. فقد كان همه في هذه اللحظة هو المعركة التي بين يديه، وهذه الأراضي الجنوبية التي لم تمس نيران السيرافيم فيها الموت بعد كل شيء أخضر ونام، وكل شيء من جسد وروح. والآن؟ تحرك اليأس من خلاله، لا يهدأ، رافضاً أن يستقر.

فكر في القوم الذين أنقذهم وحذرهم. سيقطعون ويحاصرون ويأسرون ويقتلون. ماذا كان بوسعه أن يفعل؟ عدة آلاف من الدومينيون. لم يكن هناك شيء ليفعله.

كان جايل يقول: "بالنسبة إلى جورام قد يكون الأمر مزعجاً، لكن بالنسبة إلي هذا التمرد نعمة. يجب أن يكون لدينا ما نفعله. أعتقد أن الجندي العاطل هو إهانة للطبيعة. ألا توافقني الرأي أيها الأمير؟".

"لا أتخيل أن الطبيعة تدع لنا فرصة للتفكير سوى بالبكاء عندما ترانا قادمين".

ابتسم جايل. "صحيح تماماً. الأرض تحترق، الوحوش تموت، والأقمار تبكي في السماء لرؤية هذا".

حذّر أكيفا قائلاً: "كن حذراً"، ثم ابتسم ابتسامة رقيقة. "دموع القمر هي التي خلقت الكيميرا في المقام الأول".

منحه جايل نظرة باردة ومتفحصة. "قاتل الوحوش، يتحدث عن أساطير الوحوش. هل تتحدث إلى الوحوش قبل أن تقتلها؟".

"يجب أن يعرف المرء عدوه".

"نعم. يجب أن يعرف". مرة أخرى، تلك النظرة: مباشرة، ممتعة، وشخصية. ماذا تعني؟ كان أكيفا لا شيء بالنسبة إلى جايل سوى أحد أفراد جيش أخيه من اللقطاء.

ولكن عندما انتهى الطعام أخيراً، كان عليه أن يتساءل عن المزيد من الأمور.

دفع جايل كرسيه ووقف. قال لأورميرود: "شكراً على ضيافتك، أيها القائد. سننطلق خلال ساعة". ثم توجه إلى أكيفا. "ابن أخي. دائماً من الممتع رؤيتك". استدار للمغادرة، ثم توقف، وعاد. "أتعلم، ربما لا ينبغي لي الاعتراف بذلك الآن بعد أن أصبحتَ بطلاً، لكنني جادلت من أجل قتلك، في ذلك الوقت. لا آمل أن تكون هناك ضغينة".

متى؟ نظر أكيفا إلى جايل بثبات. متى كانت حياته مطروحة للجدل؟

تحرك أورميرود بعدم راحة وتلعثم ببضع كلمات، لكن لا أكيفا ولا جايل أعطياه أي اهتمام.

قال: "تلوث دمك كما تعلم"، وكأنه كان يجب أن يكون واضحاً. إذاً، أمه، مرة أخرى. لم يقابل أكيفا هذه السخرية باهتمام أكبر مما أبداه في وقت سابق على السخرية من الحرب الجديدة. ولم يكن لديه عن أمه سوى مقتطفات من ذاكرته ومن سخرية الإمبراطور المشفرة: فظيع ما حدث لها.

ماذا كان اهتمام جايل؟ "أخي يؤمن بأن دمه سيثبت أنه الأقوى - فالدم هو القوة وما إلى ذلك - والآن يقول إنه كان على حق. لقد كنت اختباراً ونجحت في الاختبار نجاحاً باهراً، وأفترض أنه لا حجة لك الآن. يا للأسف، يكره المرء أن يكون مخطئاً في هذه الأمور".

بهذا، استدار جايل من دومينيون، ثاني أقوى كيميرا في الإمبراطورية، ليغادر، متوقفاً فقط لفترة قصيرة ليلقي أمراً لأورمرود -"احضر امرأة إلى خيمتي، هل يمكنك؟"- ثم واصل سيره.

شحب وجه أورميرود.

فتح فمه ولكن لم يصدر أي صوت. كان أكيفا هو من وقف. عادت إلى ذهنه كلمات ليراز، و"جميع الفتيات الأخريات" التي تحدثت بها. خطرت له الآن فقط أن أخته قد أعربت عن خوف. ليس مباشرة؛ لم تكن لتفعل، ولكن الآن شعر بالخوف من أجلها، ومن أجل "جميع الفتيات الأخريات" أيضاً. وليس فقط الخوف، بل والغضب. "ليس لدينا نساء هنا". قال. "فقط جنود". توقف جايل. تنهد. "حسناً، لا يمكن للمرء أن يكون متطلباً في معسكر المعركة. سيتعين على واحدة منهن أن تحضر".

* * *

على بُعد عالم، كان الذئب الأبيض يهيئ قواته.

جمعهم في الساحة عند غروب الشمس وأرسلهم في فرق، كل واحدة منها مزودة بالأجنحة. تسع فرق من ستة أفراد، بالإضافة إلى السفينكس، الذين كانوا دائماً فريقاً خاصاً بهم. ستة وخمسون كيميرا. بدا العدد كبيراً جداً في العشور، الكثير من الكدمات، ولكن كارو، وهي تراقب من نافذتها، تخيلتهم في سماء مليئة بقوات الدومينيون وعرفت أنهم لا شيء. تذكرت بريق الشمس على الدروع، وعرض أجنحة السيراف المشتعلة، والمشهد الرهيب للعدو بكامل قوته، وشعرت بالخدر.

ماذا كانوا يأملون، الذهاب بهذه الطريقة؟ كان ذلك انتحاراً.

صعدوا، كأسراب، وطاروا.

لم ينظر زيري إلى نافذتها.

# 37

# انتحار

لم يكن انتحاراً.

لم تتجه الأسراب جنوباً عند مرورها عبر البوابة. لم يطر الستة
والخمسون إلى أقصى الجنوب لمساعدة المخلوقات التي كانت تطل من
خلال مظلة الغابة لترى لماذا تعثرت الشمس وما الذي كانت السماء
توصله إليهم. حقاً، ما الذي كان يمكن أن يفعله ستة وخمسون ضد هذا
العدد الكبير؟ لم يكن الانتحار من طبيعة ثياغو. كان يمكن أن يكون تمريناً
عديم الجدوى، وتدميراً للجنود.

لم يشهد المتمردون هروب الكيميرا وسقوطها المتكرر، ولا لحظات
النهوض المحمومة، وهم يحملون أطفالهم ويسندون كبار السن. لم يروا
معاناة بني جنسهم، ولم يشاهدوا موتهم بالمئات، مطاردين في الغابات
المحترقة، ومقطوعين على مرمى حجر من بر الأمان. ولم يموتوا وهم
يدافعون عنهم، لأنهم ببساطة لم يكونوا هناك.

كانوا في الإمبراطورية، مما تسبب في معاناة خاصة بهم.

قال ثياغو: "ميزتنا الآن ذات شقين. أولاً، إنهم لا يعرفون أين نحن، فهم لا يزالون لا يعرفون من نحن أو ماذا نحن. نحن أشباح. ثانياً، نحن الآن أشباح مجنحة. وبفضل بعثنا الجديد، أصبحت لدينا حرية الحركة أكثر من أي وقت مضى، ويمكننا أن نقطع مسافات أكبر بكثير. لن يبحثوا عنا لنهاجمهم على أرضهم". ساد الصمت قبل أن يضيف، بلطفه الخبيث الذي كان يتميز به: "إن للملائكة بيوتاً أيضاً. الملائكة لديهم نساء وأطفال".

والآن سيصبح عددهم أقل.

*\*\**

تحدّى قائد فريق واحد فقط أوامره: باليروس. لن يدير الثور القنطور الشجاع ظهره لقومه. وبمجرد أن انفصلت الفرق لتتجه إلى المناطق المخصصة لها، ترك الأمر لجنوده ليختاروا ما يشاؤون، فتبعوه بفخر. الدب إكساندر، والغريفون ميناس، وفيا وأزاي، وكلاهما من الهارتكيند كما كان أمير الحرب، وزيري. طاروا جنوباً وأجنحتهم تشق السحب قاطعين المسافات الشاسعة خلفهم. وبقدر ما عبروا بسرعة الأرض التي كانوا يدافعون عنها ذات يوم، كانت رقعة من البلاد ملحمية، ومضى يوم واحد في الطيران قبل أن يروا معاقل الهينترموست من بعيد.

ستة جنود فقط وسط عاصفة من أجنحة العدو -كانت مهمة انتحارية، ولن تنتهي إلا بطريقة واحدة. لقد عرفوا ذلك، وطاروا نحوه وقلوبهم تشتعل ناراً ودماؤهم تخفق، وهم في هلاكهم أكثر حياة من رفاقهم الذين ذهبوا في الاتجاه الآخر مع كل توقع للنجاة.

*\*\**

"إذاً". قال هازايل وهو يقترب بهدوء من أكيفا بينما كانوا ينتظرون الأمر بالطيران.

كانوا يتبعون أورميرود اليوم، وقد تم دمج دورياتهم لتتبع قوات الدومينيون الذين انطلقوا بالفعل.

"ماذا نفعل الآن، يا أخي؟ هل تعتقد أن هناك الكثير من الطيور اليوم؟". طيور؟

استدار أكيفا نحوه. لم يتحدثا أبداً عن الكائنات الكيميرا في الوادي. "لابد أنها كانت طيوراً". هذا ما اتفقا عليه في ذلك الوقت، متظاهرين بعدم رؤية الناس المحتشدين أمامهم مباشرة.

قال أكيفا: "ليس بما يكفي على ما أظن".

"لا، أعتقد ذلك أيضاً." وضع هازايل يده على كتف أكيفا وتركها للحظة. "ربما هناك بعض منها". ثم استدار مبتعداً؛ كانت ليراز قادمة. اعترض طريقها، تاركاً أكيفا لأفكاره.

ربما بعض. ارتفعت معنوياته قليلاً.

وعندما جاء الأمر بالطيران، ترك يأسه في المخيم وأخذ معه فقط حسه بالهدف. لم يخدع نفسه بالتفكير في أنه سيكون يوماً مليئاً بالبطولات.

سيكون يوماً من الموت والرعب، مثل الكثير من الأيام الأخرى، الكثير من الأيام التي مر بها، وجندي واحد أو اثنين من السيرافيم المتمردين لا يمكنهم أن يأملوا في إنقاذ الكثير من الأرواح.

لكن ربما بعض الأرواح، على الأقل.

# 38

# الحتمي

قرقعة المباخر، واصطكاك الأسنان. وأصابع كارو تتحرك بلا توقف بين صوانيها. تنخل وتنسج. أسنان تملأ المكان، للبشر والثيران، رقائق يَشْم وحديد، وأسنان إغوانا كأنها شفرات صغيرة حادة، وعظام خفافيش.

استمرت في عملها حتى وصلت إلى أسنان الظبي، فتوقفت وتطلعت إليها

"لمن هذه الأسنان؟".

تفاجأت كارو، وأغلقت يدها عليها. لقد نسيت وجود تين للحظة، تلك الذئبة التي لا تتوقف عن المراقبة أبداً.

"لأحدٍ ما". قالت كارو بصوت متوتر، وأبعدت الأسنان.

هزت تين كتفيها وعادت إلى خلط البخور.

في لندن، بمتحف التاريخ الطبيعي، وقفت كارو متأملة بجانب الأوريكس ذي القرنين الطويلين للحظات، ويدها تتبع الخطوط على قرنيه، مستذكرةً كيف كان الأمر عندما كانت تحمل هذا الثقل على رأسها.

"بإمكانك أن تعودي لتكوني كيرين". قالت تين، لكن هذه الفكرة لم تطرأ

على بال كارو من قبل. الأسنان لم تكن لها، بل كانت لزيري، ولم ترغب كارو في أخذها. خشيت أن يكون التحضير بمثابة دعوة لموته -كمن يحفر قبراً قبل وفاة أحدهم. الموت كان متوقعاً، ولكن ليس لزيري.

زيري المحظوظ. بشكل لافت للنظر، كان لا يزال في جسده الأصلي. عبر السرعة والمهارة - أو الحظ، كما كان يقول دائماً- لم يُقتل زيري قط. وعلى الرغم من أنها تدرك أن من الغريب أن تهتم بنقاء جسده، فإن كارو فعلت. كان هو آخر أفراد قبيلتها، آخر جسد حقيقي من نوعها. كان في ذلك شيء مقدس، وعندما انطلق في الهجوم الأول، شعرت برهبة باردة في داخلها تتفاقم، ولم تهدأ إلا عندما عاد.

والآن، هي تنتظر مرة أخرى -فقط لتراه، ولتعرف أن الكيرين لا يزال موجوداً في العالم- لكن هذه المرة لم تكن مثل السابقة. هذه المرة، لم تستطع تخيل كيف يمكنه العودة. كلماتها الأخيرة له كانت قاسية جداً، وكأنها تلومه على كل شيء. هل ستحصل على فرصة لتكرر قولها له؟

تنخل وتنسج. أسنان، أسنان.

مرت الساعات وازداد شعور الرهبة في داخلها. الشمس ارتفعت في السماء، تجر خلفها الساعات، ولم يكن يوم في هذا المكان يبدو بطيئاً وثقيلاً كما اليوم. شعرت كارو بأنها قد شاخت بحلول الوقت الذي تحول فيه النهار إلى غسق. وفي كل مرة، كانت تجد أسنان الظبي في راحة يدها.

وفي النهاية، في تلك الليلة في لندن، استخدمت كارو كماشتها لأخذ أسنان الأوريكس. لم يكن الأمر دعوة لموت زيري، بل كانت وسيلة لتحضير نفسها للحتمية. كل جنود الكيميرا يموتون. وربما جاء دور زيري الآن. حاولت أن تتخيل عودته في مبخرة، جسده الحقيقي -آخر جسد كيرين في إريتز- مهجوراً، محطماً أو محترقاً، ووجدت أنها يمكنها تقبل ذلك. طالما أبعدها هذا عن التفكير في الاحتمال الأسوأ: أنه قد لا يعود على الإطلاق

# 39

# المهمة رقم واحد

على طريق غير معبّد في جنوب المغرب، توقفت سيارة فجأة، وخرج منها راكبان مع حقائبهما، قبل أن تبتعد مع غبار متصاعد وصيحات البربر تتمنى لها التوفيق. غطت زوزانا وميك وجهيهما وهما يسعلان. أصبح صوت المحرك خافتاً، وعندما صفا الهواء وتمكنا من النظر حولهما، وجدا نفسيهما على حافة فراغ شاسع. أمالت زوزانا رأسها إلى الخلف. قالت: "يا للسماء. ميك. ما هذه الأضواء المخيفة؟".

نظر ميك إلى أعلى. "أين؟".

أومأت إلى السماء - السماء بأكملها - فحرك نظره ذهاباً وإياباً مرتين قبل أن يستقر عليها ويسأل: "تقصدين... النجوم؟".

"مستحيل. لقد رأيت النجوم. إنها، مثل، تلك النقاط البعيدة في الفضاء. لكن هذه هنا، قريبة".

ما كان خلال ضوء النهار أرضاً قاحلة بلون الغبار غير المتغير، تحول في الظلام إلى سجادة ليلية مبهرجة بالنجوم. ضحك ميك، وضحكت

زوزانا أيضاً، وملأهما الذهول، ورفعا رأسيهما عالياً. "يمكنك اختيار تلك النجوم كما تختار الثمار". قالت زوزانا، ومدّت يدها نحو السماء ملوّحة بأصابعها.

سرعان ما ساد الصمت وأخذا يتطلعان إلى الأرض الوعرة التي أمامهما. بدت كأنها مشهد من وثائقي -وليس من النوع الإيجابي. بصوت مشرق، قال ميك: "لن نموت هناك، أليس كذلك؟".

"لا." كانت زوزانا حازمة. "هذا يحدث فقط في الأفلام".

"صحيح. في الحياة الواقعية، لا يموت سكان المدينة الأغبياء في الصحراء ويصبحون هياكل عظمية مشوهة-".

وأضافت زوزانا: "ويسحقون تحت حوافر الإبل".

قال ميك، بنبرة أقل تأكيداً: "لا أعتقد أن للجمال حوافر".

"حسناً، مهما كانت، كنت سأقبّل جملاً الآن. كان يجب علينا أن نحصل على بعض الجمال".

وافقها الرأي: "أنت محقة. لنعد أدراجنا".

تنفست زوزانا بصوت ساخر. "حقاً، يا مستكشف الصحراء الشجاع. نحن هنا منذ أقل من خمس دقائق".

"صحيح، وأين نحن هنا، بالضبط؟ كيف تعرفين أن هذا هو المكان الصحيح؟ كل شيء يبدو متماثلاً".

رفعت خريطة مليئة بالحبر الأحمر وتغطيها الملاحظات اللاصقة. لم تكن تبدو شيئاً يبعث على الثقة. "هنا- هنا. ألا تثق بي؟".

تردد ميك. "بالطبع أثق بكِ. أعلم كم من الجهد بذلته في هذا، لكن... ليس هذا بالضبط مجال خبرتنا".

قالت زوزانا: "من فضلك. أنا خبيرة الآن". كانت ستتفوق في أي اختبار

عن جنوب المغرب بعد البحث الذي قامت به، واعتقدت أنها يجب أن تكون مؤهلة للحصول على لقب بدوية فخرية لجهودها. "أعلم أن هذا هو المكان الذي تتواجد فيه. أنا متأكدة من ذلك. هيا، لقد تعلمتُ حتى كيفية استخدام البوصلة. لدينا ماء لدينا طعام. لدينا هاتف". نظرت إلى هاتفها. "والذي لا يلتقط إشارة. لدينا ماء. لدينا طعام. وأخبرنا الناس إلى أين نحن ذاهبون. نوعاً ما. ما هي المخاطرة؟".

"تعنين، بخلاف... الوحوش؟".

"أوه، الوحوش". كانت زوزانا تتجاهل ذلك. "لقد رأيت دفاتر رسم كارو. إنها وحوش لطيفة".

"وحوش لطيفة". كرر ميك، محدقاً في البرية المتلألئة بالنجوم. احتضنت زوزانا خصره. قالت بلطف: "لقد قطعنا كل هذا الطريق. يمكن أن تكون واحدة من مهامك".

لقد انتفض عند ذلك. "أتعنين مهام الحكايات الخرافية؟".

أومأت برأسها.

"حسناً، إذاً. في هذه الحالة، علينا أن نتحرك". رفع حقيبته على كتفه وساعدها في إدخال ذراعيها عبر أحزمة حقيبتها.

خرجا عن الطريق، وكان كل شيء أمامهما.

قال ميك: "ربما كان يجب أن أسأل من قبل. لكن كم عدد المهام هناك؟".

"دائماً ما تكون ثلاثاً. هيا، يجب أن نقطع حوالي اثني عشر ميلاً". تجعد وجهها. "صعوداً".

"اثنا عشر ميلاً؟ حبيبتي، هل مشيتِ من قبل اثني عشر ميلاً؟".

قالت زوزانا: "بالطبع. تراكمياً".

ضحك ميك وهز رأسه. "لحسن الحظ أنك تركتِ خفّيكِ خلفك".

"إنهما في حقيبتكَ".

"حقيبتي-؟". هز ميك كتفيه إلى أعلى وإلى أسفل، يرفع حقيبته وحافظة الكمان المتصلة بها. "كنت أظن أنها أثقل".

بدت زوزانا بريئة. كانت ترتدي حذاء عملياً. كان حذاء رياضياً، لكن نعلها الرغوي كان أكثر سمكاً مما هو ضروري، ناهيك عن أنها مزينة بخطوط حمار الوحش. جذبت يد ميك واندفعت إلى الصحراء. كانا مملوءين بإثارة المغامرة، لكن زوزانا كانت تطلق همهمة، بسبب حماستها الشديدة. كانت ستلتقي بصديقتها مرة أخرى.

ناهيك عن قلعة رملية عملاقة.

مليئة بالوحوش.

# 40

# خطأ

حلّ الليل مجدداً فوق القلعة، وكانت النجوم تتحرك ببطء كأنها تراقب
الأرواح المتأرجحة بين الحياة والموت.

أغرقت كارو نفسها في العمل، تتسارع وتيرتها في بناء الأجساد، تحاول
أن تتجاهل الشعور بأنها تبدأ من جديد. كان من الصعب ألا تشعر بذلك مع
هذه الاحتمالات القاتمة.

قد يستغرق الأمر أياماً قبل أن يعرفوا أي شيء. كان الطريق طويلاً
للغاية إلى أقصى الجنوب، مع كل الأراضي الحرة والقارة الجنوبية الشاسعة
بين هنا وهناك. ومن دون الأجنحة، كان يمكن أن يستغرق الأمر عدة أسابيع
من المشي على اليابسة، لكن المشي على اليابسة كان شيئاً من الماضي،
والحمد لله على ذلك. تذكر كارو، عندما كانت مادريغال، أنها كانت تتذمر
من الوتيرة التي لا تطاق لكتائبها. لكن مع وجود الأجنحة، واعتماداً على ما
حدث، يمكن أن تعود الدوريات في غضون أيام.

أو ربما لا تعود أبداً.

إن احتمال عدم عودة أي شخص على الإطلاق يبدو حقيقياً جداً، وإن الإجهاد الناجم عن معرفة ذلك، والانتظار، وانتظار معرفة شيء ما دون أن تعرفه بالفعل، كان قديماً قدم الحرب نفسها، وكان أسوأ أنواع الفهم التدريجي البائس والممل الذي يمكن أن تفكر فيه.

لذا، عندما سمعتْ هي نداء الحارس فجراً، تفاجأت -كان الأمر مبكراً للغاية - قفزت خارج النافذة بخطوة سريعة، وما زالت تمسك بخيط من الأسنان في يدها. قفزت على الحاجز بأطراف أصابعها وواصلت الصعود نحو السماء. بالكاد مضت ست وثلاثون ساعة، حتى رأت أشكالاً في الأفق، دورية كاملة. بدا الأمر وكأنه معجزة.

دقيقة أخرى وكانت قريبة بما يكفي لتتعرف على ضخامة أمزالاغ. كان فريقه هو العائد.

إذاً، زيري لم يعد بعد.

ومع ذلك، تجاهلت خيبة أملها، وسعدت على الأقل برؤية أمزالاغ، وتعجبت فقط من أن فريقاً - أي فريق، إن لم يكن الفريق الذي كانت تأمله كثيراً - قد عاد سليماً من مثل هذا القتال، وبهذه السرعة! استقرت لتجلس على بلاط سطح القصر الأخضر وتراقبهم وهم يهبطون.

خرج ثياغو لمقابلتهم كما كان يفعل دائماً، ممسكاً بأذرعهم ولا يبدو عليه أنه مسرور أو مندهش.

لم تستطع أن تسمع ما قالوه، لكنها استطاعت أن ترى أن أكمام الجنود كانت مغطاة بالدماء.

وصلت دورية أخرى، ثم أخرى.

ارتفعت الشمس، وعادت الفرق الواحد تلو الآخر، وبدأت المعجزة تبدو مشبوهة. كيف يمكن أن يعودوا جميعاً دون خسائر؟ بحلول منتصف

الصباح، كانت كل الفرق قد عادت باستثناء فريق باليروس، وكارو تكاد تختنق بسبب غصة في حلقها.

سألت تين التي تحاول التركيز في العمل: "إلى أين ذهبوا؟".

"ماذا تعنين؟ لقد ذهبوا إلى الهينترموست". أجابت الذئبة، لكن كارو كانت تعلم أن هذا كذب. بغض النظر عن حقيقة أنهم عادوا مبكراً جداً، وعلى قيد الحياة أيضاً، والجو العام كان سيئاً، وثقيلاً.

من مكانها، رأت الجندي فيركو، بقرنيه اللولبيين اللذين ذكراها قليلاً ببريمستون، يسير إلى خلف الجدار ويسقط على ركبتيه للتقيؤ. تردد صوت تقيؤه في الساحة حيث كانت الفرقة الأخرى تتجول بصمت غريب، وكأنهم يتجنبون النظر إلى بعضهم البعض.

كان أمزالاغ جالساً تحت القنطرة ينظف سيفه، وعندما نظرت كارو إلى الأسفل بعد ساعة أو أكثر، كان لا يزال ينظفه، بحركات متوترة وغاضبة.

ومع ذلك، فإن المنظر الذي جعل فم كارو يمتلئ باللعاب الحلو الذي يسبق التقيؤ، كان رازور. أياً كان ما يفعله الفريقان خلال اليوم ونصف اليوم الماضي - وهو وقت لم يكن كافياً بأي حال من الأحوال للوصول إلى أقصى الداخل والعودة - فقد أضاف تبختراً إلى خطوته الزاحفة الناعمة الهامسة، وكان يحمل كيساً. كان كيساً قماشياً بني اللون، ثقيلاً وممتلئاً، و... ملطخاً ببعض السوائل المتسربة، لونه غير محدد، بسبب لون الكيس البني. عرفت كارو وهي تقاوم الكمامة، ما هو السائل المتسرب ولونه، ومهما لامت نفسها على جهلها المتعمد قبل يومين، فإنها لم تكن تريد أن تعرف أكثر من ذلك.

وجدت أسنان الظبي مرة أخرى في يدها ووضعتها أرضاً. واصلت السير نحو النافذة. صرخت تين في وجهها لعدم وجود هدف، لكنها لم تستطع التركيز. كان هذا خطأ.

خطأ.

خطأ.

وأخيراً، عند تراجع حرارة اليوم، نادى الحارس مرة أخرى زيري. قفزت كارو من النافذة وانطلقت في الهواء. كانت السماء زرقاء كحجر من الكوبالت، بلا سحب أو عمق، لا تخفي أي شيء.

كانت فارغة أيضاً. التفتت نحو برج الحراسة، مشوشة. كانت أورا تقف في موقعها، ولم تكن تنظر حتى نحو البوابة. ظهر الذئب بجانبها، وأشارت أورا إلى الأسفل، نحو المسافة البعيدة. كان على كارو أن تضيق عينيها لتتبين ما ينظرون إليه، وعندما رأت، تمتمت: "لا. لا، لا، لا".

كان هناك بشريان، يتأرجحان وهما يصعدان الصخور.

كانا يتجهان مباشرة نحو القصبة.

# 41

## كيمياء مجنونة

وفي هذه المرة، عندما أتت إليهم الملائكة، فتشت سفيفا عيونهم فلم تجد ناراً، ومسحت دروعهم فلم تر زنابق. ملائكة مختلفة. يا لسوء حظهم. في أن يقتربوا من الأمان...

لقد اعتقدت حقاً أنهم نجحوا في الوصول. كانت الجبال كبيرة جداً، وظلت تبدو أقرب مما كانت عليه، وفي متناول اليد. ثم في أعلى منحدر كان يجب أن يكون الأخير - آخر تل قبل أن تنحني الأرض إلى تلك الطيات الغرانيتية العظيمة التي كانت مثل جدران العالم - كان هناك وادٍ آخر يتثاءب عند أقدامهم. فسحة أخرى ليعبروها، ومرتفع آخر ليتسلقوه. كان الأمر أشبه بالخدعة.

لكن هذه المرة، شعرت سفيفا بأنهم أخيراً على مشارف النهاية. استطاعت أن ترى المكان الذي تتلاقى فيه صفوف من الصخور المنتفخة مع مرج أخضر.

كانت قد قالت قبل دقيقتين فقط وهي تبتسم مع الآخرين: "إنها تبدو كأصابع قدم كبيرة سمينة". وكانت قد دوّرت ليل، وضحكت الطفلة. كانت تغني "أصابع قدم الجبل. لقد وصلنا إلى أصابع قدمي الجبل!"، وكانت تقفز محتضنة الكابرين الصغيرة إلى صدرها وهي لا تزال تغني هراءها السعيد - "أتساءل عما إذا كان نتناً بين أصابع قدمي الجبل" - عندما صرخت سارازال: "سفي!".

وحين رفعت بصرها، كانوا هناك. ملائكة. الملائكة الخطأ.

ورغم كل شيء، شَدَّت سفيفا نفسها في مكانٍ ما بين الكراهية والأمل، مكان لم يكن له وجود قبل أيام قليلة فقط. لقد لاقت الرحمة مرة واحدة؛ فهل من الممكن أن تتكرر؟.

اكتشفت سفيفا أن الرحمة تصنع كيمياء مجنونة: قطرة منها يمكن أن تخفف بحيرة من الكراهية. بسبب ما حدث في الوادي، أصبح السيرافيم أكثر من مجرد عبيد وقتَلَة مجنحين بلا وجوه بالنسبة إليها.

ومع ذلك، عندما اقترب هؤلاء السيرافيم، وسيوفهم ملطخة بالدماء ولا رحمة في عيونهم، لم تجد صعوبة في الصراخ: "اقتلهم!".

انطلق راث بسرعة.

لم تره الملائكة. كانا تقريباً يبتسمان بسخرية، هذا الثنائي ببدلتيهما الرائعتين. رأيا قطيعاً من الكابرين، وبعض الداما، وكبار السن من هارتكيند - قتلٌ سهل للجميع.

أما الداشناغ؟ كان آخر من صعد المرتفع؛ لم يروه حتى أصبح بين أيديهم، يجرّهم إلى الأرض، يشتبك معهم، ويمزقهم.

كانوا يصرخون.

لم ترد سفيفا أن تشاهد، لكنها أجبرت نفسها على ذلك، ولهذا رأت أحدهم يحرر ذراعه ويرفع سيفه، ضارباً به ظهر راث. دفعت ليل نحو سارازال

واندفعت نحوهم بسكين العبيد، وطعنته. طعنته في الفجوة التي تركها درع الملاك مكشوفة، تحت إبطه، بعمق، فأسقط سيفه.

ومات.

هكذا يكون الشعور، فكرت بينما تحولت جرأتها إلى رعشة. إنه شعور فظيع. كان سكينها زلقاً وكان شعورها يتصاعد. أمسكت سارازال بكتفها. "سفيفا، هيا!" نادت بلهجة ملحة. ثم غرقوا جميعهم في الظلال، ظلال تدور وتنسج من حولهم. المزيد من الملائكة في السماء. رفعت سفيفا رأسها لتراهم.

الكثير من الملائكة.

زأر راث. نظرت سفيفا إلى شقيقتها، إلى ليل، إلى نور التي كانت تمد ذراعيها محاولةً الوصول إلى طفلها، إلى كل كابرين الآخرين وزوج هارتكيند العجوز، وتمسكت بسكينها وأشارت إلى الأحجار البعيدة. "اركضوا!" صرخت. ففعلوا.

وقفت إلى جانب راث.

انظر إلي، فكرت بفخر بارد وغريب. كل شيء كان حاداً وواضحاً. الطعن كان فظيعاً، ولم تكن لتصدق أنها ستقف عندما تستطيع أن تركض. كانت تحب الركض، لكن الوقوف كان شعوراً جيداً أيضاً. نظرت إلى راث. نظر إليها. فكرت أنه قد يحثها على الذهاب، لكنه لم يفعل. ربما كان يعرف أن الأمر لن يهم، وأنه لا يوجد أمان، ولكن ربما... ربما أحب ألا يكون وحيداً. كان، بعد كل شيء، مجرد فتى.

ابتسمت سفيفا له، ووقفا معاً، قريبين جداً من نهاية رحلتهما إلى درجة أنهما كانا يشعران برذاذ الشلالات من الأعلى، لكنهما كانا الآن في ظلال الملائكة، وليس من المرجح أن يخرجا منها مرة أخرى.

ما لم تكن هناك معجزة أخرى بالطبع.

عندما ظهرت الأشكال عند خط الأشجار، لم تصدق سفيفا ذلك تقريباً. لو لم ترهم من قبل، لكانت خافت منهم كما كانت تخاف من الملائكة. كانوا أكثر رعباً من الملائكة بكثير.

كانوا متمردين. كانوا كيميرا.

منقذون.

كان الأمر يشبه تلك الليلة في قافلة العبيد، لكن شمس النهار قد أشرقت، استطاعت أن تراهم بوضوح. تعرفت على بعضهم: كان هناك الغريفون الذي فك قيدها، والقنطور البغل الذي فك الحطام المعدني الذي قيد سارازال. بحثت سيفيفا عن الآخر - الوسيم ذو القرنين الذي منحها هذا السكين - لكنها لم تره.

كان المتمردون خمسة ضد ثلاثة أضعاف ذلك العدد، لكنهم مزقوا السيرافيم مثل كارثة.

بعد الصدام الأول، وسقوط الأجساد الأولى - الأعداء جميعاً - التفت راث إلى سفيفا وحثها على الذهاب. كانت عيناه تشتعلان. "كنت أعلم أنهم سيعودون". قال بحماسة. "كنت أعلم أنهم لن يتركونا. سفيفا، اذهبي. الحقِي بالآخرين. اعتني بهم، وأخبريهم أني قلت وداعاً". وضع يده الكبيرة ذات المخالب على كتفها. "حظاً سعيداً".

"وماذا عنك؟".

"قلت لك من قبل، كنت أبحث عن المتمردين". كان سعيداً؛ عرفت أن هذا ما أراده طوال الوقت. قال: "سأنضم إليهم".

وفعل. عندما هربت سفيفا، بقي راث وقاتل مع المتمردين.

ومات معهم، هناك عند أصابع الجبال. وجُرَّ معهم إلى كومة كبيرة.

وحُرِق.

# 42

## زيري المحظوظ

قال هازايل "هيا. لا يمكننا القيام بأكثر من ذلك الآن".

أكثر من ذلك؟ هذا يعني أنهم فعلوا شيئاً ما. ولكنهم لم يجدوا أي فرصة؛ فقد كان هناك العديد من قوات الدومينيون، والأرض المفتوحة واسعة جداً. هز أكيفا رأسه دون أن يتحدث. ربما كان طيرانه الليلي قد دفع بعض الناس للخروج من أماكنهم، أو ربما جعلهم يفرون إلى الوديان والأنفاق قبل أن تصل الملائكة. لن يعرف أبداً. كل ما يعرفه هو المشهد الذي أمامه الآن.

كانت السماء زرقاء نقية، صافيه كجبالها. الدخان ما زال محصوراً في أعمدة رفيعة هنا وهناك.

من هذا الموقع المرتفع، تحول العالم إلى شبكة من قمم الأشجار والمروج، وكانت الأنهار المتدفقة تحت الشمس كأوردة من الضوء النقي تتلوى عبر التلال. الجبال والسماء، والأشجار والجداول، ولمعان الأجنحة وهي تتحرك بين المواقع، ملتهبة بالنيران.

كان هذا المكان رطباً ومغطى بالسرخس: ضباب خفيف وشلالات. لم يكن من السهل أن يشتعل.

في هذا المكان، ومع هذا المنظر، كان من الصعب تصديق ما حدث هنا اليوم. لكن بقع الدماء كانت كفيلة بكشف الحقيقة.

كان هناك الكثير منها. يمكن لطيور الجيف أن تشم رائحة الدم في الهواء من على بعد أميال. وبالحكم على أعدادها - ومن خلال الحماسة المرتعشة التي تتسم بها دواماتهم البطيئة عادة - كان هناك الكثير منها في الهواء اليوم.

قال أكيفا يائساً: "وها هي طيورنا".

فهم هازايل المقصود. قال: "أنا متأكد من أن بعضهم وصل إلى بر الأمان". ثم أدرك أكيفا أن ليراز كانت حاضرة. كانت تنظر إليهما. انتظر أن تقول شيئاً، لكنها فقط ابتعدت، ونظرت إلى القمم.

قالت: "يقولون إنه لا يمكنك الطيران فوقها. الرياح قوية جداً. فقط صيادو العواصف يستطيعون النجاة منها".

قال هازايل: "أتساءل ما الذي يوجد على الجانب الآخر".

"ربما يكون مرآة لهذا الجانب، ويكون السيرافيم هناك قد طاردوا الكيميرا إلى الأنفاق أيضاً، ويلتقون في الظلام، ليكتشفوا أنه لا يوجد مكان آمن في العالم، ولا نهاية سعيدة".

قال هازايل، بتفاؤل مفرط: "أو ربما لا يوجد سيرافيم على ذلك الجانب، وتكون هناك النهاية السعيدة. وليس هنا".

أدارت وجهها عن القمم بشكل مفاجئ. تحولت نبرتها التي كانت بعيدة بشكل غريب، إلى نبرة حادة. "أنت لا تريد أن تكون واحداً منا بعد الآن، أليس كذلك؟" كانت نظراتها تنتقل بينهما ذهاباً وإياباً. "هل تعتقد أنني لا أستطيع أن أرى ذلك؟".

زمّ هازايل شفتيه، ونظر إلى أكيفا. قال: "ما زلت أريد أن أكون واحداً منا".

قال أكيفا: "وأنا أيضاً. دائماً". عاد بذاكرته إلى تلك اللحظة في السماء فوق العالم الآخر، حين أوقف الثنائي في سعيهما وراء كارو وأجبر نفسه أخيراً على الاعتراف لهما بالحقيقة. أنه أحب كيميرا، وحلم بحياة مختلفة. راهن حينها على أن أخته كانت أكثر من مجرد سلاح الإمبراطور، وإذا كانت قد رفضت فكرة التناغم، فعلى الأقل لم تتحول ضده. هل يظن أنه الوحيد الذي سئم من الموت؟ انظر إلى هازايل. كم عدد الآخرين؟ قال: "لكننا أفضل".

سألت ليراز: "نحن أفضل؟ انظر إلينا يا أكيفا". رفعت يديها لإظهار حبرها. "لا يمكننا التظاهر. نحن نرتدي ما فعلناه".

"علامات القتل فقط. لا توجد علامات للرحمة".

قالت: "حتى لو كانت هناك، ما كنت لأحمل أياً منها". نظر إليها أكيفا، ورأى في عينيها نوعاً من الألم. "كل ما عليك فعله هو أن تبدئي، يا لير. الرحمة تولّد الرحمة كما أن القتل يولّد القتل. لا يمكننا أن نتوقع أن يكون العالم أفضل مما نصنعه."

"لا". قالت بصوت خافت، وللحظة شعر أكيفا أنها ستقول المزيد، ربما تطلب أسراره أو تعترف بأسرارها. لكن عندما استدارت، كان كل ما قالته هو: "لنذهب. إنهم يحرقون الجثث، ولا أريد أن أشم رائحة الدخان."

\* \* \*

راقب زيري النيران. كان في أعلى المنحدر على سلسلة من التلال، في أمان بين الأشجار.

أمان. بدت الكلمة له سخيفة. لم يعد هناك أمان. وكأن الملائكة قررت أن تشعل العالم بأسره وتنهي كل شيء. الأشياء التي رآها تحترق في الأشهر

الأخيرة كانت مرعبة: مزارع، وأنهار كاملة مغطاة بالنفط. أطفال يركضون، بسرعة، ويصرخون – والنيران تشتعل بهم – حتى لم يعودوا قادرين على الركض أو الصراخ. والآن، أصدقاؤه.

كانت يده على مقبض سكينه قوية جداً إلى درجة أنه شعر وكأن أصابعه ستخترق الجلد إلى الفولاذ الموجود تحته ومن خلاله أيضاً. الأمان، فكر مرة أخرى. كان الأمر أسوأ من السخافة بل كان تدنيساً. لقد كان هذا أيضاً ما أوكل إليه في هذه المهمة: أن يكون آمناً.

باليروس قد أمره بالاختباء.

في كل اشتباك كان يجب أن يكون هناك شخص ما في الخلف، مكلف بالأمان ضد مثل هذا الاحتمال، ليحصد أرواح الآخرين إذا ما قُتلوا. لقد كان ذلك شرفاً وأمانة عميقة - أن يحمل خلود رفاقه بين يديه - وكان ذلك عذاباً.

زيري المحظوظ، فكر بمرارة. كان يعرف لماذا اختاره باليروس. فقد كان من النادر أن يكون الجندي بجسده الطبيعي؛ وكان القائد قد أراد أن يعطيه فرصة للاحتفاظ به. وكأنه كان يهتم بذلك. أن يكون الشخص الذي بقي على قيد الحياة كان شيئاً أسوأ. كان عليه أن يشاهد المذبحة ولا يفعل شيئاً. حتى ذلك الفتى الداشناغ كان قد قاتل - وبصورة جيدة ولكن ليس زيري، على الرغم من أن عقله وجسده كانا يصرخان ليطيرا في المعركة.

المرة الوحيدة التي سمح لنفسه بالخروج كانت لقتل أحد السيرافيم الذين كانوا يطاردون الفتاة الصغيرة من نوع داما، القنطور الغزال، الجميلة كدمية. كانت نفس الفتاة التي ساعد في تحريرها من تجار الرقيق في تلال مارازيل، وكانت تحمل السكين الذي أعطاها إياه. لتفكر في أنهم جاؤوا من بعيد وكادوا يموتون هنا.

رأى مجموعة منهم، من داما وكابرين، يختفون في شق في الصخور، وكان ذلك شيئاً صلباً يمكن التمسك به بينما كان يشاهد رفاقه يموتون. ليعرف أن هذا لم يكن عبثاً.

وكان الخمسة قد حصدوا خمسة أضعاف الأرواح التي قدموها، وأضاف الفتى الداشناغ إلى العدد. كان زيري قد شاهد السيرافيم وهم يتثاءبون ويشيرون إلى الجثث - وخاصة إكساندر، الذي استغرق الأمر ثلاثة منهم لسحبه عندما وصل الأمر إلى ذلك. سحبوا الجثث إلى كومة، ثم، وهم جزارون غير مقدسين، قطعوا أيديهم قبل أن يشعلوا فيها النار، قطعوها واحتفظوا بها - لماذا؟ كغنائم؟ - ثم أشعلوا النار في المكان كله، وشاهدوا النيران تلتهم البقايا المشوهة.

كان زيري يشم رائحتهم الآن - ممزوجة برائحة الفراء والقرون المحترقة واللحم المحترق - وتخيل أرواح رفاقه تحوم في الفضاء محافظة على اتصال ضعيف مع أجسادهم المحترقة لأطول فترة ممكنة.

لم يعد بإمكانه الانتظار طويلاً. الحرق يُسرع التلاشي، وقد مرت ساعات بالفعل. قريباً سيكون الوقت قد فات. إذا كان لدى زيري أمل في إنقاذ رفاقه، فعليه أن يفعل ذلك الآن.

تأخر الملائكة من الصباح إلى ما بعد الظهر، ولكن أخيراً كانوا يمضون، ويحلقون في السماء بكل ما فيهم من نعمة مقيتة، ويطيرون بعيداً.

تحرك بثبات نحو المنحدر، متجهاً إلى الغطاء الأكثر كثافة، وفي الوقت الذي وصل فيه إلى حافة السماء، كان العدو قد غادر الأفق. تفحص السماء. كان حريق السيرافيم شيئاً جهنمياً يشتعل بشدة إلى درجة أن الأجساد تآكلت وتلاشت. الرياح كانت ترتفع، تحرك كومة الرماد، وتحملها إلى عيني زيري، والأسوأ: تفرق ما تبقى من الأرواح التي كانت تتعلق به. أشعل أربع

أقماع من البخور في علبة البخور الخاصة به وأمسكها بثبات. خمسة جنود ومتطوع واحد. كان يأمل أن يكون قد جمعهم جميعاً، والفتى أيضاً.

لقد فعل كل ما في وسعه.

أغلق علبة البخور، وأعاد العصا إلى حلقتها على ظهره. مسح السماء بنظره. كانت فارغة، لكنه كان يعلم أنه يجب عليه الانتظار حتى الظلام للطيران- المزيد من الاختباء، المزيد من الانتظار. قوات الدومينيون كانت في كل مكان، لا تزال تنشر رسالة الإمبراطور بكفاءة رهيبة، وكما رأى... يستمتعون بذلك.

في البداية، خلال الهجوم الافتتاحي للمتمردين، كان زيري يكره قطع الابتسامات من على وجوه الأعداء، لكن الآن، كل ما كان يمكن أن يفكر فيه هو أن الفرح الأسود للملائكة يجب أن يُجابَه.

وماذا لو أثار فعل الجواب فرحة سوداء من تلقاء نفسه؟ ما رأي كارو في ذلك؟ لا.

دفع زيري الفكرة جانباً. لم يفرح بذلك، لكنه لم يستطع أن يلوم كارو على ازدرائها. لقد أدهشه، في النهر، كيف جرحه ذلك بعمق - كيف نظرت إليه وكيف ابتعدت عنه. كان قد غطى خجله بالغضب في تلك اللحظة - من كانت هي لتزدريه - ولكنه لم يعد يستطيع أن يخدع نفسه بعد الآن. عندما سحب باليروس الدورية جانباً ليسألهم إن كانوا معه - إن كانوا يرغبون في ذبح المدنيين الأعداء أو مساعدة مدنييهم - كان أول ما فكر فيه زيري هو كارو، أن يمحو ازدراءها ويستبدل به شيئاً آخر. الاحترام؟ الموافقة؟ الفخر؟

ربما كان لا يزال ذلك الصبي الصغير المتيّم بالحب بعد كل شيء.

هز زيري رأسه. استدار عائداً نحو غطاء الأشجار. ورآهم يقفون هناك يراقبونه: ثلاثة ملائكة بأذرع متشابكة.

# 43

# قصة مسلية

قال زيري: "أنت".

وكثيراً ما كان يقال إن جميع السيرافيم يتشابهون في الشكل، مع تشابه الأجزاء التي يتكونون منها، ولكن أي كيميرا يعرف هذا الملاك بمجرد النظر إليه. كانت الندبة التي شقت وجهه فريدة من نوعها.

أطلق زيري صفيراً وقال: "انتظر حتى يسمع أصدقائي أنني قتلت قائد الدومينيون. لن يصدقوا ذلك".

ضحك جايل. كان صوته عميقاً. تقدم إلى الأمام، وانتشر جنوده ليطوقوا زيري. لم يزعجه ثلاثة ملائكة كثيراً، حتى لو كان أحدهم شقيق الإمبراطور. يمكنه التعامل مع الثلاثة. سمع صوتاً خلفه ونظر إلى الوراء ليرى ستة آخرين يخرجون من الغابة البعيدة. آه. وعندما التفت إلى الخلف، وجد ثلاثة آخرين خلف جايل. أصبح العدد اثني عشر.

هو الموت، إذاً.

على الأرجح.

قال زيري لجايل: "هل تعلم أن كل جندي من جنود الكيميرا يدعي أنه من أعطاكِ تلك الندبة. إنها لعبة نلعبها عندما نشعر بالملل، من يستطيع أن يأتي بأفضل قصة. هل تريد أن تسمع قصتي؟".

رد جايل: "كل جندي من جنود الكيميرا؟ وكم يبلغ عددهم هذه الأيام؟ أربعة؟ خمسة؟".

"نعم، حسناً. إن الكيميرا الواحد يساوي"- قام بادعاء العدّ وهو يبتسم – "ما لا يقل عن اثني عشر سيرافيم. لذا يجب أن يؤخذ ذلك في الاعتبار". كان قد سحب سيفه عند رؤيته لهم. لقد أفسحوا له مجالاً واسعاً الآن، لكنه كان يعلم أنهم سيقتربون منه ويحاولون النيل منه. ورحب بذلك. كانت كل آلام الساعات الماضية تنبض بالحياة في يديه - كان هناك زئير حار حيث أمسك بمقابض سيفيه. قال: "القصة تسير على هذا النحو. كنا نتناول العشاء معاً، أنا وأنت، كما نفعل من وقت إلى آخر.

كان طائر الغريمغروس، متبلاً أكثر من اللازم. لقد قتلت الطباخ بسبب ذلك المزاج". وأضاف، كجانب تعليمي: "أتعلم، في القصة، تفاصيل كهذه هي التي تجعلها تبدو حقيقية على أي حال، لقد علقت عظمة في شاربك. هل ذكرتُ أن لديك شارباً؟".

لم يكن لجايل شارب. استشعر زيري من حوله أن الدومينيون يضيقون عليه. وقف جايل على مسافة آمنة، وقد بدا على وجهه التحفظ المدروس. قال: "هل كان لدي".

"أنموذج حزين، ضعيف، لكن لا يهم. ذهبتُ لقطع العظم، باستخدام سيفك، وكان ذلك خطئي هناك. إنه أكبر بكثير مما اعتدت عليه".

رفع هلاله ليوضح وجهة نظره. "و، حسناً، لقد أخطأت، بشكل مذهل حقاً، على الرغم من أنني أقول دائماً: ليتني أخطأت في الاتجاه الآخر".

لقد قلد قطع الحنجرة. "لا شيء شخصي".

"بالطبع لا". رد جايل وهو يمرر إصبعه برفق على الندبة الطويلة والمشوهة التي تقسم وجهه. "هل تريد أن تعرف كيف حصلتُ عليها حقاً؟".

"لا، شكراً لك. أنا على وشك تصديق روايتي الخاصة". وميض حركة. خلف زيري جندي؛ كان يدور وسيوفه تومض وأشعة الشمس ساطعة وتلمع على طول منحنياتها المشحوذة جيداً. كان الفولاذ يريد الدم وكذلك هو. تراجع الجندي.

قال جايل: "يمكنك أن تخفض سلاحك، لن نقتلك".

رد زيري: "أعرف، لأنني أنا من سيقتلكم".

اعتقدوا أن هذه مزحة. ضحك العديد منهم. ولكن ليس لوقت طويل كان زيري مشوشاً. لقد استهدف الضاحكين أولاً، وكان اثنان من الملائكة في عداد الموتى حيث وقفا، وقد انفتحت حناجرهما قبل أن يتمكن الآخرون من سحب أسلحتهم.

لو كان أي منهم قد حارب كيرين من قبل، لما شعروا بمثل هذه الراحة في عددهم ليقفوا بالقرب منه وسيوفهم مغمدة. حسناً، خرجت سيوفهم بسرعة الآن. وسقطت الجثتان على الأرض، وكان ملاكان آخران ينزفان قبل أن يقرع الفولاذ على الفولاذ. ثم كانت المعركة. نيثيلام، كما سماها السيرافيم. فوضى.

رغم أن زيري كان في مواجهة عدد يفوقه، إلا أنه حول ذلك إلى ميزة لصالحه. تحرك بسرعة مذهلة، مستعرضاً مهاراته في استخدام السيوف الهلالية الدوارة، حتى إن السيرافيم بالكاد تمكنوا من تتبعه.

كان يتحرك بخفة، وهم يلاحقونه، مما جعلهم يتعثرون بضربات بعضهم البعض.

أما هو، فكانت مهمته أسهل: كل شيء أمامه عدو.

كل شيء هدف.

بدا سيفاه الهلاليان وكأنهما يتكاثران في الهواء، وهذا ما صُنعا من أجله، لا تشريح الابتسامات بل مواجهة خصوم متعددين، صداً وضرباً وثقباً. سقط ملاكان آخران: جرح الأمعاء، وقطع الأوتار.

صرخ جايل: "أبقوه حياً!". وزيري كان يدرك، حتى في خضم الدوامة اللامعة من اللحم والفولاذ، أن هذه ليست أخباراً جيدة.

انقض عليهم زيري، وأمسك بمقبضي سيفيه بقوة كي لا يتسرب الدم تحت أصابعه ويجعل قبضته زلقة. قفز فوقهم ونقل المعركة إلى السماء، يقاتل ويقتل، لكنه لم يكن يتوقع الهروب حقاً.

هؤلاء كانوا جنود السيرافيم؛ هو سريع، لكنهم لم يكونوا بطيئين أيضاً، وكانوا كثيرين. ولأول مرة في حياته، تمنى لو كان يملك الهامسات؛ ربما كانت ستضعفهم وتعطيه فرصة. بحلول الوقت الذي جردوه فيه من سلاحه، كان عددهم قد انخفض إلى النصف، لكنه لم ينزف سوى من جروح سطحية، وهو ينسب ذلك بقدر متساوٍ إلى انضباطهم وخفة حركته. أرادوه حياً، وهكذا كان.

كان جاثياً على ركبتيه أمامهم، ولم يكن هناك من يضحك الآن. تقدّم جايل نحوه وقد زال من وجهه التكبر، وبدا صارماً، والندبة على وجهه تشتعل بلون أبيض مشوه تحت غضبه الأحمر.

رأى زيري الركلة قادمة، فانحنى ليمتص الضربة، لكنها مع ذلك أصابت معدته بقوة وأخرجت أنفاسه.

حوّل زيري اللهاث إلى ضحكة. قال وهو يعتدل في وقفته: "لماذا كان هذا؟ إذا كنت قد فعلت شيئاً يسيء-".

ركله جايل مرة أخرى. ثم مرة أخرى. خفت ضحك زيري، بدأ يسعل الدم، ولم يقترب جايل منه إلا عندما كان يختنق من الدم، وانتزع عصا القطف من ظهره. كانت عينا جايل قاسيتين من الانتصار، وشعر زيري بأول شرارة من الخوف.

"لديّ قصة مسلية أيضاً، قصتي فقط هي الحقيقية. لقد التقيت بأمير حربك وبريمستون مؤخراً، وقد أحرقتهم كما أحرقت رفاقك وهكذا عرفت أنهم ماتوا ورحلوا، وأن هذه - ورفع المبخرة – "لا يمكن أن تكون إلا لشخص آخر. إذاً... من؟".

بدأ دم زيري يدق بشكل غريب في رأسه. كان يستوعب الآن أن السيرافيم قد نصبوا فخاً في المكان وانتظروا ليروا ما إذا كان أي شخص سيأتي لجمع الأرواح. كان المتمردون أشباحاً، كما قال الذئب، والآن أصبحوا حقيقيين. كان قد أشار إليهم. "أنا آسف" تظاهر زيري بالارتباك. "مَنْ ماذا الآن؟".

نظر جايل إلى الأسفل. وحرّك الرماد بطرف سيفه. قال: "ستخبرني من هو المُحيي. عاجلاً سيكون أفضل. أعني بالنسبة إليك. بالنسبة إلي، لا أمانع حقاً إذا استغرق الأمر... القليل من العمل".

حسناً، لم يكن يبدو ذلك ممتعاً على الإطلاق. لم يكن لدى زيري خبرة في التعذيب، وعندما فكر في الأمر، ظهر وجه واحد في ذهنه.

وجه أكيفا. لن ينسى زيري أبداً ذلك اليوم. الساحة، لوراميندي كلها تجمعت للمشاهدة، وعاشق مادريغال مجبر على المشاهدة أيضاً.

السيراف كان راكعاً كما هو الآن، ضعيفاً من الضربات والهامسات ومنهاراً من الحزن. هل أفشى أي شيء للذئب؟ زيري لم يعتقد ذلك، والغريب أن تلك الفكرة أعطته قوة. إذا كان الملاك قد تحمل التعذيب،

يمكنه ذلك أيضاً. لحماية كارو، ومعها أمل الكيميرا، اعتقد أنه يستطيع تحمل أي شيء.

سأل القائد مرة أخرى: "من هو؟".

ردّ زيري وهو يبتسم ابتسامة دموية وقال: "اقترب، سأهمسها في أذنك".

"أوه، جيد". بدا جايل مسروراً. "كنت أخشى أن تجعل الأمر سهلاً". أشار إلى جنوده، فتقدم اثنان منهم للإمساك بذراعي زيري. قال "أمسكاه". وغرز عصا الالتقاط في الأرض السوداء وبدأ يشمّر عن ساعديه.

"أشعر بالإلهام".

# 44

## بعض الكماليات

"قلت لن يتأذى أي بشر". بدا صوت كارو المبحوح بالفعل من الجدال وكأنه هدير بالنسبة إليها. "كان هذا أول شيء. لن يتأذى أي بشر. نقطة". كانت تتجول في القاعة. كان الكيميرا متجمعين في الرواق وعلى الأرض، بعضهم يتشمس والبعض الآخر انسحب إلى الظل.

قال لها ثياغو وكأنه يعلمها حقيقة حياتية صعبة: "في الحرب يا كارو يجب وضع بعض الكماليات جانباً".

"كماليات؟ تعني عدم قتل الأبرياء؟". لم يرد. كان هذا ما يقصده. شعرت كارو بانقباض في معدتها. "يا إلهي، لا. بالتأكيد لا. مهما كانوا، لا علاقة لهم بحربك-". توقفت وصححت: "حربنا".

"ولكن إذا كانوا يُعرّضون موقفنا هنا للخطر، فإن لهم كل الصلة بها. كان عليك أن تدركي الخطر، يا كارو".

هل كانت تعلم؟ لأنه بالطبع كان على حق بأن مجرد حكاية عن كائنات في الصحراء يمكن أن تجلب عاصفة إعلامية على القصر.

ثم ماذا؟ لم تكن تريد التفكير في ذلك. ربما الجيش. في زمن مضى، قد تكون حكاية عن وحوش في الصحراء مجرد خيال رحالة تعاطوا الكثير من الحشيش، لكن الأوقات تغيرت. إذاً، ماذا الآن؟

قالت: "قد يستمرون في السير"، لكن ذلك كان ضعيفاً وكلاهما يعرفان ذلك. كانت درجة الحرارة مئة درجة في الخارج ولم تكن هناك وجهة أخرى لأميال عديدة. إلى جانب ذلك، كان من الواضح أن المتجولين لم يكونوا على ما يرام حتى من مسافة بعيدة.

كانوا يجرّون خطواتهم بصعوبة، يتوقفون كل دقيقة تقريباً ليتكئوا على ركبهم، يشربون الماء من قواريرهم، ثم... انحنى الصغير وبدأ يتقيأ. كانوا بعيدين جداً لتُسمع أصواتهم، لكن كان من الواضح أنهم في خطر الإصابة بالإرهاق الحراري، إن لم يكونوا قد أصيبوا بالفعل. اثنان يميلان على بعضهما لفترة طويلة قبل أن يتمكنا من التحرك مرة أخرى.

استمرت كارو في التجول جيئة وذهاباً. المتجولون كانوا بحاجة إلى المساعدة، لكن هذا لم يكن أبداً المكان المناسب لهم. حتى لو كانوا يعلمون إلى أين يتجهون، كانوا في حالة لا تسمح لهم بالعودة.

كان ثياغو هادئاً، دائماً ما يكون هادئاً بشكل يثير الجنون - إلا عندما لا يكون كذلك- لأن المتجولين لم يشكلوا خطراً مباشراً. كان راضياً بأن يتركهم يقتربون. ثم ماذا؟

الحفرة؟

ومرة أخرى تقلصت معدة كارو. كانت تشم رائحة الحفرة اليوم. ربما لأنها كانت تحتوي على علف طازج - فقد خرجت باست أخيراً في نزهة مع الذئب. كانت كارو قد استحضرت جسدها الجديد بالفعل؛ وكان مستلقياً على أرضيتها حتى الآن - وربما لأن النسيم كان من تلك النفحات الخفيفة ولكن المستمرة القادمة من الاتجاه الصحيح.

ربما كانت تقول، هنا، شمّي هذا. هنا، شمي هذا، مراراً وتكراراً.

توقفت كارو عن المشي ووقفت أمام الذئب. أعادت كتفيها إلى الوراء وحاولت ألا ترتجف، وأن تبدو شخصاً يحسب له حساب وهي تقول: "سأنزل إلى هناك وأساعدهم، وسآخذهم من البوابة الخلفية إلى مخزن الحبوب". كان الجو بارداً في مخزن الحبوب ومعزولاً. كانت الشاحنة هناك. "سأعطيهم بعض الماء، ولن يروا أحداً، ثم سآخذهم إلى الطريق". توقفت. سمعت نفسها، وأدركت أنها لم تكن تعبر عن القوة التي أرادتها. قالت: "لن تضطر إلى فعل أي شيء"، لكن صوتها كان يتشقق ورأسها يتطاير من اللعنات. يا له من وقت مثالي لتبدو كصبي مراهق. "سأهتم بالأمر".

قال ثياغو: "حسناً جداً". كانت تعابيره مرتبة جداً. تخيلت كارو أنها تستطيع أن ترى الخيوط التي تمسكه في مكانه، قناع ثياغو الهادئ هذا، وقد أثار ذلك غضبها. كان الأمر أشبه بضرب قبضتيها على الحائط وهي تتحدث إليه. ثم حثها قائلاً: "اذهبي إذاً".

وذهبت وهي تحاول أن تتحلى ببعض الكرامة ولا تخطو كطفلة عاجزة. خرجت من البوابة، وكان النسيم أقوى هنا: متعفن، خطأ خطأ. جثث متعفنة في حفرة، وإذا لم تساعدهم، سينتهي الأمر بالمتجولين هناك أيضاً، وبأي بشر آخرين كان من سوء حظهم أن يتجولوا بالقرب من هذا المكان البائس. ماذا فعلت حين قادت المتمردين إلى هذا العالم؟

ولكنها بعد ذلك فكرت في إريتز، وما يمكن أن يكون عليه حال المتمردين لو لم تفعل - وما يمكن أن يكون عليه حال جميع الكيميرا، ولم تعد تعرف ما هو الصواب. لقد أرادت أن تصدق أنه يمكن الوثوق بهم ليكون لديهم بعض الإنسانية. لقد كانوا جنوداً وليسوا قتلة غاشمين، وليسوا حيوانات متوحشة أيضاً تعمل شهواتهم خارج نطاق العقل. كانت تعلم أن أمزالاغ لن يؤذي أحداً دون مبرر، وكذلك باليروس أو زيري أو معظم الآخرين. لكن كان عليها

فقط أن تفكر في رازور - وحقيبته - لتعرف أن كل الرهانات كانت خاسرة.

كان عليها أن تذكّر نفسها بأن تُبقي قدميها على الأرض وهي تغادر القصبة، فقد كان أول ما دفعها الآن هو الطيران، إذ لم تعتد على المجتمع البشري، ولم يكن من السهل عليها المشي على الصخور المتحركة.

أدركت أن شعرها مكشوف، وتساءلت: ماذا لو تعرف عليها المتجولون؟ يمكن أن يشكلوا خطراً حقيقياً، لكن ماذا كان عليها أن تفعل؟

لم يستغرق الأمر منهم وقتاً طويلاً حتى اكتشفوها. عند نزولها من المنحدر من القلعة، كانت هي الشيء الوحيد المتحرك في الأفق. كانوا لا يزالون بعيدين عنها بحيث لا يمكنها أن تراهم بوضوح، ولكنها سمعت الصراخ الذي جاء نحوها، فتوقفت عن السير وكأنها اصطدمت بحاجز. لقد جاء الصراخ متدحرجاً فوق الصخور والأشجار، وكان صاخباً ولكنه يتلاشى في الأطراف ويخفت.

الصوت. لم يكن ذلك ممكناً. لكن الصرخة كانت "كارو!" والصوت كان صوت زوزانا، وقد تعلمت كارو بالتأكيد أن "الممكن والمستحيل" كانا تصنيفين قاسيين في أحسن الأحوال. يا إلهي، لا، فكرت، وهي تحدق في الأشكال وترى ما لم تكن تتوقع رؤيته أبداً: زوزانا وميك، هنا.

ليسا هما، ليس هنا.

كيف؟ كيف؟

هل كان ذلك مهماً؟ لقد كانا هنا، وكانا في خطر - من ضربة شمس، من الكيميرا - وخفق قلب كارو وانتفخ في داخلها - بذعر، وبـ... بفرح... وبمزيد من الذعر، وبمزيد من الفرح، وبمزيد من الغضب- بماذا كانا يفكران؟ - ثم بحنان، ودهشة، وتبللت عيناها عندما تركت قدماها الأرض وطارت إلى أسفل المنحدر وأمسكت بهما وضمتهما في عناق حار هدد بإتمام ما بدأته الحرارة

لقد كانا هما حقاً. تراجعت لتنظر إليهما. كانت زوزانا قد أنهكت من

شدة الإرهاق. وكانت آثار الدموع بارزة على احمرار وجنتيها، وكانت تضحك وتبكي وهي تسحق يدي كارو بقبضة محكمة - قبضة محكمة - ضغطت على شبكة يدها المصابة بالكدمات مما جعلها تشهق." يا إلهي يا كارو"، صرخت زوزانا متهدجةً وصوتها مستغرقاً في الصراخ. "الصحراء اللعينة؟ ألم يكن من الممكن أن تكوني في باريس أو شيء من هذا القبيل؟".

كانت كارو تضحك وتبكي أيضاً، لكن ميك لم يكن يضحك أو يبكي. وضع يده بعناية على ظهر زوزانا، ووجهه كان متوتراً من القلق. "كان من الممكن أن نموت". قال، وصمتت الفتاتان. "ما كان ينبغي أن أوافق على هذا."

وبعد لحظة، وافقت كارو. "لا، ما كان ينبغي أن توافق". نظرت إلى مشهد الصحراء من حولها، متخيلة عبورها سيراً على الأقدام. "ما الذي كنتما تفكران فيه بحق السماء؟".

"ماذا؟" تساءل ميك، وهو ينظر إلى زوزانا ثم إلى كارو مرة أخرى. "ألم تكوني تريدين منا أن نأتي؟".

تفاجأت كارو. "بالطبع لا. لم أكن لأطلب منكما أبداً... يا إلهي. كيف وجدتماني أصلاً؟".

"كيف؟" قال ميك بإحباط. "زوزانا هي من حلت لغزكِ، هكذا."

لغز؟ "أي لغز؟".

قالت زوزانا: "اللغز. كاهنة في قصر رملي، في أرض الغبار وضوء النجوم." رمشت كارو بعينها. تذكّرت كتابة تلك الرسالة الإلكترونية؛ كانت قد أحضرت الكيميرا عبر البوابة إلى القصبة، وكانت في أورزازات تبحث عن إمدادات لآيجير. "هكذا وجدتني؟ أوه، زوز أنا آسفة جداً. لم أقصد أن تأتي إلى هنا. لم أعتقد أبداً...".

"يا إلهي، هل أنتِ جادة؟" رفع ميك يديه إلى رأسه وأدار ظهره. "جئنا إلى هذا المكان المنعزل وأنتِ حتى لا تريديننا هنا."

ظهرت خيبة الأمل على وجه زوزانا. شعرت كارو بالذنب. "ليس الأمر أنني لا أريدكما!" جذبت صديقتها إلى حضن آخر بقوة. "أريدكما، كثيراً. كثيراً جداً. فقط... لم أكن لأحضركما إلى... هذا". أشارت إلى القصبة.

سألت زوزانا: "ما هذا؟ كارو، ماذا تفعلين هنا؟".

فتحت كارو فمها وأغلقته، مرة تلو الأخرى، مثل سمكة. أخيراً، قالت، "إنها قصة طويلة."

"إذاً يمكنها الانتظار". قال ميك بحزم. لم ترَ كارو الغضب على وجهه من قبل، لكنه كان الآن مشحوناً به، وعيناه ضيقتان بالاتهام. "هل يمكننا إخراجها من تحت الشمس، من فضلك؟".

"بالطبع". أخذت كارو نفساً عميقاً. "هيا."

وضعت حقيبة من حقائبهما على كتفها وسحبت الأخرى. ميك ساعد زوزانا على الصعود، ولم تقودهما كارو من الطريق الطويل إلى المستودع، بل من الطريق الأقصر إلى البوابة الرئيسية، حيث تجمدا عند العتبة وحدقا

مرة أخرى، رأت كارو بعين مختلفة، متخيلة كيف تبدو هذه الكائنات في عيون البشر.

وقف ثياغو وبدا عليه الارتباك، وخلفه تين مباشرةً. ثياغو نفسه يمكن أن تخطئ في اعتباره إنساناً، لكن تين كانت قصة أخرى برأسها الذئبي وكتفيها المحدبين. أما باقي أفراد البلاط فقد كان عرضاً مرعباً: جنود متجمعون في الرواق وعلى الأرض، وحتى على أسطح المنازل، ساكنون بشكل غريب لولا سوط ذيل هنا أو هناك، وخفقة جناح. حجمهم الوحشي وعيونهم الكثيرة والمتنوعة التي لا تغمض.

كان رازور قريباً جداً من أن يطمئنها، فأخرج لسانه الثعباني، ووجدت كارو نفسها في وضع الاستعداد، خفيفة على أصابع قدميها، تحسباً لوثوبه. همس ميك بصوت مبحوح وكأنه على خشبة المسرح: "دعينا ننهي هذا

بسرعة كي أشعر بالارتياح. كارو، أصدقاؤك لن يلتهمونا، أليس كذلك؟".

لا، فكرت كارو. لن يفعلوا. وأجابت هامسة: "لا أعتقد ذلك، لكن حاولا ألا تبدوا شهيين، حسناً؟". وجوبهت بشهقة من زوزانا: "هذا تحدٍّ، لأننا فعلاً لذيذون تماماً". وبعد لحظة من التوتر، سألت بقلق: "لحظة، هم لا يفهمون اللغة التشيكية، أليس كذلك؟".

"نعم، لا يفهمون". أجابت كارو، وعيناها لا تفارقان ثياغو الذي كان يبادلها النظرات. كانت رائحة الحفرة الكريهة تملأ الهواء، وفي تلك اللحظة اختفى كل ما كان يبدو كابوسياً وسريالياً من حياتها وكأن دوامة سحبتها بعيداً، وتلاشت تماماً، وكل شيء كان حقيقياً. كانت هذه حياتها، وليست حلماً مظلماً تنتظر أن تستيقظ منه، ولا مكاناً بين الجنة والنار، بل حياتها في هذا العالم - أو العوالم- والآن أصبح أصدقاؤها جزءاً منها، وصارت حياتهم متشابكة بحياتها.

لقد أحدث هذا فرقاً.

قالت: "هؤلاء البشر هم ضيوفي"، وشعرت بالكلمات تنبع من مكان حديدي في داخلها لم يكن موجوداً قبل ساعة. لم تتكلم بصوت عالٍ، لكن كان هناك تغيير كبير في صوتها. كان صوتها القادم من ذلك المكان الحديدي ثقيلاً وصادقاً؛ لم يكن مقنعاً أو يائساً أو عدائياً.

كان كذلك فحسب. اقتربت من الذئب، أقرب مما كانت تحب أن تكون إليه. أرغمت نفسها على اختراق مساحته الجسدية كما فعل هو، وأمالت رأسها إلى الوراء، وقالت: "حياتهم ليست ترفاً. هؤلاء أصدقائي، وأنا أثق بهم".

قال ثياغو بابتسامة، متقمصاً دور الرجل المثالي: "بالطبع، هذا يغير كل شيء".

أومأ برأسه نحو ميك وزوزانا ورحب بهما، لكن ابتسامته كانت خاطئة. وكأنه تعلمها من كتاب.

# 45

## الموت

"من كان هذا؟" همست زوزانا بينما كانت كارو تقودها هي وميك إلى خارج الفناء الكبير حيث كانت الوحوش متجمعة. "اللحم الأبيض الآخر؟".

انطلقت ضحكة من كارو أشبه بالاختناق، وبعد أن استعادت أنفاسها قالت: "يا إلهي، هذا ما سأفكر فيه في كل مرة أراه فيها. انتبهي لخطواتك".

كانوا يسيرون عبر طريق مليء بالأنقاض، وميك يمسك بمرفق زوزانا ليساعدها، بينما يتنقلون بصعوبة فوق حطام جدار منهار.

نظرت زوزانا حولها؛ من بعيد، بدت القصبة مهيبة وكأنها قلعة رملية مجنونة، لكن من الداخل كانت مهجورة للغاية. ناهيك عن كونها - اجتازت عارضة خشبية تبرز منها مسامير صدئة ضخمة وتجنبت حافة حفرة كبيرة - خطرة. كما كانت تنبعث منها رائحة كريهة، أشبه برائحة البول وما هو أسوأ.

ما هذه الرائحة؟ لماذا تعيش كارو هنا؟ أما الكائنات التي كانت هناك... لم تكن بعيدة تماماً عن الرسوم التي في كتيباتها، لكنها في الواقع لم تكن مثلها أيضاً. كانت تلك الكائنات أكبر بكثير وأكثر رعباً مما تصورت زوزانا

أما بالنسبة إلى الرجل الأبيض، فقد بدا بشرياً تقريباً؛ كان مثيراً بشكل خارق للطبيعة - يا إلهي، تلك العينان والكتفان، كان يمكن أن يكون في المنزل على غلاف رواية رومانسية - لكن كان هناك شيء بارد جداً بشأنه إلى درجة أنها كانت ترتجف رغم أنها كانت تذوب حتى الموت في هذا الجحيم الصحراوي.

قالت كارو، "كان ذلك ثياغو. إنه... المسؤول".

زوزانا أدركت ذلك من مظهره المتعجرف. فسألت، "مسؤول عن ماذا بالضبط؟" ثم توقفت فجأة وكأن فكرة خطرت ببالها. "لحظة. أين بريمستون؟".

توقفت كارو هي الأخرى، وتعبير الحزن الشديد على وجهها كان كافياً كإجابة لزوزانا. "يا إلهي، ليس-؟" ميت؟

أومأت كارو برأسها.

ميت. لم يكن هذا هو ما توقعته زوزانا في هذه المغامرة. برعب، سألت زوزانا: "وماذا عن إيسا؟ وياسري؟"

مرة أخرى، كان تعبير كارو الحزين هو الرد.

قالت زوزانا: "أوه، كارو، أنا آسفة جداً". وعندما نظرت إلى كارو الآن، لم ترَها بعين الارتياح الذي شعرت به عند لقائها لأول مرة، بل بدأت تلاحظ حالتها؛ كانت نحيلة للغاية، وجهها يبدو مرهقاً، شفتاها متشققتان، شعرها مربوط بشكل عشوائي، وقميصها الفضفاض المغربي كان مجعداً وكأنها

تعيش فيه، وعلى عينيها أثر واضح للإرهاق الشديد. ولم يكن مجرد إرهاق جسدي؛ بدت وكأنها... مستنزفة.

سرت رعشة أخرى في عمود زوزانا الفقري. ما الذي أقحمت نفسها فيه، وأدخلت ميك فيه؟ كانت قد انغمست في الغموض والتحدي؛ بالطبع كانت تعرف أن شيئاً ما كان يحدث مع كارو. كانت رسالتها الإلكترونية المشفرة قد أوضحت ذلك، لكنها لم تفكر حقاً في أنها قد تتضمن كلمة ميت وهذه الرائحة الكريهة في الهواء التي كانت متأكدة الآن من أنها رائحة عفن.

ابتلعت زوزانا ريقها بصعوبة. كان رأسها يؤلمها بشدة، وقدماها تؤلمانها بشدة أيضاً، وكانت ترغب بشدة في الحصول على حمام دافئ، ولديها هواجس حزينة بأن الآيس كريم لن يكون ضمن الخيارات المتاحة. لكن كان هناك شخص لم تسأل عنه بعد. ترددت للحظة، خائفة من رؤية إجابة كئيبة أخرى ترتسم على وجه صديقتها. "ماذا عن أكيفا؟".

ظهرت إجابة على وجه كارو بالفعل، لكنها لم تكن الإجابة التي توقعتها زوزانا. تحولت الكآبة إلى شدة صارمة. انقبض فك كارو، وضاقت عيناها. "ماذا عنه؟" سألت بحدة.

رمشت زوزانا بعينيها، متفاجئة. "آه، هل هو... على قيد الحياة؟".

"آخر ما سمعت، نعم". قالت كارو وهي تدير ظهرها. "هيا بنا".

نظرت زوزانا وميك إلى بعضهما البعض بأعين متسعة، وتبعاها بصمت. كانت وضعية كارو المتوترة بمثابة تحذير للبقاء صامتين، لكن زوزانا اختارت تجاهله.

في الواقع، أغضبها ذلك. لقد قطعت كل هذه المسافة؛ حلت لغزاً لم يكن حتى لغزاً؛ ووجدت كارو في وسط الصحراء الكبرى - حسناً، لم تكن

فعلياً في الصحراء الكبرى ولكنها كانت قريبة بما يكفي، وإذا روت هذه القصة يوماً ما، فإنها بالتأكيد ستقول إنها سافرت إلى وسط الصحراء الكبرى بحذاء رياضي مخطط. مهما يكن. لم تعتقد أنها تستحق أن تُقابل بالصمت. "ماذا حدث؟" سألت وهي تنظر إلى ظهر صديقتها.

نظرت كارو بقلق. "انسي الأمر، يا زوزانا. سأخبرك بكل شيء آخر، لكن لا أريد الحديث عنه".

يا لها من نبرة مريرة. "كارو". مدت زوزانا يدها نحو ذراع كارو، وعندما انكمشت صديقتها عند لمسها، سحبت يدها على الفور. سألت زوزانا: "ماذا؟ هل أنت مصابة؟".

توقفت كارو عن المشي، وتركت الحقائب التي كانت تسحبها ولفت ذراعيها وكأنها تحاول حماية نفسها، بدت تائهة بشكل لا يوصف. كانت ملامحها جميلة للغاية رغم الحزن الظاهر عليها، وكأنها لم تبذل أي جهد لتبدو بهذا الجمال.

قالت، محاولة أن تبتسم: "أنا بخير. أنتما من يقلقني الآن، يا لورنس العرب، فقط توقّفا عن الكلام ودعاني أدخلكما إلى الداخل". نظرت كارو إلى ميك بحثاً عن الدعم، وبالطبع أيدها.

"هيا، يا زوزانا، يمكننا معرفة كل شيء لاحقاً".

تنهدت زوزانا. "حسنٌ، أيها المتنمران. لكنني قد أموت من الفضول".

ردت كارو: "ليس إذا كان الأمر بيدي". وشعرت زوزانا بضغط خفيف من ميك على يدها، لأنها أدركت أن كارو لم تكن تمزح.

\*\*\*

كانت كارو لا تزال تحاول إبعاد فكرة أكيفا عن ذهنها عندما وصلوا إلى القصر. مجرد ذكر اسمه كان كافياً ليجعلها تشعر وكأنها تحولت إلى حجر. حسناً، الحجر أفضل من الشعور بالانهيار، ولن تسمح لأحد أن يجعلها تشعر بذلك مرة أخرى.

تنحت جانباً لتدخل صديقيها من الباب. كان القصر من الخارج مغبراً ومتهالكاً مثل بقية القصبة، أما من الداخل، فقد كان فخماً بشكل غير متوقع. القصر الذي كان في يوم من الأيام موطناً لعرائس رؤساء القبائل ذات العيون المتلألئة وجميع ذرياتهم من أبناء القبائل، كان يتكون من العديد من الغرف الفخمة. كانت هناك أعمدة من المرمر المنقوش، متشققة بشكل سيئ، ومنافذ فوانيس على شكل ثقوب مفاتيح. كانت الجدران مغطاة بألواح من الحرير الباهت، والسقوف منحوتة على شكل خلايا نحل عربية، ودرج كبير صاعد إلى أعلى، مبلط باللازورد المشقق بلون شعر كارو.

استدارت زوزانا في دائرة بطيئة مستوعبة كل شيء. قالت: "لا أصدق أنك تعيشين هنا. لا عجب أنك أعطيتني شقتك الصغيرة".

"هل تمزحين؟" كان على كارو أن تضحك على سخافة المقارنة. "أفتقد تلك الشقة كثيراً". وتلك الحياة. "لنتبادل".

قالت زوزانا في الحال: "لا، شكراً".

"فتاة حكيمة". بدأت كارو في صعود السلالم، وتوقفت لتعرض على زوزانا ذراعها. وساعدتها هي وميك، الذي لم يكن مفعماً بالحيوية تماماً، على الصعود إلى أول طابق، حيث كان هناك ممر يؤدي إلى جناح ثياغو وغرفة الانتظار الصغيرة حيث تنام تين. ثم التفاف آخر، والمزيد من السلالم.

قالت كارو وهم يصعدون: "ما زلت لا أصدق أنكما هنا. عليكما أن تخبراني كيف فعلتما ذلك. بعد أن تنالا قسطاً من الراحة، يمكنكما أن تستخدما سريري بينما أنتما هنا".

سأل ميك: "وأين ستنامين أنتِ؟".

"لا تقلقا بشأن ذلك. لم أعد أنام كثيراً".

ارتفع حاجب زوزانا عالياً. "حقاً. ولا تأكلين كثيراً، على ما يبدو. ولا تعتنين بمظهركِ". عند رؤية هذا الحاجب - على الرغم من الإهانة - غمر الحب كارو. زوزانا هنا. لقد تعجبت. لقد غمرتها في عناق آخر، وهو ما لم يمنع زوزانا من السؤال: "إذاً ماذا تعملين بالضبط؟".

تركتها كارو ونظرت إليها. "سأخبركما بكل شيء". في تلك اللحظة، أدركت كارو مدى حاجتها لشخص تتحدث معه، والآن، وكمفاجأة سحرية، زوزانا وميك بجانبها.

كان ذلك أقرب إلى السحر.

أخذت كارو نفساً عميقاً، متذكرة حالة غرفتها الفوضوية، ووضعت يدها على الباب الثقيل المصنوع من خشب الأرز. "هل أنتما متأكدان من رغبتكما في معرفة كل شيء؟".

رفعت زوزانا حاجبها مرة أخرى.

"حسناً، إذاً". دفعت كارو الباب وفتحته على مصراعيه. "تفضلا بالدخول وسأخبركما بكل شيء".

ثم، وبكل براءة، أضافت وهي تتركهما يمران بجانبها: "آه، ولا تتعثرا بالجثة الملقاة على الأرض".

# 46

# ليس حياً

لقد مرت بضعة أشهر منذ أن جربت كارو قول الحقيقة لأول مرة لزوزانا في براغ. كان الحديث عن حياتها السرية غير مألوف في ذلك الوقت إلى درجة أنها لم تعرف كيف تبدأ. لقد أفصحت عن كل شيء، عن الملائكة والكيميرا وكل شيء، ولو لم يظهر كيشميش في تلك اللحظة بالذات – وهو يشتعل - لكانت على الأرجح قد فقدت صديقتها إلى الأبد.

أما الآن، فالأمور التي يجب أن تخبرهما بها، جعلت تلك الاعترافات السابقة تبدو بسيطة بالمقارنة، لكن ميك وزوزانا كانا على استعداد لتصديقها. فقد دخلا للتو قلعة مليئة بالوحوش، ومع ذلك، قد يكون مفهوم البعث أمراً يحتاج إلى بعض الوقت للتعود عليه.

صاحت زوزانا بأنفاس متقطعة عندما رأت جسد باست الجديد ممدداً أمامها: "يا إلهي، لماذا يوجد وحش ميت على الأرض؟".

ترددت كارو وقالت: "حسناً... ليس ميتاً تماماً".

مدّت زوزانا حذاءها المغطى بالغبار ودفعته بلطف نحو الجسد الراقد.

"إنه ليس حياً".

"صحيح. لنقل إنه... ليس حياً".

وهكذا تعرّف ميك وزوزانا على أن مصطلح ليس حياً يمكن أن يعني ميتاً -وغالباً ما يكون كذلك- ولكنه يمكن أن يعني أيضاً جديداً. قالت كارو وكأنها تصف شيئاً عادياً: "صنعته في وقت سابق". وكأنها كانت قد حاكت قبعة أو خبزت كعكة.

جلست زوزانا بهدوء متعمّد على حافة سرير كارو ووضعت يديها في حجرها. "صنعته؟" كررت بتساؤل.

"نعم".

"أوضحي، من فضلك".

وقد شرحت كارو بإيجاز قدر الإمكان، مشيرةً إلى صواني أسنانها وتجاهلت ذكر المسألة الصغيرة المتعلقة بعُشر الألم. كما قامت بصب الماء في الحوض ليتمكن صديقاها من غسل وجهيهما وأرجلهما - بهذا الترتيب كما حددت ذلك بسخرية - وصنعت الشاي بالنعناع، ووضعت أطباق اللوز والتمر. وعندما فرغا من الحوض أفرغته من النافذة من دون أن تنظر، على أمل أن يكون ثياغو أو تين يمشيان في الأسفل، ولكن لم يرد على رذاذ الماء أي صراخ أو هدير، وأغلقت المصاريع لتحجب الحرارة.

بدأت بعملية الإحياء فوراً، ويرجع ذلك جزئياً إلى أنه كان من الأسهل إظهار ما فعلته بدلاً من البوح، وأيضاً لإخلاء الغرفة من الأجساد حتى يتمكن صديقاها من الاسترخاء.

كان الإحياء هو الجزء الأسهل. فالسحر كان قد تم بالفعل، لذلك لم تكن هناك حاجة للعُشر أو لإظهار ذراعيها المليئين بالكدمات. شعرت كارو

بخجل من كدماتها، ولم ترغب في أن تراها زوزانا، لكن هذا لم يكن ضرورياً في هذه المرحلة. كل ما كان عليها فعله هو تعليق المبخرة التي جلبها لها ثياغو، إشعال مخروط البخور، ووضعه على جبين الجسد. تابعت زوزانا وميك كل الخطوات من دون أن يرف لهما جفن، رغم أنه لم يكن هناك الكثير لرؤيته. كانت رائحة الكبريت وصوت السلسلة هما العلامتان الوحيدتان. كارو وحدها شعرت بالروح التي خرجت من الوعاء، توقفت للحظة قبل أن تنغمس في الجسد الجديد.

كانت باست، حتى الآن، تشبه إلى حد ما آلهة القطط المصرية: الشكل البشري النحيل، والصدر العالي، ورأس القطط بأذنين مبالغ فيهما؛ وقد حافظت كارو على مظهر القطط بقدر ما استطاعت، ولكنها ضحت، بناء على طلب ثياغو، بالكثير من الملامح البشرية. كان هذا الجسد الجديد عبارة عن عضلات رشيقة، ولم يكن ضخماً مثل بعض الأجسام، حيث صُنع من أجل الرشاقة. ظلت الأذرع والجذع العلوي بشرياً لتعدد استخدامات الأسلحة - كانت باست رامية جيدة - لكن الأرجل كانت من النمر للقفز والوثب. وبالطبع كان هناك الجناحان المهمان اللذان كانا مفتوحين ليشغلا مساحة كبيرة من الأرض. كانت كارو سعيدة لأن هذا لم يكن أحد مخلوقاتها الأكثر وحشية، أولاً من أجل زوزانا وميك، والآن، وبشكل غير متوقع، من أجل باست.

اكتشفت كارو أن روح باست كانت تتمتع بجمال رقيق لا يتناسب مع حياة الجندي، وتساءلت للحظة عما قد تكون عليه حياتها في عالم آخر. لكن حين فتحت باست عينيها، أدركت كارو أن الإجابة على ذلك التساؤل ستبقى غامضة إلى الأبد.

شهقت زوزانا، واكتفى ميك بالنظر بتعجب.

رفعت باست رأسها، واتسعت عيناها عندما رأت الأشخاص الجدد، لكنها لم تقل شيئاً. ركزت على جسدها الجديد، تتحسس أطرافها بحركات صغيرة قبل أن تنهض ببطء، مكتشفة وجود كفوف مكان يديها وقدميها.

سألتها كارو: "هل كل شيء على ما يرام؟".

أومأت الجندية برأسها ومددت جسدها المرن بالكامل. كانت إيماءة القطط بشكل لا لبس فيه؛ ربما كانت قطة تستيقظ على حافة النافذة. "لقد أحسنت صنعاً"، قالت وصوتها مثل خرخرة في حنجرتها الجديدة. "شكراً لك".

شعرت كارو بشيء يتحرك في صدرها. لم يشكرها أحد من قبل. ابتسمت قليلاً وقالت: "على الرحب والسعة. هل تحتاجين للمساعدة في النزول على الدرج؟".

هزت باست رأسها مرة أخرى. "لا أعتقد ذلك". تمددت مرة أخرى. "كما قلت، لقد أحسنت صنعاً". مرة أخرى، ذلك التشنج في صدر كارو. إنها مجاملة. كان الأمر سخيفاً نوعاً ما. كم شعرت بالامتنان لتلك الكلمات القليلة. عندما استقر الباب مغلقاً خلف باست، التفتت إلى صديقيها.

"حسناً". قال ميك وهو يستند إلى مرفقه وعيناه تتوهجان ببرود مصطنع. "لم يكن ذلك غريباً".

"لا؟" جلست كارو في كرسيها وفركت وجهها. "لا بد أن مقياس الغرابة لدي معطل. كنت سأظن أنه على الأقل غريب قليلاً".

قالت زوزانا: "مرة أخرى".

"ماذا؟" أنزلت كارو يديها ونظرت إلى صديقتها.

ملامح زوزانا كانت مليئة بالدهشة. "مرة أخرى، مرة أخرى". قفزت زوزانا إلى أعلى وأسفل على حافة السرير مثل طفلة، وصفقت بيديها مطالبة: "متى

سأفعلها؟ ستعلمينني، أليس كذلك؟ بالطبع ستفعلين. هذا هو السبب في أنكِ أحضرتني إلى هنا".

"أعلمكِ؟ لم أحضركِ إلى هنا-".

لكن زوزانا لم تكن تستمع. تابعت: "هذا أفضل بكثير من الدمى. بحق الجحيم، كارو. أنت تصنعين كائنات حية. أنتِ فرانكشتاين بحق!".

ضحكت كارو وهزت رأسها. "لا، لستُ كذلك". كان لديها وقت كافٍ للتفكير في هذا التشبيه ورفضه. "الجزء الأهم في قصة فرانكشتاين هو مصدر الروح". إذا ابتكر الإنسان "حياة"، فلا يمكن أن تكون هناك روح، بل مجرد مخلوق بائس بلا مكان في العالم- أو في الجنة أو الجحيم، إذا كنت تهتمين بذلك، وهو ما لم تكن كارو تهتم به. "أنا بالفعل أمتلك الأرواح". وأشارت إلى كومة المباخر. "أنا فقط أصنع الأجساد".

قال ميك: "أوه، أهذا كل شيء؟".

لكن زوزانا كانت تركز على العشرات والعشرات والكثير من المباخر. توسعت عيناها وفمها أيضاً. "كل تلك؟" في لحظة، كانت قد عبرت الغرفة، وسحبت واحدة من منتصف الكومة مسببة انهياراً صغيراً. "لنصنع واحدة. من فضلك؟ أريني كيف تصنعين الجسد". كانت لا تزال تقفز؛ خشيت كارو أن ترتد مثل كرة مطاطية. "سأكون مساعدتك. أرجوكِ، أرجوكِ، أرجوكِ! انظري". انحنت مثل قزم وسحبت ساقاً. "ما هي رغبتك، دكتور؟" ثم عادت إلى طبيعتها. "أرجوكِ؟ لمن هذه الروح؟ كيف تعرفين؟ هل يمكنكِ أن تعرفي؟".

كان لديها مليون سؤال ولم تمنح كارو وقتاً للإجابة على أي منها. نظرت كارو بعجز إلى ميك، الذي جلس متكئاً ورفع كتفيه، وكأنه يقول، هذه مسؤوليتك.

"يا إلهي". توقفت زوزانا فجأة عن الحركة وكأن فكرة قد استحوذت عليها. "معرض فني. هل يمكنك تخيل ذلك؟". وضعت المشهد بين يديها كعارضة أزياء. "معرض باثوس، نصف دزينة من أجساد الكيميرا في توابيت مزخرفة، وفي الافتتاح سيقول الجميع: أوه، ما هي وسيلتك؟ إنها نابضة بالحياة للغاية. ونحن نبتسم مثل لوحة الموناليزا وندور النبيذ في أكوابنا؟ سيكون هذا أروع شيء على الإطلاق. لكن لا! هناك الأفضل. أن نعيدهم إلى الحياة! الدخان، الرائحة، تلك الفوانيس، ثم ترفع تلك التماثيل رؤوسها وتنهض. الجميع سيعتقد أنها مجرد دمى أو شيء ما، ماذا يمكن أن تكون غير ذلك، وسيتسابقون لالتقاط الصور مع الوحوش من دون أن يعرفوا".

استمرت في الكلام، وكارو ضحكت بشكل لاإرادي وحاولت إيقافها. "هذا لن يحدث أبداً. أنت تفهمن، أليس كذلك؟ أبداً".

لفّت زوزانا عينيها. "بالطبع، يا مدمرة المتعة، لكن ألن يكون هذا رائعاً؟".

"سيكون رائعاً نوعاً ما". اعترفت كارو. لم تكن تفكر أبداً في عملها كفن، والذي بدا الآن سخيفاً بالنسبة إليها، خاصة بعد إطراء باست. تذكرت لحظة من حياتها كمادريغال، عندما كانت طفلة في خدمة بريمستون وكانت تحب أن تخترع أفكاراً لكيميرا جديدة، وكانت ترسم صوراً لتوضح له ما يدور في ذهنها. تساءلت إذا كان هذا ما دفع إيسا إلى البدء معها -مع كارو- في الرسم. آه، كم تفتقد إيسا.

"لكن ستسمحين لي بمساعدتكِ، صحيح؟". كانت زوزانا جادة. سلمت كارو المبخرة التي سحبتها من الكومة. "لنفعل هذه أولاً.

من هي؟".

أخذتها كارو وأمسكت بها فقط. لم ترد أن تقول إن ثياغو هو من يقرر من يُعاد إحياؤه ومتى. "زوزي". قالت بدلاً من ذلك، "لا يمكنكِ".

"لا يمكنني ماذا؟".

"لا يمكنكِ مساعدتي. لا يمكنكِ البقاء هنا".

"ماذا؟ لماذا؟" بدأت زوزانا تخرج من حالة الفرح العارم.

"ثقي بي، أنتِ لا ترغبين في البقاء هنا. سأعيدكِ بمجرد أن تكوني مستعدة للسفر. لديّ شاحنة-".

"لكننا وصلنا للتو". نظرت بخيبة أمل واضحة.

"أعلم". تنهدت كارو. "ويسعدني رؤيتكِ حقاً. أريد فقط أن أحافظ على سلامتكِ".

"وماذا عنكِ؟ هل أنتِ بأمان؟".

"نعم، أنا آمنة". قالتها وهي تشعر بعدم الأمان طوال الوقت تقريباً. "هم بحاجة إليّ".

"آه". نظرت زوزانا إليها بعدم رضى. "بالنسبة إلى هذا الموضوع. لماذا أنتِ؟ لماذا أنتِ هنا معهم؟ كيف تفعلين هذا؟".

كان هذا جانباً آخر من الحقيقة، وكارو شعرت بالتردد في التطرق إلى طبيعتها الحقيقية بقدر ما كانت تكره الكشف عن كدماتها. لماذا كل هذا الخجل؟ أخذت نفساً عميقاً.

قالت: "لأنني واحدة منهم".

"أي نوع؟".

رمشت كارو بعينيها. كان ميك هو من سأل، وكان السؤال عادياً إلى درجة أنها اعتقدت أنها سمعت خطأً. "ماذا؟".

"أي نوع من الكيميرا كنتِ؟ تم إحياؤكِ، أليس كذلك؟ لديكِ عينان موشومتان". وأشار إلى كفيها.

استدارت كارو إلى زوزانا ووجدتها تنظر بنفس الثبات الذي أبداه ميك.

قالت: "أهذا كل شيء؟ أقول لكما إنني لست بشرية، وأنتما تتصرفان وكأن الأمر عادي؟".

قال ميك "عذراً. أعتقد أنكِ أبطلت قدرتنا على الاندهاش. كان يجب أن تبدئي بذلك، ثم تخبرينا أنكِ تُعيدين الأموات".

أضافت زوزانا: "على أي حال، الأمر واضح نوعاً ما".

سألت كارو: "كيف يكون واضحاً؟". لقد اعتقدت أنها كانت بشرية طوال حياتها؛ ولن يتم إقناعها بأنها كانت غير مقنعة بطريقة ما في ذلك.

قالت زوزانا: "مجرد هالة من الغرابة لديكِ. لا أعلم".

"هالة من الغرابة". كررت كارو، ببرود.

قال ميك: "غرابة جيدة".

سألت زوزانا: "أي نوع؟".

كان السؤال بسيطاً جداً ومرتجلاً جداً. شعرت كارو بتعرق راحتي يديها. لقد كانا، بعد كل شيء، قبيلتها التي كانت تسأل عنها، عائلتها التي انتزعت منها منذ فترة طويلة. كانت ومضات من ذلك اليوم تحاصرها، خطوط الدم الطويلة على الأرضيات حيث شحبت الجثث إلى فوهة الكهف وألقيت فوق المنحدر. تنفست. لم يفهموها.

بالطبع لم يفهموا. في حياتهم، لم يكن من الضروري أن تقلق بشأن ما إذا كان أحدهم قد تيتم على يد غزاة العبيد قبل أن تسأل عن عائلته.

ذات مرة كان لديها والدان، منزل، أقارب. ذات مرة، كانت تنتمي إلى مكان ما، تماماً ودون محاولة. "كنت من الكيرين". قالت بهدوء. أنا كيرين، فكرت، رغم أن كل شيء عن الكيرين قد سُلِب منها: قبيلتها ومنزلها من قبل الملائكة، جسدها الحقيقي من قبل الذئب الأبيض، والآن، ربما... زيري.

"سأريكِ". سمعت نفسها تقول.

مدت يدها إلى دفتر الرسم والقلم الرصاص وأمسكتهما للحظة، بقوة، وهي تتساءل إذا كانت قادرة على القيام بذلك.

كانت قد حاولت رسم مادريغال من قبل، لكنها وجدت يدها تُبعد قلمها. كانت خائفة - من أن تخطئ، من أن تصيب، مما ستشعر به عند رؤية ذاتها السابقة. هل ستشعر وكأنها شكلها الحقيقي، وتشتاق إليه؟ أم سيكون غريباً، وكأنها لم تكن تلك الفتاة منذ زمن بعيد؟ في كلتا الحالتين، لم تستطع تخيل أنه سيجعلها سعيدة. ومع ذلك، شعرت أن الوقت قد حان، وبدأت في الرسم.

خط منحنٍ.

ثم خط آخر. أخذ قرناها شكلاً. زوزانا وميك كانا يشاهدان. كارو شعرت وكأنها تراقب أيضاً، بدلاً من إنشاء الصورة، وكانت متفاجئة قليلاً بما ظهر على الصفحة. وبمن ظهر.

"كنتِ رجلاً؟" أخذت زوزانا دفتر الرسم من يديها وتأملت الرسم. "كنتِ جذابة".

"أوه. لا، ليس هذا أنا. هذا زيري. إنه...".

بدا الأمر وحشياً جداً أن تقول إنه آخر عضو حي من قبيلتها، فقالت فقط: "إنه كيرين أيضاً".

سأل ميك: "أين هو؟ هل هو هنا؟".

"فريقه متأخر عن موعد العودة من مهمة في إريتز".

لا بد أن زوزانا قد سمعت القلق في صوتها. "ماذا يعني متأخر؟ هل هم بخير؟".

"ربما. أتمنى ذلك. ربما تأخروا فقط".

أو ربما ماتوا.

# 47

# القتلة والعشاق السريون

انقضى النهار وحلّ الليل، ووجدت كارو نفسها في مواجهة مهمة غير مرغوب فيها، وهي شرح وضع المرحاض لزوزانا. أي حالة عدم وجود مرحاض ولدهشتها، قالت زوزانا فقط: "حسناً، هذا يفسر الرائحة".

يبدو أن كارو قد نجحت حقاً في إبطال قدرتهم على الاندهاش. قررت أن أفضل حلّ هو الذهاب إلى النهر حتى يتمكنا من الاستحمام وقضاء حاجتهما مع قليل من الخصوصية، إن كان يمكن تسميتها "خصوصية". وأثناء خروجهما، قابلهما ثياغو، بأسلوبه الرسمي المتكلّف والمبالغ في الاهتمام، وأصر على أن ترافقهما تين. قال: "فقط للتأكد من أنكما في أمان".

أمان، فكرت كارو. صحيح. قالت: "لا تقلق. لن أحاول الهرب".

قال: "بالطبع لا". وكانت تعرف أنها لن تتمكن من الهرب حتى لو حاولت. فلن تستطيع الهروب من المخلوقات التي صنعتها بنفسها.

تلك الكائنات المجنحة، القوية، ذات الحواس الحيوانية الحادة، كانت ستصل إليهم في وقت قصير. أحسنتِ صنعاً يا أنا. فكرت كارو وهي تقود صديقيها خارج البوابة، ثم نزلوا المنحدر نحو النهر، بينما كانت الذئبة تتبعهم من خلفهم. مع اختفاء حرارة النهار، كان الماء البارد أقل إغراءً، بالإضافة إلى وجود تين المتربصة على صخرة، مما قلل من رغبتهم في خلع ملابسهم، فلم يستحموا بشكل صحيح، بل اكتفوا برش الماء على أنفسهم، وغسل وجوههم وأعناقهم، ثم تمددوا على صخرة ليجفوا.

قالت كارو: "حمّام النجوم".

رفعت زوزانا يدها وكأنها تحاول لمس النجوم بأطراف أصابعها وقالت: "حقاً؟ لطالما اعتقدت أن الصور التي تظهر السماء مليئة بالنجوم هكذا تكون مزيفة أو معدلة".

وأضاف ميك: "مثل تلك الصور الضخمة للقمر".

التفتت كارو إليهما وقالت: "هل أخبرتكما أن هناك قمرين في إريتز؟ وأحدهما فعلاً بهذا الحجم".

"قمران؟".

"نعم، الكيميرا -نحن - نعبد القمرين". لكنها لم تعد تعبدهما، ليس بعد الآن. في الماضي، كانت تؤمن بأن هناك قوة تدير الكون، ولكن إن كانت تلك القوة موجودة، فقد تخلت عنها في معبد إيلاي. "نيتيد هي القمر الكبير، وهي إلهة كل شيء تقريباً".

"وماذا عن القمر الآخر؟".

ردت كارو، وهي تتذكر المعبد وصوت الهسهسة من الإيفانجيلين وهمسات النهر المقدس والدم: "إيلاي، إلهة القتلة والعشاق السريين".

قالت زوزانا: "رائع! هذا هو القمر الذي سأعبده".

"حقاً؟ وأي منهما أنتِ؟ قاتلة أم عاشقة سرية؟".

أجابت زوزانا بنبرة مداعبة: "عشقي ليس سراً". ثم استدارت لتقبّل ميك على خدّه. "لذا أعتقد أنني قاتلة. وأنتِ؟". قالت وهي تنظر نحو كارو.

شعرت كارو بغصة في حلقها وقالت: "لستُ قاتلة". وندمت فوراً على قول ذلك.

ساد صمت، كان مشحوناً بذكرى أكيفا، إلى درجة أن كارو شعرت وكأنها تستطيع أن تشم رائحته في الهواء. حمقاء، فكرت في نفسها لأنها فتحت هذا الموضوع؛ كأنها كانت ترغب في الحديث عنه. طال الصمت، وظنت كارو للحظة أن زوزانا ستتجاهل الأمر، وهو ما كانت ستفضله. لم تكن ترغب في الحديث عن أكيفا، ولا حتى التفكير فيه. تمنت لو أنها لم تعرفه أبداً، لو أنها تستطيع العودة بالزمن إلى ساحة المعركة في بولفينش وتسلك طريقاً آخر بينما كان ينزف ويموت على الرمال.

قالت زوزانا بهدوء: "أتمنى لو تخبريني بما حدث".

ردت كارو: "لا أريد التحدث عن ذلك".

"لكن كارو، أنتِ بائسة. ما الفائدة من وجود الأصدقاء إذا لم يتمكنوا من مساعدتكِ؟".

"صدقيني، هذه ليست مشكلة يمكن لأي شخص مساعدتي فيها".

"جربيني".

شدت كارو جسدها وقالت: "حقاً؟ حسناً". نظرت إلى السماء المرصعة بالنجوم وقالت: "تخيلا هذا. هل تعرفان أنه في نهاية مسرحية روميو وجولييت، عندما تستيقظ جولييت في القبر وتكتشف أن روميو قد مات بالفعل؟ لقد ظن أنها ماتت فقتل نفسه بجانبها".

قالت زوزانا: "نعم، كان ذلك مشهداً مذهلاً". ثم تبعته لحظة صمت مع صوت "آه". مما أوضح أن ميك قد تلقى ضربة خفيفة بالمرفق. تجاهلت كارو الأمر وأكملت: "حسناً، تخيلا لو أنها استيقظت وهو لا يزال على قيد الحياة،

ولكن...". توقفت، محاولةً كبح ارتجاف صوتها قبل أن تكمل: "ولكنه كان قد قتل كل أفراد عائلتها، وأحرق مدينتها، وأباد شعبها أو استعبدهم".

بعد فترة طويلة من الصمت، قالت زوزانا بصوت منخفض: "أوه".

"نعم". قالت كارو وأغمضت عينيها في مواجهة النجوم.

* * *

جاء نداء الحارس بينما كانوا يسيرون عائدين إلى أعلى المنحدر. صوت قعقعة عميقة عرفتها كارو على أنها قعقعة أمزالاغ، وفي الحال كانت ترتفع في الهواء، وتحدق في اتجاه البوابة. في البداية لم تر شيئاً. هل كان هناك المزيد من البشر؟ لا. كان أمزالاغ يشير إلى السماء.

ثم بدأت النجوم تتلألأ.

ظهر ظل يقطع السماء الليلية، وكان مرئياً في البداية فقط كحجب للنجوم. شخصية واحدة، وحيدة – واحدة، فقط واحدة؟ – و... كانت ضربات جناحيه ثقيلة وغير منتظمة. كان يتمايل، يهبط، ثم يحاول الصعود مجدداً، متابعاً رغم الألم الذي كان واضحاً في كل حركة. كان هناك جنود في الهواء يتوجهون لملاقاته ومساعدته. وعندها، رأت كارو أنه هو. كان زيري. حيّاً.

أرادت كارو الانضمام إليهم، لكنها تذكرت صديقيها اللذين لا يزالان على الأرض، وفكرت أنه من المحتمل أن زيري لا يرغب في رؤيتها بعد ما قالته له آخر مرة، لذا عادت إلى الأرض وقالت لهما: "هيا، أسرعا".

أرادت تين أن تعرف ما الذي رأته، فأخبرتها كارو، وانطلقت الذئبة بسرعة نحو الأمام بينما أمسكت كارو بذراعي صديقيها وسحبتهما بسرعة إلى أعلى التل، تكاد ترفعهما عن الأرض من شدة استعجالها.

سألت زوزانا: "ماذا؟، كارو، ماذا؟"..

ردت كارو: "فقط تعالا". وعندما وصلوا، كان نيسك وإيميليون يخفضان زيري على الأرض أمام ثياغو. كان جناحاه مترهلين، وركعت الذئبة لتدعمه، بينما كانت كارو واقفة هناك، أذناها تطنان وهي تبحث بيأس عن مصدر الدم الذي غطاه تماماً. من أين كان يتدفق كل هذا الدم؟ كان زيري منحنياً، رأسه منخفض وذراعاه مشدودتان على جسده... لكن هناك شيء غريب في يديه. كانتا مغطاتين بالدماء، ملتويتين وصلبتين كالمخالب - يا إلهي، ماذا فعلوا بيديه؟- ثم رفع رأسه، ووجهه...

شهقت كارو بصدمة.

وراءها سمعت صرخة زوزانا.

كان زيري شاحباً كالثلج، وهذا ما لاحظته كارو في البداية، لكن بقية ملامحه كانت مشوشة. كان شاحباً لكنه أيضاً كالح، كالح بلون الرماد- ذقنه، فمه... شفتاه كانتا سوداوين، متجمّدتين ومتكتلتين، وهذا لم يكن أسوأ ما في الأمر. حاولت كارو أن تبتعد بنظرها، فقدت التركيز للحظة، لكنها أجبرت نفسها على النظر مجدداً.

ماذا فعلوا به؟

بالطبع. بالطبع فعلوا به هذا. لقد قطعوه كما قطعهم، لكنه لا يزال على قيد الحياة، مبتسماً بتلك الابتسامة المرعبة. كان... منحوتاً. ينزف، شاحباً من الصدمة وفقدان الدم. عيناه تجولتا بحثاً عنها، وعندما وجدها، ركزتا عليها فجأة -كلسعة سوط عندما التقت أعينهما- واتسعت عيناها أيضاً، وكان يحاول أن يخبرها بشيء من خلال نظرته، لكنها لم تستطع فهمه، الكلمات كانت مفقودة، ولم يبقَ سوى شعور بالاستعجال.

تهاوى زيري إلى الأمام، فأمسكه ثياغو، لكن ليس قبل أن يصطدم أحد قرنيه الطويلين بالحجر، ويُكسر طرفه بفرقعة أشبه بصوت طلقة. اندفعت تين إلى الأمام وأمسكت بذراعه الأخرى، ليبقى زيري متدلّياً بينهما بينما

حملوه بعيداً. التقطت كارو قطعة القرن - دون أن تدرك السبب - وتبعتهم بخطوات سريعة، مشيرة إلى زوزانا وميك ليلحقا بها.

"انتظرا". قالت عندما وصل ثياغو وتين إلى باب القلعة حيث ينام الجنود. "خذوه إلى غرفتي. أعتقد... ربما أستطيع علاجه".

أومأ ثياغو وغيّر اتجاهه، وتبعته تين، بينما سارت كارو خلفهما. شعرت بوخزة غريبة في مؤخرة رقبتها فاستدارت، متأملة بنظرها الطريق خلفها. كان مليئاً بالحطام، والجدار العالي يلمع تحت ضوء النجوم، لكن لم يكن هناك شيء آخر.

استدارت وحثت الخطى نحو القلعة.

\*\*\*

ركع أكيفا على ركبتيه، ولم يكن قد تنفس منذ أن رآها. الآن، استنشق الهواء وفقد بريقه، ولو كانت كارو ما زالت تنظر خلفها، لرأت هيئته تتلاشى، وأجنحته تشتعل بالنار وتتطاير منها شرارات كالجمر. لم يكن يفصله عنها سوى بضع خطوات.

عن كارو.

كانت على قيد الحياة.

وسرعان ما سيأتيه كل شيء آخر مسرعاً. كالأرض بالنسبة إلى رجل ساقط، كانت تندفع إليه مسرعة وتضربه دفعة واحدة - المكان، الصحبة، كلماتها، كان كل شيء يؤدي إلى شيء آخر ويحطمه - ولكن حول تلك الزفرة كان العالم صامتاً ومشرقاً، مشرقاً جداً، ولم يكن أكيفا يعرف إلا هذا الشيء الواحد، وكان يتمسك به ويريد أن يعيش بداخله ويبقى فيه إلى الأبد.

كارو على قيد الحياة.

في قديم الزمان
كانت هناك فتاة تعيش في قلعة رملية
تصنع الوحوش

لترسلها عبر ثقب في السماء

# 48

## ضيف رائع

"أيها القبطان، لقد وجدنا... شيئاً ما. سيدي".

نظر جايل إلى الكشاف بنظرة حادة يعرفها جنوده جيداً. لم يكن قائد الدومينيون حاد المزاج مثل أخيه. فقد كان غضبه بارداً ومتعمداً، ولكنه كان وحشياً مثله، بل يمكن القول إنه كان أكثر وحشية لأنه كان يتحكم في أعصابه تماماً عندما يرتكب أسوأ أفعاله، وكان أكثر قدرة على الاستمتاع بنفسه. قال بهدوء: "هل أفهم من كلامك أنك لا تقصد بـ 'شيء ما' المتمرد؟".

"لا، سيدي، ليس هو".

حدّق الكشاف من وراء رأس جايل في الحائط الحريري للجناح. كان الوقت ليلاً وكان النسيم يعلو. وكانت طيّات الخيمة ترفرف بسبب نسيم خفيف، وكان وهج الفوانيس يرسم تموجات قرمزية ونارية متغيرة أبداً، فاتنة. كان جايل يعرف ذلك؛ فقد كان يحدق فيها بنفسه إلى أن أشار إلى خادمه بإدخال الكشاف، لكنه لم يتخيل أن الكشاف كان مفتوناً.

تخيل أنه لم يكن يحب النظر إلى وجه قائده.

سأل بفارغ الصبر: "حسناً، ماذا بعد؟". لقد كان المتمرد الذي أراده -
كيرين الذي، بشكل لا يصدق، قد انزلق من بين أصابعه - ولم يكن يتصور أن
أي شيء آخر سيجذب انتباهه في الوقت الحالي.

لكن كان مخطئاً.

"لسنا متأكدين مما هو، سيدي". أجاب الكشاف بصوت مملوء بالحيرة.
بدا عليه الاشمئزاز. جايل كان معتاداً على هذا التعبير؛ لقد رآه كثيراً. كانوا
يحاولون إخفاء مشاعرهم، لكن دائماً ما كان هناك دليل: ارتعاشة، تجنب
للنظر، أو انقباض خفيف للشفتين.

أحياناً كان ذلك يثير استياءه إلى درجة أنه يمنحهم شيئاً آخر ليتجاوزوا
به اشمئزازهم، كالألم مثلاً. لكن لو عاقب جايل كل من شعر بالاشمئزاز من
وجهه، لكان مشغولاً للغاية. ومع ذلك، لم يكن هذا الاشمئزاز موجهاً نحوه
هذه المرة، وعندما أدرك ذلك، أثار فضوله.

"وجدنا... ذلك... مختبئاً بين أنقاض كرنفال آرك. وكان هناك حريق".

سأل جايل: "ذلك؟ وحش؟".

"لا، سيدي. ليس كأي وحش رأيته من قبل. يقول... يقول إنه سيرافيم".
أطلق جايل رشقة من الضحك. "وأنت لا تستطيع أن تقول؟ أي نوع من
الحمقى يحيطون بي لا يستطيعون التعرف على جنسنا؟".

بدا الكشاف على درجة عالية من عدم الارتياح. "أعتذر، يا سيدي. في
البداية اعتقدت أن الأمر مستحيل، لكن هناك شيئاً في هذا الكائن. إذا كان
ما يقوله صحيحاً-".

قال جايل: "احضروه الى هنا".

ففعلوا.

سمع صوته قبل أن يراه. كان يتحدث بلغة السيرافيم وكان يئن. وكان يستجدي: "نحن إخوة، أقارب. كونوا لطفاء مع هذا الكائن المحطم، أشفقوا عليه!".

فتح خادم جايل باب الخيمة أولاً، وعندما رأى الكائن، تغير وجهه بشكل ملحوظ، مما جذب انتباه جايل. كان الخادم قد اعتاد على المواقف الغريبة بفضل سنوات خدمته، لذا كانت ردة فعله غير المتوقعة ملحوظة.

جرّ جنديان الكائن من تحت إبطيه. كان جسده منتفخاً، وذراعاه نحيلين ومتشابكين، ووجهه...

لم يُظهر جايل أي انزعاج.

الأمور التي تثير اشمئزاز الآخرين كانت دائماً مثيرة لفضوله. نهض من مقعده، اقترب وركع ليتأمل الكائن عن كثب. عندما نظر الكائن إلى وجهه، ارتعد. كان ذلك مضحكاً -كيف يمكن لمثل هذا الوحش أن يشعر بالاشمئزاز- لكن جايل لم يضحك.

صرخ الكائن: "من فضلكم! لقد عُوقبت بما فيه الكفاية. عدت إلى المنزل أخيراً. جعلتني الزرقاء الجميلة أطير مرة أخرى، لكنها كانت شريرة، أوه، الفتاة الكاذبة، طعمها كحكايات الخرافات. لكن لتأخذ مدينتها الرمادية، ولتبكي على وحوشها الميتة، لقد خدعتني. نفدت أمنيتي. كم مرة يجب أن أسقط؟ لقد مضى ألف عام. عُوقبت بما فيه الكفاية!".

فهم جايل أنه أمام أسطورة حية. "ساقط". قال بدهشة، وهو يتفحص عيني الكائن المغمورتين في انتفاخ وجهه البنفسجي.

نظر إلى ساقيه المتدليتين عديمتي الفائدة والشظايا العظمية البارزة من لوحي كتفيه، حيث تمزق جناحاه عن جسده في زمن بعيد -زمن من القصص التي تم حرق كتبها وضياعها.

"إذاً أنت حقيقي" قال جايل، وهو يشعر بالدهشة من أن الكائن لا يزال حياً بعد كل ما مر به." أنا رازغوت، يا أخي الطيب، ارحمني. الملاك الآخر كان قاسياً، أوه، كانت عيناه ناريتين، لكنه كان شيئاً عديم الحس، ولم يساعدني".

عينان ناريتان. فجأة، وجد جايل أن ثرثرة المخلوق رائعة مثل قصته. وببريق من القوة غير المتوقعة من تلك الذراعين النحيلتين، تحرر رازغوت من الجندي الذي كان يمسك به وأمسك بيد جايل. "أنت الذي تعرف ما معنى أن تنكسر، يا أخي، سوف تشفق عليّ".

ابتسم جايل. كان الابتسام هو اللحظة التي يشعر فيها بشكل أقوى بما يمثله وجهه: قناع من ندوب، ووجه مرعب. لم يكن يزعجه أن يكون مرعباً. كان لا يزال حياً.

أما من قطع وجهه، فقد عاشت طويلاً لتندم على سوء تصويبها، ثم عاشت طويلاً لتندم على حياتها بأكملها. جايل كان قبيحاً، وعلى الرغم من أن أسنانه كانت مكسورة، إلا أنه لم يكن يطلب شفقة. ومع ذلك، سمح لرازغوت بالتمسك بيده.

أشار إلى الجنود بالابتعاد عندما حاولوا سحب الكائن بعيداً، وأمر خادمه بجلب الطعام.

قال: "لضيفنا".

ضيفنا الرائع.

## 49

## ابتسامة حقيقية

تبدّد كل حرص كارو على إخفاء كدماتها في اللحظة التي شمرت فيها عن كمّيها وألقت حقيبة أدواتها على طاولتها. ومع ذلك، كانت صدمة صغيرة ضاعت في صدمات أكبر، ولم تقل زوزانا شيئاً. لم تنظر إليها كارو؛ لم ترغب في رؤية رد فعل صديقتها. ركزت على زيري.

ثياغو وتين وضعا زيري على سريرها -وبذلك ذهبت فكرة نوم زوزانا وميك على هذا السرير الليلة-وانصرفت تين لجلب الماء المغلي لتنظيف جروحه. لم يكن زيري قد استعاد وعيه، وهو ما كان بمثابة نعمة لأن كارو لم يكن لديها ما تقدمه له لتخفيف الألم. لماذا ستفعل ذلك؟ لم تكن معالجة.

لكن... ربما كانت كذلك؛ يمكنها فعل ما لا يمكن للمعالج العادي فعله -على الأقل من الناحية النظرية. السحر نفسه الذي يستخدم لخلق الأنسجة يمكنه أيضاً ترميمها وشفاءها. من الممكن حتى إصلاح جسم ميت وإعادة روحه إليه، لكن هذا يمكن أن يحدث فقط فور الموت قبل بدء التحلل، وإذا

لم تكن الإصابات شديدة. بما أن الجنود لا يموتون عادة عند باب الذين يحيون الموتى، فإن استحضار الأرواح كان البديل العملي. بالإضافة إلى ذلك، قال بريمستون إنه غالباً ما يكون من الأسهل خلق شكل جديد بدلاً من استعادة شكل مكسور.

قارن ذلك بإصلاح تمزق في صوف محبوك: كان خيط الصوف في الأصل خيطاً مستمراً، والآن مُخترقاً بالتقطعات، كل منها يمثل فوضى من الأطراف المتدلية والغرز المفقودة. يمكن تصحيح هذه التقطعات، ولكنها تتطلب حرفة دقيقة، ومن غير المرجح أن يعود الكل إلى حالته السابقة تماماً.

ركعت كارو لتفحص إصابات زيري. رغم الرعب الذي تسببه رؤيتها له، شعرت بالثقة في قدرتها على التعامل مع الأمر. الجرح نظيف بسبب السكين الحاد، والعضلات المتأثرة كبيرة وتكوينها بسيط. قد تظهر بعض الندوب، ولكن ما من مشكلة في ذلك.

نظر ثياغو من فوق كتفها وسأل: "هل هذا... رماد؟".

أدركت كارو أنه رماد. كان الرماد يلطخ فم زيري وشفتيه، وكان داخل فمه أيضاً مظلماً. قالت: "يبدو وكأنه أكله".

رد ثياغو بغموض: "أو تم إطعامه إياه".

إطعامه الرماد؟ ومن قام بذلك؟ اقتربت كارو من يدي زيري، وفتحتهما بلطف. عندما رأت ما جرى له، خرجت منها همسة من الألم. كانت يداه مثقبتين، وكأنه قد صلب، اليد اليسرى ممزقة تماماً من وسط راحة يده إلى النسيج بين إصبعيه الثالث والرابع، وكأنه قد انتزعها من شيء كان يثبتها.

جلب الألم المتخيل ضوضاء صافية إلى أذنيها. أعادت يديه برفق إلى صدره.

سأل ثياغو: "إذاً، هل يمكنك شفاؤه؟".

سمعت كارو الشك في صوته، ولم تلمه على ذلك. كانت الأيدي معقدة بشكل سخيف. كان عليها أن ترسمهما وتوضيح تفاصيلهما في دروس التشريح في مدرسة الفنون: جميع العظام، تسع وعشرون عظمة، وسبع عشرة عضلة في راحة اليد فقط، وأكثر من مائة رباط. "لا أعرف"، اعترفت.

"إذا كنت لا تستطيعين، فأخبريني الآن".

شعرت بالبرد. "لماذا؟" سألت، رغم أنها كانت تعرف الإجابة.

"إذا كان لا يستطيع استخدام يديه، فإن هذا الجسد لا فائدة منه بالنسبة إليه - أو بالنسبة إلي".

"لكنه جسده الطبيعي".

هزّ تياغو رأسه من دون متعاطف. "أعلم ذلك. وعلى الرغم من ندرة هذا الشيء، هل تعتقد أنه سيشكرك على إنقاذه إذا لم يتمكن من حمل نصاله؟".

هل هذا كل ما يهم؟ تساءلت كارو، وكانت الإجابة القاتمة: نعم.

شعرت بنظرات الذئب تتجه نحوها، لكنها أبقت عينيها على زيري. زيري المكسور، المجروح. زيري الرائع، ذو الأطراف الطويلة، الأنيق الذي يمثل بقايا شعب ميت. أي جسد وحشي قد يطلبه ثياغو ليحل محل هذا الجسد المثالي؟ لن تصل الأمور إلى ذلك. ستمنع كارو زيري من الانحدار إلى الهاوية. ستفعل. "سأشفيه".

قال ثياغو: "إذا كان من الأسرع أن تصنعي له جسداً جديداً-".

"أستطيع فعل ذلك". قاطعته كارو بحدة، فجلس الذئب إلى الوراء.

عندما التفتت لمواجهته، كان ينظر إليها بتأمل. "حسناً، إذاً. جربي. ولكن أولاً، أحتاج إلى استجوابه".

"ماذا؟ تريد مني إيقاظه؟" هزت كارو رأسها. "من الأفضل أن يكون الأمر على هذا النحو-".

"كارو، ماذا تظنين أنه حدث له؟ لقد عُذب، وأحتاج إلى معرفة من فعل ذلك، وإذا كان قد كشف عن أي شيء".

"أوه..". أدركت كارو المقصد، ورغم كرهها لإيقاظ زيري ليشعر بألمه، فعلت ذلك بأقصى قدر من الرقة.

كان من المحزن رؤية عينيه تفتحان وتغشاهما سحابة من العذاب. كانت عيناه تبحثان عن وجهها، ثم تنتقلان إلى وجه الذئب، ثم تعودان إليها. مرة أخرى، رأت في عينيه الإلحاح الذي كان هناك عندما وصل أول مرة، وشعرت يقيناً أنه كان هناك شيء مهم يريد أن يقوله لها.

ثياغو كان في أفضل حالاته وهو يركع بجانب جنديه ليسأله. "من فعل هذا؟" سأل بصوت هادئ، لكن سرعان ما اتضح أن زيري لم يكن قادراً على الكلام، بسبب العضلات المقطوعة في خديه.

اضطر الذئب إلى الاكتفاء بأسئلة بنعم أو لا، أجاب زيري عليها بهز رأسه وإيماءات وجهه التي كانت تسبب له الألم.

"هل أخبرتهم بشيء؟" سأل ثياغو، الذي لم يتعلم سوى أن "هم" كانوا من السيرافيم.

هز زيري رأسه بحزم وفورية.

"أحسنت. و... بقية الفريق؟".

هز زيري رأسه مرة أخرى. تجمعت الدموع في رموشه، وفهمت كارو أنهم ماتوا. كانت قد افترضت ذلك بالفعل، لكن الخبر جاء كضربة قوية.

خمسة جنود، ماتوا. باليريوس. إكساندر. تذكرت لطف إكساندر غير المتوقع وكيف كانت تتمنى أن تفعل له أفضل من ذلك الجسد الوحشي.

"هل تمكنت من إحضار أرواحهم؟" سأل الذئب، ومالت كارو إلى لأمام، يحدوها الأمل.

تردد زيري. كانت عيناه موجهتين نحوها، مليئتين باليأس والارتباك. لم يوافق أو ينكر. ماذا يعني ذلك؟ سأل ثياغو زيري مرة أخرى، لكن عينيه أطبقتا في النهاية، وبدأت الدموع تتساقط على وجهه الملطخ بالرماد، وصرخ من شدة الألم. كان غارقاً في عذابه، وبعد عدة محاولات إضافية، اضطر ثياغو إلى التخلي عن الاستجواب، مطمئناً إلى أن زيري لم يكشف عن أي معلومات قد تضر بموقفهم. وقف وقال لكارو: "امضي قدماً، وحظاً سعيداً"

تمنت كارو لو كانت تستطيع أن تؤكد أن الحظ ليس له علاقة بالأمر، ولكن الحقيقة هي أنها كانت تدعو للحصول عليه بنفسها. كانت على وشك أن تطلب المساعدة من نيتيد. "شكراً لك". قالت، وعندما خرج ثياغو، اتجهت إلى الطاولة لتأخذ بعض المكابس.

أصدر زيري صوتاً غير واضح فالتفتت إليه لتجد أنه يهز رأسه، مضطرباً. لم تفهم في البداية، ولكن بعد أن ضرب صدره بيديه المشوهتين، أدركت ما يريده. كان يريدها أن تستخدم ألمه.

"أوه، لا. لا. عليك أن تبقى واعياً لتتمكن من تقديم العُشر-".

هز زيري رأسه، وضرب صدره مرة أخرى، وحاول أن يتكلم. تعرج وجهه واندفع الدم الطازج من الشقوق. "توقف". صرخت كارو، محاولة تقييد يديه. تلاقت أصابعهما، وأمسك يديها بقوة رغم الألم الذي لا بد أنه يسببه له. هز زيري رأسه مرة أخرى.

تجمعت الدموع في عيني كارو الآن. "حسناً". قالت، وهي تمسح دموعها. "حسناً".

عادت تين بالماء والمناشف، وبدأت كارو بتنظيف جروح زيري. كان لديها بعض المطهر، وعندما وضعته على الجروح، شعرت بألم زيري يتعاظم في الهواء من حوله، كتيارات كهربائية. كان من المؤلم أن يضيع كل هذا

الألم أثناء تنظيف الجروح. كانت بحاجة إلى مساعدة. التفتت إلى تين، ولكن نظرة واحدة إلى يدي الذئبة الثقيلتين وغير الرقيقتين جعلتها تشيح بنظرها مرة أخرى. لم تستطع أن تثق في تسليم جروح زيري إليها. نظرت خلفها. كانت زوزانا وميك لا يزالان في الغرفة، واقفين أمام الجدار البعيد. عينا زوزانا كانتا مدهوشتين، وشاحبتين، وتنظر إليها بتركيز. من المؤكد أن هذا لم يكن ما قصدته عندما طلبت أن تكون إيغور، مساعدة عودة الأرواح، لكن كان لديها يداها الدقيقتان وتدريب طويل في الأعمال الدقيقة.

"زوزي، هل تعتقدين أنك تستطيعين مساعدتي؟ لست مضطرة إذا لم تكوني مرتاحة-".

"ماذا يمكنني أن أفعل؟". جاءت على الفور إلى جانب كارو.

حاولت تين أن تفرض نفسها، لكن كارو لوحت لها بالابتعاد وشرحت لزوزانا ما تحتاجه، ورغم أن صديقتها أصبحت أشد شحوباً، أخذت الشاش النظيف وحوض الماء والمطهر وتوجهت إلى زيري. "مرحباً". قالت. ثم توجهت إلى كارو: "كيف تقولين مرحباً بطريقة الكيميرا؟".

أخبرتها كارو، فكررت ذلك، ولم يستطع زيري أن يقولها مرة أخرى، لكنّه أومأ برأسه.

"هذا هو الذي رسمته". قالت زوزانا. "من قبيلتكِ".

"نعم".

"حسناً. حسناً. دعينا نبدأ".

أومأت كارو مشجعة وراقبت للحظة للتأكد من أن زوزانا ستكون بخير، ثم، مع تنفس عميق، غصت في مشهد الألم المحترق والملتهب لزيري وبدأت في جمعه واستخدامه.

*** *** ***

لم تكن تعرف كم من الوقت كانت داخل نفسها، في ذلك المكان الغريب حيث كانت تعمل في سحر بريمستون. لم يكن هذا هو الشعور المستمر والتأملي والسلس الذي يتسم به الاستحضار، بل كان شعوراً متعثراً ومحيّراً في تجميع الأشياء المتفرقة وانتقاء الأطراف السائبة، في محاولة لإعادة بناء ما كان كاملاً في يوم من الأيام.

بدا أن الأمر استغرق وقتاً طويلاً جداً؛ كانت موجودة في شعور غريب بالتعليق، كما لو كانت تحت الماء وكان عليها أن تصعد إلى السطح لتأخذ نفساً، لكنها لم تفعل، وعندما صعدت أخيراً كان الأمر أشبه بالخروج من الماء الأسود. أغمضت عينيها وتنفست.

كانت الشمس قد أشرقت؛ كانت المصاريع مغلقة لكن الضوء تسرب من حول الحواف. ورغم أن جدران القلعة كانت تحميها من أسوأ درجات الحرارة، إلا أن برودة الليل قد اختفت؛ شعرت وكأن معظم النهار قد ذهب معها.

"كارو". جاء صوت زوزانا، خافتاً ومملوءاً بالإعجاب. "كان ذلك... مذهلاً."

ماذا كان؟ حاولت كارو أن تركز عينيها، التي بدت جافة وكأنها لم تومئ منذ ساعات، أو ربما لم تومئ. نظرت حولها ووجدت أن تين قد اختفت. زوزانا كانت لا تزال بجانبها؛ وميك كان على جانبها الآخر، ذراعه حولها، وأدركت بتعب عميق أنه كان كل ما يعينها على الوقوف. شعرت بثقل الإرهاق كالجاذبية، لا يمكن دفعها. لم يكن رأسها قد بلغ من الثقل ما بلغ.

أخيراً، نظرت إلى زيري، الذي ظل واعياً لساعات طويلة، يمدها بألمه، فوجدته ينظر إليها. ابتسم لها، وكانت ابتسامته مليئة بالإرهاق والحزن

وأشياء أخرى غير مفهومة، لكنها كانت ابتسامة صادقة، وليست مجرد جرح محفور في اللحم.

لقد نجحت.

امتصت مشهد وجهه. لقد أصلحت جراحه، تقريباً دون أي أثر للتشوه. أما يداه؟ كان ذلك هو الاختبار الحقيقي. مدّت يديها، أمسكتهما ونظرت، وفي البداية حبست أنفاسها لأن التشوه كان قبيحاً ومربوطاً، وظنت أنها قد فشلت، لكن بعد ذلك ثنى أصابعه وكانت الحركات سلسة، فتنفست بارتياح.

أطلقت ضحكة وحاولت النهوض، فأصابها الدوار.

انهارت الغرفة على جانبها.

وهكذا، لم يكن هناك سوى هذا الشعور بالدوار لبعض الوقت.

# 50

# مثل جولييت

جلست زوزانا على حافة سرير كارو. رقدت صديقتها نائمة، وعيناها مغمضتان، والجلد حولهما أزرق داكن. كان تنفسها منتظماً وعميقاً. و زيري يرقد إلى جانبها نائماً أيضاً، وكان تنفسهما متناغماً. كانت زوزانا قد غسلت وجه صديقتها بالماء البارد، ويديها ومعصميها أيضاً قبل أن تضعهما على جانبيها. قالت لميك: "إنها تحتاج إلى الراحة. وأنا بحاجة إلى الطعام. قل لي إنك لا تتضور جوعاً".

ورداً على ذلك، فتح ميك حقيبته وأخرج منها شيئاً ما. قال: "خذي". أخذتها زوزانا. كانت -وما زالت- قطعة من الشوكولاتة. "لقد ذابت خلال رحلة الجحيم".

"ثم لم تذب. في شكل جديد ومثير".أخذت زوزانا نفساً عميقاً من اتجاه النافذة، ونفثت الهواء في اتجاه ميك. "هل تشم هذه الرائحة؟ إنه طعام. يمكن أن تكون الشوكولاتة ذات الشكل المثير بمثابة حلوى. يمكننا مشاركتها مع الكيميرا".

ظهر القلق على وجه ميك. "أنت لا تريدين حقاً الذهاب إلى هناك من دون كارو".

"أريد".

"ومشاركة الشوكولاته الخاصة بك".

"نعم".

"حسناً. من أنت، وماذا فعلت بزوزانا الحقيقية؟".

"ماذا تقصد؟". سألته وهي تتصنع تأثراً متصلباً وصوتاً خالياً من العاطفة. "أنا البشرية التي تُدعى زوزانا. وأنا لا أحاول استدراجك إلى الوحوش. ثق بي أيها الإنسان اللحميّ، أعني ميك".

ضحك ميك. "السبب الوحيد الذي يجعلني لا أشعر بالخوف هو أنكِ لم تبتعدي عن ناظري منذ وصولنا إلى هنا". أمسك بيدها برفق. "فقط لا تبتعدي عن ناظري، حسناً؟".

نظرت إليه باعتدال. قالت: "وماذا عن الحمام؟".

"آه، نعم. هذا". كانا قد اتفقا منذ زمن على ألا يصبحا من تلك الأزواج التي تستخدم الحمام أمام بعضهما البعض. "يجب أن أحافظ على هيبتي". قال لها ميك بجدية وهو يمسك بيديها بكلتا يديه. ثم أضاف الآن: "حسناً، يجب أن نختار كلمة سر، للتأكد من أن الشخص الآخر ليس محتالاً. في حال، كما تعلمين، استولى وحش على جسدي خلال الدقائق الخمس التي أتبول فيها".

"تعتقد أنهم قادرون على سرقة الأجساد؟ والأهم من ذلك، أنك تستطيع التبول لمدة خمس دقائق، ومع ذلك لم تتمكن من التبول على كاز من أجلي؟".

"سأظل أعتذر عن ذلك إلى الأبد، أليس كذلك؟ لكن بجدية. كلمة سر".

"حسناً. ماذا عن كلمة... محتال؟".

كان وجه ميك بلا تعابير. "هل يجب أن تكون كلمة السر الخاصة بالمحتال هي محتال؟".

"حسناً، من السهل تذكرها".

"بيت القصيد هو أن تكوني ماكرة. إذا كنت أشك في أنك لست أنت حقاً، فأنا بحاجة إلى معرفة ذلك دون أن تعرف أنني أعرف. كما في الأفلام، سأدير ظهري إليك، كما تعلم، في مواجهة الكاميرا، وأقول عرضاً يا بائع الخردوات أثناء المحادثة-".

"بائع الخردوات؟ هل هذه كلمة السر؟".

"نعم. وإذا لم تردّي بالطريقة الصحيحة، يتحول وجهي إلى تعبير كئيب ومروع" - وبدأ في تقليد تعبير كئيب ومروع - "لأنني اكتشفت للتو أن جسدك قد استولت عليه قوى شريرة، لكن عندما ألتفت إليك أتصرف وكأنني مخدوع وأبدأ بهدوء في التخطيط لهروبي".

"هروب؟". مدت شفتها السفلى إلى الأمام. "أتقصد أنك لن تحاول إنقاذي؟".

"هل تمزحين؟" جذبها نحوه برفق. "سأغوص في حناجر الوحوش بحثاً عنك".

"نعم. وتأمل أن يكونوا قد ابتلعوني من دون أن يمضغوني. مثل القصص الخيالية".

"بالتأكيد. وسأشق بطونهم لإخراجكِ. رغم أنهم سيخسرون الكثير إذا لم يتذوقوا نكهتك المذهلة".

عض عنقها بلطف، فأصدرت صوتاً مضحكاً ودفعته بعيداً. "هيا إذاً، أيها الشجاع الذي ينظر داخل حناجر الوحوش، لنذهب لتناول العشاء. أنا شبه متأكدة أننا لسنا على قائمة الطعام". استنشقت الهواء. "وذلك لأنهم بالفعل يطهون شيئاً ما". وعندما بدأ يجدد اعتراضه، رفعت يدها

مقاطعة: "ممَّ تخاف أكثر: منهم، أم مني وأنا جائعة وأحتاج لرفع مستوى السكر في دمي؟".

تحولت ملامح الحذر الصارمة على شفتيه إلى ابتسامة. قال: "لست متأكداً".

"أحضر كمانك". قالت، فهز كتفيه بخفة وأطاع. وضعت زوزانا يدها برفق على جبين كارو قبل أن تغادر، ثم خرجا معاً من الباب، يقفزان بخفة على الدرج، يتبعان أثر رائحة الطعام.

\* \* \*

كان نوم كارو مؤرقاً وعميقاً بشكل خطير. لقد فقدت خيط أيامها ولياليها، أو حياتها - البشرية والكيمرية - وجالت في لوحات من الذكريات وكأنها غرف في متحف.

كانت تحلم بمتجر بريمستون وطفولتها هناك، بإيسا وياسري وتويغا، والفئران العقارب والضفادع المجنحة و... بريمستون. وحتى في نومها كانت تشعر وكأن رؤياها كانت تعتصر قلبها.

حلمت بساحة المعركة في بولفينش، بالضباب، وبأول نظرة ألقتها على أكيفا وهو يحتضر. رأت معبد إيلاي. الحب، المتعة، الأمل، وكل تلك الأحلام العظيمة التي غمرتها في تلك الأسابيع - لم تكن في أي من حياتيها، البشرية أو الكيميرية، أسعد مما كانت في تلك الفترة - وذكريات عظمة الأمنيات الهشة التي أمسك بها كل من أكيفا وكارو بينهما، وأيديهما متشابكة في اللحظة التي سبقت الكسر.

وأخيراً، حلمت كارو بنفسها في سرداب، واستيقظت كالعائدة من الموت - أو كجولييت - على لوح حجري. كانت هناك جثث محترقة في كل مكان حولها، وفي وسطها كان يقف أكيفا. كانت يداه تحترقان وعيناه كحفرتين. نظر إليها عبر الجثث المكدسة وقال لها: "ساعديني".

استيقظت كارو فجأة، وجلست منتصبة، وقد انقضى النهار وحل الليل مجدداً، وكان هناك دفء بجانبها.

"أكيفا"، همست باسمه. تسرب الاسم من الحلم، ذلك الاسم الذي كان يجرح قلبها كلما فكرت فيه. نطقه بصوت مسموع كان كحد السكين، مؤلماً وقاسياً، كطعنة، كصفعة - ليس لها فقط، بل أيضاً لزيري إن كان قد سمع. لأنه لم يكن أكيفا بجانبها. وبالطبع لم يكن، وما مر بعقل كارو في تلك اللحظة كان مرارة مضاعفة: واحدة لأنها ظنت أنه هو.

وأخرى عندما أدركت أنه ليس هو.

*  *  *

انتفض أكيفا عند سماع اسمه، وصوت كارو، ورؤيتها جالسة ومستيقظة وقريبة جداً. لم يستطع أن يوقف اندفاع الحرارة التي استجابت لصرختها، وهجاً لا بد أنه تدحرج من جناحيه ولمسها عبر الغرفة. لمسها ولمس... المستلقي بجانبها، الذي لم يتحرك أو يفتح عينيه حتى عندما صرخت.

ظل أكيفا ساكناً في مكانه، محاطاً بسحر الإخفاء، ولم تلتفت كارو نحوه؛ عيناها كانتا مركّزتين على الكيرين، ولم يكن أكيفا قادراً على فهم ما الذي جعلها تنطق باسمه، لكن أياً كان، بدا أنه قد نُسي بسرعة.

كانت تحدق في الكيرين، وأكيفا أغلق عينيه. حاول تهدئة أنفاسه، وأقنع نفسه بأنها لن تسمع دقات قلبه بينما يتحرك نحو النافذة. كان يريد البقاء. لم يكن يرغب في إبعاد عينيه عن كارو أبداً، لكن الآن وقد استيقظت - وكان مضطراً ليطمئن على ذلك - لم يعد يحتمل فكرة التجسس عليها هكذا. ولم يكن متأكداً مما إذا كان قادراً على مواجهة ما قد يحدث بعد استيقاظ الكيرين. لم يرغب في التساؤل عما قد يكون بينهما. لم يكن له الحق في التساؤل.

كانت على قيد الحياة، وهذا كان كل ما يهم.

ذلك، و ... كانت هي التي تحيي الموتى. كان ذلك الإدراك يحمل خدراً طغى كل شيء آخر تقريباً.

تقريباً.

رؤيتها نائمة بجانب رجل آخر كان أمراً لا يمكن تجاهله. كان أشبه برؤيتها مع أصدقائها عبر نافذتها في براغ، وأكيفا شعر بنفس الغيرة العبثية التي شعر بها آنذاك، عندما ظن للحظة أنها هي. ولو كان في نفسه شيء من المروءة لتمنى لها السعادة مع واحد من بني جنسها، لأنه مهما يكن من أمر آخر غير مؤكد في هذه الأيام الرهيبة، فإن شيئاً واحداً كان مؤكداً: لم يكن هناك أمل في أنها لا تزال تحبه.

مدّت كارو يدها لتمسك يد الكيرين، وكان ذلك أكثر مما يمكن لأكيفا احتماله.

ألقى بنفسه خارج النافذة واختفى.

# 51

# الأفضل لقتلك به

انحنت كارو لتفحص يدي زيري عن كثب، محاولَةً الاطلاع على آثار الشفاء التي قامت بها.

شعرت باضطراب في الهواء خلفها، لكن أصابع زيري أطبقت على أصابعها في اللحظة التي كانت ستلتفت فيها، وتطاير الشرر من النافذة وتناثر فوق الأرضية الترابية، ثم اختفى من دون أن يراه أحد.

"أنت مستيقظ". قالت كارو. هل سمع ما نادته به؟

قال زيري: "أنا سعيد لأننا بمفردنا"، وكان رد فعلها هو سحب أصابعها وإبعادها عنه. ماذا كان يقصد؟ لكنه بدا مندهشاً من ردها وبدا أنه أصبح مدركاً في الحال للحميمية غير المتوقعة للمشهد. "لا، لسنا..." صمت، واحمر خجلاً، ثم جلس ورجع إلى الوراء تاركاً مسافة بينهما على السرير. جعله احمرار خجله يبدو صغيراً جداً. وأضاف بتسرع: "أعني، أنه يجب أن أخبرك بما حدث. قبل أن يعود هو".

هو؟ من؟ للحظة عابرة جاء اسم أكيفا مرة أخرى إلى ذهن كارو ودفعته بعيداً في إحباط. "ثياغو؟".

أومأ زيري برأسه. "لا يمكنني أن أخبره بما حدث حقاً، يا كارو. لكنني بحاجة إلى أن أخبرك. وأنا... أحتاج إلى مساعدتك".

نظرت إليه كارو فحسب. ماذا كان يقصد؟ أي نوع من المساعدة؟ كانت تشعر بالبطء وهي لا تزال غارقة في تعويذة أحلامها المؤرقة، وكان هناك شيء ما يزعجها ويبدو أنها لم تستطع التركيز عليه.

سارع زيري لملء الصمت. "أعلم أنني لا أستحق مساعدتك، ليس بالطريقة التي عاملتكِ بها". ابتلع ريقه، ونظر إلى أسفل إلى يديه، وثنى أصابعه. "أنا لا أستحق هذا. ما كان يجب أن أستمع إليه". كان الخجل يلقي بثقله على تعابير وجهه. قال: "أردت التحدث إليك، وكان ينبغي أن أفعل. لقد أمرنا ألا نفعل، لكن لطالما شعرتُ أن ذلك خطأ".

استوعبت كارو هذا الأمر. "تقصد... ثياغو أمركم بعدم التحدث معي؟ جميعكم؟".

أومأ زيري برأسه وهو متوتر وبائس. "ما المبرر الذي قدمه؟". قال لها بتردد: "لقد قال إنه لا يمكننا أن نثق بك. لكنني أثق بك. كارو-".

"هل قال ذلك؟" شعرت وكأنها تلقت صفعة. شعرت بالغباء. "قال لي إنه يعمل على مساعدتكم جميعاً، وأنكم ستبدؤون في الوثوق بي كما فعل هو".

لم ينطق زيري بكلمة، لكن الرسالة كانت واضحة. كان ثياغو يكذب عليها طوال الوقت، وكيف يمكن أن يفاجئها ذلك؟ سألت: "ماذا قال أيضاً؟".

بدت نظرات زيري عاجزة. "ذكّرنا، كثيراً، بخيانتكِ...". كان صوته خافتاً، وجسده منحنٍ. "أنك بعتِ سرّنا للسيرافيم".

رمشت. "بعثْ-؟" ماذا؟ هذه المعلومة كانت مفاجئة لها، فاجأها حجم

هذه الكذبة. "هل قال ذلك؟".

أومأ زيري برأسه وارتبكت كارو. كان ثياغو يخبر الكيميرا أنها باعت أسراراً للسيرافيم؟ لا عجب أنهم همسوا في وجهها بأنها خائنة. قالت: "لم أبع أي شيء"، وخطر ببالها: لم تبع شيئاً، ولم تقل شيئاً أيضاً. لقد كانت مشغولة جداً بالتمرغ في عارها خلال الأسابيع الماضية إلى درجة أنها لم تتساءل عما إذا كان ذلك مبرراً. ما هي جريمتها بالضبط؟ حب العدو، كان ذلك أمراً خطيراً؛ أما إطلاق سراحه، فأخطر، لكنهم لم يعرفوا أنها فعلت ذلك، وعلى أي حال... لم تخبر أكيفا بسرّ الكيميرا الأعمق.

بل كان ثياغو من فعل ذلك.

كان الذئب الأبيض يلومها على خرقه لها، ويبقيها معزولة عن بقية المجموعة، ويغذيها بأكاذيب ثابتة في كلا الاتجاهين. كل ذلك للسيطرة عليها، وعلى سحرها، وكان الأمر ينجح معه بدقة، أليس كذلك؟ لقد فعلت كل ما طلبه منها.

ليس بعد الآن. كان قلبها ينبض بسرعة. نظرت إلى زيري. قالت: "هذا ليس صحيحاً"، وخرجت كلماتها مثل الهمس المشوش. "لم أخبر... الملاك". لم تستطع نطق اسمه مرة أخرى. "لم أخبره قط عن البعث من الموت. أقسم بذلك". أرادت أن يصدّقها، أن يعرف شخص ما ويصدّق أنها وإن كانت خائنة إلى حد ما، إلا أنها لم تفعل ذلك. ثم خطر ببالها أن بريمستون ربما ظن أنها فعلت ذلك.

شعرت بالغثيان.

إذا كان قد ظن ذلك، فلا بد أنه غفر لها، لأنه أعطاها الحياة والأمان وحتى - رغم أنها لم تدرك ذلك حتى فقدته - الحب.

قتلها التفكير في أنه ربما كان يعتقد أنها خانت سره وسحره وألمه. والأكثر من ذلك، قتلها أنها لن تكون قادرة على إخباره بالحقيقة.

وبغض النظر عما كان يعتقده، فقد مات وهو يعتقد ذلك، والنتيجة الحتمية لوفاته جعلتها تدرك ذلك بطريقة لم يفعلها أي شيء حتى الآن.

قال زيري: "أنا أصدقك".

كان ذلك شيئاً، لكنه لم يكن كافياً. أمسكت كارو بمعدتها التي كانت تتقلب بالغثيان على الرغم من أنها كانت فارغة تماماً - أو ربما بسبب ذلك. مدّ زيري يداً مضطربة وسحبها إلى الوراء. "أنا آسف"، قالها بأسى. أومأت برأسها، وثبّتت نفسها. "شكراً لإخباري".

"هناك المزيد-".

ولكن بعد ذلك، صوت صادم بضخامته: صوت من الخارج. صراخ، عويل. كانت نبضات قلب كارو تتسارع عندما أدركت ما كان يزعجها. لقد كان الغياب. غياب زوزانا وميك. أين كان صديقاها؟

ومن الذي صرخ للتو؟

\* \* \*

وفي الساحة الخارجية، غطت زوزانا أذنيها وشدت على أسنانها.

كان ميك أكثر هدوءاً. أومأ برأسه إلى الكيميرا الذي يدعى فيركو، الذي كان قد أطلق للتو صوتاً صاخباً من كمانه. قال ميك: "هذا صحيح. هكذا يُصدر الصوت".

كان فيركو يمسك الآلة بشكل صحيح إلى حد ما. وعلى الرغم من أن يديه الكبيرتين كانتا تتحكمان في القوس بشكل صحيح رغم تقزمه بسبب نتوء فكه.

لاحظت زوزانا شيئاً واحداً وهو أن العديد من الكيميرا كانت أيديهم بشرية - أو شبيهة بأيدي البشر - على الرغم من أن بقية أجسادهم كانت وحشية. وانطلاقاً من مجموعة السيوف والفؤوس والخناجر والأقواس

وغيرها من أدوات القتل والتقطيع التي كانوا يحملونها في كل مكان، استنتجت زوزانا أن البراعة اليدوية كانت ضرورة حتمية.

الأفضل لقتلكم بها، يا أعزائي.

على الرغم من كل الأسلحة والمخالب وما إلى ذلك، لم يكونوا كائنات مخيفة إلى هذا الحد. حسناً، كان منظرهم مخيفاً للغاية، لكن لم يكن سلوكهم مهدداً. ربما لأن زوزانا وميك كانا قد التقيا أولاً بباست، تلك التي كانت تسكن في طابق كارو، والتي فهمت إشاراتهما الإيمائية عن الجوع، وأحضرتهما معها إلى الطعام، وقدمتهما بكلمات لم تستطع زوزانا وميك فهمها.

"هل تفضلون البشر مشويين أم مفرومين في فطيرة؟" قال ميك بصوت خافت، لكن زوزانا كانت ترى أنه كان يشعر بالرهبة أكثر مما كان خائفاً.

بدت الكيميرا فضولية أكثر من أي شيء آخر في الحقيقة. ربما كانت مرتابة بعض الشيء، وكان هناك البعض ممن جعلوا الدم يتجمد في عروق زوزانا بنظراتهم الثابتة؛ وقد ابتعدت عن هؤلاء، ولكن بشكل عام كان الأمر على ما يرام. كان العشاء لطيفاً ولكنه لم يكن أسوأ مما تناولاه في مطعم سياحي في مراكش في طريقهم إلى هنا، وقد تعلما بعض كلمات من الكيميرا: العشاء، لذيذ، صغير، الأخير - وكانت تأمل أن يكون الأخير فقط - فيما يتعلق بها. لقد كانت محط إعجابهم تماماً، واستسلمت للتربيت على رأسها بلباقة غير عادية.

والآن، في الساحة، كان كمان ميك هو محور الاهتمام. أصدر فيركو بضع صرخات جهنمية أخرى وصوت نشاز قبل أن يدفعه كيميرا آخر ويزمجر بشيء لا بد أنه كان يعني إعادته إليه، لأن فيركو سلم الكمان وأومأ إلى ميك ليعزف عليه، وهو ما شرع في فعله.

تعلمت زوزانا أن تتعرف على مقطوعاته المميزة، وكانت هذه مقطوعة مندلسون التي كانت تثير دائماً الشعر في مؤخرة عنقها وتجعلها تشعر

بالسعادة والحزن، المرارة والحلاوة في نفس الوقت. لقد كانت كبيرة ومعقدة ونوعاً ما... لطيفة في بعض الأماكن، ولكنها كانت ملحمية في أماكن أخرى وموجعة، وكانت زوزانا وهي تقف في الخلف وتراقب، ترى التغيير الذي أحدثه على المخلوقات المصطفة حولها.

أولاً: الاندهاش والمفاجأة من أن نفس الآلة التي أصدرت أصواتاً حادة بيد فيركو يمكنها أن تفعل ذلك. كان هناك بعض تبادل للنظرات وبعض الهمهمات، لكن سرعان ما تلاشى ذلك ولم يكن هناك سوى الدهشة والسكون والموسيقى والنجوم. جلس بعض الجنود القرفصاء أو استقروا على الجدران، لكن معظمهم ظل واقفاً. ومن المداخل والنوافذ كان آخرون يطلون ويخرجون ببطء، بما في ذلك الشخصيتان المنحنيتان غير المحاربتين للسيدتين العاملتين في المطبخ. حتى ذاك الذي كانت تسميه اللحم الأبيض الآخر بدا متغيراً، واقفاً في ثبات في كل جماله المقلق بشكل غريب، وعلى وجهه نظرة شوق عميق ومؤلم. تساءلت زوزانا عما إذا كان من الممكن أن تكون مخطئة بشأنه، لكنها صرفت النظر عن هذه الفكرة من الواضح أن أي شخص يرتدي الأبيض بالكامل بهذا الشكل لديه مشاكل. فمجرد النظر إليه جعلها تتمنى لو كان لديها مسدس كرات طلاء، ولكن تباً، لا يمكنك أن تستعد لكل الاحتمالات.

\* \* \*

هزّت كارو رأسها بدهشة. كانت زوزانا تتمايل بخفّة في الساحة بينما يعزف ميك على كمانه أمام مثل هذا الجمهور؛ لم تكن تتخيل هذا المشهد في براغ.

"كيف وصلوا إلى هنا؟" سأل زيري. كان قد نهض هو الآخر ووقف خلفها ينظر من فوق كتفها.

قالت كارو: "لقد وجداني"، وقد ملأتها بساطة ذلك بالدفء. لقد بحثا عنها ووجداها؛ لم تكن وحدها في النهاية. والموسيقى... لقد ارتفعت وتضخمت، وبدت كأنها تغمر العالم. لم تكن قد سمعت موسيقى منذ أسابيع، وشعرت وكأن جزءاً منها يلهث ويعود إلى الحياة. صعدت إلى حافة النافذة، وكانت على استعداد للنزول والقفز إلى الأسفل لتنضم إلى صديقيها في الساحة، لكن زيري أوقفها.

"انتظري، أرجوكِ".

نظرت إلى الخلف.

"لا أعرف متى ستتاح لي فرصة أخرى للتحدث معك. كارو، أنا... لا أعرف ماذا أفعل".

"ماذا تقصد؟".

"الأرواح" كان مضطرباً. التفت ومشى مبتعداً عنها، وانحنى ليمد يده إلى شيء ما، ثم عاد حاملاً مبخرة. قال: "فريقي".

"هل أنقذتهم؟" عادت كارو إلى الغرفة. "أوه، زيري. هذا رائع. اعتقدت أن...".

"سأضطر إلى إبلاغ ثياغو، ولا أعرف ما إذا كنت سأخبره أم لا". كان يحمل الوعاء على كفه.

كارو مرتبكة. "ما إذا كنت ستخبره أنك أنقذتَ فريقك؟ لماذا لم تفعل؟".

"لأننا عصينا أوامره".

لم تعرف كارو ماذا تقول حول ذلك. عصى الذئب؟ هذا لم يحدث. بعد توقف، سألت: "لماذا؟".

كان زيري جاداً جداً وحذراً جداً.

"هل تعرفين ماذا كانت أوامره؟".

"الـ .. هينترموست للدفاع عن الدومينيون" لقد قالتها، لكنها لم تصدق

ذلك.

هزّ رأسه. "لقد كان هجوماً مضاداً، على مدنيي السيراف".

رفعت كارو يدها إلى فمها. "ماذا؟" سألت، وكان صوتها رقيقاً.

أومأ زيري بفكه ورأسه. "إنها حملة رعب يا كارو" بدا مشمئزاً. "هذا كل ما يمكننا أن نفعله، كما يقول، كوننا قليلون جداً".

رعب، فكرت كارو. دم. دم. كم عدد الذين ماتوا في إريتز على كلا الجانبين خلال الأيام الماضية؟

"لكننا عصيناه. ذهبنا إلى هينترموست. كان...". كانت عيناه غير مركّزتين، مسكونتين. "ربما كان ثياغو على حق. لم يكن هناك شيء يمكننا فعله. كان هناك الكثير منهم. كنت في مأمن، وشاهدت الفريق يموت".

"لكنك حصلت على أرواحهم. لقد جمعتها...".

"لقد كان فخاً. لقد وقعت فيه".

"لكنك هربت". كانت تحاول أن تفهم. "أنت هنا".

"نعم، هذا ما لا أفهمه". وقبل أن تسأله عما كان يقصده، أخذ نفساً عميقاً ومد يده إلى سترته الملطخة بالدماء والرماد، وأخذ شيئاً من جيبه الداخلي. رأت كارو وميضاً من اللون الأخضر الزاهي، لكن هذا كل شيء. مهما كان، فقد كان صغيراً ومناسباً تماماً في يده. قال: "لقد نالوا مني يا كارو. جايل أمسك بي. كان سيجبرني أن أخبره". كانت عيناه الواسعتان الكبيرتان والبنيتان اللتان أصابهما الإرهاق قد اتسعتا بكثافة غريبة. "عنكِ و... كنت سأفعل. أردت أن أعتقد أنني لن أنهار، لكنني كنت سأفعل". لقد اختنق بالكلمات. "في النهاية".

"أي شخص كان سيفعل ذلك". حافظت كارو على صوتها هادئاً، لكن الذعر كان يتنامى في داخلها. "زيري، ماذا حدث؟".

# 52

## استدعاء الطيور

"أكيفا". جاء صوت ليراز حاداً كالسيف، وهي تشير إلى أسفل المنحدر حيث تلتقي أخاديد الصخور بالعشب الأخضر، إلى فسحة صغيرة يغطيها دخان نار خامدة، وبقعة من الرماد في وسطها. وكانت هناك ملائكة. "جايل"، همست، ثم نظرت إلى أخويها، متجهمة، بينما كانا ينظران إلى البقية جنود جايل كانوا يحاصرون الكيميرا.

من هذه المسافة، كل ما كان يراه أكيفا هو أنه كان كيرين، وهو أول من رآه منذ موت مادريغال، ولكن بمجرد أن تحرك الكيرين – وهو يقطع ويقتل وكأنه يرقص – فهم أكيفا أن الأمر لا يتعلق بعبد محرر هارب بل بجندي.

وجد جايل متمرداً. كل رحمة أكيفا المكبوتة وهدفه المتعثر بات مرهوناً بهذه اللحظة. وعندما هزم الدومينيون الكيرين في النهاية وطرحه أرضاً، وعندما وقف جايل فوقه مشمراً عن ساعديه، عرف أكيفا أن كل أمله كان يتلخص في هذه اللحظة أيضاً. العائد من الموت. المبخرة. كارو. هل سيجد جايل المتمردين، أم سيجدهم هو؟

كما صاغها هازايل؟ "هل تعتقد أنه سيكون هناك الكثير من الطيور اليوم؟".

وكما حدث، كان هناك الكثير. من موقعه على المنحدر العالي، كان أكيفا قد مسح المسافة الشاسعة: بقع الدم ودوامات الرياح تعج بالطيور التي تحلق بأعداد كبيرة، وقد خاب أملها من الحرائق التي حرمتها من الجثث. بالطبع، لم يكن هازايل يقصد الطيور بالمعنى الحرفي للكلمة لكن حتى هازايل لم يكن يعرف ما كان أكيفا قادراً على فعله.

**\* \* \***

قال زيري لكارو إن الأمر بدأ كصوت. يتجمع ويتصاعد، همهمة مرتعشة ومطوّقة تتنامى إلى هدير. في البداية ظن أنه شيء من صنع الملائكة، لكنه شتت انتباههم أيضاً. نظر خاطفوه حوله مذعورين. كانوا يشدونه إلى أسفل، اثنان في كل جانب. كان مستلقياً على ظهره في الرماد، وذراعاه مغلولتان ويداه... مثبتتان. كان جايل قد ثبّته في مكانه، وكلتا يديه مثبتتان بسيف جندي قتله.

كانت كل ركلة تهز النصال، وكان الألم يبدأ في يديه فقط ولا ينتهي عند هذا الحد. لقد تغلغل الألم في رأسه، واستحوذ عليه. لقد كان كل شيء، وفي اللحظات الصغيرة بين الركلات، عندما كان بإمكانه أن يبقى ساكناً لكي يتوقف العذاب، كان الخوف يعود - الخوف مما سيفعله ويقوله ليوقفها.

لم يكن قد أخبرهم بشيء، لكنهم لم يكونوا قد انتهوا منه بعد. ركع جايل فوقه بخوذة مليئة بالرماد.

قال: "كان هذا صديقك قبل ساعات قليلة فقط. افتح فمك".

"لا!".

فتحوا فمه بأصابعهم. شعر زيري بفولاذ الخوذة الساخن على شفته، وتذوق طعم الرماد عندما بدأ يتسرب داخل فمه. قاوم وكافح، لكنه سقط داخل فمه وملأ حلقه وكان يختنق غارقاً في رماد أصدقائه الموتى. كانت شهقاته المكافحة تمتص الرماد إلى رئتيه وكان يحترق من الداخل، رماد لا هواء فيه، والوقت يمر بلا نهاية. كانت الأضواء الساطعة في نقاط دقيقة، والسيرافيم غير واضحين: وجوههم المتهكمة، وثقب فم جايل الذي كان يتطاير منه البصاق من شدة ما كان يبذله من جهد. أطبقت الآلام عليه، والاحتراق، واللهاث، واقتراب الموت الحار الخانق المريع...

الموت.

ثم، جاء الماء.

لقد خنقه الماء أيضاً، لكنه أزال الرماد، ثم كان يسعل الرماد كله ويتنفس الماء والرماد، وكذلك الهواء، ولم يمت.

سأله جايل: "هل هذا يساعد ذاكرتك بأي شكل من الأشكال؟ يمكنني القيام بذلك طوال اليوم".

كان الألم الجسدي ساحقاً. رأى زيري كيف يمكن أن يسيطر عليك، كيف يمكن أن يصبح الألم سيد الدمى ويجعلك تفعل أشياء. وتقول أشياء.

لا.

عادت الخوذة مرة أخرى. توتَّر وقاومَ. شد على أسنانه، ولم يتمكنوا من فتح فمه.

كان ذلك عندما قطعوا ابتسامته.

حاولوا مرة أخرى، لكن هذه المرة قطعوا فمه بحد السيف ليجعلوه يفتح فمه بالقوة.

وعندما كانت الخوذة تقترب من شفتيه مجدداً... خرج صوت. الملائكة توقفوا فجأة، وأسقطوا الخوذة بينما كانوا يدورون بحيرة. سحبوا أسلحتهم،

لكن الصوت استمر في التصاعد حتى تحول إلى طنين ساحق وشامل، وأصبح أكثر من مجرد صوت. أصبح ظلاً.

اكتست السماء حياة خاصة بها. فوضوية ومفعمة بكل لون. متغيرة. صاخبة. جنونية.

لقد كانت ظاهرة.

كانت... إلهاءً.

"طيور". قال زيري لكارو وهو يهز رأسه بدهشة. أولاً جاءت طيور الدم، ثم تبعتها طيور أخرى، من كل الأنواع. لا أستطيع أن أحصي عددها. السماء امتلأت بالطيور، يا كارو، امتلأت تماماً، وكانت تحيط بنا من كل جانب".

"هل هاجمتكم الطيور؟". كانت كارو تميل إلى الأمام وعيناها واسعتان. هز زيري رأسه. "لقد جاؤوا للتو. من حولنا. بيننا. دفعوا الملائكة إلى الوراء".

أومأت برأسها بتلك الطريقة التي كانت تفعلها، وجعلت زيري يرغب في أن يمد يده - يده التي شفيت حديثاً - على العمود الطويل الجميل من عنقها - أو كما فكر، وهو يحمر خجلاً وهو يتذكر إحساس دفء جسدها على جسده عندما كانا مستلقيين جنباً إلى جنب، أن يجذبها إليه ويضمها إليه ويحتضنها. أشاح بنظره مرة أخرى، وحدق في الحائط بقوة ومن دون أن يرمش.

كانت يده تنبض وكأن الشيء الصغير الذي كان يحمله لا يزال حياً؛ لكنه لم يكن كذلك. لقد كانت دماؤه تنبض في عروقه... لأنه كان حياً. لم يفهم ذلك، ولم يعرف ماذا يقول بعد ذلك، لذا مدّ يده وفتحها.

رأت كارو الجسد الصغير ذا الريش. نظرت إليه نظرة فارغة، بلا تعبير، ولم تستوعب الأمر، وشك زيري للمرة المائة في أن هذه الفتاة البشرية ذات الشعر الأزرق هي مادريغال حقاً. بالتأكيد لا يمكن أن تنسى هذا.

ثم اتسعت عيناها وارتفعت نظرتها إلى عينيه بذهول.

فراشة طائر الطنان. كان جناحاها ذوا فراء ناعم رمادي اللون ومكسر؛

وكان جسمها لامعاً من اللون الفيروزي مع شريط من اللون القرمزي عند الحلق. وعندما هبطت الطيور - الطيور من كل نوع، طيور النهار والليل، طيور الظل والظلام، وطيور الإيفانجيلين، والغربان ذات الأجنحة الخفاشية والطيور الدموية، والطيور المغردة، والطيور الجارحة، وحتى صائدات العواصف، وأجنحتها لا تزال مرقطة بالثلج - انتهز زيري الفرصة للهرب. وذلك يعني تمزيق إحدى يديه. كان السيفان اللذان يمسكهما قد غاصا في أعماق الأرض إلى درجة لا يمكن معها أن يسحبهما، لذلك، وضع أسنانه و... كان النصل حاداً بشكل كاف.

انفصلت يده في صرخة من الألم، ونبضات حمراء تملأ رؤية زيري والفوضى والأدرينالين تغرق بعضها، ربما، وبطريقة ما استخدم تلك اليد المشوهة لتحرير اليد الأخرى.

حاول السيرافيم الإمساك به. لم يستطع أن يمسك بالنصال، فأخفض رأسه واستخدم قرنيه، وضرب جندياً واحداً بجانبه، لكن قرنيه لم يكونا حادّين بما يكفي لاختراق الدرع، فسقط الجندي، فما كان من زيري إلا أن ضربه على ركبته وسحق رقبته. وسدد ركلة طويلة منخفضة إلى جندي آخر فأسقطه على قدميه وراح يبحث عن جايل عازماً على فعل ما قال إنه سيفعله وقتل قائد الدومينيون، لكنه لم يجده.

كانت عصا الالتقاط لا تزال منتصبة في الأرض، فأمسكها بيديه المشوهتين بينما كانت كثافة الطيور قد أصبحت دوامة، ولم يكن يرى أعداءه من خلال ريش الطيور الغاضبة إلا بصعوبة. ولم يعد أعداؤه يرونه.

في اندفاع الأجنحة العارم، اختار الطيران.

ولم يتوقف بعد ذلك ليفكر كيف حدث هذا، أو لماذا حدث، وبالتأكيد لم يفكر فيمن هو- ولم يخطر بباله أن هناك من هو حتى ابتعد كثيراً، وبعيداً جداً، وسقط على شجرة ليأخذ نفساً. كانت فراشة الطائر الطنان ميتة عندما

اكتشفها. كانت عالقة في درعه، ضحية صغيرة من ضحايا الفوضى، و - كما بدا له في الحال - علامة.

متردداً، قال لكارو: "لا يمكنني الجزم بأنه... هو... من فعل هذا-".

نظرت إليه كارو بحذر، وقالت: "هو؟ لا أعرف من تقصد".

نظر إليها زيري مطولاً يتأملها. لم تكن تشبه مادريغال في أي تفصيل من تفاصيلها.

كان شكل وجهها مختلفاً؛ كانت عيناها سوداوين وليستا بنيتي اللون. كان فمها أقل عرضاً، وكان شعرها أزرق، ولم يكن لها قرنان، وكانت بشرية. مع ذكرى مادريغال التي لا تزال حية في ذهنه - وليلة عيد ميلاد أمير الحرب التي كانت بداية النهاية - بدت كارو غير مرتبطة بكل هذا، وكاد يصدق إنكارها.

سأل نفسه، هل تحتاج حقاً إلى معرفة ذلك؟ لم يكن الأمر وكأنه يريد التحدث عن الملاك، حبيبها. ربما كان كافياً أنه أظهر لها الطائر. دعها تفكر فيما تريد. كما قال، لم يكن يعرف على وجه اليقين.

ولكن... كان يعتقد أن هناك تفسيراً واحداً ممكناً لوجوده على قيد الحياة، ولم يستطع أن يسكت.

قال: "لم أره أبداً"، ولم تسأله كارو من كان يقصده. كانت صامتة، وكانت لا تزال حذرة ومتحفظة. قال زيري: "ربما أكون مخطئاً، لكنني لا أعرف ما الذي أفكر فيه. لم أسمع قط باستدعاء الطيور إلا في تلك الليلة، في حفلة أمير الحرب. الـ... الوشاح".

اتسعت عيناها باندهاش، وقالت: "كيف عرفت عن ذلك؟".

شعر زيري بالخجل، فطأطأ رأسه معترفاً: "كنت أراقبكِ".

قبل ثمانية عشر عاماً، في حفل أمير الحرب، كان زيري مجرد صبي

وسط الجموع، يراقب مادريغال وهي ترقص مع غريب، ويتمنى لو كان هو مكانه. تمنى لو كان أكبر، لو كان رجلاً، تمنيات فارغة لا تجدي.

لم يتخيل حينها أن الغريب كان سيراف، لكنه رأى ما لم يره أحد سواه: أن الرجل كان هو نفسه، بأقنعة مختلفة، وأنها رقصت معه مرة تلو الأخرى. لقد كان شيء من الذوبان والليونة في حركاتها التي تلمح إلى أسرار بالغة، على عكس جمودها مع ثياغو.

وعندما بدأت فراشات طائر الطنان تهبط من بين أضواء الفوانيس وتستقر على كتفيها العاريين، رأى زيري ذلك أيضاً، وفهم أن ذلك كان سحراً، وأن الغريب هو من فعل ذلك.

رفع الغريب مادريغال، متدثرة بوشاحها الحي، وأعادها إلى الأرض، وحتى صبي صغير كان يستطيع أن يرى أن ما بينهما كان سحراً، بل وأكثر من السحر.

كان زيري طفلاً يقظاً، وقد رأى الكثير من الأشياء التي كان صغيراً جداً على فهمها. كان عليه أن يشاهد موت مادريغال، ولم يفهم الحماسة - النشوة - التي انتابت الجماهير.

لم يفهم لماذا كان الوحيد الذي حزن عليها هو العدو، الذي كان جاثياً على ركبتيه ودامياً من التعذيب. لن ينسى زيري صرخات أكيفا أبداً - اليأس المطلق والغضب والعجز. كان ذلك أسوأ شيء سمعه في حياته.

كان قد رأى ثياغو في ذلك اليوم أيضاً، كان حاضراً بلباس أبيض بارداً في شرفة القصر، بلا حراك ولا تأثر.

بدأ زيري يكره شخصاً ما في ذلك اليوم، ولم يكن أكيفا.

قال: "لا أعرف لماذا يا كارو. لكنني أعتقد أن الملاك أنقذ حياتي".

# 53

# أبطال

"كان يجب أن نقتله عندما سنحت لنا الفرصة". تمتمت ليراز بصوت يكاد لا يُسمع، بينما كانت تسير جنباً إلى جنب مع هازايل عبر معسكر الدومينيون.

"لم تسنح لنا الفرصة"، ذكّرها هازايل. "كان هناك الكثير من الطيور اللعينة في الطريق".

أجابت: "نعم، حسناً، كنت أتمنى أن يكون قد اختنق أو تعرض للنقر حتى الموت أو شيء من هذا القبيل".

كانت تتحدث عن جايل الذي كانوا متجهين لرؤيته. ولأسباب غامضة حتى الآن، طلب عمهم الساحر رؤيتهم. "ألم يستطع أكيفا أن يجعل الطيور تقتله؟".

هزّ هازايل كتفيه. "من يدري ما يمكن أن يفعله أخونا. لا أعتقد أنه يعرف نفسه تماماً. ولا أعتقد أنه حاول فعل شيء بهذا الحجم من قبل. لقد كلفه ذلك كثيراً".

بالفعل. لقد ترك جهد الاستدعاء أكيفا يلهث ويرتجف، وعيناه مغمضتان بإحكام حتى إن هازايل وليراز لم يريا حتى انتهى الأمر كيف انفجرت الأوعية الدموية واحمرت.

قالت ليراز: "من أجل حياة كيميرا واحدة".

قال هازايل: "من أجل حياة كيميرا واحدة، نعم، وأملاً بحياة أخرى".

"أملها"، قالت ليراز، بصوت لا يخلو من مرارة. وكيف لا تكره هذه الفتاة الشبحية التي لم تكن حية ولا ميتة، بشرية وليست كيميرا - ماذا كانت هي على أية حال؟ لقد كانت بعيدة جداً عن كل شيء، شاذة جداً، و... عرفت ليراز أن أساس ذلك كانت الغيرة، وكانت تكره ذلك. أكيفا كان ملكها أوه، ليس بهذه الطريقة. لقد كان أخاها. لكن هازايل وأكيفا كانا أهلها، أهلها الوحيدين. كان لديهم المئات من الإخوة والأخوات الآخرين، لكن هذا كان مختلفاً. لطالما كانوا هم الثلاثة، وعلى الرغم من أنها كادت أن تفقدهما في المعركة أكثر من مرة، إلا أنها حتى وقت قريب لم تكن تقلق من فقدانهما بهذه الطريقة. لم يكن غير الشرعيين يحبون ويتزوجون.

كان ذلك محرّماً. و... سيكون الأمر أسوأ، كما فكرت، لأنه سيكون خيارهما. لن يموتا، أو يؤخذا منها. كانا سيذهبان بحرية لبناء حياتهما مع شخص آخر ويتركاها خلفهما.

لقد قالت إنها لا تشعر بالخوف، لكنها كذبة؛ كان هذا هو خوفها: أن تُترك وحيدة. بسبب شيء واحد كانت متأكدة منه، وهو أنها لا يمكن أن تحب أبداً، ليس بهذه الطريقة. كيف لها أن تأتمن شخصاً غريباً على جسدها؟ القرب، والسكينة. لم تستطع تخيل ذلك. أن تتنفس أنفاس شخص آخر كما تتنفس أنفاسك، أن تلمس شخصاً ما، أن تفتح له قلبك؟ ضعفها جعلها تحمرّ خجلاً. كان ذلك يعني الاستسلام، وخفض حذرها، وهي لن تفعل ذلك. أبداً مجرد التفكير في ذلك جعلها تشعر بالضآلة والضعف كطفلة - وليراز

لم تكن تحب أن تشعر بالضآلة والضعف. ذكريات طفولتها لم تكن لطيفة.

فقط هازايل وأكيفا هما اللذان جعلاها تتخطى ذلك. كانت تظن أنها ستفعل أي شيء من أجلهما، لكن لم يخطر ببالها أبداً أن "أي شيء" قد يعني التخلي عنهما.

قالت الآن لهازايل: "أتساءل عما إذا كان قد وجدهم". كانت تقصد المتمردين. تحدثت بصوت منخفض؛ وهما يقتربان من جناح جايل. "كان يجب أن نذهب معه".

قال: "لدينا دورنا الذي يجب أن نلعبه هنا"، فما كان من ليراز إلا أن أومأت برأسها. لم تكن تريد أن تترك أكيفا يذهب بمفرده مرة أخرى، ولكن كيف يمكنها منعه؟ أسوأ شيء على الإطلاق هو أن تجعله يكرهها. لذا فقد شاهدته وهو يصارع من أجل استدعاء السحر ليصبح غير مرئي - فقد كان مرهقاً جداً بعد الاستدعاء - ويتبع الكيرين في السماء التي مزقتها الطيور، بينما عادت هي وهازايل إلى المعسكر، ليلعبا دورهما كما فعلا من قبل ويتسترا عليه.

ومع ذلك، لم يحدث من قبل أن تم استدعاؤهما أمام قائد الدومينيون، ليرويا الأكاذيب وأنصاف الحقائق.

سأل هازايل: "هل أنتِ مستعدة؟".

أومأت ليراز برأسها، وذهبت أولاً من خلال الفتحة. نفس الفتحة التي عبرت منها لوريل من قبل، هل كان ذلك في اليوم السابق؟ شعرت ليراز بملامسة قصيرة لأطراف أصابع أخيها في الجزء الصغير من ظهرها وحملت الإحساس معها وهي تواجه جايل. أجابت لوريل إنها بخير. قالت إنه لا شيء - مجرد رجل، والرجال يغتسلون.

هي أكبر من معظم المجندات سناً، وأكثر منهن معرفة. وكانت قد تطوعت - كما قالت - لتجنيب بعض العذارى أن يلقى بهن إلى جايل -

وعلى الرغم من أن ليراز لم تكن في خطر، إذ كانت من دم جايل، فقد رأت أن ذلك كان عملاً شجاعاً لم تشهد له مثيلاً. أشجع من قيادة الطليعة أو العودة إلى الخلف من أجل الرفاق الجرحى. أشجع من مواجهة مجموعة من العائدين من الموت. لقد فعلت ليراز تلك الأشياء الأخرى، لكنها كانت تعلم أنها لم تكن لتستطيع الدخول إلى هذه الخيمة والخروج منها مرة أخرى، ليس بهذه الطريقة.

"سيدي"، قالت الآن بانحناءة عميقة مناسبة. فعل هازايل نفس الشيء وهو يقترب منها.

"ابنة أخي، ابن أخي"، قالها بسخرية. لكن ليراز كانت سعيدة بذلك. لا تنس ذلك، فكرت. رفعت رأسها ونظرت إليه.

وحقاً لم يعجبها ما رأته على وجهه. لقد كان موجهاً إليها، مستبعداً هازايل، وكان... اهتماماً لا لبس فيه ومقلقاً. "ما اسمكِ؟" سألها.

"أختي ليراز"، تكلم هازايل. "وأنا هازايل".

لكن جايل كرر فقط "ليراز"، بصوت رطب، وأتبعه بتنهيدة ثقيلة. "يا للأسف. يا للأسف. أنت فاكهة طازجة أكثر من بعض الآخرين الذين مروا بي. لكن أخي لديه طريقة في... إقحام نفسه".

ضحك هازايل. قال: "لقد فهمت"، ونجح هذه المرة في جذب عيني جايل عنها. "إقحام نفسه. هذا مضحك".

توقف، تمنّت ليراز أن يتوقف، لكن جايل اكتفى بابتسامة هادئة. بدت ضحكة هازايل صادقة، فهو يمتلك موهبة في الضحك.

والآن بعد أن اضطرب جايل من النظر إلى هازايل، رأى ما فعله الجميع عندما وقف الاثنان جنباً إلى جنب، ونظر إلى الأمام والخلف بين الأخ وأخته. "هل أنتما توأمان؟ لا؟ أم واحدة على الأقل".

لكن هازايل هز رأسه. "لا يا سيدي، فقط دم أبينا يشرق من خلالنا".

كانت ليراز مذهولة بما فيه الكفاية لتدير رأسها وتحدق. أن يسمى جورام "والداً" لجايل؟ كانت تعرف ما كان يفعله، محاولاً التركيز على نفسه. توقف، لقد تمنت مرة أخرى، لكن جايل لم يشعر بالإهانة. ربما بسبب روح الفكاهة الحمقاء التي اتسم بها أسلوب هازايل، وربما لأن أفكاره كانت في مكان آخر.

قال القبطان: "بالفعل. على الرغم من أن هذا ليس هو الحال مع أمير الأوغاد، أليس كذلك؟ أود أن أقول إن وصمته الستيلية ارتفعت إلى القمة".

وصمة؟ كان صحيحاً أن أكيفا لم يكن يشبه جورام في شيء؛ أكثر من ذلك، لم تستطع ليراز أن تقول أكثر من ذلك. لم تتذكر أمها، ناهيك عن أم أكيفا. ماذا أراد جايل؟

"علمت أن أكيفا ليس في المعسكر. هل هذا صحيح؟".

أجابا معاً: "نعم، يا سيدي".

"وعلمت أنه إذا كان هناك من يعرف مكانه، فأنتما الاثنان".

قال هازايل: "لا يزال في الصيد، يا سيدي. صيد المتمردين".

ليست حتى كذبة، فكرت ليراز. مثير للإعجاب." لا يرتاح وحشنا الشجاع "باين" أبداً. لكنك عدت بدونه؟".

قال هازايل معتذراً: "لقد كنت جائعاً يا سيدي".

"حسناً، أفترض أننا لا نستطيع جميعاً أن نكون أبطالاً".

لقد أثار ازدراؤه شيئاً ما في ليراز. "وهل قبضت على أي متمردين؟" سألته دون أي اعتذار هزلي من هازايل. "سيدي".

تحولت عيناه إليها. ثم أجاب بحزم: "لا".

كاذب، فكرت وهي تتذكر منظره وهو يعامل الكيرين بوحشية. لقد استمتع بنفسه بإطعامه رماد رفاقه؟ لقد أصابها بالغثيان. مضحك، كم كان

سهلاً عليها أن تنحاز إلى العدو عندما كان العدو ضد جايل. حسناً، شكل وطبيعة العدو قد ساعدا بالتأكيد. لو أنه كان هيث أو أكو أو أحد الوحوش المزمجرة ذات المظهر الوحشي العائد من الموت، لكان من الصعب أن تنحاز إلى جانبه، سواء كان جايل أو لا. لكن الكيرين، كان من المثير مشاهدته وهو يقاتل - حتى إن ليراز ظنت للحظة أنه قد ينتصر ويهرب.

لقد كان سريعاً جداً.

لم تكن قد رأت كيرين منذ أن كانت جندية جديدة في أولى غزواتها ونسيت كيف كانوا. لذلك عندما أخبرهم أكيفا بصوت هادئ ومختنق أن مادريغال كانت من الكيرين أيضاً، تلاشى آخر ما في نفس ليراز من نفور وتبخر.

ورغم سمات المخلوق المتمرد، إلا أنه كان يتمتع بمظهر رشيق وأنيق لم يكن حيوانياً على الإطلاق. لم تكن تريده أن يموت.

لا يمكن قول الشيء نفسه عن جايل. لا أناقة ولا رشاقة. كانت ستسعد برؤيته مختنقاً بالرماد. تساءلت، إلى أي مدى آذى ذلك الجندي؟ وكم عدد الآخرين الذين استمتع بتعذيبهم بتلك الطريقة؟ "لا؟" سمعت نفسها تقول، وهي تستفزه. "ربما هم حقاً أشباح".

يا للغباء. أصبحت نظرة جايل، التي كانت تتسم باللامبالاة، أكثر حدة وتألقاً. "إنهم حيوانات". أجاب ببساطة، وكأنه لا يكترث. ثم تقدم خطوة أخرى نحوها. "أتعلمين، أنت تذكرينني بشخص ما". كان يتأمل ملامح وجهها وجسدها. "ليس في التفاصيل. كانت داكنة، ليست شقراء، لكن لديك نفس... النار... التي كانت لديها".

لديها. أجبرت ليراز عينيها على النظر إلى الأرض. لا تضغطي عليه، لا تختبريه، إنه جايل. هل تعتقدين حقاً أن دم اللقيط سيكبحه إذا أغضبته؟

"هل يمكننا أن ننقل رسالة إلى أكيفا من أجلك؟" سأل هازايل، محاولاً

مرة أخرى لفت انتباه عمهما بعيداً. "يجب أن يعود خلال يوم أو يومين".

"لا". تراجع جايل خطوة إلى الوراء. "لا توجد رسالة. سأعود إلى أستراي. لكن لا شك أننا سنلتقي مجدداً".

\* \* \*

قالت كارو غاضبة: "لا أصدق أنك نزلت إلى الطابق السفلي من دوني".

قالت زوزانا غير نادمة: "ماذا؟ كنت أتضور جوعاً وكانت مضيفتنا مغمى عليها على السرير مع فتى وحش مثير".

فتى وحش مثير؟ "يا إلهي، هذا يجعل الأمر يبدو..." رفعت كارو يديها وهزت رأسها. لقد كان من السخف أن تكون قلقة حول شيء لم يحدث، ولكن عندما فكرت فيما وقعت فيه زوزانا وميك مباشرةً، جعلها تشعر بالقشعريرة. عندما نزلت أخيراً إلى الفناء، وجدت زوزانا جالسة بين تانغريس وباشيس من بين كل الكيميرا الممكنة، وهما يتبادلان نفس النوع من "محادثة" الإشارة والحوار التي يجريها المرء في أي مكان أثناء السفر ومقابلة أشخاص لا يتحدثون لغتك. إلا أن هؤلاء فقط... لم يكونوا "أناساً".

"أنتِ لا تفهمين". لم ترغب كارو في إخافة صديقيها، لكن من الواضح أنهما لم يفزعا بما فيه الكفاية. "هل تعرفان ماذا يطلق عليهما؟ إنهما الظلان الحيّان، زوز. إنهما قاتلان".

قالت زوزانا بمرح: "مثلي".

فكرت كارو أنه ربما ينبغي لها أن تمسك رأسها حتى لا ينفصل. "لا، ليس مثلك. ليسا قاتلين ممثلين. بل قاتلان حقيقيان. إنهما يذبحان الملائكة أثناء نومهم".

"يا للقرف". تجهمت زوزانا وأمسكت بحنجرتها. "لكن الملائكة هم الأشرار، أليس كذلك؟".

لم تعرف كارو حقاً كيف ترد على ذلك. لم يكن أي من ذلك حقيقياً بالنسبة إلى زوزانا. "إنهما فقط مخيفان حقاً، حسناً؟" قالت وهي تسمع كيف بدت ضعيفة ثم ترددت. كيف يمكنها أن تكون متأكدة من أي شيء، في ضوء حقيقة أنها كانت تعيش في مسرح أكاذيب ثياغو؟ "أليس كذلك؟".

هزّت زوزانا كتفيها. "لا أعرف. لقد كانا رائعين".

رائعان. كان الظلان الحيان رائعين. "وأفترض أن ثياغو كان خوخاً أيضاً".

"إيوو" قالت زوزانا بقشعريرة. "لا. ليس خوخاً. خوخ دودي".

حسناً، على الأقل اتفقوا على ذلك.

قالت كارو: "يجب أن تنامي قليلاً".

كان ميك ممدداً بالفعل على السرير، وبالكاد كان واعياً، وبدا أن طاقة زوزانا قد خفت أخيراً. "أعلم". تثاءبت. "سأفعل. ماذا عنك؟".

قالت كارو: "لقد نمت بالفعل". مع زيري. يا للغرابة. والآن أصبحا حليفين بسر مشترك. لم يشك ثياغو. كانا قد سمعاه قادماً وكان لديهما وقت للتظاهر بالنوم قبل أن يدخل عليهما في ترتيب أقل حميمية من ذي قبل، مع كارو على الكرسي بجانب السرير. وكانا قد قررا بالفعل أن زيري سيخبر الجنرال عن الأرواح التي تم جمعها، وأن كارو ستدير بطريقة ما عمليات الإحياء في الخفاء حتى تتمكن من سرد القصة المزعومة على باليروس والآخرين عندما يستيقظون.

إذا سار كل شيء على ما يرام، فلن يحتاج ثياغو إلى معرفة أنهم عصوا الأوامر. لم تكن متأكدة مما ستفعله بالروح الإضافية التي حذرها زيري من أنها قد تجدها: فتى الداشناغ الذي قاتل ومات معهم. خمّنت أنها ستجده في حالة ركود.

بالطبع، لم يكن هذا كله سوى بداية المشكلة.

المشكلة الكبيرة التي كانت تلوح في الأفق هي: ماذا الآن؟ حملة الإرهاب هذه. لقد اعتقدت كارو - بقدر ما كانت تفكر في الأمر - أن الهدف من التمرد هو حماية الكيميرا.

لم يكن ثياغو يحمي أحداً. ربما كان صحيحاً أنه يفتقر إلى العدد الكافي للقيام بأكثر من ذلك، وهو ما كان سيقول إنه كان خطأها، ولكن... هل تخلى عن كل شيء آخر؟

قالت زوزانا: "لا يمكن أن تكون هذه الراحة كافية. يمكنك النوم هنا. سأفسح لك مجالاً".

هزت كارو رأسها. "كوني مرتاحة. لن أتمكن من النوم على أي حال". كان هناك الكثير مما يدور في ذهنها. ما العمل؟ ما العمل؟ "أعتقد أنني سأذهب للمشي بينما لا يزال الجو بارداً. وفي الصباح سأعود إلى العمل".

أشرق وجه زوزانا، وقالت كارو: "نعم يا إيغور. يمكنك المساعدة. وشكراً على ما فعلته سابقاً. لقد كنتِ رائعة".

"أنا؟ يا إلهي يا كارو. أنت بطلتي".

"نعم؟ حسناً، أنت بطلتي، لذا نحن متعادلتان".

ميك، على عكس ما يبدو، لم يكن نائماً تماماً. استيقظ ليقول: "أريد أن أكون بطلاً لشخص ما أيضاً".

"أوه، أنت كذلك"، أكدت له زوزانا ذلك وهي ترمي بنفسها فوقه. قبّلته قبلة صاخبة. "يا بطل حكايتي الخيالية، أنجزت مهمة واحدة وبقيت اثنتان".

لم تعرف كارو ما كان ذلك، لكنها تراجعت بينما استمرت زوزانا في غرس التأكيدات الصاخبة على وجهه.

# 54

# اعتراف

توقعت كارو أن تكون تين في انتظارها خارج الباب وتتبعها، لكن الذئبة ربما افترضت أنها ستبقى مع أصدقائها الليلة؛ لم تكن موجودة في أي مكان

بسعادة غامرة بالحرية غير المتوقعة، شقت كارو طريقها بهدوء نحو البوابة الخلفية للقصبة عبر الممرات الضيقة للقرية المدمرة وهي تسمع صوت الفئران أثناء مرورها من فوقها. اضطرت عدة مرات إلى التحليق في الهواء والانجراف فوق العوائق والجدران المنهارة، لكنها كانت حريصة على البقاء تحت خط السقف وبعيداً عن أنظار برج الحراسة. كانت لديها لحظة لنفسها ولم تكن تريد المخاطرة بها.

وشعرَت مرة أو مرتين أنها ملاحقة فنظرت إلى الخلف، ولكنها لم تر أي ذئب يتسلل في الظلال. لمحت شيئاً أبيض وخشيت للحظة أن يكون ثياغو نفسه، لكنها لم تكن سوى بعض ملابسه المغسولة والمعلقة على سطح لتجف.

أخذت نفساً عميقاً. كان الذئب الأبيض آخر شخص تريد رؤيته الآن

حسناً، ربما ليس الأخير. كان ذلك الموقع محجوزاً لأكيفا، لكنها كانت هناك آمنة. أكيفا كان بعيداً في هينترموست، على ما يبدو، وما الذي كان ينوي فعله بحق الجحيم؟ هل أنقذ زيري حقاً؟ كانت الأدلة واهية.

فراشة طائر طنان واحدة ميتة.

وتحركت ذكريات عميقة: الإحساس بالوشاح الحي الذي أهداه لها أكيفا في تلك الليلة في حفلة أمير الحرب، ثم الشعور بتلك الأجنحة الناعمة ذات الفرو الناعم، ثم الدغدغة عندما بدأت المخلوقات تأكل السكر اللامع الذي غطى صدرها وعنقها وكتفيها.

كانت لا تزال تشعر بالخجل من السكر، بعد مرور كل هذه السنوات - أنه كان مخصصاً لثياغو، وأنها سمحت لنفسها أن تُرشّ به، ولم تعترف لنفسها تماماً بأنها كانت مستعدة للاستسلام له، وأن تدعه... يتذوقها. ارتجفت وهي تتخيل ذلك الفم ذو الأنياب على لحمها.

بدلاً من ذلك، كانت فراشات الطائر الطنان هي من تذوقها، ثم... ملاك

كم كانت الحياة غريبة وقاسية. ولو جاءها همس في أذنها في ذلك الصباح البعيد أنها ستكون في أحضان العدو - وتريد أن تكون هناك - لضحكت من ذلك. ولكن عندما حدث ذلك بدا الأمر طبيعياً وصحيحاً كخطوات الرقصة التي طالما عرفتها.

تساءلت الآن: ماذا لو لم يأتِ أكيفا إلى لوراميندي بحديثه الجميل المذهل - والحب هو عنصر - ولمسته الناعمة وسحره الحلو، وحرارته وفكاهته وعيناه الملتهبتان، لو لم تعرف أي خاطب غير الذئب؟

هل كانت مطيعة إلى درجة أنها سمحت لنفسها بأن يأخذها ويذوقها ويتملكها؟ لقد تمنت لو أنها كانت تستطيع أن تصدق أنها كانت ستستيقظ على حماقتها حتى بدون مجيء أكيفا، ولكن خجلها لم يكن ليخف. ربما كانت

ستجفل من لمسة ثياغو وتهتز لتستيقظ، ولكنها كانت تعلم أنها كانت على الأرجح ستترك التيار يحملها حتى يفوت الأوان.

حسناً، كان شعبها سيبقى على قيد الحياة لو أنها فعلت ذلك. ما هي سعادتها مقارنة بذلك؟

ووصلت إلى النهر وانزلقت إلى المكان الصخري على ضفته حيث يمكنها الجلوس متوارية عن الأنظار من القصبة. خلعت حذاءها ووضعت قدميها على الحجارة الباردة المتلألئة وراقبت انعكاس النجوم وهي تتراقص في خطوط طويلة متمايلة على سطح الماء المتحرك. كان لاتساع تلك السماء المتلألئة طريقة تجعلها تشعر بضآلة وصغر حجمها وتفاهته، وأدركت أنها كانت تستمتع بهذا الشعور كوسيلة لتخفيف الضغط عن نفسها للقيام بشيء ما.

في النهاية، ماذا يمكنني أن أفعل؟

حقاً: ماذا؟ كانت الكيميرا مخلصة لثياغو، وثياغو لن يتنازل أبداً.

تساءلت كاروا: ماذا كان سيفعل بريمستون؟

كان شوقها إليه في هذه اللحظة عميقاً جداً إلى درجة أنه جعلها تنزلق إلى الأمل - ذلك الأمل البائس الخادع في أنه لم يرحل حقاً. سمحت لنفسها أن تتخيل للحظة واحدة فقط: لو كان بريمستون هنا، ما الذي كان سيختلف؟

شيء واحد على الأقل. سأكون محبوبة.

"كارو".

كان ذلك همساً فقط، لكنها انتفضت عند سماع اسمها. من-؟ لم ترَ أحداً، ولم تسمع أحداً يقترب. سوى...

تيار من الحرارة.

دفعة من الشرر.

أوه، يا إلهي. لا.

ثم، كما لو أن حجاباً قد سقط، اختفى سحره وظهر أمامها.

أكيفا.

سرى الضوء عبر كارو وطارده الظلام - أحرقها وأبردها، وميض وظل، وجليد ونار، ودم وضوء النجوم، اندفاع وهدير، وملأها. صدمة وعدم تصديق. وحقد.

وغضب.

وكانت واقفة على قدميها. وكانت قبضتاها مشدودتين بإحكام، حجريتين، وكان جسمها كله مشدوداً من الغضب عند رؤية الملاك، وكل عصب من أعصابها مشدود وجلدها مشدود حتى لقد شعرت بالدم في صدغيها يخفق، والغضب في قبضتيها ينبض، وفي كفيها المضمومتين: الحروق. واحترقت هامساتها وكانت تفتح يديها وترفعهما وأكيفا لا يدافع عن نفسه.

عندما أصابه سحر العلامات، طأطأ رأسه وتحمّلها.

واندفع السحر من كارو، واهتز أكيفا تحت الهجوم لكنه لم يتحرك - لا بعيداً ولا باتجاهها - وعرفت كارو أنها تستطيع قتله. كانت تتمنى لو أنها فعلت ذلك من قبل، وها هو هنا ليعطيها فرصة أخرى. لماذا كان يمكن أن يكون هنا - لماذا غير ذلك - وماذا يمكنها أن تفعل غير قتله - لم يكن هناك شيء آخر - بعد ما فعله - بعد ما فعله - بعد ما فعله - بعد ما فعله - لكن... كيف يمكنها أن تقتل أكيفا؟

كيف لا يمكنها ذلك؟

ألم يفعل ما يكفي من دون أن يفرض عليها خياراً مستحيلاً آخر؟ لماذا كان هنا؟

جثا على ركبتيه، وتموج الهواء بينهما بسحر كارو المرهق وبالذاكرة. يوم وفاتها، هذا ما رأته، هذا: كان أكيفا جاثياً على ركبتيه، مريضاً بثقل هذا السحر نفسه الذي كان يتدفق من جنود ثياغو، وكان قد كافح ليرفع رأسه وينظر

إليها - هكذا تماماً - برعب ويأس وحب - وكانت تريد أكثر من أي شيء أن تذهب إليه وتضمه إليها، وتهمس له بأنها تحبه وأنها ستنقذه، ولكنها لم تستطع، ليس في ذلك الوقت، ولم تستطع الآن، ليس بسبب الأغلال أو الأصفاد أو فأس الجلاد، ولكن لأنه كان العدو. لقد أثبت ذلك بما يفوق أي رعب كانت لتصدقه، وبما يفوق أي خيانة يمكن أن تحلم بها، ولا يمكن أن تغفر له أبداً، أبداً.

لكن... فيما بعد... أنزلت يديها إلى جانبيها.

لماذا؟ لم تعتزم إنزالهما. كانت هامساتيها ساخنتين على فخذيها وكانت أنفاسها تتقطع وتخرج في شهقات ولم تستطع أن تجعل نفسها ترفع يديها مرة أخرى. كان أكيفا يرتجف ويعاني من السحر، وكانا مرة أخرى في عين عاصفة من البؤس - كان عالمهما عاصفة من البؤس وكانا عالقين في وسطها، في السكون الخادع الذي سمح لهما بأن ينسيا، ذات مرة، أن كل ما حولهما كان دوامة لاذعة من الكراهية التي ستقبض عليهما - كانت في كل مكان وكل شيء وكانا أحمقين لاعتقادهما أنهما يستطيعان مغادرة مكانهما الصغير الآمن ولا يقعان في تلك الدوامة مثل كل مخلوق حي آخر في إريتز

لكنهما تعلما، أليس كذلك؟

كانت شهقات كارو على وشك أن تتحول إلى تنهدات، وكانت ساقاها ترتجفان. أرادت أن تجثو على ركبتيها أيضاً، لكنها لم تستطع. سيكون ذلك بمثابة مد يدها إليه. وقفت فوقه. كان كفاها لا يزالان ساخنين من السحر، لكنها أبقتهما على جانبيها.

"ظننتكِ ميتة"، جاء صوت أكيفا مختنقاً، "وأردت... أن أموت أيضاً".

"لماذا لم تفعل؟" كان وجه كارو ساخناً ومبللاً، وكانت تشعر بالخجل من دموعها، وبالفشل لأنها لم تتمكن من قتله. ما خطبها، لماذا لم تستطع حتى الآن الانتقام لشعبها؟

رفع أكيفا نفسه، ودفع نفسه إلى الوراء منتصباً. وبدا شاحباً ومرتجفاً ومريضاً، وكان بياض عينيه أحمر كما كان منذ فترة طويلة. قال "سيكون الأمر سهلاً جداً. أنا لا أستحق السلام".

"وأنا لا أستحق؟ أليس لي الحق أخيراً في أن أكون حرة منك؟".

في البداية لم يقل شيئاً، وترددت كلمات كارو في الصمت. كانت قبيحة جداً - مبطنة بالسخرية لتغطي على ألمها، وكانت تكره صوتها. وعندما أجاب، كانت آلامه غير مقنعة. "أنت تستحقين ذلك. لم آتِ إلى هنا لأعذبك-".

صاحت: "إذاً، لماذا أتيت؟".

حتى قبل أن ينهض أكيفا على قدميه، شعرت كارو وكأنها كانت تقاوم شيئاً ما، ولكن عندما وقف بالفعل، بشكل غير مستقر، واضطرت إلى الابتعاد خطوة واحدة وأرجعت رأسها إلى الوراء لتنظر إليه، عرفت ما هو.

كان شكله - اتساع صدره وتقاطيعه، والخط الحاد لنياشين شعره التي تتبعتها أصابعها مرات عديدة، وعيناه - فوق كل شيء عيناه، عيناه. في مواجهة واقعيته، وقربه، أدركت كارو أن ما كانت تحاربه هو الألفة - ألفة من نوع عميق من الاعتراف.

كان هذا هو أكيفا، وكان الاعتراف موجوداً حتى عندما كان غريباً، في ذلك اليوم في بولفينش عندما وقعت عيناها عليه لأول مرة. كان هذا سبب قيامها بعمل مذهل مثل إنقاذ حياة العدو.

لقد كان موجوداً في الحفلة الراقصة في لوراميندي، حتى عندما كان يرتدي قناعاً، وكان موجوداً مرة أخرى في الممر في مراكش، عندما كان، بكل ما تعنيه الكلمة، غريباً مرة أخرى.

إلا أنه لم يكن غريباً.

لم يكن أكيفا غريباً أبداً، وهذه هي المشكلة. كان هناك نوع من النداء يتردد بينهما حتى الآن، ومن جوف قلب كارو حيث كان ينبغي أن تكون

هناك عداوة ومرارة فقط، جاء نوع من الجذب البطيء من... الشوق. اندفع الغضب وغمره. قلب كريه! أرادت أن تنتزعه.

كيف لا تزال إلى الآن لا تكرهه؟

***

وعندما التقت عيونهما كان هذا ما رآه أكيفا: ليس الشوق، بل وميض مفاجئ من العنف الكراهية. ففشل في أن يدرك أنها كراهية للذات، وتاهت نفسه. ونظر بحدة بعيداً، وأدرك الآن فقط - الأحمق - أنه لا يزال لديه أمل. في ماذا؟ ليس في أن كارو ستكون سعيدة برؤيته - فهو لم يكن أحمق إلى هذا الحد - ولكن ربما لوهلة من الزمن، لمحة تشير إلى أن شيئاً ما بقي في داخلها غير الكراهية. لكن ذلك الأمل تلاشى وتركه فارغاً، وعندما وجد صوته ليجيب على سؤالها بدا فارغاً. خاوياً وجافاً.

"لقد جئت لأعثر على باعثة الأرواح الجديدة. لم أكن أعرف أنه أنتِ".

"هل تفاجأت؟" كان الاشمئزاز كثيفاً في صوتها كما في نظرتها، وهل كان بإمكانه أن يلومها على ذلك؟

هل تفاجأت؟ قال: "نعم"، على الرغم من أن هذه لم تكن الكلمة المناسبة لما كان عليه. لقد كان محبطاً. "يمكنك قول ذلك".

أومأت برأسها بتلك الطريقة التي تشبه الطيور التي كانت تتمتع بها، وكان قلب أكيفا متجمداً. رأت وفهمت. قالت: "أنت تتساءل لماذا لم أخبرك أبداً".

هزّ رأسه متجاهلاً الأمر، لكنه أدرك الأمر. لم تخبره قط. في بستان القداس في ذلك الشهر الذي كان السعادة الحقيقية الوحيدة في حياة أكيفا، في كل حديثهما عن السلام والأمل، كل حبهما واكتشافهما وخططهما العظيمة - لابتكار طريقة جديدة للحياة - لم تتحدث مادريغال عن البعث.

لقد كان الذئب الأبيض هو الذي أفشى سر الكيميرا العظيم، متفاخراً في سجن لوراميندي بين جلدات السوط.

لم يخفِ أكيفا شيئاً عنها. لقد أرادها أن تعرفه معرفة حقيقية وكاملة، بدءاً من الحصيلة الرهيبة التي كانت تتباهى بها مفاصله المحبرة إلى بؤس ذكرياته الأولى، وأن تحبه كما هو، وطوال هذه السنوات التي كان يعتقد أنها كانت كذلك. فماذا كان يعني أنها احتفظت بهذا السر؟ بل ربما قد جاءت مباشرة من عمل البعث إلى ذراعيه ولم تنطق بكلمة واحدة منه.

قالت كارو: "سأخبرك لماذا". كانت كلماتها دقيقة، كسكين ينزلق بين أضلاعه. "لم أثق بك أبداً".

أومأ برأسه، ولم يستطع النظر إليها. كان فراغاً قد امتلأ بالغثيان، قوياً وكأن العائدين كانوا مصطفين حوله وهم يرفعون هاماتهم.

سألت: "هل ستقتلني؟ لهذا السبب جئت، أليس كذلك؟ لقتل بعث آخر؟".

رفع أكيفا رأسه إلى الأعلى. "ماذا؟ لا يا كارو. لا. أبداً".

كيف يمكنها حتى أن تسأل هذا السؤال؟ قال: "لا يوجد سبب يجعلك تصدقين ذلك. لكنني انتهيت من قتل الكيميرا".

"لقد قلت لي هذا من قبل".

قال: "كان ذلك صحيحاً حينها. وهو صحيح الآن". بعد بولفينش توقف عن قتل الكيميرا. وبعد موتها، عاد إلى القتل من جديد.

لم يستطع أن يمنع نفسه من تدوير يديه، محاولاً إخفاء الأدلة الموشومة عليهما.

أراد أن يخبرها أن كل ما فعله قد فعله لأنه كان محطماً، لأن مشاهدته لها وهي تموت قد دمرته، لكن لم تكن هناك طريقة لقول ذلك دون أن يبدو وكأنه يحاول إلقاء اللوم على نفسه. لم يكن هناك أي طريقة للتحدث عما

فعله، ولم يكن هناك أي شيء تبرير، ولا أي اعتذار. حتى عند التفكير في الأمر، كان يصطدم مراراً وتكراراً بضخامة ذنبه، ولم تكن هناك كلمات. كان الاعتراف والاعتذار أسوأ من عدم كفايتهما - لقد كانا إهانة؛ وكان التفسير مستحيلاً. لكن كان عليه أن يقول شيئاً.

فقدت روحي. "فقدت حلمنا. طغى الانتقام على كل شيء. بالكاد أتذكر الأسابيع والشهور التي تلت...". بعد أن شاهدتكِ تموتين وجزء مني مات أيضاً. "لا يمكنني تفسير ما فعلته، ناهيك عن التكفير عنه. كنت لأعيدهم جميعاً لو استطعت. أود أن أموت من أجل كل واحد من الكيميرا. سأفعل أي شيء، سأفعل أي شيء، وسأفعل كل شيء... وأنا أعلم... أعلم أن هذا لن يكون كافياً أبداً-".

"لا، لن يكون كافياً، أبداً، لأنهم رحلوا".

"أعلم. أنا لا أبحث عن المغفرة. ولكن لا يزال هناك أرواح يجب إنقاذها وهناك خيارات. كارو، المستقبل سيكون فيه كيميرا أو لا يكون فيه كيميرا، اعتماداً على ما نفعله الآن".

"نحن؟" كانت كارو مرتابة. "أي نحن؟".

"أنا"، سارع إلى التوضيح. كان يعلم أنه لن تمتد كلمة "نحن" مرة أخرى لتشملهما معاً. "وفي صفوف السيراف قد يكون هناك آخرون متعبين، ويريدون الحياة وليس الموت".

"لديهم حياة. على عكس شعبي".

كان أكيفا يفكر في كلمات بريمستون الأخيرة - "إنها الحياة التي تتسع لتملأ العوالم" - لكن بالطبع لم يكن بإمكان كارو معرفة ذلك. أراد أن يخبرها بما قاله بريمستون. كان يعتقد أنها ستريد أن تعرف، لكن أن يأتي ذلك منه، ألن يبدو الأمر وكأنه سخرية؟ قال: "إنها ليست حياة تستحق العيش. ليست حياة تستحق أن نورثها للأطفال".

"أطفال"، قالت كارو وكانت كئيبة جداً- وجميلة جداً. ولم يستطع أكيفا أن يتمالك نفسه - فنظر إليها وتمعن فيها، وتألم وهو ينظر، وهو يعلم أنه لن يلمسها مرة أخرى أو يرى ابتسامتها. قالت: "عندما يبدأ كلا الجانبين بذبح الأطفال، فأعتقد أنه من الآمن أن نقول إن الحياة قد ضاعت".

ماذا كانت تقصد؟ لاحظت ارتباكه. "ألا تعرف بعد؟" تجهّمت. "ستعرف".

لقد صدمه هذا. ثياغو. "ماذا فعل؟".

"لا شيء لم تفعله".

"لم أقتل طفلاً قط".

همست: "لقد قتلت الآلاف من الأطفال يا قاتل الوحوش". جفل لسماعها وهي تنطق الاسم، ولم يستطع أن يجادلها.

لم يفعل ذلك بنصاله، لكنه فتح الطريق أمام القتلة. كانت هناك أشياء رآها لن ينساها أبداً. كانت الصور تتضخم في داخله مثل الصراخ - ذكريات وامضة، وامضة، قبيحة، بشعة، قبيحة، لا تغتفر. أغمض أكيفا عينيه. هذا ما كان عليه بالنسبة إليها: قاتل أطفال، وحش. كانت تعمل جنباً إلى جنب مع الذئب الأبيض، وكان أكيفا هو الوحش. كيف انحرف العالم إلى هذا الحد؟

لو لم يكتشفهما ثياغو ويأتيا إلى بستان القداس في تلك الليلة، ماذا كانا سيفعلان؟

ربما لا شيء. ربما كانا سيموتان بطريقة أخرى ولن يحققا شيئاً.

لم يكن الأمر مهماً. كان الحلم نقياً. حتى في حالة يأسه، عرف أكيفا ذلك وشعر به، لكنه كان يعرف أن كارو لم تستطع. تراجع خطوة إلى الوراء عنها، وغامر بالنظر إليها مرة أخرى. كان ذراعاها ملفوفين حول نفسها، وكان وجهها يائساً.

كانت محطمة، كما كان هو طوال هذه السنوات. و... لقد حطمها.

قال: "سأذهب. أنا لم آتِ لأسبب لك الألم، وأرجو أن تصدقي أنني لم آتِ لأقتل... لقد جئت لأني ظننتك ميتة يا كارو، ظننت...".

امتدت يده إلى المبخرة. تساءل ماذا يعني لها هذا الإناء الذي حمل اسمها: كارو. إذا لم تكن روحها، فهي روح من؟ كان أول ما خطر بباله عند عثوره عليه أن الاسم كان ملصقاً، لكن اتضح له الآن أنه نقش.

قال: "لقد وجدت هذه في كهوف كيرين. لا بد أنها تُركت هناك لتجديها". بدا عليها الذهول من منظر المبخرة بين يديه. مدها نحوها؛ فترددت، ولم تكن راغبة في الاقتراب منه. قال: "هذا هو السبب في أنني أردت أن أموت"، ثم أدار الورقة الصغيرة المربعة حتى تتمكن من قراءتها. "لأنني اعتقدت أنه أنت".

انتزعت كارو الوعاء منه وحدّقت في الكتابة. لم تكن تتنفس.

كارو.

كم من المرات، في براغ، كانت تتلقى رسائل مثل هذه؟

ثم، كان يمكن أن تكون قد اخترقتها مخالب كيشميش، وكانت أسوأ حالاً إلى حد ما، لكن الورق كان هو نفسه، والكتابة... كانت ستعرفها في أي مكان.

كانت كتابة بريمستون.

حدقت فيه إلى أن أخرجتها عاصفة من الشرر من صدمتها، وعرفت أن أكيفا قد رحل. لم يكن عليها أن تنظر حولها. شعرت بغيابه، كما كانت تشعر دائماً - كالبرد المندفع لملء الفراغ الذي تركه وراءه.

بدأ قلبها يخفق بشدة، وضمت الوعاء إلى صدرها وتخيلت أنها تشعر بالروح التي بداخله تهتز مع نبضات قلبها. كان ذلك محض خيال؛ لا يمكن أن يكون هناك أي تلميح من خلال وعاء الفضة لما - من - كان بداخله.

لكن لا بد أن يكون...

لا بد أن يكون.

ارتجفت يداها. كل ما كان يتطلبه الأمر هو فتح الوعاء. سيخرج انطباع الروح وستعرف في الحال.

أمسكته واستعدت. ترددت. ماذا لو لم يكن كذلك؟

تشتت ذهنها، راحت الأفكار تتداعى وتتتابع، ولكن واحدة تأتيها وتعود مرة أخرى.

كان أكيفا قد أحضر لها المبخرة. كَذَبَ ثياغو - حليفها - ليُبقيها معزولة ووحيدة. أكيفا - عدوها – أحضر لها المبخرة التي قد... قد... قد تحتوي على... بريمستون.

هل هو حقاً؟

بالتفاف بسيط من معصمها، فتحت كارو الوعاء. في نصف ثانية، لامست الروح حواسها.

وعرفت.

# 55

## براعة الإمبراطور

قدم حافية مقوسة للغاية. كاحل نحيل مزين بأساور ذهبية.

لم يكن نيفو ينوي النظر، لكن رنين الأساور استرعى انتباهه في اللحظة التي عبرت فيها الفتاة عتبة الباب، فوقع بصره على ذلك المشهد الخفي قبل أن يتدارك نفسه ويثبت نظره في الأرض.

المحظية الليلية التي غادرت الحرملك لتتم مرافقتها عبر الجسر المعلق إلى الحرم الداخلي للإمبراطور. كانت محجبة ومغطاة كما هو حال النساء دائماً، في رداء مقنع يخفي حتى جناحيها، ولم تكن لتظهر كشخص على الإطلاق لولا تلك اللمحة من القدم. كان هذا أكثر ما رآه نيفو من إحدى محظيات جورام على الإطلاق، وقد فوجئ بتأثيرها عليه.

أراد على الفور مساعدتها.

مساعدتها في ماذا؟ الهروب؟ كان ذلك مثيراً. كان واجبه أن يضمن عدم هروبها.

لقد كان جزءاً من مرافقة حرس السيف الفضي الذي كان مستعداً لإيصالها عبر الجسر. كانوا ستة، موكب افتراضي. كان الأمر مثيراً للسخرية: ستة حراس لحراسة فتاة تعبر الجسر.

فتاة - وليست امرأة؟ لم يكن بإمكان نيفو أن يقول لماذا اعتقد ذلك - لم تكن القدم - لكنه خمن أنها كانت شابة. ثم تردد.

عندما أغلقت أبواب الحرملك خلفها، وقفت متجمدة في مكانها.

استشعر نيفو طاقة محمومة تحت كل هذا القماش الشفاف. كان بإمكانه أن يرى حجابها وقد حركته أنفاسها السريعة جداً، وعباءتها من خلال موجات من الرعشات، ليس من البرد، بل من الرعب. لا بد أنها المرة الأولى التي تقوم فيها بهذا المشي.

اخترقته الفكرة.

كان يقوم عدة مرات في الأسبوع بواجب الاستعراض، كما كانوا يسمونه، وقد تعلم أنه يمكن استنتاج الكثير من طريقة تصرف المرأة حتى في ظل الكثير من التخفي. خطوات بطيئة وثابتة، وخطوات قصيرة سريعة محمومة؛ ورأسها مرفوع أو يندفع يميناً ويساراً محدقاً من خلال ستار نقابها في العالم خارج سجنها. وكان قد رأى - أو خمن - الضجر والاستسلام، والكبرياء، والاكتئاب، ولكنه لم ير فتاة تتجمد من قبل، فتوتر وظن أنها ستهرب.

كان الجسر المعلق عبارة عن امتداد رفيع من الزجاج، والمدينة بعيدة في الأسفل، وأحياناً اختارت النساء القفز بدلاً من أن يسرن عبره. تحت تلك العباءات كانت أجنحتهن مثبتة بدبابيس، وكان السقوط يعني الموت - أو محاولة الموت.

كان الحارس يقفز خلفها. إن أمسك بها عوقبت، وإن لم يفعل، عوقب هو.

لقد حدث ذلك من قبل، وإن لم يكن أثناء وجوده هنا. فقد كان نيفو في العشرين من عمره فقط، وكان يحمل سيفه الفضي منذ عامين فقط، وتمت ترقيته إلى حراسة الإمبراطور الشخصية منذ شهرين فقط. لم يكن يعرف ماذا يفعل في موقف كهذا.

لم يتحرك أحد من زملائه الحراس أو يتكلم. لقد انتظروا، وانتظر هو أيضاً، وكان متوتراً بشكل لا مبرر له. وعندما بدأت الفتاة، أخيراً، تتحرك ببطء شديد إلى الأمام، وهي ترتجف، أدرك نيفو شيئاً ما. كان يعتقد أن استعراض الحراس الستة كان عرضاً سخيفاً: خشية أن يغفل أحد عن ملاحظة براعة الإمبراطور، أو عن إحصاء النساء اللاتي كن له أو غير الشرعيين الذين أنجبهم، ها هم ستة حراس يقف كل منهم بطول ثمانية أقدام بخوذاتهم الباذخة ليجذبوا كل الأنظار إلى المشهد.

ولكن ربما كان هناك ما هو أكثر من ذلك. لأنه في هذه اللحظة، لو كان نيفو وحده مرافقاً لهذه الفتاة، لم يستطع أن يقسم إنه سيقوم بواجبه. وبقدر قوة ولائه للإمبراطور، كانت هناك دوافع أقوى، مثل الرغبة في حماية الضعفاء.

نيفو، أيها الأحمق، عاتب نفسه بزمجرة داخلية. قال البعض إن سحرة جورام يستطيعون قراءة الأفكار، وتمنى ألا يكون ذلك صحيحاً، لأنه في غضون ثوانٍ سمح لرؤى سخيفة كهذه أن ترفرف في رأسه - إنقاذ هذه الفتاة، وأخذها إلى مكان آمن. نجوم الآلهة. كان هناك حتى مسكن مائل في الصورة، وحديقة خلفه، وسماء عظيمة شامخة لا أبراج فيها على مد البصر، لا برج الفتح، ولا أستراي، ولا إمبراطورية. فقط مكان صغير وآمن، وهو نفسه بطل لفتاة مجهولة لا يعرف وجهها.

كل هذا بسبب لمحة من قدم؟

مثير للشفقة. ربما كان رفاقه في الثكنات على حق، في أن نيفو كان بحاجة إلى بعض "العناية" في بيت راحة الجنود. قال لنفسه إنه سيذهب، وعقد العزم على ذلك وهو يسير، وكان كعب حذائه بطيئاً جداً في السير على الزجاج. كان الموكب مكوناً من مجموعتين، كل مجموعة من ثلاثة حراس، والفتاة بينهما، بحيث سار نيفو خلفها مباشرة، وعدّل خطواته لتتناسب مع خطاها المتثاقلة. تبدو صغيرة جداً - كما كانت دائماً، محاطة بعمالقة الحرس. كان بوسعه أن يسمع أنفاسها المضطربة - تلك الأنفاس العالية المتقطعة التي تنبئ عن شبه هستيريا - ويشعر بموجات الحرارة التي تتدحرج من جناحيها المخفيين.

كان عطرها خفيفاً جداً إلى درجة أنه ربما كان عطرها الطبيعي.

تساءل عن لون شعرها وعينيها.

توقفْ عن ذلك. لن تعرف أبداً.

كانت المسيرة قصيرة على تلك المسافة من الزجاج، وكانت أسترا تنفتح من تحتهم وتغلق مرة أخرى عندما وصلوا إلى الطرف الآخر. تم تسليم الفتاة. وقابلها أحد المضيفين عند بوابة ألف، فدخلت الفتاة وذهبت دون أن يلقي أحد مرافقيها نظرة واحدة.

كان ذلك مؤلماً للغاية. وكأنه كان عليها أن تلاحظه، وأن تفهم بطريقة ما أنه يشعر بالشفقة تجاهها؟

كان نيفو يعرف أنه في زي الحرس الإمبراطوري كان مجهولاً بالنسبة إليها كما كان ينبغي أن تكون هي بالنسبة إليه، وقد جعلته الفكرة مضطرباً وغاضباً. كان قد فقد نفسه في زيه الرسمي - هذا الزي الفضي اللامع ذو الريش المنتفخ والأكمام الطويلة ذات الأجراس التي تعيق السحب اللائق للسيف إذا ما دُعي يوماً ما إلى سحبه، وهو ما لم يحدث قط، إلا في ساحة

التدريب، وحتى ذلك كان درساً للرقص أكثر منه قتالاً. لم يكن حراس السيف الفضي كما كان يعتقد عندما تم اختياره من صفوف الجيش العادي للانضمام إليهم. فقد تم اختياره لطول قامته، وليس حتى لمهارته في المبارزة بالسيف التي كان يفخر بأنه كان استثنائياً. لكن المسؤول عن التجنيد لم يره وهو يقاتل. لقد كان مهتماً فقط بمظهره، وكانت النتيجة أن نيفو كان لا يمكن تمييزه عن أي حارس آخر في السيف الفضي في أسترا بكل ما لديه من زينة. ربما استطاعت أمه أن تميزه، ولكن من المؤكد أن محظية الإمبراطور المذعورة لن تتعرف عليه إذا رأته مرة أخرى، مرتين أو مائتي مرة.

ولماذا عليه أن يهتم إن كانت ستتذكره؟

لم يكن يهتم.

وأغلقت بوابة الألف، وكان عطر المحظية أضعف من أن يبقى في الهواء. كانت قد ذهبت إلى واجبها، وسيذهب نيفو إلى واجبه ولن يفكر فيها بعد ذلك.

وكما حدث، كان منصبه هنا في بوابة ألف. وقام مع آخر من مجموعته الثلاثية بإراحة الحراس الواقفين وأخذ مكانه. ومضى الحراس الآخرون من الموكب إلى مواقعهم الخاصة، وكان معظمهم أبعد داخل البرج الزجاجي العظيم مما كان نيفو قد وصل إليه. كان مقر الإمبراطور الخاص قد وُصف له على أنه نوع من القلعة داخل القلعة، يحتل القلب الداخلي العميق لبرج الفتح. كانت بوابة ألف هي المدخل الخارجي؛ وفي داخلها تفرعت الممرات إلى متاهات بحيث لم يكن هناك ممر مباشر إلى البوابات المتتالية - باء، وجيم، ودال، وهكذا عبر الأبجدية. لم يكن نيفو قد وصل إلى باء فقط، لكن الحراس الآخرين قالوا إن ذلك كان اختباراً للذاكرة للعثور على طريق المرء

إلى الداخل. كان كله زجاجاً غائماً، زجاجاً سميكاً لامع كالعسل، وقوياً. في التدريب كانوا مدعوين لاختباره بسيوفهم، ورغم قوة نيفو، إلا أنه لم يتمكن من اختراق الجدران حتى بقدمه، أو بمقبض سيفه. كانت الممرات منحنية، طبقة فوق طبقة من ذلك الزجاج اللامع غير القابل للكسر، وكانت مليئة بالأبواب الوهمية والنهايات المسدودة، وكلها مصممة لإرباك الغزاة أو القتلة والإيقاع بهم.

حظاً سعيداً لهم. فكر نيفو. عشر بوابات محروسة كانت تفصل بينه وبين الإمبراطور؛ لا أحد يمكنه اجتيازها. وفي تلك الليلة، كان نيفو يشعر بالارتياح لأنه بعيد عن مركز البرج. كان حراس بوابة سامخ يرددون أحياناً أنهم سمعوا... بكاء.

بكاء.

قد لا تبكي النساء في دار الراحة، ولكن نيفو كان يعلم أنه لن يذهب إلى هناك، وبينما كان واقفاً في مكانه خلال الليل الطويل الممل شعر وكأن عمله الحقيقي وتحديه - عدا وقوفه ساكناً لفترات طويلة من الزمن - كان في منع نفسه من التساؤل عما يحدث في الداخل. لقد كان من السخف أن تلك اللمحات الخاطفة جعلت هذه الفتاة حقيقية بطريقة لم تكن كل النساء والفتيات في الشهرين الماضيين. حسناً، لقد كنّ كذلك بالتأكيد، لكنه تمكن من التغاضي عن ذلك. هل يستطيع ذلك الآن.

انغمس في حماقة مختلفة لإلهاء نفسه. كانت حماقة غير مجدية بنفس القدر، لكنها كانت أقل احتمالاً أن تدفعه إلى الجنون، وكانت: أمنية لو أنه لم يُنتزع من الجيش لينضم إلى السيوف الفضية.

لم تكن أمنية عقلانية. كان معاش الحراس أفضل - فقد كان يذهب إلى عائلته - وفرص البقاء على قيد الحياة أفضل بكثير مما كانت عليه في

الجيش، ولكن على عكس معظم أفراد السيوف الفضية، كان نيفو جندياً أولاً وعرف الفرق، وكان الفرق عميقاً.

فيما وراء أستراي، عبر هذه الأرض والتي تليها، أبقى الجنود الوحوش بعيدين لقرون، يقاتلون ويموتون وينتصرون في النهاية. كان هناك شرف في ذلك، بل ومجد، على الرغم من أن نيفو كان ليتخلى عن المجد من أجل شرف بسيط - أن يشعر بأنه على حق في أيامه ولياليه، أن يفعل شيئاً...

بالطبع، كان الأمر أكثر تعقيداً الآن. كانت حرب الكيميرا قد انتهت، وكانت حرب جديدة تختمر، لكن كان من الصعب الشعور بالصواب البسيط الذي كان موجوداً دائماً عند قتال الوحوش.

كان الستيليون سيرافيم. بخلاف ذلك، لم يكن يعرف شيئاً عنهم تقريباً؛ لم يكن أحد يعرف عنهم شيئاً. كانت الجزر البعيدة، حرفياً، في الجانب البعيد من الكرة الأرضية، يتبادلون الشموس والأقمار مع الإمبراطورية بدورهم، ولا يشاركونها الليل أو النهار أو أي شيء آخر؛ وإذا كانوا قد أخطؤوا في حق الإمبراطورية بطريقة ما، فلم يشعر بذلك القوم العاديون، الذين لم يحملوا أي عداء تجاه أبناء عمومتهم البعيدين الغامضين. كان مقياس نيفو هو عائلته، وكان بإمكانه أن يتخيل جيداً الحديث الذي سيكون هناك عندما ينتشر خبر إعلان جورام الحرب.

"على من؟" كان والده يسأل، وهو يبدو مذهولاً. "على شعب لا يعرف حتى اسم ملكه؟".

سألت والدته: "إذا كان هناك ملك. لقد سمعت أن لديهم ملكة".

"أوه، هل سمعت الآن. وأن عناصر الهواء جواسيس لها؟".

"بالفعل. ويمكنها أن تقتل بنظرة، وتطبخ العواصف في قدر عظيم لترسلها عبر البحار". كانت تبتسم. وكان لأمه ابتسامة ضاحكة متكلفة

وحباً للفكاهة، وكان لأبيه ضحكة صاخبة، ولكن مع تجاعيد مظلمة من القلق أيضاً.

"يا له من شجارٍ يفتعله". تخيله نيفو وهو يعبر عن قلقه. "الأمر أشبه برمي الحجارة في كهف وانتظار رؤية ما سيخرج منه".

وكان نيفو ينتظر أن يرى. لقد أُرسل المبعوثون مع إعلان جورام منذ أسبوعين ولم يعودوا أو يسمع عنهم أحد. ماذا كان يعني ذلك؟ ربما ضلوا الطريق وهم يبحثون عن الجزر البعيدة ولم يسلموا الرسالة على الإطلاق. سوء الملاحة قد أنقذتهم من الحرب؟

تفكير متفائل.

كتم تثاؤبه. لقد حل الصباح أخيراً، أو كاد. ستكون راحته هنا قريباً.

انفتحت بوابة ألف. قفز نيفو في الهواء. تدفقت الفوضى. الضجيج والأجنحة والشرر والاندفاع والصراخ و... ما هو البروتوكول؟ لقد حمى البوابة من الخارج. ماذا يفعل عندما انفجرت الفوضى من الداخل؟ لم يخبره أحد سابقاً، ومن كانوا هؤلاء؟ الحراس والخدم، وحفنة من حراس السيوف الفضية أيضاً.

"ماذا حدث؟" صرخ نيفو، لكن لم يسمعه أحد بسبب الزئير القادم من الداخل. هناك صراخ وغضب.

إنه جورام.

الفتاة، فكر نيفو. وبينما كان الحراس والخدم يتعثرون فوق بعضهم البعض في محاولة للهروب من طريق غضب الإمبراطور، اندفع هو إلى الداخل. كانت بوابة بيت مهجورة؛ أين كان ريشيف؟ هل كان أحد الهاربين؟ هل هرب؟ غير معقول.

دخل نيفو مسرعاً من الباب، متوغلاً في عمق الحرم أكثر مما كان

عليه من قبل. لم يكن يعرف الطريق، لكن غضب جورام كان مثل النهر الذي يتبعه في اتجاه المنبع. عندما أخذ منعطفاً خاطئاً، عاد أدراجه ووجد الطريق الصحيح. ضاع دقائق في المتاهة الزجاجية. كان صوت الإمبراطور يتردد في الأرجاء الآن. الصراخ أفسح المجال للكلمات، على الرغم من أن نيفو لم يستطع فهمها.

بوابة جيم، ودال، وهاء، وفاء، كلها غير محروسة؛ حيث اندفع حراس السيوف الفضية إما إلى الخارج أو إلى الداخل، تاركين مواقعهم. كان أول ما فكر فيه نيفو هو أن يشعر بالفزع من عدم الانضباط، لكنه أدرك بعد ذلك أنه هو أيضاً قد ترك موقعه، وبدأ يشعر بالخوف. كانت هذه هي المرة الوحيدة التي تردد فيها؛ كان لا يزال بإمكانه العودة - ربما في ظل هذا الجنون سيتم التغاضي عن خرقه.

لاحقاً، سيكون من دواعي العزاء معرفة أن ذلك لم يكن مهماً. حتى الآن، لا شيء مما قاله أو فعله يمكن أن يهم. كان كل شيء قد تم وحُسم قبل فترة طويلة قبل أن يندفع مسرعاً إلى حجرة نوم الإمبراطور.

نوافير تتدفق، وبساتين زهور الأوركيد، وثرثرة وزقزقة الطيور المحبوسة في أقفاص. بدا السقف وكأنه مرتفع لمسافة فراسخ - كله زجاج متلألئ فيه مجموعات من الأضواء التي أعطت انطباعاً بالسماء ليلاً. وفي وسط كل ذلك، كان السرير مرفوعاً على منصة، مثل نصب تذكاري للفحولة. كان فارغاً.

وقف جورام في وسط الغرفة واضعاً يديه على وركيه. كان قوي البنية، ضخماً بسبب التقدم في السن، لكنه كان قوياً أيضاً، وظهرت عليه ندوب المعارك القديمة. كان فكه مربعاً ووجهه أحمر من الغضب وقاسياً من الازدراء. كان يرتدي رداءً يُظهر مثلثاً من صدره، وبدا مبتذلاً إلى حد ما.

كانت هناك حفنة من الحراس الآخرين هنا، واقفين في الأرجاء يبدون - كما اعتقد نيفو - أغبياء وكباراً. كان إلياف واحداً منهم. كان قائد السيوف الفضية نفسه على بوابة سامخ، وكان أول من وصل إلى المكان - باستثناء نامايس وميسورياس، بالطبع، الحارسان الشخصيان لجورام اللذان كانا ينامان بالتناوب في غرفة الانتظار. كانا يقفان على بعد خطوات من سيدهما، وقد بدا وجهاهما منحوتين من الخشب. كان بيون، رئيس الخدم، يتكئ بقوة على عصاه، وكان شلله أكثر وضوحاً من المعتاد.

"ألم تضعها هناك؟" سأل جورام السيراف العجوز.

"لا يا سيدي. كنت سأوقظك في الحال بالطبع. من أجل شيء كهذا-".

"سلة فاكهة؟" كان جورام متشككاً، ثم- "سلة فاكهة!" - عاد غضبه وومض في الحجرة كالحرارة والضوء. تراجع نيفو خطوة إلى الوراء. قام بالبحث عن الفتاة. لم يكن يفكر بوضوح، أو لم يفكر على الإطلاق؛ لم يخطر بباله حتى هذه اللحظة أنه قد يراها مكشوفة الرأس، وبالتأكيد لم يخطر بباله أنها قد تكون مكشوفة مثل صدر جورام. وبمجرد أن لمحها - بشكل جانبي، كتلة ضبابية من اللحم على الجانب البعيد من المنصة - أدرك أن الأمر كان كذلك، وكانت غريزته تدعوه ألا ينظر، وألا يلتفت نحوها، بل أن يتراجع إلى الباب ويبتعد عن المكان.

"اشرح لي كيف وصلت إلى هنا". تحول غضب جورام إلى جليد. "عبر العديد من الأبواب المحروسة لتصل إلى أسفل سريري".

كان سكونها هو ما جعل نيفو يدير رأسه.

إنها شابة، وهو محق.

مكشوفة وعارية أمامه. كان هناك امتلاء طفولي في وجهها، أما ثدييها الممتلئين أيضاً، لا شيء طفولي فيهما. مع شعرها الأحمر والجامح، وعيناها

البنيتين. كانت متكئة على الحائط، لا تبذل أي جهد لتغطية نفسها، تحدق فيه - فيه - من دون تعبير.

من دون حركة.

وما إن استقرت عينا نيفو عليها حتى مالت ببطء إلى الجانب. شاهد ذلك يحدث، وتذكر كيف كانت تمشي ببطء عبر الجسر المعلق. حاول عقله أن يخبره أن الأمر كان هكذا، هكذا تماماً. ولكن بعد ذلك: الارتداد المطاطي وتمايل أطرافها وهي تنحني على الأرض، ورنين أساورها يستقر، وسكونها. خفتت نيران جناحيها. خمدت. كان على الحائط خلفها خط من الدم الذي تتبعته العين إلى أعلى، ويؤدى إلى بقعة حمراء على الزجاج.

هذا الدم من رأسها.

لقد تم رميها. شعر نيفو بالحر والبرد والمرض. راح يفكر في الظلال الحية - غريزته رمت اللوم على الوحوش، كان يعرف أن القتلة الأسطوريين طلقاء مرة أخرى، وبطريقة ما لا يزالون على قيد الحياة - لكن هذا لم يكن ما فعلوه. تلك الظلال تقطع الحناجر.

وبالطبع، كان يعرف من فعل ذلك. كانت عيناه تجولان في الغرفة الفخمة بينما مقتطفات من الحديث تتسلل إلى خوفه. إنه يعرف من، ولكن لم يعرف لماذا.

سمع جورام يقول: "كل حارس كان في الخدمة".

قال إلياف، برعب: "سيدي! كل-؟".

"نعم يا كابتن. كل حارس. هل كنت تعتقد، بعد هفوة كهذه، أنك قد تعيش؟".

"سيدي، لم يكن هناك أي هفوة. لم تُفتح أبوابك أبداً، أقسم لك. لقد كان هناك بعض الشعوذة".

قال جورام: "ناميس؟ ميسورياس؟".

"سيدي؟".

قال جورام: "نفذا الأمر قبل أن تستيقظ المدينة"، فأجابه الحارسان: "بالطبع".

ركل الإمبراطور شيئاً ما - سلة - فمالت السلة وسقطت كرات وردية وصارت تدور حولها، وضربت إحداها منصة السرير وانفجرت بصوت ربما يشبه صوت جمجمة الفتاة وهي تصطدم بالحائط.

نظر إليها نيفو مرة أخرى. لم يستطع أن يتمالك نفسه. منظرها هناك، ميتة، ولا يبدو أن أحداً آخر لاحظ حتى، جعل المشهد بأكمله يبدو وكأنه هلوسة حية.

لم يكن الأمر كذلك بالطبع.

لقد كان كل ذلك يحدث، وفهم بنوع من الوضوح المتسرب أنه سيُشنق. لكن ليس السبب.

فقط أن للأمر علاقة بسلة من الفاكهة.

# 56

## مفاجأة

استيقظت زوزانا وهي ترتجف من نومها ولم تكن تعرف أين هي. كان الجو مظلماً، والهواء كثيفاً والروائح نفاذة - رائحة الأرض وروائح الحيوانات الحادة مع مسحة من التعفن.

لمسة لطيفة على كتفها وصوت كارو. كانت تقول بهدوء: "استيقظي". أدركت زوزانا آلام عضلاتها وتذكرت كل شيء.

آه، صحيح. قلعة الوحوش.

غمزت صديقتها في ضوء الشمعة الخافت. تمتمت: "هل حان الوقت بحق الجحيم؟". كان فمها جافاً جداً إلى درجة أنها شعرت وكأن الصحراء نفسها قد انكمشت وقضت الليل هناك. وضعت كارو زجاجة ماء في يديها.

قالت: "ما زال الوقت مبكراً. لم يبزغ الفجر بعد". كانت عينا كارو مبللتين، وكان هناك بريق لا ينطفئ في عينيها، وعقدة صلبة في فكها.

حاولت زوزانا تفسير النظرة لكنها فشلت. لم تستطع أن تعرف ما إذا كانت صديقتها سعيدة أم حزينة، فقط كانت تحمل تصميماً. قالت كارو: "أنا بخير. لكنني أحتاج إلى مساعدتك مرة أخرى".

"نعم، حسناً" تمنّت زوزانا ألا يستلزم الأمر تنظيف الجروح البشعة. "بماذا؟".

"إحياء الموتى. يجب أن أنتهي قبل أن يأتي ثياغو أو تين".

ابتسمت كارو، لكن مرة أخرى كان من المستحيل تفسير ذلك، ليست ابتسامة سعيدة ولا حزينة، بل كانت ابتسامة فولاذية.

"أريدها أن تكون مفاجأة".

# 57

# سلة من الفاكهة

كرر أكيفا مرتاباً: "سلة من الفاكهة".

عندما أعلن جورام الحرب على الستيليين، لا بد أنه كان مستعداً للعديد من السيناريوهات، لكن أكيفا شك في أن يكون قد خطر ببال الإمبراطور أن عدوه المختار قد.... يخذله.

وكان قد عاد إلى رأس أرماسين مع كتيبته، حيث كانت الأخبار تتنقل على ألسنة الكشافة والجنود وفي رسائل صغيرة ملفوفة، وكانت تأتي على شكل قصاصات وهمسات، أكاذيب وحقائق وتخمينات ممزوجة بمراسلات رسمية مليئة بالأكاذيب مثل النميمة، ومضت أيام قليلة قبل أن يتوفر لدى أكيفا وهازايل وليراز ما يكفي من القطع لتكوين أحجية. ولم يكن موفدو جورام هم الذين سلموا الرد الستيليني، بل إن الموفدين لم يعودوا على الإطلاق، فضلاً عن انقطاع الاتصالات مع القوات المتقدمة التي كانت تتمركز في كاليفيس، واختفاء مهمة استطلاعية من على الخريطة. واختفى كل السيرافيم الذين أرسلوا في اتجاه الجزر البعيدة. وقد أثار هذا الخبر

وحده رعب أكيفا، وأثار فضوله أيضاً. فماذا كان يحدث وراء حافة العالم؟

ثم... سلة من الفاكهة.

كان هذا هو ردهم. حقاً، لم يكن الأمر أكثر خطورة من ذلك. لم تكن سلة من رؤوس الموفدين أو أحشائهم؛ ولم تكن الفاكهة حتى مسمومة. كانت مجرد فاكهة من نوع استوائي غير معروف في الإمبراطورية. أعلن متذوقو الإمبراطور أنها "حلوة". كانت هناك ملاحظة. اختلفت الروايات حول رسالتها، لكن التقرير الذي اعتقد أكيفا أنه جاء من ابن أخ لأحد وكلاء الإمبراطورية، وكان مكتوباً بخط سيرافي قديم، وبيد أنثى، ومختوم بختم شمعي يصور خنفساء الجعران: شكراً لك، ولكن يجب أن نرفض عرضك بكل احترام، لأننا مشغولون في الوقت الحاضر بما هو أكثر متعة.

يا للجرأة والجسارة المذهلة. لقد اختطفت أنفاس أكيفا.

"ما زلت لا أفهم"، قالت ليراز بعد زوال الصدمة الأولية. "كيف يفسر هذا وجود السيوف المكسورة؟".

"السيوف المكسورة" هو الاسم الذي يطلقه الأبناء غير الشرعيين على "السيوف الفضية" نسبة إلى أسلحتهم الأنيقة التي لا تصمد أبداً أمام أي ضربة في قتال حقيقي- وليس أنهم رأوا أياً منها على الإطلاق. كانت الحقيقة الوحيدة التي لا تقبل الجدل في اللغز بأكمله هي هذه: قبل يومين، استيقظت أستراي على مشهد أربعة عشر سيفاً فضياً يتأرجحون من مشنقة ويست واي.

قال هازايل: "حسناً، هذه هي طريقة تسليم سلة الفاكهة. كما ترين، عندما استيقظ أبونا في الصباح، كانت السلة ببساطة موضوعة عند قدم سريره، ولم يستطع أحد أن يخبره كيف وصلت إلى هناك. من خلال عشر بوابات محروسة، إلى قلب الحرم الداخلي، حيث كان يعتقد أنه في مأمن من جميع القادمين، حتى من الظلال الحية".

قال أكيفا: "حتى الظلال الحية لا يمكنها أن تفعل ذلك"، وحاول أن يفهم ما هو السحر الذي يمكن أن يفسر ذلك. لم يكن الاختفاء وحده يساعد في مواجهة الأبواب المغلقة. هل مر مبعوث ستيلي عبر الجدران؟ هل خدع كل حارس بدوره؟ هل تمنى ببساطة أن تكون الهدية هناك؟ كانت تلك فكرة. ما الذي كان الستيليون قادرين على فعله؟ في بعض الأحيان، عندما كان في أعماق نفسه يعمل على التلاعب، تخيل أكيفا خيوطاً من الاتصال تتتبع عبر الأسطح المظلمة العظيمة للمحيطات وتصل في طولها إلى الجزر - جزر خضراء في ضوء معسول وهواء الصباح يتلألأ بالضباب المتبخر وأجنحة الطيور المتلألئة، وتساءل: هل جعله دمه ستيلياً؟ إن دم جورام لم يجعله ملكه، فلماذا يجعله دم أمه ملكها؟

"أربعة عشر سيفاً مكسوراً تتأرجح على طريق ويست واي". أطلق هازايل صفيراً خافتاً. "تخيلي المشهد، كل هذا الفضة تتلألأ في الشمس".

تساءلت ليراز: "هل يمكن للمشنقة أن تستوعب أربعة عشر سيفاً، بتلك الضخامة؟".

قال أكيفا - قاصداً المشنقة وليس الحراس: "ربما تنهار تحت ثقلهم، وبئس المصير". لم يكن يحب السيوف المكسورة، لكنه لم يكن يتمنى موتهم. هز رأسه. "هل يمكن للإمبراطور أن يصدق أنه أكثر أماناً الآن؟".

قال هازايل: "إذا فعل ذلك فهو أحمق. الرسالة واضحة. أرجوك استمتع بهذه الفاكهة الجميلة بينما تتأمل في كل الطرق التي قد نقتلك بها أثناء نومك".

وبقدر ما كان كل شيء كئيباً - بقدر ما كانت صورة المشنقة التي انحنى عليها أربعة عشر حارساً – إلا أن الأخبار الأكثر إزعاجاً جاءت في وقت لاحق، ومن شخص غير شرعي. في الواقع لم يكن ليهتم به أو يكترث به سوى شخص غير شرعي.

كانت ميليل هي الأخت غير الشقيقة الكبرى التي تحدثت نيابة عن غير الشرعيين في نهاية الحرب. كانت سمينة ومليئة بالندوب والوشوم، وكانت تقاتل بالفأس، وتُبقي شعرها الأشيب قصيراً، كما الرجال. لم يكن هناك شيء أنثوي في ميليل سوى صوتها الذي كان له رنين الموسيقى حتى في التحية التي كانت تلقيها. لقد كانت تغني أحياناً في المعسكرات أثناء الحملات، وكانت قصصها الغنائية مؤثرة كما لم يكن هناك ما هو مؤثر في معسكرات المعارك. كانت متمركزة في العاصمة، أو كانت كذلك حتى اليوم السابق. كانت الآن مع مفرزة من غير الشرعيين الذاهبين إلى الغرب، إلى ضباب وألغاز القوات المختفية. وكأن الإمبراطورية لم تفقد ما يكفي من الجنود في المعارك الأخيرة للحرب. كل جيوشها قد نزفت، لكن لم ينزف أحد أكثر من غير الشرعيين.

همست ليراز، وهي تستمع إلى مهمتهم: "بالطبع سيرسل غير الشرعيين. من يهتم إذا عاد اللقطاء؟".

ومع ذلك، قالت ميليل إنها كانت سعيدة بالذهاب - سعيدة لأنها تحررت من شبكة العنكبوت التي كانت أستراي. كانت هي التي أخبرتهم بما حدث أيضاً في برج الفتح أثناء تأرجح السيوف المكسورة.

"تم تحرير جثة مكفنة... عبر بوابة تاف في نفس الصباح". كانت تاف آخر بوابات البرج. كان باب المزراب، تحت الأرض ومخصصاً للخروج فقط؛ كان هو المكان الذي تُلقى فيه النفايات إلى البحر.

كان أكيفا متماسكاً. "من؟".

تحرك فك ميليل. "لا توجد طريقة لمعرفة ذلك على وجه اليقين، ولكن... يبدو أن أحداً لم يفكر في طرد موكب الحريم. لقد انتظروا ساعتين في ألف قبل أن يلاحظهم أحد المضيفين ويطردهم".

شعر أكيفا بالخبر في أحشائه أولاً، ثم بيديه بعد ذلك بلحظة - اندفاعة

ساخنة جعلتهما تنقبضان بشدة إلى درجة أن ساعديه احترقتا. صدر من ليراز ضجيج مخنوق؛ وبدأ تنفس هازايل خشناً واستدار فجأة ليبتعد وهو يتطاير شرراً. ثم استدار وعاد. كان وجهه الجميل محمراً. كانت ليراز ترتجف، وقبضة يدها مشدودة مثل قبضة يد أكيفا.

كانت مرافقة الحريم عبارة عن موكب من السيوف الفضية التي كانت تنقل المحظيات من وإلى سرير الإمبراطور. "واجب الموكب"، كما كانوا يسمونه. كانت والدة أكيفا قد قامت بتلك المسيرة منذ سنوات، من كان يعلم كم مرة - في إحدى المرات التي عاد فيها بنفسه وهو يتشكل في بطنها. ووالدتا ليراز وهازايل أيضاً، ووالدة ميليل، وعدد لا يحصى من الفتيات والنساء الأخريات. وفي صبيحة يوم الشنق يبدو أن المحظية التي كان ينبغي أن تخرج من ألف، قد أُرسلت إلى خارج تاف بدلاً من ذلك، مع نفايات الليل

"بئس ما حدث لها"، سمع أكيفا في رأسه صوت والده القاسي المغيظ في أول مرة يتكرم فيها بالتحدث إليه. هل تم إرسال جثة والدته إلى خارج بوابة تاف أيضاً؟

اجتاحته موجة من الضجر. كيف يمكن أن تكون الحياة قبيحة بلا رحمة؟ لقد انتهت الحرب، لكن كلا الجانبين ما زالا يذبحان المدنيين؛ كان الإمبراطور يقتل المحظيات في حجرة نومه بلا اكتراث ويرسل أوغاده إلى المجهول ليموتوا وهم يطبلون لمزيد من الحرب. لم يكن هناك شيء جيد في العالم، لا شيء على الإطلاق.

والآن بعد أن أفسدت حتى ذكريات السعادة التي كانت تراوده، وجد أكيفا نفسه في حالة من السقوط الحر.

هل كانت تعني ذلك؟ هل كانت حقاً لا تثق به أبداً؟ أراد أن ينكر ذلك؛ لقد تذكر. لقد تذكر تلك الأيام - تلك الليالي - بوضوح أكثر من أي ليلة أخرى في حياته، وكيف كانت تحتضنه أثناء النوم، وكيف كانت عيناها البنيتان

عندما تستيقظ على رؤيته تنبضان بالنور. حتى على السقالة، ومرة أخرى في مراكش، بعد أن انكسر عظم الأمنيات ولكن قبل أن تفهم...

قبل أن تعرف ما فعله. ربما رأى فقط ما أراد أن يراه. لم يكن يهم الآن على أي حال. لم يكن هناك المزيد من الضوء في عينيها، ليس بالنسبة إليه، والأسوأ من ذلك: لا على الإطلاق.

في الصباح، عندما غادرت ميليل مع قواتها، وقف أكيفا على السور مع ليراز وهازايل وودعهم. كان جزء منه يتمنى لو كان ذاهباً أيضاً، مع الضباب والألغاز والقوات المفقودة وكل شيء، ليرى الجزر البعيدة، وربما يلتقي بمن كتب تلك الرسالة المجنونة إلى الإمبراطور.

لكن مكانه كان هنا، في هذا الجانب من العالم. كان التحدي الذي واجهه هنا، وتوبته: أن يفعل ما أخبر كارو أنه سيفعله، وهو أي شيء وكل شيء

ما هو الـ «أي شيء»؟ ما هو الـ «كل شيء»؟ كان يعلم، ولكن بدا الأمر له ضخماً وعصيّاً على الحل.

تمرد.

مع مادريغال، في المعبد، بدا كل شيء ممكناً. هل كان كذلك؟ هل سيجد أي تعاطف في الصفوف؟ كان يعرف أن هناك سكوناً، ويأساً هادئاً. فكر في نوعام عند القناة، متسائلاً بجنون متى سينتهي كل ذلك. سيكون هناك المزيد مثله، لكن كان هناك أيضاً أولئك الذين سيطالبون بالنساء والأطفال في حصيلتهم ويضحكون بينما يجف الحبر. كان ذلك دائماً صحيحاً؛ سيكون هناك دائماً نوعان من الجنود. كيف يمكنه أن يجد الصالحين، ويجندهم، ويثق بهم في السر بينما يواصل العمل البطيء والصعب لبناء تمرد؟

كانت قوات ميليل مجرد لمعان على الأفق الآن. وحجب انتفاخ الصخور للرأس الساحلي رؤية البحر من هنا، لكن رائحته النظيفة كانت تعبق في الهواء، وكانت السماء عظيمة ولا نهاية لها.

أخيراً، اختفى إخوانهم غير الشرعيين فيها.

سألت ليراز وهي تلتفت إليه: "ماذا الآن؟".

لم يكن يعرف ماذا تقصد ليراز. كان لا يزال لا يعرف كيف يتعامل مع أخته. كانت قد انضمت إلى استدعاء الطيور بحذر، وتحرير الكيرين، لكنها بدت أكثر ضيقاً وترقباً من أي وقت مضى منذ عودته من معسكر المتمردين. مع الأخبار التي تفيد بأن الكيميرا قد عادت لشن هجمات على المدنيين، وخشي أن تجادل في التخلي عن موقعهم إلى رؤسائهم.

كانت هناك طاقة لا تهدأ في داخلها، وجناحاها يطلقان شرارات بينما كانت تسير بخطى حثيثة. سألت: "كيف يبدأ المرء؟" توقفت وحدقت فيه ثم رفعت يديها، يديها السوداوين. "قلتَ إن على المرء أن يبدأ فقط. كيف نبدأ إذًا؟". نبدأ؟ الرحمة تولد الرحمة، كما أخبرها أكيفا. كان بالكاد يعرف ماذا يقول. "هل تقصدين...؟".

أضافت: "الانسجام مع الوحوش؟ لا أعرف. أعلم أنني سئمت من تلقي الأوامر من رجال مثل جايل وجورام. أعلم أنه في كل ليلة يجب أن تعبر الفتاة الجسر المعلق وهي تعلم أن لا أحد سيساعدها. هؤلاء هن أمهاتنا". كان صوتها خشناً. "نحن سيوف، كما يقولون لنا، والسيوف ليس لها أم أو أب، ولكن كان لي أم ذات مرة، ولا أستطيع حتى أن أتذكر اسمها. لا أريد أن أكون هكذا بعد الآن". مرة أخرى، رفعت يديها. "لقد فعلت أشياء-". تصدع صوتها. ثم جذبها هازايل نحوه، وقال: "كلنا فعلنا، يا لير".

هزّت رأسها. كانت عيناها واسعتين ومشرقتين. لم تكن هناك دموع، فالدموع ليست لليراز. "ليس مثلي. لم تفعل. أنت جيد. كلاكما أفضل مني. كنتما تساعدانهم، أليس كذلك؟ بينما كنت... بينما كنت...". توقفت عن الكلام

أمسك أكيفا يديها بين يديه، مغطياً العلامات السوداء كي لا تضطر إلى النظر إليها. تذكر ما قالته مادريغال له، قبل سنوات، ويدها على قلبه ويده

على قلبها. "الحرب هي كل ما تم تعليمنا إياه، يا لير". قال لأخته الآن. "لكن لا يتعين علينا أن نكون كذلك بعد الآن. سنظل نحن، فقط-".

"مجتمع أفضل؟".

أومأ برأسه.

"كيف؟" تغلب عليها القلق. تركته لتذهب للمشي مرة أخرى. "يجب أن أفعل شيئاً. الآن".

قال هازايل: "نبدأ في جمع الآخرين. هذه هي خطوتنا الأولى. أعرف بمن نبدأ". نعم، أدرك أكيفا. هو سيفعل.

قال ليراز بعنف: "هذا بطيء للغاية".

ووافق أكيفا على ذلك. كانت فكرة الخطوات - من التدرج الدقيق للخطط والتجنيد والتخطيط والمكائد والحيل - بطيئة للغاية.

ليراز على حق. "كم عدد الذين سيموتون، بينما نحن نهمس بالأسرار؟".

سأل هازايل: "ماذا إذاً؟".

في المسافة البعيدة، كانت السماء مشقوقة بطابور من صائدي العواصف المتحركين. كانت الطيور الضخمة منجذبة ببوصلة داخلية إلى بؤر من الرياح المتجمعة، إلى الطوفان والاضطراب والبحار المتلاطمة، إلى البَرَد وحطام السفن وسكاكين البرق؛ لم يكن أحد يعرف السبب، لكن أكيفا شعر الآن بنفس الجاذبية في نفسه - نحو مركز عاصفته التي تختمر.

وقال: "لطالما كانت هذه هي الخطوة الأول. لقد جاءت متأخرة ثمانية عشر عاماً". كان يعرف ما يجب عليه أن يفعله آنذاك، وهو يعرف ذلك الآن. طالما بقي جورام في السلطة، فإن عالمهم سيعرف الحرب ولا شيء سوى الحرب. كان هازايل وليراز متجهمين منتظرين.

قال أكيفا: "سأقتل والدنا".

# 58

## العسل والسم

كانت الجثة ملقاة على الأرض. شبيهة تماماً بالجثة التي نعتها كارو، وعندما أفاقت من غيبوبتها ورأتها هناك، تنهدت قليلاً واضطرت إلى مقاومة الرغبة في أن تجثو على ركبتيها وتدفن وجهها في ثنية عنقها. لكن الأمر لم يكن سوى ذلك: كانت لا تزال قشرة لا روح فيها حتى الآن لتبادلها العناق. تمالكت نفسها، وسحبت المشابك عن ذراعيها ويديها بسرعة - بسرعة كبيرة. كانت الشمس قد أشرقت، وكان من المؤكد أن تين ستأتي وتستطلع الأمر في أي لحظة. لم تكن كارو تريد أن تضيع الوقت في فك المشابك، وفي مكان أو مكانين كانت تشق لحمها الخارج من جسدها.

صرخت زوزانا: "توقفي! توقفي عن إيذاء نفسك!".

تجاهلت كارو يديها المرتعشتين وقالت: "أسرعي. أشعلي البخور".

"أعتقد أن هناك شخصاً قادماً".

قال ميك وهو يقف عند الباب: "أعتقد أن أحدهم قادم".

أومأت كارو برأسها. قالت: "الألواح"، وأغلق ميك بإحكام. لم يستبدلوا العارضة - كان من الممكن أن يُحدث ذلك الكثير من الضوضاء عند دق تلك المسامير الحديدية الكبيرة في الحائط. وبدلاً من ذلك، توصل ميك إلى فكرة حفر زوج من الأخاديد في الأرضية الترابية، حيث قام الآن بتثبيت ألواح خشبية في الأرضية، وأسندها بزاوية إلى الباب، ووضعها تحت المقبض والمفصلات. كانت كارو تأمل أن يصمد الباب.

هناك صوت خفيف لخطوات أقدام، وخدش ناعم من المخالب على الدرج أشعلت البخور. ناولتها زوزانا إياه، فارتجفت يد كارو وهي تضعه على جبين الجثة. صنع الدخان أثراً متصاعداً إلى أعلى قبل أن يتبدد مع نفخة من أنفاس كارو. رائحة الكبريت؛ وهذا ما أعطى بريمستون[2] اسمه. تساءلت كارو عما كان عليه قبل أن يصبح محيي الأموات، عندما كان مستعبداً في حفر الآلام الخاصة بالسحرة.

اهتز الباب برفق عندما حاولت تين دفعه لفتحه وقوبل بمقاومة غير متوقعة. لحظة صمت مفاجئ. ثم دقت قبضة قوية على الباب الخشبي، "كارو؟".

نظرت إلى أعلى بحدة. لم تكن تين. كان ثياغو. اللعنة.

قالت: "نعم؟".

"لقد جئت للتو لأرى ما إذا كنت بحاجة إلى أي شيء. كيف تم إغلاق الباب؟". كيف بالفعل، فكرت كارو التي لم تسنح لها الفرصة للسؤال عن عارضتها. ظن أنه قد اهتم بحاجتها المزعجة إلى الخصوصية؟ حسناً، هناك أكثر من طريقة لسلخ قطة أو ذئب قالت فقط "لحظة واحدة".

---

2. بريمستون: وهو مصطلح قديم مرادف للكبريت، يستحضر الرائحة اللاذعة لثاني أكسيد الكبريت المنبعث من ضربات البرق. والارتباط بين الكبريت والعقاب الإلهي شائع في الكتاب المقدس.

ثم توقفت كارو مرة أخرى وهي تتحسس المبخرة – انكمشت عندما ارتجت السلسلة، خوفاً من أن يخمن ما كانت تفعله - ثم طرقت قبضته على الباب مرة أخرى. "كارو؟".

"لحظة واحدة فقط"، قالت وصوتها يغطي على صوت المبخرة الملتوية المفتوحة. ركعت على ركبتيها بجانب الجسد المسجى، عيناها تراقبان بصمت. فاضت الروح من الوعاء وغمرتها بحضورها. كانت اليراعات في الحديقة. كانت عيوناً تلمع من الظلال. كان وميضاً وشوكة، عسلاً وسمّاً، بؤبؤاً مشقوقاً وحدقة ناعمة دفأتها الشمس.

كانت هذه إيسا.

كانت كارو واعية لدقات قلبها، واحدة، اثنتان، ثلاث؛ نبضات متميزة تكاد تكون مؤلمة. أربع، خمس، وفتحت المرأة الثعبانية عينيها الجديدتين وأغمضتهما.

شعرت كارو بدقات قلبها تتسارع. واحدة، اثنتان، ثلاث ضربات ثقيلة تكاد تؤلم صدرها. أربع، خمس، وفتحت إيسا عينيها الجديدتن ببطء، ترفرف بجفونها كما لو كانت ترى النور لأول مرة.

كتمت كارو تنهيدة؛ وتوقف الزمن، واتسعت التنهيدة في داخلها. ضرب ثياغو الباب بقوة أكبر. قال: "دعيني أدخل"، قالها وصوته مغطى بالهدوء الذي لم ينجح في إخفاء غضبه المتصاعد. لم تجب كارو. نظرت إلى إيسا.

ما الذي مرت به؟ كيف ماتت؟ ما الذي تعرفه؟ ماذا ستقول؟

على طول الجسد الجديد، بدأ اللحم الذي كان خامداً ينبض بالحياة ببطء. انقباض طفيف للعضلات، واختلاج الأصابع، ونبض القلب. ارتفع صدر إيسا مع أول نفس لها. انفرجت شفتاها، وحمل زفيرها الأول - أول زفير لها - الكلمات فتاة حلوة.

أفلتت تنهيدة كارو ووجد وجهها المكان الذي أرادته، على عنق إيسا حيث يتحول اللحم البشري إلى غطاء كوبرا - ذلك المزيج الغريب من الدفء والبرودة الذي عرفته كارو منذ أن كانت طفلة وكانت إيسا تحملها على أحد فخذيها، وتهزها لتنام، وتلعب معها، وتعلمها الكلام والغناء، وتحبها، وتكون نصف أم لها. وكانت ياسري النصف الآخر؛ وبينهما ربتها امرأتان من الكيميرا. لم يقم تويغا بدور كبير في تربية كارو، وبريمستون...

بريمستون وفي اللحظة التي لامست فيها كارو روح إيسا عند النهر الذي عرفتها فيه، شعرت بأشد انقسام في المشاعر: الغبطة والهزيمة، الحب وخيبة الأمل، الفرح واليأس المتوحش.

لم ترجح كفة أحد الطرفين على الآخر. حتى الآن كانت المشاعر متوازنة. لم تكن إيسا هي بريمستون، ولكن... كانت إيسا هي إيسا، وقد احتضنتها كارو وشعرت بذراعيها المرتعشتين والمرتبكتين والجديدتين تتسلقانها وتلتفان حولها في المقابل.

"لقد وجدتني"، همست إيسا، وبسبب مشاعرها المتناقضة بين السعادة والحزن، جعلت الكلمات كارو في حيرة من أمرها. لأنها لم تجدها.

أكيفا هو من وجدها.

لكن لم يكن هناك وقت الآن للتفكير في هذه التفاصيل. ابتعدت كارو قليلاً، مما سمح لإيسا بأن تلقي نظرة على المكان. عندما رأت ميك وزوزانا، اتسعت عيناها بدهشة، وابتسمت ابتسامة كانت تحمل كل ما فيها من جمال وطيبة، رغم أن هذا الوجه لم يكن تماماً الوجه الذي عرفته كارو.

كان هناك شيء من الحنان فيه، نفس البشرة الناعمة، ونفس النقاء في الملامح، وابتسامتها كانت مثل نور خافت يسطع فجأة، رقيقة ونقية. كانت تعرف زوزانا من رسومات كارو، تماماً كما تعرفت زوزانا عليها. أما ميك، فلم يكن جزءاً من الصورة حينما أحرقت البوابات. رفعت زوزانا يدها

في تحية خجولة، وابتسمت ابتسامة متلعثمة، بينما أطلقت إيسا ضحكة صغيرة، بدت وكأنها تعود إلى الحياة مع صوتها.

قالت كارو بصوت خافت: "إيسا، لدي الكثير لأخبرك به، وأتمنى أن يكون لديكِ أيضاً الكثير لتخبريني به، لكن ثياغو-". أشارت نحو الباب بينما كان يهتز من ركلة خفيفة.

غامت عينا إيسا عند ذكر الذئب. قالت: "إنه حي".

"نعم. وسيكون متفاجئاً جداً برؤيتك". مرحباً، هذا أقل ما يمكن قوله. كان من الضروري ألا يكتشف ثياغو كيف وصلت إيسا إلى هنا؛ قالت كارو ذلك، وساعدت إيسا على اتخاذ وضعية الجلوس. ثم أشارت إلى ميك ليمسك بأحد الألواح الخشبية بينما أمسكت هي باللوح الآخر.

قال ثياغو وقد تلاشى هدوءه الزائف: "كارو. افتحي هذا الباب من فضلك".

"افتحي هذا الباب الآن، أرجوك".

أومأت كارو إلى ميك، ثم سحبا الألواح بصمت ووقفا إلى الخلف حتى انفجرت الركلة التالية لثياغو، مما أثار دهشته - وتين من خلفه - بصوت قوي مفاجئ.

قالت كارو: "صباح الخير؟" وهي تنظر ببراءة حائرة إلى الباب المفتوح اللعين. "آسفة. كنت أنهي عملية إحياء. لم أكن أريد أن يقاطعني أحد في منتصف الطريق". نظرت إلى تين وتابعت: "أنت تعرفين كيف أكون أثناء ذلك".

تجعد جبين ثياغو. "إحياء؟ من؟". ألقى نظرة خاطفة داخل الغرفة ولم يرَ سوى زوزانا وميك. كان الباب المفتوح يخفي إيسا، لكن كارو دفعته إلى الخلف، وعندما رأى ثياغو من كان هناك، اتسعت عيناه ثم ضاقتا. وعينا تين أيضاً، قبل أن ترمق كارو بنظرة من الشك والريبة. وقبل أن يتمكن أي منهما

من النطق، قالت كارو بنبرة ملامة خفيفة: "لم تخبرني أبداً أن روح إيسا كانت هنا". وأشارت إلى كومة المباخر. "هل تعرف كم كان الأمر سيصبح أسرع لو كانت تساعدني منذ البداية بدلاً من تين؟".

كان من دواعي سرورها أن ترى الذئب الأبيض عاجزاً عن الكلام. فتح فمه للرد ولم يخرج منه شيء. "ليس الأمر كذلك"، قال في النهاية. "لا يمكن أن يكون الأمر كذلك".

قالت كارو: "إنه كذلك، كما ترى".

وبطبيعة الحال، كان من المستحيل أن تكون روح إيسا مخبأة في المباخر، وكلاهما كان يعلم ذلك. كان هؤلاء جميعهم جنوداً تحت قيادة ثياغو وماتوا في معركة كيب أرماسين، ولم تكن إيسا أبداً، ولا يمكن أن تكون بينهم. ومع ذلك ها هي ذا، وشاهدت كارو تعابير وجه ثياغو وهي تنتقل من الدهشة إلى الارتباك إلى الإحباط وهو يحاول أن يجد طريقة لتفسير ذلك.

وقرر الإنكار. قال: "لمن تعود هذه الروح حقاً، ولماذا أهدرت الموارد على مثل هذا الجسد؟".

ولكن قبل أن تتمكن كارو من الرد، جاء صوت إيسا هادئاً وقوياً: "مثل هذا الجسد؟". سألت وهي تنظر إلى نفسها بتمعن. "منذ متى أصبحت أجساد الناجا إهداراً للموارد؟". لقد كان سؤالاً عادلاً؛ لم تكن إيسا نفسها محاربة، ولكن الكثير من أبناء جنسها كانوا كذلك، مثل نيسك وليسيث.

كان رد ثياغو مقتضباً. "منذ أن طوّرنا الحاجة الملحة للطيران، والناجا لا أجنحة لهم".

"وأين هي أجنحتكَ؟" ردت إيسا. التفتت لتنظر إلى تين من أعلى إلى أسفل. "وأنتِ أين جناحاك؟".

المزيد من الأسئلة العادلة. لم يجبها ثياغو. وتساءل: "من أنتِ؟".

"أؤكد لك يا ثياغو، أن الأمر كما تقول كارو". وأخذت تتحرك بجسدها

برفق، ورفعت نفسها لترتفع ببطء على لفائفها الثعبانية حيث كانت عضلاتها مشدودة حول وركها كعضلات المرأة. وبالفعل، ارتعش طرف ذيلها بالطريقة التي تذكرها كارو.

لقد أدهشتها أعجوبة الخلق كما لم تدهشها منذ أسابيع عديدة؛ لقد كانت قد استهلكت إلى درجة أنها فقدت دهشتها - للإحياء، للسحر، لنفسها. لقد أعادت خلق إيسا. لقد فعلت ذلك.

قالت إيسا لثياغو: "أنا إيسا من الناجا، وقد خدمت أربعاً وثمانين سنة في خدمة بريمستون. في ذلك الوقت كم عدد الأجساد التي صنعها لك؟ أيها الذئب الشجاع، ليس أقل من خمسة عشر جسداً بالتأكيد، ولم تشكره ولو لمرة واحدة". ابتسامتها الجميلة لم تجعلها تبدو كتوبيخ، بل كذكرى محبوبة.

"أشكره؟ على ماذا؟ لقد قام بعمله وأنا قمت بعملي".

"بالفعل، ولم تطلب أي شكر أيضاً، أو إطراء".

لم تكن هناك سخرية في صوت إيسا. كانت نبرة صوتها عذبة مثل ابتسامتها، لكن أي شخص يعرف ثياغو على الإطلاق سيفهم أنها كانت تسخر منه. كان الإطراء بالنسبة إلى الذئب الأبيض نبيذاً، بل أكثر من ذلك: كان ماءً وهواءً. وكلما كان يعود إلى لوراميندي من حملة ناجحة - ساعة العودة ذاتها، أي لحظة عودته - كانت رايته ترتفع في واجهة القصر. كانت الأبواق تنفخ وكان يخرج على وقع هتافات المدينة.

كان العدّاؤون يأتون قبله ليجعلوا الناس مستعدين. لم يكونوا مستائين من ذلك؛ فعلى الرغم من أن الهتافات كانت مرتبة، إلا أنها كانت حقيقية، وكان ثياغو قد استمتع بها.

كان متوتراً الآن. "حسناً إذاً يا إيسا من الناجا، أخبريني. كيف جاءت روحك إلى هنا؟".

لم تتلعثم إيسا أو ترمق كارو بنظرات ماكرة. قالت بصراحة تامة: "سيدي الجنرال، لا أعرف. لا أعرف حتى أين يقع "هنا". وعندها فقط التفتت إلى كارو، ورفعت حاجبيها في تساؤل.

قالت لها كارو: "نحن في عالم البشر"، فارتفع حاجبا إيسا قليلاً.

"حسناً، هذه أخبار غريبة. أنا متأكد من أن لديك الكثير لتخبريني به". وأنت أنا، فكرت كارو. آمل ذلك. والآن، لو استطاعت أن تتخلص من الذئب، وجاسوسته.

"من أين جاءت؟" سأل ثياغو بنبرة تتجه مباشرة نحو الكذب. "من أين جاءت حقاً؟".

حدّق في كارو، ولم تتراجع عن ذلك. قالت له: "لقد أخبرتكَ"، وأشارت إلى كومة المباخر.

"هذا غير ممكن".

"ومع ذلك، ها هي ذا".

كان يحدق فيها وكأنه كان بإمكانه أن يستخرج الحقيقة منها بعينيه. حدقت كارو بجرأة في المقابل. أنت تطلق أكاذيبك، فكرت. وأنا سأطلق أكاذيبي. قالت: "وأفضل جزء هو أنني لن أحتاج إلى مساعدة تين بعد الآن. لدي إيسا الآن ولدي صديقاي". أومأت إلى زوزانا وميك، اللذين كانا يراقبان كل شيء من الفجوة العميقة للنافذة.

أجاب ثياغو: "حسناً إذاً، هذا يوم سعيد"، وكانت نبرة صوته تعبر عن أي شيء باستثناء السعادة.

كانت كارو تعرف بالطبع أنه سيغضب - لأنها أغلقت الباب، وقامت بإحياء من تلقاء نفسها، وأدخلت لغزاً في شخص إيسا، وكان واضحاً أنها تكذب في وجهه - ولكن مع ذلك فإن نظرة الحقد التي وجهها إليها قد صدمتها على نحو غير متناسب.

الحقد. الحقد السام المتلألئ.

حسناً، الآن جفلت كارو. لم تكن قد رأت تلك النظرة في عينيه منذ... منذ أن كانت مادريغال، وتذكر كيف انتهى ذلك. قالت "إنه يوم سعيد"، وشعرت بنفسها تتراجع. ولم تكن قد نسيت تلك النظرة، ولكنها تذكرت وهي تراها مرة أخرى حرارة الصخرة السوداء تحت خدها، وانشقاق الهواء عند سقوط النصل. أمسكت إيسا بيدها، وأمسكت هي بيدها بقوة، ممتنة جداً لوجودها. قالت: "سأعمل حقاً بشكل أسرع الآن. أليس هذا هو المهم؟".

هذا، وحقيقة أن أكيفا هو الذي أحضر المبخرة، وأنه كان هنا، تحت أنفك مباشرة.

قال ثياغو: "كما تقولين"، وكانت كارو متأكدة من أنها لم تتخيل وهو يمسح غرفتها بنظرة خاطفة، أن رأسه ارتفع بالطريقة التي ارتفع بها عندما التقط رائحتها في أرجاء الساحة. كان توهج خياشيمه خفياً ولكن لا لبس فيه، وكانت عيناه ضيقتين بالريبة. قالت لنفسها إنه لن يحصل على شيء سوى البخور هنا. لا شيء سوى وخز الكبريت.

على الأقل، هذا ما كانت تأمله بشدة.

قال لها: "أنا متأكد من أنني لست بحاجة إلى أن أذكرك بما هو على المحك"، فهزت رأسها بالنفي، ولكن عندما استدار ليذهب، تساءلت عما يقصده. مصير شعبهم؟ نجاح التمرد؟ لقد تحدته؛ لم تستطع منع نفسها من التفكير في أنه كان يقصد شيئاً شخصياً أكثر من ذلك.

ما الذي كان على المحك؟ شعرت أنها كانت متوازنة على حافة الهاوية وتعصف بها العواصف. ما الذي لم يكن على المحك؟

ثم، في مدخل بابها، تبادل الذئب نظرة مع تين كانت مشحونة بالمكائد - بالمخططات المحبطة – إلى درجة أن كارو انتابتها قشعريرة، واسترجعت كل ما حدث في الأيام والأسابيع الماضية.

المراقبة المستمرة، والأسئلة، وكل التلميحات والتنبؤات. قالت لها تين: "يمكنك أن تكوني كيرين مرة أخرى. سأقوم بإحيائك. عليك فقط أن تريني كيف". كان الاقتراح منفراً: أن تضع روحها بين يدي تين؟ حتى لو لم تكن الفكرة جزءاً من الخطة - وقد كانت كذلك - فقد بدا الأمر خاطئاً للغاية. والآن فهمت كارو السبب.

كان من المفترض أن تحل تين محلها. لم يكن ثياغو يريد مساعدة كارو. أراد ألا يحتاج إليها.

شعرت كارو حينها وكأنها تفتح عينيها وترى الذئب الأبيض بوضوح لأول مرة منذ أن وجدها تتجول في أنقاض لوراميندي.

لا يزال يريد قتلي.

كانت الحرارة تتصاعد في صدرها وتنتشر إلى أطرافها، وتتسلل إلى رقبتها على شكل احمرار.

أرادت أن تصرخ. أرادت أن تقف في وجهه مباشرةً وتصرخ بأعلى صوتها، ولكن أكثر من ذلك، أرادت أن تضحك. هل كان يعتقد حقاً أن تين يمكنها القيام بهذا العمل؟ لقد استغرقها الأمر سنوات لتتعلم على يد بريمستون، وحتى مع توجيهاته كانت موهبة بقدر ما كانت تدريباً. لن تنسى أبداً فخرها بأول كلمة "أحسنت" نالتها، أو الدهشة والاحترام في صوت بريمستون عندما رأى، على عكس كل توقعاته، أنها كانت مولعة بالسحر.

لا تستطيع تين الإحياء، تماماً كما لا يستطيع فيركو عزف كونشرتو على كمان ميك.

لقد فهمت كارو لعبة ثياغو الآن؛ لقد فشلت اللعبة، وكان لا يزال بحاجة إليها. لذا يجب أن تتغير لعبته.

إلى ماذا؟

# 59

# فتاة جميلة

"توقف عن التحديق إلى ثدييها".

"ماذا؟" التفت ميك بسرعة نحو زوزانا، وقد توردت وجنتاه.

"أنا لا أفعل!".

"حسناً، أنا أفعل"، صرحت زوزانا وهي تنظر إلى إيسا. "إنه أمر لا يقاوم. إنها مثالية.

عمل رائع، يا كارو، ولكن ألا يمكنها ربما ارتداء قميص؟".

قال كارو: "حقاً؟ كم عدد العارضات العاريات التي رسمتهن؟".

قال ميك: "ولا واحدة".

"حسناً، حسناً. ربما لم تفعل، ولكنني متأكدة من أنك رأيت نصيبك من الأثداء".

"ليس حقاً". عادت عيناه مرة أخرى نحو إيسا. "و، كما تعلمين، لم تكن أبداً على هيئة إلهة ثعبان".

قالت كارو باعتزاز: "إنها ليست إلهة" - على الرغم من أنها كانت تبدو كذلك.

كانت لا تزال تتعجب: إيسا على قيد الحياة. إيسا هنا. "إنها من الناجا، وهم لا يرتدون ملابس".

قالت زوزانا: "صحيح. إنهم لا يرتدون سوى الأفاعي".

"نعم".

كان أول شيء أرادت إيسا أن تفعله، بعد تحية مضيف الكيميرا - التي استغرقت جزءاً كبيراً من الصباح - هو المرور بالقصبة واستدعاء الثعابين إليها. كانت كارو قد تبعتها، وهي منزعجة قليلاً عندما أدركت أن الثعابين كانت هناك طوال الوقت، بما في ذلك كوبرا مصرية شديدة السمية. والآن، في غرفتها، كانت الثعابين ملتفة حول خصر إيسا ورقبتها، وكانت إحداها تلتف حول شعرها.

وبينما كانت كارو تشاهد، انزلقت لفافة من جسمها على جبينها لتستقر على جسر أنفها. ضاحكة، رفعتها إيسا برفق إلى أعلى.

"هل أخبرتكِ الأفاعي بأي شيء مثير للاهتمام؟" سألتها كارو وهي تنتقل من اللغة التشيكية إلى لغة الكيميرا. كانت تتذكر أفيغيث، وكيف أن الأفعى المرجانية أخبرت إيسا كيف أخفى الصياد باين أمنياته في لحيته. لولا ذلك لما وصلت كارو إلى إريتز أبداً.

تبخرت ضحكة إيسا. وبدت على وجهها ملامح الجدية. قالت: "نعم. يقولون إن رائحة الموت تفوح من المكان منذ أن جئتِ إلى هنا".

شعرت كارو بالاستياء، وكأن الأفاعي كانت تشي بها. قالت: "نعم، حسناً. لقد فعلنا ما كان علينا فعله". شعرت على الفور أن كلمة "نحن" كانت قذرة، وفكرت في قول ثياغو لها: "نحن في هذا معاً".

لكنهما لم يكونا كذلك. كان من الواضح الآن أنهما كانا في هذا الأمر بشكل منفصل للغاية.

لا بد أن نبرة صوتها بدت دفاعية. رمقتها إيسا بنظرة فضولية. "فتاة جميلة، ليس لدي شك في ذلك". توقفت قليلاً. حتى الثعابين توقفت عن الالتفاف. كانت كارو تعرف أنها كانت متناغمة مع عقل إيسا وعواطفها، وأن سكون الأفاعي كان صدى لسكونها، وأن الوقت قد حان للحديث. كان هناك الكثير مما يحدث في وقت سابق، والكثير من الكيميرا تتزاحم حولها. كان هناك شيء ما حول غموض ظهور إيسا - كانت الناجية الوحيدة المعروفة من لوراميندي - الذي رفع من معنوياتهم.

كما كان لزوزانا وميك تأثير مشجع أيضاً. أثناء وجبة الإفطار، شاهدت كارو بذهول صديقتها التي لم تكن تشترك حتى في اللغة مع الكيميرا وهي تؤدي عرضاً إيمائياً ساخراً من عزف فيركو على الكمان، مع مؤثرات صوتية حادة ورد فعلها الخاص على لوحة الصرخة لإدفار مونش، مما أثار ضحكات العائدين الذين كانوا يضحكون بصرامة بما فيهم فيركو. تمكنت زوزانا من تكوين علاقة مع هؤلاء الجنود في وجبة واحدة أكثر مما تمكنت هي نفسها من تكوينه في أكثر من شهر.

لقد منعها خجلها من المحاولة. لقد رأت ذلك الآن؛ كانت تعتقد أنها تستحق ازدراءهم. هل كانت لا تزال تعتقد ذلك؟ ليس كل ازدرائهم، على أي حال - ليس الجزء المبني على أكاذيب ثياغو.

كان زيري في القاعة عند الإفطار أيضاً، وعلى الرغم من أنهما لم يتحدثا، إلا أنه كان هناك اتصال قوي في نظراتهما المشتركة. سر، وأكثر من ذلك؟ كانت كارو تتمنى أن يكون زيري صديقاً، ويبدو أنه أصبح كذلك الآن، وأدركت أن عليها أن تشكر أكيفا على ذلك أيضاً.

لقد أنقذ الملاك حياة زيري وأحضر لها روح إيسا.

لماذا؟

كانت إيسا أمامها الآن، وثعابينها ساكنة إلا من وميض الألسنة، ووجهها المادوني[3] هادئ ولكن متيقظ. تنتظر. تنتظر سؤال كارو؟

طوال الصباح كانت تقاوم السؤال، خائفة مما ستخبرها به إيسا. لكن الآن، على الرغم من ذلك، كان عليها أن تعرف. أخذت نفساً عميقاً. "هل رحل حقاً؟".

ارتجفت شفتا إيسا وعرفت. شعرت كارو بوخز حاد خلف عينيها.

قالت إيسا: "كان لا يزال على قيد الحياة عندما أرسلنا بعيداً. لكنه لم يتوقع أن يبقى كذلك".

"أرسلكم بعيداً؟" كررت كارو. بالطبع، كان أكيفا قد عثر على المبخرة في كهوف الكيرين. لماذا كان هناك؟ لقد كان موطن طفولتها الأولى، وكان أيضاً المكان الذي خططا للقاء فيه، ذات مرة. حيث خططا لبناء تمردهما. ثم صدمتها كلمة "نحن". "ياسري وتويغا أيضاً؟".

"لقد سمح لتويغا بالبقاء معه، أما أنا وياسري فقد كنا على قيد الحياة. من أجلك، عندما تعودين. كما كان يعلم أنك ستفعلين".

"هل فعل؟" كانت كارو مترددة. قاومت دموعها بأنفاس عميقة. "هل صدقني؟" كانت قد أخبرت بريمستون أنها لم تكن فراشة تُطرد من النافذة، وكانت تعني ذلك.

"بالطبع. كان يعرفك يا فتاة". قالت بابتسامة عريضة حلوة ومرّة. "أفضل من معرفتك لنفسك".

أطلقت كارو ضحكة صغيرة، وانفلتت منها حافة تنهيدة. قالت: "حسناً، هذا صحيح بالتأكيد".

--------
3. نسبة إلى مادونا، أي مريم العذراء.

كانت عينا إيسا مبللتين بالدموع، لكنها قاومت لمنع الدموع من الانهمار.

مدت كارو يديها وشبكتهما بإحكام، وتمسكتا ببعضهما البعض بينما كانتا ترويان قصصهما.

عادت زوزانا وميك إلى النوم بعد أن هدأت حرارة الظهيرة، وكانت أصوات القصبة تتسرب من خلال المصاريع المغلقة - المبارزات في الساحة، ورنين النصال، وأصوات.

قالت إيسا: "بعد احتراق البوابات، علمنا أنه لن يطول الأمر. وواصل جورام الهجوم كما لم يحدث من قبل. تقلصت جيوشنا يوماً بعد يوم، ووصل المزيد والمزيد من الناس إلى البوابات قادمين إلى لوراميندي طلباً... للأمان". ابتلعت إيسا ريقها، وانخفض صوتها إلى الهمس. "كانت المدينة مكتظة للغاية". نظرت إلى الأسفل إلى يديها ويدي كارو اللتين كانتا لا تزالان متشابكتين معاً. "تكبد السيرافيم خسائر كبيرة أيضاً. أرسلهم جورام إلى الموت، الكثير والكثير منهم، مدركاً أننا سنستنفد جنودنا أولاً، وقد فعلنا. يا لها من حسابات بسيطة في النهاية. أصبحت لوراميندي تحت الحصار. وذلك عندما كان بريمستون...". غلبت الرعشة صوتها وانتزعت إيسا يدها من يد كارو لتضغط على فمها. ظلت كارو ممسكة بيدها الأخرى، وتمنت لو أنها تستطيع فعل المزيد. لا شيء يجعلك تشعرين بأنك عديمة الفائدة مثل رؤية حزن شخص آخر.

كانت إيسا تكافح للسيطرة على مشاعرها؛ وعندما رفعت عينيها مرة أخرى، بدت وكأنها منهكة. كانت نظرة مسكونة إلى درجة أن كارو شعرت بوخزة من الخوف. "إيسا-".

ولكن إيسا سارعت إلى القول: "أردنا أن نبقى معه حتى النهاية". ثم ضغطت على يدي كارو وقالت: "بالطبع، كنت أريد أن أراك مرة أخرى،

وأن أساعدك، ولكن أن أتركه بعد ذلك...". ولم تستطع أن تكمل كلامها. ثم زمت إيسا شفتيها، وضغطت عليهما حتى ابيضتا. وكان وجهها كله متصلباً من الجهد الذي بذلته لكي لا تبكي. ثم أخذت نفساً عميقاً. قالت: "لكنه لا يزال يحتاج إلينا. لذا فقد مت أنا وياسري أيضاً".

أيضاً.

ما الذي كانت تتجاهله؟ سيطر على كارو شعور غامض بالرعب. ماذا حدث في لوراميندي؟ تراقصت الصور؛ هزت رأسها. رأت إيسا وياسري تنزفان بهدوء من جروح غير مؤلمة حتى ارتعشت رموشهما. أم إنهما شربتا شاي القداس ثم نامتا؟ وفي نهاية الأمر، تخيلت بريمستون وتويغا صامتين، منحنيين، وصامدين بينما كانا يلتقطان أرواح المرأتين اللتين كانتا رفيقتيهما لعقود من الزمان.

سألت بحزن: "ألم يكن بإمكانه إخراجكما حيتين؟".

نظرت إليها إيسا، وعرفت كارو أنها قالت الشيء الخطأ. وكأن القرار قد تم اتخاذه باستخفاف!

"لا يا طفلتي". كانت حزينة للغاية. "حتى لو تمكنا من الخروج، ماذا كنا سنفعل، ونحن ننتظر في الخفاء، سوى الحزن والقلق، والجوع والعطش، وأن يُكتشف أمرنا، وأن نقتل؟ السكون شيء لطيف؛ لم يكن علينا حتى أن نكون شجعاناً. كنا رسائل في زجاجات". ابتسمت. "رُسل في زجاجات".

وماذا كانت الرسالة؟ ماذا كان يود أن يقول لها وهو يواجه الموت بعد حياة بدأت بالعبودية، وقاسى فيها الآلام والتضحيات، وامتدت وأطالت الحرب أمدها، وقريباً ستنتهي بوحشية، ماذا كان يود أن يقول لها؟ لم تستطع كارو أن تجبر نفسها على السؤال بعد أن شعرت أنها فشلت في اختبار ما. وكان قد أرسل إليها مباخرهم مع طيور مرسلة، كما أخبرتها إيسا

- غربان الخفافيش المجنحة، أو العواصف كما كان الحال مع كيشميش - لتختبئ في أماكن قد تجدها فيها. وعلمت أن روح ياسري كانت في أنقاض معبد إيلاي.

سألت كارو: "هل كان يظن أنني قد أذهب إلى هناك؟ هل كان يتخيل أن هذا المكان قد يعني أي شيء بالنسبة إلي الآن؟".

لقد فوجئت إيسا. "نعم يا طفلتي. بمجرد أن كسرت عظم الأمنيات وتذكرتِ-".

"بمجرد أن تذكرتُ أنني أهلكتُ قومي؟".

"أيتها الفتاة الجميلة، ماذا تقولين؟ لم تهلكينا. ألف سنة من الكراهية هي التي أهلكتنا".

"أوصلتنا إلى الحرب، ربما. وليس إلى الفناء".

"كانت النهاية قادمة. ربما بعد سنة أو مائة، لكنها كانت دائماً قادمة. إلى متى يمكن للحرب أن تستمر؟".

"هل هذا لغز؟ إلى متى يمكن للحرب أن تستمر؟".

"لا يا كارو. اللغز هو كيف يمكن أن تنتهي الحرب؟ الإبادة طريقة واحدة. طريقة جورام. هو من فعل هذا وليس أنتِ. أنتِ حلمت بطريقة مختلفة. أنت وأكيفا أيضاً، كلاكما، كان لديكما القدرة على عدم الكراهية. الجرأة على الحب. هل تعلمين ما هي الهدية؟".

"هدية؟" غصت كارو. "هدية مثل سكين في الظهر!".

تحركت زوزانا على السرير، وخفضت كارو صوتها. "لقد كانت كذبة. كان جنوناً. لم يكن حباً. كان غباءً-".

ردت إيسا قائلة: "لقد كان شجاعاً. كان أمراً نادراً. كان حباً، وكان ذلك جميلاً".

"جميل. هل نتحدث حتى عن نفس القصة؟ لقد مات، وخان كل ما حلمنا به؟".

قالت إيسا: "لقد كان محطماً يا كارو. ماذا تعتقدين أنك كنت ستفعلين؟".

حدقت كارو في إيسا. هل كانت تدافع عن أكيفا؟

"ماذا كنت ستفعلين لو أن السيرافيم أخذوكِ وعذبوك وجعلوك تشاهدينهم وهم يقطعون رأسه؟ وفكري: ماذا كنتما ستفعلان أنتما الاثنان معاً لو لم يوقفكما ثياغو؟ ماذا كان يمكن أن يكون العالم الآن؟".

قالت كارو: "أنا... أنا لا أعلم. ربما يكون ثياغو ميتاً وبريمستون حياً". للحظة - ولو للحظة واحدة فقط - بدا الأمر كله خطأ ثياغو وليس خطأها على الإطلاق. لقد اعتقدت في ذلك الوقت أن القدر كان في صفهم، لكن الذئب أرعبها حتى استسلمت، وها هي النتيجة.

سألت المرأة الثعبان بهدوء: "أخبريني، ماذا تفعلين يا طفلتي؟".

لم تستطع كارو الإجابة. قتل الملائكة قتل الأطفال. زمت شفتيها. انتقاماً لك، فكرت بعد ذلك، وضربها النفاق كالصاعقة. إذا كان هذا كل ما كانت تفعله، فكيف كانت أفضل منه؟

لا، لم يكن الأمر كما كان من قبل. أطلقت أنفاساً متقطعة، ثم همست قائلة: "القتال من أجل بقاء سلالات الكيميرا".

لكن هل كانت حقاً تفعل ذلك؟ التمرد في يد ثياغو، وليس في يدها؛ ومع كل هذا الغموض في خططه، كيف يمكنها أن تعرف ما الذي كانوا يقاتلون من أجله؟

ماذا قال لها أكيفا عند النهر؟ إن المستقبل سيكون فيه كيميرا أو لا يكون، وهذا يتوقف على ما سيفعلونه الآن. حسناً، لقد قال الكثير من

الأشياء. لقد تأثرت كارو كثيراً بوجوده، وبغضبها - بشوقها – إلى درجة أنها لم تستوعب ما قاله حقاً. لقد تحدث عن الحياة والخيارات. عن المستقبل، وكأنه كان هناك مستقبل.

وماذا قالت؟ أي شيء يمكن أن تفكر فيه لإيذائه.

كانت تعلم أنه عليها أن تخبر إيسا بكل شيء، ليس أقلها كيف وصلت المبخرة إلى كارو، ولكن كان من الصعب جداً أن تنطق باسم أكيفا، ومن المستحيل أن تقابل عينيها أثناء ذلك.

روت بدايةً من عودة زيري وصولاً إلى ظهور أكيفا عند النهر، قبل أن تعود إلى مراكش وحتى براغ، وبالطبع، لم تكن إيسا على علم بأي من ذلك، وكانت كارو تشعر بالخجل الشديد، واعترفت بأنها... وقعت في حبه مرة أخرى. لم تذكر القبلة. لم تصدر إيسا أي أحكام، ولم تتكلم إلا لتقنع كارو بكلماتها، لكن كارو شعرت بأنها كانت تحت المجهر. فحاولت أن تبقي صوتها متزناً، ووجهها مستقيماً، لتثبت أن أكيفا لم يكن بالنسبة إليها الآن سوى عدو آخر من السيراف. عندما انتهت، صمتت إيسا للحظة وفكرت ملياً.

"ماذا؟" سألت كارو. بدت في موقف دفاعي.

"إذاً"، قالت إيسا، ورتبت كلماتها بدقة متناهية، مثل أوراق اللعب على الطاولة. "تبع أكيفا زيري إلى هنا". توقفت. "هل تخشين أن يكشف موقعنا هذا للسيرافيم؟".

أصاب هذا السؤال كارو بصدمة غير متوقعة، وكأنها فقاعة بيضاء اللون. أوه، فكرت. هذا.

كانت قلقة بشأن إبقاء زيارة أكيفا سراً عن الكيميرا - وليس بشأن إخفاء متمردي الكيميرا عن أكيفا. ماذا يعني ذلك؟ لقد أخبرته أنها لم تثق به أبداً، وكانت هذه كذبة صدقها بسهولة شديدة، ولكن الآن؟ كيف يمكنها أن تثق به؟

ولكن لو لم تفعل ذلك، ألم تكن لتسرع بالعودة إلى القصبة وتحث ثياغو على الاستعداد الفوري للمغادرة؟ لم يخطر ببالها حتى أن تفعل ذلك.

لأنها لم تكن تخشى أكيفا.

كان قد قال لها في مراكش، قبل أن يكسرا عظمة الأمنيات، "مهما حدث، أريدك أن تتذكري أنني أحبك". كانت قد وعدته - لاهثة الأنفاس، غير قادرة حينها على فهم الواقع الذي لا تتمنى ألا تتذكره. لقد حافظت على الوعد رغماً عنها؛ لقد أرادت أن تنسى لكن المعرفة ظلت ثابتة: أحبها أكيفا. لم يكن ليؤذيها. هذا ما كانت تعرفه.

قالت كارو لإيسا بصوت خافت، وهي كارهة للاعتراف بذلك - شعرت وكأنها هي التي تدافع عنه الآن – "لن يفعل". أومأت إيسا برأسها بحزن وجدية، وهي تنظر إلى كارو وتعرفها جيداً إلى درجة أن كارو شعرت وكأنها مذكرات مفتوحة، كل أسرارها وإخفاقاتها هناك لتقرأها، وقلبها الخائن ينبض بالدم على الصفحة.

قالت واثقة بصدق كارو: "حسناً إذاً"، وكان هذا كل ما في الأمر.

"الآن". استدارت إيسا إلى الطاولة وصواني الأسنان. وبخفة قالت: "ربما ينبغي لنا أن نبدأ العمل، خشية أن يقرر الذئب أننا لا نستحق عناء أفواهنا المتذمرة".

عرفت كارو بأن هناك المزيد ليُقال. كانت هناك رسالة؛ كانت هناك فجوة في قصة إيسا، وأياً كان ما تركته فها هو يطاردها.

لم يسبق لكارو أن رأت إيسا تبدو هكذا.

قالت لنفسها إنها ستخبرني عندما تكون مستعدة، وحاولت أن تصدق أنها لم تأت وتسأل صراحة من أجل إيسا، عندما كانت تعلم جيداً أن الأمر كان مجرد خوف يتملكها فقط.

# 60

## اللعبة الجديدة

كانت كارو قد أخبرت ثياغو بالحقيقة: لقد سار العمل بسرعة أكبر بفضل مساعدة إيسا وزوزانا. بفضل الأيدي الماهرة، تمكنت من تفويض كل المهام باستثناء السحر الفعلي. وبعد أن حضر زيري لدفع العُشر- بإصرار، بل وحتى توسلت، لتسديد ثمن سحرها - شعرت كارو وكأنها لا تفعل أي شيء على الإطلاق. كانت غرفتها ممتلئة للغاية. كانت خانقة، وأجنحة زيري تشغل حيزاً، وبدا ذيل إيسا في كل مكان أرادت أن تضع قدميها فيه، لكنها شعرت... بالسعادة. سعادة حقيقية، وليست سعادة الكأس المقدسة.[4] والمهمة التي كانت سعيدة بتفويضها؟ حتى أكثر من العُشر، بل كانت الرياضيات.

تطوع ميك قائلاً: "أنا بارع في الرياضيات"، وسمعها تتذمر من شكاويها حول نسب الأجنحة إلى الوزن. "هل يمكنني المساعدة؟".

---

4.   الكأس المقدسة التي، وفقاً للتعاليم المسيحية، هي الكأس التي شرب منها يسوع المسيح أثناء العشاء الأخير

عندما اتضح أنه يستطيع، ركعت كارو على ركبتيها وانحنت. رددت: "يا آلهة الرياضيات والفيزياء. أقبل هديتك لهذا الفتى الذكي صاحب الشعر الأشقر".

"رجل،" صحح ميك، وقد شعر بالإهانة. "انظري: سالفان. شعر على الصدر، نوعاً ما".

"رجل" عدلت كارو، وهي تنهض وتنحني مرة أخرى في صلاة ساخرة. "الحمد لله على هذا الرجل-" قاطعت نفسها لتسأل زوزانا، بصوتها الطبيعي، "انتظري. هل هذا يجعلك امرأة؟".

كانت تقصد فقط أنه كان من الغريب أن تنتقل من التفكير في زوزانا – وفي نفسها أيضاً - كفتاة إلى امرأة. بدا الأمر غريباً تماماً. لكن رد زوزانا التي استخدمت كامل قوة حاجبيها في خدمة الفجور، كان: "حسناً، نعم، بما أنك سألت. هذا الرجل جعلني امرأة. كان الأمر مؤلماً للغاية في البداية، لكنه أصبح أفضل". ابتسمت ابتسامة عريضة مثل شخصيات الأنيمي. "كثيراً جداً. أفضل".

احمرّ وجه المسكين ميك خجلاً مثل حروق الشمس، وأطبقت كارو يديها على أذنيها. "لا لا لا لا!"، وعندما سألها زيري عما كانا يقولانه، احمرت خجلاً هي الأخرى ولم تشرح له - مما جعله يحمر خجلاً بدوره عندما أدرك الموضوع المحتمل.

وبحلول نهاية ذلك اليوم الأول، كانوا قد صنعوا خمسة جنود جدد للتمرد، وهو ضعف معدل ما تصنعه كارو أثناء العمل مع تين، وكان ذلك مع بداية متأخرة، واضطرتا لتعليم زوزانا وميك الأساسيات.

لقد اتبعوا قائمة رغبات ثياغو ومواصفاته لإرضائه، حتى عندما تبين أن المبخرة التي اختارتها زوزانا - التي كانت تزعج كارو منذ الظهيرة الأولى – كانت تحتوي على هاكسايا. لقد كانت الجندية الثعلب صديقة مادريغال ذات

يوم، وكانت روحها لمسة الغروب والضحك، مع لدغة مثل لدغة القراص؛ كانت هاكسايا شخصاً تريده إلى جانبك... مما جعل كارو تفكر في الأطراف

بمن يمكن أن تثق؟ لطالما كان جنود جيش الكيميرا مخلصين بشدة لجنرالهم. لكن كان لديها إيسا بالطبع، وكان هناك زيري الذي خاطر حتى بالمجيء إلى هنا للعُشر. وربما بقية دورية باليروس المتمردة. ظلوا في حالة ركود، لذلك لم تستطع أن تعرف على وجه اليقين. كانت تعتقد أن أمزالاغ غير راض عن تكتيكات ثياغو، وربما باست. كانت تحب فيركو.

لقد كانت لديه طبيعة مرحة في مجاراة الذئب، وانطلاقاً من تقيئه، لم يكن معجباً بهذه المهمات المرعبة، لكنها لم تستطع أن تراه يتحدى الذئب

بماذا كانت تفكر؟ لم تستطع أن ترى نفسها تتحدى الذئب، ناهيك عن أن تطلب من الآخرين ذلك. كانت قد أخبرت زيري بشكوكها حول رغبة الذئب في قتلها، ولم يُظهر أي دهشة من عدم ارتياحها. قال: "يجب أن يكون مسيطراً تماماً. وأنتِ أثبتِ منذ وقت طويل أنكِ لستِ تحت سيطرته".

نعم، لقد أثبتت ذلك بالفعل. كان السؤال الذي يتردد في عقلها الآن هو: ماذا يمكنني أن أفعل.

لم تستطع مجاراته. كان مسلكه همجياً، وكان ذلك سيئاً بما فيه الكفاية، لكنه كان خراباً أيضاً. انظر إلى ما جلبه على أهل الجنوب. وظلت تضبط نفسها وهي تفكر في أنه لو كان الجنود يفهمون السبب والنتيجة - لو استطاعت فقط أن تجعلهم يرون - لما استطاعوا أن يدعموا استراتيجيته. ولكن، بالطبع، فهموا بالفعل. كان ذلك أسوأ ما في الأمر. لقد اتبعوا أوامره على أي حال، جميعهم باستثناء دورية واحدة.

ولم تستطع مواجهته أيضاً. كان من الممكن أن يكون ثياغو إلههم، وماذا كانت هي؟ عاشقة ملاك معروفة بجلد بشري؟ حتى لو كان هناك من يستمع إليها، فهي لم تكن قائدة. لقد مر وقت طويل منذ أن كانت جندية

حتى، وكانت خائفة من المسؤولية، من الإمبراطورية، من الاحتمالات ضد نجاتهم، والأهم من ذلك كله، من ثياغو نفسه. الآن، كانت خائفة من رؤية ذلك الحقد في عينيه مرة أخرى.

قالت لزوزانا: "ربما في يوم آخر"، وأغلقت مبخرة هاكسايا ووضعتها جانباً. "أما الآن، فلنحاول فقط إسعاد الذئب".

وكان سعيداً بعملهم.

قال: "عمل جيد"، عندما قدموا له الجنود الخمسة الجدد. عاد قناعه إلى مكانه. لقد كان لطيفاً جداً على العشاء، حتى إنه كان يسكب النبيذ - النبيذ؟ كانت تلك سلعة نادرة، ولم تكن كارو قد أحضرتها - رفع كأساً للعائدين الخمسة الجدد. قال: "نخب النجاة"، وتساءلت: نخب النجاة لمن؟ سلمت إليه هؤلاء الجنود - الأسلحة - ولم تنس للحظة ما سيستخدمهم من أجله، وكان ذلك يثير اشمئزازها، ولكن التحدي الصريح لم يكن لينفعها. ورأت الطريقة التي كان الآخرون يراقبونه بها: بمزيج من الرهبة والخوف الشديدين، يتمنون لفت انتباهه ويبتهجون حين يلتفت إليهم. ورأت كيف كان يتلاعب بالجمهور، ويظفر بجنوده مرة بعد أخرى، ويجعلهم يشعرون بأنهم أياديه المختارة، وقوته في نهاية العالم.

كانت تراقبه وهو يصب النبيذ، وعندما رأت شكل الزجاجة الكروي فقدت شهيتها.

لم يكن نبيذ كيميرا العشبي الذي سمي كذلك للونه الشاحب المائل إلى الخضرة، بل كان نبيذ سيراف، غنياً وأحمر؛ ولا بد أن أحد الجنود قد أحضره من بلدة ما نهبوها.

استندت إلى الخلف على كرسيها وهي تحرك الكسكس بالشوكة.

"لا يوجد نبيذ لديك؟" سألها ثياغو وهو يجلس إلى جانبها.

"لا، شكراً لك".

قال: "يعتقد البعض أن رفض نخب يجلب الحظ السيئ، وأن بركاته لن تصل إليكِ".

ماذا، نخبه للبقاء على قيد الحياة؟ "لذا إذا لم أشرب نبيذك، فلن أبقى على قيد الحياة؟".

هز كتفيه. "أنا لا أؤمن بالخرافات. لكنه نبيذ جيد". وشرب. "إن ملذاتنا قليلة جداً في هذه الأوقات، وقد اتفقنا في وقت سابق، على أن اليوم يوم جيد. خمسة جنود ينضمون إلى القتال، وإيسا عادت إلينا... بطريقة ما". ونظر كلاهما إلى إيسا التي جلست في مكان أبعد من الطاولة مع نيسك وليسيث اللذين كانا من الناجا - وإن كانت الناجا كما أعادت كارو تفسيرها.

"وبطبيعة الحال، لديك صديقاكِ". وأومأ برأسه في اتجاه زوزانا وميك.

كان البشريان يجلسان القرفصاء على الأرض في دائرة من الجنود، يشيران إلى الأشياء ويتعلمان المزيد من كلمات الكيميرا: ملح، فأر، أكل، وهو مزيج مؤسف أدى إلى رفض زوزانا اللحم الموجود في صحنها.

قال ميك وهو يتناول قضمة: "أعتقد أنها دجاج".

"أنا فقط أقول إنه كان هناك الكثير من الفئران هنا في وقت سابق".

"دليل دامغ". تناول ميك قضمة أخرى، وقال بلغة كيميرية مقبولة وعلى وقع القهقهات: "فأر مالح لذيذ".

"إنه دجاج"، أصر أحد الظلين الحيين. لم تكن كارو متأكدة من كانت تلك، لكنها كانت ترفرف بذراعيها كجناحين، بل وأخرجت عظام الدجاج لإثبات ذلك.

الآن رأيت كل شيء. الظلان الحيان، يقومان بتقليد الدجاج.

لقد غيّر وجود صديقيها من جو القصبة كثيراً، وإلى الأفضل كثيراً، وقد أحبت مساعدتهما اليوم بقدر ما أحبت صحبتهما. لكن بسبب مراقبتهما من قبل ثياغو ومعرفتها بما تعرفه الآن، بدأ ينتابها شعور سيئ.

"نعم"، قالت وهي تحاول جاهدةً أن تكون نبرة صوتها خفيفة. "لدي صديقاي. لكنهما مجرد زائرين. سيغادران قريباً".

"يا للأسف. لقد كانا مفيدين للغاية. بالتأكيد يمكن إقناعهما بالبقاء".

"لا أعتقد ذلك. لديهما التزامات في الوطن".

"ولكن ما الذي يمكن أن يكون أكثر أهمية من مساعدتك؟". شعرت كارو بمجال رؤيتها يضيق كعدسة وتركز على صديقيها. هنا، إذاً، كانت هذه هي لعبته الجديدة. كان صوت ثياغو مخملياً. "أكره أن تفقديهما".

فقدانهما؟ كان هناك صخب في أذني كارو. كانت تهديدات ثياغو واضحة وجلية كما كان هو، لكن لم يكن لديها شك في أن ما يكمن تحتها كان دماً. كان صديقاها نقطة ضعف. كانت تهتم لأمرهما. وعلى الرغم من الأصابع الماهرة والحسابات، فإن ثياغو كان يبقيهما هنا لسبب واحد: كوسيلة للسيطرة عليها. لقد تخلت عن التظاهر. قالت بهدوء: "سأستعيد تين بدلاً من ذلك. فقط دعهما يغادران".

"لا أعتقد ذلك. تتمتع تين بالعديد من الميزات الجيدة، ولكنني أعتقد أننا يمكن أن نتفق على أنها تخدمها بشكل أفضل في إجبار القائمين على الإحياء، بدلاً من كونها واحدة منهم".

"لا أحتاج إلى أن أكون مجبرة. لقد فعلت كل ما طلبته مني".

"من أين جاءت إيسا؟".

فاجأها السؤال. كان ترددها جزئياً، لكنه كان موجوداً، وأثار ابتسامة خافتة منه. قالت: "لقد أخبرتك بالفعل".

"بالفعل".

شعرت كارو بأنها تحولت إلى جليد. جلست هناك تراقب زوزانا وهي تشكل عظام الدجاج على شكل دمية متحركة مخروطية. كانت لديها مفاصل

من الخيوط ووعاء متكسر كرأس، لكنها بطريقة ما جعلت ذلك الشيء اللعين يبدو حياً، يتقرب من الجنود ويتوسل إليهم للحصول على الفتات. كان الجنود يصفقون ويقرعون الطبول التي أحضرتها كارو، وكانت زوزانا ترقّص دمية الماريونيت حتى سقط رأسها، وبعد ذلك حثوا ميك على العزف لهم.

قال ثياغو: "جربي النبيذ"، ثم نهض ليغادر. "إنه غني جداً. أتعرفين ماذا يقولون عن نبيذ الملائكة؟ كلما كان أكثر دموية كان أفضل".

لم تشربه. في وقت لاحق، مع إيسا في القاعة، راقبته كارو وهو جالس إلى الحائط، وحيداً ورأسه مائل إلى الوراء وعيناه مغمضتان يستمع إلى الموسيقى.

ومع ذلك، كانت هناك عيون أخرى مفتوحة. في الظل الثقيل، في المعرض، كانت تين تمشي بخطى حثيثة. كانت تراقب كارو، ولم تحاول أن تخفي ذلك، ولم تحول نظرها حتى عندما كانت تدور لتغير اتجاه خطاها. ذهاباً وإياباً، ذهاباً وإياباً، بلا كلل. ربما كانت تجسيداً حياً للعدوانية- إلى جانب غريزة الافتراس والأسنان الحادة، جائعة لأمر القتل الذي حرمت منه اقشعر جلد كارو في جميع أنحاء جسدها، وأخذت تتفحص الجنود المتجمعين الذين كانوا جميعاً مشدوهين بعزف ميك. كانت بعض العيون مغمضة وبعضها الآخر مفتوحاً، ولم تكن تعرف ما الذي كانت تبحث عنه.

قالت بهدوء لإيسا: "لا أعتقد أنني أسديت لك معروفاً بإحيائك".

ما الذي قالته إيسا من قبل، إن السكون لطيف؟ "كنت أكثر أماناً في المبخرة".

كان رد إيسا هادئاً بنفس القدر. "سلامتي ليست مهمة".

"ماذا؟ إنها كذلك بالنسبة إلي".

"أنت مهمة يا كارو. والرسالة مهمة".

الرسالة.

ظلّت كارو صامتة.

وفراغ معلق بينهما - صمت أعمق من الموسيقى، في انتظار أن تملأه بسؤال. ما الذي أرادها بريمستون أن تعرفه؟ كان الوقت قد حان لتسأل. لن تسمع صوته مرة أخرى، لكن كانت هناك كلماته على الأقل، رسالته.

كارو سألت إيسا: "هل هي جيدة أم سيئة؟". كانت تعرف أنه سؤال خاطئ. لكنها لم تتمالك نفسها.

قالت إيسا: "كلاهما يا عزيزتي. مثل كل شيء".

# 61

## الكثير من الأكيفا الأموات

تساءل هازايل: "كيف دخل الستيليون إلى الحرم الداخلي؟ إذا استطاع أكيفا اكتشاف ذلك-".

قاطعه ليراز: "حتى لو استطاع، نحن لسنا قتلة".

"ليس لعدم المحاولة".

وفي أعقاب حادثة سلة الفاكهة، ذُكر أن جورام لزم برج الفتح وأوقف حتى مقابلته للمواطنين. لم تكن هناك طريقة للوصول إليه. على الأقل، لم يكن هناك أي شيء اكتشفوه." أنت تعرف ما أعنيه. نحن لسنا متسللين، ولسنا الظلال الحية. والدنا سيرى وجوهنا قبل أن يموت".

"أعلم ذلك. أنت تفضلين أن يعرف ضحاياك من يقتلهم". ردد هازايل هذه العبارة وكأنه كان قد سمعها مئات المرات.

تكلم أكيفا. "هذه المرة على وجه الخصوص. ويجب أن يكون هناك شهود على ذلك".

نظرا إليه مندهشين. لقد كان يقوم بحركات الكاتا، باحثاً عن سيريثار، محاولاً أن يجد مكاناً هادئاً قد يأتيه منه جواب. لقد فشل في كلا الأمرين: لا هدوء ولا إجابة.

قال وهو يغمد سيفيه: "يجب أن يعرف الناس أننا نحن الفاعلون. أو أنهم سيلقون باللوم على الستيليين أو الظلال الحية، ولن يكون أمام يافث خيار سوى أن يخوض حروب أبيه".

كان يافث ولي العهد، لأن أخاه الذي يليه في السن كان قد قتل أخاه الأكبر، ثم قُتل هو نفسه في الهيكل في نفس الليلة بينما كان يصلي إلى النجوم الإلهية لتبعد عنه خطيئته. كان يُذكر باسم غير المحروم؛ وكان الأخ الذي قتله هو المنتقم، وكان يافث هو يافث فقط. لم يكن مثالاً يُحتذى به، بل كان متسللاً رقيقاً خائفاً من مغادرة برج الفتح حتى تحت حراسة كاملة. لقد كان جباناً، لكنه كان جباناً من النوع الحقيقي- جباناً من النوع الذي يتهرب من الحرب حتى لو لم يكن مضطراً لخوضها بنفسه. على الأقل، كان ذلك أمل أكيفا.

قال هازايل بصوت كئيب: "إذاً أصبح غير الشرعيين هم الأعداء".

قالت ليراز: "المواطنون يحتقروننا على أي حال. سيكونون سعداء لأننا نحن".

"سيفعلون"، قال أكيفا. "سيقولون إن جورام كان يجب أن يعرف، وإن الخطأ كان خطأه هو لوضعه الكثير من الأوغاد في العالم. سيصدمهم هذا، وسينتهي الأمر بنا".

"وبنا، تقصد...".

"جميعنا". كانت كلمات أكيفا ثقيلة. "سنخسر حياتنا جميعاً".

سأل هازايل: "إذاً نحن الثلاثة نقرر مصير ثلاثمائة؟".

قال أكيفا: "نعم".

نظر إلى البحر.

ثلاثمائة. ثلاثمائة فقط.

لقد فقد الكثير بالفعل. أكيفا قرر مصيرهم، أليس كذلك؟ لقد وضع هذا قيد العمل. أوه، الحرب كانت مستمرة منذ سنوات، ولكن بمجرد أن تم حرق البوابات كان الأمر قد انتهى في أشهر. مع إعاقة بريمستون بسبب فقدانه للإمدادات، قام جورام بضرب الكيميرا باستخدام كل من يتنفس تحت إمرته، وقد تكبد الجميع خسائر فادحة: الدومينيون، الفيلق الثاني، وحتى الكشافة وأسطول الإمبراطورية، لكن كان غير الشرعيين هم الأكثر تضرراً، كونهم مستهلكين وقابلين للتجديد بلا نهاية. نظراً لكونهم أصغر قوة في البداية، كانت نسبة خسارتهم مذهلة، حيث نجا واحد فقط من كل أربعة منهم. قال: "سنحذر الآخرين. سيتركون أفواجهم وينضمون إلينا. هل يمكنكما التفكير في أي شخص لديه خسائر أقل؟".

أجاب هازايل: "العبيد".

قال أكيفا: "نحن عبيد، ولكن ليس لفترة أطول من ذلك بكثير".

وعلى مدار الأيام التالية بدأوا بحرص في توجيه التحذيرات لإخوانهم غير الشرعيين؛ كلاماً شفهياً فقط، أثناء مرور القوات عبر رأس أرماسين. كانت هناك حاجة إلى بعض الرحلات الليلية، تحت تأثير السحر، للوصول إلى المواقع البعيدة. كان غير الشرعيين منتشرين في أركان الإمبراطورية الأربعة، قلة مع هذا الفوج، وقلة مع ذاك.

فكر أكيفا في ميليل وفريقها، لكن لم يكن لديه وسيلة للوصول إليهم. تساءل عمّا وجدوه فوق منحنى الأفق، وما إذا كانوا أحياء، وما إذا كان أي من القوات التي ذهبت للعثور عليهم أحياء، وما إذا كانوا سيعودون. لم يعد أحد منهم حتى الآن، لا أحد من مبعوثي جورام والكشافة والقوات المتقدمة. لم يعد أحد ممن طاروا نحو الجزر البعيدة.

قد يظن المرء أن هذا من شأنه أن يهدئ من حماس الإمبراطور لهذا الغزو، ولكن الشائعات الواردة من العاصمة كانت توحي بعكس ذلك. كان هازايل يستخرج كل قصاصة من الأخبار من كل من مرّ من هناك - وكان عدد المسافرين يتزايد هذه الأيام مع قدوم النبلاء تحت حراسة الجيش عبر المياه لاستطلاع ممتلكاتهم الجديدة - وكانت القصاصات تتجمع في فسيفساء غريبة بالفعل.

تساءل أكيفا: "هل يخطط لغزو؟ هذا غير منطقي".

"ألف معطف ناصع البياض"، هذا ما ذكره هازايل. كان هذا هو نوع النميمة التي كانت تصلهم من الأمراء وخدمهم. "إنه سيصنع ألف معطف أبيض ناصع بمقاييس متطابقة". توقف هازايل قليلاً ثم تابع: "من أجل الدومينيون".

"الدومينيون؟". أقل وأقل منطقية. لسبب واحد، وهو أن لون الدومينيون كان أحمر. كان اللون الأبيض يدل على الاستسلام، وجورام لا يستسلم. لكن اللون كان مجرد تفصيل بالمقارنة مع القضية البارزة: ما الغرض من هذين اللونين؟ معاطف ومقاييس جديدة... لإحداث انطباع لدى العدو؟ ما نوع الانطباع الذي تركه اللون الأبيض؟ وما الذي شجع جورام على إرسال المزيد من القوات إلى ذلك الفراغ، ناهيك عن الدومينيون؟ من المؤكد أنه لن يخاطر بإخفاء نخبة جيشه في الغيب. ربما يرسل غير الشرعيين، لكن الدومينيون؟

قال هازايل: "جايل نفسه يدفع باتجاه ذلك. هناك شائعة بأنها فكرته".

جايل؟ كان قائد الدومينيون يفعل الكثير من الأشياء الوحشية، لكنه لم يكن أحمق. ثم كانت هناك مسألة عازفي القيثارة. كان جورام قد استدعى عازفي القيثارة من دير برايتسيمينغ ليوقفوا عبادتهم لنجوم الآلهة والقدوم إلى أستراي، حيث كان من المقرر أن يرتدوا ملابس بيضاء تتناسب مع الدومينيون.

قال أكيفا: "هناك شيء ما يحدث. شيء ما لم يتحول إلى شائعة. لكن ما هو؟".

"أعتقد أنك ستكتشف ذلك". كانت ليراز قادمة إلى الثكنات وفي يدها لفافة. سلمته اللفافة. كانت تحمل الختم الإمبراطوري. تجمد أكيفا في مكانه، وهو يعرف ما يجب أن يكون، ونظر إلى أخيه وأخته.

ألحّ هازايل متوتراً: "هيا افتحها".

فكّ أكيفا الختم وفتح اللفافة، وبدأ بقراءة الاستدعاء بصوت عالٍ: "للمثول أمام سموه، جورام الذي لا يُقهر، أول مواطن في إمبراطورية السيرافيم، حامي إريتز، والد الجحافل، أمير النور وسوط الظلام، المختار من نجوم الآلهة، سيد الرماد، سيد الجمر، سيد أرض الأشباح-".

أمسك هازايل باللفافة ليرى ما إذا كانت الألقاب الثلاثة الأخيرة مكتوبة فيها بالفعل، ولم تكن مكتوبة فيها، وكان هو الذي واصل القراءة. "امتناناً لخدمته البطولية للمملكة، تم استدعاء الجندي الدموي من غير الشرعيين، أكيفا، الحامل السابع لهذا الاسم...". توقف هازايل عن القراءة ونظر إلى أكيفا. "أنت السابع؟ هناك الكثير من أكيفا الموتى يا أخي. هل تعرف ماذا يعني ذلك؟".

لقد كان جاداً جداً.

"أخبرني. ماذا يعني هذا؟". هيأ أكيفا نفسه للتعليق الساخر. ستة أوغاد حملوا الاسم قبله؟ كان ذلك كثيراً، كثير جداً. لا بد أن بعضهم مات في طفولته، أو في معسكر التدريب. ربما كان هازايل سيخبره أن الاسم ملعون

لكن لا. قال له أخوه: "هذا يعني أن جرة الحرق ممتلئة، ولا مكان لرمادك. ليس لديك خيار آخر". ابتسم ابتسامته البائسة المنفتحة. "عليك أن تعيش".

# 62

## سلسلة

خدمة بطولية للمملكة.

من أجل "الخدمة البطولية للمملكة"، تم استدعاء أكيفا إلى أستراي. لو كان هذا قد حدث قبل أشهر، في أعقاب لوراميندي، لربما كان الأمر منطقياً. لكن الميداليات كانت قد وُزعت منذ فترة طويلة، وقسمت الغنائم. لقد تم التغاضي عن أكيفا مع بقية غير الشرعيين، فلماذا تم استدعاؤه الآن؟

كانت ليراز مضطربة. سألت: "ماذا لو كان جورام يعرف شيئاً؟" لقد كانوا في رحلة حيث لا شيء يحيط بهم سوى بحر هالسيون في كل الاتجاهات. كانت تحب التحليق فوق البحر – بسبب الاتساع، والهواء النقي الخالي من الرماد، والهدوء.

لكنها لم تهتم بوجهتهم.

قال أكيفا: "ماذا يمكن أن يعرف؟ ولكن حتى لو كان يعرف، فقد لا تكون هناك فرصة أخرى كهذه أبداً".

قد لا تتاح لهم فرصة أخرى للوقوف وجهاً لوجه مع والدهم وإنهاء حياته الوحشية. لم يسبق لليراز أن رأت جورام عن قرب. والآن ستفعل، وسوف

ينزف دماً. قالت "أعلم"، وتركت الأمر عند هذا الحد. أي احتجاج قد تصدره سيبدو وكأنه خوف من جورام. من الفشل.

كانت ليراز خائفة. لقد كان خوفاً موجعاً، مثل التحليق في عاصفة رملية؛ كان خوفاً مخزياً لها، ولم تكن لتعترف به أبداً. ليراز التي لا تعرف الخوف. لو كانوا يعرفون فقط كم كانت كذبة. أرادت أن تقول، إن الأمر خطير للغاية. أرادت أن تقنع أخويها بأن في أسترا - في برج الفتح على وجه الخصوص - عوامل كثيرة خارجة عن إرادتهم. قالت لنفسها إنه من الأفضل أن نختفي الآن، ونقوض جورام من خارج الإمبراطورية بدلاً من الطيران إلى فخه، إلى شباكه. وعلى الرغم من أنها لم تعبر عن مخاوفها، وكانت متأكدة من أنها لم تظهرها، إلا أن هازايل اقترب منها قليلاً وقال: "ربما يريد جورام على الأرجح أن يستخدم أخانا اللامع لمآربه الخاصة. لمحاربة المتمردين؟ من أفضل من قاتل الوحوش؟ خاصة مع كل التركيز على هذا الغزو الستيلي المجنون".

قالت ليراز: "أو أن الأمر يتعلق بالغزو الستيلي المجنون. أكيفا هو صلة جورام الوحيدة بالجزر البعيدة".

كان أكيفا ينحرف إلى الجانب، غارقاً في التفكير، لكنه سمع. قال: "أنا لست حلقة وصل. لا أعرف عن الستيليين أكثر من أي شخص آخر".

قالت: "لكن لديك عيونهم. هذا قد يكسبك فرصة التفاوض، على الأقل". بدا أكيفا مشمئزاً. قال: "هل يمكن أن يعتقد أنني سألعب دور المبعوث له؟ أيمكنه أن يتخيل أنني مخلوقه؟".

قالت ليراز بصوت حاد: "لنأمل ذلك، لأن البديل هو أنه يشك فيك".

صمت أكيفا للحظة طويلة، قبل أن يقول أخيراً: "لا يجب أن تكونا جزءاً من هذا، كلاكما".

صرخت: "اللعنة عليك يا أكيفا. أنا جزء من هذا".

قال هازايل: "وأنا أيضاً".

قال أكيفا: "لا أريد أن أعرضكما للخطر. يمكنني قتله بمفردي. حتى لو كان يشك في شيء ما، فقد لا يكون لديه أي فكرة عما أنا قادر على فعله. إذا تمكنت من الوصول إليه، يمكنني قتله".

"يمكنك قتله. ولكن ربما لا يمكنك الخروج"، هكذا أنهت ليراز كلامها، وكان صمتها إقراراً منها بذلك. "ماذا، أموت وينتهي الأمر؟ كم هذا سهل جداً بالنسبة إليك". مع ليراز، كانت معظم المشاعر القوية تتجلى في صورة غضب، لكن في هذه الحالة كانت المشاعر في الحقيقة غضباً. فمع ما كانوا قد وضعوه في الحسبان، لن يكون لديها حتى فوجها لتعود إليه ووهم الحياة. كانت ستصبح منبوذة، خائنة للإمبراطورية، وكانت تعلم أنها لا تملك القدرة على بناء جماعة خلفها. يمكن لأكيفا أن يفعل ذلك؛ لقد كان الوحش اللعين. وهازايل. الجميع أحب هازايل. لكن من كانت هي؟ لم يكن أحد يحبها حتى إلا هذان الاثنان، وكانت تظن أحياناً أن هذه مجرد عادة.

قال أكيفا بهدوء: "لا أريد أن أموت يا لير".

لم تستطع معرفة ما إذا كان يعني ذلك. قالت: "جيد. لأنك لن تموت. نحن ذاهبون معك، وأي موت سيحدث فسيكون في الطرف الآخر من سيوفنا".

أيدها هازايل في ذلك، وعلى وجه أكيفا كان الامتنان يتنافس مع الفراغ الذي بدأت ليراز تفكر فيه على أنه نظرة "أمنية الموت". لقد تذكرت وقتاً كان فيه أكيفا يضحك ويبتسم، حيث كان، على الرغم من عنف حياتهما، شخصاً كاملاً، مع مجموعة كاملة من المشاعر. لم يكن لديه أبداً سلوك هازايل المشرق - من كان لديه؟ - لكنه كان حياً، في يوم من الأيام.

شعرت ليراز بنار الغضب على الفتاة التي فعلت هذا بأخيها الجميل الفخور. كم مرة الآن ذهب بعيداً ليجد تلك المخلوقة... المخلوقة... وعاد محطماً؟ مكسوراً ومحطماً مرة أخرى.

مخلوقة.

بدا الأمر قبيحاً، لكن ليراز لم تعرف كيف يفكر في الفتاة: مادريغال، كارو، كيميرا، بشرية، والآن تحيي الأموات. ماذا كانت هي؟ لم يكن ما شعرت به تجاه كارو اشمئزازاً، ليس بعد الآن؛ كان سخطاً، عدم تصديق. رجل مثل أكيفا يعبر العوالم ليجدك، يتسلل إلى عاصمة العدو فقط ليرقص معك، يسخّر الجنة والجحيم لينتقم لموتك، ينقذ رفيقك وقريبك من التعذيب والموت، وتطردينه أنتِ وهو يشعر بالخذلان، مهزوماً، مبتوراً خاوياً؟

لم تكن ليراز تعرف بالضبط ما الذي قالته كارو لأكيفا في المرة الأخيرة، لكنها كانت تعرف أنه لم يكن لطيفاً، وبينما كان ثلاثتهم يطيرون في صمت، وجدت نفسها تتخيل ما ستقوله لها في حالة وجدوا أنفسهم وجهاً لوجه مرة أخرى. كانت فكرة مرضية بشكل مدهش لتمضية الوقت أثناء الطيران.

"هناك". رآه أكيفا أولاً، وأشار إليه. إنه السيف.

عُرفت أستراي في عصرها الذهبي باسم مدينة المائة برج. كان كل برج من الأبراج التي تخص نجوم الآلهة بارتفاع لا يمكن تصوره، مثل سيقان الزهور التي تنمو نحو السماء.

كانت الأبراج كريستالية، تعكس أحياناً غيوم العواصف على الساحل الزمردي، وفي أحيان أخرى كانت تنثر موشورات من الضوء المتراقص فوق أسطح المنازل في الأسفل.

دُمرت تلك المدينة في انتفاضة أمراء الحرب قبل ألف عام. كانت هذه هي أستراي الجديدة، التي بناها جورام على أنقاض القديمة، وعلى الرغم من أنه حاول استعادة مدينة أجداده الميتة، إلا أن تلك كانت قد نهضت بفنون السحرة المفقودة، أما هذه فقد نهض بها العبيد.

لم تكن الأبراج حتى بنصف طول سابقاتها، ولم تكن أبراجاً مرتفعة من الكريستال كما كانت القديمة، بل كانت من الزجاج، مُلصقة ومثبتة

ومتماسكة بالفولاذ والحديد. ومن بينها جميعاً، كان برج الفتح أطولها، وكان شكله على شكل سيف - السيف - رمزاً مناسباً للإمبراطورية، خاصةً عندما كانت حافته تعكس صورة غروب الشمس، كما هو الحال الآن.

دماء ونهايات، فكرت ليراز، عندما رأت ذلك النصل العظيم يرتفع أحمر اللون من المنحدرات البعيدة. إنه رمز مناسب بالفعل.

لم تكن تحب أستراي؛ لقد كانت تكرهها دائماً. كان هناك جو من التوتر والخوف الخفي، وثقافة الهمسات والجواسيس. كم كانت ميليل محقة عندما وصفتها بأنها "شبكة عنكبوت" – حتى بوجود الموتى المتدلين المعروضين لكل القادمين.

كان مشنقة ويستواي أول شيء رأوه عند وصولهم إلى المدينة. بجانب الحراس الأربعة عشر كانت هناك جثة أخرى أكبر سناً معلقة، اعتقدت أنها تعود للحارس المأساوي من ثيساليني، وزوج آخر تم تعليقهما من كاحليهما، وأجنحتهما مفتوحة وتلتقط كل نسيم، فتدور في دوائر مثل الدمى المكسورة. لم تستطع ليراز تخمين جريمتهم - أو سوء حظهم.

كان لديها دافع لحرق بصمة يد سوداء في خشب عمود الدعم وحرق المشنقة حتى تختفي من الوجود. كان الليل يحل؛ ستلعق النار الزرقاء السماء المظلمة، المليئة بالأحلام والرؤى. "ليس بعد"، قالت لنفسها. قريباً.

نزل الثلاثة إلى ويستواي، وقدموا أنفسهم للدخول إلى المدينة. وجدت ليراز نفسها تشد على أسنانها في انتظار تحية السيوف الفضية المخصصة لغير الشرعيين، والتي كانت في أحسن الأحوال لمعرفة كم من الوقت يمكن أن يبقيهم منتظرين، وفي أسوأ الأحوال كانت سخرية علنية.

لم يكن لدى السيوف المكسورة أي فائدة للجنود بشكل عام: على الرغم من أنهم كانوا معزولين في هدوء العاصمة المعطر، إلا أنهم تساءلوا فقط

عن سبب تأخر الآخرين كل هذا الوقت للفوز بالحرب. أما بالنسبة إلى غير الشرعيين، فقد كان هؤلاء الأوغاد أقل من أن يحظوا بالاهتمام.

في حالة ليراز، حرفياً تحتها. كانت تقف عالية كدروع صدورهم؛ كانا يستمتعان بالتظاهر بعدم رؤيتها. مثل كل السيوف المكسورة، كان طولهما يقترب من سبعة أقدام، دون احتساب الريش الذي يتوج الخوذة. ربما كان كعب حذائيهما بضعة بوصات، لكن حتى لو كانا حافيي القدمين فقد كانا عملاقين. كانت ليراز تعرف أن بإمكانها أن تسقطهما بضربة واحدة، مما زاد من جنون تحمل عدم احترامهما.

"العبيد يدخلون من إيستواي"، قال الذي على اليسار بملل من دون أن ينظر إليهم.

عبيد.

كانت دروعهم تميزهم بوضوح بأنهم أبناء غير شرعيين. كانوا يرتدون سترات من الدروع الرمادية الداكنة فوق أردية سوداء، مع واقيات للأكتاف وسراويل من الجلد الأسود المدعم بالصفائح. كانت الجلود بالية والدروع باهتة والصفائح مخدوشة ومُصلَّحة. ولغرض مقابلتهم للإمبراطور، كانوا يرتدون عباءات قصيرة كانت في حالة أفضل من بقية زيهم الرسمي حيث كانوا نادراً ما يرتدونها. كانت العباءات فكرة سيئة - لا شيء سوى وسيلة للإمساك بهم من قبل العدو.

حسناً، بالإضافة إلى كونها مكاناً لشارتهم: شارة بيضاوية تحتوي على حلقات في سلسلة. سلسلة يُفترض أن تعني القوة في التضامن، لكن الجميع يعلم أنها تعني العبودية.

فكرت ليراز في الكيميرا المتمردين الذين يمدون تجار العبيد بسلاسلهم، وفهمت هذا الدافع. تخيلت نفسها تمزق عباءتها وتحشرها في ممر السيف المكسور العظيم. لم تفعل شيئاً، ولم تقل شيئاً.

ومع ذلك، ضحك هازايل. كان الشخص الوحيد الذي تعرفه ليراز، والذي بدت ضحكته المزيفة حقيقية- بشكل ساحر.

نظر السيف المكسور إليه نظرة خاطفة، وقد تغضن جبينه. غبي، لم يستطع الوحش الغبي أن يعرف إن كان يتعرض للسخرية. افترضْ ذلك دائماً، أرادت أن تخبره. دفعها هازايل بمرفقه. "بسبب الشارة، كان يقصد ذلك". قال، وكأنه لم يفهم أنها لم تلتقط النكتة. لم تضحك؛ لم تستطع حتى تخيل أن تضحك كما يفعل أخوها- الصوت المتدفق، السهل، المريح. عندما تضحك، كان صوتها حاداً وجافاً حتى إنها كانت تسمعه بنفسها- قشرة صلبة من الضحك مقارنة بدفء هازايل ومرونته. فكرت: لو كنت خبزاً، لكنت حصة مجند بائتة، تكفي للبقاء على قيد الحياة.

أكيفا لم يضحك أيضاً. بلا أي عدائية أو أي نوع من ردود الفعل، رفع دعوة الإمبراطور أمام وجه الحارس وانتظر حتى قرأها.

بتعبير متجهم، لوّح الحارس لهم ليعبروا.

أخواي، فكرت ليراز، وهي تدخل أستراي بينهما. كم كانا مختلفين عن بعضهما البعض، هازايل بشعره الأشقر وضحكته، وأكيفا المتجهم والصامت. أشعة الشمس والظل. وماذا عني؟ لم تكن تعرف. حجر؟ فولاذ؟ يدان سوداوان وعضلات متوترة جداً من الضحك؟ أنا حلقة في سلسلة، فكرت. كانت شارتهم صحيحة - ليس في العبودية بل في القوة. سارت بين أخويها، إنهم ثلاثة جنباً إلى جنب في وسط جادة المدينة العريضة. هذه سلسلتي. وكانت دروعهم باهتة في ضوء القمر، وفي ضوء المصباح، وفي ضوء ريشهم الناري، وتراجع الناس عن مرورهم بنظرات من الحذر. فكرت: أوه، يا أستراي، لقد أبقيناكِ آمنة إذا كنت تخافين منا. ولم يكن الناس يحبونهم ولا يحترمونهم، كما كانت تعرف ليراز، وسرعان ما سيصبحون سيئي السمعة ومنبوذين، ولكنها لم تبالِ بذلك. طالما كان لديها أخواها.

# 63

## احتكاك الحظ


"إنهم غير حقيقيين، أليس كذلك؟".

احمر وجه زيري خجلاً. لم يسمع كارو وهي تقترب منه، وقد رأته يراقب صديقيها، زوزانا وميك، وهما يتبادلان القبلات. هل كان يحدق فيهما؟ ماذا رأت على وجهه؟ حاول أن يبدو غير مهتم.

قالت كارو: "أعتقد أنهما يتنفسان نصف الهواء على الأقل من أفواه بعضهما البعض".

بالفعل، كان الأمر يبدو كذلك، لكن زيري لم يرغب في الاعتراف بأنه قد لاحظ ذلك. لم يعرف أحداً يتصرف كما يتصرف زوزانا وميك. كانا في حظيرة الدجاج الآن- من بين جميع الأماكن التي لا تُناسب الرومانسية، لكن لم يكن ذلك يهمهما. تمكن زيري من رؤيتهما من خلال الباب المفتوح، وقد غسلتهما أشعة الشمس. كانت زوزانا تتوازن على حافة حوض الماشية الصدئ، مما جعلها تبدو أطول من ميك، وكانت تميل عليه، وذراعاها ملتفتان حول رأسه، ويداها مفتوحتان وأصابعها متشابكة في شعره. أما ميك، فكانت يداه تلتفان حول منحنى ساقيها الشاحبتين، تتنقلان برفق

من خلف ركبتيها إلى أعلى فخذيها ثم تعودان إلى الأسفل مرة أخرى. كان هذا اللمس أكثر من التقبيل، هو الذي جعل زيري ينسى نفسه ويحدق. إنها الحميمية المدهشة للمس.

لقد شهد مظاهر الود في الكيميرا، وشهد العاطفة، ولكن الأولى كانت مرتبطة عموماً بالأمهات والأطفال، والأخرى باللقاءات في الزوايا المظلمة أثناء السُّكْر في حفلة أمير الحرب. كان قد عاش طوال حياته في مدينة في حالة حرب، وقضى معظم وقته مع الجنود، ولم يعرف والديه قط؛ لم ير قط المودة والعاطفة مقترنة بهذا القدر من الكمال، و... كان ذلك مؤلماً بطريقة ما. لقد كان يشعر بالألم في صدره وهو ينظر إليهما. كان من الصعب عليه أن يتخيل وجود شخص ليلمسه بهذه الطريقة.

قال: "لا بد أنه أمر بشري"، محاولاً الاستخفاف بالأمر.

"لا". كان صوت كارو حزيناً. "إنه أكثر من مجرد حظ". ظن أنه رأى وميضاً من الألم على وجهها أيضاً، لكنها ابتسمت واختفى الألم. "من المضحك التفكير في أنه لم يمضِ سوى بضعة أشهر منذ أن كانت تخاف حتى التحدث معه".

"نييك-نييك، خائفة؟ لا أصدق ذلك". كانت هناك شراسة في زوزانا الصغيرة التي جعلت فيركو يطلق عليها اسم نييك- نييك، نسبة إلى سلالة من العقارب الضارية التي تزمجر وتهدر والمعروفة بمواجهتها للحيوانات المفترسة التي تفوقها حجماً بعشرة أضعاف.

قالت كارو: "أعرف. إنها ليست خجولة تماماً". كانوا في قاعة الطعام، وكانت ساعة الإفطار قد انقضت. كان زيري قد انتهى لتوه من مهمة الحراسة وقام بجمع بقايا الفطور في طبقه: بيض بارد، وكسكسي بارد، ومشمش. هل أكلت كارو بالفعل؟ كانت ذراعاها ملتفتين حول خصرها. قالت وهي تبتسم ابتسامة ناعمة على طريقة الذكريات الجميلة: "كانت المرة الوحيدة التي

رأيتها فيها هكذا". أصبح وجهها أكثر حيوية منذ وصول صديقيها. "لم تكن تعرف حتى اسمه لزمن طويل. كنا نسميه "فتى الكمان". كانت تصاب بالتوتر الشديد في كل مرة تعتقد أنها قد تراه".

حاول زيري، دون جدوى -وليس للمرة الأولى- أن يتخيل حياة كارو الإنسانية، لكنه لم يكن يمتلك السياق لذلك، فقد رأى فقط جزءاً من هذا العالم من خلال القصبة والصحراء والجبال المحيطة.

سأل وهو يضع صحنه على الطاولة: "ماذا حدث؟" كانت القاعة فارغة، وكان ثياغو قد دعا إلى اجتماع في الساحة، وكان يخطط لتناول الطعام بسرعة والذهاب مباشرة إلى هناك. ولكنه وجد نفسه وحيداً مع كارو، فتريث. السبب الأول هو أنه لم يكن يريد أن يلتهم الطعام أمامها، والسبب الآخر هو أنه كان يريد فقط أن يقف هنا بالقرب منها. "كيف... أخيراً؟" كان يقصد أن يقول "وقعا في الحب"، لكن الحديث عن الحب كان يحرجه كثيراً – خاصة الآن بعد أن عرفت كيف كان يشعر تجاهها عندما كان صبياً. لا بد أنها كانت تقرأ ذلك على وجهه وفي خجله عندما أخبرها كيف كان يراقبها في حفلة أمراء الحرب كل تلك السنوات الماضية. تمنى لو كان بإمكانه التراجع عن ذلك الاعتراف. لم يكن يريدها أن تفكر فيه على أنه الفتى الذي كان يلاحقها. أرادها أن تراه كما هو الآن: رجل ناضج.

ومع ذلك فقد فهمت مقصده، حتى لو لم يستخدم كلمة الحب. "حسناً، بما أنها كانت خائفة جداً من التحدث معه، فقد رسمت له خريطة كنز. خبأتها في حقيبة كمانه عندما كان يعزف - كانا يعملان في نفس المسرح، لكنهما لم يتحدثا أبداً - وغادرت مبكراً في تلك الليلة حتى لا تراه وهو يأخذها. في حال كان متألماً أو ما شابه، كما تعلم، ولم تستطع تحمل الأمر. كانت قد قررت بالفعل أنه إذا لم يتبع الخريطة إلى الكنز، فإنها لن تذهب إلى العمل مرة أخرى وستكون هذه هي النهاية".

"ماذا كان الكنز؟".

"كان هي" ضحكت كارو. "زوز خجولة. لن تتحدث إليه، لكنها ستجعل من نفسها هدفاً للبحث عن الكنز. في منتصف الخريطة كان هناك رسم لوجهها".

ضحك زيري أيضاً. "من الواضح أنه ذهب. لقد تبعها".

"مم-مم. ذهب إلى المكان ولم تكن هي هناك، ولكن كانت هناك خريطة أخرى قادت إلى أخرى، وأخيراً إلى مكانها. ووقعا في الحب، واستمرا هكذا منذ ذلك الحين".

وعند عبارة "هكذا" أومأت إلى الباب المفتوح، حيث كانت زوزانا تخطو بحذر على حافة الحوض، ممسكة بيد ميك.

لم يسبق لزيري أن سمع أي شيء مثل قصة تتبع خرائط الكنز تلك. ربما باستثناء قصة الملاك الذي جاء متنكراً إلى مدينة العدو وسط القفص ليرقص مع سيدته.

أعجبته قصة زوزانا أكثر. قال: "شيء من الحظ".

قالت كارو: "نعم". نظرت إليه، ثم نظرت بعيداً مرة أخرى. "أعتقد أن كليهما يجب أن يكونا محظوظين. إنه مثل، احتكاك الحظ. أحدهما صوان والآخر فولاذ، يضربان معاً لإشعال النار". لفت ذراعيها حول نفسها. "الأفضل أن يرويا القصة بنفسيهما. إنهما أكثر مرحاً مني".

قال: "سأطلب منهما". كان يدرك أن اجتماع ثياغو سيبدأ، وأنه يجب أن يكون هناك. "بالطريقة التي يتعلمان بها لغة كيميرا، لن يمر وقت طويل قبل أن يتمكنا من سردها".

لم تقل أي شيء. اختفت نعومة الذكريات الطيبة. نظرت بقلق، ثم ألقت عليه نظرة ثاقبة. همست: "زيري. يجب أن أخرجهما من هنا".

"ماذا؟ لماذا؟".

"ثياغو هددهما. طالما هما هنا، يجب أن أفعل ما يقوله بالضبط. وأريد حقاً أن أتوقف عن فعل ما يقوله". قالت الجزء الأخير بهدوء وحرقة، وكان لدى زيري انطباع بأن شيئاً ما يتحول في داخلها، وهو استجماع الأنفاس والقوة.

"هل تعلم زوزانا وميك بالأمر؟".

"لا، ولن يرغبا في الذهاب. إنهما يحبان المكان هنا. يحبان أن يكونا جزءاً من شيء سحري".

وكذلك زيري. لقد كان يستمتع بتلك الساعات التي قضاها في غرفة كارو معها ومع إيسا وميك وزوزانا حتى لو كان قد دفع العُشر. لقد كانت تلك الساعات مفعمة بالحيوية ومليئة بالضحك والدفء والبعث بدلاً من القتل.

"سأساعدك. سنوصلهما إلى بر الأمان".

"شكراً لك". لمست يده وقالت مرة أخرى: "شكراً لك".

ثم صرخت زوزانا بشيء بلغتهم البشرية، وجاءت مسرعة من الباب.

زيري سأل كارو: "هل ستأتين؟ لقد بدأ اجتماع ثياغو".

قالت: "لم أُدعَ. ليس من المفترض أن أقلق نفسي بمثل هذه الأمور. هلا أخبرتني ماذا سيقول؟ ما الذي يخطط له؟".

"سأفعل"، وعدها زيري.

"ولدي شيء أريد أن أخبركَ به أيضاً". مرة أخرى، ذلك التماسك والتجمع، وعزيمة جديدة قوية. لقد اختفت الفتاة المرتجفة التي وجدها ثياغو بين الأنقاض.

"ما الأمر؟" سألها زيري، لكن الزوبعة البشرية الصغيرة وصلت إليهما حينها.

قالت كارو: "في وقت لاحق"، بينما أمسكت زوزانا بيدها وسحبتها بعيداً وهي تلقي التحية بذهول على زيري.

ترك فطوره من دون أن يتناوله، وخرج من الباب. ما الذي أرادت أن تخبره به؟ كان لا يزال يشعر بلمستها على يده.

ذات مرة، عندما كان صبياً وكانت هي مادريغال، قبّلته. وكانت قد أمسكت وجهه بين يديها وقبلته قبلة خفيفة على جبينه، وكان من السخف كم مرة فكر في ذلك منذ ذلك الحين. ولكن لحظات سعادته كانت حزينة، صغيرة جداً، ولم تكن تلك القبلة تنافس كثيراً على أفضل ذكرى. والآن أصبحت كذلك.

الآن لديه الآن ذكرى كتف كارو الدافئ على كتفه وهما نائمان جنباً إلى جنب، وذكرى الاستيقاظ بجانبها. كيف سيكون الاستيقاظ بجانبها كل صباح؟ والاستلقاء معها كل ليلة؟ و... قضاء الساعات التي تتخلل ذلك. كل ساعات الليل.

قالت: "شيء من الحظ".

من المفترض أنه كان محظوظاً. زيري المحظوظ لأنه كان لديه جسده الطبيعي؟ لم يكن أحد من رفاقه يستطيع أن يدعي ذلك، لذا لم يكن يجادل إذا ما أرادوا أن يصفوه بالمحظوظ، لكنه لم يشعر بذلك أبداً، فقد نشأ بلا أهل، ولا حياة سوى الحرب، بل وأقل من ذلك الآن بعد أن انتهت الحرب - مهما كان معنى ذلك، مع استمرار القتل.

ثم فكر في صرخات المحتضرين ودخان الجثث، وخجل من أن يتساءل عن حظه. لقد كان على قيد الحياة؛ لم يكن هذا لا شيء، ولا يمكن أن يكون الأمر هكذا إلى الأبد.

كان الجميع في الملعب بالفعل عندما وصل إلى هناك - باستثناء تين الذي جاءت متسللة بعد زيري بلحظات، واقتربت من الذئب لتهمس في أذنه. توقف ثياغو للاستماع، ثم انزلق نظره بهدوء ليثبت على زيري. جعل ذلك جسد زيري يقشعر، ثم تكلم الذئب.

"كما تعلمون جميعاً، فقدنا فريقاً في هجماتنا في تلك الليلة، وهو أول خسائرنا في الأرواح، لكن جهاز الأمن أدى واجبه وعاد بأرواحهم جميعاً. إنه زيري". أومأ إليه ثياغو برأسه. تعالت الهتافات في المجلس، ومدّ أحدهم يداً ثقيلة ليضغط على كتف زيري. لكن زيري لم يصدق للحظة واحدة أن هذا الكلام كان إيجابياً، فثبّت نفسه ولم يفاجئه الباقي.

"لكنك بحاجة إلى فريق جديد الآن. إذا كان رازور سيقبل بك". التفت ثياغو إلى رازور.

لا، فكر زيري، وفكه ينقبض. أي شخص آخر.

"كما ترغب يا جنرالي"، جاء صوت هسهسة رازور. "لكن لا يمكنني أن أعدك بأنه سيلعب دور المختبئ في فريقي، أو أن يحتفظ بجلده الجميل هذا".

كانت عبارة "الاختباء في أمان" تستخدم في تبجح غبي من قبل الجنود الذين لم يدركوا قيمة الحفاظ على أرواح القتلى. توتر زيري من التلميح إلى أنه سيختار الاختباء أبداً، لكنه فكر فيما سيفعلونه بالتأكيد، ولم يكن هناك أي اقتناع في غضبه. كان يفضل الاختباء. والأفضل من ذلك، كان يفضل منع حدوث المذبحة على الإطلاق.

لكن بالطبع، لم يكن ذلك خياراً مطروحاً. لقد كان زيري جندياً الآن أكثر من السنوات التي قضاها جندياً. لم يحب هذه الحياة قط، لكنه كان بارعاً فيها، ولم يمقتها، على الأقل، عندما كان أمير الحرب على قيد الحياة. لقد مقتها الآن.

قال ثياغو: "هناك سلسلة من البلدات على نهر تاني، شرق باليزر". ثم ابتسم ابتسامة التمجيد المريضة التي كان زيري يعرف أنها تنذر بأذىً فادح، وقال: "أريد أن تستيقظ الملائكة في باليزر غداً وتتساءل لماذا يجري نهر تان أحمر اللون".

# 64

## عدد أجمل

كانت كارو منحنية فوق قلادة عندما وصلت تين إلى بابها، ولكن في الحقيقة كانت أفكارها بعيدة في لوراميندي. كانت لا تزال بالكاد تستوعب ما أخبرتها به إيسا. خبران كلاهما جيد وسيئ بالفعل. ولكن الجيد والسيئ كانتا كلمتين مناسبتين لطفل صغير، ولم تقتربا من التعبير عن حجم المأساة من ناحية، ومن ناحية أخرى... عن الأمل.

إن تصفية الذهن، ورفع الكتفين، يغيران الأمل في كل شيء. على الأقل، يمكن أن يغيرا كل شيء.

أو يمكن لثياغو أن يسحقه ويواصل حملته المرعبة حتى تصبح الكيميرا حقاً بعيدة عن متناول الأمل. كان الأمر متروكاً لكارو لإقناعهم. ليست مشكلة كبيرة، فكرت وهي تحدق في الأسنان في يدها وتمنع الضحكة الجامحة التي أرادت أن تنفجر منها. إنهم يحبونني هنا. أعتقد أنني سأدعو إلى اجتماع.

في المدخل، تنحنحت تين. ألقت عليها كارو نظرة جانبية باردة وقالت: "ماذا تريدين؟".

قالت تين وهي تدخل دون دعوة: "أنتِ عدائية. لقد جئتُ فقط برسالة". كانت غير مبالية للغاية. افترضت كارو أن الرسالة كانت من ثياغو، لكن كان ينبغي لها أن تعرف أن هناك شيئاً خاطئاً من المرح في صوت تين. "لقد كان آسفاً لأنه لم يستطع أن يقول لك وداعاً بنفسه".

"وداعاً؟" كان ذلك سؤالاً مهماً. "إلى أين يتجه؟" لقد ولت أيام قيادة ثياغو للمهمات منذ زمن بعيد. لقد كان من العناصر الأساسية في القصبة مثل كارو. بل وأكثر من ذلك، لأنها من الناحية النظرية تستطيع الطيران في أي وقت تريد. فقالت الذئبة: "إلى تان".

كان تان نهراً في شرق أزينوف، وهي الكتلة الأرضية التي تشكل قلب أراضي الإمبراطورية. رفعت كارو عينيها بحدة، لكن إيسا هي التي سألت بازدراء واضح: "ممن هذه الرسالة، أيتها الذئبة؟".

"إنها من صديقكِ"، قالت تين ذلك وكأنها كلمة غير مشروعة، أو كلمة بذيئة يتكلم بها المرء كدليل على المعرفة. "لماذا، من تظنينني قصدت؟".

توجهت كارو إلى النافذة، وكان هناك في الساحة مع فريقه الجديد، مع رازور. بينما كانت تراقب، كانوا يجمعون الهواء من تحتهم ويطيرون. ونظر زيري هذه المرة إلى نافذتها، ورأت عبر المسافة وجهه جامداً من الغضب، وكانت عيناه وهو يرفع يده مودعاً مليئتين بالندم.

كان قلبها يخفق بشدة. كان ذلك بسبب مساعدته لها بالأمس، أو ربما بسبب هذا الصباح. مهما كانت التفاصيل، لم تكن حذرة بما فيه الكفاية.

"إلى أين يذهب زيري؟" سألتها زوزانا وهي تميل إلى جانبها لمشاهدة مغادرة الفريق.

سمعت كارو نفسها تقول: "في مهمة".

"مع رازور؟". أصدرت زوزانا صوتاً مخنوقاً من الاشمئزاز، وهو صوت كوميدي أخطأ الهدف بألف ميل. لم يكن لديها أي فكرة. "ماذا يوجد في كيسه المقرف هذا على أي حال؟".

أعتقد أن زيري سيكتشف ذلك، فكرت كارو وهي تشعر بالغثيان. كان رازور خطأها. كانت قد وضعت تلك الروح الزلقة الخاطئة في ذلك الجسد القوي وأيقظته. والآن كان زيري تحت رحمته - ناهيك عن جميع السيرافيم الذين سقطوا وسيقعون ضحية له.

لقد سمعتْ... أنه أكلهم.

لم تكن تريد تصديق ذلك، لكن ما كان عليك إلا أن تقف في اتجاه الريح لتلتقط رائحة المسلخ التي تفوح من فمه- واللحم المتعفن العالق بين أسنانه الحادة. أما عن الكيس الملطخ، فلم تكن تريد أن تعرف عنه أبداً. أرادت فقط أن ينتهي الأمر، لكنه ذهب إلى هناك ليحدث فوضى في تان.

"سبعة هو عدد كبير جداً بالنسبة إلى فريق، أليس كذلك"، علّقت تين. "ستة عدد أجمل".

عدد أجمل؟ فهمت كارو، واستدارت نحوها. "ماذا؟ قولي ماذا تقصدين. أن ستة فقط سيعودون؟".

"يمكن أن يحدث أي شيء"، أجابت تين بهزة كتف. "نحن نعرف ذلك دائماً عندما نذهب إلى المعركة".

كان صدر كارو يرتفع وينخفض مع تسارع أنفاسها. "أنت تعرفين ذلك دائماً، أليس كذلك؟". بصقت إلى الخلف. "متى كانت آخر مرة ذهبت فيها إلى المعركة؟ أنت أم سيدك؟". مدت يدها، وانتزعت سكيناً من على الطاولة. كان سكيناً صغير الحجم، بالكاد أكبر من مبرد الأظافر؛ كانت تستخدمه في

مئات الأشياء، مثل تقطيع كعك البخور وخلع الأسنان من عظام الفكين، وخز أطراف أصابعها من أجل دفعات صغيرة من الألم التي كانت تحتاجها أحياناً في نهاية عملية استحضار. "تعالي إلى هنا يا تين"، قالت وهي تمسك به. "ما رأيك بقليل من الإحياء؟ لا حاجة للسير طوال الطريق إلى الحفرة. سأقوم فقط برمي جسدك من النافذة".

ضحكت تين، على السكين الصغير، وعلى تلك الفتاة. بدا صوتها وكأنه نباح. "حقاً، كارو. هل هذه هي الطريقة التي تريدين اللعب بها؟" ألقت بيدها في اتجاه زوزانا وميك. "ومن منهما يموت أولاً؟ من المحتمل أن يسمح لك الذئب بالاختيار".

"حسناً، ستكونين ميتة بالفعل، لذا أعتقد أنك سترين ذلك".

أمسكت إيسا بذراع كارو وأخذت السكين. "أيتها الفتاة اللطيفة، توقفي عن هذا!!".

هدرت كارو وهي ترتجف من الغضب، "اخرجي!". واستمرت تين بالضحك.

التفتت كارو نحو ميك وزوزانا، اللذين كانا متكئين على الجدار، ممسكين بأيدي بعضهما، وتعبير الذهول يسيطر عليهما. مرت بجانبهما وعادت إلى النافذة، ونظرت إلى السماء الفارغة. زيري كان قد اختفى، وفي الأسفل في الساحة، كان ثياغو جالساً على الأرض ويسهل تمييزه من بين القوات المتجمهرة في الجيش الصغير، ولكن المتزايد باستمرار، وكان ينظر إليها. ضربت كارو مصراعي النافذة بقوة.

"ماذا؟" سألتها زوزانا وقد بدأت ترتجف وتقفز. "ماذا ماذا ماذا؟".

أطلقت كارو نفساً طويلاً مرتجفاً. قالت لنفسها إن زيري كان جندياً ومن الكيرين. يمكنه الاعتناء بنفسه. على الأقل، كان ذلك ظاهر أفكارها. في

الأسفل، في التيارات الماصّة لعجزها الجامح الذي كان يخفق في قبضتها، كانت تعرف... كانت تعرف أنها ربما لن تراه مرة أخرى. قالت: "الليلة، سأخرجكما من هنا".

بدأت زوزانا بالاعتراض.

قاطعتها كارو بصوت هامس خشن، بأقصى ما تستطيع أن تجعله مؤكداً: "هذا ليس مكاناً مناسباً لكما. هل تساءلتما كيف متُّ؟".

"كيف؟ آه. في معركة؟ توقعت".

"خطأ. لقد وقعت في حب أكيفا، وقد أمر ثياغو بقطع رأسي". قالت بوضوح ووحشية. شهقت زوزانا. قالت كارو: "إذاً، أنت تعرفين الآن. هلّا سمحتِ لي أن أوصلكِ إلى بر الأمان؟".

"لكن ماذا عنكِ؟".

"يجب أن أهتم بهذا الأمر. يجب أن أكون أنا من يتحمل المسؤولية. زوز. أرجوكِ".

قالت زوزانا بصوت خافت لم تسمعه كارو من قبل: "حسناً".

سألها ميك: "كيف؟".

كان سؤالاً جيداً. كانت كارو مراقَبة، وكان ذلك واضحاً، وليس فقط من قبل تين. لم يكن لديها زيري للاعتماد عليه الآن، ولم يكن بإمكانها المخاطرة بإحياء دورية باليروس - سيكون ذلك واضحاً للغاية. لم يكن هناك شخص آخر يمكن أن تثق به، ولكن كانت لديها فكرة واحدة لم تكن تتضمن أي كيميرا أخرى. أخذت نفساً عميقاً آخر مضطرباً، ونظرت إلى زوزانا وميك. لم يكونا بالتأكيد جنديين، ولم يكن الأمر مجرد كونهما من البشر، بل كانا من الدرجة الأولى، ولم يعتادا على المشقة من أي نوع. كان التنزه هنا قد قضى عليهما تقريباً، وكانت زوزانا تمزح نوعاً ما عندما قالت إن خسارتها في

وصولهما إليها كان أسوأ يوم في حياتها. هل كان بإمكانهما تحمّل العُشر؟ سيتعين عليهما ذلك." هل يمكنكما الخروج من هنا سيراً على الأقدام إذا اضطررتما إلى ذلك؟ في الليل، عندما لا يكون الجو حاراً جداً؟".

أومآ برأسيهما وعيونها شاخصة.

ضمت كارو شفتها بين أسنانها بقلق. سألتهما بتردد، على أمل ألا تكون أسوأ فكرة خطرت على بالها على الإطلاق: "هل تعتقدان أنكما قد ترغبان في تعلم... كيف، أممم، أن تصبحا غير مرئيين؟".

كانت لتقدم الكثير في تلك اللحظة من أجل الحصول على كاميرا، لتحتفظ إلى الأبد بالتعبير الذي كان على وجه صديقتها المقربة.

وغني عن القول إن الإجابة كانت نعم.

***

عملوا على ذلك طوال اليوم.

"هذا أقل إثارة مما يمكن أن يكون عليه". كانت هذه أقرب عبارة جاءت من زوزانا للتعبير عن استيائها من العُشر، لكن فرحتها عندما ظهرت مجدداً بعد نجاحها الأول في السحر كانت مشرقة وجميلة، تماماً كما كانت هي.

لم تستطع كارو أن تمنع نفسها - فقد احتضنتها بشغف في عناق طويل ومحكم، يمكن أن يعني حقاً: لقد أحببت معرفتك. عندما تراجعت أخيراً، كانت عينا زوزانا دامعتين، وفمها مشدوداً في تعبير غاضب كأنها تقول لا تبكي، ولم تقل كلمة واحدة.

كانت كارو بحاجة إلى تنفيذ بعض عمليات الإحياء كي تقدم جنوداً إلى ثياغو، وإلا فقد يكتشف أن اهتمامها كان متجهاً نحو شيء آخر في ذلك اليوم. تمكنت من ذلك بمساعدة إيسا - ثلاثة جنود جدد - وتمكنت أيضاً

من تجاوز وجبة العشاء، فقد أكلت بشكل آلي، والآن أكثر من أي وقت مضى، كانت تراقب الحضور وتتساءل: من بينهم يمتلك الشجاعة للوقوف في وجه الذئب؟

لسبب كهذا، كما أقنعت نفسها، لا بد أن هناك من يمتلك الشجاعة.

لم تكشف زوزانا وميك عن أي شيء، حيث جلسا كعادتهما على الأرض بين الجنود، يتعلمان كلمات في لغة غريبة لن تتاح لهما الفرصة للتحدث بها مرة أخرى. "صديق، طيران، أحبك".

اعتقد فيركو أن هذه العبارة الأخيرة كانت مضحكة للغاية، لكن كارو شعرت أنها محطمة بسببها. عزف ميك مقطوعة لموزارت في تلك الليلة، ورأت دموع باست تسقط، وفي وقت لاحق، بعد فترة طويلة، في غرفتها، أعطت صديقيها أدوات السحر، ووضعت واحدة لنفسها، وقادتهما خارجاً دون أن يراها أحد في ليالي الصحراء. أخذوا فقط ما يتسع في جيوبهم - المال، الهواتف المطفأة، جوازات السفر، البوصلة - وزجاجات ماء متدلية على أكتافهم. تركوا كل شيء آخر.

مشت كارو معهما قليلاً، ثم طارت عائدة إلى القصبة لتراقب وتتحقق من أن غيابهما لم يُلاحظ.

وقد حدث ذلك.

في علبة أسنانها، وجدت ورقة مطوية: رسماً لزوزانا وميك، مكتوباً بطريقة صوتية، كلمة "أحبك" بلغة الكيميرا.

عندها انهارت، واحتضنتها إيسا، ودمعت عيونهما معاً، لكن بحلول الوقت الذي أشرقت فيه الشمس وبدأت الحياة تعود إلى القصبة، كانتا قد هدأتا مرة أخرى، شاحبتين وهادئتين، ومستعدتين.

حان الوقت.

في قديم الزمان
نزل الكيميرا بالآلاف إلى كاتدرائية تحت الأرض

ولم يغادروا أبداً

# 65

# قُدَّاس الوحوش

كان القرار حتمياً. عندما اقتربت النهاية، كان على كل الكيميرا في لوراميندي أن يتخذوا قراره. إلا الجنود، فقد كان مصيرهم الموت في سبيل الدفاع عن المدينة. أما الأطفال، فالأمر لم يكن بيدهم، بل كان الآباء هم من اتخذوا القرار نيابة عنهم. وفيما بعد، لم يتذكر الغزاة الملائكة وجود الكثير من الأطفال في المدينة عندما تمكنوا أخيراً من كسر القضبان الحديدية التي كانت تغلق القفص. وربما لم يكن هناك أي طفل على الإطلاق. فقد احترقت المدينة وسقطت الأبنية، وكان الركام يغطي كل شيء، مما جعل من الصعب إحصاء من تبقى على قيد الحياة.

لهذا لم يخطر ببال الملائكة أبداً أن ما كان مدفوناً تحت أقدامهم يحمل سراً كبيراً.

انزلوا إلى الكاتدرائية التي تقع تحت المدينة. احملوا أطفالكم بأيديكم وامسكوا بأيديهم. انزلوا إلى الظلام العميق الذي لا هواء فيه،

ولا تخرجوا منه أبداً. أو يمكنكم البقاء في الأعلى ومواجهة الملائكة.

كان الخيار بين موتين، وكان الاختيار واضحاً. الموت في الأسفل سيكون أكثر رحمة. وربما... فقط ربما... يكون أقل ديمومة.

بريمستون لم يعد بشيء. كيف له أن يعد؟ كان الأمر مجرد حلم.

"كنت أنت دائماً الحالم بيننا". قال القائد الحربي عندما جاءه بريمستون بفكرته. كانا رجلين مسنين –"وحشين قديمين" كما كان يسميهما العدو- نهضا من عبودية مُذلة، وتمكنا من إسقاط أسيادهما، ليمنحا شعبهما ألف عام من الحرية. ألف عام فقط، لا أكثر. والآن، انتهى كل شيء، واستبدّ الإرهاق بهما.

قال بريمستون: "كانت لي أحلام أفضل. أن تكون الكاتدرائية مكاناً للبركات والزفاف، لا للإحياء. لم أحلم أبداً أن تصبح قبراً".

الكاتدرائية كانت كهفاً طبيعياً ضخماً تحت المدينة، لم يشاهد أعمدتها المنحوتة إلا أولئك الذين عادوا من الموت، مستيقظين على طاولاتها الحجرية العملاقة. أما بريمستون، ومهما كان يحلم بأن تكون تلك الكاتدرائية يوماً مكاناً للبركات والزفاف عندما اكتشفها وبنى مدينته فوقها، إلا أن مصيرها كان شيئاً آخر: دخان العائدين وأيقونات الهامسات.

والآن جاء هذا.

"ليست قبراً"، قال أمير الحرب، واضعاً يده على كتف صديقه المنحني. "أليس هذا هو الهدف؟ ليست قبراً، بل مبخرة".

إذا أغلقت المبخرة بإحكام، يمكن حفظ الأرواح إلى الأبد. وإذا تم إغلاق الكاتدرائية، وسد منافذها، وهدم السلالم الحلزونية وإخفاؤها، اقترح بريمستون أنها قد تصبح وعاءً ضخماً لحفظ آلاف الأرواح.

حذّر بريمستون: "قد تصبح قبراً، لا أكثر". "ولكن من صاحب هذه الفكرة؟" تساءل أمير الحرب. "هل عليّ أن أقنعك، وأنت من أتيت بها

إليّ؟ يمكن أن تنظر اليوم من النافذة، ترى السماء تمطر ناراً، وتظن أن كل ما فعلناه ذهب هباءً، لأننا قد خسرنا. لكن في هذه المدينة، رغم قبحها، عاش الناس، عرفوا الصداقة والموسيقى، وفي كل بقعة من الأرض التي قاتلنا من أجلها. البعض عاش حتى الشيخوخة، وآخرون لم يحالفهم الحظ. كثير منهم أنجبوا أطفالاً، وربوهم، واستمتعوا بصنعهم، وقد منحناهم هذا لأطول فترة ممكنة. من فعل أكثر منا يا صديقي؟".

"والآن انتهى وقتنا".

بدت ابتسامة أمبر الحرب مليئة بالندم. قال: "نعم".

القبر – الوعاء- لن يكون لنا، لأن الملائكة لن تهدأ حتى تعثر علينا، على أمير الحرب وباعث الارواح. الإمبراطور يريد خاتمته الكبرى، ولن يتراجع. قد يكون هذا حلم بريمستون، ولكن تحقيقه يعتمد على شخص آخر.

سأل أمير الحرب: "هل تظن أنها ستعود؟".

شعر بريمستون بثقل عميق في قلبه. لم يكن واثقاً إن كانت كارو ستتمكن من العودة إلى إريتز؛ لم يكن قد أعدّها لهذا المصير. لقد منحها حياة بشرية، وأراد أن يصدق أنها قد تنجو من مصير شعبها، من الحرب التي لا تنتهي، من العالم المحطم. والآن، هل سيلقي بكل هذا العبء عليها؟ ثقلٌ هائل، مفاتيح لمملكة مدمرة. وزن كل هذه الأرواح سيكون كالقيود التي تقيدها، ولكنه كان يعرف جيداً أنها لن تتخلى عنها. قال: "ستعود. ستأتي".

"إذاً، فلنبدأ. لقد أطلقت عليها اسماً ملائماً، أيها الأحمق العجوز. الأمل... حقاً".

وهكذا، عُرض الاختيار على الشعب، وكان الاختيار سهلاً. الجميع كانوا يعرفون ما هو قادم؛ حياتهم تقلصت إلى الجوع والخوف -والنار، دائماً النار- وهم ينتظرون النهاية. والآن، جاءت النهاية... ولكن مثل حلم، تسلل

إليهم هذا الأمل. وصل إليهم همساً في مساكنهم المدمرة، في مخابئهم المظلمة. جميعهم كانوا يعرفون تلك اللحظة التي يستيقظون فيها من أحلام الأمل إلى واقعٍ مليء بالظلام ورائحة الحصار. الأمل كان دائماً سراباً، ولم يثقوا به قط. ولكن هذه المرة كان مختلفاً. لم يكن وعداً، بل كان أملاً: أن يعيشوا مرة أخرى، أن تبقى أرواحهم وأرواح أطفالهم في سلام، في سكون... إلى أن يأتي يومٌ...

وهذه كانت الأمل الآخر، أثقل مما قبله، الذي علقه بريمستون حول عنق كارو، والواجب الأكبر بكثير: أن يأتي ذلك اليوم بالفعل، وأن يكون هناك عالم يستيقظون فيه. لم يستطع بريمستون وأمير الحرب تحقيق ذلك بكل جيوشهم، لكن مادريغال والملاك الذي أحبته قد تشاركا حلماً جميلاً، ورغم أن ذلك الحلم قد مات على قاعدة الإعدام، كان بريمستون يعلم أفضل من أي شخص آخر أن الموت ليس النهاية التي يبدو عليها أحياناً.

بالآلاف، تدفقت شعوب القبائل المتحدة إلى أسفل السلم الحلزوني الطويل. سيُسحق خلفهم ولن يكون هناك مخرج. نظروا إلى الكاتدرائية وكانت مجيدة. انضغطوا بإحكام وأنشدوا ترنيمة. كان من الممكن ألا تكون أكثر من قبرهم، ومع ذلك كان هذا هو الخيار السهل.

أما الخيار الصعب، والبطولة الحقيقية، فكانت في أولئك الذين اختاروا البقاء في الأعلى، لأنه لم يكن بإمكان الجميع المغادرة. إذا اختفى كل الكيميرا من لوراميندي، ستكتشف الملائكة ما حدث وتبدأ في الحفر. لذا، كان على بعض المواطنين -الكثير منهم- أن يبقوا ويعطوا الملائكة ما يرضيهم.

كان عليهم أن يكونوا ضحايا الملائكة، الجثث التي تم انتزاعها بشق الأنفس لتُلقى في نيرانهم. بقي الشيوخ، وكذلك معظم من فقدوا

أطفالهم، وعدد غير قليل من اللاجئين الذين عانوا كثيراً ولم يتبقَّ لديهم سوى هذه التضحية.

ضحوا بأنفسهم حتى يعرف البعض الآخر الحياة في زمن أفضل.

هذا ما كانت كارو تتسلح به صباح هذا اليوم، إلى جانب أسلحتها الحقيقية: خناجرها الهلالية معلقة على وركيها، وسكينها الصغيرة مدسوسة بجانب حذائها. ومع إيسا بجانبها، توجهت إلى الساحة حيث كان الذئب وجنوده قد استيقظوا بالفعل وتجمعوا في الهواء النقي، مع عدة فرق مسلحة وجاهزة للطيران. كانت فرقة أمزالاغ واحدة، وشعرت كارو بقلبها يمتد نحو الجندي. تمنت لو تستطيع أن تخبره بأخبارها بمفردها، وكذلك بعض الآخرين سيتأثرون بها بشدة.

كان لأمزالاغ أطفال. أو كان لديه أطفال، قبل أن تسقط لوراميندي.

كان ثياغو يقول: "سنهاجمهم شمال العاصمة. المدن ضعيفة التحصين وقليلة الحراسة. لم تشهد الملائكة معركة هناك منذ مئات السنين. لقد ترك والدي حدته تتضاءل. لقد اتخذ موقفاً دفاعياً والآن لم يعد لدينا ما ندافع عنه ."لقد كان تصريحاً جريئاً، وقوبل بتغير في مزاج بعض الجنود. بدا الأمر كما لو أنه كان يلوم أمير الحرب على سقوط شعبه.

"لدينا، مع ذلك". تدخلت كارو، وهي تخرج من نفس القوس الذي اختبأت تحته لمشاهدة زيري وإكساندر عندما كانا يتدربان. حوّل ثياغو نظره نحوها، كأنه يرتدي قناعاً من الحسن. كم كان رقيقاً، وكم كان غير مقنع بالمرة. "لدينا شيء للدفاع عنه."

"كارو"، قال، وكان قد بدأ بالفعل في البحث عن تين، الجالسة الخائنة. من طرف عينها، رأتها كارو وهي تتحرك.

قالت كارو: "لا تزال هناك أرواح يجب إنقاذها، وخيارات." كانت هذه كلمات أكيفا، أدركت حين خرجت. احمرّت وجنتاها، رغم أنه لم يكن بإمكان

أحد معرفة أنها تكرر كلمات قاتل الوحوش. حسناً، كان محقاً. أكثر مما كان يمكن أن يعرف.

"خيارات؟" نظر ثياغو إلى كارو نظرة باردة. كانت يد تين مضغوطة على ذراع كارو، وكأنها تحذرها.

قالت الذئبة بزمجرة منخفضة: "هل تتذكرين الخيار الذي تحدثنا عنه بالأمس؟".

"أي خيار تقصدين، يا تين؟"، ردت كارو بصوت مرتفع، متجاهلة التحذير. "هل تعنين الخيار بين زوزانا وميك، ومن ستقتلين أولاً؟ أنا لا أختار أحد، وكلاهما خارج متناول يدك الآن. ارفعي يدك عني". انتزعت ذراعها من قبضتها واستدارت مرة أخرى إلى الحضور. لاحظت بعض الارتباك وتبادل النظرات بين الحاضرين وثياغو. "الخيار الذي أعنيه هو حماية الملائكة الأبرياء، بدلاً من ذبحهم".

قال الذئب: "لا يوجد ملائكة أبرياء".

"هذا ما يقولونه عندما يقتلون أطفالنا". لم تستطع إلا أن تلقي نظرة على أمزالاغ. "بعضهم يؤمن بذلك. لكننا نعلم الحقيقة: جميع الأطفال أبرياء، جميع الأطفال مقدسون".

جاء صوت ثياغو مزمجراً: "ليس أطفالهم".

"والناس في كلا الجانبين يحاولون فقط العيش؟" خطت كارو خطوة نحوه. خطوة أخرى. لم تكن تشعر بقدميها؛ ربما لم تكن تمشي حتى، بل كانت تطفو. في حالة قلقها وشجاعتها المتضخمة كانت نبضات قلبها تهدر في أذنيها. كانت شجاعتها مجرد ستار. تساءلت عما إذا كانت الشجاعة دائماً كذلك، أم إن هناك من لا يشعرون بالخوف حقاً. "ثياغو، لقد كنت أحاول أن أفكر في شيء ما، لكنني كنت خائفة من أن أسألك". نظرت إلى المضيف. كل هذه الوجوه، هذه العيون من صنع يديها، كل هذه الأرواح

التي لمستها، بعضها جميل، وبعضها الآخر ليس كذلك. "أتساءل عما إذا كان الجميع هنا يفهمون إلا أنا، أو إذا كان أحدكم يتساءل عما إذا كان قد فقد النوم". التفتت إلى ثياغو. "ما هو هدفك؟".

"هدفي؟ كارو، ليس مطلوباً منك فهم الاستراتيجية". كانت ترى أنه لا يزال يحاول معرفة ما هي الجرأة التي دفعتها إلى استجوابه، وكيف يمكنه إعادة فرض سيطرته دون تهديدات صريحة.

قالت: "لم أسأل عن استراتيجيتك، بل عن هدفك فقط. إنه سؤال بسيط. يجب أن تكون له إجابة بسيطة. ما الذي نقاتل من أجله؟ ما الذي نقتل من أجله؟ ما الذي تراه عندما تنظر إلى المستقبل؟".

كم كانت عيناه جامدتين لا ترمشان، وكم كان وجهه جامداً. كان غضبه كالثلج. لم تكن لديه إجابة. لم تكن لديه إجابة جيدة على أي حال. نحن نقاتل من أجل القتل، ربما قال. نحن نقتل من أجل الانتقام. لا يوجد مستقبل. شعرت كارو بالانتظار الجماعي للكيميرا وتساءلت كم منهم كان سيرضى بذلك. كم منهم فقد كل قدرة على الأمل في المزيد، وكم منهم قد يجدون آخر ذرة من الأمل بمجرد أن يعرفوا ما فعله بريمستون.

قال ثياغو بعد توقف طويل: "المستقبل. سمعتك ذات مرة تخططين للمستقبل. كنت بين ذراعي حبيبك الملاك، وتحدثت عن قتلي".

آه، نعم، فكرت كارو. كانت تلك مراوغة بارعة منه. بالنسبة إلى هؤلاء الجنود، كانت تلك الصورة - الكيميرا متشابكة مع ملاك- كافية لتظليل سؤالها. "لم أوافق على ذلك" قالت، وهو ما كان صحيحاً، لكنها شعرت أن الفضول الذي أشعلته بدأ يتلاشى. قالت: "أجب على سؤالي. إلى أين تأخذنا؟ ماذا ترى في المستقبل؟ هل سنعيش؟ هل لدينا أراضٍ؟ هل لدينا سلام؟".

"أراضٍ؟ سلام؟ يجب أن تسألي إمبراطور الملائكة، يا كارو، لا أن تسأليني".

"ماذا، يجب أن تموت الوحوش؟ لطالما عرفنا هدفه، لكن أمير الحرب لم يحاكه أبداً مثلك. إن عمليات القتل المرعبة هذه لا تجلب إلا الأسوأ على الشعب الذي تركتموه".

توجهت إلى الجنود، "هل تحاولون حتى إنقاذ الكيميرا أم إن الأمر يتعلق بالانتقام فقط الآن؟ اقتلوا أكبر عدد ممكن من الملائكة قبل أن تموتوا؟ هل الأمر بهذه البساطة؟". تمنت لو كان بإمكانها أن تخبرهم بما فعلته دورية باليروس، وما شهدوه في الهينترموست، لكنها لم تستطع أن تحمل نفسها على إفشاء هذا السر. ماذا سيفعل ثياغو لو عرف؟

"هل تعتقدين أن هناك طريقة أخرى، كارو؟". هز رأسه. "هل جعلتك معاملة الملائكة اللطيفة تعتقدين أنهم يريدون أن يصبحوا أصدقاء؟ هناك طريقة واحدة فقط لإنقاذ الكيميرا، وهي بقتل الملائكة".

قالت: "قتلهم جميعاً".

"نعم، كارو، قتلهم جميعاً" قال ساخراً. "أعلم أن هذا قد يكون صعباً عليك سماعه، بوجود حبيبك بينهم".

كان يعود إلى ذلك الموضوع باستمرار، والطريف في الأمر أنه كلما ذكر ذلك أكثر من مرة، قلَّ شعور كارو بالخجل. ماذا فعلت، في الحقيقة، سوى الوقوع في الحب والحلم بالسلام؟ لقد غفر لها بريمستون بالفعل. لقد غفر لها أكثر من مجرد مسامحتها؛ لقد آمن بحلمها. والآن... لقد عهد إليها - ليس إلى ثياغو، بل إليها - أن تجد طريقة ليعيش شعبهما مرة أخرى.

وهل كانت تظن أن كومة المباخر في غرفتها عبئاً عليها؟ آه، ما الذي يمكن أن تفعله وجهة نظر بسيطة.

لكن الإحساس الذي غلبها عندما أخبرتها إيسا عن الكاتدرائية، لم يكن ذلك الشعور الذي كان يلازمها وهي محاصرة في مكانها الذي عانت منه

وهي تقوم بعمل ثياغو. لا، لقد كان الأمر وكأنها كانت جاثية على ركبتيها وقد أمسك بريمستون بيدها ورفعها على قدميها. لقد كان خلاصاً.

نظرت إلى إيسا، التي أومأت برأسها قليلاً، وأخذت نفساً عميقاً. توجهت إلى المتمردين وقالت: "معظمكم، أو ربما حتى جميعكم، هللتم عند إعدامي. ربما تلومونني على كل هذا. لا أتوقع أن تستمعوا إلي، لكن آمل أن تسمعوا بريمستون".

تسبب ذلك في ضجة. قال البعض متشككين: "بريمستون؟". نظروا إلى إيسا، كما ينبغي أن يفعلوا.

نظر إليها ثياغو أيضاً. وسألها: "ما هذا؟ هل يتحدث شبح بريمستون من خلالك يا ناجا؟".

"إذا أحببت، أيها الذئب" ردت إيسا. ثم توجهت لمخاطبة الجنود: "أنتم جميعاً تعرفونني. كنت لسنوات رفيقة بريمستون، والآن أنا أريد أن أوصل رسالته.

أرسلني من لوراميندي مع مبخرة لأقوم بهذه المهمة، وللقيام بذلك هذا يعني أنني لم أستطع أن أموت بجانبه كما كنت سأختار. لذا استمعوا جيداً، من أجل تضحيته وتضحيتي. من المقرز أن نتخيل أن القتل والتشويه والرعب يمكن أن يمنحونا حياة تستحق العيش. هذا سيجلب مزيداً من القتل، مزيداً من التشويه، مزيداً من الرعب. إذا كنتم تعتقدون أن الانتقام هو كل ما تبقى لديكم، فاسمعوني".

كم كانت جميلة وهي منتصبة بشموخ على لفائف ثعبانها، وكم كانت قوية بقلنسوتها الكوبرا التي كانت تمتد على نطاق واسع، وحراشفها تلمع كالمينا المصقولة في ضوء الفجر. كانت مشرقة ومشعة ومتألقة بالعاطفة

قالت: "لديكم الكثير لتعيشوا من أجله أكثر مما تعلمون".

# 66

# اقتل الوحش

غيّر العالم.

"سيستقبلك الإمبراطور الآن".

كان أكيفا يحدق من فوق الجسر المعلق في القباب الزجاجية الرمادية للمكان الذي ولد فيه. لقد كان المكان مغلقاً وصامتاً، لا يمكن معرفته من الخارج، ولكن ذكرياته كانت خافتة عن الضوضاء والضوء الساطع، والأطفال والرضع واللعب والغناء - ونظر حوله إلى الصوت.

لقد كان رئيس الخدم، بيون، متكئاً على عصاه تحت قوس بوابة ألف العالي الثقيل وزوج من حراس السيوف الفضية يحيط به. كان ذا شعر أبيض وجدّي في ملامحه. لقد كان بيون هو الذي يحتفظ بقوائم أبناء الإمبراطور غير الشرعيين، ويمحو أسماء الموتى حتى يمكن إعطاء أسمائهم للمواليد الجدد. وعند رؤيته، لم يستطع أكيفا أن يمنع نفسه من التساؤل عما إذا كان سيعيش أكثر من السيراف العجوز، أو إذا كانت تلك اليد الخرقاء ستوجه

الضربة من خلال اسمه. لقد قضى على ستة من حاملي اسم أكيفا بالفعل، فما الذي سيحدث لو قضى على واحد آخر؟

وللحظة شعر أنه لم يكن أكثر من مجرد نائب عن اسم - وهو واحد من سلسلة من النواب اللحميين لاسم ينتمي مثل كل شيء آخر إلى الإمبراطور. قابل للاستهلاك. قابل للتجديد إلى ما لا نهاية. ولكنه ركز بعد ذلك على ما جاء إلى هنا ليفعله، وقابل عيني بيون السوداوين اللتين تشبهان عيني الجرذ الأسود، بالفراغ المصقول الذي كان تعبيره الافتراضي لسنوات.

لم يكن حاملاً الاسم. لن يكون هناك ابن غير شرعي ثامن يحمل اسم أكيفا؛ لم يكن إنجاب اللقطاء سوى واحد من أشياء كثيرة لن يقوم بها جورام بعد هذه الليلة. جنباً إلى جنب مع إشعال الحروب، مع التنفس.

أمر بيون: "انزعوا أسلحتكم".

هذا كان متوقعاً. لم يكن مسموحاً حمل الأسلحة في حضرة الإمبراطور سوى للحراس. أكيفا لم يحمل سيفيه المعتادين اللذين يتقاطعان على ظهره - إذ إن الرداء الذي كان جزءاً من زيه الرسمي كان يعيق حملهما. لذا، اكتفى بتثبيت سيف قصير عند خصره فقط ليقوم بخلعه عندما يُطلب منه ذلك، وهذا ما فعله الآن. هازايل وليراز فعلا الشيء نفسه، ونزعا أسلحتهما على الأقل، الأسلحة الظاهرة.

أما سيف أكيفا المموه، فقد كان لا يزال معلقاً على الجهة الأخرى من خصره، مخفياً عن الأنظار. لم يكن مرئياً، لكن أي شخص يراقبه عن كثب قد يلاحظ خللاً بسيطاً في تلاعب الظلال على ساقه حيث كان السيف معلقاً بشكل خفي. وبالطبع، كان يمكن الشعور به - الصلب البارد- لكل من اقترب منه أو حاول تفتيشه أو حتى احتضانه. ومع ذلك، كان أكيفا يرى أن خطر الاحتضان ضئيل جداً. أما التفتيش، فكان هو الاختبار الأول لشكوك الإمبراطور.

هل أحضر أمير الأوغاد إلى هنا لاستغلاله أم لفضحه؟ انتظر أكيفا تدقيق الحارس. لم يكن هناك تفتيش. منحه بيون إيماءة خفيفة، وعندما استدار واختفى في برج الفتح، سار أكيفا خلفه، وتبعه كل من هازايل وليراز بدورهما المعقل الداخلي للإمبراطور.

كان هازايل قد استفسر عن الأمر؛ كانوا يعرفون تقريباً ما يمكن توقعه - ممرات متشابكة من الزجاج السميك ذي اللون العسلي وبوابة تلو الأخرى محروسة. حفظ أكيفا كل منعطف في ذاكرته؛ سيكون هذا الطريق هو المخرج الوحيد. سوف يسحرون أنفسهم؛ كانت تلك هي الخطة. في الاضطراب الذي سيعقب عملية الاغتيال، وفي اندفاع الحراس ودهسهم سيختفون ويتراجعون، ويهربون.

هكذا كان يأمل.

ممر آخر، منعطف آخر، بوابة جديدة، ثم ممر آخر. توغلوا أعمق داخل قلب معقل الإمبراطور. وكلما اقتربوا، ازداد التوتر داخل أكيفا.

لقد أرهقه الحل البسيط الذي تكرر على الدوام: قتل العدو. قتل، قتل. لكن الآن، لم يكن هناك سوى هذا الحل البسيط. من أجل إريتز. من أجل إنهاء الحرب.

يجب أن يموت جورام.

مدَّ أكيفا يده نحو حالة السيريثار -ذلك الهدوء العميق الذي يسمح للمحارب بأن يكون أداة في يد نجوم الآلهة. لكن لم يكن قادراً على بلوغها.

كل ما استطاع فعله هو إبقاء نبضات قلبه متوازنة، في حين كان عقله يركض في دوامة من السيناريوهات، والتلاعبات السحرية، وحتى الكلمات.

ماذا سيقول عندما يقف أمام والده ويسحب سيفه؟ لم يكن يعرف. ربما لن يقول شيئاً. ولم يكن ذلك مهماً. المهم هو الفعل، وليست الكلمات.

نفذ الأمر، اقتل الوحش، غيّر العالم.

## 67

# الأمل الوحيد هو الأمل

تقدّم أمزالاغ مسرعاً وسقط على ركبتيه أمام إيسا. سأل همساً: "من؟ من دخل الكاتدرائية؟". انحنى بعض الجنود الآخرين إلى الأمام، ينظرون بشغف شديد مكبوح.

جاء صوت إيسا رقيقاً: "الآلاف. لم يكن هناك وقت لتسجيلهم. أنا آسفة".

خطت كارو إلى الأمام، وقالت: "ذهب جميع الأطفال"، ثم نظرت إلى إيسا لتأكيد حديثها: "وذهبت جميع الأمهات. الفرص كبيرة لعائلاتكم".

على ملامحه النمرية بدا "ذهوله" كنسخة واسعة العينين من شراسته الدائمة - شراسة كانت من فعل كارو أكثر من كونها من فعله. كانت روحه بسيطة كالأرض المحروثة وثابتة كالحصان، ولكن بهذا الجسد الذي منحته إياه لم يكن بوسعه إلا أن يبدو شرساً. كان فكاه بأنياب سكين المطبخ مُكشّرين وعيناه البرتقاليتان العميقتان لا تغمضان. ورغم أنه كان جاثياً على

ركبتيه - وقد التفت قدماه الأماميتان أمامه، وانحنى على ركبتيه في وضعية النمر - إلا أنه كان لا يزال شامخاً فوق إيسا، وكانت ذراعاه، عندما مدّ يديه إلى يديها، ضخمتين ورماديتين. فكرت كارو: قبل أن يرى عائلته مرة أخرى، يمكنني أن أمنحه شكلاً ألطف.

لكن ذلك كان بمثابة استباق لما هو قادم.

وبينما كانت يدا أمزالاغ الكبيرتان تمسكان بيد إيسا الكبيرة، كانت كارو تراقب ثياغو. وعندما قال أمزالاغ "شكراً لك"، بصوت يشبه صوت الكمان الحزين، كشرت أنياب ثياغو في زمجرة عابرة.

قالت إيسا: "أنا مجرد رسول".

عند ذلك، انزلقت عينا ثياغو منها إلى كارو. قال: "أخبرينا مرة أخرى، كيف تم ذلك بالضبط".

"كيف تم ماذا؟" سألت إيسا. ترك أمزالاغ يديها ونهض، واستدار بحركات النمر الناعمة ليقف إلى جانبها - وجانب كارو - في الجهة المقابلة للذئب في الفناء. كانت الحركة متعمدة، وأرسلت رسالة ولاء واضحة. غير أن شعور كارو بالانتصار كان مهدداً بسبب الاستجواب الذي شعرت بقدومه.

قال ثياغو: "كيف وصلتِ إلينا. ذات صباح، صرت هنا. إنه أمر غريب للغاية".

"قد يكون الأمر غريباً، لكن لا أستطيع إرضاءك. آخر شيء أتذكره قبل الاستيقاظ هو، بالطبع، الموت".

"وأين كان يخطط بريمستون لإرسال روحك في قبضة إعصاره؟ يجب أن تعرفي ذلك على الأقل".

قاطعته كارو: "هل هذا كل ما لديك لتقوله؟ لقد أخبرناك للتو أن آلافاً من شعبنا لا يزال بإمكانهم النجاة، وأنت تتحدث عن الأعاصير؟ ثياغو،

يمكن لأطفالنا أن يعيشوا مرة أخرى. هذه أخبار مهمة. ألا يمكنك أن تكون سعيداً؟".

"سعادتي، يا سيدتي، تخفّفها الواقعية، كما يجب أن تكون سعادتك. أين سيعيشون؟ كيف سيعيشون؟ هذا لا يغير شيئاً".

صرخت: "هذا يغيّر كل شيء! كل ما تفعله بلا جدوى، ألا تدرك؟ إنه مستقبل مُظلم. هذه الوحشية، الهجمات على المدنيين؟ لو كان والدك هنا، لأُصيب بالمرض من أفعالك. كل ما تفعله ضد السيرافيم، سيرد عليه جورام بمئة ضعف، بل بألف ضعف". توجهت بكلماتها نحو الحضور الآن: "هل منحتكم ثيسالين الرضا؟ هل يجب أن تموت الملائكة؟". أشارت إلى تانغريس وباشيس، وقاومت الخوف الذي كان سيخنق صوتها في حنجرتها. هل ستنادي الظلين الحيين؟ هل كانت مجنونة؟ تذكري انطباع الدجاجة، قالت لنفسها مع موجة من الهستيريا.

قالت: "في ثيسالين قتلتم مائة ملاك". قابل مجموعة من مخلوقات السفينكس نظرتها بنظراتهم الغامضة. "ومات المئات من الكيميرا بسبب ذلك". رمش أحد مخلوقات السفينكس. واصلت كارو النظر إلى الآخرين. أوه، قلبها كان يخفق بشدة وبسرعة. "وبقيّتكم. لقد تركتموهم يموتون. لقد أعطيتموهم الأمل - ابتسامات أمراء الحرب، والرسائل. هل نهضنا؟ وبعد ذلك؟ كل هؤلاء القوم في الجنوب، لم يصدقوا أنكم بدأتم هذا القتال، وجلبتم العدو إليهم بهذه الأعداد المستحيلة، ثم تخليتم عنهم. هل تعلمون...". ابتلعت كارو ريقها. شعرت بقسوتها جليدية وشائكة لوصفهم بهذه الطريقة. "هل تعلمون أنهم ماتوا وهم يراقبون السماء من أجلكم؟".

رأت باست تتراجع خطوة إلى الوراء. بينما بدأ بعض الحضور يتنفسون بصعوبة، وكأن حناجرهم قد ضاقت. كان فيركو ينظر إلى الأرض.

هدرت تين: "لا تستمعوا إلى هذا! لا يمكنها أن تعرف ماذا حدث هناك".

قالت كارو: "أنا أعرف ماذا حدث". ترددت. هل كان من الخيانة أن تخبرها بتحدي باليروس؟ كان سيخبرهم لو كان هنا؛ كانت متأكدة من ذلك. لقد كان مستقبل التمرد معلقاً في الميزان، وكان لديها هذا الوزن الذي كان يثقل كاهلها. كيف لها ألا تستخدمه؟ "لأن فريقاً واحداً فعل ما لم يفعله أي فريق آخر. هل تصدقون حقاً أن باليروس وإكساندر وفيّا وأزاي وميناس استسلموا لبعض حراس المدينة؟ لقد ماتوا في قتال الدومينيون في الجنوب، ماتوا وهم يدافعون عن الكيميرا، وماذا كنتم تفعلون حينها؟".

كانت الشمس ترتفع، والحرارة تزداد شدة. كان الفناء ساطعاً وساكناً. أجابها ثياغو: "بينما كنا نفعل ما كانت تفعله الملائكة، ومع ذلك نحن الذين تكرهيننا وليس هم. هل تريديننا أن ننبطح ونكشف حناجرنا لهم".

"لا". ابتلعت كارو ريقها، مدركة أنها تخطو فوق أرض محفوفة بالتحديات. كيف يمكنها أن تدافع عن مسار مختلف دون أن تُعتبر حالمة ساذجة- في أفضل الأحوال، أو حتى متواطئة مع العدو في أسوئها، وهو ما كان يُعتقدونه عنها بالفعل. كانت المسألة بسيطة: لم يكن لديها بديل حقيقي عن القتال.

عندما حلمت مع أكيفا بعالم مُتجدد، كانت تؤمن أنه سيقود شعبه كما ستقود هي شعبها بطريقة ما - وكأن المستقبل كان أرضاً يمكنهم الالتقاء فيها، بلداً بقواعد مختلفة، حيث يمكن التغلب على الماضي- أو حتى تجاهله؟- كما تُمحى النقوش من الجلد.

لكن الآن، من خارج فقاعة ذلك الحب الأحمق، بدأت كارو تدرك كم سيكون حلمهما قاتماً لو تُرك لهما سبيل لمتابعته، وكم سيكون متسخاً ومُجروحاً. كانت تلك النقوش ستبقى موجودة دائماً - بينها وبين أكيفا، بين الكيميرا والسيرافيم- بل وستظل الهامسات كذلك. لم يكن بإمكانهم حتى لمس بعضهما البعض بشكل صحيح. بدت الفكرة بأن يجمعوا

مجموعتين من الأيادي معاً، أكثر جنوناً من أي وقت مضى. ومع ذلك... الأمل الوحيد هو أمل. كلمات بريمستون، في ذلك الوقت، تعود الآن، وقد وهبتها لها إيسا.

"ابنة قلبي". كانت هذه الرسالة التي أرسلها بريمستون خصيصاً إلى كارو. كان بوسعها أن تشعر بالدموع تغالب عينيها في تلك الساحة، وهي تفكر في الكلمات. "ابنة مزدوجة، يا فرحتي. حلمك هو حلمي، واسمك هو حقيقة. أنتِ أملنا جميعاً".

حلمها. كان حلماً متسخاً ومجروحاً، لكنه أفضل من عدم وجود حلم على الإطلاق. في تلك اللحظة، تذكرت أكيفا، والأمل الذي كان يحمله في تغيير مسار السيرافيم إلى نمط حياتهم الجديد. لكن ماذا لديها الآن؟ لا شيء لتعد به، ولا خطة واضحة. لم يكن هناك سوى اسمها.

"لا". قالت مرة أخرى. "لن أسمح بأن نعري أعناقنا. ولا أريدكم أن تُجبروا شعبنا على الركوع في اندفاعكم لذبحهم. لا ينبغي أن تتركوا مستقبلنا مدفوناً تحت الرماد، فقط لكي تتمكنوا من دفن مستقبلهم".

ضيق ثياغو عينيه، محاولاً العثور على كلمات للإجابة على ذلك، لكنه لم يستطع.

واصلت كارو حديثها: "قال لي بريمستون ذات مرة إن البقاء صامداً في وجه الشر هو إنجاز من القوة. إذا سمحنا لهم أن يحولونا إلى وحوش..." نظرت إلى أمزالاغ، وقد غلب على لحمه اللون الرمادي، وإلى نيسك وليسيث اللذين وقفا خلف ثياغو مباشرة، وكان لا يزالا يبدوان مثل الناجا، ولكن ليس لهما جمال إيسا ورشاقتها. ونظرت إلى الآخرين جميعاً، وكانوا ضخاماً ومفرطين في الضخامة ومفرطين في الأنياب ومجنحين وذوي مخالب، وغير طبيعيين. لقد قامت بهذا العمل لتحويل هذه الكيميرا إلى وحوش كما

كانت تعتقد الملائكة.

قالت مناشدة ثياغو: "يجب أن يتوقف شخص ما عن القتل. يجب أن يتوقف أحدهم أولاً".

"ليفعلوا هم ذلك إذاً"، قال، بصوت بارد، شفتاه ترتعشان جاهداً لعدم الانزلاق إلى زئير ذئبي كامل. كان غضبه واضحاً.

"يمكننا فقط أن نقرر بأنفسنا. على الأقل يمكننا إيقاف الهجمات لفترة كافية للتفكير في طريقة أخرى، بدلاً من جعل الأمور أسوأ، أسوأ دائماً".

"لقد دُمِّرنا، يا كارو. لا يمكن أن يكون الأمر أسوأ من ذلك".

"يمكن. وقد حدث بالفعل. الهينترموست؟ التان؟ ماذا يفعل رازور الآن، وكيف سيتم الرد عليه؟ يمكن أن يسوء الأمر حتى لا يبقى أحد. أو ربما... ربما يمكن أن يصبح أفضل". مرة أخرى، جاءت كلمات أكيفا إلى ذهنها، ومرة أخرى، نطقت بها كارو، هذه المرة من دون أن تشعر بالخجل. "إريتز ستحتوي على كيميرا أو لا، اعتماداً على ما نفعله الآن".

وفي تلك اللحظة، انتشر الظلان الحيان بأجنحتهما الصامتة وارتفعا برشاقة الأحلام والكوابيس، ليحلقا فوق رؤوس رفاقهما ويهبطا برفق إلى جانب كارو. لم يتحدثا؛ نادراً ما يفعلان. كانت وقفتهما واضحة: رأسان أنيقان مرفوعان، عيون متحدية. شعرت كارو بتدفق مفاجئ من المشاعر، من القوة. أمزالاغ، تانغريس، باشيس، إيسا. من أيضاً؟

نظرت إلى الآخرين. بدا معظمهم مصدومين. ولكن في أكثر من زوج من العيون، رأت كارو الحقد الذي يوازي حقد الذئب، وعرفت أن هناك من بينهم من لن يمسّه الأمل مرة أخرى. وفي عيون آخرين، رأت الخوف. رأته في الكثير من العيون الأخرى. ومع ذلك، كانت باست ستأتي، على الرغم من ذلك؛ أرادت كارو أن تخطو خطوة. كانت على الحافة.

إميليون؟ هفيثا؟ فيركو؟

أما ثياغو؟ كان يقف متأملاً كارو، وتذكرت كيف نظر إليها في بستان القداس في حياة أخرى. رأت تلك الوحشية فيه مرة أخرى، فتحتا أنفه ونظراته المتوحشة، لكن بعد ذلك... رأته يسحبها مرة أخرى. شهدت اللحظة التي تمكن فيها من السيطرة على غضبه، وبتخطيط ودهاء، وبجهد، أعاد قناعه إلى مكانه.

ما كان أسوأ من الكراهية أو الخوف، هو هذه الكذبة الهادئة. هذه الكذبة الضخمة، الضخمة جداً. قال: "سيدتي كارو. أنتِ تطرحين حجة قوية".

انتظر، فكرت كارو، لا.

قال: "سأخذ ذلك بعين الاعتبار. بالطبع، سننظر في جميع الاحتمالات، بما في ذلك - كما قد نفعل الآن، بقلوب مفعمة بالسرور- كيف نستخلص الأرواح من الكاتدرائية".

شعرت بأن قوتها الجديدة تلاشت. بمنحها هذا النصر الصغير، سلبها الذئب فرصتها في تحقيق نصر أكبر.

والآن لم يعد أحد من الجنود الآخرين بحاجة إلى استجماع شجاعته ليأتي إلى جانبها، وكان ارتياحهم عميقاً. كان بإمكانها أن ترى ذلك في وقفتهم وفي وجوههم. لم يريدوا أن يختاروا. لم يرغبوا في اختيارها.

كم كان من الأسهل عليهم أن يتركوا أنفسهم تحت قيادة قائدهم. لم ترغب باست حتى في النظر إليها. جبناء، فكرت، وبدأت ترتجف عندما انهارت كل شجاعتها التي كانت تضخها وتحولت إلى إحباط.

أيمكنهم حقاً أن يصدقوا أن الذئب الأبيض قد يفكر في إنهاء - أو حتى إيقاف - حملته؟ النصر والانتقام. سيتعين عليه أن يمزق رايته، ويصنع واحدة جديدة. فكرت بحنين في رمز أمير الحرب: قرون تنبت منها أوراق. نمو

جديد. كم هو مثالي، وكم هو بعيد المنال.

وبسرعة، تلاشى باقي الجنود أيضاً من حولها. كان ثياغو معتاداً على ممارسة السلطة، بينما هي لم تكن كذلك أبداً. بلا جهد، استعاد ما تبقى من انتصارها الصغير، وسخّر طاقة الجيش لتنفيذ خططه.

خططه لاستخراج الأرواح المدفونة من الكاتدرائية.

أمزالاغ كان أول من تطوع. تقدم بشغف، وتبعه الآخرون. بينما وقفت كارو جاثمة في مكانها، وقد أصبحت منسية تقريباً. أمسكت إيسا بيدها وضغطت عليها، معبرة عن استيائهما المشترك، بينما تلاشى الظلانة الحيان قبل أن تتمكن حتى من شكرهما، وسرعان ما دفعت حرارة الشمس المباشرة معظمهم إلى مغادرة الساحة.

انقضى اليوم في هذه الأجواء المفعمة بالطاقة الجديدة. كانت كارو وإيسا تراقبان وتستمعان، وكان ثياغو يبدو تماماً كما قال، يفكر في جميع الاحتمالات، مثل كيفية إجراء حفريات في الأراضي التي يقوم العدو بدوريات فيها، وحتى ما يمكنهم فعله في الجنوب لمساعدة المزيد من الكيميرا للوصول إلى الهينترموست.

كان هذا تماماً ما تريده كارو، وشعرت بصعوبة في التنفس، لأنها كانت تعلم أنها مجرد حركة أخرى في لعبة الذئب. خدعة. لكن ماذا كان يخفي؟ ما هي لعبته الحقيقية؟

حلَّ الليل، واكتشفت ذلك.

# 68

# سيريثار

تبع أكيفا بيون من خلال مجموعة أخيرة من الأبواب. استقبلهم العطر والرطوبة؛ وحجب تيار من البخار رؤية أكيفا في اللحظة التي عبر فيها العتبة، وسمع صوت والده قبل أن يراه.

"آه، أيها اللورد غير الشرعي. لقد شرفتنا بحضورك". كان صوته عميقاً، قوياً، شُحذ من تجارب معارك قد خاضها، حيث كان يتوعد بقتل الوحوش. مهما كان حاله الآن، فقد كان جورام في يوم من الأيام محارباً.

وكان يبدو كذلك. انحنى أكيفا؛ واستقام مع انجلاء البخار، ورأى أنهم في حمام، وأن جورام كان عارياً. كان الإمبراطور واقفاً على البلاط الساخن وقد علاه البخار، وقد تخضب لحمه من شدة الحرارة، وحوله جيش صغير من الخدم، يبدو أنه كان ضرورياً لتنظيف جسده الملكي. كانت فتاة تصب الماء فوق رأسه، وهو يغمض عينيه، بينما كانت أخرى جاثية على ركبتيها تغسله برغوة كثيفة كالكريمة المخفوقة.

تخيل أكيفا هذا اللقاء بطرق مختلفة، ولم يكن والده عارياً في أي منها. فكّر: لم يشك في شيء. لو كان كذلك، لكان قابلني مرتدياً ثيابه ومسلحاً. قال: "سيدي الإمبراطور. الشرف لي".

علّق جورام: "شرفنا، شرفك، ماذا نفعل بكل هذا الشرف الزائد؟".

قال صوت آخر: "يمكننا دائماً تعليقه على ويستواي". ولم يكن أكيفا بحاجة إلى رؤية ذلك الوجه المقطوع إلى نصفين ليعرف لمن كان ذلك الصوت.

كان جايل مستلقياً على مقعد الحمام المبلّط في وضع غير رسمي لا يجرؤ عليه سواه في حضور الإمبراطور. حسناً، كان ذلك مريحاً، إذ لم يكن من الممكن بالطبع أن يسمح لجايل بالعيش أكثر مما كان جورام يستطيع. لقد كان، لحسن الحظ، بكامل ملابسه. "لو كان هناك متسع على المشنقة"، قالها كمن يرثي، فارتفعت ضحكات خافتة في أوساط الآخرين المجتمعين هنا. ألقى أكيفا نظرة سريعة على وجوههم. لم يكن أحد منهم متكئاً مثل جايل، لكن الجميع بدوا مرتاحين بما فيه الكفاية بحيث اعتبر مجالس وقت الاستحمام هذه أمراً شائعاً.

نحت فم جورام ابتسامة على وجهه القاسي. قال: "يمكن دائماً إفساح المجال على المشنقة".

هل كان ذلك تهديداً؟ أكيفا لم يعتقد ذلك. جورام لم يكن ينظر إليه حتى؛ فقد أغمض عينيه ومال برأسه إلى الخلف ليستقبل المزيد من الماء من إبريق خادمته.

هز رأسه بشدة لينثر الماء، لكن حارسيه الشخصيين، نامايس وميسورياس، لم يتحركا حتى. كان الحارسان، الشقيقان، معروفين بأنهما مقاتلان لا يُستهان بهما، وهما كانا مصدر القلق الأول لأكيفا. كان هناك

أيضاً حراس السيوف الفضية، زوجان على طول الجدران المتقابلة: ثمانية من حراس السيوف المكسورة مع تكاثف البخار الذي يغطي دروعهم الفضية، وريش خوذاتهم يتلاشى في البخار. لكن أكيفا لم يكن قلقاً بشأنهم.

في الواقع، وبينما خرج والده من بركة الرغوة الضحلة، مبتعداً عن الفتيات اللواتي كن يغسلنه، باتجاه خادم يحمل رداءه، شعر أكيفا بأن قلقه يتبدد. قد لا يكون الحمام جزءاً من خطته، لكنه كان أفضل سيناريو ممكن: وجود قليل للحراس في مكان مغلق، وعدد محدود من الشهود، والأهم من كل شيء، غياب الشك.

لم يكن هناك أي تلميح للريبة في عيون الحاضرين.

كان ولي العهد، يافث، يجلس بلامبالاة، عيناه مفعمتان بالملل. بدا أنه في نفس عمر أكيفا تقريباً، بوجه جذاب لكنه فاقد للحياة، ينم عن ضعف داخلي. أكيفا كان يعلم أن يافث لن يكون الأفضل، لكنه سيكون أفضل من والده؛ وهذا كان ما يهم. بجانبه كان أور-ماغوس هيلاس، كبير السحرة عديمي الجدوى، الذي يُقال إنه مقرب من الإمبراطور. نظرته المليئة بالغرور كانت كافية لتؤكد لأكيفا أن سحره الخاص بقي طي الكتمان. أما باقي الوجوه، فكانت غريبة، لكنها تشترك في ذات التكبر.

أمره جورام: "دعني أرك".

أجاب أكيفا: "سيدي"، ووقف في مكانه بينما كان أبوه يقف أمامه ويتفحصه بتأمل. وكان قد ارتدى رداءه ولكنه لم يغلقه، وتمنى أكيفا لو أنه فعل ذلك. بدت حميمية غريبة أن يقتل رجلاً عارياً. كان جورام قريباً جداً إلى درجة أن أكيفا كان بإمكانه أن يمد يده ويضربه على عظم الصدر، أو يطعنه في قلبه. لقد راودته فكرة غير مرحب بها، وهي أن صدر أبيه المتخم بالبخار كان سينهار مثل زبدة طرية. كان مدركاً لدقات قلبه التي كانت تنبض في

توتر يده. أرادت يده وذراعه وجسده أن يسحب سيفه وينتهي الأمر هنا، ولكن عقله كان يضج بالأسئلة.

ما سبب هذا؟

وشيء آخر. فظيع ما حدث له. إذا لم يكتشف أكيفا الأمر الآن فلن يكتشفه أبداً.

كان يمسك بنظرات والده. أو ربما أمسكته نظرات أبيه. كانت عينا جورام تشبهان عيني ليراز وهازايل: زرقاوان مائلتان عند الزوايا الخارجية، ومكتنزتان بلون ذهبي. ولكن على عكس عينيهما، كانت عينا أبيهما خاليتين من أي أثر للروح. كانت نظراته مشينة؛ كان يقال إن المرء يرى فيها موت نفسه، أو على الأقل عدم قيمة حياته. لقد جعلت السيرافيم يجثون على ركبهم؛ وقيل إن غير المستحقين كانوا يفتحون حناجرهم من الرعب والخزي.

وقد رأى أكيفا الموت في عيني الإمبراطور، وليس في عينيه.

شعر بغصة في حلقه. كان يعرف ما هي: كانت عاطفة، لكن... من أجل ماذا؟ ليس من أجل جورام، ليس ندماً على ما كان سيفعله. هل كان من أجل المرأة التي لا وجه لها، بل من أجل المرأة المنسية التي أعطته عينيها النمريتين ووقفت جانباً بينما كان الحراس يأخذونه؟ أم... من أجل الوجه الفضي الذي رآه في ذلك اليوم، صغيراً ومرعوباً وينعكس مراراً وتكراراً في صفائح سيقان السيوف الفضية. من أجل نفسه. من أجل كل ما فقده وكل ما لم يكن لديه ولن يكون لديه أبداً.

قال جورام أخيراً: "نعم، ستفعل. من حسن الحظ، بعد كل شيء، أنني تركتك على قيد الحياة. لو كنت قد قتلتك، فمن كنت سأرسل إليهم؟".

أرسل إليهم.

"قد يختارون قتلكَ؛ فَماذا أَعْرِفُ عن الستيليين؟ عليك أن تودعهم تحسباً لأي شيء".

تحدث جايل من الجانب الآخر من الغرفة. "من سوء حظ الجنود أن يقولوا وداعاً يا أخي. هل نسيت؟ إنه يغري القدر".

أدار جورام عينيه مبتعداً عن أكيفا. "إذاً لا تقلها. ما الذي يهمني؟". ابتعد عن متناول اليد؛ كان نامايس وميسورياس هناك. لقد ترك أكيفا الفرصة تضيع. ستكون هناك فرصة أخرى. كان سيصنع أخرى. "كن مستعداً للذهاب في الصباح". لم يرمق جورام هازايل وليراز بنظرة إلى الوراء؛ وإذا كان قد لاحظ الشبه بينهما وبين نفسه، فإنه لم يعط أي إشارة. "وحدك".

سأل أكيفا: "إلى أين يا سيدي؟". كان قد وضع خططه للصباح بالطبع - أن يختفي دون أن يترك أثراً - ولكن خيطاً غامضاً كان هنا ينتظره أن يمسك به. والدته.

"إلى الجزر البعيدة، بالطبع. يعتقد الستيليون أن لدي شيئاً يخصهم، ويريدون استعادته. جايل، سوف تتذكر. أنا لا أهتم أبداً بأسمائهم. ماذا كان اسمها؟".

قال جايل: "أنا أتذكر. كانت تدعى فيستيفال".

فيستيفال.

"فيستيفال. اسم كهذا وكنت تتوقع أن تكون مرحة". هز جورام رأسه. "هل يمكنهم أن يتخيلوا أنني احتفظت بها كل هذا الوقت؟".

فيستيفال. الاسم، كان مثل المفتاح في القفل. الصور. العطر. اللمس. وجهها. للحظة تذكر أكيفا وجه أمه. صوتها كان ذلك منذ وقت طويل – منذ عقود - كانت شظايا فقط، لكن التأثير كان فورياً: كان تركيزاً ووضوحاً، مثل الضوء المنبعث من شعاع.

كان التأثير هو سيريثار.

كان أكيفا يعتقد أنه يعرف سيريثار. لقد كان جزءاً من تدريبه؛ فقد كان يقوم بكاتا الفجر لسنوات، باحثاً عن مركز الهدوء في نفسه؛ كان بعيد المنال، لكنه كان يعتقد أنه يعرف ما هو. كان هذا مختلفاً. كان هذا حقيقياً وفورياً ولا يمحى. لا عجب أنه لم يفهم ذلك؛ ولا شك أن أياً من مدربيه لم يحقق ذلك أيضاً.

كان سحراً.

لم يكن هذا السحر الذي اكتشفه بنفسه، ذاك السحر الذي نسجه من خلال تخمينات مؤلمة وتجارب قاسية. كان وكأنه قضى عمره كله منحنياً على الأرض، يخدش سطحها بحثاً عن أي بقايا، فقط ليكتشف الآن، في هذه اللحظة، أنه لم يكن ينظر إلى الأعلى يوماً ليرى السماء الشاسعة وآفاقها اللامتناهية وأعماقها التي لا تُسبر. أياً كان مصدر هذه القوة، لم يكن الألم هو المفتاح. بل على العكس، الألم الذي كان يخنقه قد تبخر.

ما هذا؟ النور يتدفق داخله، شعور بالخفة، خفة تكاد ترفعه عن الأرض، وهدوء عميق يغمره، كأن الزمن نفسه قد تباطأ حوله. كل شيء صار يتوهج بوضوح: فكّ يافث المتشنج وهو يحاول كبح تثاؤب، تلك النظرة المتبادلة بين هيلاس وجايل، نبض الشريان في عنق جورام الذي يقف أمامه. حرارة الأنفاس، حفيف الأجنحة، كل حركة باتت كضربة فرشاة على لوحة الهواء من حوله، كل حركة محسوبة ومدروسة.

أحسّ بالحركة قبل حدوثها. كان يعرف أن الخادمة كانت ستنهض قبل أن تفعل هي ذلك: تحرك نورها أمامها، وبدا أنها تتبعه. كانت يدا جورام في طريقها للارتفاع، وتوقع أكيفا ذلك ثم رفعهما. وفي النهاية أغلق الإمبراطور رداءه وربط وشاحه. كان لا يزال يتكلم، وكل كلمة كانت واضحة وحقيقية

كحجر النهر. وأدرك أكيفا أن ما سمعه في هذه الحالة سيكون محفوظاً تماماً في الذاكرة.

أنه لن ينسى أبداً كلمات والده الأخيرة.

وأنه كان يعرف ما ستكون كلماته الأخيرة.

"ستذهب إليهم"، قالها جورام بيقين منفصل عن الاستبداد المطلق. أدرك أكيفا أنه لم يكن بحاجة إلى أن يخشى أبداً أن يكون مشتبهاً به. فقد كان جورام منتفخاً بأسطورته الخاصة إلى درجة أنه لم يخطر بباله أنه قد يعصى. "أرهم من أنت. إذا استمعوا إليك، أعطهم وعدي. إذا استسلموا الآن وسلموا سحرتهم، فلن أفعل بهم كما فعلت بالوحوش. إن الستيليين يبلون بلاءً حسناً بما فيه الكفاية في اصطياد المبعوثين إلى الحياة من الهواء، ولكن ماذا سيفعلون ضد خمسة آلاف من المهيمنين؟ هل لديهم حتى جيش؟ هل يظنون أن بإمكانهم إبعادي بهذه السهولة؟".

أنت لا تدرك حتى مدى بُعدهم عنك، ومدى تفوقهم عليك. جزء من أكيفا كان يرغب في الاستدارة، في الالتفاف حول نفسه والتحديق في الأنهار النورانية التي تتدفق عبر الزجاج الشفاف للسيف، ليرفع يديه ويتأملهما وكأنهما قد صيغتا من جديد، وكأن كيانه كله قد أعيد تشكيله، وأصبح كائناً جديداً تماماً، مصنوعاً من ذات النور.

نور يغلفه اللهب.

صوت، من الماضي البعيد. "أنت لست ملكه". لقد كان صوتها، صوتها الرنّان المهتز، ذو نبرة رنانة ومليء بالقوة. كان ذلك اليوم "أنت لست ملكي. أنت ملك نفسك". لم تبكِ، فيستيفال. لم تحاول أن تتمسك به أو تتصارع مع الحراس، ولم تودعه. الوداع يغري القدر، كما قال جايل.

هل كانت تعتقد أنها قد تراه مرة أخرى؟

"هل قتلتها؟".

سمع نفسه وهو يطرح السؤال، فانتبه إلى أشياء كثيرة في آن واحد: السكون المفاجئ الذي ساد المجلس؛ ويدا نامايس وميسورياس على مقابضهما؛ ووهج الاهتمام من يافث الذي فقد رغبته في التثاؤب. ومن خلفه، لم يكن عليه حتى أن يرى هازايل وليراز ليعرف أن عضلاتهما قد استرخت في حالة استعداد؛ كان يعرف أن ليراز كانت تبتسم بالفعل ابتسامتها الحربية المقلقة. "هل قتلتَ أمي؟".

ورأى عيني والده غير متفاجئتين ومليئتين بالازدراء.

"ليس لديك أم. كما ليس لديك أب. أنت حلقة في سلسلة. أنت يد تضرب بالسيف. جسد يلبس درعاً. هل نسيت كل تدريبك أيها الجندي؟ أنت سلاح. أنت شيء".

كانت تلك هي الكلمات.

سمع أكيفا أصداؤها تتردد في وميض السيريثار. كان يعلم بالفعل أنها كانت آخر كلمات جورام.

وهكذا استل سيفه اللامع وسحبه من غمده. وكان يتحرك في مجرى الزمن، وكان ذلك قبل أن يستشعر الشهود صدمتهم. بدأ نامايس وميسورياس في التحرك، لكنهما كانا في حالة أخرى من الوجود.

كان أكيفا ناراً محجوبة بالنور. لم يستطيعا أن يأملا في إيقافه. لقد عبر الفضاء إلى الإمبراطور في الوقت الذي استغرقه غمضة من المفاجأة لتخترق عينيه الباردتين.

كيف لم يتمكن من رؤية التغيير الذي طرأ عليّ؟ تساءل أكيفا، ومرر نصله من خلال حرير رداء أبيه إلى قلبه.

# 69

# خدش

كانت باست هي من جاءت تخدش نافذة كارو. كان مصراعا النافذة
مثبتين بأقفالهما النحاسية الطويلة، وعلى الجهة الأخرى من الغرفة، كانت
ألواح ميك مغروسة بعمق في ثقوبها الأرضية، وقد انحشرت أسفل المقابض
والمفصلات. الباب والنافذة كانا محكمَي الإغلاق، وإيسا وكارو كانتا في
الداخل، قلقتين. كارو تجوب الغرفة ذهاباً وإياباً بخطوات متثاقلة، في حين
أن ذيل إيسا كان يرتعش. كانتا تنتظران حدوث شيء ما.

ثم حدث ذلك الشيء. خدش على المصاريع، همس أجش. "كارو، كارو،
افتحي النافذة". تراجعت كارو بحذر. "من هناك؟".

"إنه أنا، باست. أنا في نوبة الحراسة، لا ينبغي أن أكون هنا".

"لماذا أتيتِ؟". اشتعلت كارو غضباً. إذا كانت باست قد جاءت عبر
الفناء هذا الصباح، فربما جاء آخرون أيضاً. وماذا لو فعلوا؟ لم تكن كارو
تعرف حتى ماذا كانت ستفعل. كانت خارجة عن شعورها إلى درجة أنها
أرادت أن تنكمش وتبكي. أوه، بريمستون، هل كنت تعتقد حقاً أنه يمكنني

فعل هذا؟ حسناً، لم يكن يعرف أن الذئب سيعيش خلال الحرب ليحبطها في كل مرة، أليس كذلك؟

"إنه... إنه الذئب". جاء الرد المرتعش من باست، وشعرت كارو وكأن الهواء قد انسحب فجأة من الغرفة. ها هي اللحظة التي كانت تخشاها، لحظة انهيار كل شيء. ماذا فعل هذه المرة؟ "لقد أخذ أمزالاغ والسفينكس. رأيتهم من البرج".

أخذهم؟ تبادلت كارو نظرة سريعة وقلقة مع إيسا. ثم قفزت نحو النافذة وفتحتها بعنف. كانت باست متشبثة بالحافة الضيقة، جناحاها مفتوحان نصف فتحة، يهتزان بخفة لتحافظ على توازنها على هذا المكان الضيق.

سألت كارو: "إلى أين أخذهم؟". همست باست مذهولة: "إلى الحفرة".

بعد ذلك كانت كارو تتساءل عما إذا كانت باست دمية ثياغو أو متآمرة معه، لكنها في تلك اللحظة لم تشك في أمرها. بدا رعبها حقيقياً، وربما كان كذلك. ربما كانت تفكر كيف كان من الممكن أن تكون هي من تُساق إلى ذلك المصير، مع مدى اقترابها من الانحياز إلى جانب كارو. وربما - على الأرجح - كانت تفكر في أنها ارتكبت خطأ لن تعيد ارتكابه مرة أخرى.

لا أحد يقف ضد الذئب. وبيدين مرتجفتين، أعادت كارو ربط السكين إلى حزامها، وشعرت بتحسن مع ثقل سكاكينها الهلالية على وركيها. كانت النافذة مفتوحة أمامها. كانت إيسا إلى جانبها، لكنها لم تستطع الدخول من خلالها معها. التفتت كارو إليها.

"سأتبعك يا فتاتي الجميلة". حرّكت إيسا الباب، وتموجت حراشفها. "اذهبي، سأكون خلفك مباشرة".

وذهبت كارو بالفعل، في الظلام. كانت قد ابتعدت بالفعل وتجاوزت السور عندما سحبت إيسا الألواح الخشبية ووضعتها جانباً. وفتحت الباب.

وأصبحت وجهاً لوجه مع تين.

# 70

# يحيا الإمبراطور

سقط الإمبراطور على ركبتيه، وانطفأت الحياة من عينيه؛ اختفى الحقد الذي كان يتلألأ فيهما بينما تسربت الحياة حمراء من صدره. لم يتحرك أحد ليمسك به، فتداعى إلى الأمام وسقط في القناة الضحلة للحمام، وأزهر الماء والرغوة بلون وردي.

صرخت الخادمة.

تحرك كل من نامايس وميسورياس، لكن أكيفا تصدى لضرباتهما، ولم يكن هناك شيء أسهل من ذلك.

شعر بالحراس وهم يهبطون من مواقعهم على الجدران، وكانت الصدمة قد جعلتهم أبطأ. أحدهم تعثر بكُمّ ردائه أثناء محاولته الوصول إلى سيفه، وشتم. وكشخص واحد، سحب كل من هازايل وليراز سيوفهما. ربما اعتقد حراس السيوف الفضية أن لهم الأفضلية من حيث العدد فقط - ثمانية مقابل اثنين - ولكن عند أول تقاطع للنصال تبخرت ثقتهم. لم يكن هذا تمريناً على التصدّي والطعن كما اعتادوا عليه، ولم يكن هناك رنين لطيف

للسيوف الفضية. كان هازايل وليراز يستخدمان سيوفهما الطويلة بأيديهما، وكانت ضرباتهما قوية كما لو أنها مزقت دروع وجلود عدد لا يحصى من العائدين من الموت. عقود من المعركة، وأيديهما سوداء بحصيلتهما الرهيبة، وهجومهما يباغت الحراس كقوة الطبيعة.

لم يكونا اثنين يقاتلان ثمانية. بل كانا اثنين يقطعان ثمانية. وبقدر ما كانت ليراز خفيفة، خلعت ضربتها الأولى كتف الحارس الذي صدها. أعقبها صراخه من الألم عندما طار سيفه من يده؛ لم تقضِ عليه بينما كان يترنح إلى الخلف، بل اندفعت نحو حارس آخر بركلة خاطفة منخفضة إلى ركبته أطاحت به. اصطدم بكعبي رفيقه فسقط هو الآخر أرضاً.

قطعت الضربة الأولى لهازايل سيف خصمه تاركاً الحارس ممسكاً ببقايا سيف فضي جميل.

حدث كل هذا خلال لحظة وامضة - حيث كان غير الشرعيين يعلّمون حراس السيوف الفضية المختالين الفرق الجوهري بين الحارس والجندي - واتسعت عيون الحراس في فهم الأمر. تغيرت وضعية الخمسة الباقين من وضعية التهديد والثقة إلى وضعية دفاعية. وبعد أن أعادوا ضبط قبضاتهم، شكلوا دائرة فضفاضة حول غير الشرعيين، وكان من السهل تفسير وابل نظراتهم المتبادلة بين بعضهم البعض:

انطلق، هاجمهم.

هاجمهم أنت.

لم يكن عليهم أن يقلقوا. ليراز وهازيل لم ينتظرا. الانتظار أعطى العدو وقتاً للتفكير. هما لم يحتاجا التفكير أكثر من سيوفهما. هاجما. كانا من نيثيلام. كان الصليل يصم الآذان، وأثبت لقب السيوف المكسورة أنه في محله، حيث تحطمت أسلحة الحراس الوامضة الهشة عند ارتطامها بالحديد. في الجانب الآخر من الغرفة، انحنى أحد المستشارين المجهولين

في الوقت المناسب بينما كانت شظية متطايرة من السيف الفضي تنغرس في الحائط حيث كان رأسه قبل ثوانٍ.

كان عناصر السيوف المكسورة جميعهم مجردين من السلاح، مصابين بجروح طفيفة، وعندما حاول أحدهم ببطء استلال السيف، لم يكن على ليراز إلا أن تبتسم ابتسامة عريضة وتهز رأسها، فتوقف كطفل مذنب.

قالت لهم: "قفوا هناك فحسب. أظهروا لنا مهارتكم العظيمة في الوقوف هناك، وسوف تكونون بخير".

أما الآخرون فقد وقفوا ضمن مساحة كبيرة جداً، بأجسادهم الضخمة وتدريبهم الضعيف. لم تكن حياتهم في خطر من قبل، ولو أراد ليراز وهازايل قتلهم لوجدا الأمر سهلاً للغاية. لكنهما لم يرغبا في قتلهم. وبالكاد كانا قد سالت دماؤهم. كان جورام الهدف الوحيد، وكان يرقد ميتاً بلا حراسة في المياه الضحلة التي تحول لونها الآن من الوردي إلى الأحمر. كان جايل هو الهدف التالي.

ولكن جايل كان قد اختفى.

قالت ليراز: "أكيفا. جايل".

كان أكيفا يعرف بالفعل. احتل غير الشرعيين الثلاثة مركز الغرفة. كان المكان هادئاً. ربما مرت دقيقتان منذ أن اخترق نصل أكيفا قلب والده. كان قد جرد نامايس وميسورياس من سلاحهما - كانا قد قاتلا بشكل أفضل، ولكن ليس بشكل جيد بما فيه الكفاية - وأفقدهما الوعي بمقبض سيفه ليحول دون أي بطولات قد تجبره على قتلهما. سقط أحدهما على وجهه، وفي اللحظة التي استغرقها أكيفا ليقلبه بقدمه ويمنعه من الغرق في الماء الأحمر الضحل، كان جايل قد اختفى.

إلى أين؟ إذا كان قد هرب من باب سري، فقد فشل في اصطحاب ابن أخيه معه. ألقى أكيفا نظرة طويلة وثابتة على ولي العهد.

كان يافث قد سحب إحدى الفتيات الخادمات في مواجهته كدرع حي. كانت متجمدة، مسنودة إلى صدره، وقد علقت ضفيرتها الطويلة في قبضته حيث كان يمكن لرجل أشجع أن يمسك بسيف.

وهذا هو الإمبراطور الجديد. فكر أكيفا.

أينما ذهب جايل، فعليه الآن أن يرفع الصرخة. استعد أكيفا للرد الذي يجب أن يأتي. وفوجئ بأنه لم يأت بالفعل، فقد كان يتوقع أن يسمع الحراس عند بوابة سامخ رنين الشفرات ويهرعوا، وكان عليه هو وهازايل وليراز أن يختفوا داخل أجنحتهم ليشقوا طريقهم تحت غطاء الفوضى.

ومع ذلك، لم تكن هناك فوضى.

ربما، فكر، لا ينتقل الصوت بشكل جيد عبر كل هذه الجدران الزجاجية المتشابكة. في هذا الهدوء المخيف، غادر أكيفا حالة السيريثار الجديدة، وكأنه شيء جاء وذهب من تلقاء نفسه، وسلبت حواسه من نطاقها الجديد. في هذه العتمة والضياع، استطلع الغرفة. وجلس مجموعة المتملقين في مكانهم مذهولين، وقد التقمت أفواههم الهواء الرطب. كانت عيناه تتجولان فوقهم. كان هيلاس قد فقد تعجرفه.

وكان هناك يافث، ممسكاً بالخادمة. افترض أكيفا أن هذا المشهد لا ينبغي أن يفاجئه، لكن سماع المرء بأنه جبان شيء، ورؤية ذلك بشكل واضح شيء آخر. لكن ماذا يفعل الآن؟

كان لا بد أن يتضح الهدف من وجودهم هنا اليوم. كان اغتيال داعية حرب، وليس تمرداً ضد الإمبراطورية بأكملها، وليس سعياً للاستحواذ على السلطة لأنفسهم.

لذا، ممسكاً بنظرات ولي العهد، نطق أكيفا بكلمات التنصيب. "مات الإمبراطور. عاش الإمبراطور". وفي جو من حرارة البخار والصدمة

كان صوته ثقيلاً ووقوراً. وعقد ذراعه على صدره ضاغطاً مقبض سيفه على قلبه، وأومأ إلى يافث إيماءة صغيرة. ومن خلفه فعل هازايل وليراز الشيء نفسه.

تحول رعب يافث إلى ارتباك. وألقى بنظره جانباً متطلعاً إلى المجلس طلباً للتفسير وكأن هذا الاحتمال لم يخطر في باله قط. استغلت فتاة الحمام ارتباكه واندفعت إلى الباب مثل مخلوق تحرر من الفخ. تركها أكيفا تذهب. انفتح الباب بقوة بينما كانت تندفع من خلاله، وفكر في أن الحراس لا بد أن يأتوا الآن حتماً إلى الغرفة.

ومع ذلك لم يفعلوا.

جثا يافث على ركبتيه وبدأ يزحف ببطء إلى الوراء وهو يرتجف بعد أن حُرم من درعه الحي.

التفت أكيفا بعيداً وهو يشعر بالاشمئزاز. "لقد انتهينا هنا"، قال لأخيه وأخته. مهما كان ما يجري خارج هذا الحمام، لم يكن من الممكن الانتظار أكثر من ذلك. كان من الأسهل أن يذهبوا مع الفوضى للاحتماء - عشر بوابات مفتوحة بينما يهرع حراسهم للرد - لكنهم سيكتفون بذلك، وسيقاتلون إذا اضطروا. كان مستعداً للذهاب، ليضع أستراي وخيانته خلفه.

لقد نجح في الوصول إلى الباب.

لم يكن حراس السيوف الفضية، بأحذيتهم الثقيلة العاجزة ونصالهم الجميلة عديمة الفائدة، هي التي أجبرته على التراجع.

لقد كان الدومينيون.

لم يكونوا حراساً بل جنوداً: مستعدين وهادئين وكثيرين، عشرين، بل أكثر. إنهم يحتشدون في الغرفة لكنهم لم يجلبوا معهم أي فوضى،

ولا موجة من الهروب السهل. فقط وجوه متجهمة وسيوف ملطخة بالدماء بالفعل.

دماء من؟

و... جلبوا معهم شيئاً آخر، شيئاً غير متوقع تماماً، وعند أول لمسة من تلك الموجة من الغثيان المنهك والمألوف جداً، فهم أكيفا.

وبينما كان الجنود يحيطون به وبأخيه وأخته في دائرة ضيقة حوله، وحول السيوف المكسورة المجردة من السلاح وجثة الإمبراطور، كانوا يحملون أمامهم غنائم مروعة... غنائم... وعلم أن كل هذا كان مدبراً. لقد لعب دوراً كتبه له جايل، وقد أداه بإتقان.

كانت أيدي الدومينيون ممدودة.

يحملون أيادي جافة ومقطوعة وموسومة بعيون الشيطان. أيادٍ مستأصلة، قوية كما كانت في أي وقت مضى عندما كان أصحابها الحقيقيون هم المتمردون من الكيميرا الذين قتلوهم وأحرقوهم في الهينترموست.

شعر أكيفا بهجوم السحر كما لو أنه دخل في مجرى دمه وخثره من الداخل. حاول الصمود ضده، لكن لم يكن ذلك جيداً. بدأ يرتجف ولم يستطع التوقف.

سمع المستشارين يتمتمون "شكراً لنجوم الآلهة. لقد نجونا". حمقى. ألم يتساءلوا بعد عما يفعله الدومينيون داخل برج الفتح؟

كان قائدهم معهم. قال: "يا ابن أخي".

للحظة ظن أكيفا أن جايل كان يخاطبه، لكنه كان ينظر إلى يافث. قال: "اسمح لي أن أكون أول من يقدم التهاني". كان محمراً - من الحر، من الخوف، وكانت ندبته علامة بيضاء طويلة. وانتقل إلى يافث الذي ظل

جاثياً على ركبتيه، وقال له: "هذه ليست وضعية لقاء حاكم إمبراطورية السيرافيم. انهض".

مدَّ يده.

لقد فهم أكيفا ما كان سيحدث، ولكن الشعور بالغثيان الذي ولدته الهامسات التقى مع البلادة التي نزلت عليه في أعقاب سيريثار ولم يستطع أن يفعل شيئاً لإيقافها.

ومد يافث يده إلى يد عمه فأخذها جايل ولكنه لم يرفع ابن أخيه على قدميه. لقد استدار خلفه.

أطلق يافث شهقة من الألم عندما سحق جايل يد الأمير الناعمة في قبضة سيفه ومنعه من النهوض. بريق معدني، ورعشة في الذراع، وانتهى الأمر في غضون ثانية: سحب جايل خنجره على عنق ابن أخيه وظهر خط أحمر رفيع هناك.

اتسعت عينا يافث وتقلبتا. وفغر فمه ولم يخرج منه أي صوت سوى الغرغرة. أصبح الخط الأحمر أقل نحافة. أصبح التنقيط نهراً متدفقاً، ونافورة مندفعة.

قال جايل: "لقد مات الإمبراطور"، قبل أن يصبح ذلك صحيحاً تماماً. ابتسم ومسح نصله على كم يافث قبل أن يسقطه بدفعة أرسلت جسده لينضم إلى جسد جورام في الماء الأحمر. "عاش الإمبراطور".

شعر أكيفا بالذهول مثلما شعر المستشارون.

أما بالنسبة إلى جايل، فقد بدا مسروراً للغاية. التفت إلى أكيفا وقام بانحناءة ساخرة. قال: "شكراً لك. كنت آمل أن تفعل ذلك".

ومن هناك، سارت السيناريوهات الأفضل التي توقعها أكيفا على نحو خاطئ تماماً.

# 71

## الحفرة

وبحلول الوقت الذي وصلت فيه كارو إلى الحفرة، كان كل شيء قد انتهى بالفعل.

أمزالاغ، تانغريس، باشيس. استلقوا موتى في ضوء النجوم، ووقف ثياغو بجانب جثثهم هادئاً متلألئاً بكل بياضه منتظراً. منتظراً إياها.

وقف الآخرون في نصف دائرة فضفاضة، وكان ينبغي لكارو أن تلقي نظرة واحدة على المشهد، وتدور في الهواء، وتهرب عائدة إلى غرفتها المشكوك في أمانها. لكنها لم تستطع، ليس مع تلك الجثث الملقاة هناك، أمزالاغ والسفينكس، وحناجرهم المذبوحة لا تزال تضخ الدماء في الحفرة وأرواحهم مثبتة بخيوط ضعيفة. لأنهم وقفوا إلى جانبها.

أكان هذا هو الثمن؟ لن يكون لها حليف آخر إذا تركت هذا الأمر على حاله، فقد تتخلى عن قضية الكيميرا هنا والآن.

أصيبت بالدوار من شدة الاشمئزاز والغضب عندما سقطت أرضاً، وهبطت بشدة أمام الذئب.

كان الدم المتناثر على صدره وكميه يبدو أسود في الليل. وخلفه: تلال من التراب من حفر الحفرة؛ صف من المجارف منتصبة كأوتاد السياج؛ كانت كارو تسمع صوت طنين منخفض، وكأنه كان صوت محرك بعيد، ولكنها أدركت أنه الذباب. أسفل في الظلام. أمضت لحظة وهي تتأمل المشهد الرهيب قبل أن تجد صوتها. قالت وهي تختنق: "وهنا يقف بطل الكيميرا العظيم، قاتل جنوده".

أجاب: "لم يكونوا جنودي على ما يبدو. لقد أخطؤوا". والتفت إلى جثة أمزالاغ. كانت ملقاة على حافة الحفرة. ثبّت ثياغو نفسه واندفع بقدم ذئب بمخلب واحد من مخالبه، ثم دفعها بقوة حتى تدحرجت الجثة. كان يجب أن يزن خمسمائة رطل، ولكن بمجرد أن تجاوز الكتفان الحافة تدحرجت الجثة رغم ضخامتهما على الحافة. كانت بطيئة، بطيئة جداً... ثم فجأة، انقلب جسد أمزلاج إلى الحفرة واختفى في تلك الظلمة الكريهة.

وفعل ليسيث الشيء نفسه بأجسام السفينكس التي كانت أخف بكثير، ولم يكن هناك صوت تقريباً، كما لو كان الهبوط ناعماً - ولم تكن كارو تعرف، ولم ترد أن تتصور ما الذي كان يخفف من صوت هبوطها - ولكن الرائحة النتنة ارتفعت، والذباب، الذباب بالمئات.

ارتفع صوت الذباب في طنين مزعج وبدا أنهم يحملون العفن معهم. تراجعت إلى الوراء وهي تقاوم رد فعلها المنعكس. كادت أن تشعر بالهواء في فمها، غليظاً وخانقاً، دخاناً وسائلاً. ترنحت إلى الوراء ونظرت بذهول إلى ثياغو.

قالت: "ليسوا جميعاً وحوشاً مثلكَ، مثل بقية مجموعتك".

تفحصت القادة المجتمعين حولهم – نيسك، ليسيث، فيركو، رارك، سارساغون – والتقت عيونهم بعينيها، بلا تعبير عن خجل باستثناء فيركو، الذي نظر إلى الأسفل عندما نظرت إليه.

قال ثياغو: "وحوش، نعم، نحن وحوش. سأمنح الملائكة "وحوشهم". سأمنحهم كوابيس تطاردهم في أحلامهم لفترة طويلة بعد رحيلي".

قالت غاضبة: "هل هذا كل شيء إذاً؟ هذا هو هدفك، أن تترك إرثاً من الكوابيس عندما تموت؟ لمَ لا؟ لماذا لا يكون كل شيء عنك؟ الذئب الأبيض العظيم، قاتل الملائكة، منقذ لا أحد".

ضحك، وقال: "منقذ. هل هذا ما تريدين أن تكونيه؟ يا له من هدف نبيل بالنسبة إلى خائنة".

"لم أكن خائنة أبداً. إذا كان هناك من هو خائن فهو أنت. كل ما حدث اليوم بشأن التنقيب في الكاتدرائية؟ هل كانت كلها أكاذيب؟".

"كارو، ما رأيك؟ ماذا سنفعل بتلك الآلاف من الأرواح؟ بالكاد يمكن لباعثة الأرواح لدينا أن تبني جيشاً".

مثل هذا الازدراء في صوته، بدا صوت كارو مساوياً له. "نعم، حسناً، لقد انتهيت من بناء جيشك، لذا سأحتاج إلى شيء يشغلني". كانت على وشك أن تبصق الآن ورأسها مليء بضجيج الغضب العارم. كانت ستحصل على روح أمزالاغ وروح السفينكس أيضاً. لم يكن أمزالاغ قد عاش ليحظى بأمل رؤية عائلته فقط ليموت الآن.

"انتهيتِ، أليس كذلك؟". ابتسم ثياغو. القاتل، المعذّب، المتوحش، وكان في أفضل حالاته. "هل تعتقدين حقاً أن هذه لعبة يمكنك الفوز فيها؟" هز رأسه. "كارو، كارو. اسمك يسليني. ذلك الأحمق بريمستون. لقد سمّاك الأمل لأنك ضاجعت ملاكاً؟ كان عليه أن يسميك شهوة. كان يجب أن يسميك عاهرة".

لم تكن هناك إهانة في الكلمة. لا شيء مما قاله ثياغو يمكن أن يجرحها. وهي تنظر إليه الآن، كانت بالكاد تستطيع أن تفهم كيف سمحت لنفسها أن تنقاد له كل هذه المدة، تنفذ أوامره، وتصنع الوحوش لتضمن له إرثه

الكابوسي. لقد فكرت في أكيفا، وفي الليلة التي جاءها فيها عند النهر، وفي الألم الساحق والخزي في وجهه، وفي الحب، لا يزال الحب - الحزن والحب والأمل - وتذكرت ليلة حفلة أمير الحرب، وكيف أن أكيفا كان دائماً محقاً في مقابل ثياغو المخطئ، وحاراً في مقابل برودة الذئب، وآمناً في مقابل خطر هذا الوحش.

رمقت ثياغو بنظرة حادة وقالت بهدوء وبرودة أعصاب: "ما زال الأمر يؤلمك، أليس كذلك؟ أنني فضلته عليك؟ أتريد أن تعرف شيئاً؟" الحب هو عنصر. "لم تكن منافسه". همسَتْ بالكلمات الأخيرة، فانتفضتْ نوبة من الغضب على وجه ثياغو البارد المتماسك. ذلك الوعاء الجميل الذي صنعه بريمستون؛ كان يخفي في داخله شيئاً أسود قاتلاً.

"اتركونا". تحدث من بين أسنانه المصطكة، وكان الآخرون يهزّون أجنحتهم ليطيعوا قبل أن يتسنى لكارو لحظة واحدة لتندم على كلماتها. مع صوت الأجنحة وهبوب ضرباتها الخلفية القوية المثيرة للغبار، وأبخرة العفن المتصاعدة، ولسعة التراب على ذراعيها العاريين، ووجهها، شعرت بارتعاش شبح جناحيها اللذين كانا موجودين في يوم من الأيام، كان دافعها للفرار عميقاً جداً. مثل ليلة حفلة أمير الحرب، عندما رقصت مع ثياغو وفي كل ثانية كان جناحاها يتلهفان ليحملاها بعيداً عنه.

ابتعدي، ابتعدي. ابتعدي عنه. جهزت نفسها للقفز، ولكن قبل أن تتمكن من مغادرة الأرض، تحرك ثياغو. بسرعة ومضت يده، وشدها حول ذراعها - كانت كدماتها تصرخ - وأمسكها بقوة.

"هذا يزعجني يا كارو. هل هذا ما تريدين سماعه؟ أنك أهنتني؟ لقد عاقبتكِ على ذلك، لكن العقاب كان... غير مرضٍ. كان غير شخصي. حاميك بريمستون حرص على ألا أكون بمفردي معك أبداً. هل كنتِ تعلمين ذلك؟ إنه ليس هنا الآن، أليس كذلك؟".

نظرت كارو إلى الجنود المغادرين بعد أن وقعت في قبضته. ولم ينظر إلى الوراء سوى فيركو. إلا أنه لم يتوقف، وسرعان ما لفه الظلام، واختفى مع الآخرين، وتلاشت خفقات الأجنحة، وانقشع الغبار، وبقيت كارو وحيدة مع ثياغو.

كانت يده على ذراعها كالملزمة؛ كانت كارو تعرف كيف صنع بريمستون أجساد الذئب. كانت تعرف قوته ولم تكن تأمل في أن تكسر قبضته.

"دعني أذهب".

"ألم أكن لطيفاً؟ ألم أكن رحيماً؟ ظننت أن هذا ما أردته. ظننت أنها ستكون أفضل طريقة معك. التودد واللطف، لكنني أرى أنني كنت مخطئاً. وهل تريدين أن تعرفي؟ أنا سعيد. هناك وسائل أخرى للإقناع".

وفجأة أصبحت يده الحرة على خصرها وامتدت تحت حافة قميصها لتلتصق بجلدها العاري. امتدت يدها الحرة إلى النصل الهلالي المغمد في فخذها، لكن ثياغو أبعدها واستولى على السلاح بنفسه وقذف به في الحفرة. وما هي إلا ثوانٍ فقط حتى قذف بالنصل الآخر، وكانت كارو تصارع دون جدوى في كفاحها للتحرر منه.

حدث كل شيء بسرعة، وسقطت على الأرض، واصطدمت بالحصى بقوة إلى درجة أن رؤيتها أصبحت مظلمة وانقطعت أنفاسها. كانت تلهث وكان ثياغو فوقها، ثقيلاً وقوياً جداً، وكانت الفكرة العديمة الفائدة التي تدور في ذهنها هي: لا يستطيع، لا يستطيع أن يؤذيني، إنه يحتاجني، وكان يضحك طوال الوقت.

يضحك. أنفاسه على وجهها، فأدارت وجهها عنه وهي تجاهد، وكل عضلة من عضلاتها تقاومه، وكل نفس تطلقه كان مشبعاً برائحة الحفرة النتنة كانت قوية أيضاً. كان جسدها من صنع بريمستون مثل جسده، ولم تكن قوتها فارغة أيضاً، فقد تدربت طوال حياتها. لقد حررت ذراعها ولفّت جسدها

ووضعت كتفها بينهما، ثم رفعت ركبتها وألقته من فوقها، وتدحرجت بعيداً عندما جاء مندفعاً نحوها مباشرةً وكانت هي في الأعلى محاولة الهرب نحو السماء. عرقلها من الخلف فسقطت بقوة مرة أخرى. اصطدم وجهها بالأرض الصخرية هذه المرة والألم يتدفق من خلالها، وكانت مثبتة في مكانها، وكان وزنه ثقيلاً جداً على كتفيها، فلم تستطع أن تتماسك لتلقي به بعيداً، ثم كان صوته في أذنها - "عاهرة"، تنفس - وكانت أنفاسه ساخنة، وشفتاه على شحمة أذنها، ثم النقاط الحادة لأنيابه.

عضّها. مزّقها.

صرخت، لكنه ضرب رأسها بالصخور مرة أخرى، فاختنقت الصرخة.

لم تستطع رؤيته. كان يمسكها ووجهها نحو الأسفل نحو التراب والصخور، عندما شعرت بأصابعه ذات المخالب تحفر تحت حزام بنطالها الجينز وتشدها. لوهلةٍ من الزمن، أصبح عقلها فارغاً.

لا.

لا.

لم يكن صراخ صوتها.

كان صراخ عقلها، وكانت نفس الحلقة الغبية الغاضبة الحمقاء مرة أخرى: لا يستطيع، لا يستطيع.

لكنه يستطيع. لقد استطاع.

مع ذلك، بقي بنطالها الجينز مكانه رغم أنه سحبها بمقدار قدمٍ عبر الأرض، لتشعر بخدوش الصخور على خدّها. ثم أدارها مجدداً ليفكّ زرّ الجينز، وها هو فوقها، وكانت الابتسامة تضيء وجهه، ودمها على شفتيه، على أنيابه، يتقاطر إلى فمها، فتتذوقه. النجوم فوقه، وعندما ترك ذراعها ليحاول سحب جينزها، أمسكت أصابعها بحجر، وحطمت ابتسامته التي

على وجهه. أصدر أنيناً من الألم، لكن وجهه ظل كما هو. اختلط دمه بدمها على أنيابه، وعادت ابتسامته. وضحكته أيضاً. كانت فاحشة. كان فمه أحمر اللون وكان لا يزال فوقها.

صرخت: "لا!"، وشعرت وكأن الكلمة انتزعت من أعماق روحها.

قال: "لا تتصرفي ببراءة يا كارو. نحن جميعاً مجرد أوعية في النهاية". وعندما انتزع بنطالها الجينز هذه المرة علق بحذائها وتجمع حول رجليها. شعرت بالصخور تخدشها تحت جلدها العاري.

كان الصراخ في رأسها يصم الآذان وعديم الفائدة، عديم الفائدة، بينما كانت ركبته تنزل بين ركبتيها وتباعد بينهما. كانت زمجرته حيوانية خالصة، وقاومت كارو. قاومت. لم تكن ساكنة. كانت كل عضلة تتحرك، تعمل ضده. كانت أنامله المخلبية تمزق ذراعيها والصخور تمزق ظهرها وساقيها، لكن الألم كان بعيداً جداً. كانت تعرف أنها يجب ألا تستلقي ساكنة، يجب ألا تستلقي ساكنة أبداً.

حوَّل قبضته على ذراعيها فأمسك معصميها بيد واحدة - ليحرر اليد الأخرى، ليحرر يده الأخرى - ولكنها انفلتت من قبضته ومدت يدها إلى عينيه. أبعدهما في الوقت المناسب، فأخطأت يدها طريقها وحفرت أخاديد في خديه بدلاً من ذلك.

ضربها بظهر يده.

كانت تومض بعينها والنجوم تطفو. كانت تهز رأسها لتصفية ذهنها عندما تذكرت سكينها.

في حذائها.

بدا حذاؤها بعيداً جداً عن يديها. كان يمسك بمعصميها بإحكام، إلى درجة أنها كانت بالكاد تشعر بأصابعها، وعندما توقف وسحب نفسه مرة

أخرى ليتحسس ملابسه - لم تكن بيضاء جداً الآن، سمعت نفسها تفكر من بعيد جداً - كان عليه أن يترك إحدى يديها. تركتها تسقط جانباً هذه المرة، مرتخية. أغمضت عينيها. خارج دائرة أنفاسهما المتقطعة، كان صمت الصحراء كالفراغ، يلتهم الصوت ويبتلعه. تساءلت: إذا صرخت، هل سيسمعونها حتى في القصبة؟ وإذا فعلوا، هل سيأتي أحد؟

إيسا. يجب أن تكون إيسا هنا الآن.

ماذا فعلوا بإيسا؟

كارو لم تصرخ.

نسي ثياغو يدها الحرة وهو ينخفض فوقها، فأدارت رأسها جانباً وأغمضت عينيها بشدة. لم تنظر إليه. كانت أنفاسه تخرج من فمه بنفحات ذئبية، فحركت وركيها واستدارت، والتفتت لتفلت منه، ولم تنظر بينما كانت تتلمس الجينز المتجمع للوصول إلى الجزء العلوي من حذائها، للوصول إلى سكينها. كان المقبض الصغير بارداً في يدها الساخنة، وفي خضم الألم وضيق التنفس، والعمى الناتج عن الصدمة، ورائحة العفن، وطنين الذباب، والحك والخدش وضغط اللحم ووجعه، كان المقبض هو كل ما تحتاج إليه

حررته من غمده.

كان ثياغو يحاول أن يضغط على وركيها. "تعالي يا حبيبتي"، قالها بصوته الرخيم. "دعيني أدخل". لم يكن هناك ما هو أكثر انحرافاً من ذلك الصوت الناعم، وكانت كارو تعلم أنها لو نظرت إليه لوجدته يبتسم. لذا لم تنظر.

غرست نصلها حتى المقبض في جوف حلقه الناعم. كان سكيناً صغيراً، لكنه كان كافياً.

تدفقت الحرارة على كارو وكانت حرارة الدم. تركت يدا ثياغو فجأة وركيها. وعندما فتحت عينيها، لم ترَ ابتسامته.

# 72

## مضيعة محزنة للألم

أمر جايل جنوده قائلاً: "اقتلوا الجميع".

كان أكيفا لا يزال واقفاً في وسط الحمام، ومعه شقيقه وشقيقته، وكانوا لا يزالون ممسكين بسيوفهم، رغم أنه كان يعلم، مع النبض المؤلم لعلامات الشيطان، أنهم ليسوا في حالة تسمح لهم بالدفاع عن أنفسهم ضد هذا العدد الكبير من الجنود.

"ليس الجميع"، صحح أور-ماغوس هيلاس، الذي انتقل إلى جانب جايل، والذي، على عكس بقية أعضاء المجلس، لم يتأثر بشكل واضح بكل ما حدث.

إنه متآمر.

قالت جايل بكل لباقة: "بالطبع. لقد أخطأت في التعبير". ثم توجه بالكلام لجنوده: "اقتلوا الجميع باستثناء غير الشرعيين".

اختفت نظرة هيلاس المتعجرفة. قال: "ماذا؟".

"بالتأكيد. يجب أن يكون إعدام الخونة علناً، أليس كذلك؟" قال جايل متعمداً عدم فهم ما قصده هيلاس.

التفت إلى الأوغاد وهو لا يزال بتلك البهجة البغيضة. "كما قال أخي في وقت سابق، يمكن دائماً إفساح المجال على المشنقة".

قال هيلاس: "سيدي" وهو يشعر بالإهانة وبدأ يشعر بالخوف. "أعني نفسي".

"آه، حسناً. أنا آسف يا صديقي القديم، ولكنك تآمرت في موت أخي. كيف لي أن أثق بأنك لن تخونني؟".

"أنا؟" احمر وجه هيلاس. "لقد تآمرت؟ معك – ".

طقطق جايل بلسانه وقال: "أترى؟ أنت بالفعل تغني أغاني عني. الجميع يعرف أن قاتل الوحوش هو الذي قتل جورام وأيضاً المسكين يافث الذي من دمه. كيف يمكنني أن أتركك تغادر هذه الغرفة لتذهب وتنشر الأكاذيب عني".

تحول وجه الساحر من اللون الأحمر إلى الأبيض. "لن أفعل ذلك. أنا لك سيدي، أنت بحاجة إلى شاهد. لقد قلت-".

"ستكون فتاة الحمام بمثابة شاهد. ستخدم بشكل أفضل، لأنها ستصدق ما تقوله. لقد رأت الوغد يذبح الإمبراطور. حول البقية، حسناً، ستكون مذهولة. ستصدق أنها رأت كل شيء".

"سيدي. أنت... تحتاج إلى ساحر-".

سخر جايل قائلاً: "وكأنك قادر على السحر. لستُ بحاجة إلى محتالين أو مسممين. السم للجبناء. يجب أن ينزف الأعداء. ارفع معنوياتك يا صديقي. ستموت في صحبة نبيلة". أشار بإيماءة بسيطة - أكثر بقليل من حركة يده - وتحرك الجنود إلى الأمام.

كان هيلاس يبحث بجنون عمن يحميه. صرخ: "النجدة!"، على الرغم من أنه لعب بالتأكيد دوراً في ضمان عدم وصول أي مساعدة.

صرخ أعضاء المجلس الآخرون أيضاً. شعر أكيفا بمزيد من الشفقة عليهم، على الرغم من أنه لم تكن هناك مساحة كافية في بؤسه المتزايد لإهدار الشفقة على هذه الزمرة من الحمقى القساة المختارين بعناية.

لقد كان حمام دم. كافح جنود السيوف الفضية، الوحوش الضخمة عديمة الفائدة والذين كانوا منزوعي السلاح بالفعل، وقاتلوا وماتوا. قضى أحد جنود الدومينيون على كل من نامايس وميسورياس - وكان لا يزال فاقداً للوعي - بضربات سيف خفيفة في رقابهم. ربما من الممكن أن يكون قد قطع الأعشاب الضارة بضربات خفيفة على رقبتيهما. طارت عينا الحارسين مفتوحتين وعاش كلاهما لحظات موتهما بضربات خفيفة وانزلاقهما في خضم الحمام الأحمر. ولم تسلم الخادمتان الباقيتان من الموت؛ ورأى أكيفا ذلك فحاول أن يحمي أقربهما إليه، ولكن كان عدد جنود الدومينيون أكثر من اللازم، وكان عدد غنائم الهامسا مصفوفاً ضده.

دفعه الجنود إلى هازايل وليراز قبل أن يسكتوا صراخ الفتاة دون أن يظهر عليه أي دليل على الندم.

فكر أكيفا بينما كان المشهد أمام عينيه، أنهم كانوا رجال قائدهم بحق. لقد شهد - وشارك في أكثر من نصيبه من المذابح، لكن هذه المذبحة أذهلته بقسوتها، ومكرها. وهو يشاهدها ويعرف أنه سيُلام عليها - وأن العار سيكون من نصيبه بينما يتقلد جايل عباءة الإمبراطور - احترق أكيفا بحرارة وبرودة وغضب وعجز.

كان يبحث بجنون عن بعض آثار الصفاء والقوة التي كانت تستحوذ عليه في وقت سابق، لكنه لم يشعر بشيء سوى يأسه المتزايد.

نظر إلى أخيه وأخته، وكانا يقفان ظهراً لظهر. كان بإمكانه أن يرى توترهما. كان هناك أربعة أعضاء في المجلس إلى جانب هيلاس؛ وقد ماتوا بشكل أو بآخر كما شاهدوا موت أباطرتهم: مصدومين وغاضبين وعاجزين. صرخ هيلاس. حاول أن يطير في الهواء، وكأن هناك أي مهرب في السقف الزجاجي المقبب، فأصابه سيف الجندي في أحشائه بدلاً من قلبه. واشتدت حدة صراخه، وأمسك الساحر بالنصل من حيث اخترقه، وهو يسقط على الأرض محدقاً فيه غير مصدق، وعندما حرر الجندي النصل تطايرت أصابعه.

رفع هيلاس يديه المشوهتين إلى أعلى أمام وجهه - دماء، دماء كثيرة جداً؛ كانت الدماء تتدفق من أصابعه المقطوعة - وكان هذا ما ينظر إليه في رعب شديد وما زال يصرخ، عندما صحح الجندي تصويبه وسدد طعنة نافذة إلى القلب.

توقف الصراخ.

علق جايل: "لا أعتقد أنه حاول حتى القيام بأي سحر. وكل هذا الألم من أجل العُشر أيضاً. يا لها من مضيعة. مضيعة محزنة للألم".

ثم وجه نظرة ثاقبة باتجاه أكيفا وأشار إليه. توتر أكيفا للدفاع عن نفسه - أو حاول. كانت قبضته على سيفه ضعيفة وتزداد وهناً، بينما كان يشعر بالمرض يتسلل إليه من كل جانب. لكن الجنود كانوا متناغمين جيداً مع إشارات قائدهم؛ فلم يهاجموا.

قال جايل: "الآن، هنا يقف الساحر".

كان أكيفا لا يزال واقفاً، رغم أنه لم يكن يعتقد أنه سيبقى واقفاً لفترة طويلة. إن إحساسه بهذا الكم الهائل من الهامسات المدربة الموجهة نحوه، قد أعاده سنوات إلى الوراء إلى السقالة في أغورا لوراميندي، مادريغال،

وكيف نظرت إليه، وكيف وضعت رأسها على الصخرة؛ وكيف سقطت وتردد صداها وهو يصرخ ولم يستطع أن يفعل شيئاً. أين كانت تلك الحالة من السيريثار الحقيقي آنذاك؟ هز رأسه. لم يكن ساحراً؛ كان يمكن لساحر أن ينقذها. كان يمكن لساحر أن ينقذ نفسه وأخاه وأخته من هؤلاء الجنود بمخالبهم وأسلحتهم المجردة وقوتهم المسروقة.

كان "أكيفا" لا يزال واقفاً، على الرغم من أنه كان يشعر بأنه لن يستمر طويلاً. فكر في عدد الهامسات التي كانت موجهة نحوه، وأعادته إلى سنوات مضت، إلى منصة الإعدام في "لوراميندي. وكيف كانت مادريغال تنظر إليه، وكيف وضعت رأسها على الكتلة؛ كيف سقطت وصدحت، وكيف صرخ ولم يكن بوسعه فعل أي شيء. أين كانت حالة "السيريثار" الحقيقية آنذاك؟ هز رأسه. لم يكن ساحراً؛ فالسحرة يمكنهم إنقاذها. كان بإمكانه إنقاذ نفسه وأخيه وأخته من هؤلاء الجنود، بأسلحتهم المجردة وقوتهم المسروقة.

ظنّ جايل أن رد فعله كان خجولاً. قال: "تعال الآن. تعتقد أنني لا أعرف، لكنني أعرف. أوه، هذا العرض من السحر، السيوف؟ كان ذلك جيداً جداً، لكن الطيور؟ كان ذلك رائعاً". صفّر وهو يبتسم ابتسامة رطبة وهزّ رأسه: مجاملة نابعة من القلب.

حرص أكيفا على عدم التخلي عن أي شيء. قد يشك جايل، لكنه لم يستطع أن يعرف أن الطيور كانت من صنعه.

"وكل ذلك لإنقاذ الكيميرا، سأعترف أن هذا حيرني. هل يساعد قاتل الوحش وحشاً؟". كان جايل ينظر إليه، صامتاً.

لم تُعجب أكيفا النظرة أو الصمت. لطالما كانت لقاءاتهما أشبه بلعبة عالية الرهانات: مجاملة مبالغ فيها تخفي عدم ثقة متبادلة وكراهية عميقة.

كانا قد تجاوزا الحاجة إلى المجاملة الآن، لكن القائد واصل التمثيليّة، وكان في ذلك تلميح من الغبطة. كان يتلاعب بابتسامة.

ما الذي يعرفه؟ تساءل أكيفا وهو يشعر باليقين الآن أن هناك شيئاً ما، وكان مستعداً لبذل الكثير في تلك اللحظة ليضع حداً لسعادة جايل.

قال جايل: "لقد تذوقتُ طعم الحكايات الخيالية".

ضربت الكلمات على وتر من الألفة - ونغمة من الرهبة أيضاً - لكن أكيفا لم يستطع أن يضعها في مكانها. ليس قبل أن يضيف جايل وهو يغني تقريباً: "لقد تذوقتُ طعم الأمل. أوه. كيف يبدو مذاقه؟ حبوب اللقاح والنجوم، قال الساقط. لقد استمر في ذلك، شيء كريه. كدت أشعر بالأسف على الفتاة، لأنها شعرت بلمسة هكذا لسان".

هدير في أذني أكيفا. بطريقة ما، وجد جايل رازغوت. ماذا قال له المخلوق؟

سأل جايل: "أنا أتساءل. هل وجدتها؟".

أجاب أكيفا: "لا أعرف من تقصد".

امتدت ابتسامة جايل بالكامل الآن، وكانت كريهة وخبيثة ومتحمسة.

قال: "لا؟ أنا سعيد لسماع ذلك، بما أنه لم يكن هناك أي ذكر لأي فتاة في تقريرك".

كان هذا صحيحاً. لم يقل أكيفا شيئاً عن كارو، أو عن إيزيل الأحدب الذي ألقى بنفسه من البرج بدلاً من التخلي عن كارو، أو عن رازغوت أيضاً - الذي افترض أكيفا في ذلك الوقت أنه مات مع الأحدب.

تابع جايل: "الفتاة التي كانت تعمل لدى بريمستون، التي رباها بريمستون. يا لها من قصة مثيرة للاهتمام. بعيدة المنال، على الرغم من ذلك. ما هو الاهتمام الذي يمكن أن يكون بريمستون قد أولاه لفتاة بشرية؟

في هذه المسألة، ما هو الاهتمام الذي يمكن أن تكون أنت قد أوليته لفتاة بشرية؟ من النوع المعتاد؟".

لم يقل أكيفا شيئاً. كان جايل سعيداً جداً؛ كان من الواضح أن رازغوت أخبره بكل شيء.

كان السؤال إذاً ما مقدار ما يعرفه رازغوت؟ هل كان يعرف أين كانت كارو الآن؟ وأنها كانت تقوم بعمل بريمستون؟

ماذا كان يريد جايل؟

قال القائد - لا، ذكّر أكيفا نفسه بأن جايل هو الإمبراطور الآن - وهو يهز كتفيه: "بالطبع، ادعى الساقطون أيضاً أن الفتاة ذات شعر أزرق، وهو أمر يبعث على السذاجة حقاً، لذا فكرت كيف يمكنني أن أثق بكل الأشياء الأخرى التي يخبرني بها عن عالم البشر. كل الأشياء الرائعة الأخرى التي أغفلتها في تقريرك. كان علي أن أكون مبدعاً في النهاية، صدقت أنه كان يقول الحقيقة، رغم غرابة الأمر كله، وما لم أستطع فهمه هو كيف فشلتم أنتم الثلاثة في الإبلاغ عن تقدمهم. أجهزتهم يا ابن أخي. كيف أخفقتم في ذكر أسلحتهم العجيبة التي لا يمكن تخيلها".

كان شعور أكيفا بالغثيان يزداد عمقاً، ولم يكن فقط من الهامسات. كان كل شيء يجتمع معاً. رازغوت وأسلحة، معاطف بيضاء نقية، عازفو القيثارات. البهجة لإحداث انطباع، كما كان يعتقد عندما سمع الشائعات، لكن لم يكن الأمر منطقياً. لا يمكن لأحد أن يتخيل أن الستيليين سينبهرون بالمعاطف البيضاء والقيثارات.

البشر، من ناحية أخرى...

قال أكيفا: "أنتم لا تغزون الستيليين على الإطلاق. أنتم تغزون عالم البشر".

# 73

# الصراخ

بدا أن ثياغو لم يفهم تماماً سبب عدم قدرته على التنفس فجأة، أو ما علاقة اللدغة الصغيرة في حلقه بذلك. امتدت يده إلى النصل وسحبه، وبينما كان دمه يتدفق بسرعة - على كارو، على كارو كله - نظر إلى السكين بتعالٍ. راودت كارو فكرة أن آخر ما كان يفكر فيه وهو على قيد الحياة، هو: هذه السكين أصغر من أن تقتلني.

لكنها لم تكن كذلك.

فقدت عيناه التركيز. وفقدت رقبته قوتها. سقط رأسه ثقيلاً على وجهها، وللحظة تعثر، ثم انتفض، ثم توقف. كان وزنه ثقيلاً. كان ميتاً. ثياغو ميت وثقيل. وظل دمه يتدفق، وكانت كارو مثبتة تحته، وكانت ركبتاها لا تزالان متباعدتين، وكاحلاها عالقين في بنطالها الجينز الذي كان مشدوداً إلى أسفل، وكانت أنفاسها المذعورة تلهث بصوت عالٍ في أذنيها إلى درجة أنها تخيلت أن النجوم تسمعه.

دفعته بعيداً، عن طريقها قليلاً على أي حال، وجرّت نفسها من تحته، وركلت ساقيه لتتحرر، ثم نهضت غير مستقرة وسحبت بنطالها الجينز. سقطت ونهضت مرة أخرى. كانت ذراعاها ترتجفان بعنف شديد، مرت عدة محاولات قبل أن ترفع الجينز إلى أعلى، ثم لم تستطع أن تتحكم في الزر. لم تستطع أن تتوقف عن الارتجاف، لكنها لم تستطع أن تتركه مفتوحاً، كان ذلك غير معقول، وهذا هو ما جلب لها الدموع - إحباطها من عدم قدرتها على جعل أصابعها تقوم بهذا العمل البسيط، وكان عليها أن تفعل ذلك، لم تستطع تركه. كانت تنتحب عندما انتهى الأمر أخيراً.

ثم نظرت إليه. كانت عيناه مفتوحتين، وفمه أيضاً. وكانت أنيابه مغطاة بدمائها، بينما كانت هي ملوثة بدمه. سُترتها، التي كانت رمادية، أصبحت مشبعة وسوداء تحت ضوء النجوم، والذئب الأبيض كان... مكشوفاً، فاضحاً، نواياه مكشوفة وميتة مثل بقية جسده.

لقد قتلتُ الذئب الأبيض.

لقد حاول أن-

من سيهتم؟

لقد كان الذئب الأبيض، بطل أجناس الكيميرا ومهندس الانتصارات المستحيلة، وقوة شعبها. كانت هي عاشقة الملاك، الخائنة. العاهرة. أولئك الذين كانوا سيقفون إلى جانبها قد رحلوا - قُتلوا هنا أو أُرسلوا إلى الموت. زيري لن يعود. وإيسا، ماذا فعلوا بها؟

هل سأكون وحدي مرة أخرى؟

لم تستطع تحمل فكرة أن تكون وحدها مرة أخرى.كانت لا تزال غير قادرة على إيقاف ارتجافها. كان ارتجافها متشنجاً. كانت تواجه صعوبة في سحب أنفاسها. شعرت بالدوار. قالت لنفسها تنفسي. فكري. لكن لم تأت أي أفكار، وبالكاد تنفست.

ما هي خياراتها؟ الفرار أو البقاء. أن تتركهم وتدعهم يموتون - كلهم، كل الكيميرا في إريتز، وتدع الأرواح ترقد مدفونة - أو البقاء و... ماذا؟ أن تُجبر على إحياء ثياغو؟

إن مجرد التفكير في ذلك - في انزلاق روحه على حواسها، وفي عودة الحياة إلى تلك العينين الشاحبتين والقوة إلى تلك اليدين ذات المخالب - قد أسقط كارو على ركبتيها لتتقيأ. كان كلا الخيارين لا يطاق. لم تستطع أن تتخلى عن قومها – لقد تحمل بريمستون هذا العبء ألف سنة، وانهارت هي بعد شهرين؟ "حلمكِ هو حلمي. أنت أملنا جميعاً".

لكنها لم تكن تستطيع مواجهة الذئب مرة أخرى أيضاً، وإذا بقيت فسوف يجبرونها على إعادته.

أو سيقتلونها.

يا إلهي، يا إلهي.

تقيأت مرة أخرى. وتشنجت، وتوالت نوبات التشنج، حتى صارت قشرة، رقيقة من الداخل كما هي من الخارج - وعاء، سمعت صوته في رأسها، كلنا مجرد أوعية، فتقيأت مرة أخرى وكانت مجرد مادة صفراء. كان حلقها يؤلمها، وعندما خمدت أخيراً حشرجة اختناقها، سمعت صوتاً، وكان قريباً.

وكانت أجنحة.

أصيبت بالذعر.

كانوا عائدين.

\*\*\*

"غزو عالم البشر؟" بدا جايل مستاءً. "أنت تسيء إليّ يا ابن أخي. هل هو غزو إذا تم الترحيب بنا؟".

"ترحيب؟".

"نعم. لقد أكد لي رازغوت أنهم سيعبدوننا كآلهة، وأنهم يفعلون ذلك بالفعل. أليس هذا رائعاً؟ لطالما حلمت بأن أكون إلهاً".

"أنت لست إلهاً". قال أكيفا من بين أسنانه المطبقة بقوة. استرجع صور المدن البشرية التي رآها - مناظر لأراضٍ تعيش في سلام، بدت له غريبة للغاية عندما وصل لأول مرة. براغ بجسرها الجميل، حيث يتجمع الناس، ويتنزهون، ويتبادلون القبلات على الخدود. ومراكش، بساحتها البرية المليئة بالراقصين وسحرة الثعابين، والأزقة المزدحمة التي سار فيها بجانب كارو قبل... قبل أن تحطمت عظمة الأمنيات، وتحطمت معها السعادة الهشة التي كان يعرف أنها لن تدوم." سيلقون نظرة واحدة على وجهك ويصفونك بالوحش".

مد جايل يده ومرر إصبعاً على ندبته. "ماذا، هذا؟" هز كتفيه غير مكترث. "هذا هو سبب وجود الأقنعة. هل تتخيل أنهم سيهتمون حقاً إذا كان إلههم يرتدي قناعاً؟ سيعطونني ما أريد بسهولة، ليس لدي شك في ذلك".

وماذا كان ذلك؟ لم يكن أكيفا يعرف الكثير عن المعارك البشرية، لكنه كان يعرف بعضها. لقد تذكر المقهى الغريب الذي اصطحبته كارو إليه في براغ، المزين بأقنعة غاز من حرب ماضية.

لقد فهم أن بوسعهم أن يسمموا الهواء ويجعلوا كل الأشياء تموت وهي تلهث، وأن بوسعهم أن يصيبوا بعضهم بالمعادن في الوقت الذي يستغرقه الرامي لسحب وتر القوس، وعرف أن رازغوت لم يكذب على جايل. كان البشر يعبدون الملائكة. ليس جميعهم، ولكن الكثير منهم، وقد تكون عبادتهم مميتة مثل أسلحتهم. اجمع الأمرين معاً - اجمعهما معاً في إريتز - وستجعل حرب الألف سنة الماضية تبدو وكأنها مباراة تدافع.

قال: "أنت لا تعرف ما الذي تفعله. هذا يعني نهاية إريتز".

قال جايل: "نهاية الستيليين على أي حال. بالنسبة إلى الإمبراطورية، ستكون بداية جديدة".

"هذا يتعلق بالستيليين إذاً؟ لماذا؟". لم يستطع أكيفا أن يفهم ما الذي أثار هذه الكراهية تجاه الستيليين. "أرسلني إليهم، كما أراد جورام. سأكون مبعوثك وجاسوسك. سأحمل رسالتك إليهم، لكن اترك الأسلحة البشرية في العالم البشري".

كره أكيفا التذلل لجايل، فقال جايل ساخراً: "رسالتي؟ ما الرسالة التي يمكن أن أحملها لهؤلاء المتوحشين ذوي العيون النارية؟ أنا قادم لقتلكم؟ يا ابن أخي العزيز، كانت تلك مهمة حمقاء، وكان جورام هو الأحمق. هل صدقت كل هذا عن خدمتك كمبعوث؟ أنا فقط أردته أن يأتي بك إلى هنا لأسباب أعتقد أنها كانت واضحة". أشار إلى الحمام الملطخ بالدماء والجثث المتناثرة.

نعم، كانت أسبابه واضحة، واضحة جداً الآن. فبينما كان أكيفا يخطط لتخليص إريتز من جورام، كان جايل ينتظر في الجوار، وليس مجرد انتظار. بل كان يدبر الأمور. يناور بكبش الفداء اللقيط بدلاً عنه.

"وماذا لو أنني لم أقتله؟" سأل أكيفا وهو يشعر بالاشمئزاز من أنه لم يشعر برعشة خيوط الدمى طوال الوقت.

قال جايل: "لم تكن تلك مخاطرة أبداً"، وفهم أكيفا أنه حتى لو لم يقتل جورام - إذا كان قد جاء إلى هنا كجندي مخلص لتلقي امتنان الإمبراطور وأوامره - لكان قد تم تلفيق تهمة القتل له على أي حال. "في اللحظة التي دخلتَ فيها من هذا الباب، كنتَ قاتلاً وخائناً للمملكة. من المفيد أن تكون كذلك بالطبع. من الجيد أن يكون لديك شاهد حقيقي. الفتاة الخادمة تدين لك بحياتها. هيلاس، للأسف، مدين لك بموته. لكن لا تشعر بالسوء، لقد كان أفعى". جايل، وصف شخص ما بالأفعى. حتى هو رأى النفاق في ذلك، وضحك. لم يكن أكيفا يعرف ما إذا كان قد رأى أحداً من قبل يستمتع بهذا القدر.

كان هازايل أول من استسلم لمرض عيون الشيطان. جثا على ركبتيه وتقيأ على البلاط الملطخ بالدماء. اقتربت منه ليراز، وكانت تبدو أنها ستحذو حذوه قريباً.

سأل أكيفا: "هل تعتقد أنه ليس لدينا حلفاء آخرون؟ ألا يوجد أحد آخر سيقف ضدك؟".

"إذا كنت لن تستطيع النجاح يا ابن أخي، فمن يستطيع؟".

لقد كان سؤالاً عادلاً، سؤالاً مدمراً. هل كانت هذه هي النهاية إذاً؟ هل خذل عالمه - وكارو - بشكل مذهل؟

قال جايل: "أنا آسف قليلاً لأنني لا أستطيع أن أضعك في خدمتي. يمكنني الاستعانة بساحر، لكن سيكون من الصعب جداً أن أثق بك. لا أستطيع التخلص من الشعور بأنك لا تحبني تماماً". هزّ كتفيه معتذراً، وانزلق نظره متجاوزاً أكيفا ليستقر على... ليراز.

شعر أكيفا، من خلال ضعفه وغثيانه، بفيض من الغضب والرهبة والعجز، ولكن كانت هناك حافة شيء آخر، شيء صلب ولامع، كان يأمل أن تكون حافة سيريثار قد اقتربت من يده مرة أخرى.

قال جايل لليراز: "أنت جميلة جداً. يبدو أنني سأحتاج إلى خادمات جديدات في الحمام عندما أنتقل إلى هذا المكان". ونظر إلى فتاة ميتة على الأرض، وابتسم تلك الابتسامة التي شدت بياض ندبته وخلفت التجاعيد على ما تبقى من أنفه وشفتيه.

ضحكت ليراز ضحكة قوية، وسمع أكيفا ضعف أخته فيها ومقاومتها للصمود تحتها. "لا يمكنك أن تثق به، لكنك تعتقد أنك تستطيع أن تثق بي؟".

"بالطبع لا. لكنني لا أثق بالنساء أبداً. لقد تعلمت هذا الدرس بالطريقة الصعبة". مدّ يده ليلمس ندبته، وعندما فعل ذلك، لمحت عيناه ومضة

بسيطة في اتجاه أكيفا. كان هذا كل شيء، لكنه كان كافياً.

عرف أكيفا من الذي جرح جايل.

نهض هازايل بعد أن كان جاثياً على ركبتيه. كان عليه أن يبذل جهداً خارقاً، ومع ذلك فقد تمكن بطريقة ما من أن يرسم نسخة من ابتسامته الكسولة عندما قال: "أتعلم، لطالما أردت أن أكون عامل حمام. يجب أن تأخذني بدلاً منها. فأنا ألطف من أختي".

رد جايل الابتسامة الكسولة. قال: "أنت لست نوعي المفضل".

قال هازايل: "حسناً، أنت لست من النوع المفضل لأي شخص. لا، انتظر. أسحب كلامي. سيفي يقول إنها تود أن تعرفك بشكل أفضل".

"أخشى أنني يجب أن أحرمها من هذه المتعة. لقد قبّلتني السيوف من قبل، كما ترى".

"ربما لاحظت ذلك. قال أكيفا فجأة: "فيستيفال"، فاتجهت جميع الأنظار إليه. كانت عين جايل التي أمسك بها. "كانت أمي هي التي جرحتك".

لم يكن يريد أن يتحدث عن والدته مع جايل؛ لم يكن يريد أن يفتح الباب على ذكريات عمه - فما يكمن على الجانب الآخر منه لا يمكن إلا أن يكون مروعاً - لكن كان عليه أن يكسب الوقت. و... كان يأمل أن يكون اسمها هو المفتاح لفتح السيريثار. لم يحدث ذلك.

قال جايل: "إذاً، لقد خمنت ذلك. هل تعلم، ربما كان هذا هو الجزء المفضل لدي هذا اليوم. عندما افترضت أن جورام هو من قتلها؟ ربما كان كذلك. لقد أعطاها لي".

أعطاها...؟ لم يستطع أكيفا التفكير في الأمر. "لا يمكن أن تكون هي السبب في كرهك للستيليين. امرأة واحدة؟".

"آه، ولكنها ليست أي امرأة. النساء في كل مكان، النساء الجميلات في كل مكان تقريباً، لكن فيستيفال، كانت جامحة كالعاصفة. العواصف

أشياء خطيرة". نظر إلى ليراز مرة أخرى. "مثيرة. صائدو العواصف يعرفون أنه لا يوجد شيء يضاهي ركوب عاصفة أثناء هياجها". أشار إلى جندي وقال: "خذها".

اندفع أكيفا أمام الجندي؛ شعر بالبطء والثقل. كان هازايل يتحرك أيضاً. تمكنت ليراز من التلويح بسيفها، لكن الصوت الذي أحدثه السيف وهو ينحرف عن نصل الدومينيون كان ضعيفاً، وطار من قبضتها ليسقط بجلبة مكتومة على كومة الجثث التي كانت لجورام ويافث ونامايس وميسورياس. سواء كانت منزوعة السلاح أم لا، لم تكن خائفة. "اقتلوني مع شقيقاي، وإلا ستتمنون لو أنكم فعلتم ذلك"، بصقت.

قال جايل: "الآن أشعر بالإهانة. أتريدين أن تموتي معهما، قبل أن تفركي ظهري؟".

"ألف مرة".

"يا عزيزتي". وضع يده على قلبه. "ألا ترين؟ معرفة ذلك هو ما يجعل الأمر رائعاً".

اقترب الجنود.

لقد أمسك عشرين جندياً من الدومينيون بأيدي الأشباح الميتة المقطوعة، وما زال هازايل يقتل قبل أن يأتي دوره.

أصابت طعنته جندياً في وجهه. واستقر نصله في العظم، وعندما سقط الجندي، جذب الثقل هازايل إلى الأمام، فغرقت الطعنة التي كانت قادمة إليه في العمق. وانزلقت الطعنة إلى أعلى تحت ذراعه المرفوعة، حيث لم تكن هناك حماية من الدرع أو الصفيحة أو حتى الجلد. اخترقته وخرجت من بين جناحيه. تعثر ونظر إلى أكيفا ثم إلى السيف. أفلت سيفه، وتخلّى عن محاولة تحريره من الجمجمة التي كان محشوراً فيها، وحتى مثل هيلاس مدّ يده إلى النصل الذي طعن به. لكن يديه لم تكونا تعملان.

لقد ضرب بالمقبض؛ فتدحرج، ورأى أكيفا كل ذلك من خلال وهج الوضوح الذي كان يشتاق إليه.

سيريثار. جاءت متأخرة جداً. كبقعة دم، بعد انتهاء القتل.

سقط هازايل. ألقت ليراز بنفسها على ركبتيها للإمساك به.

شهد أكيفا في ضوء مدهش العواء الذي شكل فم أخته. سمع بكاءها المروع ورآه أيضاً. وكان للصوت شكل، وكان نوراً، وكان كل شيء نوراً، وكان كل شيء حزناً، وكانت ليراز تحاول أن تمسك برأس هازايل بينما كانت عيناه تلمعان، ولكن زوجاً من الدومينيون أمسكها وجرها، وسقط رأس هازايل. كان أكيفا يعرف أن أخاه قد مات حتى قبل أن يصطدم رأسه بالبلاط، وكان الدوي الذي شعر به داخل جمجمته يشبه آلاف الأجنحة المجتمعة التي كانت تضرب سماء الهينترموست.

لم تكن هناك طيور هذه المرة. أو إذا كان هناك طيور، فقد كانت السماء هي التي جلبتهم، السماء نفسها، التي كانت في تلك اللحظة... تتحرك. في الخارج، فوق المدينة وفوق البحر، كما لو كانت السماء قد قُبضت بقبضة عظيمة وجرت، كانت السماء تترنح. انزلقت. وتجمعت، وتقلصت على موضع واحد وسحبت كل شيء إلى مركزها: برج الفتح. كانت السماء خيطاً متصلاً، لذلك كان الاضطراب محسوساً على كل جرم إريتز.توهجت نيران المخيمات البعيدة كالقارة الجنوبية مع السحب المفاجئ للرياح. في القصور الجليدية المسننة في قمة الهينترموست، تحركت العواصف ورفعت رؤوسها العظيمة. على الجانب البعيد من الجبال، خرجت سفيفا وسارازال والكابرين من ممرهم الطويل عبر الأنفاق لينظروا إلى سماء الليل التي بدت وكأنها في حالة حركة. وعلى الجانب البعيد من العالم - نهاراً حيث كان الليل في الإمبراطورية - شعرت امرأة واقفة على درابزين شرفة تطل على بحر أخضر شاحب، بشدّة الريح على شعرها، ونظرت إلى الأعلى.

كانت شابة وقوية. كانت تضع إكليلاً فوق شعرها الأسود، وكان على شعرها الأسود خنفساء من حجر مرصعة بالذهب المصقول، وكان جناحاها من اللهب وعيناها كذلك، وكانتا ضيقتين، بينما كانت السحب فوقها تسير بسرعة حتى تلاشت. ومضت السحب تتقدم وتتقدم، والغيوم تتلاشى إلى خطوط، والطيور تتحرك والظلال تتقاذفها ريح لا ترحم. وتحولت عيناها إلى شرارات بينما توقف أهلها في جميع أنحاء مدينتها وجزيرتها - جزرها - عما كانوا يفعلون لمشاهدة السماء.

وعندما توقفت السحب، وساد سكون عميق، عرفت ما هو قادم، ومدت يدها إلى الدرابزين.

كان الترنح أشبه بالشهقة التي تسبق الصرخة، ثم جاءت... الصرخة.

صامتة، هادئة. اندفعت السحب عائدة من حيث أتت، مسرعة فوق البحر الأخضر الشاحب.

وعلى الجانب الآخر من العالم، عند مصدر هذه الصرخة غير الطبيعية، تحطم الزجاج غير القابل للكسر لقاعة الفتح... وانفجر السيف، رمز إمبراطورية سيرافيم، إلى الخارج بقوة هائلة.

كانت القمران تراقبان. وكانت انعكاساتهما تحملها ملايين الشظايا المتطايرة، حتى يمكن القول إن كل شظية علقت وطعنت، كذلك طعنت نيتيد وإيلاي. وعندما أشرقت الشمس، كانت شظايا الزجاج قد غُرست في الأشجار على بعد أميال كثيرة، وفي الجثث أيضاً، وإن كانت أقل مما كان يمكن أن تكون عليه لو كان الوقت نهاراً. كانت الطيور والملائكة المثقوبة ملقاة ومحطمة على أسطح المنازل واخترقت السيوف الفضية قبة السرايا، محدثة ثغرة هربت منها عشرات المحظيات في غمرة الارتباك، كثيرات منهن يحملن أطفال جورام في بطونهن، وأخريات يحملنهم في أحضانهن.

التقى السيف بالفجر كهيكل عظمي من الفولاذ، طبقة تلو أخرى من الزجاج اختفت، كل تلك الممرات المتعرجة اختفت، كل تلك الأقفاص من الطيور والستائر الملونة، وتلك المنصة التي تشبه السرير، اختفت وكأنها لم تكن.

تحول اليوم - المبهر، الغائم - إلى خليط من الصمت والرعب، والاندفاع والشائعات والجثث التي جرفتها الأمواج إلى شواطئ بعيدة مثل ثيسالين.

ماذا حدث؟

قيل إن الإمبراطور قد مات على يد قاتل الوحوش، وولي العهد أيضاً.

لم يندهش أحد من اختفاء قاتل الوحوش وأعوانه الأوغاد، أو أن أصحاب السيوف الفضية الرثة الذين نجوا من الليل وجدوا عند اقتحام ثكنة غير الشرعيين أنها فارغة، لا جلد ولا شعر لجندي وغد في أي مكان في أستراي.

في جميع أنحاء الإمبراطورية سيتم إثبات صحة ذلك. قيل إن غير الشرعيين قد ذهبوا مع السحاب. لكنهم لم يفعلوا.

كانت السحب قد هربت إلى الجانب البعيد من العالم، حيث وضعت ملكة الستيليين الشابة إكليل الخنفساء جانباً، وربطت شعرها الأسود إلى الوراء، وانطلقت مع ساحرها لتتبع مصدر الاضطراب الاستثنائي.

أما غير الشرعيين فقد ذهبوا ليتجمعوا في كهوف الكيرين وينتظروا أخاهم أكيفا، الاسم السابع، لينذروا أنفسهم وسيوفهم لقضيته.

# 74

# علاج الضجر


"أشعر بأنني مثل الذبابة عندما تكون محاصرة في النافذة وتكاد تموت".

بدا صوت زوزانا رخواً مثل شعرها.

وافقها ميك قائلاً: "هذا هو بالضبط، استخدمي المروحة أسرع".

حان دور زوزانا في استخدام المروحة، وهي قطعة أثرية من سعف النخيل المتشقق الذي وجدوه على سطح الفندق. ميك، الذي يرتدي سروالاً قصيراً فقط، كان جالساً على الكرسي، مائلاً إلى الخلف واضعاً قدميه على السرير ورأسه إلى الخلف كاشفاً عن عنقه للنسيم. قال: "أنتِ إلهة توزيع الهواء".

"وأنت أنموذج للذكورة المتألقة".

خفتت ضحكة ميك بسبب الحرارة. "لقد كنت محاطاً بأجساد الجنود الوحوش لمدة أسبوع. أعلم أنني عينة لامعة من النحافة".

"أنت لست نحيلاً".

كانت المروحة تتأرجح صعوداً وهبوطاً بينما كانت زوزانا تصيغ مجاملة. صحيح أن كونها محاطة بصدور برونزية صلبة وعضلات ذات رأسين أكبر من رأسها يلقي بضوء جديد على جسد ميك، ولكن حقاً، من يحتاج إلى عضلات ذات رأسين أكبر من رأسها؟ حسناً، ما لم تكن وظيفتها قتل الملائكة، وفي هذه الحالة قد تكون مفيدة. قالت لميك: "لديك عضلات مثالية لعزف الكمان".

"وأنت، بذراعيك الجبارين المحركين للعرائس. لقد وضعنا الكيميرا في موقف محرج".

توقفت عن التهوية وسقطت إلى الوراء على السرير. كان سريراً رديئاً في فندق رخيص، واصطدمت أسنانها بسبب التخبط. "آه"، قالت دون إقناع.

"مرحباً، لم يحن دورك بعد".

"أعرف. لقد استسلمت للتو للضجر".

"الآن فقط".

"الآن بالضبط. لقد رأيت ذلك يحدث".

ترك ميك كرسيه يتأرجح إلى الأمام، واستخدم قوة الدفع ليقع على السرير بجانبها. "آه"، قالت مرة أخرى.

قال لها ميك: "أعرف علاجاً للضجر"، ثم تدحرج نحوها قبل أن يستسلم ويستلقي على ظهره. "لكن الجو حار جداً".

وافقت زوزانا التي لم يكن لديها أدنى شك فيما يستلزمه علاجه: "الجو حار جداً. كيف يوجد أناس في هذا البلد؟ من يستطيع أن ينجب أطفالاً في حرارة كهذه؟".

قال: "لنذهب إذاً. إلى الساحل. إلى الوطن. إلى أستراليا. لا أعلم. لماذا لا نزال هنا يا زوز؟".

"هنا". كانت ورزازات، أكبر مدينة في جنوب المغرب. كانت تبدو وكأنها موقع تصوير فيلم المومياء أو شيء من هذا القبيل، وربما كانت كذلك، نظراً لأنها كانت مدينة استوديوهات سينمائية على حافة الصحراء الكبرى. كان الجو مضجراً بعض الشيء، وحاراً كثيراً، وعلى الرغم من أن فندقهم كان يحتوي ظاهرياً على مكيف هواء، إلا أنه توقف عن العمل في وقت ما من الليل، وهو ما لم يلاحظاه، لأن الليل كان بارداً بما يكفي لعلاج الضجر وسكان البلدان.

لماذا كانا لا يزالان هنا، بعد يوم كامل من هروبهما الخفي من قلعة الوحوش، وقدماهما متقرحتان حديثاً من المشي لمسافات طويلة وما نتج عنه من كدمات في ذروة مجدهما الأرجواني؟

"لا أريد أن أذهب"، اعترفت زوزانا بصوت خافت. "لا أريد العودة إلى السياح وطوائف الملائكة والدمى والحياة الحقيقية؟" كانت تئن وهي تعرف ذلك. "أريد أن أصنع الوحوش وأقوم بالسحر وأساعد كارو".

قال: "هذه حياة حقيقية أيضاً. والأكثر من ذلك، فالموت حقيقي. إنه أمر خطير للغاية".

قالت: "أعلم"، وقد علمت، لكنها شعرت أن ترك كارو هناك أمر خاطئ تماماً. إذا كان ثياغو قد قتلها مرة، فكيف لها أن تعرف أنه لن يفعلها مرة أخرى؟ "اللعنة، لماذا لا تملك هاتفاً؟" تذمرت. كارو كانت غنية، ألم يكن بإمكانها أن تنفق على هاتف يعمل بالأقمار الصناعية أو شيء من هذا القبيل؟ لا يهم. لو استطاعت زوزانا أن تعرف فقط أن صديقتها بخير، لكانت بخير أيضاً.

وهذا لا يعني أنها ستتوقف عن التذمر.

كانت قد وافقت على مغادرة القصبة، وها هي ذا. حسناً لم تقل إنها ستغادر البلاد. هي فقط لم تستطع التغلب على الشعور بأنهم إذا ابتعدوا

أكثر من ذلك، فإن التعويذة السحرية التي عاشتها في الأسبوع الماضي ستتبخر ولن تترك لها سوى قصة مجنونة ترويها لأحفادها عن كيف أنها كانت لمدة أسبوع في قلعة رملية عملاقة على حافة الصحراء الكبرى، وكانت متدربة في عالم البعث وصنعت جنوداً مجنحة عظيمة لحرب من عالم آخر وكانوا يقومون بإيماءات مجنونة وغريبة من وراء ظهرها، لأن ذلك كان يبدو جنوناً تاماً.

وبعد ذلك؟ لم يكن أمامها خيار سوى أن ترمش دون أن تلحظ ذلك - لأنه يا إلهي، يمكنها فعل ذلك الآن - وتضرب جلودهم الوضيعة بجريدة ملفوفة وهم يركضون صارخين من مطبخها المفعم برائحة الملفوف كالجدة العجوز.

"سأكون الجدة الأكثر رعباً في العالم"، تمتمت وهي متذمرة ومتطلعة إلى ذلك نوعاً ما.

"ماذا؟".

"لا شيء". انقلبت ودفنت وجهها في وسادتها. صرخت في داخلها، وامتص فمها وسادة الفندق العفنة، وأرادت على الفور أن تغسل لسانها بالماء الجاري. قالت لنفسها بالطبع إن الوسادة قد غُسلت منذ آخر ساكن في الفندق. بالطبع. لهذا السبب كان طعمها مثل رأس غريب عفن.

كانت يد ميك على ظهرها ترسم دوائر ببطء. أدارت وجهها نحوه.

قال لها: "أنا أرسم بإصبعي بعرقك. كان ذلك قلباً".

"قلب من العرق. يا للرومانسية".

"أتريدين الرومانسية؟ حسناً. ماذا تعني هذه التعويذة؟".

شعرت بأطراف أصابعه تنزلق فوق جلدها، ونطقت بكل حرف كما تشكل. "زو-و-زا-ا-نا-ا. زوزانا. سـ. أنت". توقفت. "أنت". استلقت ساكنة

للغاية، تستمع بجلدها للحرف التالي. "م" انخفض صوتها. راقبت وجه ميك. كان يبتسم لنفسه، بخبث، وعيناه على عمله. غطت بقايا الفراولة فكه. انزلق شعاع من أشعة الشمس من خلال شريحة مكسورة في المصراع ونظر عبر رموشه؛ بدت مغطاة بالضوء.

قالت زوزانا "أ. يا إلهي. هل س أنت م-أ-"

كان قلبها يخفق بشدة. هل كان يشعر بذلك من خلال ظهرها؟ عندما تحدثا عن الزواج في براغ كانت رافضة. حسناً. لقد كانت تشعر بالحرج من أن تُضبط وهي تفكر في ذلك؛ لم تكن تلك هذه طبيعتها، مجرد فتاة تحلم بفساتين الزفاف، وكانت صغيرة جداً.

شعرت بحرف ر. همست "ر".

توقفت يد ميك عن الحركة. قال: "خطأ. كان ذلك حرف ك".

"ك؟ هذه ليست الطريقة التي تكتب بها-" توقفت عن الكلام.

"كيف تكتب ماذا؟" كان صوت ميك مازحاً. "كنت أكتب: زوزانا، هل تحضرين لي شطيرة؟ ماذا تعتقدين؟".

سحبت قميصها إلى أسفل ظهرها. قالت وهي تتدحرج من على السرير: "لا شيء".

أمسكها ميك من خصرها وسحبها نحو الخلف. "ألم تفكري في-؟ أوه. كم هو محرج بالنسبة إليك".

كان وجهها ساخناً. لقد فعلها مرة أخرى. يا إلهي على ما يبدو أنها كانت فتاة متقلبة تحلم بفساتين الزفاف. قالت: "دعني أذهب".

لكنه لم يفعل لقد احتضنها. همس في أذنها: "لا أستطيع أن أطلب منك ذلك بعد. لا يزال لدي مهمتان متبقيتان".

"مضحك جداً".

"أنا لا أمزح".

بدا جاداً، وعندما نظرت إليه، إلى وجهه الجميل، بدا جاداً. سألها:
"هل كنتِ؟".

حسناً، نعم، لقد كانت تمزح بشأن المهام الثلاث. بجدية. لم تكن أميرة
من القصص الخيالية. إلا أنها شعرت نوعاً ما بأنها أميرة خرافية الآن، ولم
يكن أسوأ شعور شعرت به على الإطلاق.

قالت: "لا"، وتوقفت عن محاولة الهروب. "لم أكن أمزح، وإليك مهمتك
الثانية. أعيدي تشغيل مكيف الهواء، حتى تتمكني من علاج الضجر الذي
أصابني".

"أنت تمازحني".

"أنا لا أمزح".

قالها بنبرة جادة، وعندما نظرت إليه، إلى وجهه اللطيف المليء بالجدية،
كان يبدو جاداً بالفعل.

# 75

## كان قريباً وكانت أجنحة

كانت كارو في غرفتها. كان الوقت ليلاً. مرة أخرى. كان قد مرّ يوم منذ حادثة الحفرة.

كان الباب مغلقاً، لكن الألواح التي وضعها ميك كانت قد اختفت. لقد أخذوها، وأخذوا مسامير المصراع أيضاً، وشعورها بالأمان الذي اتضح الآن أنه لم يكن أكثر من وهم.

لقد تخيلت انحراف القمر المتسارع حول العالم، ومسار العالم المندفع حول الشمس، وبريق النجوم في أقواسها - ولكن... لا. كان ذلك وهماً أيضاً، تماماً كما كان شروق الشمس وغروبها خدعة.

العالم هو الذي يتحرك، وليس النجوم، وليس الشمس.

السماء تتحرك، عبر ذلك الاتساع وهي تتدحرج عبر الفضاء، تندفع من طرف إلى طرف، وهذا الاندفاع هو ما أبقاها عالقة هنا.

واحدة بين مليارات.

قالت لنفسها: لا يهم ما يحدث لي. أنا واحدة بين مليارات. أنا غبار نجمي تجمع بشكل عابر. وسيتفكك هذا التجمع. سيتحول غبار النجوم إلى أشياء أخرى يوماً ما وسأكون حرة. كما تحرر بريمستون.

غبار النجوم. كان هذا حقيقة علمية، لقد سمعته وقرأت عنه - كل المادة تأتي من انفجارات النجوم - لكنه بدا وكأنه نسخة البشر الخاصة من أساطير إريتز. ربما كانت أكثر جفافاً قليلاً: لا شمس مغتصبة، لا قمر يبكي. لا قمر يُطعن. كانت تلك قصة كيرين: حاولت الشمس أن تأخذ إيلاي بالقوة، فطعنته كما طعنت كارو ثياغو. وبكت نيتيد، فغدت دموعها كيميرا، أبناء الندم.

تساءلت كارو: هل بكت إيلاي؟ هل استحمّت في البحر وحاولت أن تشعر بالنظافة مرة أخرى؟ ربما كان ذلك جزءاً من القصة: كانت دموعها تعطي البحار ملوحتها، وكل ما في الدنيا من عنف وخيانة وحزن.

كانت كارو قد استحمّت في النهر. لن تصل دموعها إلى البحر، بل ستسقي النخيل في واحة ما؛ ستصبح ثمرة وتؤكل، وربما تبكيها عيون أخرى ليست هذه هي الطريقة التي تعمل بها.

بلى، إنها كذلك. لا شيء يضيع أبداً. ولا حتى الدموع.

ماذا عن الأمل؟

كانت نظيفة قدر الإمكان بدون ماء ساخن وصابون. كانت قد غمرت نفسها في الماء المتدفق حتى تخدرت ذراعاها وساقاها، وتم تنظيف جلدها الممزق المكدوم من الدماء - دمائها و... ليس فقط دمائها. ولا حتى معظمها.

وليس فقط دم ثياغو أيضاً.

سمعت صوتاً وكان قريباً، إنه صوت أجنحة.

هزت رأسها لإبعاد الذكرى وكأنها وجه يمكنها صفعه.

فكري في شيء آخر.

في ألمها. هذا سيفي بالغرض. أي ألم، على الرغم من ذلك؟ هناك الكثير من الآلام، وكانت قد أصبحت متذوقة للألم أكثر من اللازم. ولم تعد تسمح له بأن يندمج في ضباب واحد. كل خدش، كل كدمة كانت لها كيانها الخاص، مثل النجوم في كوكبة. كوكبة تدعى ماذا؟ الضحية؟

بدت وكأنها ضحية. ممزقة. متوحشة. الجانب الأيمن من وجهها تم سحبه على الصخور. كانت شفتها مشقوقة وخدها أرجواني اللون ومجروح ومتقشر. هناك بثور مفتوحة على كفيها بسبب مقبض المجرفة. المجرفة. لا تفكري فيها. شحمة أذنها. كان هذا هو الألم الذي قررت التركيز عليه؛ كان بإمكانها أن تفعل شيئاً حيال ذلك. لقد كانت ممزقة ومتورمة حيث عضها الذئب؛ كان بإمكانها أن تصلحها كما أصلحت يدي زيري وألم ابتسامته، ولكنها لم تكن تعتقد أنها ستتمكن من الحفاظ على التركيز الذي تحتاجه، وعلى أي حال، لم تستطع أن تتحمل فكرة التذكر. جسدها كله يتألم ويتوجع ويصرخ.

قال لها ثياغو ذات مرة: "أنتِ تصنعين كدمات جميلة". فكرت في ذلك، وهي تنظر إلى البقع القبيحة التي غطت ذراعيها، وعلامات الكدمات المبعثرة التي تحكي ما فعله بها.

حاولت أن تفعل، وذكّرت نفسها.

وتساءلت: هل طعنت إيلاي الشمس في الوقت المناسب، أم إن الشمس كانت في طريقها إليها؟ لم تكن القصة واضحة. قررت كارو أن تصدق أن إيلاي قد حمت نفسها، كما فعلت هي. وضعت إبرة تنجيد منحنية فوق لهب شمعة لتعقيمها. كانت هناك مرآة يدوية مسنودة على الطاولة أمامها، وعندما نظرت إليها ركزت على أذنها متجنبة أي تركيز على وجهها. لم تكن تريد أن ترى وجهها.

كل تلك السنوات من التدريب على فنون الدفاع عن النفس، فكرت بينما بدأت الإبرة تتوهج. اعتقدت أن القتال يمكن أن يبدو كما في الأفلام: مساحة كبيرة لتقديم رقصات أنيقة، وتسديد ركلات نظيفة، وتوهج نظرات باردة. ها. لم تكن هناك مساحة، فقط التصارع والذعر، وكانت قوة ثياغو أكثر أهمية من ذخيرتها من الركلات الأنيقة.

بالطبع، لقد قتلته. قد تبدو كضحية، لكنها لم تكن كذلك. لقد أوقفته.

لو كان هذا هو نهاية الأمر.

صوت، وكان قريباً، صوت أجنحة.

تردد صدى الصوت في رأسها، خفقات الأجنحة، والجلبة، صوت ارتطام التراب عندما يقذف من المجرفة. والذباب. كيف وجد الذباب الموتى بهذه السرعة؟

شعرت وكأنها لا تزال على حافة الحفرة، تلك الظلمة النتنة التي تهددها بالسقوط. غرزت الإبرة في شحمة أذنها بقوة. كان ذلك كفيلاً بإبعاد الذكرى مرة أخرى، لكنها كانت تعرف أن الذكرى مثل الذباب - قد تطردها بعيداً، لكن لا شيء يمكن أن يمنعها من العودة - وكان الثقب مؤلماً. كانت شهقتها الصغيرة الحادة كافية لإيقاظ إيسا.

"أيتها الفتاة الجميلة، ماذا تفعلين؟". تحركت المرأة الأفعى من مكانها أمام الباب وأصدرت هسهسة صغيرة من السخط عندما رأت الإبرة مغروسة في شحمة أذن كارو مثل خطاف السمك. "دعيني أفعل ذلك".

سمحت لها كارو بأخذ الإبرة. ماذا لو لم تكن لديها إيسا؟ ماذا لو أخذوا إيسا منها بعد كل شيء آخر؟ همست: "لم أستطع النوم".

"لا؟" كان صوت إيسا ناعماً، وكذلك كانت يداها. أدخلت الإبرة في لحم كارو وسحبت أول غرزة مشدودة. "طفلتي المسكينة، لا عجب في ذلك. أتمنى لو كان لدي بعض شاي الأحلام لأقدمه إليكِ".

قالت كارو: "أو شاي القداس".

لم يكن صوت إيسا ناعماً عندما قالت: "لا تنطقي بمثل هذا الكلام! أنت على قيد الحياة. طالما أنك على قيد الحياة وهو...". وتراجعت. من هو؟ مهما كان ما ستقوله، فقد أعادت التفكير فيه. "طالما أنك على قيد الحياة، فلا يزال هناك أمل". أخذت نفساً، وثبّتت يدها، وسألت: "هل أنتِ مستعدة؟" قبل أن تضع الإبرة مرة أخرى في لحمها.

تألمت كارو. انتظرت حتى اخترقت الإبرة. قالت: "أنا آسفة. هل كان...؟ هل هكذا أنت وياسري...؟".

قات إيسا: "نعم. لقد كان الأمر هادئاً يا طفلتي، لا تحزني". تنهدت. "أتمنى لو كانت هنا. كانت ستعرف ماذا تعطيكِ. كانت لديها عشرات الحيل لمساعدة بريمستون على النوم".

قالت كارو: "سوف نستعيدها"، متسائلة عن الموعد، وعن الكيفية، وعن شكل المكان اليوم. لقد أحرق ثياغو المعبد وبستان القداس أيضاً. لقد مرت ثمانية عشر عاماً؛ هل نمت الأشجار مرة أخرى؟ كان البستان قديماً. ها هي تتذكر وصولها في ضوء القمر إلى منظر قمم الأشجار، وبريق سقف المعبد الذي يظهر من خلاله، وكيف كان قلبها يتسارع وهو يعلم أن أكيفا ينتظرها في الأسفل. أكيفا ينتظرها في الهواء الطلق. أكيفا مستلقٍ بجانبها، يتتبع جفنيها بأطراف أصابعه، ولمسته ناعمة مثل فراشة الطائر الطنان، ناعمة مثل انسياب أزهار القداس المتساقطة في الظلام.

أغمضت عينيها وأمسكت كل ساعد بيد واحدة، وشعرت بألم الكدمات التي أصابت ذراعيها. ثياغو، حليفها، وأكيفا عدوها. كم كان الأمر ملتوياً. ما الذي يصنع العدو؟ لا، لم تستطع أن تنسى. حفرت أصابعها في كدماتها لتخرج نفسها من ذكرياتها. خطوط الحبر المنقوشة على الأيدي القاتلة تصنع عدواً. حواجز الرماد حيث كانت المدن ذات يوم تصنع عدواً.

قامت إيسا بربط غرزة أخرى وقطعت الخيط. شكرتها كارو وتساءلت ماذا الآن؟

ستشرق الشمس؛ لن تستطيع البقاء في غرفتها إلى الأبد. عليها أن تواجه الكيميرا. لم تستطع الانتظار حتى تتلاشى كدماتها. هل سيلاحظون حتى؟ لقد اعتبروا كدماتها أمراً مفروغاً منه. ما مدى معرفتهم بما حدث في الحفرة؟

ليس كله، وهذا أمر مؤكد، و- يا إلهي العزيز وغبار النجوم- من الأفضل ألا يكتشفوا ذلك أبداً.

هناك صوت قريب، وكان-

"كارو".

همس مخنوق. أغمضت كارو عينيها.

"من هناك؟" بدا صوت إيسا حاداً، وعرفت كارو أنها لم تتخيل الهمس. لقد جاء من النافذة، وهذه المرة لم تكن باست.

"أرجوك".

كان الصوت غير متجسد، وكانت الكلمة طويلة، والهمس منخفضاً جداً بحيث لم يكن له رنين مع ثراء صوته، لكن كارو عرفت من هو. ومض جسدها ساخناً وبارداً. لماذا؟ لماذا عاد إلى هنا؟ وقفت بسرعة وارتدّ كرسيها إلى الوراء.

حدّقت إيسا في وجهها. سألتها: "من هذا يا طفلتي؟".

لكن لم يكن لدى كارو الوقت الكافي للإجابة. اختفت البراغي من المصاريع. فُتحت النافذة. ذعرت إيسا، وتموجت عضلاتها الثقيلة في ضوء الشموع، وانكمشت كارو من الاقتحام - ومن الحرارة - بينما ظهر أكيفا في نفس الوقت، في وميض خافت من بريق متلاشٍ، وسقط على الأرض.

# 76

# وزنُ ميت

لم يكن بمفرده.

شعرت كارو بوجود آخرين حتى قبل أن يزول السحر ويكشفهم.

الاثنان من جسر تشارلز. عرفتهما في الحال، بدا أنهما مختلفان الآن. كانت الأخت - ليراز – ذات الوجه الجميل والحاد والمتسم بالحدة، وقد تحولت ملامحها إلى البؤس. لقد كانت تلهث، وبدت عيناها حفرتين حمراوين من الحزن - وإن لم تكونا حمراوين مثل عيني أكيفا اللتين تبدوان كما كانتا في ذلك اليوم البعيد عندما لبست مادريغال جسداً مختطفاً لتحرره من زنزانته في لوراميندي.

أصبح بياض عينيه أحمر اللون من انفجار الشعيرات الدموية. ما الذي فعل ذلك؟ بدا شاحباً، وقد أنهكه الإعياء.

لكن لم يكن أحدهم قد تغيّر كما تغيّر شقيقهما. الذي كان... ميتاً.

كانا يحتضنان جسده بينهما، وبدا أن أياً منهما لم يكن على قدر المهمة.

وعندما أنزلاه على الأرض، انزلق وسقط على بقوة. صدر أنين من ليراز، التي جثت على ركبتيها ورفعت رأسه بلطف شديد.

هازايل، تذكرت كارو. كان اسمه هازايل. كانت عيناه مفتوحتين ومحدقتين، وجلده شاحب، وعنقه وأطرافه جامدة بالفعل. كانت أجنحته قد احترقت، وقد تحول ريشه الناري إلى رماد متناثر. كان ميتاً منذ بعض الوقت.

كان جسد كارو لا يزال يتأرجح ما بين من الحرارة والبرودة؛ وقفت متجمدة في مكانها تحاول فهم المشهد. كانت إيسا هي التي تحركت ببطء إلى الأمام وانحنت على هازايل لتلمس وجهه. اكتفت كارو بالمشاهدة، وقد استولى عليها شعور غريب بالانفصال - عادت إليها تلك اللاواقعية القديمة، وكأن حياتها كانت مسرحية ظل تتحرك على الحائط - وتوقعت أن تزمجر الأخت الشرسة وتدفع إيسا بعيداً، لكنها لم تفعل. مدت ليراز يدها وأمسكت بيد إيسا. أصبحت الأفاعي في شعر إيسا وحول عنقها ساكنة ومشدودة وجاهزة للضرب إذا استدعى الأمر.

"أرجوكِ". كان صوت ليراز مخنوقاً. تحولت عيناها من إيسا إلى كارو وكانتا جامحتين. "أنقذيه".

سمعت كارو الكلمات، لكن في حالتها البطيئة بدت وكأنها تنجرف في الهواء. تحولت نظراتها إلى أكيفا. الطريقة التي كان ينظر بها إليها... كانت مثل اللمس. أخذت خطوة لاإرادية إلى الوراء. كان وجهه يتوسل صامتاً؛ كان وجهه رمادياً كجثة أخيه التي وضعاها على مساحة من الأرض حيث كانت كارو تستحضر الأجساد، فوق أرضية البعث. كانوا جميعاً ينظرون إليها. حتى إيسا كانت قد التفتت إليها.

أنقذيه؟

لقد جاؤوا إليها طلباً للمساعدة؟ بعد أن أحرقوا بوابات بريمستون -

وبريمستون - بعد أن دمروا قومها، أحضروا لها أخاهم المقتول لتعيده إلى الحياة؟

من أي مسافة حملوه؟ كانوا يرتجفون من الجهد المبذول. انحنى أكيفا على الحائط. تدلت ذراعاه على جانبيه. بدا ميتاً أكثر من كونه حياً، بل بدا ميتاً أكثر مما كان عليه عندما رأته لأول مرة وهو ينزف في ساحة المعركة في بولفينش.

"ماذا حدث لكِ؟".

ربما كانت هي من سألته هذا السؤال، لكنها لم تكن كذلك. لقد كان أكيفا، وهو ينظر إلى خدها وشفتيها وشحمة أذنها المخيطة حديثاً. بوعي ذاتي، فكّت شعرها من خلف أذنها وأخفته. سألها: "من فعل ذلك بكِ؟" رغم ضعف صوته، إلا أنه كان يحترق غضباً. "لقد كان هو، أليس كذلك؟ لقد كان الذئب".

لم يكن مخطئاً، وكل ما كان يمكن أن تفكر فيه كارو وهي ترى الغضب على وجهه، هو الوشاح الحي الذي صنعه لها ذات يوم، ولمسة أجنحة الفراشات الناعمة على كتفيها. كان ثياغو قد مزق ثوبها ذات مرة، واستدعى أكيفا من نجوم فوانيس المهرجان الزائفة، شالاً حياً ليغطيها.

لقد اتخذت خياراً في تلك الليلة، ولم يكن خياراً خاطئاً.

لكن ذلك كان في الماضي. حدث الكثير منذ ذلك الحين.

أكثر من اللازم.

تجاهلت سؤاله وهي تكره الدليل الجسدي على ضعفها، وتمنت لو أن ذراعيها مغطاتين وتمنت لو أنها عالجت نفسها. ما أهمية المزيد من الألم الآن، بعد كل شيء؟ يجب ألا تظهر ضعفها، ليس الآن. تقدمت إلى الأمام، ووجهت انتباهها إلى هازايل. أكيفا أحضر لها أخاه الميت؟ حسناً، لقد أحضر لها إيسا أيضاً. وكان قد أعاد إليها زيري، يجب ألا تنسى ذلك، مهما حدث

منذ ذلك الحين. وجثت على ركبتيها بجانب الجثة - ببطء؛ كان كل شيء يؤلمها - وتعجبت من إحضاره من مسافة بعيدة.

الأجساد مجرد أوعية - فنحن جميعاً مجرد أوعية في نهاية المطاف - لكن معرفة ذلك شيء، وترك الجسد وراءنا شيء آخر. فهمت كارو ذلك جيداً بما فيه الكفاية. فالأجساد هي التي تجعلنا حقيقيين. ماذا تكون الروح من دون عيون تنظر من خلالها أو أيدٍ تمسك بها؟ ارتجفت يداها وشبكتهما لتبقيهما ثابتتين.

كان الجرح تحت ذراع هازايل الأيسر. في قلبه. كان يمكن أن يكون موتاً سريعاً.

قالت ليراز مرة أخرى: "أرجوكِ. أنقذيه. سأعطيك أي شيء. حددي الثمن".

الثمن؟ نظرت كارو إليها بحدة، ولكن لم يكن هناك أي أثر للقسوة أو الشدة التي تذكرها، بل كان هناك فقط ألم. قالت: "لا يوجد ثمن". نظرت إلى أكيفا. كان بإمكانها أن تضيف: أو إذا كان هناك ثمن، فقد دفعتِه بالفعل "هل ستفعلينها؟" ارتعشت كلمات ليراز بالأمل.

هل كانت ستفعل؟ كانت كارو تعرف أنها أملهم الوحيد - هي التي كانوا سيقتلونها في براغ لمجرد أنها تحمل الهامسات على يديها - وكانت هناك سخرية في هذا الأمر، ولكنها لم تكن تستمتع بذلك. لم تستطع أن تحتمل منظر يدي ليراز - فقد كانتا سوداوين جداً - ولكنهما كانتا رقيقتين جداً على رقبة أخيها، وكانت أصابعها ناعمة جداً على خده الميت، وكانت كارو تعلم أنه لا ينبغي أن تشعر بالعطف على قاتل قومها هذا، ولكنها شعرت بذلك.

من منهم، بعد كل شيء، كانت يداه نظيفتين؟ ليست هي. أوه يا إيلاي، لن تكون يداي نظيفتين مرة أخرى. لقد قبضت عليهما فجأة، فاحترقت

يداها من عملها بالمجرفة. لقد شعرت أن فعل هذا الشيء الواحد، وإنقاذ هذه الحياة... قد يكون فيه شفاء لها. ليس فقط من أجل هؤلاء السيرافيم، ولكن من أجل نفسها، بعد رعب الحفرة والمجرفة وما كان عليها أن تفعله، والكذبة التي أُجبرت الآن على عيشها. أرادت أن تفعل ذلك. علامة على مفصل إصبعها من أجل حياة تم إنقاذها بدلاً من سلبها.

قالت: "لا يمكنني الحفاظ على هذا الجسد. لقد فات الأوان. ولا يمكنني أن أجعله يبدو كما كان أيضاً". ربما كان بريمستون يعرف كيف يستعيد تلك الأجنحة النارية، لكن ذلك بعيد عن قدرتها. "لن يكون سيراف بعد الآن".

قال أكيفا: "لا يهم". والتقت عينيها بعينيه، عينيه الحمراوين، وأرادت أن تفعل ذلك من أجله. قال: "طالما أنه هو نفسه. هذا كل ما يهم".

نعم، قالت لنفسها، وأرادت أن تصدق ذلك بقوة كما فعل هو. الروح هي ما يهم. الجسد هو الوعاء. "حسناً". أخذت نفساً عميقاً ونظرت إلى أسفل إلى هازايل. "أعطني المبخرة".

قوبلت كلماتها بصمت يشبه الغرق.

غرق.

أوه. لا. لا. حدقت كارو في وجه هازايل الميت، وعينيه الزرقاوين المفتوحتين، وخطوط ضحكته، وغمرها حزن متصاعد. لا. عضت على شفتيها راغبة في السكون. كانت جامدة. كان عليها أن تكون كذلك. إن حزنها... لو تركته يخرج، لكان وشاحاً ساحراً، حزناً مربوطاً بحزن آخر وبآخر، لن ينتهي أبداً. لم تكن تريد أن تنظر إلى الأعلى مرة أخرى، لترى الوجوه المنكوبة متجمدة في ذلك الصمت الرهيب.

همست ليراز: "لم تكن لدينا... لم تكن لدينا واحدة. أحضرناه إلى هنا. إليك".

كان صوت أكيفا أجشَّ. "لقد مر يوم واحد فقط. كارو. من فضلك". وكأن الأمر كان يتعلق بإقناعها.

لم يفهما. كيف يمكنهما ذلك؟ إنها لم تخبر أكيفا أبداً كيف يجري الأمر، وكيف أن اتصال الروح يضعف بعد الموت، أو كيف يمكن أن تنفلت الروح بسهولة إذا لم يتم احتواؤها.

هي لم تخبره أبداً، والآن لم يكن هناك أثر في هواء أو هالة هذا الملاك الميت - الجندي، القاتل، الأخ المحبوب - لا أثر للنور أو الضحك ليتماشى مع تلك العينين الزرقاوين وخطوط الضحك، لا حركة من أي نوع لتلامس حواسها وتخبرها من هو. لأنه... لم يعد هنا.

نظرت إلى أعلى.

أجبرت نفسها على النظر في عيني أكيفا الحمراوين وعيني ليراز كي يريا ويفهما حزنها.

ويعرفا أن روح هازايل قد ضاعت.

# 77

## لتحيا

حزنها هو الذي حطم أكيفا.

ألقى نظرة واحدة وعرف. لقد رحل هازايل.

"لا!" كانت صرخة ليراز مختنقة، بلا هواء، بلا صوت تقريباً، وكانت تتحرك. لم يكن لدى أكيفا القوة اللازمة لكبح جماحها. لم يكن لديها الكثير من القوة المتبقية أيضاً. فحتى بعد ألم الهامسات، كانت قد تحملت معظم وزن هازايل في الرحلة الطويلة إلى هنا - ومن أجل ماذا، كل ذلك من أجل لا شيء - وأحياناً وزن أكيفا أيضاً، وكانت تمسكه من ذراعه وتصرخ به ليستيقظ عندما يبدأ في الانزلاق نحو الظلام. الظلام، الظلام. حتى الآن كان الظلام يلفه.

ماذا فعل في أستراي؟

لم يكن يعرف. كان لا يشعر إلا بدويّ في جمجمته وضغط، ضغط متفاقم، وقد أمسك بليراز وضمها إليه، وسقط على هازايل وأمسك به أيضاً،

وكان الانفجار حين جاء - من أين؟ من بعيد، بعيد، بعيد، ولم تمسسهما شظية واحدة من كل زجاج السيف المحطم - ولا شظية واحدة.

لقد أحضرا هازايل إلى حقل وقد مات بالفعل. لكن ما هو الموت؟ فكر أكيفا في كارو. بالطبع كان لديه الأمل. كان قد قال لنفسه، وهو جاثٍ على ركبتيه على العشب، ضعيفاً وذاهلاً ومخدّراً: اسمها يعني الأمل.

لكن ليس بلغتهم، وليس لهم.

انقضَّت ليراز على كارو ووصل أكيفا خلفها، لكنه كان بطيئاً جداً. ضربت كارو وأوقعتها إلى الوراء. كان هناك كرسي ملقى على جانبها. سقطتا أرضاً. صرخت كارو من الألم.

استرجعت ليراز أنفاسها. صرخت: "أنت تكذبين!".

صرخت.

تحرك أكيفا، لكن الأمر كان أشبه بالخوض في الظلام، كانت المرأة الثعبان أسرع - المرأة الثعبان هي إيسا، كان يعرفها من رسومات كارو. لا بد أنها تلك المرأة الموجودة في المبخرة. المبخرة، المبخرة، المبخرة. لماذا لم تكن لديه مبخرة؟ ولكن ربما مزق الانفجار روح هازايل؛ ربما كانت قد اختفت بالفعل عندما وضعوه في الحقل، ولم تكن هناك فرصة لإنقاذه. لن يعرفوا ذلك أبداً. لقد مات هازايل، وهذا كل ما يهم.

وليراز كانت تصرخ.

مهما كان ما قررت كارو أن تفعله بشأنهما، فقد خرج الأمر من يدها الآن. "فقط أنقذيه!" صرخت ليراز في وجهها وكان الصوت فظيعاً، فظيعاً وصاخباً جداً، وتخيل أكيفا أن عينيه سوف تنفتحان في جميع أنحاء القصبة

كانت إيسا قوية حيث كانت ليراز ضعيفة ومنكسرة. أبعدتها المرأة الأفعى عن كارو، ودفعتها نحو أكيفا؛ كان بإمكانها أن تقتلها، كان بإمكان

أفاعيها أن تغرس أنيابها في لحم أخته، لكنها لم تفعل. دفعتها إيسا نحو أكيفا وأمسك هو بها. قاومت ليراز، لكن التنهدات حطمتها وانهارت بين ذراعيه. كانت تكرر "لا لا لا لا. لا يمكن أن يرحل، لا يمكنه، ليس هو". حملها وجعلها تستلقي على ظهرها بجانب جثة أخيهما، واحتضنها بينما كانت تنتحب. كل تنهيدة كانت أشبه بعاصفة تعصف بجسدها المتصلب، وتسيطر عليها وتهزها.

لم يسبق لأكيفا أن رآها تبكي من قبل، وكان هذا أكثر من مجرد بكاء. احتضنها وهو يبكي أيضاً، ونظر من فوق رأسها إلى حيث كانت إيسا تساعد كارو للجلوس على حافة السرير.

لقد رأى رقة حركاتها، والألم على ملامحها، والجروح التي كانت على وجهها، والحزن في عينيها السوداوين عندما نظرت إليه، والدموع الصامتة التي تنساب على خديها، ولكنه لم يستطع معالجة شيء من ذلك. كانت الظلمة تميل وتلتف من حوله، وكانت تنهدات ليراز ترسل الرعشة إلى قلبه مباشرة، وكان هازايل قد مات.

سمع صوت أخيه الهادئ والمرح: جرة حرق الجثث ممتلئة. عليك أن تعيش.

وها هو مجدداً: على قيد الحياة بينما يموت الآخرون. أوه، التعب المظلم. أراد فقط أن يغمض عينيه.

ثم، عند الباب، شمع طرق. فانتفضت كارو. صوت أنثوي مبحوح ينادي: "كارو؟ ماذا يحدث هناك؟".

وعندما عادت كارو إلى الوراء نحو أكيفا، كان الحزن لا يزال في عينيها ولكن الفزع والضيق كانا يشوهانهما. مسحت دموعها بظهر يدها وكافحت لتقف على قدميها. وكان وجهها يتلوى من الألم من شدة الجهد - ماذا فعل

بها ذلك... الحيوان؟ - وبدا أنها تريد أن تقول شيئاً، ولكن لم يكن هناك وقت لأن الباب كان مفتوحاً.

رفعت ليراز رأسها، وخفّ نشيجها عندما تمالكت نفسها وأدركت ما فعلته. كانت واعية، ووجهها أبيض اللون حول عينيها المبللتين الحمراوين. مدت يدها نحو يد هازايل الجامدة وأمسكت بها. غادر الحزن وجهها، واستقر الاستسلام على ملامحها في هدوء غير طبيعي.

فهم أكيفا أنها كانت مستعدة للموت.

كان يعلم أنه لا يحق له أن يشعر بالرعب - لقد قاوم نفس الشعور منذ فترة طويلة - لكنه شعر بالرعب على أي حال، وشعر بأنه وقع في دوامة من العجز. عند حافة السواد القاتم، وهو محاصر مرة أخرى في معقل العدو، نشأت حاجة ملحة جديدة عميقة. لم يكن مستعداً.

أراد أن يعيش. لقد أراد أن ينهي ما بدأه أخيراً، بعد فوات الأوان كل هذه السنوات. أراد أن يعيد تشكيل العالم. مع كارو، مع كارو.

لكنه لم يكن يعتقد أن ذلك سيحدث.

كان أول شخص عبر الباب هي الملازم لدى الذئب ثياغو. كانت مخلوقاً متوحشاً متسللاً، وقد دخلت بانحناء وهدرت عندما رأت الملاكين. لكن أكيفا لم ينظر إليها حتى، لأن الذئب الأبيض كان خلفها، واقفاً عند العتبة، وقد ظهرت على خديه ندوب أكدت أسوأ شكوك أكيفا.

# 78

## الملاك والذئب

"زوار، يا كارو؟ لم أكن أعلم أنك تقيمين حفلة".

أوه، ذلك الصوت، الهدوء والازدراء، ولمسة التسلية. لم تستطع كارو أن تجبر نفسها على النظر إليه. الحياة في هاتين العينين الشاحبتين، والقوة في هاتين اليدين المخلبيتين. كان ذلك خطأ، خطأ كبير. وقد فعلت ذلك. شعرت بالغثيان؛ كان بإمكانها أن تجثو على ركبتيها لتتقيأ من جديد.

"لم أفعل ذلك أيضاً".

كانت هذه هي الطريقة الوحيدة، كما قالت لنفسها، لكن ارتعاشها ازداد وهي تكافح من أجل السيطرة عليه. ركزت على نقطة خلفه، لكن الأشكال المتغيرة لليسيث ونيسك كانت تملأ الممر، ولم تكن تريد أن تنظر إليهما أيضاً. لن تنسى أبداً أو تغفر برودة وجهيهما عندما عادت تعرج من الحفرة وهي غارقة في الدماء وترتجف في صدمة، وهي تتبع ثياغو.

أما بالنسبة إلى ثياغو نفسه...

دخل الغرفة. كانت تسمع صوت حفر مخالبه في الأرضية الترابية وتشم رائحة المسك منه، لكنها لم تستطع النظر إليه. لقد كان حضوراً نقياً غير واضح في رؤيتها المحيطية، يعبر الغرفة ليواجه الملاكين بجانبها. بجانبها، وكأنهم كانوا معاً في هذا.

وهم بالفعل كانوا كذلك.

لقد اتخذت قرارها. لتكون جديرة بثقة بريمستون بها وبالاسم الذي أطلقه عليها، يجب أن تعمل من أجل خلاص - وبعث - شعبها، بأي وسيلة ضرورية، وبأي ثمن. وكان ثياغو ضرورياً. تبعته الكيميرا. وكان هذا هو السبيل الوحيد، ولكن ذلك لم يسهل عليها أن تقف بجانبه وتشعر بثقل نظرات أكيفا إليه، وعندما التفتت إليه - وكان عليها أن تنظر إلى مكان ما - رأت ما كان على وجهه من كراهية وارتباك، وارتياب. وكأنه لم يصدق أنها ستعاني من قرب هذا الوحش.

أرادت أن تخبره: أنا وحش أيضاً، أنا كيميرا، وسأفعل ما عليّ فعله من أجل شعبي.

يا لها من شجاعة زائفة.

كانت تعابير وجهها تتسم بالتحدي، لكنها كانت مثبتة في مكانها. لطالما بدت تعابير عيني أكيفا مثل الفتيل الذي أشعل النار في الهواء بينهما.

الآن لم يكن الأمر مختلفاً. لقد احترقت، ولكن مع الخجل من مواجهته بجانب الذئب.

الملاك والذئب معاً في غرفة واحدة. بدا لها الآن أنها كانت متجهة دائماً نحو هذه اللحظة، وها هي اللحظة قد حانت: الملاك والذئب في مواجهة بعضهما البعض، وكان أكيفا محمر العينين، شاحب الوجه، مكسور الخاطر مريضاً مكلوماً حزيناً، وكانت هي... تقف إلى جانب الذئب، وكأنهما كانا سيداً وسيدة هذا التمرد الدموي.

ليس الأمر كما تعتقد، كان بإمكانها أن تخبر أكيفا.

بل أسوأ. لكنها لم تقل شيئاً. لن يحصل أكيفا على أي تفسيرات أو اعتذارات منها. أجبرت نفسها على الالتفات إلى ثياغو. لم تقع عيناها عليه منذ أن عادا من الحفرة. لقد أجبرت نفسها على النظر إليه الآن. إذا لم تستطع أن تفعل هذا، فما هي الفرصة التي كانت متاحة لكل ما ينتظرها؟

نظرت.

كان الذئب هو الذئب، متسلطاً وحابساً للأنفاس، عمل من أرقى أعمال بريمستون الفنية. لم يكن على طبيعته التي لا تشوبها شائبة، ولم يكن ذلك مفاجئاً بالنظر إلى اليوم ونصف اليوم الماضيين.

كان كماه مرفوعين إلى أعلى، متجعدين على ساعديه المدبوغين والمفتولي العضلات، وبدا أن تين قد انتبهت إلى شعر سيدها. فقد تم جمعه للخلف بأيدي متسرعة وربطه في عقدة بيضاء. وكانت بعض الخصلات قد أفلتت منه، وعندما أعادها إلى الوراء، كان ذلك بوميض من نفاد الصبر.

أما ذلك الوجه الوسيم البغيض، فقد كان يحمل خدوشاً من أظافر كارو، أما الجرح الذي انزلق فيه نصلها تحت ذقنه، فقد كان ملتئماً كأنه لم يكن. لقد كان إصلاحه سهلاً، لا شيء مثل يدي زيري أو حتى ابتسامته؛ فقط بضع طبقات من الأنسجة لتلتئم على طول شق صغير.

بالكاد كان بإمكان كارو أن تقتله بطريقة أكثر نظافة لو أنها خططت لإعادته إلى الحياة، وكان لديها الكثير من الألم من أجل دفع العُشر.

لقد كانت عيناه، يا إلهي، أصعب ما فيه.

الحياة في تلك العينين الشاحبتين.

كلنا مجرد أوعية في النهاية.

خلف عينيها، شعرت بوخز الدموع، ونظرت إلى أسفل.

لم تكن تعرف ماذا تفعل بنفسها. ضمت ذراعيها المجروحتين إلى جسدها، وبحثت بجنون عن شيء لتقوله. ملائكة في غرفتها، واحد ميت وواحد هو أكيفا؛ كانت هذه معضلة جميلة.

لم يكن قد مضى سوى ثوانٍ معدودة على دخول الذئب. لم يكن سكونه وصمته غريباً بعد، لكن سرعان ما سيبدو غريباً.

لو لم تصرخ ليراز، لكانت كارو قد ساعدت الملائكة على الهرب. كانت ستحرق البخور لتغطية رائحتهم. إنها تدين لأكيفا بذلك وأكثر. لم يكن أحد ليعرف أنهم هنا. ولكن الأوان قد فات على ذلك. الآن كان على ثياغو أن يفعل شيئاً حيالهم، و- لقد رأت كارو ذلك في عينيه في تلك النظرة القصيرة- لقد كان في حيرة أكثر منها.

كان ينبغي أن يكون تصرفه واضحاً؛ فقد تعامل مع أكيفا من قبل: عذّبه، وعاقبه ليس فقط لكونه سيراف بل لكونه اختار مادريغال، وكل من كان قريباً منه يعرف كم كان متعطشاً لإتمام ما بدأه.

كان ينبغي للذئب الأبيض أن يضحك الآن؛ كان ينبغي أن يكون ثملاً من فرحته الدموية.

لكنه لم يكن كذلك.

لأنه، بالطبع – بالطبع، بالطبع- هو الذئب الأبيض الحقيقي.

# 79

## تمّ

سأل ثياغو: "إذاً، هل هذا ما يبدو عليه الأمر؟".

"كيف يبدو؟" سأل أكيفا وهو يكره التحدث إلى الذئب على الإطلاق. لم يلتقيا وجهاً لوجه منذ الزنزانة في لوراميندي، والآن بعد أن التقيا، لم يكن الحديث هو ما أراد أكيفا أن يفعله.

أشار ثياغو إلى هازايل: "يبدو وكأنه ملاك ميت"، ثم استدار من أكيفا إلى كارو، ثم عاد مرة أخرى بضحكة ازدراء. "هل جئت لتقوم بزيارة من تبعثنا من الموت؟ أنا آسف، لكننا لا نخدم نوعك. لعلك تدرك أننا في حالة حرب".

"لقد انتهت الحرب"، زمجرت ليراز بعاطفة، عرف أكيفا أنها لم تشعر بها تجاه انتصارهم. "لقد خسرتم".

"هل خسرنا حقاً؟ أعتقد أنه لا يزال يتعين علينا أن ننتظر لنرى".

وببطء، وضع أكيفا ذراعه ببطء حول كتف أخته. لو كانت قد انقضت على الذئب بالطريقة التي انقضت بها على كارو، لما دفعتها المرأة الثعبانية عنه. ربما كان الموت هو ما أرادته ليراز، أو ظنت أنها تريده في حدادها، وربما كان الموت سيحدث، هنا، الليلة، مهما فعلوا، لكن أكيفا لن يتودد إليه أكثر مما فعل بقدومه إلى هنا، وكان ذلك محض يأس.

نظر إلى كارو محاولاً تخمين ما كانت تفكر فيه. كانت ستساعد هازايل؛ لقد رأى حقيقة حزنها. ماذا الآن؟ هل ستساعدهم؟ هل تستطيع؟ تلك الكدمات على ذراعيها... ما زالت تضم ذراعيها إلى جسدها، وعلى الرغم من أن أكيفا كان متأكداً تماماً من أنها تحاول إخفاء كدماتها - لماذا كانت تبدو خجولة جداً؟ - كان التأثير هو أنه ظل يجد عينيه منجذبين إليها. و... قد رأى كدماتها القشرية عندما جاء من قبل؛ وكانت الذكرى تطارده. هذه الكدمات كانت مختلفة.

لم تكن هذه الكدمات ناتجة عن المشابك النحاسية، بل عن اليدين.

فجأة، أصبحت الكدمات هي كل ما يستطيع رؤيته. اجتاحته موجة من الغضب العارم، وبدا هو من احتاج إلى ضبط النفس. لقد كان واقفاً على قدميه، ولم يكن من السهل على كارو - كارو - عندما اندفع أو ترنح إلى الأمام، أن تقف بينه وبين ثياغو، وتدفعه إلى الوراء. كان جبينها متشنجاً وعيناها شرستين؛ ونظرتها تسأل هل أنت مجنون؟

وقد كان كذلك. وكان أيضاً مثيراً للشفقة. تعثر فوق هازايل وكانت ليراز هذه المرة هي من أمسكت به. كان كلاهما ضعيفاً جداً، واهناً ومحبطاً إلى درجة أنهما سقطا معاً على الأرض الترابية بجانب جثة أخيهما. هذا دون أن يضطر الكيميرا حتى إلى التلويح في اتجاههما. لقد كانا قد انتهيا تماماً، بشكل مؤلم جداً، ومن الواضح أنهما كانا في حالة يرثى لها.

"افعلها فحسب"، همست ليراز، ولم يستطع أكيفا حتى أن يجادل.

"اقتلنا".

نظرت كارو إليهما بتلك الصلابة التي أظهرتها عندما دفعته - لقد كان غضباً، كما اعتقد أكيفا، لأنه أجبرها مرة أخرى على تقرير مصيره. لقد تغيرت كثيراً خلال بضعة أشهر فقط. الحدة والكآبة. وتذكر كيف كانت في براغ ومراكش، في الوقت القليل الذي قضياه معاً قبل حادثة عظمة الأمنيات: نعومة تعابيرها وحركتها؛ وابتساماتها الخجولة المتناقضة؛ والومضات السريعة التي كانت تتوهج على طول عنقها الجميل. حتى غضبها كان شيئاً وامضاً وحيوياً، وكان يكره هذه الصلابة الجديدة المنحوتة في قناعها، ويكره دوره في إحداثها. ولكن، لو خُيِّر في تلك اللحظة، لقال إنه لا يزال يريد أن يعيش

ولم تهتز هذه القناعة إلا في اللحظة التالية. التفتت كارو إلى ثياغو – إلى ثياغو، من بين جميع الكائنات الحية في هذين العالمين الواسعين – وتبادلت معه نظرة قصيرة، سرية، مليئة بالألم- لكنها كانت نظرة ألم مشتركة وكانت... حنونة. كان ذلك الحنان تدنيساً لكل شيء، ومرعباً إلى حد جعل أكيفا ينسى كل شيء آخر. انفجرت فيه كل بقايا طاقته المتلاشية في لحظة جنون، وانقض على ثياغو.

أمسكه ثياغو من رقبته بيد واحدة ذات مخالب. أمسكه من مسافة ذراع؛ وجعل الأمر يبدو سهلاً. والتقت عيونهما، وعندما شعر أكيفا بحلقه ينطبق في قبضة الذئب، رأى أثراً من ذلك الحنان المنحرف يلوح في نظرات عدوه. عند ذلك، تركه. وتراجعت عيناه إلى الوراء. وسقط رأسه. ترك الظلام يستحوذ عليه، وكان هناك جزء منه يتمنى أن يقرر أن يحتفظ به.

*** ***

عندما انهار أكيفا، كان ارتياح الذئب عميقاً مثل كراهيته للكلمات التي أجبر نفسه على النطق بها، وللصوت الصادر من هذا الحلق الذي هو حلق ثياغو، كما أن هذا الصوت هو صوت ثياغو. وهاتان اليدان اللتان كانتا متطابقتين تماماً لكدمات كارو؟ كانتا يدي ثياغو أيضاً.

لكن الكابوس؟ كان هذا كله من زيري.

أراد أن ينزل الملاك إلى الأرض، لكنه أجبر نفسه على دفعه بقوة إلى السيرافيم الآخر، الأنثى الجميلة التي بدت ضائعة كما بدت متوحشة. أمسكت بأكيفا، وهي تترنح تحت وزنه الميت - لكن لا، ليس وزناً ميتاً. لم يكن أكيفا ميتاً. لن يسمح الذئب لقاتل الوحوش بالموت دون ألم. أما بالنسبة إلى زيري... فلن يسمح له بالموت على الإطلاق، إذا استطاع تجنب ذلك.

إذا.

أن يكون الاختبار الأول لهذا الخداع هو تقرير مصير السيراف الذي أنقذ حياته، كان أمراً... غير عادل. لم يكن مستعداً للاختبار. لا يزال الجسد غير مناسب تماماً، أو أنه ارتداه بشكل سيئ. لم يكن مناسباً جسدياً. كان قوياً ورشيقاً كوعاء؛ يمتلك ليونة وقوة شد معززة، ويعلم أنه شيء جميل للنظر، لكنه لم يستطع التغلب على اشمئزازه منه. عندما استولى عليه... أوه، نيتيد، كان طعم دم كارو لا يزال في فمه.

لقد اختفى ذلك الآن، لكن اشمئزازه لا يزال موجوداً، والأسوأ من ذلك: كان اشمئزازها هي. وكيف لا؟ كان زيري قد رأى حالة ثياغو في الحفرة؛ وكان يعرف ما فعله بها - أو حاول أن يفعله، كان يأمل أن يحاول فقط، ولكنه لم يسأل، وكيف لا يسألها عن ذلك؟ لقد كانت غارقة في الدماء عندما وجدها، وكانت ترتجف بعنف يشبه الرعشة في البرد القاتل، وحتى الآن بالكاد استطاعت أن تجبر نفسها على النظر إليه.

كم من الأيام مرت وهو يتأمل أن تتمكن من رؤيته على حقيقته - لم يعد طفلاً بل رجلاً ناضجاً، رجلاً و... ربما كان ذلك حجر الحظ الذي يصيبه، حجره على فولاذها وحظه على حظها. رجل قد تحبه. والآن أصبح هذا؟

إذا كانت هناك إرادة تعمل في الكون، فإن النجوم تدوي بالضحك الآن. بإمكانه أن يضحك على نفسه تقريباً. هل تم القضاء على الأمل بهذه الطريقة من قبل؟

ولكن إذا كان ذلك غير عادل، فعلى الأقل كان من صنع يديه. لقد رأى ما يجب القيام به، وقد قام به.

قام به من أجلها، من أجل الكيميرا، ومن أجل إريتز، نعم، لكنها هي التي كان يفكر فيها عندما جرّ نصله على رقبته. لم يكن يعرف حتى لمن يصلي، لإلهة الحياة أم لإلهة القتلة.

يا لها من هدية قذرة أهداها لكارو: تضحيته. جسده ليدفن. فداحة هذه الخديعة التي سيرحّلها إلى زمن قادم. و... الفرصة لتغيير مسار التمرد والمطالبة بالمستقبل. هذه فرصة هائلة أيضاً، ولكن في تلك اللحظة بدا الخداع وكأنه كل شيء.

ما تم إنجازه بالفعل - الموت - هو الجزء السهل. الآن عليه أن يصبح ثياغو. إذا كان هذا سينجح، فعليه أن يكون مقنعاً، بدءاً من هذه اللحظة مع هؤلاء السيرافيم. لهذا السبب شعر بارتياح عميق يفوق الوصف عندما فقد أكيفا وعيه، واستطاع أن يضع نهاية سريعة للمواجهة، على الأقل أن يوقف المحتوم، ويحاول التفكير فيما يجب فعله.

"خذيهما إلى المخزن"، قال لتين، بما كان يأمل أن يكون ازدراء الذئب اللطيف والسلطوي. وبعد أن أطاعته، وبمساعدة إيسا للسيراف الأنثى لجسد أكيفا، ونيسك وليسيث يحملان الجثة بينهما، أغلق الباب خلفهما وسقط على ظهره، وأغلق عينيه ورفع يديه إلى وجهه. ولكن كم كان يكره لمساتهما

لقد تركهما تسقطان. لقد كره ملمس يديه. يديه؟ لقد أبعدهما عن جسده. جسده؟ - وفي توتر بؤسه كانتا جامدتين مثل الموت، مثل يدي الملاك الذي جعل نفسه يسخر من موته.

لم يكن هناك مهرب من الدناءة، لأن الدناءة كانت هو.

"أنا ثياغو."

سمع نفسه يقول في رعب منخفض ومخنوق. "أنا الذئب الأبيض".

وبعد ذلك، أولاً بيد واحدة مكروهة، ثم بكلتا اليدين، شعر زيري بلمسة خفيفة وفتح عينيه. كانت كارو أمامه مباشرة، شاحبة وتبكي، مصابة بكدمات وترتجف، سوداء العينين وزرقاء الشعر، جميلة وقريبة جداً، وكانت تنظر إليه - إليه، إليه - وتمسك يديه بكلتا يديها.

قالت بصوت هامس حلو شرس: "أنا أعرف من أنت. أعرف. وأنا معك. زيري، زيري. أنا أراكِ".

ثم، بحركة رقيقة، وضعت رأسها على صدره، وسمحت له بأن يحتضنها بين ذراعي قاتلها. كانت رائحتها عذبة كالنهر، وارتجافها كان خفيفاً، أشبه بلمسة النسيم على جناح فراشة. احتضنها زيري بحذر، وكأنها آخر بصيص أمل في عالمهما المنهار.

وربما كانت كذلك.

# 80

# الخداع

صوت قريب وكان صوت أجنحة.

كانت كارو على يقين من أن أتباع ثياغو قد عادوا، ولم تكن قد هربت ولا اختبأت. لقد تجمدت كالفريسة، جاثية على ركبتيها في التراب والصخور والدماء والقيء والذباب والرعب، تنتظر أن يجدها أحد.

وعندما رأت ما هو، عندما هبط أمامها، وحوافره الكيرين تنثر الحجارة، لم يكن هناك مجال في صدمتها لنشعر بالفرح - زيري حي وهو هنا - لأن الطريقة غير المنضبطة التي حدق بها إليها لم تزدها إلا صدمة. نظر إلى الذئب ثم عاد إليها. وكان فكه مرتخياً من عدم التصديق؛ بل لقد خطا خطوة مترددة إلى الوراء، ورأت كارو اللوحة البشعة كما كان يراها. مهانة وضع الذئب، وملابسه المشوهة والممزقة في مشهد لا تخطئه العين، والسكين الصغيرة الملقاة حيث أسقطها، تبدو وكأنها فتاحة رسائل أو لعبة.

أما هي، فكانت ترتعش، دامية، مذنبة.

لقد قتلتْ الذئب الأبيض. لو كانت تفكر، لما صدقت أن الأمر يمكن أن يسوء أكثر من ذلك.

لكن، أوه، لقد حدث ذلك.

والآن، وهي في غرفتها، وضعت رأسها على صدره وشعرت بخفقات قلبه على خدها - تتسارع؛ وكانت تعرف أن هذا هو قلب زيري الآن وليس قلب ثياغو، وتعرف أيضاً أن تسارع دقاته كان بسببها - وحاولت أن تكبح جماح شعورها بالاشمئزاز من أجله.

كانت تأمل أن يكون ظل الكيرين الصغير حليفاً لها، لكنها لم تتخيل أبداً... هذا.

وبعد تلك اللحظة الأولى من الدهشة البطيئة اندفع نحوها وكان حذراً جداً معها، حاضراً وطيباً وغير متردد - لم يكن هناك شيء من خجله الآن؛ كان كله تركيز وقوة. لقد أمسك كتفيها، بحذر ولكن بحزم، وجعلها تنظر إليه

"أنتِ بخير"، قال لها عندما تأكد من أن الدم الذي صبغها لم يكن دمها. "كارو انظري إليّ. أنتِ بخير. لا يمكنه أن يؤذيك بعد الآن".

"يستطيع، سيفعل"، قالت وهي على وشك الهستيريا. "لا يمكن أن يكون ميتاً، لا يمكن أن يستسلم. سيجبرونني على إعادته. إنه الذئب الأبيض. إنه الذئب الأبيض".

كان هذا كل ما في الأمر، كل ما يمكن قوله. كان زيري يعرف ذلك أيضاً؛ لم يكن عليهما أن يتحدثا عن ماذا لو. زيري هو من رأى ما يجب القيام به ومن فعل ذلك. أدركت كارو نيته عندما استل نصله الهلالي؛ فشهقت، وحاولت إيقافه. قال إنه آسف. "ولكن ليس من أجلي. هذا الجزء لا بأس به. أنا آسف فقط لتركك وحدك، في الوقت الفاصل بين".

بين، بين الجسدين.

"لا! لا!". لا لا لا لا لا لا لا. "سنفكر في شيء آخر. زيري، لا يمكنك فعل هذا -".

لكنه فعل، وبيد متمرسة، وكان نصله حاداً جداً.

لقد احتضنته بينما كان يحتضر، وكانت عيناه البنيتان المستديرتان واسعتين غير خائفتين، وكانتا حلوتين، في اللحظة التي سبقت خفوتهما، كانتا حلوتين مفعمتين بالأمل كما كانتا عندما كان صبياً يتبعها في لوراميندي. كان ذلك هو ما فكرت فيه وهي تحمله ميتاً بين ذراعيها - الصبي الذي كان - ومرة أخرى الآن، وهو يحتضنها بين ذراعيه الجديدتين. كانت تفكر في الصبي حتى لا تخونه بالارتجاف. لقد كان ذلك ظلماً شديداً، بعد ضخامة تضحيته، والقسوة الشديدة، ولكن كل ما استطاعت أن تفعله هو ألا تنتزع نفسها بعيداً، لأنه وإن كان زيري فقد كان ذراعاه ذراعي الذئب، وكان احتضانه لعنة.

وعندما لم تستطع التحمل لحظة أخرى، تظاهرت بالتراجع. مدت يدها إلى جيبها وهي تبتعد، وأخرجت الشيء الذي وضعته هناك قبل أيام ونسيته تقريباً.

قالت: "لدي هذا. إنه... لا أعرف". بدا الأمر غبياً الآن، وسخيفاً حتى، ماذا كان يفترض أن يفعل به؟ لقد كان طرف قرنه، بطول بوصتين، والذي انقطع في الساحة عندما سقط مغشياً عليه. لم تكن متأكدة ما الذي جعلها تأخذه، والآن، بينما كان يمد يده إليه، تمنت لو أنها لم تفعل. لأنه كان هناك خجل في صوته عندما قال: "لقد احتفظتِ بهذا"، ما جعل من الواضح أنه كان يفهم الكثير في ذلك.

قالت: "من أجلكَ. اعتقدتُ أنك قد ترغب في ذلك. كان ذلك قبل...". قبل أن تدفن بقيته في قبر ضحل؟ مرة أخرى، شعرت بمعدتها مثل قبضة مشدودة. لقد كان هذا أفضل ما يمكن أن تفعله، وعلى الأقل لم

تكن الحفرة. لم تكن الحفرة لآخر جسد من الكيرين الحقيقي، حبيبتي إيلاي، إلا غبار النجوم الذي تجمع بشكل عابر. لقد كان من الصعب بما فيه الكفاية أن تجرف التراب الجاف على وجهه. ظلت تفكر في أنها يجب أن تغير رأيها.

بعد كل شيء، كان الأمر متروكاً لها. لديها جثتان ميتتان حديثاً. وبإمكانها إصلاح أي منهما. بوسعها أن تعيد روح زيري إلى حيث تنتمي؛ لقد فعل ما فعل وكان شجاعاً جداً، ولكن الأمر كان بيدها. كانت روحه بين يديها.

بدت روح زيري وكأنها رياح عاتية تجوب جبال أديلفاس العالية وتخفق كأجنحة صائدي العواصف، مثل الأغنية الجميلة الحزينة الأبدية لمزامير الرياح التي ملأت كهوفهم بموسيقى لا يستطيع أن يتذكرها. شعرت وكأنها وطن.

وكانت كارو قد وضعت الروح في مثل هذا الوعاء. لأنه كان على حق، بعد كل شيء. كانت هذه هي الطريقة الوحيدة للسيطرة على مصير الكيميرا. من خلال هذه الخديعة.

إذا تمكنوا من فعلها.

لن يكون الأمر سهلاً حتى في الظروف العادية، بهذه السرعة، بينما كانا لا يزالان يترنحان ولم يتمكنا حتى من التحدث أو التخطيط، أن يصلا إلى مثل هذا الاختبار. يجب التعامل مع الملائكة.

أشاحت كارو بوجهها بعيداً، وذهبت إلى طاولتها. وأصلحت الكرسي الذي أطاحت به عندما سقط أكيفا من نافذتها، واستقرت عليه. كان الجزء الخلفي من ساقيها ممزقاً للغاية من شدة الارتطام تحت ثقل ثياغو، وشعرت أن جسدها كله كان يبدو وكأنه مثبت في ملزمة. لكن كل ذلك سيزول في غضون يوم أو يومين، أما الباقي فسيبقى هنا.

المشاكل، والمسؤولية الرهيبة، والكذبة التي لا يجب أن تتعدى هذه الغرفة مهما كان الثمن.

عادت إيسا وتين من دون نيسك وليسيث.

"أريدهما أن يرحلا"، قالت إيسا بنبرة تهديد، وعرفت كارو أنها كانت تقصد نيسك وليسيث وليس الملائكة. "إنهما متوحشان، تركاك هناك معه هكذا. والآخرون أيضاً".

كانت كارو تميل إلى الموافقة، ولكن مع ذلك قالت: "كانوا يتبعون الأوامر". وأشارت إلى أنهم اتبعوا أوامر أسوأ من ذلك.

"لا يهمني"، قالت إيسا. كانت أكثر اشمئزازاً من الثنائي لأنهما من قبيلة ناجا، وكانت تريد أن تؤمن بنوعها بشكل أفضل. "يجب أن يكون هناك بعض الفهم الأساسي للصواب والخطأ، حتى عندما يتعلق الأمر بتنفيذ الأوامر".

"إذا جعلنا ذلك قاعدة، فلن يتبقى لدينا أحد.

حسناً". نظرت إلى الذئب، إلى زيري. "سيبقى لدينا القليل جداً". كان يجب أن يُبعث فريق باليروس قريباً، بالإضافة إلى أمزالاغ والسفينكس الذين استخرجت أرواحهم من الحفرة. كانت بحاجة إلى جنود تثق بهم.

"على أي حال، لا يمكننا أن نبدأ بإخفاء كل من لا يعجبنا. سيكون ذلك مريباً. و"، أضافت بعد ذلك: "خاطئاً".

في الواقع، لم يختفِ أي شخص، ولم تكن تخطط للبدء.

لم يكن رازور ضمن الحسابات. لقد مات في هجومه على معقل للسيرافيم يُدعى جليس- أون- ذا- تان، وهو نفس المعركة التي فقد فيها زيري، مما أحزن الجميع. لا يجب أن يعرف أحد أبداً ما الذي حدث بالفعل عندما حاول رازور تنفيذ أمر ثياغو وفشل، أو أن أحدهما قد عاد - وإن

كان ذلك فقط إلى الاستراحة في قبر ضحل ولعب دور البطولة في هذه الخديعة الهائلة.

قالت تين، وهي تطقطق بأسنانها: "دعيني أحصل على اثنين من الناجا. فم الذئب هذا لديه جوع. سأقول إنهم طلبوا مني أكلهما".

اعترضت إيسا: "لا تكوني فظيعة".

حدقت تين في كارو وقالت: "لا؟ لكن ألم يكن هذا هو الحافز كله؟".

لم تستطع كارو إلا أن تبتسم ابتسامة آلمت خدها الجريح. لم تعد تين هي تين، أكثر مما كان ثياغو هو ثياغو؛ كانت هاكسايا، وكان الأمر أسهل معها. وبقدر ما كانت كارو تكره الذئبة هاكسايا، لم يكن هناك نفس المستوى من النفور الجسدي كما كان الحال مع الذئب.

كان من الجيد وجود حس الفكاهة الأسود لهاكسايا في المزيج - حتى لو لم يستطع المرء أن يعرف تماماً متى كانت تمزح. عندما أيقظت كارو صديقتها القديمة في جسد تين - وكانت تين قد استخفت بإيسا وعصاباتها المطيعة عادةً من المجوهرات الحية - أوضحت لها مباشرةً: الموقف الرهيب، وأن تقوم بما يجب عليها فعله، وإلا ستعاد فوراً إلى مبخرتها.

أجابت هاكسايا، بابتسامة بدت وكأنها صُنعت من أجل فكي ذئب تين: "لطالما أردتُ أن أكون فظيعة".

سألتها الآن: "هل يمكنك أن تكوني أقل فظاعة قليلاً؟ لا أكل للناجا، أو أي رفاق آخرين، حتى المحتقرين منهم". وكفكرة لاحقة، أضافت: "أرجوك".

"حسناً. لكن إذا طلبوا مني...".

"لن يطلبوا منكِ أكلهم، يا تين".

"لا أظن ذلك"، اعترفت بما بدا وكأنه خيبة أمل حقيقية، وربما كان الأمر كذلك.

وكانوا هنا، حلفاء كارو: ثياغو، وتين، وإيسا. وكانوا ينظرون إليها. يا إلهي، فكرت كارو، وهي تشعر بالدوار من الذعر. ماذا الآن؟

"الملائكة"، قالت، راغبة في أن يستعيد نبضها توازنه.

قالت إيسا: "لقد هربوا. الأمر بسيط. لقد فعلوا ذلك من قبل".

أومأت كارو برأسها. بالطبع، كان هذا هو الأمر. التخلص منهم، ومشاهدة آخر ما تبقى من أكيفا، أخيراً وإلى الأبد. هذا ما أرادته.

إذاً ما هو ذلك الألم في صدرها؟

"لقد حلمنا معاً بإعادة بناء العالم"، ظلت تفكر. لقد كان هذا الحلم الأجمل، ولم يكن ليتحقق إلا كما حدث: وُلِد من الرحمة ونشأ في الحب. ولم يكن بوسعها أن تفكر في المستقبل والسلام، من دون أن تتذكر يد أكيفا على قلبها ويدها على قلبه. "نحن البداية"، قالت حينها في المعبد، وبدا كل شيء ممكناً مع خفقان قلبه تحت يدها.

والآن، كان قلبه ينبض هناك، في الظلام، في المخزن. قريب جداً، ومع ذلك بعيد جداً. لم يكن هناك طريقة يمكنها من خلالها تخيل حدوث تصادم بين أحداث مستحيلة، من شأنه أن يجعل نبض قلبه تحت يديها مرة أخرى، أو يجمعهما معاً مرة أخرى في الحلم الذي كان لهما - ليس حلمها وحلم زيري، ولا حتى حلمها وحلم بريمستون، بل حلمها وحلم أكيفا.

لا يمكنها أن تتخيل ذلك.

# 81

## شرايين الحظ

إن عالماً واحداً بحد ذاته يشكل مزيجاً غريباً
من الشرايين المتعرجة غير المعروفة بين النوايا
والصدفة، ولكن ماذا عن عالمين؟ عندما يختلط
عالمان بالأنفاس عبر شقوق في السماء، يصبح
الغريب أكثر غربة، وقد تحدث أشياء كثيرة لا
يستطيع سوى القليل من الخيالات أن يستوعبها.

# 82

# أهم ثلاثة أسباب للحياة

كانت زوزانا وميك في آيت بن حدّو عندما بدأ الأمر. كان الشيء الذي لن يكون محجوباً أبداً، الذي سيمتلك ضمير الغائب المفرد، ضمير المخاطب "هو" إلى الأبد.

أين كنتم يوم بدأ الأمر؟

آيت بن حدّو، القصبة الأشهر في المغرب، كانت أعظم بكثير من قلعة الوحش، رغم أنها تفتقر إلى حيوية الوحوش. تم ترميمها بتمويل من التراث العالمي وأموال الأفلام - هنا مثّل راسل كرو في فيلم "غلادياتور"- وتم تعقيمها وتجهيزها للسياح. متاجر على طول الأزقة، سجاد ملون معلق على الجدران وعند البوابة الرئيسية، جِمال ترفرف برموشها الطويلة المدهشة وهي تتأهب لالتقاط الصور- مقابل ثمن بالطبع. كل شيء له ثمن.

ميك يساوم. زوزانا ترسم جانباً، بينما كان هو يتظاهر بأنه يتفقد مجموعة مختارة من الغلايات، واشترى خاتماً فضياً عتيقاً كان يشك في أنه ليس فضة في الواقع وربما ليس عتيقاً، ولكنه خاتم بلا شك. ليس خاتم خطوبة. وقد نجح في تشغيل المكيف، لكنه لم يعتبرها إحدى مهامه، كما لا يكترث

بعلاج ضجر زوزانا. لأنها ليست مهمته. رغم أنها كانت واحدة من أسباب عيشه - العزف على الكمان والإمساك بيد زوزانا - التي يمارسها مع شعور بالامتنان العميق للكون.

ولكن، للفوز بيدها، كان يحتاج إلى تحدٍ، إلى تحديين آخرين.

شعر بالتزام غريب بفكرة المهمة برمتها. من عليه أن يفعل أشياء كهذه؟ الوحوش والملائكة والبوابات والخفاء - حتى لو كان الأخير صعباً بعض الشيء للاستمتاع به بسبب كل هذا الأذى.

كم عدد الذين تسنى لهم شراء خواتم فضية - ربما عتيقة - لصديقاتهم الجميلات في مدن الطين القديمة في شمال أفريقيا وأكل التمر المجفف من كيس ورقي ورؤية رموش الإبل و... مهلاً، إلى أين يذهب كل الناس؟

هناك تيار مفاجئ من الناس في الممر الضيق، وصراخ بالعربية أو البربرية أو بلغة ما غير التشيكية أو الإنجليزية أو الألمانية أو الفرنسية، وكان ميك يراقب في حيرة. السكان المحليون يصرخون ويتدافعون ثم كانت الأبواب تبتلعهم والممرات خالية من الجميع ما عدا السياح: السياح يحدقون في بعضهم البعض بينما كان الغبار ينقشع تماماً وخلف الأبواب يشتد الصخب. وضع ميك الخاتم في جيبه، وعاد إلى زوزانا التي كانت لا تزال جالسة في الظل، لكنها لم تعد ترسم. نظرت بقلق.

"ما الذي يحدث؟".

"لا أعرف". نظر حوله. هناك بعض العائلات التي لا تزال تعيش داخل الجدران هنا؛ ولمح شاشة تلفاز ساطعة بينما كان أحد الأبواب يتأرجح بين الفتح والإغلاق. يا لها من مفارقة تاريخية: تلفاز في هذا المكان... ثم... ثم تحول الصخب إلى صراخ. كان الصراخ مزيجاً من الفرح والرعب. أمسك ميك بيد زوزانا - أحد الأسباب الثلاثة الأولى للحياة - وسحبها عبر الطريق إلى حيث كان التلفزيون، ليرى ما الذي يحدث في الجحيم - أو في الجنة.

# 83

# الوداع

عندما استيقظ أكيفا، كانت ليراز نائمة إلى جانبه ويحيط بهما الظلام، مع أنه بالطبع لا يوجد ظلام حقيقي حيث يوجد السيرافيم. حتى أجنحتهما، التي كانت تحترق بخفوت في نومهما المنهك، تلقي بريقاً خفياً يصل إلى السقف الخشبي العالي فوق رأسيهما، والجدران الطينية المنحدرة على جانبيهما.

كان المكان واسعاً، وبلا نوافذ؛ لم يستطع أن يعرف ما إذا كان الوقت ليلاً أم نهاراً. كم من الوقت نام؟

لقد شعر... حسناً، كانت كلمة "بالانتعاش" صعبة في ظل هذه الظروف، فقد بدت مفعمة بالحياة، ولم يكن كذلك، لكنه كان أفضل حالاً بكثير. لقد دفع جسده للجلوس.

كان أول ما رآه هو أخوه. كان هازايل مستلقياً على الجانب الآخر من ليراز، وكان جسده منحنياً تجاه جسدها، وللحظة جامحة قفز الأمل في نفس أكيفا بأن يعودوا ثلاثة مرة أخرى، وأن كارو قد بعثت أخاه من جديد، وأن هازايل سيجلس ويبدأ في سرد قصص مضحكة عن كل ما رآه وفعله عندما

كان روحاً بلا جسد. لكن سرعان ما تلاشى هذا الأمل مثل معظم الآمال: التهمت المرارة الحارقة ذلك الأمل، وشعر أكيفا بأنه أحمق. وبطبيعة الحال، فقد مات هازايل، ولا يزال ميتاً وإلى الأبد. بدأ الذباب يتطاير في الهواء، ولم يكن ذلك ممكناً.

أيقظ ليراز. لقد حان الوقت لتكريم أخيهما.

لم تكن المراسم الجنائزية كبيرة كما هو الحال في المراسم الأخرى، ولكنها لم تكن كذلك قط: جنازة جندي، وللجثة محرقة خاصة بها. كانت الكلمات الرسمية غير شخصية، فغيّراها لتتناسب مع هازايل.

قالت ليراز: "كان جائعاً دائماً، وكان ينام أحياناً أثناء الحراسة. لقد أنقذ نفسه ألف مرة من التأديب بابتسامته".

قال أكيفا: "كان بإمكانه أن يجعل أي شخص يتحدث إليه. لم يكن هناك سر في مأمن منه".

"إلا سرك". تمتمت ليراز، وكانت الحقيقة مؤلمة.

قال: "كان ينبغي أن تكون له حياة حقيقية. كان سيملأها. كان سيجرب كل شيء". كان سيتزوج، كما اعتقد. كان يمكن أن يكون لديه أطفال. كاد أكيفا أن يراه - أن يرى ما يمكن أن يصبح هازايل، لو كان العالم أفضل.

قالت ليراز: "لم يسبق لأحد أن ضحك بصدق أكثر منه. لقد جعل الضحك يبدو سهلاً".

وظن أكيفا أن الضحك يجب أن يكون سهلاً، لكن الأمر لم يكن كذلك. انظروا إليهما، أيديهما سوداء وأرواحهما متشظية. مدّ يده إلى يد أخته، فأمسكتها بإحكام كمقبض السيف، وكأن حياتها تعتمد على ذلك. كان ذلك مؤلماً، لكنه ألم يمكنه تحمله بسهولة.

تغيرت ملامح ليراز. تجردت من كل طبقاتها - كل قساوتها وقشرتها الصلبة التي لم يكد يراها منذ أن كانا طفلين. بدت ضعيفة وهي تحتضن

ركبتيها، وقد انحنى كتفاها وبدا وجهها المضاء بالنار يفيض حزناً. شابة. بدت وكأنها شخص مختلف تقريباً.

قالت: "لقد مات وهو يدافع عني. لو كنت قد ذهبت مع جايل، لكان لا يزال على قيد الحياة".

قال لها أكيفا: "لا، كان سيشنق. كنتِ ستظلين مختطفة، وكان سيموت في بؤس لأنه خذلك. كان سيختار هذا".

"ولكن لو عاش لفترة أطول قليلاً، لكان بإمكانه أن يهرب معنا". كانت تحدق في ألسنة اللهب التي تلتهم أخاهما، لكنها أشاحت بوجهها بعيداً عنها لتركز على أكيفا. لم تسأل "أكيفا. ماذا فعلتَ؟ ولماذا لم تفعل ذلك في الوقت المناسب؟" لكن السؤال غير المصرح به ظل معلقاً في ذهنها على أي حال.

قال: "لا أعرف"، رداً على السؤال المطروح وغير المطروح، وحدق في نار المحرقة، وهي تشتعل بسرعة جهنمية، ولا تترك سوى رماد جرة لم تكن لديهما.

ما الذي كان يعتمل في داخله ليفعل مثل هذا الشيء، ولماذا لم يظهر ذلك عندما كان في أمس الحاجة إليه - ليس فقط في الوقت المناسب لإنقاذ حياة هازايل، بل منذ سنوات لإنقاذ حياة مادريغال؟ هل كانت سنوات الإخلاص لسيريثار قد شحذت تعاطفه مع السحر؟ أم إن ذلك كان بسبب تلك الطفرة المفاجئة من ذكريات والدته؟

سألت ليراز: "هل تعتقد أن جايل لا يزال على قيد الحياة؟".

لم يعرف أكيفا ماذا يقول في ذلك أيضاً. لم يكن يريد التفكير في جايل، لكن لم يكن من الممكن تجنب ذلك. أقر: "ربما يكون لا يزال حياً. وإذا كان كذلك...".

"آمل أن يكون".

نظر أكيفا إلى أخته. لم تعد تلك القشرة الصلبة قد عادت. لا تزال تبدو ضعيفة وشابة. لقد تحدثت ببساطة، وبصوت خافت، وفهم أكيفا جزء منه كان يأمل ذلك أيضاً. لم يكن جايل يستحق موتاً سهلاً كهذا الذي كان سيصيبه جراء الانفجار. لكن إذا كان لا يزال حياً، فهناك أشياء يجب القيام بها.

نهض وألقى نظرة حوله. جدران طينية، وباب خشبي، ولا حراس يمدون هامساتهم لإضعافهما؛ هذا المكان المظلم لا يمكن أن يحتجزهما. أين كان الذئب، ولماذا سمح لأسيريه بالراحة واستعادة قواهما؟

وأين كانت كارو؟ مع ثياغو؟ لقد جلبت له الفكرة ألماً حاداً في معدته، مثل طعنة. لم يستطع أن يتجاهل تلك النظرة التي مرت بينهما. تلك النظرة جعلته يشكك في كل شيء كان يعتقد أنه يعرفه عن كارو. "أعتقد أن الوقت قد حان للرحيل". مد يده نحو أخته.

ذات مرة، كانت ليراز ستدير عينيها وتنهض دون مساعدة. أما الآن، فقد تركته يوقفها على قدميها. ولكن بمجرد أن نهضت، وقفت ثابتة بجانب بقايا محرقة هازايل تحدق فيها. "أشعر بأننا سنتركه هنا".

"أعرف"، قال أكيفا. أن يكون قد طار كل هذه المسافة حاملاً ثقله، ويغادر الآن بلا شيء؟ بدا في تلك اللحظة أمراً لا يمكن تصوره. نظر حوله مرة أخرى، ورأى جرة داخل الباب.

قالت له ليراز: "ماء. لقد تركته المرأة الناجا". ذهب أكيفا وأحضره، وقدمه إلى ليراز، ثم شرب هو نفسه بعمق. لقد كان حلواً وطيباً وضرورياً جداً، وعندما انتهى ملأ الإبريق بعناية برماد هازايل. ربما كان من الحماقة أو السخافة أن يحتفظ بمثل هذه البقايا المادية، لكن ذلك ساعده بطريقة ما قال: "حسناً".

"إلى الكهوف؟ لا بد أن الآخرين يعتقدون أننا متنا في الانفجار".

كهوف الكيرين، حيث كان من المقرر أن يلتقي هو ومادريغال لبدء ثورتهما. كان ينتظره هناك الآن إخوته وأخواته من غير الشرعيين، ومعهم مستقبل لم يشعر بعد بأنه حقيقي. كان إحساسه بالهدف سليماً: إنهاء ما بدأه، وإنهاء القتل، وخلق - بطريقة ما - طريقة جديدة للحياة. ولكن من دون كارو إلى جانبه، كان الحلم أمامه بكل سحره طريقاً مترباً يفضي إلى أفقٍ مسدود.

قال: "نعم. لكن هناك شيء يجب أن نفعله أولاً".

أطلقت ليراز نفساً طويلاً. قالت: "أرجوك أخبرني أنه لا يتضمن الوداع".

الوداع. الكلمة مؤلمة.

الوداع كان آخر شيء أراد أكيفا أن يقوله لكارو. كان يفكر في ليلتهما الأولى معاً، وكيف أنهما في حفلة أمير الحرب ولاحقاً في المعبد همس كل منهما للآخر بكلمة "مرحباً" مراراً وتكراراً وكأنها سر مشترك. كانت على شفتيه في المرة الأولى التي قبّلها فيها. هذا ما سيقوله لها لو كان بإمكانه الحصول على ما يريد. مرحباً. قال لليراز: "لا"، وذكّرها بأنه من سوء الطالع أن يقول لها الوداع.

فأجابت بهدوء: "حظ سيئ؟ بكل تأكيد، دعنا لا نبدأ بأي من ذلك".

***

لم تكن "مرحباً" ولا "الوداع" ما قاطعه أكيفا أثناء هروبه، حيث تسلل مرة أخرى إلى غرفة كارو ليفاجئها هي وإيسا.

لم يكن الذئب، بوركت نجوم الآلهة، موجوداً، ولكن عندما قفزت كارو على قدميها ألقت نظرة سريعة غير واثقة إلى الباب، وكانت طعنة أخرى في أحشاء أكيفا - تذكيراً بأن ثياغو كان قريباً، وكانت لديه إمكانية الوصول الكامل إلى ذلك الباب.

"ماذا تفعل هنا؟" سألت كارو، وقد دهشت. كان شعرها الأزرق الشاحب مضفوراً على أحد كتفيها، وكان كمّاها الآن يخفيان الكدمات على ذراعيها. كان تورم خدها قد خف بعض الشيء، وبدا أن غضبها قد تلاشى أيضاً. انتشر الاحمرار على رقبتها، وتغلب اللون فجأة على شحوبها. "كان من المفترض أن تذهب".

من المفترض أن تذهب. لم تكن هذه هي المفاجأة التي كان من الممكن أن تحدث. كان سجنهما خدعة. عندما وضع أكيفا يده على الباب ليحرقه، انفتح الباب. لم يكن مغلقاً حتى. كان قد أطلق نفساً صغيراً من الضحك وأطل من خلال الشق ليرى فناءً صغيراً قبيحاً مكدساً بالركام، ولا يوجد حراس.

"نحن ذاهبان. ولكن هناك شيء يجب أن أخبرك به". توقف أكيفا مؤقتاً، ورأى كارو متوترة. ماذا كانت تعتقد أنه سيقول؟ هل كانت خائفة من أنه سيأتي ليتحدث عن الحب؟ هزّ رأسه وهو يريد أن يؤكد لها أن تلك الأيام قد ولّت، وأنه لم يعد لديها المزيد من هذا العذاب لتخاف منه. الليلة جلب عذاباً جديداً. ومرة أخرى كان يحمل خياراً مستحيلاً. قال: "سأغلق البوابات".

مهما كان ما تستعد له، لم يكن ذلك. كان صوتها شهقة. "ماذا؟".

قال: "أنا آسف. أردت أن أحذرك، كي تتمكني من تحديد الجانب الذي ستكونين فيه".

أي جانب: إريتز أم عالم البشر؟ أي حياة ستتخلى عنها؟

"أي جانب؟" خرجت من خلف طاولتها. "لا يمكنك ذلك. ليس هذه البوابة. أنا أحتاجها. نحن بحاجة إليها". ما بدأ كدهشة تحول إلى غضب ممزوج بالذعر. انتقلت إيسا إلى جانبها في تموج. "ألم تحرق بما فيه الكفاية؟ لماذا تحاول حتى-؟".

قالت ليراز: "لإنقاذ كلا العالمين من إفساد بعضهما البعض".

"ما الذي تتحدثين عنه؟".

قال أكيفا ببساطة: "الأسلحة". توقّف قليلاً. لم يستطع أن يبدأ في تخيل ضغط كل ما حدث في برج الفتح في تفسير أنيق ليقدمه لها. "جايل. قد يكون ميتاً، ولكن إذا لم يكن كذلك، فسيأتي إلى هنا من أجل الأسلحة. مع الدومينيون".

كان بياض عيني كارو عبارة عن حلقات حول قزحيتيها السوداوين، ومدت يدها لتثبيت نفسها على طاولتها. "كيف يمكن أن يعرف حتى عن الأسلحة البشرية؟" توهجت من الغضب. "هل أخبرته؟".

طعنة أخرى، وهي أنها يمكن أن تصدق أن أكيفا سيسلح جايل، ولكن لم يكن من المريح أن يخبرها بالحقيقة. كان يتمنى أن يكذب ويجنبها ذلك. قال: "إنه رازغوت".

ظلت متجمدة للحظة وهي تحدق، ثم أغمضت عينيها. وتلاشى كل ذلك اللون الوردي الذي كان يلون وجنتيها، وأصدرت أنيناً صغيراً مؤلماً. همست إيسا إلى جانبها: "إنه ليس خطأك أيتها الفتاة الجميلة".

"إنه خطئي"، قالت وهي تفتح عينيها. "أي شيء آخر ليس خطئي، ولكن هذا نعم".

قال أكيفا: "وخطئي. لقد وجدت بوابة للإمبراطورية". كانت البوابات - وبالتالي العالم البشري - قد ضاعت من السيرافيم لألف عام؛ غيّر أكيفا ذلك. لقد وجد بوابة واحدة في آسيا الوسطى، فوق أوزبكستان. أرشد رازغوت كارو إلى البوابة الأخرى. "يمكن أن يأتوا من أي من البوابتين. خطط جايل لذلك كمسرحية استعراضية، للعب على كل ما يعتقده البشر عن الملائكة".

كانت كارو تمسك بيد إيسا وتأخذ أنفاساً طويلة وبطيئة. قالت: "لأن الأمور لم تكن سيئة بما فيه الكفاية بالفعل"، وبدأت تضحك ضحكة منكسرة شعر بها أكيفا في قلبه.

أراد أن يضمها بين ذراعيه ويخبرها أن كل شيء سيكون على ما يرام، لكنه لم يستطع أن يعدها بذلك، وبالطبع لم يستطع لمسها. قال: "يجب أن تكون البوابات مغلقة. إذا كنتِ بحاجة إلى وقت لتقرري-".

"لأقرر ماذا؟ أي عالم سأكون فيه؟" حدقت فيه. "كيف يمكنك أن تسأل هذا السؤال؟".

وعرف أكيفا أن كارو ستختار إريتز. بالطبع، فهو يعرف ذلك بالفعل. ولو لم يكن قد عرف، لظن أنه لا يمكن أن يدفعه أي حجم من التهديد - عوالم على المحك وأرواح - إلى إغلاق الأبواب بينهما وحبس نفسه إلى الأبد في عالم لم تكن فيه. قال: "لديكِ حياة هنا. قد لا يكون هناك طريق للعودة أبداً".

"عودة؟" أومأت برأسها بطريقة الطائر التي كانت خاصة بمادريغال. كانت مجروحة ومظلومة، واقفة أمامه، تتنفس بسرعة وتستجمع شجاعتها كأنها سحر. بشعرها المسحوب إلى الخلف، كان خط عنقها مبالغاً فيه، مثل رسم فني للأناقة. كانت ملامح وجهها أيضاً مبالغاً فيها - رقيقة جداً - لكنها كانت لا تزال تتنازعها النعومة، وبدا ذلك التفاعل جوهر الجمال.

عيناها الداكنتان تتشربان ضوء الشمعة وتلمعان مثل كائن حي، ولم يكن هناك شك في تلك اللحظة في أن روحها بغض النظر عن جسدها الذي تلبسه، تنتمي إلى عالم إريتز البري العظيم، الرهيب والجميل، الذي لم يرسم له الكثير من الخرائط ولم يروض، موطن الوحوش والملائكة، وصائدي العواصف وحيات البحر، ولم تكتب قصته بعد.

قالت بصوت يشبه الهمس والخرخرة وخشونة النصل على حجر الشحذ:

"أنا كيميرا. حياتي هناك".

شعر أكيفا بشيء ما يسري في داخله، أو بأشياء كثيرة: رعشة حب وقشعريرة رهبة، موجة من القوة وطفرة من الأمل. الأمل. حقاً، لا يمكن قتل الأمل مثل خنافس الدرع العظيمة التي ظلت خاملة لسنوات تحت رمال الصحراء، تنتظر فريسة قريبة منها. ما هي الأسباب الممكنة للأمل التي كانت لديه؟

كان قد قال لليراز، وهو يؤمن بذلك نصف إيمان: طالما أنك على قيد الحياة، فإن هناك دائماً فرصة.

حسناً، لقد كان على قيد الحياة، وكذلك كانت كارو، وسيكونان في نفس العالم. ربما كانت هذه أضعف أسباب الأمل التي سمع بها في حياته - نحن أحياء وفي نفس العالم - لكنه تشبث بها وهو يخبرها بخطته للطيران إلى بوابة سمرقند وحرقها أولاً، قبل أن يعود إلى هذه البوابة. أراد أن يسألها إلى أين سيذهب المتمردون الآن، لكنه لم يستطع. ليس من حقه أن يعرف. لا يزالان عدوين، وبمجرد مغادرته من هنا، ستختفي كارو من حياته مرة أخرى، لفترة طويلة أو إلى الأبد، لم يكن يعرف.

سأل وهو يشعر بضيق في حلقه: "كم من الوقت تحتاجين؟ للتراجع؟".

ونظرت مرة أخرى نحو الباب، وشعر أكيفا بحرارة الغضب والحسد، وهو يعلم أنها ستذهب إلى الذئب بمجرد رحيله، وأنهما سيخططان معاً لخطوتهما التالية، وأنه أينما ذهب ثوار الكيميرا ستظل كارو مع ثياغو وليس - ولم تكن - معه أبداً. تحطم كل ضبط النفس لديه. خطا خطوة ثقيلة نحوها.

"كارو، كيف...؟ بعد ما فعله بكِ؟". بدأ يمد يده نحوها، لكنها تراجعت إلى الوراء، وهزت رأسها هزة واحدة حادة.

"لا".

أنزل يده.

قالت بهمس غاضب: "لا يحق لك أن تحكم". كانت عيناها مبللتين وواسعتين وحزينتين بشكل يائس، ورآها ترفع يدها بغريزتها القديمة إلى حلقها، حيث كانت ترتدي ذات مرة عظمة الأمنيات معلقة في حبل. وكانت قد ارتدتها في ليلتهما الأولى معاً؛ وكانا قد قطعاها عندما أوشك الفجر على البزوغ وعرفا أن عليهما أن يفترقا، وفي الأيام التالية أصبح ذلك طقساً من طقوسهما.

دائماً أثناء الفراق.

وإذا كانت الأمنية قد ازدهرت على مر الأيام والأسابيع لتصبح حلمهما الكبير بعالم يعاد تشكيله، فقد بدأت بشكل أكثر تواضعاً. في تلك الليلة الأولى، كانت الأمنية بسيطة: أن يرى كل منهما الآخر مرة أخرى.

ولكن يد كارو لم تجد شيئاً في حلقها فسقطت مرة أخرى، وواجهت أكيفا بصرامة وتكلمت بهدوء، وكان مما قالته: "الوداع".

بدا الأمر وكأنه حبل أخير ينقطع. طالما أنت على قيد الحياة، هناك دائماً فرصة. فرصة ماذا؟ تساءل أكيفا، وهو يلقي سحراً على نفسه وعلى أخته معاً، ويدفع بنفسه إلى الخارج في الليل. هل تتحسن الأمور؟ كيف سارت بقية المحادثة، في معسكر المعركة الكئيب؟

أو أسوأ من ذلك. عادة ما تكون الأمور أسوأ.

# 84

## نهاية العالم

شعرت كارو برحيل أكيفا كما تشعر دائماً: بالبرودة. كان دفئه كهدية أُعطيت لها ثم انتزعت منها، ووقفت هناك وظهرها إلى النافذة، وشعرت بالبرد والحرمان والانهيار والغضب. كان غضباً طفولياً كاريكاتورياً - في مواجهة أكيفا، أرادت أن تضرب بقبضتيها على صدره ثم تسقط عليه وتشعر بذراعيه تلتفان حولها.

كأنه قد يكون مكان الأمان الذي كانت تبحث عنه دائماً ولم تجده أبداً. أخذت كارو نفساً عميقاً. تخيلت أنها تشعر به يبتعد أكثر فأكثر، وكانت المسافة تؤلمها أكثر مع كل نبضة جناح وهمية. أخذت عدة أنفاس لتقاوم التنهدات. كانت ذراع إيسا حولها. قالت لنفسها وهي تستقيم: كوني ملاذ نفسك الآمن. لا توجد عارضة في العالم يمكن أن تحميها مما ينتظرها، ولا سكين صغيرة مدسوسة في حذائها - رغم أن سكينها الصغير سيبقى هناك بالتأكيد - ولا رجل، ولا حتى أكيفا. عليها أن تكون قوتها الخاصة، كاملة بنفسها

كوني كما يعتقد بريمستون أن تكوني، هكذا قالت لنفسها، راغبةً في أن تتدفق القوة فجأة من عمق مجهول. كوني ما تحتاجك كل تلك الأرواح المدفونة أن تكونيه، وكل الأحياء أيضاً.

قالت إيسا: "أيها الفتاة الجميلة. كل شيء على ما يرام، كما تعلمين".

"على ما يرام؟". حدّقت كارو في وجهها. أي جزء؟ تهديد الأسلحة البشرية لإريتز، أم تهديد السيرافيم هنا. الخراب الذي يمكن أن تسببه الملائكة للمجتمع البشري بمجرد وجودها، ناهيك عن طلب الأسلحة لحرب خارجة عن إرادة البشر... ماذا فعلت الآن؟ كيف أمكنها أن تطلق سراح رازغوت على إريتز بروحه المسمومة ومعرفته القاتلة التي يمتلكها؟ كم من مثل هذه الأخطاء الأخرى التي ارتكبتها، ضخمة بما يكفي لتدمير العوالم؟ ما الذي أرادت أن تطلبه من إيسا بالضبط، هل كان "كل شيء على ما يرام"؟

قالت إيسا: "أن تحبيه"، وشعرت كارو بهزة في أعماقها بسبب عدم توقعها ذلك.

"أنا لا-" حاولت أن تحتج بدافع الخجل المعتاد.

"أرجوكِ يا طفلتي، هل تعتقدين أنني لا أعرفك على الإطلاق؟ لن أقول لكِ إن هناك مستقبلاً سهلاً لكِ، أو حتى أي مستقبل على الإطلاق. أريدك فقط ألا تعاقبي نفسك. لطالما شعرتِ بالحقيقة فيه، في الماضي والحاضر. قلبك ليس مخطئاً. قلبك هو قوتك. لا داعي للخجل".

حدقت كارو فيها، وأغمضت عينيها وهي تطرد دموعها. كانت كلمات إيسا - تصريحها؟ - تؤلم أكثر مما تساعد. لم تكن هناك طريقة... بالتأكيد يمكن لإيسا أن ترى ذلك. لماذا كانت تعذبها بالحديث وكأن هناك شيئاً؟ لم يكن هناك. لم يكن. تماسكت كارو. كوني تلك القطة، تذكرت رسماً في كراسة الرسم المفقودة. القطة التي تقف بعيدة عن متناول اليد على

جدار عالٍ، لا تحتاج إلى أحد. ولا حتى أكيفا. قالت: "لا يهم. لقد ذهب. وعلينا أن نذهب أيضاً. علينا أن نجهز الجميع".

نظرت إلى غرفتها من حولها. الأسنان، والأدوات، والمباخر، كل شيء يجب أن يأخذوه معهم. وبخصوص الطاولة والسرير والباب، فقد شعرت بموجة من الندم. فعلى الرغم من خشونتها، إلا أنها كانت تعني لها أكثر بكثير مما كانت تعنيه أثناء هروبها مع المتمردين قبل مجيئهم إلى هنا. ابتلعت ريقها، وشعرت بكل الرعب الأجوف من أن تُدفع خارج الباب إلى الظلام.

"إيسا". بدأت ترتجف عندما سيطر عليها الخوف الكامل من هذا المأزق الجديد. "إلى أين سنذهب؟".

*** *** ***

خيوط ملتفة وغامضة من النوايا والصدف. لاحقاً، ستتساءل كارو عن المكان الذي من الممكن أن يذهبوا إليه، وكيف كان كل شيء آخر سيحدث بشكل مختلف، غير معلوم.

لو لم تكن قوات الدومينيون قد وصلت بالفعل.

*** *** ***

كان جنود الكيميرا مجتمعين في الساحة ومستعدين للطيران عندما سمعوا صوتاً من بعيد، صوتاً عادياً لا مكان له في هذا الصمت المقفر. كان صوت بوق سيارة. صوت بوق متواصل ومُلحّ، وقعقعة الإطارات تطحن فوق التلة الوعرة، بسرعة كبيرة. كسر أكثر من جندي التشكيل ليرتفعوا في الهواء وينظروا من فوق الجدار. كانت كارو أولهم.

علقت أنفاسها ونبضات قلبها في حلقها. أضواء أمامية على المنحدر. إنها شاحنة صغيرة. كان شخص ما يتدلى من نافذة الراكب يلوح بكلتا ذراعيه

ويصرخ ويحجبه صوت البوق.

هذا الشخص، هو روزانا.

انزلقت الشاحنة، وانحرفت عن مسارها، ثم توقفت. خرجت زوزانا وركضت عبر الغبار المتطاير، وعرفت كارو ما كانت تصرخ به قبل أن تتضح الكلمات.

وكانت تعرف أن مسؤولية مصير عالمين يقع على عاتقها الآن.

"ملائكة! ملائكة! ملائكة!".

كانت زوزانا تركض مسرعة. هبطت كارو من السماء، وأمسكت بصديقتها من كتفيها.

"ملائكة"، قالت زوزانا وهي تلهث وعيناها واسعتان وشاحبتان. "يا للهول يا كارو. في السماء. المئات. المئات. العالم في حالة ذعر خارجاً".

جاء ميك راكضاً حول الشاحنة إلى جانب زوزانا وتوقف. وسمعت كارو صوت اندفاع على التل مثل الانهيار الأرضي وعلمت أن الكيميرا قد تجمعت خلفها.

ثم... شعرت بالحرارة. شهقت زوزانا وهي تنظر خلفها.

الحرارة.

تلفتت كارو حولها، وكان هناك أكيفا. للحظة طويلة، كان هو كل ما رأته. حتى الذئب كان مجرد ضبابية بيضاء، يتحرك ليأخذ مكانه إلى جانبها.

عاد أكيفا، وكان وجهه الجميل متوتراً من الندم.

"فات الأوان"، قالت بهدوء، وهي تعلم أن هذا العالم الذي رعاها في الخفاء، والذي منحها الفن والأصدقاء وفرصة للحياة الطبيعية، لن يكون كما كان أبداً، مهما سيحدث بعد ذلك.

جيش الكيميرا، الذي كان يرتجف في حضرة العدو، كان يراقب ثياغو بحثاً عن إشارة لم تأت. كان اثنان من السيرافيم يقفان بعيداً عن بعضهما

مسافة جناحيهما، وكان كمالهما الأسطوري الملائكي هو كل ما لم تكن عليه "الوحوش". ورأتهما كارو بعينيها البشريتين، هذا الجيش الذي جعلته أكثر وحشية من أي وقت مضى، وكانت تعرف ما سيراه العالم فيهما إذا ما طارا لمحاربة الدومينيون: الشياطين، والكوابيس، والشرور. سيعتبر منظر السيرافيم معجزة.

أما الكيميرا؟ فهم نهاية العالم. قال أكيفا: "لا، لم يفت الأوان بعد. هذه هي البداية". وضع يده على قلبه. كانت كارو وحدها تعرف ما كان يعنيه، وآه لقد عرفت - نحن البداية - وشعرت بحرارة تشتعل في قلبها، وكأنه وضع يده هناك.

قال لها: "تعالي معنا".

التفت إلى ثياغو الواقف إلى جانبها. كان صوته متهدجاً وعيناه تحترقان حرارة، وكانت كارو تعرف كم من الصعب عليه أن يخاطب الذئب، ولكنه فعل قال: "يمكننا أن نقاتلهم معاً. لدي جيش أيضاً".

# الخاتمة

كهوف الكيرين. جيشان مضطربان يغليان ويثوران. فقط امتداد الكهوف يحافظ على السلام من خلال إبقائهم متباعدين.

ويزعم غير الشرعيين أنهم يشعرون بداء الهامسات حتى من خلال الحجر. لن يكف العائدون من الموت، الغاضبون من الحسابات الباردة المكتوبة باللون الأسود على مفاصل أعدائهم، عن الضغط بأكفهم على الجدران التي تفصل بينهم.

إنها ليست بداية جيدة. يتوق كل جيش ليقطع أيدي الآخرين ويقذف بها من فوق المنحدر إلى الهوة الجليدية في الأسفل.

يخبر أكيفا إخوته وأخواته أن سحر العلامات لا يخترق الحجر، لكنهم لا يريدون الاعتراف بذلك. يتمنى كل ساعة أن يكون هازايل هنا. يقول لليراز: "كان ليجعلهم جميعاً يلعبون النرد معاً في هذا الوقت".

قالت: "الموسيقى تساعد على الأقل". إنها لا تعني موسيقى الكهوف. مزامير الرياح تطاردهم جميعاً، وتوقظ الوحش والملاك على حد سواء من كوابيس أكثر مما يتخيلون.

يحلم غير الشرعيين ببلد من الأشباح، ويحلم الكيميرا بمقبرة مليئة بأرواح أحبائهم. وحدها كارو كانت تهدهدها موسيقى الرياح. إنها تهويدة حياتها الأولى، وقد فوجئت بنوم عميق بلا أحلام في هاتين الليلتين اللتين قضتهما هنا.

لكن ليس الليلة. إنها عشية المعركة، وهم مجتمعون، وهم بالمئات، في هذا الكهف من بين أكبر الكهوف. كمان ميك يملأ المكان بسوناتا من العالم الآخر، وجميعهم صامتون يستمعون.

قال لهم قادتهم: عدو مشترك، قضية مشتركة.

في الوقت الراهن، على أي حال. من المفترض أو المعتقد أن هذا سيتغير قريباً – سيعودون- وسيُطلق سراحهم مرة أخرى ليتابعوا كراهيتهم بحرية كما كانوا يفعلون دائماً، الكيميرا ضد السيرافيم، والسيرافيم ضد الكيميرا. الأمل – كارو، الذئب، أكيفا، وحتى ليراز - هو أن تتحول كراهيتهم إلى شيء آخر قبل أن يأتي ذلك اليوم.

يبدو الأمر وكأنه اختبار لمستقبل إريتز بأكمله.

رأس زوزانا على كتف كارو، وإيسا على جانبها الآخر.

الذئب ليس بعيداً؛ وزيري قد بدأ يتكيف مع جسده الجديد، وهو مستلقٍ على مرفقيه بجانب النار، أنيق ورائع، وقد اختفت القسوة السابقة التي كانت تطبع وجهه ما لم يتذكر أن يحاول أن يطبعها فيه، ولم تعد ابتساماته تبدو وكأنه تعلمها من كتاب. تشعر كارو به وهو ينظر إليها، لكنها لا تنظر إليه.

تنجذب عيناها إلى مكان آخر، عبر الكهف إلى حيث يجلس أكيفا عند نار أخرى مع جنوده من حوله.

وهو ينظر إليها. كما هو الحال دائماً عندما تلتقي أعينهما، يكون الأمر أشبه بفتيل مشتعل يشق طريقاً في الهواء بينهما. في الأيام الماضية، عندما كان يحدث هذا، كان أحدهما يبتعد بسرعة عن الآخر، لكنهما هذه المرة يستريحان ويتركان الفتيل يشتعل. يمتلئان برؤية بعضهما البعض.

هنا في هذا الكهف، هذا التجمع الاستثنائي - هذا الغليان من الأحقاد المتصادمة التي تروضها مؤقتاً الكراهية المشتركة - يمكن أن يكون حلمهما القديم الذي رأياه من خلال مرآة مشوهة.

لم يكن من المفترض أن يكون الأمر هكذا. إنهما ليسا جنباً إلى جنب كما تخيلا ذات يوم. لم يعودا مبتهجين، ولم يعودا يشعران بأنهما أداتين لهدف عظيم. إنهما مخلوقان يتشبثان بالحياة بيدين ملطختين. بينهما الكثير، كل الأحياء وكل الأموات، ولكن للحظة واحدة يتساقط كل شيء ويشتعل الفتيل أكثر إشراقاً وقرباً، حتى إن كارو وأكيفا يكادان يشعران وكأنهما يلمسان بعضهما البعض.

غداً، سيبدآن نهاية العالم.

أما الليلة، فسيسمحان لنفسيهما بالنظر إلى بعضهما البعض، لفترة قصيرة فقط.


يتبع ...

# شكر وتقدير

نتوجه بجزيل الشكر والامتنان إلى كل من ساهم بجهوده المخلصة وتعاونه المثمر في إخراج هذا الكتاب باللغة العربية إلى النور

نخص بالشكر المترجمين الذين نقلوا هذه الرواية بدقة وأمانة، والمحررين الذين وظفوا خبراتهم ورؤاهم المهنية لضمان جودة المحتوى. كما نعرب عن تقديرنا العميق للمراجعين الذين بذلوا جهداً كبيراً في التدقيق اللغوي والفني، وللمصممين الذين أضفوا لمساتهم الإبداعية لتقديم الكتاب بأبهى صورة تليق بالقارئ الكريم

كما نتقدم بالشكر الجزيل لكل من دعم هذا العمل، سواء عن قرب أو عن بعد. نأمل أن يحظى هذا الكتاب برضاكم، وأن يشكل إضافة قيمة تثري المكتبة العربية

# KHAYAT
### Publishing

\

Washington, DC
United States

www.khayatbooks.com